SHERLOCK HOLMES
EDIÇÃO DEFINITIVA – COMENTADA E ILUSTRADA

CB040481

SHERLOCK HOLMES
EDIÇÃO DEFINITIVA - COMENTADA E ILUSTRADA

VOLUME 1
As aventuras de Sherlock Holmes

VOLUME 2
As memórias de Sherlock Holmes

VOLUME 3
A volta de Sherlock Holmes

VOLUME 4
O último adeus de Sherlock Holmes

VOLUME 5
Histórias de Sherlock Holmes

VOLUMES 6 A 9
Os romances de Sherlock Holmes
Um estudo em vermelho ▪ O signo dos quatro
▪ O cão dos Baskerville ▪ O Vale do Medo

Arthur Conan Doyle

SHERLOCK HOLMES
EDIÇÃO DEFINITIVA – COMENTADA E ILUSTRADA

VOLUME 2
As Memórias de Sherlock Holmes

Edição e notas:
Leslie S. Klinger
com pesquisa adicional de Janet Byrne e Patricia J. Chui

Tradução:
Maria Luiza X. de A. Borges

ZAHAR

Título original:
The New Annotated Sherlock Holmes
(Vol.1: The Adventures of Sherlock Holmes, The Memoirs of Sherlock Holmes)

Tradução autorizada da primeira edição norte-americana
publicada em 2005 por W.W. Norton, de Nova York, Estados Unidos,
em acordo com Wessex Press, LLC.

Copyright © 2005, Leslie S. Klinger

Copyright da edição brasileira © 2010:
Jorge Zahar Editor Ltda.
rua Marquês de S. Vicente 99 – 1º | 22451-041 Rio de Janeiro, RJ
tel (21) 2529-4750 | fax (21) 2529-4787
editora@zahar.com.br | www.zahar.com.br

Todos os direitos reservados.
A reprodução não autorizada desta publicação, no todo
ou em parte, constitui violação de direitos autorais. (Lei 9.610/98)

Grafia atualizada respeitando o novo Acordo Ortográfico da Língua Portuguesa

2ª edição: 2010 (novo formato, preservando o texto integral e a maioria das ilustrações)

Preparação: André Telles | *Revisão*: Sandra Mager, Michele Mitie
Projeto gráfico e composição: Mari Taboada | *Capa*: Miriam Lerner

CIP-Brasil. Catalogação na fonte
Sindicato Nacional dos Editores de Livros, RJ

D784s
2.ed.
v.2

Doyle, Arthur Conan, Sir, 1859-1930
    Sherlock Holmes, v.2: as memórias de Sherlock Holmes / Arthur Conan Doyle; edição e notas Leslie S. Klinger com pesquisa adicional de Janet Byrne e Patricia J. Chui; tradução Maria Luiza X. de A. Borges. – 2.ed., definitiva, comentada e il. – Rio de Janeiro: Zahar, 2010.

            il.

    Tradução de: The new annotated Sherlock Holmes, v.1: The adventures of Sherlock Holmes; The memoirs of Sherlock Holmes
    ISBN 978-85-378-0281-6

    1. Holmes, Sherlock (Personagem fictício) – Ficção. 2. Watson, John H. (Personagem fictício) – Ficção. 3. Detetives particulares – Inglaterra – Ficção. 4. Ficção policial inglesa. I. Klinger, Leslie. II. Borges, Maria Luiza X. de Almeida (Maria Luiza Xavier de Almeida), 1950-. III. Título. IV. Título: As memórias de Sherlock Holmes.

10-3138

CDD: 823
CDU: 821.111-3

Sumário

AS MEMÓRIAS DE SHERLOCK HOLMES ▪ 7

Silver Blaze ▪ 9
"...E o cálculo é simples", 38
"Posso ganhar um pouco neste próximo páreo...", 39

A Caixa de Papelão ▪ 46

A Face Amarela ▪ 77

O Corretor ▪ 103

A Tragédia do *Gloria Scott* ▪ 130

O Ritual Musgrave ▪ 161
O Ritual dos Musgrave, 182

Os Fidalgos de Reigate ▪ 191

O Corcunda ▪ 215
O Motim Indiano, 235

O Paciente Residente ▪ 241
O texto de "O paciente residente", 262

O Intérprete Grego ▪ 269
Mycroft Holmes, 290

O Tratado Naval ▪ 298

O Problema Final ▪ 345
Revisões de "O problema final", 367

*Quadro Cronológico: Vida e época
de Sherlock Holmes* ▪ 379

SHERLOCK HOLMES
Desenho inédito de Sidney Paget
[Reproduzido com a permissão de Constantine Rossakis, BSI, e Sotheby's]

VOLUME 2

As Memórias de
Sherlock Holmes[1]

Nota

1. Publicado pela primeira vez em forma de livro (sem "A caixa de papelão") por George Newnes, Limited, numa edição de 10.000 exemplares, como volume três da *Strand Library* em 13 de dezembro de 1893, contendo 90 ilustrações de Sidney Paget. A primeira edição americana foi publicada em 2 de fevereiro de 1894, por Harper & Brothers, Nova York, e incluiu "A caixa de papelão".

Silver Blaze[1]

"Silver Blaze", o primeiro caso das Memórias (série iniciada cinco meses após a conclusão das Aventuras), é um dos mais famosos contos policiais já escritos sobre um esporte. Watson apresenta o caso, ambientado em círculos de turfe, como mais uma história policial em que o leitor tem subsídios para descobrir quem é o vilão, escondido bem à sua vista. A conhecida observação de Holmes sobre "o curioso incidente do cachorro durante a noite", amplamente repetida em muitos contextos, tornou-se um bordão para designar uma "inferência negativa". Embora muitos questionem a exatidão dos detalhes turfísticos da aventura relatada por Watson, poucos contestariam que os talentos de Holmes estão em seu auge aqui. A precisão de seu cálculo da velocidade do trem já foi amplamente demonstrada, e sua cuidadosa observação de ovelhas leva à captura de um assassino improvável. A única nódoa do conto é a prova de que Holmes fez uma aposta contrária à ética na corrida.

"Parece que terei mesmo de ir, Watson", disse Holmes certa manhã quando nos sentamos para nosso desjejum.

"Ir! Para onde?"

"Para Dartmoor;[2] King's Pyland."

Não fiquei surpreso. Na verdade, só o que me espantava era que ele ainda não estivesse envolvido naquele caso extraordinário, a única coisa de que se falava em toda a Inglaterra. Meu companheiro passara um dia inteiro perambulando pela sala, o queixo enfiado no peito e as sobrancelhas cerradas, enchendo e voltando a encher seu cachimbo com um fumo preto fortíssimo e absolutamente surdo às minhas perguntas ou observações. Novas edições de todos os jornais lhe haviam sido enviadas por nosso jornaleiro, para receberem apenas uma vista-d'olhos e serem jogadas num canto. Contudo, por mais silencioso que ele estivesse, eu sabia perfeitamente bem sobre o que matutava. Só havia um problema perante o público capaz de desafiar seus poderes de análise: o singular desaparecimento do favorito para a Copa de Wessex e o trágico assassinato de seu treinador. Portanto, ao anunciar subitamente sua intenção de partir para o cenário do drama, ele fazia o que eu ao mesmo tempo esperava e desejava.

"Ficaria extremamente feliz em ir com você, se não for atrapalhá-lo", disse eu.

"Meu caro Watson, você me faria um enorme favor indo comigo. E penso que não perderá seu tempo, porque o caso tem aspectos que prometem torná-lo absolutamente incomparável. Parece-me que temos justo o tempo necessário para pegar nosso trem em Paddington; durante a viagem me alongarei sobre o assunto. Ficaria muito agradecido se levasse consigo seu excelente binóculo."

Assim foi que, cerca de uma hora mais tarde, vi-me no canto de um vagão de primeira classe, voando rumo a Exeter, enquanto Sherlock Holmes, o semblante arguto e impaciente emoldurado por seu boné de viagem com protetores para as orelhas,[3] mergulhava rapidamente no monte de jornais novos que comprara em Paddington. Já havíamos deixado Reading para trás quando Holmes jogou o último deles embaixo do assento e me estendeu sua charuteira.

"Estamos indo numa boa marcha", disse, olhando pela janela e relanceando seu relógio. "Nossa velocidade neste momento é de cinquenta e três milhas e meia por hora."[4]

"Não notei os marcos de quarto de milha", observei.

"Eu tampouco. Mas os postes telegráficos nesta linha estão a sessenta jardas uns dos outros, e o cálculo é simples.[5] Você prestou alguma atenção a esse assunto do assassinato de John Straker e do desaparecimento de Silver Blaze?"

"Li o que o *Telegraph* e o *Chronicle* têm a dizer."

"Este é um daqueles casos cuja análise depende mais da arte de esquadrinhar detalhes que da obtenção de novos indícios. A tragédia foi tão incomum, tão completa, de tamanha importância pessoal para tanta gente, que estamos sofrendo de um excesso de suposições, conjecturas e hipóteses. A dificuldade está em dissociar a estrutura dos fatos — fatos absolutos, inegáveis — dos embelezamentos feitos por teóricos e repórteres. Depois, tendo nos firmado sobre essa base sólida, compete-nos ver que inferências podem ser feitas e quais são os pontos específicos à cuja volta todo o mistério gira. Na terça-feira à noite, recebi telegramas do coronel Ross, o proprietário do cavalo, e também do inspetor Gregory, que está investigando o caso, solicitando minha cooperação."

"Terça-feira à noite!" exclamei. "Estamos na manhã de quinta-feira. Por que não viajou ontem?"

"Porque cometi uma tolice, meu caro Watson — o que, aliás, é uma ocorrência muito mais comum do que pensariam os que só me conhecem através das suas memórias. O fato é que não consegui acreditar que o cavalo mais extraordinário da Inglaterra pudesse ficar muito tempo escondido, em especial num lugar tão esparsamente habitado como o norte de Dartmoor. Passei cada hora do dia de ontem esperando ouvir que ele fora encontrado e que seu raptor era o assassino de John Straker. Mas quando uma outra manhã havia chegado e constatei que, além da detenção do jovem Fitzroy Simpson, nada havia sido feito, senti que chegara a hora de entrar em ação. Apesar disso, de certo modo, tenho a impressão de que o dia de ontem não foi desperdiçado."

"Então elaborou uma teoria?"

"Pelo menos consegui depreender os fatos essenciais do caso. Vou enumerá-los para você, pois nada melhor para elucidar um problema que expô-lo para uma outra pessoa, e certamente não posso esperar sua cooperação se não lhe mostrar nossa posição inicial."

Recostei-me nas almofadas, soltando baforadas do meu charuto, enquanto Holmes, inclinado para a frente, marcando os pontos na palma da mão esquerda com seu comprido e magro dedo indicador, fez-me um esboço dos fatos que haviam ocasionado nossa viagem.

"Silver Blaze", disse, "é da estirpe do Isonomy[6] e tem uma ficha tão brilhante quanto a de seu famoso ancestral. Está com cinco anos agora e arrebatou todos os prêmios do turfe para o coronel Ross, seu feliz proprietário. Até o momento da catástrofe, era o favorito absoluto para a Copa Wessex, pagando três por um. Mas, mesmo pagando tão pouco, como sempre foi um favorito absoluto em meio ao público do turfe e nunca o decepcionou, enormes somas de dinheiro foram apostadas nele. É óbvio, portanto, que há muita gente extremamente interessada em impedir que Silver Blaze esteja lá quando for dada a largada na próxima terça-feira.

"Holmes fez-me um esboço dos fatos."
[Sidney Paget, *Strand Magazine*, 1892]

"Isso foi compreendido, é claro, em King's Pyland, onde se situa o haras de treinamento do coronel. Tomaram-se todas as precauções para vigiar o favorito. O treinador, John Straker, é um jóquei aposentado que correu com as cores do coronel Ross até ficar pesado demais. Serviu ao coronel cinco anos como jóquei e sete como treinador, sempre se provando funcionário zeloso e honesto. Tinha três rapazes sob seu comando, porque o estabelecimento era pequeno, com não mais que quatro cavalos. Toda noite um deles ficava de vigia na cocheira, enquanto os outros dormiam no celeiro. Todos os três têm excelente caráter. John Straker, que é casado, morava numa casa a cerca de cento e oitenta metros das cocheiras. Não tem filhos, mantém uma criada em casa e goza de boa situação financeira. A região é muito erma, mas menos de um quilômetro ao norte há um pequeno conjunto de casas, construído por um empreiteiro de Tavistock para pessoas doentes e outras que desejassem gozar do ar puro de Dartmoor. A própria Tavistock situa-se a pouco mais de três quilômetros a oeste, ao passo que do outro lado da charneca, também a uns três quilômetros de distância, fica o haras maior de Capleton,[7] que pertence a Lord Backwater[8] e é administrado por Silas Brown. Em todas as outras direções, a charneca é um completo deserto, habitado apenas por um punhado de ciganos errantes. Essa era a situação na noite da segunda-feira passada, quando a catástrofe aconteceu.

"Naquela noite, às nove horas, depois que os cavalos haviam sido exercitados e levados para beber água, como de costume, as cocheiras foram trancadas. Dois dos rapazes caminharam até a casa do treinador, onde cearam na cozinha, enquanto o terceiro, Ned Hunter, ficou de guarda. Alguns minutos depois das nove, a criada, Edith Baxter, saiu em direção às cocheiras com a ceia dele, que consistia de um prato de carneiro ao *curry*. Não levou nenhum líquido, porque havia uma torneira na cocheira e uma regra ditava que o rapaz de serviço só devia beber água. Tinha consigo uma lanterna, porque estava muito escuro e o caminho atravessava a charneca descampada.

A criada levou a ceia dele às cocheiras.
[W.H. Hyde, *Harper's Weekly*, 1893]

"Edith Baxter encontrava-se a menos de trinta metros da cocheira quando um homem surgiu das trevas e mandou que parasse. Quando ele entrou no círculo de luz amarela projetada pela lanterna, ela viu que era uma pessoa com porte de cavalheiro, trajando um terno cinza de *tweed* e um boné de pano. Usava polainas e levava uma bengala pesada com um castão bojudo. O que mais a impressionou, contudo, foi a extrema palidez do rosto do desconhecido e o nervosismo de suas maneiras. Pareceu-lhe ter provavelmente mais de trinta anos.

"Um homem surgiu das trevas."
[Sidney Paget, *Strand Magazine*, 1892]

"'Pode me dizer onde estou?' perguntou o homem. 'Eu havia quase decidido dormir na charneca quando vi a luz da sua lanterna.'

"'Está perto do haras de King's Pyland', respondeu ela.

"'Oh, não diga! Que golpe de sorte!' exclamou ele. 'Pelo que soube, um cavalariço dorme lá sozinho todas as noites. Talvez seja a ceia dele que está levando agora. Bem, tenho certeza de que a senhorita não seria orgulhosa a ponto de recusar o preço de um vestido novo, seria?' Tirou do bolso do colete um pedaço de papel branco dobrado. 'Entregue isto ao rapaz esta noite e terá o mais lindo vestido que o dinheiro pode comprar.'

"Assustada com a impetuosidade do homem, a moça correu até a janela por onde costumava entregar as refeições. Encontrou-a já aberta e Hunter abancado a uma mesinha lá dentro. Começara a lhe contar o que acontecera quando o estranho reapareceu.

"'Boa noite', disse ele, olhando pela janela. 'Queria trocar algumas palavras com você.' A moça jurou que, enquanto ele falava, notou a pontinha do papel saindo-lhe da mão fechada.

"'O que está querendo por aqui?', perguntou o rapaz.

"'Um negócio que talvez lhe renda algum dinheiro', disse o outro. 'Vocês têm dois cavalos para a Copa Wessex — Silver Blaze e Bayard. Dê-me o palpite certo e não sairá perdendo. É verdade que, pela pesagem, Bayard poderia dar ao outro cem metros de vantagem em um quilômetro e que o haras jogou seu dinheiro nele?'

"'Então é um desses malditos vendedores de informações de cocheira? Vou lhe mostrar como os tratamos em King's Pyland.' De um salto, o rapaz correu até o outro lado da cocheira para soltar o cachorro. A moça fugiu para a casa, mas na fuga olhou para trás e viu o estranho debruçado na janela. Um minuto depois, no entanto, quando Hunter se precipitou com o cão de caça, o homem tinha desaparecido, e, embora o rapaz tenha corrido em volta de todos os prédios, não conseguiu encontrar vestígio dele."

"Um momento", pedi. "Teria o cavalariço deixado a porta destrancada atrás de si ao sair com o cachorro?"

"Excelente, Watson, excelente!" murmurou meu companheiro. "Esse detalhe me pareceu de tal importância que enviei um telegrama para

Dartmoor ontem para elucidá-lo. O rapaz trancou a porta ao sair. A janela, posso acrescentar, não era grande o bastante para dar passagem a um homem.

"Depois que os outros cavalariços voltaram, Hunter mandou um bilhete ao treinador, informando-o do que acontecera. Straker ficou nervoso ao ouvir o relato, embora não pareça ter compreendido seu verdadeiro significado. De todo modo, aquilo o deixou vagamente incomodado, e Mrs. Straker, acordando à uma da manhã, deu com ele se vestindo. Em resposta às perguntas da mulher, o treinador disse que não conseguia dormir por estar preocupado com os cavalos e pretendia ir até as cocheiras ver se estava tudo em ordem. Ela lhe implorou que ficasse em casa, pois podia ouvir o tamborilar da chuva contra a janela, mas apesar dessas súplicas ele vestiu sua grande capa impermeável e saiu.

"Ao acordar, às sete da manhã, Mrs. Straker constatou que o marido ainda não voltara. Vestiu-se depressa, chamou a criada e rumou para as cocheiras. A porta estava aberta; lá dentro, viu Hunter, encolhido numa cadeira, mergulhado num estado de estupor absoluto; a baia do favorito estava vazia e não havia sinal do treinador.

"Os dois rapazes que dormiam no celeiro, sobre o quarto dos arreios, foram rapidamente despertados. Ambos tinham sono pesado e relataram nada ter ouvido durante a noite. Hunter encontrava-se obviamente sob a influência de uma droga poderosa, e como não falava coisa com coisa, deixaram-no dormindo enquanto os dois rapazes e as duas mulheres saíram à procura dos desaparecidos. Ainda tinham esperança de que o treinador, por alguma razão, tivesse levado o animal para fazer exercícios matinais; ao subir o outeiro próximo da casa, de onde se podia divisar todas as charnecas da vizinhança, porém, não conseguiram avistar nenhum sinal do favorito; perceberam contudo alguma coisa que os advertiu de que estavam em presença de uma tragédia.

"A cerca de quatrocentos metros das cocheiras, preso aos galhos de um tojo, agitava-se o sobretudo de John Straker. Imediatamente depois havia uma depressão em forma de tigela na charneca, e no fundo dela encontraram o cadáver do infeliz treinador. Tivera a cabeça esmigalhada por um golpe violento desferido com uma arma pesada; apresentava também um

"Encontraram o cadáver do infeliz treinador."
[Sidney Paget, *Strand Magazine*, 1892]

ferimento na coxa: um corte longo e limpo, infligido evidentemente por um instrumento muito afiado. Estava claro, contudo, que Straker havia se defendido vigorosamente de seus agressores, pois segurava na mão esquerda uma faquinha ensanguentada até o cabo, ao passo que na direita agarrava uma gravata de seda vermelha e preta, que foi reconhecida pela criada como a usada na noite anterior pelo estranho que aparecera nas cocheiras. Hunter, ao se recobrar de seu estupor, foi também categórico quanto ao dono da gravata. Mostrou-se igualmente convicto de que o mesmo estranho, enquanto ficara de pé junto da janela, havia misturado uma droga ao seu carneiro ao *curry*, privando assim as cocheiras de seu vigia. Quanto ao cavalo desaparecido, na lama acumulada no fundo da cavidade fatal havia provas abundantes de que ele estava lá no momento da luta. Mas desde aquela manhã estava desaparecido, e embora uma grande recompensa tivesse sido oferecida, e todos os ciganos de Dartmoor tivessem sido alertados, não se recebera nenhuma notícia dele. Por fim, uma análise mostrou que os restos da ceia deixados pelo cavalariço continham apreciável quantidade de ópio em pó, embora as pessoas da casa tivessem comido o mesmo prato naquela noite sem nada sofrer.

"Estes são os principais fatos do caso, despidos de toda suposição e expressos da maneira mais crua possível. Passo agora a recapitular o que a polícia fez na questão.

"O inspetor Gregory, a quem o caso foi entregue, é um oficial de extrema competência. Se tivesse sido aquinhoado com o dom da imaginação, poderia galgar altos postos em sua profissão. Ao chegar, encontrou e deteve

"Tivera a cabeça esmigalhada por um golpe violento."
[W.H. Hyde, *Harper's Weekly*, 1893]

rapidamente o homem sobre o qual a suspeita caía naturalmente. Houve pouca dificuldade em localizá-lo, porque era extremamente conhecido nas vizinhanças.[9] Seu nome, parece, é Fitzroy Simpson. É um homem de excelente berço e educação, que esbanjou uma fortuna no turfe e vivia agora fazendo uma tranquila e elegante corretagem nos clubes esportivos de Londres. Um exame de seus apontamentos revelou apostas num total de cinco mil libras contra o favorito. Ao ser preso, declarou que fora a Dartmoor na esperança de obter alguma informação sobre os cavalos de King's Pyland, e também sobre Desborough, o segundo favorito, a cargo de Silas Brown no haras de Capleton. Não tentou negar que agira como descrito na noite anterior, mas declarou que não tinha nenhuma intenção sinistra e desejava simplesmente obter alguma informação de primeira mão. Quando lhe mostraram sua gravata, ficou muito pálido e foi completamente incapaz de explicar a presença dela na mão do assassinado. Suas roupas molhadas mostravam que estivera exposto à tempestade da noite anterior, e sua bengala, uma *Penang lawyer*[10] reforçada com chumbo, era uma arma perfeitamente capaz de, mediante golpes repetidos, ter infligido ao treinador os terríveis ferimentos que o mataram. Por outro lado, não havia nenhum ferimento em sua pessoa, ao passo que o estado da faca na mão de Straker mostrava que pelo menos um de seus agressores devia ter a marca dela no corpo. Este é o resumo da história toda, Watson, e se você puder me dar alguma luz eu lhe serei infinitamente grato."

Eu ouvira com o maior interesse o relato que Holmes me fizera, com a clareza que lhe era peculiar. Embora tivesse conhecimento da maior parte dos fatos, não havia apreciado suficientemente sua importância relativa, nem suas ligações mútuas.

"Não seria possível", sugeri, "que o ferimento incisivo que Straker apresenta tenha sido causado por sua própria faca, nas lutas convulsivas que acompanham qualquer ferimento cerebral?"

"É mais que possível; é provável", disse Holmes. "E nesse caso um dos principais pontos em favor do acusado desaparece."

"Mesmo assim", disse eu, "ainda não consigo entender qual poderia ser a teoria da polícia."

"Suspeito que qualquer teoria que elaboremos encontrará graves obje-ções", retrucou meu companheiro. "A polícia imagina, suponho, que esse Fitzroy Simpson, depois de drogar o rapaz e de obter de algum modo uma cópia da chave, abriu a porta da cocheira e tirou o cavalo, com a intenção, aparentemente, de sequestrá-lo. A brida do animal desapareceu, logo esse Simpson deve tê-la colocado nele. Depois, tendo deixado a porta aberta atrás de si, levava o cavalo embora pela charneca quando o treinador o encon-trou ou alcançou. Seguiu-se uma luta, naturalmente. Simpson arrebentou os miolos do treinador com sua pesada bengala, sem ser atingido pela faquinha que Straker usou para se defender; em seguida, ou o ladrão levou o cavalo para algum esconderijo secreto, ou o animal pode ter escapado durante a luta e estar vagando pelas charnecas agora. Este é o caso tal como se apre-senta aos olhos da polícia, e, por mais improvável que seja, todas as outras explicações são ainda mais improváveis. Seja como for, porei a questão à prova muito brevemente quando estiver no local; até lá, realmente não vejo como poderíamos ir muito mais longe do que estamos agora."

Já entardecia quando chegamos ao vilarejo de Tavistock, que se situa, como a broca[11] de um escudo, no meio do enorme círculo de Dartmoor.[12] Dois cavalheiros nos esperavam na estação — um era um homem alto, o cabelo como uma juba de leão, barba e olhos azul-claros curiosamente argutos; o outro era baixo, alerta, muito elegante e garboso, de sobrecasaca e polainas, pequenas costeletas muito bem-aparadas e óculos. Este último era o coronel Ross, o conhecido esportista; o outro, o inspetor Gregory, homem que vinha fazendo seu nome rapidamente no departamento de investigação da polícia inglesa.

"Fico muito satisfeito com sua vinda, Mr. Holmes", disse o coronel. "O inspetor aqui fez tudo que teria sido possível imaginar, mas não quero deixar pedra sobre pedra na tentativa de vingar o pobre Straker e de recuperar meu cavalo."

"Alguma novidade?" perguntou Holmes.

"Lamento dizer que fizemos pouco progresso", respondeu o inspetor. "Temos um carro aberto lá fora, e, como o senhor sem dúvida gostaria de ver o lugar antes que escureça, poderíamos conversar no caminho."

Um minuto depois estávamos todos sentados num confortável landau[13], chocalhando por aquele antigo e pitoresco vilarejo do Devonshire. Completamente envolvido em seu caso, o inspetor Gregory despejou sobre nós uma torrente de observações, enquanto Holmes fazia uma pergunta ou interjeição ocasional. O coronel Ross permaneceu recostado, de braços cruzados, o chapéu caído sobre os olhos, enquanto eu ouvia com interesse o diálogo dos dois detetives. Gregory formulava sua teoria, que era quase exatamente a que Holmes previra no trem.

"Fico muito satisfeito com sua vinda, Mr. Holmes." [Sidney Paget, Strand Magazine, 1892]

"A rede está se fechando em torno de Fitzroy Simpson", observou, "e pessoalmente, acredito que ele é o nosso homem. Ao mesmo tempo, reconheço que as provas são puramente circunstanciais e que algum novo desdobramento pode perturbá-las."

"E quanto à faca de Straker?"

"Estamos absolutamente convencidos de que ele mesmo se feriu ao cair."

"Meu amigo dr. Watson sugeriu-me isso enquanto vínhamos. Nesse caso, isso deporia contra esse Simpson."

"Sem dúvida alguma. Ele não tem faca nem sinal algum de ferimento. As provas contra ele são certamente muito fortes. Tinha grande interesse no desaparecimento do favorito. Pesa sobre ele a suspeita de ter envenenado o cavalariço; esteve sem dúvida ao relento durante a tempestade; estava armado com uma bengala pesada e sua gravata foi encontrada na mão do morto. Realmente acho que temos material suficiente para apresentar a um júri."

Holmes sacudiu a cabeça. "Um advogado esperto poderia desmantelar tudo isso", disse. "Por que tiraria o cavalo da cocheira? Se queria feri-lo, por que não fazer isso lá mesmo? Encontraram uma duplicata da chave com ele? Que boticário lhe vendeu ópio em pó? Acima de tudo, como poderia ele, um homem que não conhece o distrito, esconder um cavalo, e logo um cavalo tão excepcional? Que explicação ele mesmo dá para o papel que desejava que a criada entregasse ao cavalariço?"

"Ele diz que era uma nota de dez libras. Encontraram uma na carteira dele. Mas as outras dificuldades que o senhor levanta não são tão tremendas quanto parecem. Ele não desconhece o distrito. Hospedou-se duas vezes em Tavistock durante o verão. O ópio provavelmente foi comprado em Londres. A chave, tendo servido a seu propósito, deve ter sido jogada longe. O cavalo pode estar no fundo de um dos poços ou minas antigas que existem pela charneca."

"Que diz ele sobre a gravata?"

"Reconhece que é dele e declara que a perdeu. Mas um novo elemento introduzido no caso pode explicar por que tirou o cavalo da cocheira."

Holmes apurou os ouvidos.

"Encontramos vestígios que mostram que um bando de ciganos acampou na noite de segunda-feira a cerca de um quilômetro e meio do local do assassinato. Na terça já haviam ido embora. Ora, presumindo que houve algum entendimento entre Simpson e esses ciganos, não poderia ele estar lhes levando o cavalo quando foi alcançado, e não poderiam eles estar de posse do animal agora?"

"Certamente é possível."

"Estão esquadrinhando a charneca à procura desses ciganos. Examinei também cada estrebaria e celeiro em Tavistock, e num raio de quinze quilômetros."

"Há um outro haras de treinamento bem próximo, não é?"

"Há, e esse é um fator que certamente não devemos desprezar. Como Desborough, o cavalo deles, estava em segundo lugar nas apostas, eles tinham interesse no desaparecimento do favorito. Sabe-se que Silas Brown, o treinador, fez apostas de vulto, e não era nada amigo do pobre Straker. Mas examinamos as cocheiras e não há nada que o vincule ao caso."

"E nada que vincule esse Simpson aos interesses do haras de Capleton?"

"Absolutamente nada."

Holmes recostou-se na carruagem e a conversa cessou. Minutos mais tarde nosso cocheiro parou diante de uma bonita casa de tijolos vermelhos e beirais salientes, próxima da estrada. A alguma distância, do outro lado de um padoque, erguia-se um galpão de telhas cinza. Em todas as outras direções, as curvas suaves da charneca, a que samambaias murchas conferiam uma cor de bronze, estendiam-se até a linha do horizonte, quebradas apenas pelos campanários de Tavistock e por um punhado de casas a oeste, que assinalavam o haras Capleton. Saltamos todos, com exceção de Holmes, que continuou recostado, os olhos fixos no céu diante de si, inteiramente absorto em seus pensamentos. Só despertou, com forte sobressalto, quando lhe toquei o braço, e desceu da carruagem.

"Desculpe-me", disse, virando-se para o coronel Ross, que lhe lançara um olhar um tanto surpreso. "Eu estava devaneando." Havia em seus olhos um lampejo e em suas maneiras um alvoroço contido que me convenceram, acostumado como eu estava com seu jeito, de que ele tinha as mãos numa pista, embora eu não pudesse imaginar onde a descobrira.

"Talvez prefira ir imediatamente à cena do crime, Mr. Holmes?" perguntou Gregory.

"Acho que preferiria ficar aqui um pouco e considerar uma ou duas questões de detalhe. Straker foi trazido de volta para cá, suponho?"

"Sim, o corpo está no segundo andar. O inquérito é amanhã."

"Ele o servia há alguns anos, não é, coronel Ross?"

"Sempre o considerei um excelente empregado."

SILVER BLAZE   21

"Suponho que tenha feito um inventário do que ele tinha nos bolsos quando morreu, inspetor..."

"Tenho as próprias coisas ali na sala, se quiser vê-las."

"Gostaria muito." Entramos todos na sala da frente e sentamo-nos em torno da mesa central, enquanto o inspetor destrancava uma caixa quadrada de metal e espalhava várias coisas diante de nós. Havia uma caixa de fósforos de cera, um toco de vela de sebo de uns cinco centímetros, um cachimbo A.D.P. de raiz de urze-branca,[14] uma tabaqueira de pele de foca com uns quinze gramas de fumo Cavendish *long-cut*,[15] um relógio de prata com corrente de ouro, cinco soberanos de ouro, um porta-lápis de prata, alguns papéis e uma faca com cabo de marfim e lâmina muito delicada, inflexível, com a marca "Weiss & Co., Londres".[16]

"Esta é uma faca muito singular", disse Holmes, erguendo-a e examinando-a minuciosamente. "Como vejo marcas de sangue nela, suponho que foi a que encontraram na mão do morto. Watson, tenho impressão de que esta faca é do seu ramo, não?"

"É o que chamamos de faca de catarata", respondi.

"Foi o que pensei. Uma lâmina muito delicada, destinada a trabalho muito delicado. Coisa estranha para um homem carregar consigo numa expedição rude, especialmente porque não caberia em seu bolso."

"A ponta era protegida por um disco de cortiça que encontramos ao lado do corpo", disse o inspetor. "A mulher dele nos contou que essa faca estivera por alguns dias[17] sobre a penteadeira e que ele a pegara ao deixar o quarto. Era uma arma ruim, mas talvez tenha sido a melhor em que pôde pôr as mãos naquele momento."

"É muito possível. E estes papéis?"

"Três são recibos de fornecedores de feno. Um é uma carta de instruções do coronel Ross. Este outro é uma conta de trinta e sete libras e quinze *pence* enviada por uma modista, Madame Lesurier, de Bond Street,[18] para William Derbyshire. Segundo Mrs. Straker, Derbyshire era um amigo do marido e ocasionalmente suas cartas eram endereçadas para cá."

"Madame Derbyshire tinha gostos um pouco dispendiosos", observou Holmes, dando uma espiada na conta. "Vinte e dois guinéus é um preço salgado para um único figurino. Bem, parece não haver mais nada a apurar; agora podemos descer à cena do crime."

22   As Memórias de Sherlock Holmes

Quando saíamos da sala, uma mulher, que estivera esperando no corredor, deu um passo adiante e agarrou a manga do inspetor. No seu rosto magro, desfigurado e aflito via-se a marca de um choque recente.

"Pegou-os? Encontrou-os?" perguntou, arquejante.

"Não, Mrs. Straker. Mas aqui está Mr. Holmes, veio de Londres para nos ajudar e faremos tudo que for possível."

"Estou certo de que a conheci num *garden-party* em Plymouth pouco tempo atrás, Mrs. Straker!" disse Holmes.

"Não, senhor; está enganado."

"Mas como! Teria podido jurar. Usava um modelo de seda bege enfeitado com plumas de avestruz."

"Nunca tive um vestido assim, senhor", respondeu a dama.

"Ah, isso esclarece a coisa", disse Holmes. E com um pedido de desculpas, foi atrás do inspetor. Uma curta caminhada pela charneca nos levou à cavidade em que o corpo fora encontrado. Na beirada dela via-se o tojo em que o casaco ficara pendurado.

"Não havia nenhum vento aquela noite, pelo que entendi", disse Holmes.

"Nenhum, mas caía uma chuva pesada."

"Nesse caso, o sobretudo não se enganchou nesse arbusto, foi posto sobre ele."

"Sim, estava sobre ele."

"Isso me deixa muito intrigado. Percebo que o chão foi muito pisoteado. Sem dúvida muitos pés passaram por aqui desde segunda-feira à noite."

"'Encontrou-os?' perguntou, arquejante."
[Sidney Paget, *Strand Magazine*, 1892]

"Um capacho foi posto aqui do lado, e todos ficamos sobre ele."

"Excelente."

"Neste saco, tenho uma das botas que Straker usou, um dos sapatos de Fitzroy Simpson e uma ferradura de Silver Blaze."

"Meu caro inspetor, o senhor se supera!" Holmes pegou o saco e, descendo à cavidade, empurrou o capacho para uma posição mais central. Depois, deitando-se de bruços, o queixo apoiado nas mãos, fez um estudo cuidadoso da lama pisoteada diante de si. "Vejam só!" exclamou de repente.

"Que é isto?" Era um fósforo de cera, meio queimado e tão enlameado que à primeira vista parecera uma lasquinha de madeira.

"Não consigo entender como pudemos deixar de vê-lo", disse o inspetor, com uma expressão de aborrecimento.

"Estava invisível, enterrado na lama. Só o vi porque estava à procura dele."

"Quê? Esperava encontrar isso?"

"Pensei que não seria improvável."

Tirou as botas do saco e comparou as impressões de cada uma com as marcas no chão. Depois subiu com dificuldade pela beira da depressão e rastejou entre as samambaias e os arbustos.

"Acho que não há mais pegadas", disse o inspetor. "Examinei o terreno com muito cuidado, cem metros em cada direção."

"É mesmo?" disse Holmes, levantando-se. "Eu não teria a impertinência de fazer isso de novo depois do que está dizendo. Mas gostaria de dar uma pequena caminhada pela charneca antes que escureça para estar com o terreno conhecido amanhã, e acho que vou pôr esta ferradura no bolso para me dar sorte."

O coronel Ross, que manifestara alguns sinais de impaciência diante do método de trabalho silencioso e sistemático de meu companheiro, deu uma olhada no relógio. "Gostaria que voltasse comigo, inspetor", disse. "Há vários pontos sobre os quais gostaria do seu conselho; em especial, acha que é nosso dever perante o público retirar o nome do nosso cavalo da lista de inscritos para a Copa?"

"Certamente não", atalhou Holmes com firmeza. "Eu deixaria o nome ficar."

O coronel fez um cumprimento de cabeça. "Fico muito satisfeito em ter sua opinião, senhor", disse. "Quando terminar sua caminhada, nos encontrará na casa de Straker; poderemos ir juntos para Tavistock."

Voltou com o inspetor, enquanto Holmes e eu ficamos caminhando pela charneca. O sol começava a se pôr atrás do haras de Capleton, e a planície longa e inclinada diante de nós tingia-se de ouro, ganhando tons castanho-avermelhados mais intensos nos trechos em que as samambaias murchas e as sarças captavam a luz vespertina. Mas meu companheiro não tinha olhos para os esplendores da paisagem — estava mergulhado nos mais profundos pensamentos.

"Por aqui, Watson", disse ele finalmente. "Podemos deixar a questão de quem matou John Straker de lado por enquanto e nos limitarmos a descobrir o que foi feito do cavalo. Ora, supondo que ele tenha fugido durante a tragédia ou depois, para onde poderia ter ido? O cavalo é um animal muito gregário. Solto, seus instintos o teriam levado ou a voltar para King's Pyland ou a seguir para Capleton. Por que ficaria correndo desembestado pela charneca? Certamente a esta altura já teria sido visto. E por que os ciganos o sequestrariam? Essa gente sempre desaparece quando ouve falar de confusão, porque não quer ser importunada pela polícia. Ciganos não poderiam ter nenhuma esperança de vender um cavalo como esse. Correriam um risco enorme e não ganhariam nada ficando com o cavalo. Disto não há dúvida."

"Onde está ele, então?"

"Já disse que deve ter ido para King's Pyland ou para Capleton. Não está em King's Pyland. Logo está em Capleton. Tomemos isto como hipótese de trabalho e vejamos ao que nos leva. Esta parte da charneca, como o inspetor observou, é muito dura e seca. Mas ela declina na direção de Capleton, e você pode ver daqui que lá adiante há uma grande depressão que devia estar muito úmida segunda-feira à noite. Se nossa suposição estiver correta, o cavalo deve ter passado por ali, e é ali que deveríamos procurar suas pegadas."

Havíamos caminhado rapidamente durante essa conversa, e mais alguns minutos nos levaram à ravina em questão. A pedido de Holmes, desci o barranco à direita, e ele o fez à esquerda, mas antes de dar cinquenta passos, ouvi um grito e o vi acenando para mim. As pegadas de um cavalo estavam claramente delineadas na terra fofa à sua frente, e a ferradura que tirou do bolso correspondia exatamente às marcas.

"Veja o valor da imaginação", disse Holmes. "É a única qualidade que falta a Gregory. Imaginamos o que poderia ter acontecido, agimos com base nessa suposição e descobrimos que tínhamos razão.[19] Continuemos."

Atravessamos a depressão pantanosa e, em seguida, quatrocentos metros de turfa seca e dura. Mais uma vez havia um declínio no terreno, e mais uma vez encontramos as pegadas. Depois as perdemos por uns oitocentos metros e voltamos a dar com elas bem perto de Capleton. Foi Holmes quem as viu primeiro, parando para apontá-las com uma expressão de triunfo no rosto. Viam-se as pegadas de um homem ao lado das do cavalo.

"Antes o cavalo estava sozinho", exclamei.

"Isso mesmo. Estava sozinho antes. Hum, que é isto?"

As duplas pegadas davam uma guinada brusca e tomavam a direção de King's Pyland. Holmes assobiou, e nos pusemos os dois a segui-las. Os olhos dele estavam nas pegadas, mas dei uma olhada para o lado por acaso e, para minha surpresa, vi as mesmas pegadas voltando da direção oposta.

"'Dez minutos da sua atenção, senhor', disse Holmes com a mais suave das vozes."
[H.R. Eddy, *American*, dominical de Boston, 11 de fevereiro de 1912]

"Ponto para você, Watson", disse Holmes quando as mostrei para ele. "Você nos poupou uma longa caminhada que nos teria feito voltar sobre nossos próprios passos. Vamos seguir os rastros de volta."

Não tivemos de ir longe. Eles terminavam no calçamento de asfalto que levava aos portões do haras Capleton. Quando nos aproximávamos, um cavalariço saiu correndo.

"Não queremos nenhum vadio por aqui", disse.

"Eu só gostaria de fazer uma pergunta", disse Holmes, enfiando os dedos no bolso do colete. "Seria cedo demais para falar com seu patrão, Mr. Silas Brown, se viéssemos aqui às cinco horas, amanhã de manhã?"

"Deus o abençoe, senhor. Se houver alguém por aqui, será o patrão, pois é sempre o primeiro a se levantar. Mas ali vem ele, para responder pessoalmente às suas perguntas. Não, senhor, eu poderia dar adeus ao meu emprego se ele me visse aceitando o seu dinheiro. Mais tarde, se o senhor quiser."

Enquanto Sherlock Holmes guardava a meia coroa que tirara do bolso, um homem idoso com cara de poucos amigos saiu pelo portão, sacudindo um chicote na mão.

"Que é isso, Dawson! Nada de bisbilhotice! Vá cuidar do seu serviço! Que diabo querem aqui?"

"Dez minutos da sua atenção, meu bom senhor", disse Holmes com a mais suave das vozes.

"Não tenho tempo para conversar com vagabundos. Não queremos estranhos aqui. Fora daqui, ou poderão ter um cachorro nos calcanhares."

Holmes inclinou-se e sussurrou alguma coisa no ouvido do treinador. O homem teve um forte sobressalto e corou até as têmporas.

"É mentira!" gritou. "Uma mentira diabólica!"

"Muito bem. Devemos discutir sobre isso aqui em público ou prefere conversar em sua sala de estar?"

"Ah, entre se quiser."

Holmes sorriu. "Não o deixarei esperando mais que alguns minutos, Watson", disse-me. "Agora, Mr. Brown, estou inteiramente ao seu dispor."

"Fora daqui!"
[Sidney Paget, *Strand Magazine*, 1892]

Passaram-se vinte minutos, e todos os tons de vermelhos já se haviam desbotado em cinza antes que Holmes e o treinador reaparecessem. Eu nunca tinha visto, em tão curto tempo, uma mudança como a que se produzira em Silas Brown. Tinha o rosto lívido, gotas de suor brilhavam sobre sua testa e suas mãos tremiam tanto que o chicote sacudia como um ramo ao vento. Suas maneiras arrogantes, de valentão, haviam desaparecido também; o homem se encolhia ao lado de meu companheiro como um cachorro com o dono.

"Suas instruções serão cumpridas. Tudo será feito", disse ele.

"Não deve haver nenhum erro", disse Holmes, voltando-se para encará-lo. O outro estremeceu quando leu a ameaça em seus olhos.

"Não, não. Não haverá nenhum erro. Estarei lá. Devo mudá-lo primeiro ou não?" Holmes pensou um pouco e depois caiu na risada. "Não, não mude", disse. "Eu lhe escreverei sobre isso. Mas atenção, nada de truques, ou..."

"Oh, pode confiar em mim, pode confiar em mim!"

"Deve cuidar dele no dia como se fosse seu."

"Pode contar comigo."[20]

"Sim, acho que posso. Bem, terá notícias minhas amanhã." Deu meia-volta, ignorando a mão trêmula que o outro lhe estendia, e partimos para King's Pyland.

"Raras vezes encontrei mistura mais perfeita do valentão com o covarde e o dissimulado do que Master Silas Brown", observou Holmes quando nos afastamos.

"Ele está com o cavalo, então?"

"Tentou convencer-me do contrário, mas descrevi para ele tão exatamente quais haviam sido suas ações naquela manhã que está certo de que eu o estava espiando. É claro que você observou que as pegadas tinham pontas peculiarmente quadradas, às quais as botas dele correspondem exatamente. Além disso, é claro, nenhum subordinado teria ousado fazer semelhante coisa. Descrevi para ele de que maneira, ao acordar antes de todos, como é seu costume, percebeu um cavalo estranho vagando na charneca. Ao sair para ir vê-lo, qual não foi seu espanto ao constatar, pela testa branca que deu nome ao favorito, que a sorte pusera em seu poder o único cavalo capaz de vencer aquele em que apostara. Depois descrevi como seu primeiro impulso fora levá-lo de volta a King's Pyland, como o diabo lhe mostrara como poderia esconder o cavalo até que a corrida terminasse, e como ele o levara de volta para Capleton e o escondera. Quando lhe contei cada detalhe, ele desistiu e pensou apenas em salvar a pele."

"Mas os estábulos dele não foram vasculhados?"

"Oh, um velho vigarista como ele tem muitas artimanhas."

"Mas você não tem medo de deixar o cavalo em poder dele, já que tem todo o interesse em machucá-lo?"

"Meu caro companheiro, ele tomará conta do cavalo como se fosse sua menina dos olhos. Sabe que só pode ter alguma esperança de clemência se apresentá-lo ileso."

"Seja como for, o coronel Ross não me deu a impressão de ser um homem propenso a mostrar muita clemência."

"A questão não depende do coronel Ross. Sigo meus próprios métodos e só revelo o que bem entendo. Esta é a vantagem de trabalhar extraoficialmente. Não sei se você observou, Watson, mas as maneiras do coronel comigo não foram lá muito cavalheirescas. Agora estou inclinado a me divertir um pouco à custa dele. Não lhe diga nada sobre o cavalo."

"Certamente não o faria sem a sua permissão."

"E é claro que este é um ponto de pouquíssima importância comparado à questão de quem matou John Straker."

"E você vai se dedicar a isso?"

"Ao contrário. Voltaremos ambos para Londres no trem noturno."

Fiquei pasmo com as palavras de meu amigo. Fazia apenas poucas horas que estávamos em Devonshire, e que ele desistisse de uma investigação que iniciara de maneira tão brilhante era-me incompreensível. Não consegui arrancar mais uma palavra dele até chegarmos à casa do treinador. O coronel e o inspetor nos esperavam na sala.

"Meu amigo e eu retornaremos a Londres pelo expresso da meia-noite", disse Holmes. "Foi agradável respirar um pouco esse excelente ar que vocês têm aqui em Dartmoor."

O inspetor arregalou os olhos e o coronel fez um muxoxo de escárnio.

"Então desiste de prender o assassino do pobre Straker", disse.

Holmes deu de ombros. "Não há dúvida de que há graves dificuldades no caminho", respondeu. "Mas tenho grandes esperanças de que seu cavalo largue na terça-feira, e aconselho-o a ter um jóquei de prontidão. Poderia lhe pedir uma fotografia de Mr. John Straker?"

O inspetor tirou uma de um envelope.

"Meu caro Gregory, você antecipa todos os meus desejos. Posso lhe pedir que espere aqui um instante? Gostaria de fazer uma pergunta à criada."

"Devo dizer que estou bastante decepcionado com nosso consultor de Londres", disse o coronel Ross rudemente quando meu amigo saiu da sala. "Parece-me que estamos exatamente no mesmo pé em que estávamos quando ele chegou."

"Pelo menos o senhor tem a garantia dele de que seu cavalo vai correr", disse eu.

"É verdade, tenho a garantia dele", disse o coronel, sacudindo os ombros. "Preferiria ter o cavalo."

Eu estava prestes a dar alguma resposta em defesa de meu amigo quando ele voltou à sala.

"Agora, senhores", disse. "Estou inteiramente pronto para seguir para Tavistock."

Quando entrávamos na carruagem, uma ideia repentina parece ter ocorrido a Holmes, porque ele se inclinou para a frente e puxou a manga da camisa de um cavalariço que segurava a porta.

"Vejo algumas ovelhas ali no padoque, quem cuida delas?" perguntou.

"Eu mesmo, senhor."

"Notou alguma coisa de errado com elas ultimamente?"

"Bem, senhor, nada de muito importante; mas três começaram a coxear."

Pude notar que Holmes ficou extremamente satisfeito, porque deu uma risadinha e esfregou as mãos.

"Um lance muito arriscado, arriscadíssimo", disse, beliscando-me o braço. "Gregory, permita que eu lhe chame a atenção para essa singular epidemia entre as ovelhas. Pode seguir, cocheiro!"

"Holmes ficou extremamente satisfeito."
[Sidney Paget, *Strand Magazine*, 1892]

A expressão do coronel Ross ainda mostrava o mau juízo que formara da capacidade de meu companheiro, mas vi pelo rosto do inspetor que sua atenção fora vivamente despertada.

"Acha que isso é importante?" perguntou.

"Extremamente."

"Há algum outro detalhe para o qual gostaria de chamar a minha atenção?"

"O curioso incidente do cachorro durante a noite."

"O cachorro não fez nada durante a noite."

"Esse foi o incidente curioso", observou Holmes.[21]

Quatro dias depois, Holmes e eu estávamos no trem, a caminho de Winchester, para assistir à corrida pela Copa de Wessex. Conforme combinação prévia, o coronel Ross encontrou-nos fora da estação e levou-nos em sua *drag*[22] para a pista, além da cidade. Tinha o semblante carregado e suas maneiras foram extremamente frias.

"Não vi nem sombra do meu cavalo", disse.

"Suponho que o reconheceria se o visse?" perguntou Holmes.

O coronel ficou furioso. "Faz vinte anos que estou no turfe e nunca me fizeram uma pergunta como esta", exclamou. "Até uma criança reconheceria Silver Blaze, com sua testa branca e a pata dianteira direita malhada."

"Como estão as apostas?"

"Bem, esta é a parte intrigante da história. Ontem era possível obter quinze por um, mas a cotação foi baixando, baixando, e agora mal se consegue três por um."

"Hum!" disse Holmes. "Alguém sabe alguma coisa, isto está claro."

Quando a *drag* parou no cercado próximo à tribuna de honra, dei uma olhada no programa para ver a lista de competidores.[23]

Taça Wessex[24] 50 soberanos cada *h ft*,[25] com 1.000 sobs. acrescentados para animais de quatro e cinco anos. Segundo, 300 libras, Terceiro, 200 libras. Pista nova (uma milha e cinco oitavos);

    1. Negro, de Mr. Heath Newton. Boné vermelho. Jaqueta cor de canela.

    2. Pugilist, do coronel Wardlaw. Boné cor-de-rosa. Jaqueta azul e preta.

    3. Desborough, de Lord Backwater. Boné e mangas amarelos.

    4. Silver Blaze, do coronel Ross. Boné preto. Jaqueta vemelha.

5. Iris, do duque de Balmoral.[26] Listras amarelas e pretas.

6. Rasper, de Lord Singleford. Boné roxo. Mangas pretas.[27]

"Retiramos nosso outro cavalo da competição e depositamos todas as nossas esperanças na sua palavra", disse o coronel. "Mas que é isso? Silver Blaze é o favorito?"

"Cinco por quatro contra Silver Blaze!" berravam os *bookmakers*. "Cinco a quinze contra Desborough! Cinco por quatro no campo!"

"Os números estão sendo levantados", exclamei. "Todos os seis estão lá."

"Os seis lá? Então meu cavalo está correndo!" gritou o coronel, muito agitado. "Mas não o vejo. Minhas cores não passaram."

"Só passaram cinco. Aquele ali deve ser ele."

Enquanto eu falava, um robusto cavalo baio precipitou-se fora do recinto de pesagem e passou por nós a meio galope, levando no dorso o conhecido preto e vermelho do coronel.

"Aquele não é o meu cavalo", gritou o proprietário. "Aquele animal não tem um só pêlo branco no corpo. Que diabo o senhor fez, Mr. Holmes?"

"Bem, bem, vamos ver como ele se sai", disse meu amigo, imperturbável. Durante alguns minutos, observou com meu binóculo. "Esplêndido! Uma excelente largada!" exclamou de repente. "Lá vêm eles, fazendo a curva!"

De nossa *drag*, tivemos uma visão soberba dos seis cavalos quando vieram pela reta. Estavam tão juntos que um tapete teria coberto todos eles, mas na metade do percurso o amarelo do haras Capleton despontou na frente. Antes que passassem diante de nós, porém, Desborough afrouxou o passo, e o cavalo do coronel, arremetendo com ímpeto, ultrapassou a reta de chegada com uns bons seis corpos de vantagem sobre o rival, tendo Iris, do duque de Balmoral, ficado com um mau terceiro lugar.

"Seja lá como for, ganhei a corrida", disse o coronel, arfando e passando a mão nos olhos. "Confesso que não estou entendendo patavina disso. Não acha que manteve seu mistério por tempo suficiente, Mr. Holmes?"

"Certamente, coronel, o senhor saberá de tudo. Vamos até lá juntos, dar uma olhada no cavalo. Cá está ele", continuou, quando chegamos ao recinto de pesagem, onde somente proprietários e seus amigos eram admitidos. "Basta que lave a cara e a pata dele com conhaque, e encontrará o mesmo Silver Blaze de sempre."

"O senhor me deixou sem fôlego!"

"Encontrei-o nas mãos de um impostor e tomei a liberdade de fazê-lo correr tal como me foi enviado."[28]

"O senhor fez maravilhas, meu caro. O cavalo parece bem e em excelente forma. Nunca esteve melhor em sua vida. Devo-lhe mil desculpas por ter duvidado de sua capacidade. Prestou-me um grande serviço ao recuperar meu cavalo. Prestaria um maior ainda se conseguisse pôr as mãos no assassino de John Straker."

"Fiz isso", disse Holmes tranquilamente.

O coronel e eu olhamos para ele, espantados. "O senhor o pegou! Então onde está?"

"Está aqui."

"Aqui! Onde?"

"Em minha companhia no presente momento."

O coronel ficou rubro de raiva. "Reconheço perfeitamente que lhe devo um grande favor, Mr. Holmes", disse, "mas só posso encarar o que acaba de dizer como uma piada de muito mau gosto ou um insulto."

Sherlock Holmes riu. "Asseguro-lhe que não o associei ao crime, coronel. O verdadeiro assassino está bem atrás do senhor." Deu um passo à frente e pousou a mão no pescoço lustroso do puro-sangue.

"O cavalo!" gritamos o coronel e eu.

"Isso mesmo, o cavalo. Mas talvez a culpa dele fique atenuada se eu disser que agiu em legítima defesa e que John Straker era um homem inteiramente indigno de sua confiança. Mas o sino está tocando, e como posso ganhar um pouco neste próximo páreo,[29] devo deixar uma explicação detalhada para um momento mais oportuno."

Tivemos o canto de um carro Pullman[30] só para nós aquela noite, quando nosso trem rumava para

"Pousou a mão no pescoço lustroso."
[Sidney Paget, *Strand Magazine*, 1892]

Londres, e imagino que a viagem foi tão curta para o coronel Ross quanto para mim, enquanto ouvíamos nosso companheiro narrar os eventos que haviam tido lugar nos haras de treinamento de Dartmoor naquela segunda-feira à noite, e os meios pelos quais ele os desenredara.

"Confesso", disse ele, "que todas as teorias que eu havia formulado a partir das notícias dos jornais eram inteiramente errôneas. No entanto, teria sido possível ver indícios ali, se não tivessem sido encobertos por outros detalhes que obscureciam sua verdadeira significação. Fui a Devonshire com a convicção de que Fitzroy Simpson era o verdadeiro culpado, embora, é claro, visse que as provas contra ele não eram de modo algum suficientes. Foi quando estava na carruagem, assim que chegamos à casa do treinador, que a imensa relevância de um carneiro ao *curry* me ocorreu. Talvez se lembrem de que eu estava distraído e continuei sentado depois que os senhores haviam saltado. Estava perplexo, pensando comigo mesmo como pudera deixar de notar uma pista tão óbvia."

"Confesso", disse o coronel, "que mesmo agora não vejo como isso nos ajuda."

"Foi o primeiro elo na minha cadeia de raciocínio. Ópio em pó não é em absoluto algo sem gosto. O sabor não é desagradável, mas é perceptível. Se misturado a algum prato comum, seria indubitavelmente detectado, e a pessoa não comeria mais. *Curry* era o meio exato capaz de disfarçar esse gosto. Ora, seria impossível supor que esse estranho, Fitzroy Simpson, teria podido fazer com que servissem *curry* aquela noite à família do treinador, e seria certamente uma coincidência inimaginável que ele tivesse aparecido com ópio em pó justamente naquela noite em que o prato servido era capaz de disfarçar seu sabor. Isso é inconcebível. Portanto, Simpson fica eliminado do caso, e nossa atenção concentra-se sobre Straker e a mulher, as duas únicas pessoas que teriam podido escolher carneiro ao *curry* para o jantar daquela noite. O ópio foi acrescentado depois que o prato do cavalariço foi feito, porque os outros comeram a mesma coisa no jantar sem nenhum efeito nocivo. Qual deles, portanto, teria tido acesso àquele prato sem que a criada percebesse?

"Antes de responder a esta pergunta, eu compreendera a significação do silêncio do cachorro, porque uma inferência verdadeira invariavelmente sugere outras. O incidente Simpson me mostrara que havia um cachorro nas cocheiras, e no entanto, embora alguém tivesse entrado nelas e levado embora um cavalo, o animal não latira o suficiente para despertar os dois rapazes no celeiro. Obviamente o visitante da meia-noite era alguém com quem o cachorro tinha muita intimidade.

"Eu já estava convencido, ou quase convencido, de que John Straker havia ido até as cocheiras altas horas da noite e tirado Silver Blaze de lá. Com que objetivo? Com um objeti-

Silver Blaze
[Sidney Paget, *Strand Magazine*, 1892]

vo desonesto, obviamente, pois, caso contrário, por que teria drogado seu próprio cavalariço? Mas eu não conseguia atinar com a razão desse gesto. Já houve casos em que treinadores garantiram para si grandes somas de dinheiro apostando contra seus próprios cavalos por intermédio de agentes e depois os impedindo de ganhar com alguma fraude. Às vezes é um jóquei que retarda deliberadamente o cavalo. Às vezes são meios mais seguros e mais sutis. Qual fora, nesse caso? Tive a esperança de que o conteúdo dos bolsos dele pudesse me ajudar a chegar a uma conclusão.

"E de fato ajudaram. Os senhores não devem ter esquecido a singular faca que foi encontrada na mão do morto, faca que certamente nenhum homem sensato escolheria como arma. Tratava-se, como o dr. Watson nos disse, de um tipo de faca usado para as mais delicadas operações conhecidas na cirurgia. E destinava-se a ser usada para uma operação delicada aquela noite. O senhor certamente sabe, coronel Ross, com sua ampla experiência no turfe, que é possível fazer um leve corte nos tendões de um cavalo na parte posterior do joelho, e fazê-lo de maneira subcutânea, de modo a não deixar absolutamente nenhum vestígio.[31] Um cavalo submetido a esse procedimento passa a mancar ligeiramente, o que se tenderia a atribuir a um esforço excessivo nos exercícios ou a um pouco de reumatismo, nunca a uma traição."

"Patife! Canalha!" gritou o coronel.

"Temos aqui a explicação de por que John Straker quis levar o cavalo para a charneca. Um animal tão fogoso teria certamente acordado o dorminhoco de sono mais pesado quando sentisse a facada. Era absolutamente necessário fazer isso ao ar livre."

"Fui cego!" exclamou o coronel. "Claro que foi para isso que precisou da vela e acendeu o fósforo."

"Sem dúvida alguma. Ao examinar seus pertences, tive a sorte de descobrir não só o método do crime como até seus motivos. Como homem do mundo, coronel, o senhor sabe que ninguém anda por aí carregando as contas de outras pessoas no bolso. Em geral, já temos bastante trabalho para saldar as nossas. Concluí de imediato que Straker estava levando uma vida dupla e mantendo um segundo lar. A natureza da conta mostrava que havia uma dama no caso, e de gostos dispendiosos. Por mais liberal que o senhor seja com seus empregados, não é de se esperar que possam comprar roupas de passeio no valor de vinte guinéus para as esposas. Perguntei a Mrs. Straker sobre o vestido sem lhe revelar do que se tratava e, tendo me convencido de que ele nunca chegara às suas mãos, anotei o endereço da modista e tive a impressão de que, se a visitasse com uma fotografia de Straker, poderia descartar facilmente o mítico Derbyshire.

"Desse momento em diante tudo ficou claro. Straker havia conduzido o cavalo a uma depressão onde sua luz seria invisível. Simpson, em sua fuga, deixara a gravata cair e Straker a apanhara — com alguma ideia, talvez, de vir a usá-la para prender a perna do cavalo. Uma vez na depressão, ele se pusera ao lado do cavalo e acendera um fósforo;[32] mas Silver Blaze, atemorizado pelo súbito clarão, e sentindo, com o estranho instinto dos animais, que se pretendia lhe fazer algum mal, investiu violentamente, e a ferradura de aço atingiu Straker de cheio na testa. Antes de fazer esse delicado serviço ele tirara sua capa impermeável, apesar da chuva, e assim sua faca, ao cair, cortou-lhe a coxa. Estou me fazendo entender?"

"Maravilhoso!" exclamou o coronel. "Maravilhoso! Parece que o senhor estava lá!"

"Meu último palpite foi, eu confesso, muito arriscado. Ocorreu-me que um homem tão esperto quanto Straker não iria empreender esse delicado corte de tendão sem um pouco de prática. Ora, com que poderia praticar? Meus olhos bateram nas ovelhas e fiz uma pergunta que, para minha grande surpresa, demonstrou que minha suposição estava correta.[33]

"Quando voltei a Londres, visitei a modista. Ela reconheceu Straker como um excelente cliente chamado Derbyshire, que tinha uma mulher elegantíssima, com especial predileção por vestidos caros. Não tive nenhuma dúvida de que essa mulher o afundara em dívidas até o pescoço, induzindo-o assim a seu infeliz plano."

"O senhor explicou tudo, menos uma coisa", exclamou o coronel. "Onde estava o cavalo?"

"Ah, fugiu e um de seus vizinhos cuidou dele. Penso que isso deve ser relevado. Ou muito me engano ou estamos no Entroncamento de Clapham, estaremos em Victoria[34] em menos de dez minutos. Se quiser fumar um charuto em nosso apartamento, coronel, ficarei feliz em lhe dar quaisquer outros detalhes em que possa estar interessado."[35]

ANEXO

". . . E o cálculo é simples"

Estudiosos sherlockianos têm ficado fascinados com a aparente mágica matemática de Sherlock Holmes ao calcular a velocidade do trem em que ele e Watson "voavam" para Exeter.

S. Galbraith, em "The Real Moriarty", considera a afirmação de Holmes sobre a simplicidade do cálculo incompatível com o caráter preciso, racional do detetive, porque, por sua natureza, o cálculo não admitiria conclusão tão exata. Como a velocidade do trem devia variar — provavelmente não permanecendo constante por mais de dois minutos de cada vez —, o uso que Holmes faz de um relógio comum para contar os segundos entre a passagem de um poste telegráfico e outro produziria necessariamente um erro de pelo menos um ou dois segundos. Galbraith salienta que um erro de um segundo num intervalo de dois minutos na velocidade em que o trem viajava produziria uma imprecisão de meia milha por hora. "Portanto o homem da mente precisa", deduz Galbraith, "mesmo que acreditasse ter alcançado uma exatidão quase sobre-humana em sua mensuração do tempo, diria 'entre cinquenta e três e cinquenta e quatro milhas por hora', e uma declaração mais razoável seria 'entre cinquenta e duas e cinquenta e cinco'." Estaria Holmes tentando impressionar Watson, ou Watson tentando impressionar seus leitores?

Jay Finley Christ, em "Sherlock Pulls a Fast One", conclui que o cálculo não era simples. Guy Warrack, em *Sherlock Holmes and Music*, concorda, sustentando que uma velocidade de cinquenta e três milhas e meia por hora teria exigido que Holmes contasse 2,2439 segundos entre a passagem de postes e depois calculasse mentalmente uma fração complexa. "A única conclusão a que se pode chegar", acredita Warrack, "é que a afirmação precisa de Holmes foi um puro blefe em que Watson embarcou no momento e os leitores de Watson, desde então."

S.C. Roberts, numa crítica ao livro de Warrack em "The Music of Baker Street", reagiu a isto dizendo: "Mr. Warrack, se podemos expressá-lo assim, está transformando canetas-tinteiro em postes telegráficos. O que aconteceu, com certeza, foi algo mais ou menos assim: cerca de meio minuto antes de se dirigir a Watson, Holmes havia olhado para o ponteiro dos segundos de seu relógio e depois contado quinze postes." Usando esta observação prévia, bem como o conhecimento de que os postes estavam a sessenta jardas um do outro (fato revelado aos leitores), Holmes — segundo Roberts — fez um cálculo simples baseado na diferença (mais de 10%) entre os números obtidos para aquele trem e os que seriam encontrados se ele estivesse viajando a sessenta milhas por hora.

Foram propostos pelo menos quatro outros métodos que se pretendem "simples", mas para o leitor médio o problema parece semelhante à obra de Moriarty sobre *A dinâmica de um asteroide*, "que ascende a altitudes tão rarefeitas da matemática pura que se diz que não há um só homem na imprensa científica capaz de criticá-lo" (*O Vale do Medo*).

ANEXO "Posso ganhar um pouco neste próximo páreo. . ."

Sherlock Holmes apostou em Silver Blaze? Sua revelação de que havia apostado no páreo seguinte ao da Taça Wessex leva alguns a acreditar que ele pode ter tirado proveito de informação confidencial. "Não há nenhuma prova de que Holmes realmente apostou em Silver Blaze como vencedor da Copa de Wessex, mas conhecendo-o", escreve Gavin Brend, "e sabendo o que ele sabia sobre o cavalo, ficaríamos surpresos se tivesse deixado essa oportunidade passar." Robert Keith Leavitt chega quase à mesma conclusão, acusando Silas Brown e Lord Backwater (que era dono do cavalo Desborough e mais tarde faria um favor a Holmes recomendando-o a Lord Robert St. Simon em "O nobre solteirão") de terem conspirado com Holmes para forjar a corrida. A grande quantidade de dinheiro que teriam ganho ajudaria a explicar a misteriosa fortuna do detetive.

Charles B. Stephens delineia uma trama potencial: Silas Brown manteve Silver Blaze escondido enquanto Holmes pegou o trem para Londres na noite da véspera da corrida e fez as apostas mais improváveis no cavalo aparentemente desaparecido. Brown instruiu então o jóquei do Desborough a tomar a dianteira logo no início, o que ele fez, mal sabendo que essa estratégia lhe custaria a corrida. "Há indícios perfeitamente claros", deduz Stephens, "de que foi o próprio Holmes quem planejou a manipulação das probabilidades das apostas em seu próprio proveito, em detrimento de suas obrigações com o homem que o contratara para a investigação."

Essa mesma triste ideia é sustentada pelo colunista esportivo Red Smith, que, em seu ensaio "The Nefarious Holmes", critica o detetive por ter um "ponto cego ético" quando se trata de esporte. Smith ressalta que em "O problema final", que ocorre em 1891, Holmes afirmou que seus ganhos com casos recentes o haviam deixado livre para viver como desejasse; no entanto, em 1901 ("A escola do priorado") ele confessou: "Sou um homem pobre." Apesar dos honorários principescos que recebia por seus serviços, estava quase sempre quebrado — "obviamente porque os *bookmakers* tomavam tudo que ele não tinha para pôr nas patas dos cavalos". Smith acusa então Holmes de ser "um turfista de princípios degenerados para quem não havia nada demais em trapacear uma corrida, e, quando se tem em mente seu conhecimento do efeito da cocaína por experiência própria, torna-se provável que tenha injetado sua seringa nas veias de mais de um puro-sangue".

Edward T. Buxton, em "He Solved the Case and Won the Race", tenta provar que Holmes tinha motivos mais benignos para esconder o cavalo. Em vez de mandar um treinador da mais elevada competência para a cadeia e a ruína certa, ele escolheu Silas Brown para treinar Silver Blaze para a Copa de Wessex. Mesmo que esse plano o beneficiasse, o coronel Ross provavelmente não o aprovaria, por isso Holmes o manteve sob absoluto segredo. A visão que Buxton tem dos eventos não exclui, contudo, a possibilidade de que o detetive tenha também feito uma aposta na corrida.

S. Tupper Bigelow também se levanta em defesa de Holmes em "Silver Blaze: The Master Vindicated". Afirma que ele não foi culpado de roubo, porque Silas Brown não pretendia privar o coronel Ross do cavalo *permanentemente*. Além disso, como o cavalo que correu não foi um *substituto* para Silver Blaze, mas o próprio, ninguém foi enganado. "Não há nenhuma prova", conclui o juiz Bigelow, "de qualquer conduta ilegal, imprópria, aética ou mesmo reprovável da parte do Mestre em toda a história…"

A propósito, deveríamos acreditar que o dr. Watson, que na altura de "O velho solar de Shoscombe" gastava metade de seus rendimentos em especulações no turfe, deixou de fazer sua fezinha na corrida?

 **Notas**

1. "Silver Blaze" foi publicado na *Strand Magazine* em dezembro de 1892 e na *Strand Magazine* (Nova York) em janeiro de 1893.

2. O distrito de Dartmoor (que recebeu seu nome do rio Dart), com suas charnecas, situa-se no condado de Devon, no sudoeste da Inglaterra, e é caracterizado por seus impressionantes *tors* — grandes blocos de granito que se elevam espetacularmente acima de seus arredores —, bem como por várias relíquias das idades do Bronze e do Ferro. Uma floresta real nos tempos saxônios, o distrito foi convertido em parque nacional em 1951 e abriga até hoje a Dartmoor Prison, uma penitenciária famigerada pela sua crueldade, construída em 1806-9 para alojar franceses aprisionados nas Guerras Napoleônicas. Durante a Guerra de 1812, cerca de 1.500 prisioneiros franceses e americanos morreram presos ali e foram enterrados num campo fora dos muros da prisão. Após trinta anos de inatividade, a Dartmoor Prison foi reaberta para receber prisioneiros civis em 1850.

Dartmoor é conhecido também pelo pônei dartmoor, um cavalo pequeno, robusto e muito peludo. Quase extinta em certa época por não ser considerada grande o bastante para carregar soldados e armaduras, a raça ressurgiu quando Eduardo VII (filho mais velho da rainha Vitória) começou a treinar dartmoors para suas equipes de polo.

Em 1894, em seu *Great Britain: Handbook for Travellers*, Karl Baedeker advertiu: "O pedestre encontrará abundantes oportunidades para suas façanhas, mas deveria se precaver contra lodaçais e garoas. É prudente manter-se bem próximo às trilhas batidas e acompanhado por um guia."

3. Esta e uma menção feita em "O mistério do vale Boscombe" a um "boné de pano muito ajustado à cabeça" são as únicas alusões ao *deerstalker* com que Sidney Paget representou Holmes e que se tornou sua marca registrada. Em *O cão dos Baskerville* há também uma referência a um boné de pano, mas Paget o desenhou como um chapéu-melão.

4. Houve quem duvidasse de que o trem pudesse estar viajando a tamanha velocidade, mas D. Marcus Hook, em "More on the Railway Journeys", mostra que ela "era não somente possível, como necessária". Cita o fato de que as locomotivas *Flying Dutchman* e *Zulu*, que faziam ambas o percurso de Paddington a Swindon em 87 minutos, tinham de ter uma velocidade *média* de 53¼ m.p.h.; a velocidade máxima, é claro, teria de ser muito maior. Holmes está falando aqui muito depois que ele e Watson passaram por Reading, e portanto somente nesse momento o trem estaria alcançando sua velocidade máxima. Sua estimativa de 53½ m.p.h., portanto, é não só razoável, como de fato possivelmente demasiado conservadora.

5. Ver "...E o cálculo é simples" à página 38.

6. Na maioria dos textos americanos, não se sabe por que razão, aparece aqui o nome "Somomy". Jay Finley Christ aprofunda a história da estirpe de Silver Blaze em "Silver Blaze: An Identification as of 1893 A.D.", descobrindo que aos três anos Isonomy venceu o Cambridgeshire de 1878 na corrida de Newmarket, conquistando a Taça Manchester no ano seguinte. Foi um dos poucos cavalos que ganharam a Copa de Ouro de Ascot duas vezes, terminando em primeiro lugar tanto em 1874 quanto em 1880. Tentando adivinhar quem poderia ter sido o famoso "Silver Blaze", Christ sugere Isinglass, que venceu a Tríplice Coroa Britânica (o Epsom Derby, o St. Leger Stakes e o Two Thousand Guineas) em 1893 e quebrou o recorde do maior prêmio em dinheiro recebido por um cavalo britânico.

Procurando similaridades com o nome "Silver Blaze", Gavin Brend observa em "From the Horse's Mouth" que houve vencedores do Derby chamados Silvio e St. Blaise, em 1877 e 1883 respectivamente, mas nenhum deles era da estirpe de Isonomy. "Se restringirmos nossa atenção à progênie de Isonomy", Brend conclui, "o mais forte candidato do ponto de vista da fonética parecer ser Seabreeze, que venceu Oaks e St. Leger em 1888, mas que, lamento dizer, não era um potro mas uma potranca."

Wayne B. Swift, em "Silver Blaze — a Corrected Identification", obra exaustivamente pesquisada e amplamente aceita, identifica Silver Blaze com o cavalo Ormonde, o vencedor da Tríplice Coroa em 1886. John Porter, o treinador do cavalo, escreveu em *Kingsclere* (Londres, Chatto & Windus, 1898): "Ele venceu todas as corridas que disputou. E corria praticamente sem treinamento." Ormonde, primo de segundo grau de Isonomy, pertencia ao duque de Westminster.

7. Por nenhuma razão manifesta, "Mapleton" na *Strand Magazine* e nas edições americanas, "Capleton" nas edições inglesas.

8. Ele possuía uma propriedade em Petersfield e compareceu como convidado ao casamento de Lord Robert St. Simon, a quem recomendou Holmes ("O nobre solteirão").

9. Na edição inglesa em livro lê-se "Houve pouca dificuldade em encontrá-lo, porque morava numa daquelas casas que mencionei." A explicação dada na versão americana, contudo, parece mais provável.

10. Bengala com grande castão redondo e importada de Penang, uma ilha ao largo da costa da Malásia. O nome, segundo o dicionário *Hobson-Jobson* de Sir Henry Yule, talvez fosse uma corruptela do malaio *pinang liyar* (areca silvestre), ou *pinang layor* (areca secada ao fogo); podia ser também uma referência (bem fundada ou não) à ideia de que questões legais em Penang eram resolvidas a bengaladas. O *Slang Dictionary* (1865) de John Camden refere-se a ela como "usada hoje por lacaios, embora outrora por cavalheiros".

11. Projeção convexa no centro de um escudo.

12. John Weber salienta que Tavistock não fica nem no norte de Dartmoor, como Holmes sugere, nem no meio do círculo de Dartmoor, como Watson declara. A cidade situa-se na extremidade oeste de Dartmoor. Weber escolhe Oakley Farm (3,2km a leste de Tavistock) como "King's Pyland" e identifica a aldeia de Collaton como Capleton (Mapleton). Sugere também que a pista de corridas não se situava em Winchester, e sim em Newton Abbott, na fronteira leste de Dartmoor.

13. Carruagem de quatro rodas com a capota dividida em duas seções, podendo assim ser fechada, semiaberta ou inteiramente aberta.

14. Embora seja tentador supor que "A.D.P." representa a conhecida firma fabricante de cachimbos e varejista de tabaco Alfred Dunhill Pipe, Lord Donegall conclui que a referência aqui é a pequenos cachimbos de raiz de urze-branca manufaturados nas proximidades de Ancona, na Itália. Portanto, A.D.P. significava *"Ancona Della Piccola"*. Alfred Dunhill só abriu sua tabacaria (Alfred Dunhill Ltd.) em 1907 e não fabricou cachimbos antes de 1910, o que reforça esse argumento. Um candidato mais provável é um fabricante inglês de cachimbos, A. Posener & Son, que pôs na praça cachimbos sob a marca "A.D. Pierson".

15. Tabaco amaciado e prensado em barras sólidas; Cavendish é o nome do fabricante.

16. John Weiss & Sons de Oxford Street e Manchester fabricavam instrumentos cirúrgicos.

17. A expressão "por alguns dias" não aparece em algumas versões americanas.

18. Havia duas Bond Streets, Old e New. Nesta última havia muitas lojas atraentes e elegantes e várias galerias de pintura.

19. Holmes comenta várias vezes a importância da imaginação para um detetive: "O senhor obterá resultados, inspetor, colocando-se sempre no lugar do outro sujeito e pensando o que o senhor mesmo faria. Requer alguma imaginação, mas compensa" ("Mr. Josias Amberley"); "Você conhece meus métodos nesses casos, Watson. Ponho-me no lugar do homem, e, depois de ter avaliado sua inteligência, tento imaginar como eu mesmo teria procedido nas mesmas circunstâncias" ("O ritual Musgrave").

Estes comentários de Holmes contrariam sua declaração frequente (por exemplo, em *Um estudo em vermelho*) do princípio de que é um erro teorizar antes de se ter os dados. De fato, ao "imaginar" Holmes não comete exatamente a prática que condena ali, "torcer fatos para ajustá-los a teorias"?

20. Esta frase e a anterior não aparecem na *Strand Magazine* nem nas edições americanas.

21. Monsenhor Ronald Knox, em seu famoso ensaio satírico "Studies in the Literature of Sherlock Holmes", cunhou o altissonante termo cômico "*Sherlockismus*", ou sherlockismo, para os ditos epigramáticos de Holmes, que este diálogo tão bem caracteriza. Outro favorito de Knox é "Isto aqui parece um desses indesejáveis convites para eventos sociais que nos obrigam a nos entediar ou a mentir" ("O nobre solteirão").

22. Semelhante a uma diligência do Velho Oeste, com assentos no interior e em cima.

23. É especialmente digna de nota neste programa a ausência de qualquer menção aos jóqueis.

24. [No original: Wessex Plate] Observe-se que Watson mencionou anteriormente a "Copa Wessex" ["Wessex Cup"]. Designa-se *"plate"* a corrida em que os concorrentes disputam um prêmio de valor fixo, e não apostas.

25. Wayne Swift traduz os símbolos *"h ft"* por *"half forfeit"*. Isso significa, explica ele, "que a aposta que cada proprietário deve fazer para inscrever seu cavalo não será devolvida caso este não corra. Em vez disso, metade (*half*) desse valor será confiscado (*forfeited*)".

26. O duque, membro da família St. Simon, foi em certa época ministro das Relações Exteriores. Como registrado em "O nobre solteirão", a família estava um pouco empobrecida. Isso talvez fosse consequência do jogo; em "A casa vazia", Watson relata que Ronald Adair ganhou uma grande soma no baralho de "Lord Balmoral", presumivelmente a mesma pessoa.

27. O que é apresentado aqui como uma cópia do programa da corrida é algo suspeito e incompleto, possivelmente até reconstituído de memória após o evento por alguém pouco familiarizado com as cores do turfe. Gavin Brend elucida: A "jaqueta azul e preta" do Pugilist é insuficientemente descrita — uma referência a "listras azuis e pretas" seria mais apropriada. O jóquei de Iris parece não usar nenhum boné. Desborough e Rasper, com trajes compostos unicamente de mangas, parecem ter perdido as jaquetas. Somente as descrições de Silver Blaze e Negro estão completas e corretas.

28. Alle Caccia acha a participação de um cavalo incógnito numa corrida tão improvável, à luz dos padrões dos administradores e do prestígio do hipismo, que conclui que Watson inventou todo o incidente para exibir os talentos de Holmes.

29. Teria Holmes apostado em Silver Blaze? Essa questão intriga muitos estudiosos (ver "Posso ganhar um pouco neste próximo páreo", à página 39) e uma pista pode ser encontrada aqui. Em "Some Observations Upon *Silver Blaze*", Ernest Bloomfield Zeisler observa que Holmes assistiu às corridas a partir do *drag* e aparentemente nunca saiu dele, querendo dizer que não poderia ter feito uma aposta naquele dia. No entanto, a admissão do detetive de que podia "ganhar um pouco neste próximo páreo" indica que de fato *tinha* apostado no páreo que se seguiu ao de Silver Blaze, presumivelmente antes de chegar a Winchester. Logo, poderia também, na mesma ocasião, ter apostado em Silver Blaze.

30. Um carro Pullman era um vagão-leito, e recebeu o nome de seu inventor, o americano George Mortimer Pullman (1831-97). Ex-fabricante de armários, Pullman teve inicialmente pouco sucesso com seu primeiro vagão-leito, o luxuoso *Pioneer*, largo demais para se encaixar na maioria das bitolas. Essa situação mudou em 1865, depois que o *Pioneer* foi incluído no cortejo fúnebre do presidente Abraham Lincoln, de dois dias de duração, para o qual plataformas e pontes foram modificadas de modo a acomodar as dimensões especiais do vagão. Ao perceber como a viagem de trem podia ser confortável, o público começou a exigir o novo vagão, estimulando Pullman a fundar a Pullman Palace Car Company em 1867 — seguida pela comunidade-modelo da Pullman para seus operários em 1880 (a vila tornou-se parte de Chicago em 1889). Foi na Pullman que ocorreu, em 1894, uma das mais famosas e contenciosas disputas trabalhistas na história dos Estados Unidos, quando operários fizeram greve para protestar contra reduções salariais e demissões em massa. Um boicote da American Railway Union, tumultos generalizados e a paralisação do sistema ferroviário levaram o presidente Grover Cleveland a enviar tropas federais, que encerraram a greve dois meses após seu início.

31. As pesquisas do médico dr. Roland Hammond o convenceram de que uma faca de catarata não teria podido infligir semelhante ferimento, pois os tendões de um cavalo seriam rijos demais para que uma faquinha desse tipo os penetrasse o suficiente. "O incidente tem grande valor dramático", conclui Hammond, "mas a emocionante cena descrita [em "Silver Blaze"] não resiste à luz fria da razão e da experiência."

32. É realmente estranho que um treinador experiente se aproxime de um cavalo não amarrado por trás... e acenda um fósforo. Alexander Moore Hobb observa que Straker poderia ter evitado que o cavalo escoiceasse puxando-lhe a cauda, mas ele tinha as mãos ocupadas com a gravata e a faca. Aliás, com que mão tinha segurado o fósforo? "Além disso, estava chovendo", reflete Hobbs. "É espantoso que tenha conseguido até acender o fósforo."

33. A explicação de Holmes sem dúvida faz sentido, mas ele poderia perfeitamente estar equivocado. Harald Curjel, em "Some Thoughts on the Case of 'Silver Blaze'", afirma que ovelhas são propensas a juntas retesadas e a penosas infecções nas patas. Portanto, o coxear observado poderia ter sido provocado por causas naturais, não pela cirurgia de Straker. Além disso, sugere Curjel, seria extremamente difícil realizar tal cirurgia a menos que as ovelhas estivessem imobilizadas ou tosquiadas, e tanto num caso quanto no outro isso teria provavelmente sido observado.

34. Segundo o *Baedeker*, nenhum trem ia de Winchester para a estação Victoria; seu destino era a estação Waterloo.

35. Em sua autobiografia, *Memórias e aventuras*, Sir Arthur Conan Doyle, reivindicando a autoria deste conto, admite francamente suas deficiências, confessando: "Nunca frequentei corridas de cavalo, e apesar disso aventurei-me a escrever 'Silver Blaze', em que o mistério depende das leis do treinamento e da corrida. A história é boa, e é possível que Holmes estivesse no apogeu de sua forma, mas minha ignorância brada aos céus. Li uma crítica excelente e devastadora do conto num jornal de esportes, escrita claramente por um entendido, em que ele explicou as penalidades exatas que seriam impostas a todos os envolvidos se tivessem agido como descrevi. Metade deles teria ido para a cadeia e a outra sido excluída do turfe para sempre. A verdade é que nunca me afligi muito com detalhes e às vezes é preciso ser especialista."

A Caixa de Papelão[1]

Combinando investigação brilhante com um drama humano pungente, "A caixa de papelão" é uma das melhores histórias de Watson. Neste que é sem dúvida o conto mais sinistro de todo o Cânone, Holmes e Watson se veem às voltas com um caso que começa com a entrega de um pacote horripilante e termina com uma revelação de alcoolismo, adultério e assassinato. Seguindo a mais tênue das pistas, inteiramente ignorada pelo inspetor Lestrade da Scotland Yard, Holmes descobre um crime grave ali onde a polícia vê apenas humor grotesco. Até Holmes, o mais calejado investigador criminal, fica profundamente perturbado por suas descobertas: "Qual é o significado disto, Watson? ... Que objetivo é servido por este círculo de desgraça, violência e medo?" De fato, o caso é tão violento em sua representação de emoções humanas que Arthur Conan Doyle suprimiu sua publicação na primeira edição das Memórias, considerando-o inadequado a leitores jovens. Uma edição incompetente da história deixou sua abertura confusa; aqui ela está restaurada em sua versão original, a partir das páginas da Strand Magazine, tal como Watson a concebeu.

Ao escolher alguns casos típicos que ilustrem as notáveis qualidades mentais de meu amigo, Sherlock Holmes, tenho me esforçado, na medida do possível, por reproduzir aqueles que apresentem o mínimo de sensacionalismo, oferecendo ao mesmo tempo campo suficiente para seus talentos. Infelizmente, contudo, é impossível separar por completo o sensacional do criminal, e o cronista se vê num dilema: deve sacrificar detalhes essenciais a seu relato, dando assim uma falsa impressão do problema, ou usar um material que o acaso, não a escolha, lhe proporcionou? Com este curto prefácio passo às minhas anotações do que se provou ser uma cadeia de acontecimentos estranha e particularmente terrível.

Era um dia de agosto de calor escaldante. Baker Street mais parecia um forno, e a luz ofuscante do sol sobre as paredes de tijolos amarelos da casa do outro lado da rua feria os olhos. Era difícil acreditar que aquelas eram as mesmas paredes que assomavam soturnamente através dos nevoeiros do inverno.[2] Nossas persianas estavam semicerradas, e Holmes, enroscado no sofá, lia e relia uma carta que recebera pelo correio da manhã. De minha parte, o tempo que servira na Índia me ensinara a tolerar melhor o calor que o frio, e um termômetro marcando trinta e dois graus não representava nenhum sofrimento. Mas o jornal da manhã estava insosso. O Parlamento fora suspenso.[3] Todo o mundo estava fora da cidade e eu ansiava pelas clareiras da New Forest[4] ou as praias de seixos de Southsea[5]. Uma conta bancária depauperada[6] levara-me a adiar minhas férias, e quanto a meu companheiro, nem o campo nem o mar exercem a menor atração sobre ele. Gostava de estar no meio de cinco milhões de pessoas, com seus filamentos esticados e correndo entre elas, reagindo prontamente a cada rumor ou suspeita de crime sem solução. Não havia entre seus muitos talentos nenhum lugar para a apreciação da natureza, e a única mudança que fazia era desviar sua mente do malfeitor da cidade para seguir o da zona rural.

Achando que Holmes estava absorto demais para conversar, eu havia jogado de lado o estéril jornal e, reclinando-me em minha poltrona, caí numa vaga melancolia. De repente a voz de meu companheiro penetrou meus pensamentos.

"Você tem razão, Watson. Parece realmente uma maneira absurda de resolver uma desavença."

"Caí numa vaga melancolia." [Sidney Paget, *Strand Magazine*, 1893]

"Extremamente absurda!" exclamei, e então, percebendo de repente que ele havia feito eco ao meu mais recôndito pensamento, empertiguei-me em minha poltrona e encarei-o, atônito. "Que é isso, Holmes?" exclamei. "Isso está além de qualquer coisa que eu pudesse imaginar."

Ele deu uma boa risada de minha perplexidade.

"Lembra-se", perguntou, "de que pouco tempo atrás, quando li para você a passagem de um conto de Poe[7] em que um pensador rigoroso acompanha os pensamentos não formulados do companheiro, você se inclinou a ver aquilo como um mero *tour-de-force* do autor? Quando comentei que eu costumava fazer o mesmo constantemente, você expressou incredulidade."

"Oh, não!"

"Talvez não com a língua, meu caro Watson, mas certamente com suas sobrancelhas. Assim, quando o vi jogar seu jornal no chão e entrar numa cadeia de pensamentos, fiquei muito feliz por ter a oportunidade de lê-la, e finalmente de penetrar nela, como prova de que estivera em ligação com você."

Mas eu ainda não estava nem de longe satisfeito. "Na amostra que você leu para mim", contestei, "o pensador lógico extraiu sua conclusão das ações do homem que observava. Se me lembro bem, ele tropeçou num monte de pedras, olhou para as estrelas e assim por diante. Mas eu estava sentado aqui, sossegado, na minha poltrona. Que pistas lhe posso ter dado?"

"Você comete uma injustiça consigo mesmo. Os traços fisionômicos são dados a um homem como meios de expressão de suas emoções, e os seus são servos fiéis."

"Está querendo dizer que leu minha cadeia de pensamentos a partir de meus traços?"

"Seus traços, e especialmente seus olhos. Talvez você mesmo não se lembre como seu devaneio começou, não é?"

"Não, não me lembro."

"Então vou lhe dizer. Depois de jogar seu jornal no chão, e esse foi o gesto que chamou minha atenção, você passou um minuto e meio com uma expressão aérea. Depois seus olhos se fixaram no seu retrato recém-emoldurado do general Gordon[8], e vi pela alteração do seu semblante que uma cadeia de pensamentos começara. Mas ela não foi muito longe. Seus olhos relancearam o retrato sem moldura de Henry Ward Beecher[9] que está em cima de seus livros. Depois você deu uma olhada para a parede, e seu pensamento ficou óbvio, claro. Você estava pensando que, se estivesse emoldurado, o retrato cobriria exatamente aquele espaço nu, correspondente ao do retrato de Gordon do outro lado."

"Você me acompanhou maravilhosamente!"

"Até essa altura eu dificilmente poderia ter me perdido. Mas nesse momento seus pensamentos voltaram para Beecher, e você olhou-o atentamente, como se estivesse analisando o caráter do homem pelos traços dele. Depois seus olhos pararam de se franzir, mas você continuou olhando para o outro lado, e seu rosto ficou pensativo. Você estava se lembrando dos episódios da carreira de Beecher. Eu sabia muito bem que não podia fazer isso sem pensar na missão que ele empreendeu a favor do Norte no tempo da Guerra Civil, pois me lembro de vê-lo expressar apaixonada indignação diante da maneira como ele foi recebido por nossos compatriotas mais turbulentos. Aquilo o revoltava tanto que eu sabia que você não podia pensar em Beecher sem pensar nisso também. Quando, um instante depois, vi seus olhos se desviarem do retrato, suspeitei que sua mente tivesse se voltado para a Guerra Civil, e, quando observei que seus lábios se fecharam, seus olhos brilharam e suas mãos se cerraram, tive certeza de que estava realmente pensando na bravura exibida por ambos os lados naquele conflito desesperado. Mas depois, novamente, seu rosto ficou mais triste; você sacudiu a cabeça. Estava refletindo sobre a tristeza, o horror e o desperdício inútil de vidas. Sua mão se deslocou para o seu velho ferimento e um sorriso se esboçou em seus lábios, mostrando-me que lhe ocorrera o lado absurdo desse método de resolver questões internacionais. Nesse ponto, concordei com você que era absurdo, e fiquei satisfeito ao constatar que todas as minhas deduções haviam sido corretas."

"Absolutamente!" disse eu. "E agora que você explicou, confesso que estou tão espantado quanto antes."

"Foi algo muito superficial, meu caro Watson, eu lhe asseguro. Eu não teria chamado sua atenção para isso se você não tivesse me mostrado alguma incredulidade outro dia.[10] Mas tenho aqui em minhas mãos um probleminha que talvez se prove de solução mais difícil que meu pequeno ensaio sobre leitura de pensamentos.[11] Por acaso observou no jornal um curto parágrafo referente aos notáveis conteúdos de um pacote enviado pelo correio a Miss Cushing, de Cross Street,[12] em Croydon?"

"Não, não vi nada."

"Ah! Então você não viu! Jogue-o aqui para mim. Aqui está, sob a coluna financeira. Talvez possa ter a bondade de lê-lo em voz alta."

Peguei o jornal que ele me jogara de volta e li o parágrafo indicado. Intitulava-se "Um pacote horripilante".

Miss Susan Cushing, residente em Cross Street, em Croydon[13], foi vítima do que pode ser considerado uma brincadeira peculiarmente revoltante, a menos que algum significado sinistro venha a se provar associado ao incidente. Ontem, às duas horas da tarde, um pequeno pacote, embrulhado em papel marrom, foi entregue ali pelo carteiro. Dentro havia uma caixa de papelão cheia de sal grosso. Ao esvaziá-la, Miss Cushing encontrou, para seu horror, duas orelhas humanas, aparentemente cortadas havia muito pouco tempo. A caixa havia sido enviada de Belfast, pelo serviço de encomendas, na manhã anterior. Não há indicação quanto ao remetente, e a questão parece ainda mais misteriosa porque Miss Cushing, uma senhora solteira de cinquenta anos, sempre levou uma vida muito reclusa e tem tão poucos conhecidos ou correspondentes que é um acontecimento raro para ela receber alguma

"Miss Cushing." [Sidney Paget, *Strand Magazine*, 1893]

coisa pelo correio. Alguns anos atrás, no entanto, quando morava em Penge, ela alugou quartos em sua casa para três jovens estudantes de medicina, dos quais teve de se livrar por causa de seus hábitos barulhentos e irregulares. Na opinião da polícia, esse ultraje pode ter sido perpetrado contra Miss Cushing por esses rapazes, que lhe guardavam rancor e esperavam assustá-la mandando-lhe essas relíquias de suas salas de dissecação. A teoria parece ganhar alguma probabilidade pelo fato de que um desses estudantes provinha do norte da Irlanda e, pelo que Miss Cushing acreditava, de Belfast. Nesse ínterim, o assunto está sendo ativamente investigado. O caso está a cargo de Mr. Lestrade, um dos mais inteligentes de nossos oficiais detetives.

"Não há mais nada no *Daily Chronicle*", disse Holmes, quando terminei. "Agora quanto ao nosso amigo Lestrade. Recebi um bilhete dele esta manhã, em que diz:

Este caso me parece fazer muito o seu gênero. Temos grandes esperanças de elucidá-lo, mas tivemos uma pequena dificuldade em encontrar alguma coisa a partir da qual trabalhar. Telegrafamos, é claro, para o correio de Belfast, mas um grande número de volumes foi despachado naquele dia e eles não têm como identificar esse em particular ou se lembrar do remetente. Foi usada uma caixa de meia libra de tabaco doce,[14] o que não nos ajuda em nada. A teoria do estudante de medicina ainda me parece a mais plausível, mas se o senhor puder dispor de algumas horas, eu ficaria muito feliz em ir vê-lo. Estarei em casa ou na delegacia o dia todo.

"Que me diz disto, Watson? É capaz de vencer este calor e dar um pulo em Croydon comigo contando com a remota possibilidade de um caso para seus anais?"

"Estou ansioso por ter alguma coisa para fazer."

"Então terá. Toque a campainha para pedir suas botas e diga-lhes para chamar um fiacre. Estarei de volta em um momento, vou só trocar meu roupão e encher minha charuteira."

Caiu uma pancada de chuva quando estávamos no trem e o calor era muito menos opressivo em Croydon que na cidade. Holmes havia enviado um telegrama, de modo que Lestrade, com o mesmo vigor, o mesmo garbo e a mesma cara de doninha de sempre, nos esperava na estação. Uma caminhada de cinco minutos levou-nos a Cross Street, onde Miss Cushing residia.

Era uma rua muito longa de casas de tijolos de dois pavimentos, muito bem arrumadinhas, com degraus de pedras caiadas e pequenos grupos de mulheres bisbilhotando nas portas. Na metade da rua, Lestrade parou e bateu a uma porta, que foi aberta por uma criadinha. Miss Cushing estava na sala da frente, onde fomos introduzidos. Era uma mulher de semblante plácido, com olhos grandes e meigos, o cabelo grisalho caindo-lhe sobre as têmporas dos dois lados. Tinha no colo uma sobrecoberta[15], em que trabalhava, e a seu lado, sobre um tamborete, uma cesta de fios de seda coloridos.

"Elas estão lá fora, na latrina, aquelas coisas medonhas", disse ela, quando Lestrade entrou. "Quero que as tire daqui de uma vez por todas."

"É o que farei, Miss Cushing. Só as mantive aqui até que meu amigo, Mr. Holmes, as visse na sua presença."

"Por que na minha presença, senhor?"

"Ele poderia desejar lhe fazer alguma pergunta."

"De que adianta me fazer perguntas, quando estou lhe dizendo que não sei absolutamente nada sobre isso?"

"A senhora está certa", disse Holmes, com suas maneiras tranquilizadoras. "Não tenho nenhuma dúvida de que já se aborreceu mais do que o suficiente com esse assunto."

"De fato, senhor. Sou uma mulher sossegada e vivo uma vida reclusa. É novidade para mim ver meu nome nos jornais e ter a polícia na minha casa. Não quero aquelas coisas aqui, Mr. Lestrade. Se desejar vê-las, tem de ir à latrina."

Era um pequeno barracão no quintal estreito. Lestrade entrou e saiu com uma caixa de papelão amarela, um pedaço de papel marrom e um barbante. Havia um banco no fim da trilha e sentamo-nos ali enquanto Holmes examinava, um a um, os artigos que Lestrade lhe entregara.

"O barbante é sumamente interessante", observou ele, segurando-o à luz e cheirando-o. "Que acha deste barbante, Lestrade?"

"Foi revestido com alcatrão."

"Precisamente. É um pedaço de barbante alcatroado. Sem dúvida notou também que Miss Cushing cortou o cordão com uma tesoura, como se pode ver pelo duplo corte de cada lado. Isto é importante."

 As Memórias de Sherlock Holmes

"Não vejo onde está a importância."

"A importância está no fato de que o nó foi deixado intacto, e este nó é de um caráter peculiar."

"Está muito bem-amarrado. Já fiz uma anotação sobre isso", disse Lestrade num tom complacente.

"O cordão não nos diz mais nada", disse Holmes, sorrindo, "agora vejamos o embrulho. Papel marrom, com um nítido cheiro de café. Como? O senhor não notou? Acho que não pode haver dúvida quanto a isto. Endereço escrito com letras bastante irregulares. 'Miss S. Cushing, Cross Street, Croydon'. Foi usada uma caneta de ponta grossa, provavelmente uma J, com tinta muito inferior. A palavra 'Croydon' foi primeiro escrita com um 'i', depois transformado em 'y'. O pacote foi portanto enviado por um homem — a letra é nitidamente masculina — de educação limitada e pouco familiarizado com a vila de Croydon. Até agora, tudo bem! A caixa é amarela, caixa de meia libra de tabaco doce, sem nenhuma particularidade, exceto duas marcas de polegar no canto esquerdo inferior. Está cheia de sal grosso do tipo usado para preservar couros e para outros fins comerciais dos mais grosseiros. E dentro dela temos estes singularíssimos artigos."

Enquanto falava, pegou as duas orelhas e, pondo uma tábua sobre os joelhos, examinou-as minuciosamente. Lestrade e eu, debruçados um de

"Examinou-as minuciosamente." [Sidney Paget, *Strand Magazine*, 1893]

cada lado dele, espiávamos alternadamente aquelas pavorosas relíquias e o rosto pensativo e ansioso de nosso companheiro. Finalmente ele as devolveu à caixa e deixou-se ficar ali por algum tempo em profunda meditação.

"Os senhores observaram, é claro", disse por fim, "que as orelhas não são um par."

"Sim, percebi. Mas se isto fosse uma brincadeira de estudantes, feita a partir de salas de dissecação,[16] seria tão fácil para eles mandar orelhas desencontradas quanto um par."

"Precisamente. Mas isto não é uma brincadeira."

"Tem certeza?"

"Há fortes indícios contra essa hipótese. Corpos em salas de dissecação são injetados com fluido conservante. Estas orelhas não têm o menor sinal disso. Além do mais, são frescas. Foram cortadas fora com um instrumento pouco afiado, o que dificilmente aconteceria se isso tivesse sido obra de um estudante. Por fim, fenol ou uma bebida alcoólica destilada seriam os conservantes que ocorreriam à mente médica, certamente não sal grosso.

"Repito que não há nenhuma brincadeira aqui, estamos investigando um crime grave."

Um arrepio me percorreu enquanto eu ouvia as palavras de meu companheiro e via a implacável gravidade que lhe endurecera os traços. Esse exame preliminar brutal parecia prenunciar um horror estranho e inexplicável por trás de tudo aquilo. Lestrade, no entanto, sacudiu a cabeça como um homem não de todo convencido.

"Há objeções à teoria da brincadeira, sem dúvida", disse; "mas há razões muito mais fortes contra a outra. Sabemos que esta mulher levou uma vida extremamente tranquila e respeitável em Penge e aqui nos últimos vinte anos. Ela mal se afastou de casa por um dia inteiro durante esse tempo. Sendo assim, por que cargas-d'água um criminoso lhe mandaria as provas de sua culpa, especialmente quando, a menos que seja uma atriz consumada, ela compreende tão pouco do caso quanto nós?"

"Este é o problema que nos cabe resolver", Holmes respondeu, "e de minha parte começarei presumindo que meu raciocínio está correto e que um duplo assassinato foi cometido. Uma dessas orelhas é de mulher, pequena, delicadamente formada, e furada para um brinco. A outra é de um homem, queimada de sol, descolorada e também furada. Essas duas pessoas estão presumivelmente mortas, ou a esta altura já teríamos ouvido as suas histórias. Hoje é sexta-feira. O pacote foi despachado quinta-feira de manhã. A tragédia, portanto, aconteceu quarta-feira, ou terça, ou antes. Se as duas pessoas foram assassinadas, quem, se não o assassino, teria mandado este indício de seu trabalho para Miss Cushing? Podemos dar por certo que a pessoa que enviou o pacote é o homem que queremos. Mas ele devia ter uma razão muito forte para enviar este pacote a Miss Cushing. Que razão seria essa? Só podia ser comunicar a ela que o ato fora perpetrado; ou, quem sabe, afligi-la. Mas nesse caso ela sabe de quem se trata. Será que sabe? Duvido. Se soubesse, por que teria chamado a polícia? Poderia ter enterrado as orelhas, e ninguém saberia de nada. É o que ela teria feito se tivesse desejado acobertar o criminoso. Mas se não quer acobertá-lo, devia ter dado o nome dele. Há aqui um emaranhado que temos de deslindar." Ele estivera falando numa voz alta, rápida, fitando a cerca do jardim sem vê-la, mas de repente, pôs-se de pé e rumou para a casa.

"Tenho algumas perguntas a fazer a Miss Cushing", disse.

"Neste caso, posso deixá-lo aqui", disse Lestrade, "porque tenho outro probleminha para cuidar. Acho que não há mais nada que eu queira saber de Miss Cushing. O senhor me encontrará na delegacia."

"Daremos uma passada lá a caminho da estação", respondeu Holmes. Um momento depois ele e eu estávamos de volta à sala da frente, onde a impassível dama continuava trabalhando calmamente em sua sobrecoberta. Pousou-a no colo quando entramos e fitou-nos com seus olhos azuis, francos e perscrutadores.

"Estou convencida", disse ela, "de que houve um engano e de que nunca se pretendeu enviar o pacote para mim, em absoluto. Disse isto várias vezes para o cavalheiro da Scotland Yard, mas ele simplesmente ri de mim. Não tenho nenhum inimigo neste mundo, até onde sei; por que alguém faria uma brincadeira dessa comigo?"

"Estou chegando à mesma opinião, Miss Cushing", disse Holmes, tomando um lugar ao lado dela. "Penso que isso é mais do que provável..." fez uma pausa, e fiquei surpreso, quando lhe lancei uma olhadela, ao notar que estava contemplando com singular concentração o perfil da dama. Por um instante, foi possível ver um misto de surpresa e satisfação em seu semblante ansioso, mas, assim que ela deu uma espiada para descobrir a causa do seu silêncio, Holmes voltou a ficar sério como sempre. Eu mesmo observei atentamente o cabelo puxado e grisalho dela, sua touca impecável, seus pequenos brincos de ouro, seus traços plácidos; mas não consegui descobrir nada que pudesse explicar a evidente vibração de meu companheiro.

"Há uma ou duas perguntas…"

"Ah! Estou exausta de perguntas!" exclamou Miss Cushing, impaciente.

"A senhora tem duas irmãs, acredito."

"Como descobriu?"

"No instante mesmo em que entrei nesta sala, observei aquele retrato de um grupo de três damas sobre o aparador da lareira; uma delas é evidentemente a senhora mesma, e são todas tão parecidas que não poderia haver dúvida quanto ao parentesco."

"Sim, tem toda razão. Aquelas são minhas irmãs, Sarah e Mary."

"E aqui ao meu lado vejo um outro retrato, tirado em Liverpool, de sua irmã mais moça na companhia de um homem que parece ser um camareiro de bordo, pelo uniforme. Observo que ela estava solteira na ocasião."

"O senhor observa com grande rapidez."

"É o meu ofício."

"Bem, está completamente certo. Mas ela se casou com Mr. Browner alguns dias depois. Ele estava numa companhia sul-americana quando essa fotografia foi feita, mas gostava tanto de minha irmã que não suportava afastar-se por tanto tempo e se transferiu para os barcos de Londres e Liverpool."

"Ah, o *Conqueror*, talvez?"

"Não, o *May Day*,[17] quando tive notícia dele pela última vez. Jim veio aqui uma vez me visitar. Isso foi antes de ter quebrado a promessa; mas depois ele passou a beber sempre que estava em terra, e um pouco de bebida o tornava completamente, flagrantemente louco. Ah! Foi um mau dia aquele em que tocou novamente num copo. Primeiro rompeu comigo, depois brigou com Sarah, e agora que Mary parou de escrever não sabemos como andam as coisas com eles."

Era evidente que Miss Cushing abordara um assunto que a comovia profundamente. Como a maioria das pessoas que leva uma vida solitária, era tímida no início, mas terminava por se tornar extremamente comunicativa. Contou-nos muitos detalhes sobre seu cunhado, o camareiro, e depois, divagando sobre o assunto de seus antigos inquilinos, os estudantes de medicina, fez-nos um longo relato de seus delitos, dando-nos seus nomes e os de seus hospitais. Holmes ouviu tudo atentamente, lançando uma pergunta aqui e ali.

"Sobre sua segunda irmã, Sarah", disse. "Por que, sendo ambas senhoras solteiras, não moram juntas?"

"Ah! O senhor não conhece o gênio de Sarah, ou isso não o espantaria mais. Tentei, quando cheguei a Croydon, e conseguimos ficar juntas até cerca de dois meses atrás, quando tivemos de nos separar. Não quero dizer uma palavra contra minha própria irmã, mas que era sempre intrometida e difícil de agradar, era."

"A senhora disse que ela brigou com seus parentes de Liverpool."

"Brigou, e em certa época foram muito amigos. Ela chegou a ir morar lá para ficar perto deles. E agora não tem uma palavra dura o bastante para Jim Browner. Nos últimos seis meses que passou aqui, não falava de outra coisa senão de seu costume de beber e seu modo de vida. Desconfio que ele a surpreendera metendo o bico onde não era chamada e lhe dissera poucas e boas, e que foi aí que o desentendimento começou."

"Muito obrigado, Miss Cushing", disse Holmes, levantando-se e fazendo uma vênia. "Sua irmã Sarah mora, acho que disse, em New Street, em Wallington? Até logo, e sinto muito que tenha sido perturbada em razão de um caso com que, como a senhora diz, nada tem a ver."

Um fiacre passava quando saímos e Holmes o chamou.

"A que distância estamos de Wallington?" perguntou. "Cerca de um quilômetro e meio apenas, senhor."

"Ótimo. Suba, Watson. Precisamos malhar o ferro enquanto está quente. Por mais simples que o caso pareça, há um ou dois detalhes muito instrutivos associados a ele. Quando passar por uma agência telegráfica, dê uma parada, cocheiro."

Holmes enviou um curto telegrama e passou o resto do percurso reclinado no carro, o chapéu puxado sobre o nariz para evitar o sol no rosto.

A Caixa de Papelão   57

"A que distância estamos de Wallington?"
[Sidney Paget, *Strand Magazine*, 1893]

Nosso cocheiro parou diante de uma casa não muito diferente daquela que acabáramos de deixar. Meu companheiro mandou-o esperar e já estava com a mão na maçaneta quanto a porta se abriu e um rapaz sério, vestido de preto e com um chapéu reluzente, apareceu na soleira.

"Miss Cushing está em casa?" Holmes perguntou.

"Miss Sarah Cushing está extremamente doente", respondeu o jovem. "Desde ontem está sofrendo de sintomas cerebrais de grande gravidade. Como seu conselheiro médico, não posso assumir a responsabilidade de permitir que alguém a visite. Eu lhe recomendaria voltar dentro de dez dias." Calçou as luvas, fechou a porta e desceu à rua.

"Bem, se não podemos, não podemos", disse Holmes alegremente.

"Talvez ela não pudesse, ou não quisesse lhe dizer muita coisa."

"Não quero que ela me diga coisa alguma. Só queria dar uma olhada nela. Mas tenho a impressão de que consegui tudo que desejava. Leve-nos para algum hotel decente, cocheiro, onde possamos almoçar; em seguida daremos uma passada na delegacia para ver nosso amigo Lestrade."

Fizemos os dois uma agradável refeição, durante a qual Holmes não falou de outra coisa senão violinos, narrando com grande entusiasmo como havia comprado, por cinquenta e cinco xelins, de um corretor judeu em Tottenham Court Road, seu próprio Stradivarius[18], que valia no mínimo quinhentos guinéus. Isso o levou a Paganini[19], e ficamos uma hora bebericando uma garrafa de clarete enquanto ele me contava caso após caso sobre esse homem extraordinário. A tarde já ia muito avançada e a luminosidade ofuscante e quente do sol já se amenizara num brando fulgor quando nos vimos na delegacia. Lestrade nos esperava à porta.

"Um telegrama para o senhor, Mr. Holmes", disse.

"Ah! É a resposta!" Abriu-o, passou-lhe os olhos e enfiou-o no bolso. "Está tudo bem", disse.

"Descobriu alguma coisa?"

"Descobri tudo!"

"Quê?" Lestrade encarou-o, espantado. "Está brincando!"

"Nunca estive tão sério em minha vida. Um crime chocante foi cometido, e acho que agora o desvendei em todos os seus detalhes."

"E o criminoso?"

Holmes rabiscou algumas palavras nas costas de um cartão de visitas seu e o jogou para Lestrade.

"O nome é esse", disse. "O senhor não conseguirá detê-lo antes de amanhã à noite, no mínimo. Eu preferiria que não mencionasse meu nome em ligação com o caso, pois só gosto de me associar a crimes cuja solução apresente alguma dificuldade. Vamos, Watson." Saímos juntos da delegacia, deixando Lestrade ainda fitando com uma expressão deliciada o cartão que Holmes lhe jogara.

"O caso", disse Sherlock Holmes quando conversamos aquela noite, fumando nossos charutos, em nossos aposentos de Baker Street, "é um desses em que, como nas investigações que você relatou sob os títulos *Um estudo em vermelho* e *O signo dos quatro*, fomos obrigados a raciocinar de trás para diante, dos efeitos para as causas.[20] Escrevi para Lestrade, pedindo-lhe que nos forneça os detalhes que ainda nos faltam, e que ele só obterá depois de pôr as mãos no homem. Podemos estar bastante seguros de que o fará, pois embora seja absolutamente desprovido de raciocínio, ele é tenaz como um buldogue depois que compreende o que tem de fazer; na verdade, foi essa tenacidade que o levou aos altos escalões da Scotland Yard."

"Então seu caso não está completo?"

"Está razoavelmente completo, quanto ao essencial. Sabemos quem é o autor desse ato revoltante, embora uma das vítimas ainda nos escape.

Jim Browner [Sidney Paget, *Strand Magazine*, 1893]

Você chegou, é claro, às suas próprias conclusões."

"Esse Jim Browner, o camareiro num barco de Liverpool, é o homem de quem você suspeita, suponho?"

"Oh! É mais do que uma suspeita."

"Apesar de tudo, não consigo ver nada além de indicações muito vagas."

"Para mim, ao contrário, nada poderia ser mais claro. Deixe-me rememorar os passos principais. Abordamos o caso de início, como você se lembra, com a mente absolutamente vazia, o que é sempre uma vantagem. Não tínhamos nenhuma teoria pré-formada. Estávamos simplesmente ali para observar e fazer inferências a partir de nossas observações. Que vimos primeiro? Uma dama muito plácida e respeitável, que parecia inteiramente inocente de qualquer segredo, e um retrato que me mostrou que ela tinha duas irmãs mais novas. Ocorreu-me instantaneamente a ideia de que a caixa podia ter sido enviada para alguma delas. Pus a ideia de lado como algo que poderíamos refutar ou confirmar a qualquer momento. Em seguida fomos para o quintal, como você se lembra, e vimos os singularíssimos conteúdos da caixinha amarela.

"O barbante era da qualidade usada no reparo de velas nos navios, e de imediato um bafejo de maresia se fez perceptível em nossa investigação. Quando observei que o nó era de um tipo muito usado por marinheiros, que o pacote fora enviado de um porto e que a orelha masculina era furada, o que é muito mais comum entre marinheiros do que entre os homens que vivem em terra firme, fiquei absolutamente convencido de que todos os atores da tragédia seriam encontrados entre homens do mar.

"Quando passei a examinar o endereçamento do pacote, observei que ele se destinava a Miss S. Cushing. Ora, a irmã mais velha seria, é claro,

Miss Cushing, e embora 'S' fosse a inicial de seu prenome, podia ser a do de alguma irmã também. Nesse caso, deveríamos começar nossa investigação a partir de uma base inteiramente diversa. Assim, entrei na casa com a intenção de elucidar esse ponto. Quando eu estava prestes a assegurar Miss Cushing de que estava convencido de que houvera um engano, como você deve se lembrar, detive-me de repente. O que houve foi que eu havia acabado de ver algo que me encheu de surpresa e que, ao mesmo tempo, estreitou imensamente o campo de nossa pesquisa.

"Como médico você sabe perfeitamente, Watson, que nenhuma outra parte do corpo humano varia tanto quanto a orelha. Cada orelha é em geral inteiramente característica, e difere de todas as outras. No *Anthropological Journal* do ano passado, você encontrará duas breves monografias de minha lavra sobre o assunto.[21] Eu havia, portanto, examinado as orelhas da caixa com os olhos de um especialista, e registrara cuidadosamente suas peculiaridades anatômicas. Imagine então qual não foi minha surpresa quando, ao olhar para Miss Cushing, percebi que a orelha dela correspondia exatamente à orelha feminina que eu tinha acabado de analisar. A semelhança era tal que não podia ser atribuída a mera coincidência. Havia o mesmo encurtamento do pavilhão[22], a mesma curva larga do lobo superior, a mesma convolução da cartilagem interna. Em todos os aspectos essenciais, tratava-se da mesma orelha.

"Claro que percebi de imediato a enorme importância dessa observação. Era evidente que a vítima era um parente, e provavelmente um parente muito chegado de Miss Cushing. Comecei a conversar com ela sobre sua família, e, como você se lembra, ela logo mencionou alguns detalhes extremamente valiosos.

"Em primeiro lugar, o nome de sua irmã era Sarah, e o endereço dela havia sido, até recentemente, aquele mesmo, de modo que ficava patente como o erro ocorrera e a quem o pacote se destinava. Depois ouvimos sobre esse camareiro de bordo, casado com a terceira irmã, e ficamos sabendo que em certa época houvera tanta intimidade entre ele e Miss Sarah que esta chegara a se mudar para Liverpool de modo a estar perto dos Browner, mas depois uma briga os separara. Essa briga interrompera toda a comunicação entre eles havia alguns meses, de modo que, se Browner tivesse querido endereçar um pacote para Miss Sarah, o teria feito sem dúvida para seu antigo endereço.

"Nesse ponto o caso havia começado a se desenredar de uma maneira maravilhosa. Tínhamos ficado sabendo da existência desse camareiro, um homem impulsivo, de paixões fortes — lembre-se de que jogou fora um emprego muito superior para poder ficar mais perto da mulher —, sujeito, também, a acessos ocasionais de intensa bebedeira. Tínhamos motivos para crer que sua mulher havia sido assassinada, e que um homem — presumivelmente um homem do mar — havia sido assassinado ao mesmo tempo. À primeira vista pensa-se em ciúme, é claro, como motivo do crime. Mas por que teriam essas provas do ato sido enviadas a Miss Sarah Cushing? Provavelmente porque durante sua residência em Liverpool ela ajudara de algum modo a provocar os acontecimentos que haviam levado à tragédia. Você observará que esse serviço de barcos faz escalas em Belfast, Dublin e Waterford; assim, presumindo-se que Browner tivesse cometido o crime e depois embarcado imediatamente em seu vapor, o *May Day*, Belfast seria o primeiro lugar em que poderia despachar seu terrível pacote.

"Nesse estágio, uma segunda solução era obviamente possível, e embora eu a julgasse extremamente improvável estava decidido a elucidá-la antes de seguir adiante. Um amante frustrado poderia ter matado Mr. e Mrs. Browner, e a orelha masculina podia pertencer ao marido. Havia muitas objeções graves a essa teoria, mas ela era concebível. Assim, enviei um telegrama a meu amigo Algar, na força de Liverpool, e lhe pedi que descobrisse se Mrs. Browner estava em casa e se Browner partira no *May Day*. Fomos então para Wellington, visitar Miss Sarah.

"Eu estava curioso, em primeiro lugar, para ver até que ponto a orelha da família se reproduzira nela. Depois, é claro, essa senhora podia nos dar informações muito importantes, mas não tinha muita esperança de que o faria. Devia ter ouvido falar do caso da véspera, já que toda Croydon estava em polvorosa com o assunto, e somente ela teria podido compreender para quem o pacote se destinava. Se tivesse desejado ajudar a justiça, provavelmente já teria se comunicado com a polícia. No entanto, era claramente nosso dever vê-la, e lá fomos nós. Descobrimos que a notícia da chegada do pacote — porque a doença dela datava desse momento — a afetara de tal maneira que produzira uma febre cerebral. Ficou mais claro do que nunca que ela compreendera seu pleno significado, mas igualmente claro que teríamos de esperar algum tempo para obter alguma ajuda de sua parte.

"A verdade, no entanto, era que não precisávamos de sua ajuda para nada. As respostas estavam à nossa espera na delegacia, para onde pedi a Algar que as enviasse. Nada poderia ser mais conclusivo. A casa de Mrs. Browner estava fechada havia mais de três dias, e os vizinhos pensavam que ela viajara para visitar parentes. Confirmara-se nos escritórios da companhia de barcos que Browner partira a bordo do *May Day*, que, pelos meus cálculos, chegará ao Tâmisa amanhã à noite. Ao chegar, ele será recebido pelo obtuso mas resoluto Lestrade, e não tenho nenhuma dúvida de que seremos inteirados de todos os detalhes que ainda nos faltam."

Sherlock Holmes não se decepcionou em suas expectativas. Dois dias mais tarde recebeu um polpudo envelope, que continha uma breve carta do detetive e um documento datilografado de várias páginas em papel ofício.

"Lestrade o pegou, sim senhor", disse Holmes, dando-me uma olhada. "Talvez lhe interesse saber o que ele diz.

MEU CARO MR. HOLMES

Em conformidade com o plano que nós havíamos feito para pôr à prova nossas teorias ["Esse 'nós' é ótimo, não é, Watson?"], dirigi-me ao Albert Dock[23] ontem às 18h e subi a bordo do S.S. *May Day*, pertencente à Liverpool, Dublin, and London Steam Packet Company. Mediante indagações, descobri que havia a bordo um camareiro chamado James Browner e que ele se comportara durante a viagem de uma maneira tão extraordinária que o capitão fora obrigado a dispensá-lo do serviço. Descendo à sua cabine, encontrei-o sentado numa arca com a cabeça enterrada nas mãos, balançando-se para a frente e para trás. É um sujeito grande, forte, escanhoado e muito moreno — lembra Aldridge, aquele que nos auxiliou no caso da lavanderia falsa. Deu um pulo quando comecei a lhe falar, e cheguei a levar meu apito aos lábios para chamar uns dois homens da polícia fluvial que estavam ali perto, mas ele pareceu perder toda a coragem e estendeu as mãos muito tranquilamente para as algemas. Nós o trouxemos para a cadeia, e sua arca também, porque pensamos que podia haver nela algo de incriminador; mas, fora uma grande faca afiada, como a que a maioria dos marinheiros tem, não encon-

"Estendeu as mãos muito tranquilamente."
[Sidney Paget, *Strand Magazine*, 1893]

tramos nada suspeito. Pensamos, contudo, que não teremos necessidade de mais provas, pois, ao ser levado à presença do inspetor na delegacia, ele pediu para dar um depoimento, que, é claro, foi registrado, tal como o fez, por nosso estenógrafo. O texto foi datilografado em três vias, uma das quais lhe mando em anexo. O caso se revela extremamente simples, como sempre achei que seria, mas devo lhe agradecer por me auxiliar em minha investigação. Atenciosamente,

G. Lestrade

"Hum! Foi realmente uma investigação extremamente simples", comentou Holmes; "mas não me parece que ele a encarava sob esse ângulo quando veio nos procurar. Seja como for, vejamos o que Jim Browner tem a dizer por si mesmo. Este é seu depoimento, tal como prestado perante o inspetor Montgomery na delegacia de polícia de Shadwell, e tem a vantagem de ser *ipsis litteris*.

"'Se tenho alguma coisa a declarar? Sim, tenho muito a dizer. Preciso pôr tudo isso para fora. Podem me enforcar, ou podem me deixar em paz. Para mim não tem a menor importância o que façam. Digo-lhes que não preguei o olho desde que fiz aquilo, e não acredito que jamais volte a dormir.

Às vezes é o rosto dele, mas em geral é o dela. Nunca estou sem um ou outro diante de mim. Ele parece zangado e taciturno, mas ela tem uma espécie de surpresa na face. Sim, a pobrezinha deve ter ficado surpresa quando viu a morte num rosto em que antes nunca vira senão amor por ela.

"'Mas foi tudo culpa de Sarah, e possa a maldição de um condenado cair sobre ela e fazer-lhe o sangue apodrecer nas veias. Não é que eu queira me inocentar. Sei que voltei a beber, que fui um animal. Mas ela teria me perdoado; teria ficado tão junto de mim quanto a corda da caçamba se aquela mulher não tivesse enlameado o nosso lar. Porque Sarah Cushing me amava — essa foi a raiz da história toda —, e me amou até que seu amor virou ódio violento, quando soube que, para mim, uma apara de unha da minha mulher valia mais que seu corpo e sua alma.

"'Eram três irmãs. A mais velha era apenas uma boa mulher, a segunda era um demônio e a terceira, um anjo. Quando me casei, Sarah tinha trinta e três anos e Mary, vinte e nove. Estávamos felizes como dois pombinhos quando montamos nossa casa juntos e em toda Liverpool não havia mulher melhor que minha Mary. Convidamos então Sarah a passar uma semana conosco, e a semana se esticou em um mês, uma coisa levou a outra e ela acabou morando conosco.

"'Eu era fita azul[24] naquela época; estávamos economizando um dinheirinho e tudo caminhava às mil maravilhas. Meu Deus, quem teria pensado que as coisas chegariam a este ponto? Quem teria sonhado com isto?

"'Eu costumava passar os fins de semana em casa com muita frequência, e às vezes, quando o navio ficava retido para ser carregado, eu tinha uma semana inteira de folga de uma vez. Assim, convivia muito com minha cunhada, Sarah. Ela era uma bela mulher, alta, de cabelo preto, ativa e resoluta, tinha um porte orgulhoso e seus olhos pareciam faiscar. Mas quando minha Mary estava lá ela nem existia para mim; isto eu juro por Deus, cuja misericórdia espero.

"'Algumas vezes ela me dera a impressão de que gostava de ficar a sós comigo, ou de me induzir a dar uma caminhada a seu lado, mas eu nunca tinha visto mal nisso. Uma noite, porém, tive de abrir os olhos. Cheguei do navio e minha mulher tinha saído, mas Sarah estava em casa. «Onde está Mary?» perguntei. «Ah, saiu para pagar algumas contas.» Impaciente, fiquei andando de um lado para outro da sala. «Não pode ficar feliz por cinco minutos sem Mary, Jim?» perguntou ela. «Não é nada lisonjeiro para mim você não se contentar com minha companhia por um tempo tão curto.» «Está tudo bem, minha cara», respondi, estendendo-lhe minha mão de uma maneira gentil, mas ela, imediatamente, a segurou nas suas, que queimavam como se ela estivesse com febre. Olhei-a nos olhos e li tudo neles. Ela não precisou falar, nem eu tampouco. Fechei a cara e puxei minha mão. Ela ficou ao meu lado em silêncio por um instante, depois levantou a mão e deu-me uma batidinha no ombro. «Calma, velho Jim!», disse, e saiu correndo da sala, com uma risadinha zombeteira.

"'Está tudo bem, minha cara', respondi."
[Sidney Paget, *Strand Magazine*, 1893]

"'Bem, daquele dia em diante Sarah me odiou com todo o seu coração, e ela é uma mulher com grande capacidade de odiar. Fui um tolo de deixá-la continuar morando conosco — um completo idiota —, mas nunca disse uma palavra a Mary porque sabia que aquilo a magoaria. As coisas continuaram mais ou menos como antes, mas passado um certo tempo comecei a achar que havia alguma coisa de diferente na própria Mary. Ela, que sempre havia sido tão confiante e tão inocente, agora havia se tornado esquisita e desconfiada, querendo saber onde eu havia estado e o que estivera fazendo, de quem eram as cartas que recebia, o que eu tinha nos bolsos e mil desatinos desse tipo. A cada dia ficava mais esquisita e irritável, e brigávamos o tempo todo por nada. Eu estava muito intrigado com tudo aquilo. Sarah passou a me evitar, mas ela e Mary tornaram-se inseparáveis. Agora entendo que ela estava tramando, intrigando e envenenando a mente de minha mulher contra mim, mas eu estava cego como uma porta e não fui capaz de compreender coisa alguma na época. Rompi então minha abstinência e comecei a beber de novo, mas acho que nunca teria feito isso se Mary tivesse continuado a ser a mesma de sempre. Com isso ela passou a ter uma razão para desgostar de mim, e a distância entre nós tornou-se cada vez maior. Depois aquele Alec Fairbairn entrou na história, e as coisas ficaram muito piores.

"'Foi para ver Sarah que ele foi à nossa casa pela primeira vez, mas logo passou a ser para nos visitar, porque era um homem cativante e fazia amigos onde quer que fosse. Era um sujeito vistoso e elegante, vestido na última moda e de cabelos ondulados, que vira meio mundo e sabia falar do que vira. Era uma companhia agradável, não nego, e, para um marinheiro, tinha maneiras surpreendentemente polidas, de modo que acho que deve ter havido um tempo em que frequentava mais o tombadilho do que o castelo de proa.[25] Durante um mês esse sujeito entrou e saiu da minha casa e nunca me passou pela cabeça que suas maneiras suaves, finórias, poderiam representar algum mal. Depois, finalmente, alguma coisa despertou minha desconfiança, e desse dia em diante nunca mais tive paz.

"'Foi uma coisa à toa. Cheguei em casa inesperadamente e, quando entrei porta adentro, vi um brilho de boas-vindas no rosto de minha mulher. Quando ela viu quem era, porém, o brilho desapareceu e ela desviou o olhar com uma expressão de desapontamento. Aquilo foi o bastante para mim. Se o tivesse visto naquele instante, eu o teria matado, pois quando me enraiveço perco completamente a cabeça. Vendo o brilho diabólico nos meus olhos, Mary correu para mim e agarrou meu braço. «Não, Jim, não faça isso!» disse. «Onde está Sarah?» perguntei. «Na cozinha», respondeu. «Sarah», disse eu, entrando, "esse Fairbairn está proibido de voltar a pôr o pé nesta casa.» «Por quê?» perguntou ela. «Porque isto é uma ordem minha.» «Oh!» exclamou ela. «Se meus amigos não são bons o bastante para esta casa, eu também não sou.» «Faça o que bem entender», respondi, «mas se esse Fairbairn aparecer aqui mais uma vez, vou lhe mandar uma orelha dele de lembrança.» Acho que ela ficou apavorada com minha expressão, porque não abriu mais a boca e na mesma tarde deixou a minha casa.

"'Bem, não sei se foi pura crueldade dessa mulher, ou se ela pensou que poderia me virar contra minha esposa estimulando-a a se comportar mal. Seja como for, ela se instalou numa casa a apenas duas ruas de distância da minha e passou a alugar quartos para marinheiros. Fairbairn costumava se hospedar lá, e Mary aparecia para tomar chá com a irmã e com ele. Não sei com que frequência ela ia, mas um dia eu a segui e quando cheguei à porta Fairbairn fugiu pelo muro do quintal, o poltrão. Jurei à minha mulher que a mataria se a encontrasse de novo na companhia dele e levei-a de volta comigo, soluçando e tremendo, branca como uma folha de papel. Não havia mais nenhum vestígio de amor entre nós. Eu podia ver que ela tinha ódio e medo de mim, e nas ocasiões em que isso me impelia a beber, ela me desprezava também.

"'Bem, Sarah constatou que não podia ganhar a vida em Liverpool e foi embora, ao que eu saiba, para morar com a irmã em Croydon. Em casa, as coisas seguiram mais ou menos na mesma toada. Então veio esta última semana, e toda a desgraça e ruína.

"'Foi assim. Havíamos partido no *May Day* para uma viagem redonda de sete dias, mas como um barril cedeu e deslocou uma de nossas chapas, tivemos de retornar ao porto por doze horas. Deixei o navio e fui para casa, pensando na surpresa que faria à minha mulher e esperando que ela ficasse contente de me rever tão depressa. Tinha esse pensamento na cabeça quando entrei em minha própria rua; nesse instante um fiacre passou por mim, e lá estava ela, sentada ao lado de Fairbairn, os dois tagarelando e rindo, sem sequer lembrar da minha existência enquanto eu os contemplava da calçada.

"'Vou lhes dizer que, palavra de honra, desse momento em diante não respondi mais por mim mesmo, e quando penso no que aconteceu tudo me parece um sonho confuso. Eu vinha bebendo muito ultimamente, e as duas coisas juntas me perturbaram totalmente a cabeça. Sinto alguma coisa latejando na minha cabeça agora, como um martelo, mas naquela manhã tinha a impressão de ter as cataratas do Niágara inteiras retumbando e zumbindo nos meus ouvidos.

"'Bem, dei meia-volta e corri atrás do carro. Tinha uma pesada bengala de carvalho na mão, e digo aos senhores que de início minha vista ficou vermelha; à medida que corria, porém, recobrei a esperteza e me deixei ficar um pouco para trás para vê-los sem ser visto. Eles não demoraram a saltar na estação ferroviária. Como havia uma grande multidão em torno da bilheteria, consegui chegar bem perto deles sem ser visto. Compraram passagens para New Brighton. Fiz o mesmo, mas entrei no terceiro vagão atrás deles. Ao chegarmos, eles foram caminhar pelo passeio público e me mantive a uma distância de no máximo cem metros deles. Finalmente os vi alugar um barco a remo e sair para um passeio, pois o dia estava muito quente e certamente pensaram que estaria mais fresco na água.

"'Foi como se me tivessem sido entregues em mãos. Havia um pouco de cerração e não se conseguia ver mais de algumas centenas de metros. Aluguei um barco para mim e saí atrás deles. Eu podia ver a sombra do barco deles, mas estavam avançando quase tão rapidamente quanto eu e deviam estar a mais de um bom quilômetro e meio da praia quando os alcancei. A neblina era como uma cortina à nossa volta, com nós três no meio. Meu Deus, será que algum dia esquecerei as caras que fizeram quando viram quem estava no barco que se aproximava deles? Ela gritou. Ele praguejou como um louco e investiu contra mim com um remo, pois deve ter visto a morte nos meus olhos. Esquivei-me e dei-lhe uma bengalada que lhe esmagou a cabeça como um ovo. Eu a teria poupado, talvez, apesar da minha loucura, mas ela o abraçou, bradou por ele, chamando-o «Alec». Um novo golpe e ela caiu deitada ao lado dele. Nesse momento eu estava como uma fera selvagem que tivesse provado sangue. Se Sarah estivesse lá, juro, teria tido a mesma sorte que eles. Puxei minha faca e... bem, é isso! Já falei o bastante. Senti uma espécie de alegria perversa quando pensei em como Sarah se sentiria quando recebesse aqueles sinais do que sua intromissão provocara. Depois amarrei os corpos ao barco, ar-

[Sidney Paget, *Strand Magazine*, 1893]

rombei uma tábua e fiquei ali até que afundaram. Sabia muito bem que o dono pensaria que eles haviam perdido o rumo na neblina e sido impelidos para alto-mar. Arrumei-me, voltei à praia e embarquei no meu navio sem que ninguém suspeitasse do que se passara. Naquela noite fiz o pacote para Sarah Cushing e no dia seguinte o despachei de Belfast.

"'Os senhores ouviram toda a verdade. Podem me enforcar, ou fazer o que quiserem comigo, mas não conseguirão me castigar mais do que já fui castigado. Não consigo fechar os olhos sem ver aqueles dois rostos me fitando, me encarando como o fizeram quando meu barco irrompeu através da neblina. Eu os matei depressa, mas eles estão me matando pouco a pouco; e se eu tiver de suportar isso por mais uma noite, estarei louco ou morto antes do amanhecer. Não vai me pôr numa cela sozinho, não é, senhor? Por piedade, não ponha, e possa o senhor ser tratado em seu dia de agonia como me tratar agora.'"

"Qual é o significado disto, Watson?" disse Holmes solenemente, ao soltar o papel. "Que objetivo é servido por este círculo de desgraça, violência e medo? Isso tem de tender para algum fim, do contrário nosso universo é regido pelo acaso, o que é impensável. Mas que fim? Este é o grande e perene problema de cuja solução a razão humana está tão longe como sempre."

 Notas

1. "The Cardboard Box" foi publicado na *Strand Magazine* em janeiro de 1893 e em *Harper's Weekly* (Nova York) em 14 de janeiro de 1893. A primeira edição de *Memoirs of Sherlock Holmes* publicada em Londres em 1894 por George Newnes, Limited, continha apenas 11 contos, excluindo "The Cardboard Box" da série de 12 que havia aparecido na *Strand Maganize*. A primeira edição americana de *Memoirs of Sherlock Holmes*, publicada por Harper nesse mesmo ano, continha todos os 12 contos; quase imediatamente, contudo, foi publicada uma edição Harper "nova e revista" que, como a britânica, omitia "The Cardboard Box".

As teorias sobre o estranho tratamento dado a esse conto são na melhor das hipóteses incompletas. Arthur Bartlett Maurice, num artigo intitulado "Sherlock Holmes and His Creator" (*Collier's*, 15 de agosto de 1908), conjectura que o "caso amoroso ilícito" narrado no conto levou um prudente Doyle a pôr a história de lado quando preparou a coletânea para publicação. O eminente livreiro David Randall, em seu *Catalogue of Original Manuscripts etc.*, conclui posteriormente que o editor americano, Harper, tendo visto o conto na *Strand*, não sabia que Doyle tinha alguma objeção à inclusão das 12 histórias num livro; após a publicação, Doyle deve ter emitido um protesto, donde a rápida publicação de uma segunda edição de *Memoirs*. Atualmente a primeira versão americana é considerada muito rara. Curiosamente, nenhum dos numerosos biógrafos de Arthur Conan Doyle tem uma só palavra de explicação para essa autocensura, nem o próprio Doyle fez qualquer comentário a respeito em suas *Memórias e aventuras*.

2. O material que se segue foi "colado" no início de "O paciente residente" quando este conto foi suprimido da edição das *Memórias* de George Newnes, Limited. Ver nota 1.

3. Isto é, entrara no recesso de verão.

4. Antiga reserva de caça real em Hampshire, a New Forest foi criada por Guilherme o Conquistador em 1079 como propriedade da Coroa. Muito apreciada por suas variadas extensões de terra de florestas e charnecas, a área é administrada desde 1877 como parque público pelo Verderers Court. Arthur Conan Doyle teve um chalé na New Forest. Ver vol.1, "As cinco sementes de laranja", nota 22.

5. Subúrbio a leste de Portsmouth, onde Arthur Conan Doyle clinicou por certo tempo.

6. Em "Os dançarinos", geralmente datado de 1898 (ver Quadro cronológico), Holmes lembra a Watson: "Seu talão de cheques está trancado na minha gaveta." Talvez haja alguma conexão causal entre o depauperamento dos fundos de Watson e o controle posterior de Holmes.

7. De fato, em *Um estudo em vermelho*, Watson observa: "Você me faz lembrar o Dupin de Edgar Allan Poe..." Mas Holmes não lê a passagem em voz alta. O conto a que Holmes e Watson se referem é "Os assassinatos da rua Morgue". Publicada na *Graham's Magazine* (de que Poe era editor) em 1841, essa história de um assassinato de mãe e filha que desconcerta a polícia marcou a estreia do detetive amador C. August Dupin, sendo amplamente considerada o primeiro conto policial moderno.

8. Charles George Gordon (1833-85) foi um herói militar britânico de várias campanhas distintas. Após servir na Guerra da Crimeia, foi enviado à China, onde acabou aceitando a missão que lhe valeria o apelido "Chinese Gordon". Na verdade, é irônico que Gordon, homem profundamente religioso, tenha feito sua reputação combatendo dois fanáticos religiosos. O primeiro, Hong Xiuquan, era um mestre-escola cujas visões o convenceram de que era o irmão mais moço de Jesus Cristo. Hong proclamou-se rei do Taiping Tianguo (Reino Celeste da Grande Paz) e, rebelando-se contra a dinastia Qing reinante, liderou seus seguidores — que, segundo o historiador Jonathan Spence, somaram em certa altura mais de 60.000 pessoas — na conquista de Nanquim em 1853. Controlaram a cidade durante 11 anos e fizeram várias outras conquistas até serem sufocados pelo "Exército Sempre Vitorioso", uma força compósita comandada pelo general Gordon. Segundo Lytton Strachey em *Eminent Victorians* (1918), o carismático comandante alcançou "um prestígio quase mágico... Mais de uma vez os líderes deles [dos Taiping], num frenesi de temor e admiração, ordenaram aos atiradores de escol que não mirassem na figura daquele inglês que avançava com um leve sorriso". Consta que Hong e seus seguidores cometeram suicídio em massa quando Nanquim caiu. O retorno de Gordon à Inglaterra não foi muito auspicioso; fizeram-no Companion of the Bath, distinção que, como Strachey observou mordazmente, era "reservada em geral para amanuenses dedicados".

A campanha final e mais conhecida de Gordon lhe foi atribuída em consequência de ele ter ocupado o difícil posto de governador do Sudão de 1877 a 1879. Em 1884 Gordon retornou para defender a capital, Cartum, do mádi (Muhammad Ahmad), que se proclamava o messiânico 12º imame e se empenhava em eliminar a autoridade egípcia e purificar o islã. Cartum ficou sitiada por dez meses, mas apesar das súplicas do povo britânico — inclusive da rainha Vitória, que enviou a Lord Hartington o seguinte telegrama: "O general Gordon está em perigo, o senhor tem de salvá-lo" —, o primeiro-ministro William Gladstone demorou a mandar reforços. Pouco antes de sua morte, um rebelde Gordon escreveu em seu diário: "Se um emissário ou carta chegar aqui ordenando que me retire, NÃO OBEDECEREI, FICAREI AQUI, E CAIREI COM A CIDADE E CORREREI TODOS OS RISCOS." Em 26 de janeiro de 1885, dois dias antes da chegada da expedição britânica de reforço, os madistas tomaram Cartum e o general Gordon foi morto, tendo sua cabeça (segundo Strachey) sido levada ao mádi como um troféu. Gordon foi transformado em mártir na imaginação popular e alguns especulam que talvez o excêntrico general tivesse procurado isso ao se lançar rumo a uma morte certa.

A morte de Gordon foi eternizada na pintura de G.W. Joy, *General Gordon's Last Stand*, que representa o general regiamente postado no alto de uma escada enquanto seus atacantes, empunhando lanças, se detêm embaixo em contemplação. Uma interpretação dramática dos últimos dias de Gordon aparece no filme *A batalha do Nilo*, de 1966, com Charlton Heston no papel de Gordon e Laurence Olivier como o mádi. Também trabalharam nesse filme Sir Ralph Richardson, que anteriormente fez o papel de Watson numa série longa da BBC Radio, e Douglas Wilmer, que mais tarde fez o papel de Holmes em várias produções da BBC para rádio e televisão.

9. Henry Ward Beecher (1813-87) foi um pastor, editor e escritor americano, talvez o mais influente porta-voz do protestantismo de seu tempo. Aos domingos, multidões de até 2.500 pessoas afluíam à Igreja Congregacional de Plymouth, no Brooklin, em Nova York, para ouvir o poderoso orador falar não só sobre Deus, mas também sobre sua oposição à escravidão e seu apoio ao sufrágio feminino, à teoria evolucionista e ao livre comércio. Irmão de Harriet Beecher Stowe, Beecher encontrou uma plataforma nacional como editor do *Independent* (1861-64) e do *Christian Union* (1870-81). Seu prestígio só cresceu em 1863 quando, em férias na Inglaterra, fez uma série de palestras sobre a Guerra Civil em Londres, Manchester, Liverpool, Glasgow e Edimburgo; essas apresentações tiveram extraordinário efeito sobre o público britânico, ganhando simpatia para a causa da União. Beecher era um homem emotivo e carismático — Sinclair Lewis escreveu sobre ele em 1927: "Ele era uma combinação de santo Agostinho,

Barnum e John Barrymore" —, mas sua reputação foi manchada quando seu amigo Theodore Tilton o processou em 1874 sob a acusação de ter cometido adultério com sua mulher. (Há rumores de que esse não foi nem de longe o único *affaire* de Beecher.) O sensacional julgamento Tilton terminou em 1875, sem que o júri chegasse a um veredicto. Apesar disso, o clérigo continuou sendo uma figura social eminente pelo resto de sua vida. Suas obras publicadas incluem *Seven Lectures to Young Men* (1844), *Eyes and Ears* (1862), *The Life of Jesus, the Christ* (1871) e *Evolution and Religion* (1885). O interesse de Watson por Beecher permanece inexplicado.

10. Aqui termina o material repetido em "O paciente residente".

11. H.W. Bell foi o primeiro a observar, em *Sherlock Holmes and Dr. Watson: The Chronology of Their Adventures*, que este famoso episódio da "leitura de pensamento" estava repetido, praticamente intacto, na versão de "O paciente residente" publicada em *Memórias de Sherlock Holmes* (mas não na versão original do conto, na *Strand Magazine*). Bell especula que, mesmo que "A caixa de papelão" devesse ser excluída das *Memórias*, a cena descrita aqui ilustrava tão perfeitamente os talentos dedutivos de Holmes que Watson relutou em eliminá-la por completo; assim, simplesmente transferiu-a para outra história. "É fácil compreender o ponto de vista de Watson", racionaliza Bell. "Quando as *Memórias* foram publicadas, ele acreditava que Holmes estava morto e suas próprias atividades como cronista, encerradas. ... Não haveria mais histórias de Sherlock Holmes ... e a passagem ... projetava uma luz forte demais sobre o gênio de Holmes para ser deixada dormindo nos arquivos de um periódico."

Trevor Hall, ao especular em "The Documents in the Case" quanto ao papel de Arthur Conan Doyle na supressão da publicação de "A caixa de papelão" (ver nota 1), afirma que Doyle, magoado com a interpretação que essa cena sugere de uma suposta prática mística como pouco mais do que um jogo de salão, pediu a Watson que eliminasse o conto todo.

12. Não há Cross *Street* em Croydon atualmente, mas Cross *Road* existiu ali por muitos anos. David L. Hammer sugeriu que a casa talvez fosse o nº 57 da Cross Road.

13. Bairro basicamente residencial no sudeste de Londres, Croydon se tornaria em 1920 o local do primeiro aeroporto oficial da cidade, o Croydon Aerodrome (mais tarde Croydon Airport), que combinava um campo de aviação militar com um campo de provas. Foi fechado em 1959 com a construção de Heathrow.

14. Tabaco adoçado.

15. [No original, *antimacassar*] Recosto para cabeça posto sobre sofás e poltronas para proteger os móveis da gordura do cabelo. O nome vem de um óleo capilar muito conhecido, *Macassar oil*. O macáçar propriamente dito era feito com ylang-ylang, uma essência perfumada extraída da árvore asiática tropical *Cananga adorata*, a que se atribuem qualidades calmantes e afrodisíacas. Originalmente, Macáçar foi o nome de uma cidade na Indonésia (hoje Ujung Pandang).

16. Na altura de 1800, o uso da dissecação nas escolas de medicina como auxiliar na instrução de anatomia havia se tornado bastante comum. Na Grã-Bretanha, contudo, os escrúpulos do público em relação à prática eram tais que, nas primeiras décadas do século XIX, somente os cadáveres de criminosos recém-executados podiam ser legalmente dissecados. A resultante escassez de cadáveres disponíveis levou a um mercado negro. Túmulos eram profanados, cadáveres desenterrados e vendidos a cirurgiões e assistentes, que simulavam ignorar de onde vinham.

Os mais notórios ladrões de cadáveres, ou "ressurrecionistas", da Grã-Bretanha foram William Hare e William Burke, um senhorio de Edimburgo e seu inquilino. Sua reputação por fornecer corpos extremamente "frescos" provinha do fato de que haviam escalado do roubo de túmulos para o assassinato: ao todo, mataram pelo menos 15 pessoas e venderam os cadáveres a médicos como Robert Knox, célebre anatomista da Universidade de Edimburgo. A reputação de Knox foi afetada quando se descobriu que os cadáveres usados em suas aulas haviam sido obtidos dessa maneira. Ele alegou ignorância; Hare e Burke foram condenados em 1828 (Hare obteve imunidade oferecendo provas à acusação; Burke foi enforcado). Em 1832 o Parlamento aprovou o Anatomy Act, que permitia às escolas de medicina praticar dissecação nos corpos não reclamados de pessoas pobres e sem teto.

A história de Hare e Burke inspirou várias obras de ficção, como a peça teatral de James Bridie, *The Anatomist*, encenada pela primeira vez em 1931, e, em 1884, o conto de Robert Louis Stevenson, natural de Edimburgo, "O ladrão de cadáveres", que em 1945 foi adaptado num filme estrelado por Boris Karloff e Bela Lugosi, além de Henry Daniell (que também figurou em três dos filmes que os Universal Studios fizeram sobre Sherlock Holmes na década de 1940).

17. O *Conqueror* e o *May Day* eram navios verdadeiros, registrados pela Liverpool, Dublin, and London Steam Packet Co. Não se sabe por que Watson deixou de disfarçar seus nomes.

18. Antonio Stradivari (1644-1737) fabricava violoncelos, harpas, violões, bandolins e violas em sua oficina em Cremona, na Itália; mas é por seu violino de desenho perfeito que é mais famoso. (No romance sobre fantasmas escrito em 1895 por John Meade Falkner, *The Lost Stradivarius*, um Stradivarius descoberto num armário velho é descrito como "de um vermelho claro, com um verniz de peculiar brilho e suavidade. O braço parecia bem mais longo que o comum e a voluta era notavelmente saliente e generosa.") Aproximadamente 650 dos mais de 1.100 instrumentos fabricados por Stradivari sobrevivem hoje. Segundo a Smithsonian Institution, no século XIX milhares de violinos foram feitos em tributo póstumo a Stradivari, e receberam exatamente o mesmo rótulo — em que se lê *Antonius Stradivarius Cremonensis Faciebat Anno* e a data da produção — que identificava os violinos que o próprio mestre fizera. Essa era uma prática comum na época, e, como esses violinos de imitação eram muito mais baratos que o artigo genuíno, não havia nenhuma intenção de fraude. O resultado final, no entanto, é que hoje um instrumento com o rótulo Stradivari tem apenas uma chance muito exígua de ser um genuíno violino Stradivarius. Presumivelmente, o Stradivarius de Holmes era genuíno, embora comprado por uma pechincha; do contrário, a história faria o detetive parecer um tolo.

19. O virtuose do violino Niccolò Paganini (1782-1840) foi uma criança prodígio em Gênova, violinista da corte da princesa de Lucca e solista itinerante de grande renome. Além de compor importantes obras para violino — Franz Liszt e Robert Schumann transcreveram ambos seus 24 Capricci para piano, e Johannes Brahms e Serguei Rachmaninov basearam composições em seu *Capriccio em lá menor* —, Paganini também tocava violão e viola. Pouco depois de se aposentar, em 1835, ele perdeu a voz, acabando por sucumbir a um câncer na laringe. (Perdeu também grande parte de sua fortuna, tendo investido pesadamente num cassino de Paris — Casino Paganini — que faliu.) A extraordinária habilidade e as inovações de Paganini em afinação, harmônicos e uso de cordas duplas e triplas são lendárias, e ele é amplamente considerado o maior de todos os violinistas; apesar disso, o *Penguin Dictionary of Music* opina solenemente que, pelos padrões avançados de hoje, "seus feitos já não são encarados como excepcionalmente difíceis".

20. Para um estudo rigoroso desse método de pensamento lógico, ver cap. VIII, "Reasoning to Causes", de *Sherlock's Logic*, da autoria de William Neblett, um livro encantador sobre lógica em que o neto de Holmes explica e ilustra as ideias do autor.

21. Embora ninguém tenha conseguido encontrar os números do *Journal* contendo as monografias de Holmes, talvez elas tenham sido reproduzidas na *Strand Magazine*, que publicou um par de monografias anônimas intituladas "A Chapter on Ears" nos números de outubro e novembro de 1893.

22. A parte larga e superior da orelha.

23. Isto é, os Royal Victoria and Albert Docks.

24. [No original, *"blue ribbon"*] Ao se referir a si mesmo como "fita azul", Browner quer dizer que vinha se abstendo de álcool, provavelmente como membro de uma das várias organizações de temperança existentes na época. A primeira sociedade local moderna foi formada em 1808 pelo dr. B.J. Clark, em Greenfield, em Nova York. No final da década de 1820, surgiram grupos na Irlanda e em Glasgow, e em 1830 uma sociedade inglesa foi fundada em Bradford; uma miríade de outras brotariam nas décadas seguintes. Algumas eram baseadas em crenças religiosas, outras seguiam princípios científicos. Como não é de surpreender, as companhias seguradoras promoviam grupos de abstinentes, hotéis e cafés de temperança. Tabernas, casas de chocolate, cafeterias e clubes de abstinência absoluta para trabalhadores surgiram em muitos lugares na Grã-Bretanha como expressões sociais do movimento de temperança.

O chamado Blue Ribbon Army, ou Exército da Fita Azul — que com outras sociedades americanas como a Woman's Christian Temperance Union e a Anti-Saloon League, estimularam a aprovação final da Décima Oitava Emenda e o período da lei seca nos Estados Unidos, de 1919 a 1933 — foi fundado na década de 1870 por Francis Murphy, um irlandês-americano e ex-revedendor de bebidas alcoólicas no Maine. Baseando seu movimento em princípios da "temperança evangélica", Murphy recebeu inspiração da passagem bíblica "Diga o seguinte aos israelitas: Façam borlas nas extremidades das suas roupas e ponham um cordão azul em cada uma delas..." (*números* XV, 38-39). Único entre os líderes da temperança, Murphy não via os vendedores de bebida como maus, e pregava a caridade cristã para com eles, assim como para com os próprios alcoólatras.

Além de usar uma fita azul como símbolo de sua dedicação, os seguidores de Murphy deviam assinar uma promessa nos seguintes termos: "Sem hostilidade por ninguém, com caridade por todos; eu, abaixo assinado, dou minha palavra de honra (Deus me ajudando) de que me absterei de todas as bebidas embriagadoras e incentivarei outros a se absterem por todos os meios honrados." Um grupo semelhante foi fundado em Londres por William Noble, um admirador de Murphy; e Murphy finalmente foi à Grã-Bretanha, onde promoveu uma grande assembleia em Dundee — convertendo nada menos que 40.000 pessoas — em 1882. Ali ele recrutou William McGonagall, o poeta laureado de Dundee (e amplamente conhecido como o pior poeta na língua inglesa), que escreveu, em "A tribute to Mr. Murphy and the Blue Ribbon Army": "Salve, salve Mr. Murphy, bravo herói americano/ Que atravessou o imenso Atlântico oceano/ Para que fim? Permitam-me parar e pensar./ Respondo, para advertir as pessoas a bebidas alcoólicas evitar." (Ver vol.1 "As cinco sementes de laranja", nota 20, para mais sobre McGonagall.)

25. Isto é, um tempo em que Fairbairn estava mais familiarizado com os alojamentos dos oficiais que com os dos marinheiros, sugerindo que era um ex-oficial que "decaíra" à condição de marinheiro comum.

A Face Amarela[1]

Alguns estudiosos questionam por que Watson incluiu "A face amarela" nas Memórias. O problema de Mr. Grant Munro desconcerta Holmes, que só é capaz de propor teorias mirabolantes, sem nenhuma prova, muitos sugerindo que foi completamente enganado pela mulher de Munro. Preocupado com seu fracasso, Holmes pede a Watson que sussurre "Norbury" ao seu ouvido sempre que se mostrar arrogante demais, e talvez tenha sido para apresentar esse aspecto do grande detetive — um pensador lógico capaz de errar — que Watson escreveu o caso. Leitores de nossos dias podem lamentar a aparente sugestão de que o casamento inter-racial era intolerável à sociedade inglesa, mas uma leitura cuidadosa revela que Watson aplaude a tolerância de Munro. E é agradável ver Effie Munro chamar o marido Grant de "Jack" — diante disso, torna-se menos estranho que a mulher de John Watson possa tê-lo chamado de James!

Ao publicar estes breves relatos baseados nos muitos casos em que os singulares dons de meu companheiro transformaram-me no ouvinte de dramas estranhos, e até no ator de alguns deles,[2] é mais do que natural que me detenha mais em seus sucessos que em seus fracassos. E isso não tanto no interesse de sua reputação — porque, na realidade, era quando Sherlock Holmes estava numa situação desesperada que sua energia e versatilidade pareciam mais admiráveis —, mas porque, com muita frequência, nos casos em que fracassou ninguém mais teve êxito, e a história ficou para sempre sem uma conclusão. Vez por outra, contudo, ocorreu que, mesmo ali onde ele errou, a verdade acabou sendo descoberta. Tenho anotações de uma meia dúzia de casos desse tipo; a história da segunda mancha[3] e esta que passo a narrar são as duas que apresentam as características de maior interesse.

Sherlock Holmes era uma pessoa que raramente praticava exercício por amor ao exercício. Conheci poucos homens capazes de maior esforço muscular, e ele foi sem dúvida um dos mais excelentes boxeadores de seu peso[4] que já vi; mas o esforço físico sem objetivo parecia-lhe perda de energia, e raramente se agitava a menos que isso servisse a algum objetivo profissional. Nesse caso, era absolutamente incansável e diligente. Diante disso, é notável que se mantivesse em forma, mas sua dieta era geralmente a mais frugal e seus hábitos, simples no limiar da austeridade. Exceto pelo uso de cocaína, não tinha vícios, e só recorria à droga como um protesto contra a monotonia da existência quando os casos eram escassos e os jornais desinteressantes.

Um dia, no início da primavera, mostrou-se relaxado a ponto de ir dar uma caminhada comigo no Parque[5], onde os primeiros brotos de um verde pálido despontavam nos olmos e as folhas quíntuplas dos castanheiros mal começavam a eclodir de seus ramos úmidos. Perambulamos juntos por ali umas duas horas, a maior parte do tempo em silêncio, como convém a dois homens que se conhecem intimamente. Eram quase cinco horas quando regressamos a Baker Street.

"Com licença, senhor", disse nosso mensageiro, ao abrir a porta. "Esteve aqui um cavalheiro perguntando pelo senhor."

Holmes lançou-me um olhar de censura. "É no que dão seus passeios à tarde!" disse. "Então esse cavalheiro foi embora?"

"Sim, senhor."

"Não o convidou para entrar?"

"Convidei, senhor. Ele entrou."

"Quanto tempo esperou?"

"Meia hora, senhor. Era um homem muito inquieto, não parou de andar de um lado para outro o tempo todo que passou aqui. Como eu estava esperando do lado de fora, junto à porta, podia ouvi-lo. Finalmente ele saiu pelo corredor, gritando: 'Esse homem não vai chegar nunca?' Usou estas palavras mesmo, senhor. 'Espere só um pouco mais', respondi. 'Então vou esperar ao ar livre, porque estou me sentindo meio sufocado', disse ele. 'Voltarei logo.' E lá se foi, de repente; nada do que eu disse foi capaz de segurá-lo."

"Bem, você fez o que podia", disse Holmes, enquanto entrávamos em nossa sala. "Mas isso é muito desagradável, Watson. Estou precisadíssimo de um caso, e, a julgar pela impaciência do homem, parece que esse era importante. Olhe só! Esse cachimbo sobre a mesa não é o seu. Ele deve tê-lo esquecido. Um bom e velho cachimbo de raiz de urze-branca, com um tubo longo do que os donos de tabacaria chamam de âmbar. Quantas boquilhas de âmbar verdadeiro haverá em Londres? Há quem ache que a presença de uma mosca no âmbar prova que é genuíno. Ora, introduzir moscas falsas em âmbar falso chega a ser um ramo especial de negócio.[6] Bem, o homem devia estar muito perturbado para esquecer um cachimbo que evidentemente estima tanto."

"Como sabe que o estima muito?"

"Bem, eu calcularia o custo original do cachimbo em sete xelins e seis *pence*. Agora veja, ele foi consertado duas vezes, uma vez no tubo de madeira e uma vez no âmbar. Esses dois consertos, feitos, como pode observar, com ligaduras de prata, devem ter custado mais que o próprio cachimbo. O sujeito só pode estimar muito este cachimbo, se prefere remendá-lo a comprar um novo com o mesmo dinheiro."

"Mais alguma coisa?" perguntei, porque Holmes estava virando o cachimbo na mão e contemplando-o com sua peculiar maneira pensativa.

Ele o levantou e deu-lhe batidinhas com seu comprido e magro dedo indicador, como um professor que dissertasse acerca de um osso.

"Ele o levantou." [Sidney Paget, *Strand Magazine*, 1893]

"Cachimbos são por vezes de extraordinário interesse", disse.
[W.H. Hyde, *Harper's Weekly*, 1893]

"Cachimbos são por vezes de extraordinário interesse", disse. "Nada tem mais individualidade, exceto talvez relógios e cadarços de sapato. Neste caso, contudo, os indícios não são nem muito acentuados, nem muito importantes. O proprietário é obviamente um homem musculoso, canhoto, com dentes excelentes, de hábitos descuidados e sem nenhuma necessidade de fazer economia."

Meu amigo lançou essas informações como se nada fossem, mas vi que estava de olho em mim para ver se eu acompanhara seu raciocínio.

"Você acha que um homem deve ser rico se fuma um cachimbo de sete xelins?" perguntei.

"Isto é mistura Grosvenor, que custa oito *pence* a onça", Holmes respondeu, batendo um pouco de fumo na palma da mão. "Como ele poderia obter um tabaco excelente por metade do preço, não tem necessidade de fazer economia."

"E os outros pontos?"

"Ele tem o costume de acender seu cachimbo em lâmpadas e bicos de gás.[7] Você pode ver que este está bastante queimado de um lado. É claro que um fósforo não teria podido fazer isso. Por que haveria um homem de encostar a chama de um fósforo num lado de seu cachimbo? Mas não se pode acendê-lo numa lâmpada sem queimar o fornilho. E o chamuscado está todo no lado direito do cachimbo. Disto concluo que ele é canhoto. Segure seu cachimbo junto à lâmpada e veja com que naturalidade você, sendo destro, encosta o lado esquerdo na chama. Poderia fazer diferente uma vez ou outra, mas não constantemente. Este foi sempre segurado dessa maneira. Além disso, ele mordeu fundo o seu âmbar. É preciso um sujeito musculoso, forte, e com bons dentes, para fazer isso. Mas, se não me engano, ouço os passos dele na escada; vamos ter algo mais interessante que seu cachimbo para estudar."

Um instante depois nossa porta se abriu e um jovem alto entrou na sala. Estava discretamente vestido, com um terno cinza-escuro, e tinha um chapéu de feltro de abas largas na mão. Eu lhe daria uns trinta anos, embora na realidade tivesse alguns anos mais.

"Perdoem-me", disse com algum embaraço; "suponho que devia ter batido. Sim, é claro que devia ter batido. O fato é que estou um pouco perturbado, e os senhores devem atribuir tudo a isso." Passou a mão na testa como se estivesse um pouco zonzo e depois mais caiu do que se sentou numa cadeira.

"Posso ver que faz uma ou duas noites que não dorme", disse Holmes, com suas maneiras serenas, afáveis. "Isso põe os nervos à prova mais do que trabalho, e mais até do que prazer. Por favor, como eu poderia ajudá-lo?"

"Queria seu conselho, senhor. Não sei o que fazer, e toda a minha vida parece estar destruída."

"Deseja contratar-me como detetive consultor?"

"Não só isso. Quero sua opinião como um homem judicioso — um homem do mundo. Quero saber o que devo fazer em seguida. Espero em Deus que possa me dizer."

Ele falava em arrancos breves, abruptos e espasmódicos, e eu tinha a impressão de que falar lhe era muito penoso e de que, o tempo todo, sua vontade estava dominando suas inclinações.

"É algo muito delicado", continuou. "Não é agradável falar de nossos negócios particulares com estranhos. Parece-me horrível discutir a conduta da minha própria mulher com dois homens que nunca vi antes. Mas tenho de ir até onde me for possível, e preciso de conselho."

"Meu caro Mr. Grant Munro…" começou Holmes.

Nosso visitante deu um pulo da cadeira. "Quê?" gritou. "Sabe o meu nome?"

"Se quiser manter-se incógnito", disse Holmes sorrindo, "eu lhe sugeriria que deixasse de escrever seu nome no forro de seu chapéu, ou então que virasse a copa na direção da pessoa com quem está falando. Eu ia dizer que meu amigo e eu já ouvimos muitos segredos estranhos nesta sala e tivemos a boa sorte de tranquilizar muitas almas inquietas. Acredito que poderemos fazer o mesmo pelo senhor. Poderia lhe pedir, já que o fator tempo pode se provar importante, que me forneça sem mais delongas os fatos de seu caso?"

Nosso visitante passou de novo a mão na testa, como se aquilo lhe parecesse terrivelmente difícil. Eu podia ver por todos os seus gestos, suas expressões, que era um homem reservado, autossuficiente, com uma ponta de orgulho em seu caráter, mais propenso a ocultar suas dores que a expô-las. Então subitamente, fazendo um gesto impetuoso com o punho fechado, como alguém que resolve se despir de toda reserva, começou.

"Nosso visitante deu um pulo da cadeira."
[Sidney Paget, *Strand Magazine*, 1893]

"Os fatos são estes, Mr. Holmes", disse. "Sou um homem casado, faz três anos agora. Durante esse tempo minha mulher e eu nos amamos muitíssimo e fomos o mais feliz dos casais. Nunca tivemos um desentendimento, nem um só, em pensamento, palavras ou atos. Mas agora, desde a segunda-feira passada, surgiu de repente uma barreira entre nós, e penso que há alguma coisa na vida e no pensamento dela de que tenho tão pouco conhecimento como se ela fosse uma estranha com quem cruzo na rua. Algo mudou entre nós, e quero saber por quê.

"Antes de continuar, porém, preciso enfatizar que Effie me ama, Mr. Holmes. Que não paire nenhuma dúvida sobre isso. Ela me ama profundamente, e agora mais do que nunca. Sei disso. Sinto isso. Não quero discutir a esse respeito. Um homem pode perceber muito facilmente quando uma mulher o ama. Mas há esse segredo entre nós, e nunca poderemos ser os mesmos até que ele seja revelado."

"Por obséquio, conte-me os fatos, Mr. Munro', disse Holmes com uma ponta de impaciência.

"Vou lhe contar o que sei sobre a história de Effie. Ela era viúva quando a conheci, embora muito jovem — tinha apenas vinte e cinco anos. Seu nome então era Mrs. Hebron. Ela partiu para os Estados Unidos quando bem jovem e morou na cidade de Atlanta, onde se casou com esse Hebron, um advogado com boa clientela. Tiveram um filho, mas houve uma epidemia de febre amarela no lugar e o marido e o filho morreram ambos da doença.[8] Vi o atestado de óbito dele.[9] Desgostosa dos Estados Unidos, ela voltou para viver com uma tia solteira na cidadezinha de Pinner, no Middlesex. Devo mencionar que o marido a deixara em boa situação; ela ficou com um capital de cerca de cinco mil e quatrocentas libras, tão bem investido por ele que rendia em média cerca de 7%.[10] Fazia apenas seis meses que ela estava em Pinner quando a conheci; apaixonamo-nos e algumas semanas depois estávamos casados.

"Como eu sou um negociante de lúpulo e tenho uma renda de setecentas[11] ou oitocentas libras, vimo-nos numa situação confortável e alugamos uma ótima casa por oitenta libras ao ano em Norbury. Nosso pequeno povoado é muito rústico, considerando-se que fica tão perto da cidade. Temos uma estalagem e duas casas um pouco acima da nossa, e um chalé simples do outro lado do campo fronteiro à nossa casa; fora isso, não há casa nenhuma até que se percorra metade do caminho para a estação. Meus negócios levavam-me à cidade em certas estações, mas no verão, quando tinha menos coisas a fazer, minha mulher e eu éramos tão felizes quanto se poderia desejar em minha casa de campo. Acredite-me, nunca houve uma sombra entre nós até esse maldito problema começar.

"Preciso lhe dizer uma coisa antes de continuar. Quando nos casamos, minha mulher transferiu todos os seus bens para mim — muito contra a minha vontade, pois eu via o quanto isso seria inconveniente se as coisas fossem mal com meus negócios. Mas ela quis assim, e assim foi feito. Bem, cerca de seis semanas atrás ela me disse:

"'Jack,[12] quando você recebeu meu dinheiro, disse que se algum dia eu precisasse de alguma quantia, bastaria lhe pedir.'

"'Certamente', respondi. 'É tudo seu.'

"'Bem', disse ela, 'quero cem libras.'

"Fiquei um pouco espantado com isso, porque imaginara que era simplesmente um vestido novo, ou algo do gênero, que ela poderia estar desejando.

"'Para que diabos?'

"'Oh', respondeu ela, num tom brincalhão, 'você disse que era apenas meu banqueiro, e banqueiros, você sabe, nunca fazem perguntas.'

"'Se está falando sério, claro que terá o dinheiro.'

"'Sim, estou falando sério.'

"'E não vai me contar para que o quer?'

"'Algum dia, talvez, mas não agora, Jack.'

"Assim, tive de me contentar com isso, embora fosse a primeira vez que um segredo se interpunha entre nós. Dei-lhe um cheque e não pensei mais no assunto. Pode ser que isso nada tenha a ver com o que aconteceu posteriormente, mas achei que não devia deixar de mencioná-lo.

"Bem, como lhe disse, há um chalé não muito longe de nossa casa. Apenas um campo nos separa dele, mas para chegar lá é preciso tomar a estrada e depois virar numa senda. Logo além dele há um lindo bosque-zinho de pinheiros, e eu gostava muito de passear por ali, pois árvores são sempre criaturas amistosas. Fazia oito meses que o chalé estava vazio, o que era uma pena, porque é uma bonita construção de dois pavimentos, com uma varanda no velho estilo, rodeada de madressilvas. Muitas vezes eu ficava ali parado, pensando que linda casinha de campo ele daria.

"Bem, na tarde de segunda-feira passada eu fazia um passeio por aqueles lados quando dei com um carroção vazio subindo a senda e vi um monte de tapetes e objetos no gramado junto à varanda. Estava claro que finalmente o chalé fora alugado. Passei por ele, pensando que tipo de gente era aquela que iria morar tão perto de nós. Enquanto olhava, percebi de repente que um rosto me observava de uma das janelas do segundo andar.

"Não sei o que havia naquele rosto, Mr. Holmes, mas ele me provocou um arrepio espinha abaixo. Como estava a certa distância, não pude distinguir os traços, mas havia algo de anormal e inumano naquela face. Essa foi a impressão que tive, e adiantei-me rapidamente para ver mais de perto a pessoa que me observava. Quando me movi, porém, a face desapareceu subitamente, tão subitamente que me pareceu que havia sido puxada para a escuridão do quarto. Fiquei cinco minutos ali, refletindo sobre o episódio e tentando analisar minhas impressões. Não sabia ao certo se aquele rosto era de um homem ou de uma mulher. Estivera muito longe de mim para isso. O que mais me impressionara, porém, fora a sua cor. Era lívido, de um amarelo fosco,[13] e tinha uma dureza, uma rigidez chocantemente artificial. Fiquei tão perturbado que decidi dar uma olhada melhor nos novos moradores do chalé. Aproximei-me e bati à porta, que foi imediatamente aberta por uma mulher alta, descarnada, com um semblante carrancudo, ameaçador.

"'O que você quer?' perguntou, com um sotaque do norte.[14]

"'Sou seu vizinho, moro ali', disse, meneando a cabeça em direção à minha casa. 'Pelo que vejo, acabam de se mudar, portanto pensei que se pudesse lhes ser de utilidade em alg...'

"'Ah! Se precisarmos de alguma coisa, pediremos', disse ela, e bateu a porta na minha cara. Aborrecido com a recusa grosseira, dei meia-volta e fui para casa. No resto do dia, por mais que tentasse pensar em outras coisas, minha mente teimava em retornar àquela aparição na janela e à rudeza da mulher. Decidi não dizer nada sobre isso à minha mulher, porque ela é uma pessoa nervosa, extremamente tensa, e eu não tinha desejo algum de

"O que você quer?"
[Sidney Paget, *Strand Magazine*, 1893]

fazê-la partilhar a desagradável impressão produzida em mim. Comentei com ela, no entanto, antes de adormecer, que o chalé estava ocupado agora, ao que não deu nenhuma resposta.

"Em geral tenho um sono muito pesado. Costumava-se brincar, na minha família, dizendo que nada jamais poderia me acordar durante a noite. No entanto, naquela noite particular, por alguma razão — não sei se foi ou não o ligeiro nervosismo produzido por minha pequena aventura —, meu sono foi muito mais leve do que de costume. Semi-imerso em meus sonhos, tive uma vaga consciência de que havia alguma coisa acontecendo no quarto, e pouco a pouco me dei conta de que minha mulher havia se vestido e estava pondo a capa e o chapéu. Meus lábios se entreabriram para murmurar algumas sonolentas palavras de surpresa ou reprovação diante daquela toalete extemporânea, quando de repente meus olhos entreabertos deram com seu rosto, iluminado pela luz da vela, e o pasmo me calou. Effie tinha uma expressão que eu nunca vira antes — uma expressão que eu a supunha incapaz de assumir. Mortalmente pálida e com a respiração acelerada, olhava furtivamente para a cama enquanto prendia a capa, para ver se estava me perturbando. Em seguida, pensando que eu ainda dormia, esgueirou-se sem barulho do quarto; um instante depois, ouvi um rangido agudo que só podia vir das dobradiças da porta da frente. Sentei-me na cama e bati os nós dos dedos na cabeceira para me assegurar de que estava mesmo acordado. Em seguida tirei meu relógio de debaixo do travesseiro. Eram três horas da manhã. Que diabos poderia minha mulher estar fazendo na estrada deserta às três horas da manhã?

"Fiquei ali uns vinte minutos, dando tratos à bola e tentando encontrar alguma explicação possível. Quanto mais eu pensava, mais extraordinário e inexplicável aquilo parecia. Eu continuava perplexo quando ouvi a porta se fechar suavemente de novo e os passos de minha mulher subindo a escada.

"'Onde foi que você se meteu, Effie?' perguntei quando ela entrou.

"Ela teve um forte sobressalto e soltou uma espécie de grito sufocado, e esse sobressalto e grito me perturbaram mais do que todo o resto, pois revelavam uma culpa indescritível. Minha mulher sempre tivera uma natureza franca, aberta, e deu-me um calafrio vê-la entrando furtivamente em seu próprio quarto e estremecendo ao ouvir a voz do próprio marido.

"'Está acordado, Jack!' exclamou, com um riso nervoso. 'Ora, pensava que nada podia acordá-lo.'

"'Onde você esteve?' perguntei, mais severamente.

"'Não me admira que esteja surpreso', disse ela, e pude ver que seus dedos tremiam enquanto desatava a capa. 'Ora, não me lembro de jamais ter feito uma coisa como esta antes em toda a minha vida. O fato é que me senti como se estivesse sufocando e tive um grande desejo de respirar um pouco de ar puro. Realmente penso que teria desmaiado se não tivesse saído. Passei alguns minutos junto da porta e agora sinto-me perfeitamente bem de novo.'

"Durante todo o tempo em que me contava essa história, ela não olhou uma vez sequer na minha direção e sua voz estava muito diferente do habitual. Ficou evidente para mim que dizia uma falsidade. Não disse nada em resposta, mas virei a cabeça para a parede, triste, a mente cheia com mil dúvidas e desconfianças maldosas. Que estava minha mulher escondendo de mim? Onde estivera ela durante aquela estranha expedição? Senti que não teria paz enquanto não soubesse, mas ao mesmo tempo relutava em lhe fazer novas perguntas depois que me dissera uma falsidade. Durante todo o resto da noite eu me virei e revirei, formulando teoria após teoria, uma mais improvável que a outra.

"Devia ter ido à *City* aquele dia, mas minha mente estava perturbada demais para que eu tivesse condições de prestar atenção a assuntos de negócio. Minha mulher parecia igualmente angustiada, e eu podia ver, pelas olhadelas indagativas que não parava de me lançar, que compreendia que eu não acreditara na sua explicação e já não sabia o que fazer. Mal trocamos uma palavra durante o desjejum, mas imediatamente depois eu saí para uma caminhada — queria poder refletir sobre a questão ao ar fresco da manhã.

"Fui até o Palácio de Cristal[15], passei uma hora nos jardins e estava de volta a Norbury à uma hora. Como, por acaso, meu caminho me fez passar pelo chalé, parei um instante para olhar as janelas e ver se podia vislumbrar o estranho rosto que me observara na véspera. Enquanto permanecia ali parado, imagine minha surpresa, Mr. Holmes, quando a porta se abriu de repente e minha mulher saiu.

"Fiquei mudo de assombro ao vê-la; mas minhas emoções não eram nada comparadas às que se revelaram na face dela quando nossos olhos se encontraram. Por um instante ela pareceu desejar enfiar-se de novo na casa; depois, vendo que qualquer dissimulação seria absolutamente inútil, avançou, com uma face muito branca e olhos assustados que desmentiam o sorriso que tinha nos lábios.

"'Ah, Jack', disse, 'acabo de entrar para ver se podia ser de alguma utilidade para nossos novos vizinhos. Por que me olha assim, Jack? Está zangado comigo?'

"'Então foi aqui que veio durante a noite.'

"'Que quer dizer?'

"'Você veio aqui. Tenho certeza. Quem são essas pessoas, para você visitá-las numa hora como aquela?'

"'Não estive aqui antes.'

A Face Amarela 87

"'Como pode me dizer o que sabe ser falso?', exclamei. 'Até sua voz muda quando você fala. Quando foi que já tive algum segredo para você? Vou entrar nesse chalé e tirar esse assunto a limpo.'

"'Não, Jack, não, pelo amor de Deus!' disse ela, arfando, em incontrolável emoção. Depois, quando eu me aproximava da porta, me agarrou pela manga e me puxou para trás com uma força convulsiva.

"'Imploro que não faça isso, Jack', exclamou. 'Juro que lhe contarei tudo algum dia, mas só desgraça poderá acontecer se você entrar nesse chalé.' Depois, quando tentei me desvencilhar dela, agarrou-se a mim, suplicando freneticamente.

"Ela me agarrou pela manga e me puxou para trás com uma força convulsiva."
[W.H. Hyde, *Harper's Weekly*, 1893]

"'Confie em mim, Jack!', gritou. 'Confie em mim só desta vez. Nunca terá motivo para se arrepender. Sabe que não teria um segredo para você se não fosse para seu próprio bem. São nossas vidas que estão em jogo. Se vier para casa comigo, tudo ficará bem. Se entrar à força naquele chalé, tudo estará terminado entre nós.'

"Havia tal veemência, tal desespero em suas maneiras que essas palavras me detiveram e fiquei parado, indeciso, diante da porta.

"'Confiarei em você sob uma condição, e somente sob essa condição', disse eu por fim. 'É que este mistério termine a partir deste momento. Você está livre para preservar seu segredo, mas tem de me prometer que não haverá mais visitas noturnas, mais nenhuma ação que não seja do meu conhecimento. Estou disposto a esquecer o que se passou se prometer que nada disso se repetirá no futuro.'

"'Confie em mim, Jack!', gritou."
[Sidney Paget, *Strand Magazine*, 1893]

"'Eu tinha certeza de que você confiaria em mim', exclamou ela com um grande suspiro de alívio. 'Será exatamente como quer. Venha... ah, vamos para casa.'

"Ainda me puxando pela manga, ela me levou para longe do chalé. Enquanto caminhávamos, dei uma olhada para trás, e lá estava aquela face lívida, amarela, espiando-nos da janela de cima. Que relação poderia haver entre essa criatura e minha mulher? Ou como poderia a mulher grosseira, rude, que eu vira na véspera estar vinculada a ela? Era um enigma estranho, e eu sabia que minha mente não voltaria a encontrar descanso até que o desvendasse.

"Durante dois dias, depois disso, não saí, e minha mulher pareceu submeter-se lealmente à nossa combinação, pois, até onde sei, também não pôs o pé fora de casa uma só vez. No terceiro dia, contudo, tive ampla prova de que sua promessa solene não era suficiente para subtraí-la da influência secreta que a afastava do seu marido e do seu dever.

"Eu fora à cidade aquele dia, mas voltara pelo trem das 14h40 e não pelo de 15h36, que costumo tomar. Quando entrei em casa, a criada correu ao vestíbulo com um rosto assustado.

"'Onde está a senhora?' perguntei.

"'Acho que saiu para dar uma caminhada.'

"Minha mente encheu-se de desconfiança imediatamente. Corri ao segundo andar para me assegurar de que ela não estava em casa. Ao fazê-lo, olhei por acaso por uma das janelas de cima, e vi a criada com quem acabara de falar correndo pelo campo na direção do chalé. Compreendi então exatamente, é claro, o que tudo aquilo significava. Minha mulher fora para lá e pedira à criada para chamá-la caso eu voltasse. Tremendo de raiva, desci e saí correndo, decidido a pôr aquele assunto em pratos limpos de uma vez por todas. Vi minha mulher e a criada virem correndo de volta pela senda, mas não parei para falar com elas. O segredo que lançava uma sombra sobre a minha vida encontrava-se no chalé. Jurei que, acontecesse o que acontecesse, não haveria mais segredo. Ao chegar, nem bati à porta — girei a maçaneta e me precipitei no corredor.

"Tudo estava tranquilo e silencioso no térreo. Na cozinha, uma chaleira assobiava no fogo, e um grande gato preto dormia, enroscado em sua cesta; mas não havia sinal da mulher que eu vira antes. Corri a outro cômodo, mas estava igualmente deserto. Subi então às pressas, mas o que encontrei foram dois outros cômodos vazios, desertos. Não havia ninguém na casa toda. Os móveis e os quadros eram do tipo mais comum e vulgar, exceto no quarto em cuja janela eu vira a face estranha. Esse era confortável e elegante, e todas as minhas desconfianças decuplicaram quando vi, no aparador da lareira, uma cópia de uma fotografia de corpo inteiro de minha mulher, tirada a meu pedido apenas três meses atrás.

"Fiquei lá tempo suficiente para me assegurar de que a casa estava absolutamente vazia. Depois fui embora, sentindo no coração um peso que nunca experimentara antes. Minha mulher acorreu ao vestíbulo quando entrei em casa; mas eu, ferido e irritado demais para falar com ela, segui direto para meu gabinete. Mas ela me seguiu, e entrou, antes que eu pudesse fechar a porta.

"'Sinto muito ter quebrado minha promessa, Jack', disse ela; 'mas se você conhecesse todas as circunstâncias, tenho certeza de que me perdoaria.'

"'Conte-me tudo, então.'

"'Não posso, Jack, não posso.'

"'Enquanto não me disser quem está morando naquele chalé e para quem você deu aquela fotografia, não pode haver nenhuma confiança entre nós', disse eu, e, dando-lhe as costas, saí de casa. Isso foi ontem, Mr. Holmes; desde então não voltei a vê-la, nem sei nada mais sobre essa estranha

"Conte-me tudo." [Sidney Paget, *Strand Magazine*, 1893]

história. É a primeira sombra que se interpõe entre nós, e abalou-me tanto que não sei o que deveria fazer. Subitamente, esta manhã, ocorreu-me que o senhor era o homem para me aconselhar, assim vim correndo à sua procura e me ponho inteiramente em suas mãos. Se há algum ponto que não deixei claro, por favor, interrogue-me. Mas, acima de tudo, diga-me logo o que devo fazer porque este sofrimento é mais do que posso suportar."

Holmes e eu tínhamos ouvido com o mais profundo interesse esse relato extraordinário, pronunciado à maneira espasmódica, interrompida de um homem sob a influência de emoções extremas. Meu companheiro permaneceu em silêncio por algum tempo, o queixo na mão, perdido em pensamentos.

"Diga-me", disse por fim, "poderia jurar que foi o rosto de um homem que viu à janela?"

"Todas as vezes que o vi, estava a alguma distância do chalé, de modo que me é impossível saber."

"O senhor parece, no entanto, ter ficado desagradavelmente impressionado por ele."

"Parecia de uma cor antinatural, e havia uma rigidez estranha nos traços. Quando me aproximei, desapareceu abruptamente."

"Quanto tempo faz que sua mulher lhe pediu cem libras?"

"Quase dois meses."

"Já viu alguma vez uma fotografia do primeiro marido dela?"

"Não; houve um grande incêndio em Atlanta[16] logo depois que ele morreu e todos os seus papéis foram destruídos."

"Mas apesar disso ela tinha a certidão de óbito. O senhor disse que a viu."

"Sim; ela obteve uma cópia após o incêndio."

"Encontrou alguma vez alguém que a tivesse conhecido nos Estados Unidos?"

"Não."

"Alguma vez ela falou em voltar lá?"

"Não."

"Ou recebeu cartas de lá?"

"Não."

"Muito obrigado. Gostaria de refletir um pouco sobre o assunto agora. Se o chalé tiver sido permanentemente abandonado, poderemos ter alguma dificuldade. Se, por outro lado, como me parece mais provável, os moradores foram alertados de sua aproximação e saíram antes que o senhor entrasse, ontem, poderão estar de volta agora e elucidaríamos tudo isso facilmente. Permita-me aconselhá-lo, portanto, a retornar a Norbury e a examinar as janelas do chalé de novo. Se tiver razões para acreditar que está habitado, não tente entrar à força; mande-nos um telegrama. Em menos de uma hora meu amigo e eu estaremos com o senhor, e poderemos esclarecer toda essa questão em muito pouco tempo."

"E se continuar vazio?"

"Nesse caso, iremos lá amanhã, e discutiremos o caso com o senhor. Até logo; mas, sobretudo, não se exaspere até saber que realmente tem motivo para tanto."

"Temo que esse seja um caso grave, Watson", disse meu companheiro, depois de conduzir Mr. Grant Munro à porta. "Que ideia fez dele?"

"Deu-me uma impressão ruim", respondi.

"Isso. Ou muito me engano, ou há chantagem envolvida nessa história."

"E quem é o chantagista?"

"Bem, deve ser a criatura que ocupa o único quarto confortável da casa e tem a fotografia dela sobre sua lareira.[17] Palavra, Watson, há algo de muito atraente nessa face lívida à janela, e eu não teria perdido este caso por nada neste mundo."

"Tem uma teoria?"

"Tenho, uma teoria provisória. Mas ficarei surpreso se não se mostrar correta. O primeiro marido dessa mulher está naquele chalé."

"Por que acha isso?"

"De que outra maneira explicar sua ansiedade frenética em impedir que o segundo marido entre lá? Os fatos, como os interpreto, são mais ou menos estes: essa mulher casou-se nos Estados Unidos. Seu marido desenvolveu algumas qualidades abomináveis; ou, quem sabe, contraiu alguma doença repugnante, tornando-se leproso ou imbecil? Ela acaba fugindo dele, volta para a Inglaterra, muda de nome e começa, segundo pensa, uma vida nova. Está casada há três anos e acredita que sua posi-

92   As Memórias de Sherlock Holmes

ção é inteiramente segura, tendo mostrado ao marido a certidão de óbito de um homem cujo nome assumira, quando de repente seu paradeiro é descoberto pelo primeiro marido; ou, podemos também supor, por alguma mulher inescrupulosa que se associou ao doente. Eles escrevem para a mulher e ameaçam vir para cá e denunciá-la. Ela pede cem libras e tenta comprá-los. Apesar disso eles vêm, e quando o marido menciona casualmente para a mulher que há novos moradores no chalé, ela intui de alguma maneira que são seus perseguidores. Espera até que o marido adormeça e corre até lá para tentar convencê-los a deixá-la em paz. Não obtendo sucesso, volta lá na manhã seguinte, e seu marido a encontra, como nos contou, quando saía. Ela lhe promete então não voltar ali, mas dois dias depois a esperança de se livrar daqueles pavorosos vizinhos foi forte demais e ela fez mais uma tentativa, levando consigo a fotografia que provavelmente lhe fora pedida. No meio dessa entrevista, a criada entrou correndo para dizer que o patrão chegara em casa, diante do que a mulher, sabendo que ele rumaria diretamente para o chalé, fez os moradores saírem a toda pressa pela porta dos fundos, para se refugiarem provavelmente no pinheiral, que foi mencionado como próximo dali. Assim, ele encontrou o lugar deserto. Ficarei muito surpreso, entretanto, se ainda continuar vazio quando ele fizer seu reconhecimento hoje à tarde. Que pensa da minha teoria?"

"É tudo suposição."

"Mas pelo menos leva em conta todos os fatos. Quando chegarem ao nosso conhecimento novos fatos que não possam ser cobertos por ela, haverá tempo de sobra para reconsiderá-la. Não podemos fazer mais nada até recebermos uma mensagem de nosso amigo em Norbury."

Não precisamos esperar muito tempo. A mensagem chegou assim que havíamos terminado nosso chá. "O chalé continua habitado", dizia. "Vi a face de novo à janela. Esperarei o trem das sete e não tomarei nenhuma medida até que cheguem."

Ele nos esperava na plataforma quando descemos do trem, e pudemos ver à luz das lâmpadas da estação que estava muito pálido e palpitava de nervosismo.

"Ainda estão lá, Mr. Holmes", disse, apertando com força o braço de meu amigo. "Vi luzes no chalé quando cheguei. Vamos esclarecer isso de uma vez por todas."

"Nesse caso, qual é o seu plano?" perguntou Holmes, enquanto caminhávamos pela estrada escura, margeada por árvores.

"Vou entrar à força e ver com meus próprios olhos quem está na casa. Quero que os senhores estejam ambos lá como testemunhas."

"Está mesmo decidido a fazer isso, apesar da advertência de sua mulher de que seria melhor para o senhor não desvendar esse mistério?"

"Sim, estou decidido."

"Bem, acho que está certo. Qualquer verdade é melhor que uma dúvida indefinida. Convém irmos imediatamente. É claro que, legalmente, estaremos cometendo uma infração; mas acho que vale a pena."

Era uma noite muito escura e uma chuva fina começou a cair quando saímos da estrada principal para tomar uma senda estreita, profundamente sulcada, com sebes dos dois lados. Mr. Grant Munro avançou impacientemente, contudo, e nós o seguimos aos tropeços tão bem quanto pudemos.

"Lá estão as luzes da minha casa", murmurou, apontando para uma luz fraca entre as árvores. "E aqui o chalé em que vou entrar."

Fizemos uma curva na senda enquanto ele falava, e demos com a construção bem ao nosso lado. Uma réstia amarela no piso negro em frente à casa mostrava que a porta não estava inteiramente fechada, e uma janela do segundo pavimento encontrava-se intensamente iluminada. Ao olharmos, vimos uma mancha escura movendo-se contra a persiana.

"Lá está aquela criatura!" exclamou Grant Munro. "Os senhores podem ver por si mesmos que há alguém ali. Agora me sigam, e logo saberemos tudo."

Aproximamo-nos da porta; subitamente, porém, uma mulher emergiu da sombra e parou na faixa de luz dourada projetada pela lâmpada. Não pude ver seu rosto na escuridão, mas tinha os braços estendidos numa atitude de súplica.

"Pelo amor de Deus, não faça isso, Jack!" gritou ela. "Tive o pressentimento de que você viria esta noite. Pense melhor, meu querido! Confie em mim novamente, e nunca terá motivo para se arrepender."

"Confiei em você por tempo demais, Effie", exclamou ele, duramente. "Solte-me! Deixe-me passar. Meus amigos e eu vamos resolver este problema definitivamente!" Empurrou-a para um lado e o seguimos de perto. Quando ele abriu a porta, uma velha foi correndo se plantar diante dele e tentou barrar-lhe a passagem, mas ele a empurrou e um instante depois estávamos todos na escada. Grant Munro correu para o quarto iluminado no segundo andar, e entramos logo atrás.

Era um aposento confortável, bem-mobiliado, com duas velas ardendo sobre a mesa e duas sobre o aparador da lareira. Num canto, debruçada sobre uma escrivaninha, estava o que parecia ser uma menininha. Tinha o rosto voltado para outro lado quando entramos, mas pudemos ver que usava um vestido vermelho e luvas brancas e longas. Quando se voltou para nós, dei um grito de surpresa e horror. A face que nos mostrou era da mais estranha palidez e os traços eram absolutamente desprovidos de qualquer expressão. Um instante depois o mistério foi explicado. Holmes, com uma risada, passou a mão atrás das orelhas da criança, uma máscara despregou-se de seu rosto e apareceu uma negrinha cor de carvão, com todos os seus dentes brancos rebrilhando, achando graça de nossos semblantes espan-

"Apareceu uma negrinha cor de carvão."
[Sidney Paget, *Strand Magazine*, 1893]

tados. Caí na gargalhada, compartilhando o divertimento dela; mas Grant Munro continuou de olhos arregalados, a mão no pescoço.

"Meu Deus!" exclamou. "Qual pode ser o significado disto?"

"Vou lhe contar o significado disto", exclamou a senhora, entrando no quarto com uma fisionomia orgulhosa, resoluta. "Você me obrigou, contra a minha vontade, a lhe dizer, e agora devemos ambos chegar à melhor solução para isto. Meu marido morreu em Atlanta. Minha filha sobreviveu."

"Sua filha?"

Ela puxou um grande medalhão de prata do seio. "Você nunca viu isto aberto."

"Pensei que não se abria."

Ela tocou uma mola e uma tampa se abriu. Dentro havia um retrato de um homem notavelmente bem-apessoado, de ar inteligente, mas com sinais inconfundíveis de sua ascendência africana.

"Esse é John Hebron, de Atlanta", disse a dama, "o mais nobre homem que já andou pela face da terra.[18] Cortei meus vínculos com minha raça para me casar com ele,[19] e enquanto viveu, nunca me arrependi disso por um só instante. Para nosso infortúnio, nossa filha puxou à família dele, não à minha.[20] Isso é comum nesses casamentos, e a pequena Lucy é muito mais escura do que o pai jamais foi. Mas, escura ou clara, é minha menininha querida, o tesouro da sua mãe."[21] A essas palavras, a criaturinha atravessou o quarto correndo e aninhou-se no vestido da dama. "Quando a deixei nos Estados Unidos", ela continuou, "foi apenas porque sua saúde era frágil e a mudança lhe teria podido fazer mal. Ela foi confiada aos cuidados de uma fiel escocesa que antes havia sido nossa criada. Nunca, nem por um instante, passou-me pela cabeça renegá-la como minha filha. Mas então o destino o pôs em meu caminho, Jack; aprendi a amá-lo e temi contar-lhe sobre minha filha. Deus me perdoe, tinha medo de perdê-lo e não tive coragem de lhe contar. Tive de escolher entre vocês dois e, na minha fraqueza, dei as costas à minha filhinha.[22] Durante três anos escondi de você a existência da menina, mas tinha notícias dela pela ama e sabia que tudo ia bem. Finalmente, contudo, fui tomada por um desejo avassalador de rever a minha filha. Lutei contra ele, mas em vão. Embora conhecesse o perigo, decidi mandar trazê-la, ainda que fosse apenas por algumas semanas. Enviei cem libras para a ama, para que ela pudesse vir como uma vizinha, sem parecer ter qualquer relação comigo. Levei minhas precauções a tal ponto que lhe dei ordem para manter a criança em casa durante o dia e cobrir seu rostinho e suas mãos de modo a impedir que, mesmo que alguém pudesse vê-la à janela, houvesse mexericos sobre a presença de uma criança negra nas vizinhanças. Se tivesse sido menos cuidadosa talvez tivesse sido mais sensata, mas estava semienlouquecida com medo de que você descobrisse a verdade.

"Você foi o primeiro a me contar que o chalé estava ocupado. Eu deveria ter esperado pela manhã, mas fiquei alvoroçada demais para dormir e acabei saindo furtivamente, sabendo como é difícil despertá-lo. Mas você me viu sair e esse foi o começo de minhas dificuldades. No dia seguinte você poderia ter me forçado a lhe contar meu segredo, mas, nobremente, deixou de tirar proveito de sua situação de superioridade. Três dias depois, contudo, a ama e a criança só conseguiram escapar por pouco pela porta dos fundos quando você invadiu a casa pela frente. Agora você finalmente sabe de tudo, e eu lhe pergunto: que será de nós, minha filha e eu?"[23] Apertou as mãos e esperou uma resposta.

Passaram-se dois[24] longos minutos antes que Grant Munro quebrasse o silêncio, e quando a resposta veio, foi tal que gosto de recordá-la. Ele ergueu a garotinha, beijou-a, e em seguida, ainda com ela no colo, estendeu a outra mão para a mulher e virou-se para a porta.

"Poderemos conversar sobre isso mais confortavelmente em casa", disse. "Não sou um homem muito bom, Effie, mas acho que sou melhor do que você supunha."

Holmes e eu os seguimos pela senda, e quando chegamos à estrada meu amigo puxou-me pela manga.

"Penso que seremos mais úteis em Londres que em Norbury."

Não disse mais nenhuma palavra sobre o caso até tarde, naquela noite, quando estava se dirigindo para seu quarto, a vela acesa na mão.

"Ele ergueu a garotinha."
[Sidney Paget, *Strand Magazine*, 1893]

"Watson, se alguma vez você tiver a impressão de que estou ficando um pouco confiante demais em meus poderes, ou me aplicando menos a um caso do que ele merece, por gentileza, sussurre 'Norbury' ao meu ouvido, e lhe serei infinitamente grato."

 Notas

1. "The Yellow Face" foi publicado na *Strand Magazine* em fevereiro de 1893 e em *Harper's Weekly* (Nova York) em 11 de fevereiro de 1893.

2. Em várias edições americanas, as referências foram inexplicavelmente mudadas para "nos", "ouvintes" e "atores".

3. Edições americanas referem-se não à "história da segunda mancha", mas à "aventura do Ritual Musgrave", o que parece incongruente. Certamente Holmes discordaria de Watson, e não veria "O Ritual Musgrave" como um exemplo de fracasso próprio. Mas veja "O Ritual Musgrave", nota 36, para outras opiniões. Além disso, por razões inexplicáveis, este parágrafo de abertura é muitas vezes publicado entre chaves.

A proveniência da menção casual de Watson à "história da segunda mancha" também permanece um tanto obscura; o conto intitulado "A segunda mancha" só foi publicado na *Strand Magazine* em dezembro de 1904, mais de uma década após a primeira publicação de "A face amarela". Talvez essa história policial esteja relacionada de algum modo à "Aventura da segunda mancha" a que Watson se refere em "O tratado naval"; neste caso, ele alude a vários detalhes que não aparecem em nenhum outro lugar no Cânone. Ver "O tratado naval", nota 1.

4. Edward J. Van Liere, em "Sherlock Holmes and Doctor Watson, Perennial Athletes", chama isso de "verdadeiro elogio, pois Watson era um esportista entusiástico, que provavelmente tivera oportunidade de assistir a muitas lutas de boxe". Van Liere salienta que a constituição esguia, os braços longos, a velocidade e a inteligência superior teriam feito de Holmes "um homem perigoso no ringue". Em *O signo dos quatro*, Holmes relembra ao boxeador profissional McMurdo os três *rounds* que haviam disputado e McMurdo declara: "Você poderia ter tido grandes pretensões se tivesse se dedicado ao esporte."

O boxe moderno surgiu de fato na Inglaterra em 1867, com a publicação das Queensberry Rules. Escritas por John Graham Chambers sob o patrocínio de John Sholto Douglas, 8º marquês de Queensberry (e pai do namorado de Oscar Wilde, Alfred Douglas), essas regras exigiam o uso de luvas, um número especificado de *rounds* de três minutos e uma contagem de dez segundos para a confirmação de um nocaute, entre outros princípios bem conhecidos pelos fãs atuais do boxe. Antes da adoção das Queensberry Rules, o esporte havia sido muito mais uma luta livre, um passatempo sem o uso de luvas, muitas vezes brutal, que no século XVIII havia suplantado a espada e a pistola nos duelos. A partir de suas raízes na classe trabalhadora, o boxe se difundiu também em meio à aristocracia, levando à formação de numerosos clubes dedicados ao treinamento de atletas e à apresentação de lutas; pela descrição que Watson faz de suas habilidades, Holmes certamente devia ser membro de uma dessas agremiações. Arthur Conan Doyle foi um grande estudioso da história do boxe e seu romance *Rodney Stone* (1896) capta de maneira indelével o ambiente do esporte no período da Regência.

5. O Regent's Park era o mais próximo. Ver vol.1, "Escândalo na Boêmia", nota 63.

6. Como resina de árvore fossilizada, o âmbar muitas vezes preserva restos de insetos, folhas e flores aprisionados na substância milhões de anos atrás — por isso podia-se fazer âmbar falso passar por genuíno se contivesse algo parecido com uma mosca fossilizada. Nos textos americanos, esta frase é omitida. D. Martin Dakin comenta: "Não sei se o editor [americano] ficou chocado ao saber que essas práticas repreensíveis podiam ter lugar entre os desonestos ingleses."

7. O próprio Holmes permitia-se acender assim o seu cachimbo; ver "Charles Augustus Milverton".

8. Durante grande parte do século XIX, surtos de febre amarela atingiam cidades do sudeste dos Estados Unidos quase todo verão. Uma epidemia particularmente mortífera matou 9.000 pessoas em Nova Orleans em 1853. (Quanto a Atlanta, Manly Wade Wellman concluiu que entre 1860 e 1900 não houve de fato nenhuma epidemia de febre amarela na cidade.) Em 1900, algum grau de controle sobre a doença — que estava devastando as tropas americanas que ocuparam Cuba após a Guerra Hispano-Americana — foi finalmente obtido quando uma comissão de médicos, liderada pelo médico do exército Walter Reed, viajou para Havana e conduziu uma série de experimentos que provaram que o vírus era transportado e transmitido por mosquitos *Aedes aegypti* infectados. Esforços subsequentes de erradicação tiveram resultados extraordinários, abrindo caminho para a construção bem-sucedida do Canal do Panamá. O último surto de febre amarela nos Estados Unidos ocorreu em Nova Orleans em 1905; uma vacina foi desenvolvida em 1937.

9. Stuart C. Rand salienta que nem o estado da Geórgia nem a cidade de Atlanta emitiam atestados de óbito até que uma lei de 1914 os instituiu.

10. Soma equivalente a cerca de 300.000 libras atuais em poder de compra. Mas ter tamanha soma rendendo "em média cerca de 7%" com algum grau de segurança seria uma impossibilidade, mostra R.M. McLaren em "Doctor Watson — Punter or Speculator?".

11. Setecentas libras teriam na época um poder de compra equivalente ao de cerca de 45.000 libras atuais, ou cerca de 80.000 dólares, por ano. Os leitores podem concluir por si mesmos se essa soma deixaria alguém "bem de vida" na economia de hoje.

A FACE AMARELA

12. Quem é "Jack"? Estaríamos diante de mais um sintoma da síndrome do "John/James" exibida em "O homem da boca torta"? Ou teria Holmes lido mal a letra de Munro no forro de seu chapéu, e este o estava corrigindo sutilmente? Observe-se que ninguém chama realmente Munro pelo prenome "Grant" e Watson, que o identifica invariavelmente como "Grant Munro", está apenas seguindo o exemplo de Holmes. D. Martin Dakin sugere que "'Grant' parece formal demais na boca de uma esposa amorosa, e sem dúvida ela adotou um apelido, que podia mesmo ser o sobrenome dele". Patrick Drazen salienta que "Jack" é uma versão familiar de "John", prenome do *primeiro* marido de Effie.

13. Os textos americanos mudam a cor para "branco como giz" em vez de "amarelo fosco", talvez numa concessão à crescente população asiática, embora o título do conto torne a mudança absurda.

14. Norte da *Inglaterra*, Munro presumivelmente quer dizer. É curioso que Grant Munro, provavelmente de ascendência escocesa (pois Grant e Munro são ambos nomes escoceses comuns), não identifique o sotaque de uma mulher que Effie qualifica de "escocesa".

15. O Palácio de Cristal foi construído originalmente no Hyde Park para abrigar a Grande Exposição de 1851, concebida pelo príncipe Albert para exibir os feitos industriais, militares e científicos da Grã-Bretanha. Projetado por Sir Joseph Paxton, arquiteto paisagista do duque de Devonshire, a gigantesca estrutura exigiu cerca de 2.000 homens para montar suas 2.300 traves de ferro fundido e 900.000m² de vidro. O fulgor da construção levou o editor da revista *Punch*, Douglas Jerrold, a batizá-la de "Palácio de Cristal" e William Thackeray a escrever em sua homenagem: "Como se por obra da varinha de um mágico/ Um arco resplendente de vidro translúcido/ Brotasse da grama como uma fonte/ Para ir ao encontro do sol!" (O historiador A.N. Wilson, comparando o Palácio de Cristal a outras construções da época, o descreve como "uma estrutura magnificente e etérea ... moderna, arquitetonicamente inovadora e sem o elemento vulgar do pastiche que caracteriza quase todas as outras grandes construções vitorianas".) Seis milhões de visitantes vindos de toda a Europa afluíram à Grande Exposição para ver a vasta série de mostras, que abrangiam de máquinas de fiar algodão a microscópios, de câmaras a artefatos religiosos ou a elefantes indianos empalhados. Depois da exposição a estrutura foi desmontada e reerguida, reabrindo em Sydenham Hill — obviamente o local a que Munro se refere — em 1854. Ali, a construção abrigou concertos, exposições de automóveis e aviões, eventos esportivos (o Crystal Palace Football Club foi fundado em 1861) e até um circo. Em 1936 a construção foi destruída pelo fogo.

16. A pesquisa realizada por Manly Wade Wellman sobre esse período da história de Atlanta não revela a ocorrência ali de nenhum "grande incêndio" depois de 1864, quando, numa ação famigerada, o general da União William Tecumseh Sherman queimou a cidade.

17. "Não parece improvável que um chantagista desse um lugar de honra em sua casa à fotografia de uma de suas vítimas?" pergunta Beverly Baer Potter em "Thoughts on *The Yellow Face*".

18. A despeito da natureza nobre de John Hebron, sherlockianos lançaram dúvida sobre sua história. Anteriormente, Hebron é identificado como advogado; no entanto, pesquisando o City Directory de 1885, Stuart C. Rand não conseguiu encontrar nenhum advogado negro, e sustenta que — dadas as desigualdades da época — nenhum dos que advogassem naqueles últimos anos teria podido acumular o capital de 4.500 libras a que Grant Munro se referiu. Robert H. Schutz discorda, e, usando como fonte a obra *The Negro Professional Man and the Community, with Special Emphasis on the Physician and the Lawyer* (1934), de C.G. Woodson, afirma que em 1850 já havia muitos advogados negros em Nova York. As diferenças entre Nova York e Atlanta na época eram, é claro, enormes. Apesar disso, Schutz sugere matreiramente que Effie poderia estar se referindo não a Atlanta, Geórgia, mas a Atlanta, Nova York, uma cidadezinha próxima à divisa de Nova York com a Pensilvânia. D. Martin Dakin encontra uma saída similar com sua própria referência a Atlanta, Michigan.

David R. McCallister, em "The Black Barrister Who Baffled Baker Street"adota uma visão menos mundana de John Hebron, identificando-o com Aaron Alpeoria Bradley, um ex-escravo de Boston que se passava por advogado e se envolveu na política de Reconstrução na Geórgia. Bradley fez sua fortuna cobrando um dólar de cada um de milhares de negros de Savannah para fazer uma petição a Washington, ostensivamente para lhes assegurar o direito do voto. Eleito para o Senado estadual em 1868 como um dos quatro primeiros legisladores negros da Geórgia, Bradley foi expulso quando vieram à tona rumores comprometedores sobre seu passado. Foi então para o Norte, onde McCallister supõe que pode ter conhecido Effie. Mudando-se para St. Louis, Bradley engajou-se num movimento que visava formar um território separatista negro no Oeste. Morreu sem um tostão nas ruas de St. Louis em 1882.

19. As leis da Geórgia, ressalta H.W. Bell, proibiam tais casamentos. "Mesmo supondo-se que [Mrs. Munro e John Hebron] haviam se casado em algum estado em que essas uniões eram permitidas, quando retornassem a Atlanta seu casamento teria encontrado um fim abrupto e sangrento."

20. Teria Hebron partilhado essa opinião?

21. "Menininha querida" ela podia ser, mas Edward Quayle objeta que, com sua pele "cor de carvão", Lucy não poderia ser filha de Effie Munro. "Qualquer antropólogo poderia ter lembrado a ele que o filho de um casamento misto inter-racial tem pigmentação aproximadamente a meio caminho entre as dos pais." Eileen Snyder, após examinar o trabalho seminal de Charles B. Davenport sobre miscigenação nas Índias Ocidentais Britânicas (1913) declara também que apenas dois negros pelo menos bastante amorenados poderiam ter uma prole "cor de carvão".

Patrick E. Drazen tenta refutar as conclusões de Snyder, alegando que os estudos de Davenport ignoram a teoria dos genes dominantes-recessivos e que a afirmação geral de Snyder não leva em conta que a genética é uma ciência de probabilidades, não de certezas. Embora improvável, não é impossível que um descendente "cor de carvão" resulte de um casamento como o descrito. Além disso, sugere Draze, Effie Munro podia ser ela própria mulata.

22. Numa tentativa de arranjar as coisas, Snyder sugere que Lucy era filha de Hebron com uma *primeira* mulher e *enteada* de Effie Munro.

23. H.W. Bell conclui que, em vista do grande número de incongruências flagrantes da história de Effie, a criança devia ser filha de algum outro homem que não Mr. Hebron (que, segundo Bell, era branco). Depois da morte do marido, Effie fugiu para recomeçar sua vida. Ao conhecer Munro, inventou toda a história. "Ela era uma atriz de talento e uma mentirosa consumada", admira-se Bell, "mas sua maior façanha foi ter enganado Sherlock Holmes."

24. No texto americano lê-se "dez" minutos. Christopher Roden sugere que essa emenda americana foi feita para sugerir a grande hesitação de Munro e suavizar a aceitação do casamento inter-racial revelada no conto.

O Corretor[1]

O mundo do dinheiro mudou pouco em cem anos, e "O corretor" conta uma história sensacional de "roubo de identidade" que poderia ter sido extraída das manchetes de hoje. Aqui Holmes e Watson têm de abrir caminho por um território pouco conhecido, a "City", o reino dos bancos, das firmas corretoras e das altas finanças, para frustrar um ousado roubo. Watson revela sensibilidade para a gíria cockney ao registrar o encontro do jovem Hall Pycroft com o mistério. Estranhamente, os criminosos de "O corretor" parecem estar familiarizados com os casos de Holmes, pois a trama certamente lembra a de "A Liga dos Cabeças Vermelhas". Como os estudiosos datam este caso de 1888 ou 1889, os bandidos não poderiam ter lido sua versão publicada; porém, caso o professor Moriarty tenha tido alguma participação em ambos, as similaridades não seriam coincidência. O caso fornece também revelações incomuns sobre a vida pessoal de Watson, dando detalhes de seu retorno à clínica médica após o casamento.

Pouco depois do meu casamento[2] eu havia comprado uma clínica[3] no distrito de Paddington. O velho Mr. Farquhar, de quem a adquiri, tivera outrora uma excelente clientela, mas sua idade e uma doença da natureza da dança de são vito[4] que sofreu haviam-na reduzido muito. Compreensivelmente, o público segue o princípio de que quem se propõe a tratar outras pessoas deve estar sadio, e olha de esguelha os poderes curativos do homem cujo próprio caso parece além do alcance de seus remédios. Assim, à medida que meu predecessor se debilitou sua clientela encolheu, até que, quando lhe comprei o consultório, seu rendimento caíra de mil e duzentas libras por ano para pouco mais de trezentas. Mas eu tinha confiança em minha própria juventude e energia[5] e estava convencido de que em muito poucos anos minha clínica seria tão florescente como nunca.

Durante três meses após assumir o consultório, fiquei muito concentrado no trabalho e pouco vi meu amigo Sherlock Holmes, pois estava ocupado demais para visitar Baker Street e ele raramente ia a algum lugar exceto por razões profissionais. Assim, numa manhã de junho, quando lia o *British Medical Journal*[6] após o desjejum, fiquei surpreso ao ouvir um toque da campainha seguido pela voz alta, um pouco estridente, de meu antigo companheiro.

"Ah, meu caro Watson", disse ele, entrando na sala, "estou encantado em vê-lo. Mrs. Watson recuperou-se plenamente de todos os pequenos sobressaltos associados à sua aventura do *Signo dos quatro*, espero?"

"Muito obrigado, estamos ambos muito bem", disse eu, apertando-lhe afetuosamente a mão.

"Espero também", continuou ele, sentando-se na cadeira de balanço, "que as responsabilidades da clínica médica não tenham obliterado por completo o interesse que você costumava dedicar aos nossos pequenos problemas dedutivos."

"Ao contrário", respondi; "ontem à noite mesmo andei relendo minhas velhas anotações, classificando alguns de nossos resultados."

"Espero que não considere sua coleção encerrada?"

"Em absoluto. Não há nada que deseje tanto quanto ter mais algumas daquelas experiências."

"Hoje, por exemplo?"

"Claro; hoje, se você quiser."

"Mesmo se for preciso ir a Birmingham?"

"Certamente, se você quiser."

"E a clientela?"

"Atendo a do meu vizinho quando ele se ausenta. Ele está sempre disposto a saldar a dívida."[7]

"Ah! Nada poderia ser melhor!" disse Holmes, reclinando-se na cadeira e lançando-me um olhar penetrante sob as pálpebras semicerradas. "Percebo que andou adoentado ultimamente. Esses resfriados de verão são sempre um pouco penosos."

"Semana passada um forte resfriado me prendeu em casa por três dias. Pensei, porém, que não aparentava mais nenhum vestígio dele."

"De fato. Parece notavelmente saudável."

"Como soube do resfriado, então?"

"Meu caro, você conhece os meus métodos."

"Deduziu-o, então?"

"Certamente."

"'Nada poderia ser melhor!' disse Holmes."
[Sidney Paget, *Strand Magazine*, 1893]

"E do quê?"

"Dos seus chinelos."

Baixei os olhos para os chinelos novos de verniz que usava. "Como diabos..." comecei, mas Holmes respondeu à minha pergunta antes que eu a formulasse.

"Seus chinelos são novos", disse. "Com certeza você não os tem há mais de duas semanas. As solas que neste momento deixa à minha vista estão ligeiramente chamuscadas. Por um momento pensei que podiam ter se molhado e se queimado ao secar. Mas perto do salto há um pequeno círculo de papel com uma marca ilegível do vendedor. A umidade certamente teria removido isso. Portanto, você esteve sentado com os pés esticados para o fogo, o que um homem dificilmente faria, mesmo num mês de junho tão chuvoso como este, se estivesse gozando de plena saúde."

Como todos os raciocínios de Holmes, a coisa, depois de explicada, pareceu a própria simplicidade. Ele leu esse pensamento em meus traços e seu sorriso teve uma ponta de amargura.

"Acho que faço uma tolice ao explicar", disse. "Resultados sem causa são muito mais impressionantes. Então, pronto para ir a Birmingham?"

"Certamente. Qual é o caso?"

"Você ouvirá tudo sobre ele no trem. Meu cliente está lá fora num *four-wheeler*. Pode ir imediatamente?"

"Num instante." Rabisquei um bilhete para meu vizinho, corri lá em cima para explicar o assunto à minha mulher e juntei-me a Holmes na soleira.

"Seu vizinho é médico?"[8] perguntou ele, lendo a placa de bronze.

"Comprou uma clínica, como eu."

"Clientela antiga?"

"Tem a mesma idade da minha. Os dois consultórios foram abertos assim que o prédio foi construído."

"Ah, nesse caso você ficou com o melhor dos dois."

"Acho que sim. Mas como sabe?"

"Pelos degraus, meu rapaz. Os seus estão muito mais gastos que os dele. Mas esse cavalheiro no carro de aluguel é meu cliente, Mr. Hall Pycroft. Permita que o apresente a você.

"Fustigue seu cavalo, cocheiro, pois temos justo o tempo para pegar nosso trem."

O homem diante do qual me vi era um jovem bem-constituído, de aspecto saudável, uma fisionomia franca, honesta, e um bigodinho amarelo bem-aparado. Usava uma cartola lustrosa e um sóbrio e elegante terno preto, o que o fazia parecer o que era — um dinâmico jovem da *City*, da classe dos rotulados de *cockneys*[9], mas que nos dá nossos excelentes regimentos de Voluntários[10] e produz mais excelentes atletas e esportistas que qualquer grupo humano nestas ilhas. Seu rosto redondo, corado, era naturalmente cheio de jovialidade, mas os cantos da boca me pareceram caídos, numa expressão um pouco cômica de sofrimento. Mas foi só quando estávamos num vagão de primeira classe e já em plena viagem para Birmingham que pude saber que problema o levara a procurar Sherlock Holmes.

"Temos agora pela frente um percurso ininterrupto de setenta minutos", observou Holmes. "Quero que conte ao meu amigo, Mr. Hall Pycroft, sua interessantíssima experiência, exatamente como a contou para mim, ou com mais detalhes ainda, se possível. Interessa-me ouvir a sucessão dos eventos novamente. É um caso, Watson, que pode se provar de grande importância, ou de nenhuma, mas que pelo menos apresenta aquelas características incomuns e extravagantes que lhe são tão caras quanto a mim. Agora, Mr. Pycroft, não voltarei a interrompê-lo."

Nosso jovem companheiro fitou-me com um lampejo nos olhos.

 As Memórias de Sherlock Holmes

"O pior da história", disse, "é que nela eu me revelo um perfeito palerma. Claro que pode dar tudo certo e não vejo como poderia ter agido de outra maneira; mas se eu tiver perdido o meu emprego sem ter conseguido nada em troca, vou sentir que pateta eu fui. Não sou muito bom para contar histórias, dr. Watson, nunca fui.

"Eu tinha um emprego na Coxon & Woodhouse's, de Draper Gardens, mas eles foram atingidos no começo da primavera por aquele problema do empréstimo venezuelano[11] e deram com os burros n'água. Eu havia passado cinco anos com eles e quando a falência foi decretada o velho Coxon me deu uma excelente carta de recomendação, mas, é claro, todos nós, os corretores, fomos despedidos, os vinte e sete. Tentei aqui, tentei ali, mas havia muitos outros sujeitos na mesma situação que eu, e fiquei muito tempo no ora-veja. Ganhava três libras por semana na Coxon's e havia economizado umas setenta, mas não demorei a acabar com elas. Por fim já estava desesperado, sem saber como arranjar envelopes ou selos para responder aos anúncios. Tinha gasto minhas botas subindo escadas de escritório e parecia estar tão longe de conseguir um emprego como sempre.

"Finalmente soube que havia uma vaga na Mawson & Williams, a grande firma corretora de Lombard Street. Sei que o E.C.[12] não é bem sua especialidade, mas posso lhe dizer que essa é provavelmente a firma mais próspera de Londres. O anúncio deveria ser respondido somente por carta. Enviei minha carta de recomendação e minha candidatura ao emprego, mas sem a menor esperança de consegui-lo. Na volta do correio recebi uma resposta, dizendo que se eu comparecesse na segunda-feira seguinte poderia assumir minhas novas funções, contanto que minha aparência fosse satisfatória.[13] Ninguém sabe como essas coisas são feitas. Há quem diga que o gerente simplesmente enfia a mão na pilha de cartas e fica com a primeira que pega. De todo modo, aquela era a minha vez e não tenho do que reclamar. O salário era uma libra maior e as obrigações, mais ou menos as mesmas que eu tinha na Coxon's.

"Agora vem a parte esquisita do negócio. Eu morava em Hampstead, em Potter's Terrace nº 17. Naquela noite, depois que me haviam prometido o cargo, eu estava fumando quando minha senhoria apareceu com um cartão de visita em que estava impresso: 'Arthur Pinner, agente financeiro'.

Eu nunca ouvira esse nome antes, e não podia imaginar o que ele queria comigo, mas, é claro, pedi a ela que o fizesse subir. Ele entrou — um homem de estatura mediana, cabelo escuro, olhos escuros e barba preta, com um quê de judaico no nariz. Tinha maneiras enérgicas e falava de modo incisivo, como um homem que conhece o valor do tempo.

"'Mr. Hall Pycroft, acredito?' disse.

"'Sim, senhor.' Respondi, e empurrei uma cadeira na sua direção.

"'Empregado até há pouco na Coxon's & Woodhouse's?'

"'Sim, senhor.'

"'E agora no quadro da Mawson's.'

"'Exatamente.'

"'Bem', disse ele, 'o fato é que ouvi algumas histórias realmente extraordinárias sobre sua competência financeira. Lembra-se de Parker, o gerente da Coxon's? Ele não se cansa de elogiá-lo.'

"É claro que fiquei satisfeito ao ouvir isso. Sempre fui muito ativo no escritório, mas nunca havia sonhado que falavam sobre mim daquela maneira na *City*.

"'Tem boa memória?' perguntou ele.

"'Satisfatória', respondi modestamente.

"Entrou um homem de estatura mediana, cabelo escuro, olhos escuros e barba preta." [W.H. Hyde, *Harper's Weekly*, 1893]

"'Por acaso se manteve em contato com o mercado enquanto ficou desempregado?'

"'Sim, li a Lista da Bolsa de Valores[14] todas as manhãs.'

"'Ora, isso mostra verdadeira diligência!' exclamou ele. 'É assim que se prospera! Não se incomoda que eu o ponha à prova, não é? Vejamos! Como estão as Ayshires?'

"'Cento e cinco a cento e cinco e um quarto.'[15]

"'E a New Zealand Consolidated?'

"'Cento e quatro.'

"'E as British Broken Hills?'

"'Sete a sete e seis.'"

"'Mr. Hall Pycroft, acredito?' disse."
[Sidney Paget, *Strand Magazine*, 1893]

"'Maravilhoso!' gritou ele, levantando as mãos.[16] 'Isto corresponde perfeitamente a tudo que ouvi. Meu rapaz, meu rapaz, o senhor é bom demais para ser um corretor na Mawson's!'

"Essa efusão deixou-me bastante espantado, como podem imaginar. 'Bem', respondi, 'outras pessoas não me têm numa conta tão alta quanto o senhor parece ter, Mr. Pinner. Enfrentei uma luta bastante dura para conseguir esse emprego e estou muito satisfeito por tê-lo.'

"'Vamos, homem, deve se elevar muito acima disso. Essa não é sua verdadeira esfera. Vou lhe dizer a que vim. O que tenho a oferecer é muito pouco diante da sua capacidade, mas não se compara ao que a Mawson oferece. Deixe-me ver! Quando começa na Mawson?'

"'Segunda-feira.'

"'Ah! Ah! Acho que me arrisco a apostar que o senhor não porá o pé lá.'

"'Não irei à Mawson's?'

"'Não, senhor. Nesse dia será o gerente de negócios da Franco-Midland Hardware Company, Limited, com cento e trinta e quatro filiais nas cidades e aldeias da França, sem contar uma em Bruxelas e uma em San Remo.'

"Isso me tirou o fôlego. 'Nunca ouvi falar dela', respondi.

"'Muito provavelmente não. Ela tem atuado de maneira muito discreta porque o capital é inteiramente fechado — é uma coisa boa demais para ser aberta à participação pública. Meu irmão, Harry Pinner, está ingressando no conselho diretor após ter sido designado diretor administrativo. Ele sabia que estou muito enfronhado nas coisas aqui e me pediu para escolher um sujeito adequado — um homem jovem e empreendedor, com muita garra. Parker falou a seu respeito e isso me trouxe diretamente aqui. Só podemos lhe oferecer míseras quinhentas libras para começar…'

"'Quinhentas libras por ano!' gritei.

"'Só isso no começo, mas o senhor terá a considerável comissão de 1% sobre todos os negócios feitos pelos agentes, e pode acreditar que isso somará mais que o seu salário.'

"'Mas não entendo nada de ferragens.'

"'Deixe disso, meu rapaz, o senhor entende de números.'

"Meus ouvidos zumbiam, eu mal conseguia ficar sentado na cadeira. Mas de repente um pequeno calafrio de dúvida me percorreu.

"'Devo ser franco com o senhor', disse. 'A Mawson me paga apenas duzentas, mas a firma é segura. Realmente, sei tão pouco sobre sua companhia que…'

"'Ah, rapaz esperto, esperto!' exclamou ele numa espécie de êxtase. 'É exatamente o homem que nos convém! Não se deixa engambelar, e com toda razão. Pois bem, aqui está uma nota de cem libras; se pensa que podemos fazer negócio, basta enfiá-la no bolso como um adiantamento do seu salário.'

"'É muita generosidade da sua parte', disse eu. 'Quando devo assumir minhas novas funções?'

"'Esteja em Birmingham amanhã à uma hora', respondeu. 'Tenho aqui em meu bolso um bilhete que deve levar para o meu irmão. O senhor o encontrará na Corporation Street, 126B, onde se situam os escritórios provisórios da companhia. Claro que ele precisará confirmar sua contratação, mas, cá entre nós, dará tudo certo.'

"'Realmente, nem sei como lhe agradecer, Mr. Pinner', disse eu.

"'Não há de quê, meu rapaz. O senhor só recebeu o que merece. Há uma ou duas coisinhas — meras formalidades — que preciso combinar com o senhor. Há uma folha de papel ali ao seu lado. Por favor, escreva nela: «Estou plenamente disposto a trabalhar como gerente de negócios na Franco-Midland Hardware Company, Limited, por um salário mínimo de quinhentas libras.»'

"Fiz o que pedia e ele pôs o papel no bolso.

"'Há mais um detalhe', disse ele. 'Que pretende fazer com relação à Mawson's?'

"Na minha alegria, eu me esquecera por completo da Mawson's. 'Vou escrever, abrindo mão do cargo', respondi.

"'É precisamente o que não quero que faça. Tive um desentendimento a seu respeito com o gerente da Mawson's. Fui lá perguntar sobre o senhor e ele foi muito desagradável; acusou-me de tentar induzi-lo a abandonar a firma e esse tipo de coisa. Acabei perdendo as estribeiras: «Se querem bons funcionários, deveriam pagar-lhes bem», disse eu. «Ele vai preferir nosso salário, ainda que pequeno ao seu», disse ele. «Aposto cinco libras que, ao receber minha proposta, os senhores aqui nunca mais terão notícias dele.» «Fechado!» respondeu ele. «Nós o tiramos da sarjeta e ele não nos deixará tão facilmente.» Estas foram exatamente as palavras dele.'

"'O patife descarado!' gritei. 'Nunca o vi mais gordo na minha vida. Por que deveria ter alguma consideração por ele? Se o senhor prefere que eu não escreva, certamente não o farei.'

"'Ótimo! Isto é que é promessa!' exclamou ele, levantando-se. 'Bem, estou encantado por ter conseguido um homem tão bom para meu irmão. Aqui está seu adiantamento de cem libras e aqui está a carta. Tome nota do endereço, Corporation Street, 126B, e lembre-se: estará sendo esperado amanhã à uma hora. Boa noite, e que o senhor possa ter toda a fortuna que merece!'

"Que eu me lembre, foi praticamente só isso que se passou entre nós. Pode imaginar, dr. Watson, como fiquei satisfeito diante de um golpe de sorte tão extraordinário? Passei metade da noite acordado, congratulando-me, e no dia seguinte parti para Birmingham num trem que me deixaria lá bem antes da hora em que devia me apresentar. Levei minha mala para um hotel em New Street e em seguida parti para o endereço que me fora dado.

"Eu estava um quarto de hora adiantado, mas pensei que isso não faria diferença. O número 126B era uma passagem entre duas lojas grandes[17] que levava a uma escada de pedra em caracol. Por ela tinha-se acesso a muitos apartamentos, alugados como escritórios para companhias ou profissionais liberais. Os nomes dos ocupantes estavam pintados lá embaixo, na parede, mas em nenhum lugar se lia Franco-Midland Company, Limited. Passei alguns minutos com o coração na boca, perguntando a mim mesmo se tudo aquilo havia ou não sido um logro muito bem-planejado, quando um homem surgiu da escada e dirigiu-se a mim. Era muito parecido com o sujeito que eu vira na noite anterior, o mesmo talhe e a mesma voz, mas estava escanhoado e seu cabelo era mais claro.

"Um homem surgiu da escada e dirigiu-se a mim." [Sidney Paget, Strand Magazine, 1893]

"'É Mr. Hall Pycroft?' perguntou.

"'Sim.'

"'Ah, estava à sua espera, mas o senhor está um pouquinho adiantado. Recebi um recado de meu irmão esta manhã, em que ele lhe tece veementes elogios.'

"'Estava justamente procurando os escritórios.'

"'Não mandamos pintar nosso nome ainda, pois só alugamos estas instalações provisórias semana passada. Suba comigo e conversaremos sobre tudo.'

"Subi atrás dele uma escada muito alta e bem lá em cima, entre o forro e o telhado, havia duas salinhas empoeiradas e vazias, sem tapetes nem cortinas, onde entramos. Eu havia imaginado um grande escritório, com mesas reluzentes e fileiras de funcionários, como estava acostumado a ver, e acho que encarei muito desabridamente as duas cadeiras de pinho e uma mesinha que, com um livro-razão e uma cesta de lixo, compunham todo o mobiliário.

"'Não fique desanimado, Mr. Pycroft', disse meu novo conhecido, vendo minha fisionomia desconsolada. 'Roma não foi feita num dia, e temos muito dinheiro atrás de nós, embora ainda não nos preocupemos com escritórios elegantes. Por favor, sente-se e dê-me a carta que trouxe.'

"Entreguei-a e ele a leu com muita atenção.

"'Ao que parece o senhor causou profunda impressão em meu irmão Arthur', disse, 'e sei que ele é um juiz muito sagaz. Ele conhece Londres como a palma da mão, sabe; e eu, Birmingham; mas desta vez vou seguir o conselho dele. Por favor, considere-se definitivamente contratado.'

"'Quais são minhas funções?' perguntei.

"'Ao fim e ao cabo o senhor vai administrar o grande depósito em Paris, que inundará de louça inglesa as lojas de cento e trinta e quatro agentes na França. A compra será realizada dentro de uma semana; nesse ínterim, o senhor permanecerá em Birmingham e nos prestará serviços.'

"'Como?'

"Em resposta, ele tirou um grande livro vermelho de uma gaveta.

"'Isto é um catálogo de Paris', disse, 'com as atividades após os nomes das pessoas. Quero que leve isto para casa com o senhor e copie todos os nomes de todos os vendedores de ferragens, com seus endereços. Tê-los será de extrema utilidade para mim.'

"'Mas não há listas classificadas?' sugeri.

"'Não são confiáveis. O sistema deles é diferente do nosso. Faça o que estou pedindo e entregue-me as listas até segunda-feira ao meio-dia. Bom dia, Mr. Pycroft. Se continuar mostrando zelo e inteligência, encontrará na companhia um bom patrão.'

"Voltei para o hotel com o grande livro debaixo do braço e sentimentos muito conflitantes no peito. Por um lado, estava definitivamente contratado e tinha cem libras no bolso; por outro, o aspecto dos escritórios, a ausência de nome na parede e de outros detalhes que impressionariam um homem de negócios haviam me deixado uma sensação ruim quanto à situação de meus empregadores. Mas como, acontecesse o que acontecesse, eu tinha o meu dinheiro, pus-me a trabalhar. Passei o domingo trabalhando arduamente e mesmo assim, na segunda-feira, só havia chegado ao H. Fui ter com meu empregador, encontrei-o no mesmo cômodo desguarnecido e ouvi dele a instrução para continuar trabalhando até quarta-feira e então voltar lá. Como na quarta-feira a tarefa continuava incompleta, perseverei até sexta-feira — isto é, ontem. Fui então levar meu trabalho para Mr. Harry Pinner.

"'Muito obrigado', disse ele, 'lamento ter subestimado a dificuldade da tarefa. Esta lista me será de grande valia.'

"'Tomou algum tempo', disse eu.

"'E agora', disse ele, 'quero que o senhor me faça uma lista das lojas de móveis, porque todas elas vendem louça.'

"'Muito bem.'

"'E pode passar aqui amanhã à noite, às sete, para me contar como vai indo o trabalho. Não se extenue. Umas duas horas no Day's Music Hall[18] à noite não lhe fariam nenhum mal após sua labuta.' Riu enquanto falava, e vi com um arrepio que seu segundo dente do lado esquerdo havia sido muito mal-obturado com ouro.

Sherlock Holmes esfregou as mãos de prazer e olhei espantado para o nosso cliente.

"O senhor tem razão em ficar surpreso, dr. Watson, mas o que aconteceu foi o seguinte", disse ele. "Quando eu estava conversando com o outro sujeito em Londres, na hora em que ele riu com minha decisão de não ir à Mawson's, notei por acaso que tinha um dente obturado exatamente dessa maneira. Nos dois casos o lampejo do ouro chamou-me a atenção, entende? Quando combinei isso com o fato de que os dois tinham a mesma voz e o mesmo talhe, e de que as únicas diferenças entre eles eram as que podiam ser produzidas por uma lâmina de barbear ou uma peruca, não pude ter nenhuma dúvida de que se tratava do mesmíssimo homem. Claro que se espera que dois irmãos se pareçam, mas não que tenham o mesmo dente obturado da mesma maneira. Ele se despediu de mim, e vi-me na rua, a cabeça em polvorosa. Voltei ao meu hotel, enfiei a cabeça numa bacia de água fria e tentei refletir sobre aquela situação. Por que ele me mandara de Londres para Birmingham? Por que fora à minha procura lá, para início de conversa? E por que tinha escrito uma carta para si mesmo? Aquilo tudo era demais para mim, eu não conseguia entender patavina. Então, de repente, ocorreu-me que o que era um enigma para mim poderia ser muito claro para Mr. Sherlock Holmes. Foi o tempo de ir até Londres pelo trem noturno, procurá-lo esta manhã e trazer os senhores comigo para Birmingham."

Houve uma pausa depois que o corretor concluiu o relato de sua surpreendente experiência. Em seguida Sherlock Holmes piscou-me o olho, recostando-se nas almofadas com uma expressão satisfeita, embora crítica, como um *connaisseur* que acaba de tomar o primeiro gole de um vinho de safra muito especial.

"Bastante bom, não é, Watson?" perguntou-me. "Há pontos nela que me agradam. Acho que você concordará que uma entrevista com Mr. Arthur Harry[19] Pinner nos escritórios temporários na Franco-Midland Hardware Company, Limited, será uma experiência muito interessante para nós dois."

"Mas como podemos fazer isso?" perguntei.

"Oh, é muito fácil", disse Hall Pycroft alegremente. "Os senhores são dois amigos meus que estão à procura de emprego, e o que poderia ser mais natural do que eu levá-los para conversar com o diretor administrativo?"

"Naturalmente! É claro!" disse Holmes. "Gostaria de dar uma olhada no cavalheiro e ver se posso entender o joguinho dele. Que qualidades tem o senhor, meu amigo, que poderiam tornar seus serviços tão preciosos? Ou quem sabe…" Dito isto, começou a roer as unhas e a olhar pela janela com uma expressão vazia, e mal conseguimos lhe arrancar mais uma palavra até que estávamos em New Street.

Às sete horas, aquela noite, caminhávamos, os três, por Corporation Street rumo aos escritórios da companhia.

"Não adianta chegar antes da hora", disse nosso cliente. "Ao que parece, ele só chega lá para me encontrar; o lugar fica deserto até a hora que ele marca."

"Isso é sugestivo", observou Holmes.

"Olhem, não lhes disse?" exclamou o corretor. "Ali vai ele andando à nossa frente."

Apontou para um homenzinho franzino, louro[20] e bem-vestido que andava apressado do outro lado da rua. Enquanto o observávamos, ele avistou um menino que apregoava a última edição do jornal vespertino e, correndo por entre os fiacres e ônibus, comprou-lhe um jornal. Em seguida, apertando-o na mão, entrou por uma porta adentro.

"Lá vai ele!" exclamou Hall Pycroft. "É para os escritórios da companhia que está indo. Venham comigo e vou resolver isso da maneira mais fácil possível."

Seguindo-o, subimos cinco andares, até nos encontrarmos diante de uma porta entreaberta, na qual nosso cliente bateu. "Entre", disse uma voz lá de dentro, e penetramos numa sala vazia, desguarnecida como Hall

Pycroft descrevera. À única mesa sentava-se o homem que víramos na rua, com seu jornal vespertino aberto diante de si; quando levantou os olhos para nós, tive a impressão de que nunca vira semblante com tamanha expressão de pesar, e de alguma coisa além de pesar — um horror como poucos homens experimentam na vida. Sua testa brilhava de suor, as faces tinham a brancura fosca da barriga de um peixe e os olhos estavam ariscos e arregalados. Ele olhou para seu funcionário como se não conseguisse reconhecê-lo, e, pelo espanto estampado no rosto de nosso guia, pude ver que aquela não era em absoluto a aparência costumeira de seu patrão. "Parece doente, Mr. Pinner!" exclamou ele.

"É verdade, não estou muito bem", respondeu o outro, fazendo um esforço óbvio para se recompor e lambendo os lábios secos antes de falar. "Quem são estes cavalheiros que trouxe com o senhor?"

"Um é Mr. Harris, de Bermondsey, e o outro é Mr. Price, desta cidade", disse nosso corretor, sem titubear. "São amigos meus e cavalheiros de experiência, mas faz algum tempo que estão desempregados e pensaram que talvez o senhor possa encontrar uma vaga para eles na companhia."

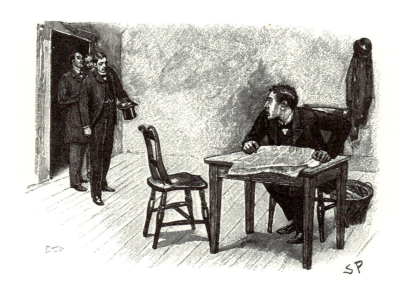

"Levantou os olhos para nós." [Sidney Paget, *Strand Magazine*, 1893]

"É muito possível! Muito possível!" exclamou Mr. Pinner, com um sorriso forçado. "Sim, não tenho dúvida de que poderemos fazer alguma coisa pelos senhores. Qual é a sua área, Mr. Harris?"

"Sou contador", disse Holmes.

"Ah, sim, vamos precisar de algum profissional do gênero. E a sua, Mr. Price?"

"Sou escriturário", respondi.

"Tenho grandes esperanças de que a companhia possa absorvê-los. Eu os informarei sobre isso assim que chegarmos a alguma conclusão. E agora peço que se retirem. Pelo amor de Deus, deixem-me sozinho!"

"Eu nunca vira semblante com tamanha expressão de pesar." [W.H. Hyde, *Memoirs of Sherlock Holmes*, (Harpers, 1893)]

Estas últimas palavras foram gritadas, como se ele tivesse perdido de súbito, e por completo, o controle que evidentemente estava impondo a si mesmo. Holmes e eu trocamos um olhar e Hall Pycroft deu um passo em direção à mesa.

"Esquece, Mr. Pinner, que estou aqui a seu chamado e para receber suas orientações", disse.

"Sem dúvida, Mr. Pycroft, sem dúvida", recomeçou ele num tom mais calmo. "Pode esperar aqui um momento e nada impede seus amigos de esperarem com o senhor. Estarei à sua inteira disposição em três minutos, se posso abusar tanto da sua paciência." Levantou-se com um ar muito amável, e, fazendo-nos uma vênia, entrou por uma porta na outra ponta da sala, fechando-a atrás de si.

"E agora?" cochichou Holmes. "Estará escapulindo de nós?"

"Impossível", respondeu Pycroft.

"Por quê?"

"Essa porta leva para um cômodo interior."

"Sem saída?"

"Nenhuma."

"Está mobiliado?"

"Ontem estava vazio."

"Então que diabo ele pode estar fazendo? Há alguma coisa que não consigo entender nesta história. Se já vi um homem enlouquecido de terror na minha vida, o nome dele é Pinner. Por que cargas d'água estaria em tamanho pânico?"

"Desconfia que somos detetives", sugeri.

"É isso", exclamou Pycroft.

Holmes sacudiu a cabeça. "Ele não ficou pálido. Estava pálido quando entramos na sala. É bem provável que…"

Suas palavras foram interrompidas por nítidas pancadas vindas da direção da porta que dava para dentro.

"Por que diabos ele está batendo na própria porta?" exclamou o corretor.

As pancadas recomeçaram, muito mais altas. Todos nós grudamos os olhos, cheios de expectativa, na porta fechada. Dando uma olhada em Holmes, vi seu rosto ficar rígido; ele se inclinou para a frente em intenso nervosismo. Em seguida, subitamente, ouvimos um gorgolejo surdo e um forte martelar num madeiramento. Num impulso, Holmes saltou do outro lado da sala e empurrou a porta. Estava trancada por dentro. Seguindo seu exemplo, jogamo-nos sobre ela com todo o nosso peso. Uma dobradiça quebrou, depois a outra, e a porta foi abaixo com um estrondo. Entramos correndo e vimo-nos no cômodo interno.

Estava vazio.

Mas só nos enganamos por um instante. Num canto, o canto mais próximo da sala que havíamos deixado, havia uma segunda porta. Holmes saltou sobre ela e abriu-a com um empurrão.

"Vimo-nos no cômodo interno."
[Sidney Paget, *Strand Magazine*, 1893]

Havia um paletó e um colete jogados no chão, e de um gancho atrás da porta, com seus próprios suspensórios em volta do pescoço, pendia o diretor administrativo da Franco-Midland Hardware Company. Tinha os joelhos encolhidos, a cabeça caída sobre o corpo num ângulo aflitivo e as batidas de seus calcanhares contra a porta produziam o ruído que interrompera nossa conversa. Imediatamente segurei-o pela cintura e o levantei-o, enquanto Holmes e Pycroft desatavam as fitas elásticas que haviam desaparecido entre as pregas lívidas de pele. Em seguida o carregamos para a outra sala e o deixamos deitado, o rosto cor de ardósia, os lábios roxos inflando e murchando a cada alento — uma pavorosa ruína do que havia sido cinco minutos antes.

"Que acha, Watson?" perguntou Holmes.

Debrucei-me sobre o homem e examinei-o. O pulso estava fraco e intermitente, mas a respiração se alongava, e um leve frêmito das pálpebras deixava entrever o globo ocular branco embaixo.

"Foi por um triz", disse eu, "mas vai viver. Abram a janela e deem-me a garrafa de água." Abri seu colarinho, derramei a água fria sobre seu rosto e ergui e abaixei-lhe os braços até que ele inspirou lenta, naturalmente.[21]

"Agora é só uma questão de tempo", falei, afastando-me dele.

Holmes permaneceu junto à mesa, as mãos enfiadas nos bolsos da calça, o queixo sobre o peito.

"Suponho que devemos chamar a polícia agora", disse ele; "mas confesso que gostaria de lhes apresentar um caso completo quando vierem."

"É um mistério total para mim", exclamou Pycroft, coçando a cabeça. "Para que diabo quiseram me trazer até aqui, e depois…"

"Ora! Tudo isso está bastante claro", atalhou Holmes, impaciente. "A questão é este último movimento repentino."

"Entende o resto, então?"

"Parece-me bastante óbvio. Que diz você, Watson?"

Dei de ombros. "Devo confessar que estou perplexo."

"Ah, mas não resta dúvida de que, considerando-se os acontecimentos, eles só podem apontar de início para uma conclusão."

"Como você os interpreta?"

"Bem, a coisa toda gira em torno de dois pontos. O primeiro é o pedido feito a Pycroft de uma declaração por escrito de que ingressara no serviço dessa absurda companhia. Percebem como isso é sugestivo?"

"Confesso que não estou entendendo."

"Bem, para que quiseram que ele a fizesse? Não no interesse dos negócios, porque esses acordos costumam ser verbais e não havia nenhuma razão objetiva para que esta fosse uma exceção. O senhor não vê, meu jovem amigo, que eles estavam muito ansiosos para ter uma amostra da sua letra e não tinham outra maneira de consegui-la?"

"Mas por quê?"

"Naturalmente. Por quê? Quando tivermos resposta para isso teremos feito algum progresso com nosso probleminha. Por quê? Só pode haver uma razão plausível. Alguém queria aprender a imitar sua caligrafia e primeiro precisava obter uma amostra dela. E agora, se passamos para o segundo ponto, vemos que um lança luz sobre o outro. Esse ponto é o pedido que Pinner lhe fez de que não renunciasse a seu emprego, deixando o gerente dessa importante firma perfeitamente convencido de que um Mr. Hall Pycroft, a quem ele nunca vira, estava prestes a assumir seu cargo segunda-feira de manhã."

"Meu Deus!" exclamou nosso cliente, "fui cego como uma toupeira!"

"Agora entende a importância da caligrafia. Suponha que aparecesse no seu lugar alguém com uma letra completamente diferente daquela com que o senhor se candidatou ao emprego — claro que o jogo terminaria ali. Mas no intervalo o patife havia aprendido a imitar a sua letra, portanto sua posição estava segura, pois ninguém na firma, ao que presumo, jamais pusera os olhos no senhor."

"Absolutamente ninguém", gemeu Pycroft.

"Muito bem. Claro que era da máxima importância evitar que mudasse de ideia, como também evitar que entrasse em contato com alguém que pudesse lhe contar que havia um homônimo seu trabalhando na Mawson's. Assim, brindaram-no com um belo adiantamento e despacharam-no para as Midlands, onde lhe deram trabalho suficiente para impedi-lo de ir a Londres, onde poderia ter acabado com o joguinho deles. Tudo isto está bastante claro."

"Mas por que esse homem teria fingido ser o irmão de si mesmo?"

"Ora, isso também está bastante claro. Evidentemente eles são apenas dois nesse jogo. O outro está encarnando o senhor na firma. Este aqui, depois de atuar como seu contratador, achou que não poderia lhe arranjar um patrão sem admitir uma terceira pessoa na trama. Essa ideia o desagradava extremamente. Mudou sua aparência tanto quanto pôde e confiou que a semelhança que o senhor fatalmente notaria seria atribuída ao parentesco. E de fato, não tivesse sido o feliz acaso da obturação de ouro, suas desconfianças provavelmente nunca teriam sido despertadas."

Hall Pycroft brandiu os punhos fechados no ar. "Meu Deus!" gritou. "Enquanto eu me deixei tapear dessa maneira, que anda o outro Hall Pycroft aprontando na Mawson's? Que devemos fazer, Mr. Holmes? Diga-me o que fazer!"

"Devemos telegrafar para a Mawson's."

"Eles fecham às doze nos sábados."

"Não faz mal; pode haver algum porteiro ou servente..."

"Ah, isso mesmo; eles mantêm um guarda permanente por causa do valor dos títulos que guardam. Lembro-me de ouvir falar disso na *City*."

"Ótimo, vamos telegrafar para lá e ver se está tudo bem, e se um corretor com o seu nome está trabalhando lá. Isto está bastante claro; o que não entendo é por que, ao nos ver, um dos trapaceiros teria instantaneamente rumado para o outro cômodo e se enforcado."

"O jornal!" rosnou uma voz atrás de nós. O homem estava se sentando, lívido e cadavérico, com olhos que revelavam o recobrar da consciência e mãos que esfregavam nervosamente a larga faixa vermelha que ainda lhe envolvia o pescoço.

"Pycroft brandiu os punhos fechados no ar." [Sidney Paget, *Strand Magazine*, 1893]

"O jornal! É claro!" gritou Holmes, num paroxismo de excitação, "Que idiota eu fui! Pensei tanto na nossa aparição que o jornal nem me passou pela cabeça. Com certeza o segredo deve estar nele." Abriu-o sobre a mesa e um grito de triunfo brotou de seus lábios. "Veja isto, Watson! É um jornal de Londres, uma das primeiras edições do *Evening Standard*.²² Aqui está o que queremos. Dê uma olhada nas manchetes: 'Crime na *City*. Assassinato na Mawson & William's. Tentativa de roubo gigantesco. Captura do criminoso.' Tome, Watson, estamos todos igualmente ansiosos por ouvir, então, tenha a bondade, leia em voz alta para nós."

Pela posição que a matéria ocupava no jornal, parecia que aquele fora o acontecimento mais importante na cidade. Ela dizia:

> Uma tentativa desesperada de roubo, culminando na morte de um homem e na captura do criminoso, ocorreu esta tarde na *City*. Faz algum tempo que a Mawson & William's, a famosa firma corretora, é guardiã de títulos cujo valor total é consideravelmente superior a um milhão de libras esterlinas. O gerente estava tão consciente da responsabilidade que pesava sobre ele em consequência dos grandes interesses em jogo que cofres dos modelos mais recentes foram empregados, e um vigia armado passou a permanecer dia e noite no prédio. Verificou-se que semana passada um novo corretor, chamado Hall Pycroft, foi contratado pela firma.²³ Ao que se constatou, essa pessoa não era outro senão Beddington, o famoso falsário e arrombador,²⁴ que, com seu irmão, foi libertado há pouco, depois de um período de cinco anos de trabalhos forçados. Por meios que ainda não estão claros, ele conseguiu obter, sob um nome falso, essa posição oficial na firma e utilizou-a para conseguir moldes de várias fechaduras e um completo conhecimento da posição da caixa-forte e dos cofres.
>
> No sábado, os funcionários da Mawson's costumam deixar o trabalho ao meio-dia. Assim, o sargento Tuson, da Polícia da *City*, ficou bastante surpreso ao ver um cavalheiro com uma bolsa de viagem descer os degraus à uma hora e vinte minutos. Desconfiado, o sargento seguiu o homem e, com a ajuda do policial Pollock, conseguiu detê-lo, após a mais desespe-

"Conseguiu detê-lo, após a mais desesperada resistência." [Milton Werschkul, *Oregonian*, 24 de setembro de 1911]

rada resistência. Ficou claro de imediato que um ousado e gigantesco roubo fora cometido. Bônus ferroviários americanos no valor de quase cem mil libras e grande quantidade de certificados provisórios de subscrição de ações[25] de minas e outras companhias foram encontrados na bolsa.

Quando o prédio foi examinado, encontrou-se o corpo do infeliz vigia, dobrado em dois e enfiado no maior dos cofres, onde não teria sido descoberto até segunda-feira de manhã, não tivesse sido a pronta ação do sargento Tuson. O crânio do homem fora estilhaçado por um golpe desferido por trás com um atiçador. Ficou evidente que Beddington conseguira entrar mentindo ter esquecido alguma coisa e, tendo matado o vigia, pilhou rapidamente o cofre grande e saiu com seu butim. Até onde se pôde apurar por enquanto, seu irmão, que geralmente trabalha com ele, não participou deste serviço, embora a polícia esteja investigando ativamente seu paradeiro.

"Bem, podemos poupar um pouco de trabalho à polícia nesse sentido", disse Holmes, dando uma olhadela na figura abatida que se encolhia junto da janela. "A natureza humana é uma estranha mistura, Watson. Como vê, até um vilão e assassino pode inspirar tamanha afeição que seu irmão tenta se suicidar ao saber que ele está perdido. Seja como for, só podemos ter uma conduta.[26] O médico e eu ficaremos vigiando, Mr. Pycroft, se fizer a gentileza de ir chamar a polícia."[27]

"Dando uma olhadela na figura abatida."
[Sidney Paget, *Strand Magazine*, 1893]

 **Notas**

1. "The Stock-Broker's Clerk" foi publicado na *Strand Magazine* em março de 1893 e em *Harper's Weekly* (Nova York) em 11 de março de 1893.

2. Embora alguns estudiosos atribuam pelo menos seis diferentes esposas a John H. Watson, esta é claramente uma referência ao casamento dele com Mary Morstan, pois mais tarde Holmes diz: "Mrs. Watson recuperou-se plenamente de todos os pequenos sobressaltos associados à sua aventura do *Signo dos quatro*, espero?" A data precisa é considerada no Quadro cronológico.

3. Antes de seu casamento com Mary Morstan, Watson não mostrava nenhuma inclinação a se dedicar à clínica privada. Passara diretamente da graduação e da residência para o exército. Ao voltar a Londres, desistira efetivamente da medicina. Embora tivesse sido capaz de salvar Mr. Melas de envenenamento por monóxido de carbono (em "O intérprete de grego") e de opinar sobre a cardiopatia de Thaddeus Sholto (em *O signo dos quatro*), bem como se mostrasse evidentemente familiarizado com a obra do dr. Trevelyan (em "O paciente residente"), não exercia a profissão. Sua carreira de escritor estava em seus estágios iniciais; publicara apenas *Um estudo em vermelho* e *O signo dos quatro* e não ganhara uma fortuna com nenhum dos dois. Não surpreende, portanto, que tenha tido de considerar um meio de sustentar à sua mulher e a si mesmo. Talvez uma observação de seu amigo Conan Doyle o tenha convencido de que desenvolver uma clientela para si mesmo seria um longo e infrutífero trabalho e assim ele tenha optado pela solução mais rápida de comprar a clínica de outro médico.

De todo modo, é espantoso que Watson, sem eira nem beira como era, tenha tido condições de fazer tal aquisição. O preço usual de uma clínica na época, segundo a biografia de Holmes e Watson escrita por June Thomson, era de uma a uma vez e meia o rendimento anual, e em *O signo dos quatro* Watson lamenta sua precária situação financeira quando lhe vem o desejo de cortejar Mary. Ian McQueen ressalta que as atividades dele nesse caso nada fizeram para melhorar sua situação, mas admite mais tarde: "Possivelmente seus banqueiros lhe concederam um empréstimo; ou, quem sabe, Mary foi capaz de levantar algum dinheiro com suas pérolas."

4. Antigo nome para a coreia ou a coreia de Sydenham. Trata-se de uma doença do sistema nervoso caracterizada por contrações involuntárias e irregulares dos músculos faciais e outros. (São Vito era o santo padroeiro dos dançarinos e consta que, na Idade Média, os que sofriam da doença acorriam a seu santuário.) A coreia de Sydenham é uma doença infantil que surge frequentemente como complicação da febre reumática; Mr. Farquhar, cuja doença é "da natureza" da dança de são vito, sofria presumivelmente da menos grave doença de Huntington, que é hereditária e tende a ser diagnosticada pela primeira vez na meia-idade.

5. "Juventude é, afinal de contas, um termo bastante elástico', escreve o médico Samuel R. Meaker, "mas Watson tinha maduros 36 anos quando começou. Quanto à energia, ele admitiu francamente em seu primeiro encontro com Holmes ser extremamente preguiçoso e não há indícios de que tenha se emendado mais tarde sob esse aspecto, exceto por breves períodos."

6. A revista da British Medical Association, fundada em 1832. Essa organização deu grande contribuição para a reforma da profissão médica, pressionando pela aprovação do Medical Act de 1858, que estabeleceu um registro para médicos qualificados, e o Medical Act de 1886, que exigiu que os médicos fossem instruídos em clínica geral, cirurgia e parto, e não em apenas um desses campos.

7. O vizinho prestimoso é mencionado também em "O problema final". Mas trata-se de Anstruther (mencionado em "O mistério do vale Boscombe") ou de Jackson (mencionado em "O corcunda")? D. Martin Dakin, tendendo a esta segunda alternativa, comenta: "Como Watson está trabalhando há apenas três meses, é surpreendente saber que os dois [Watson e Jackson] haviam tido tempo nesse período para criar o que parece a essa altura ser uma rotina bem-estabelecida. Perguntamo-nos o que pensavam ... seus respectivos pacientes dessas trocas frequentes..."

8. Watson não acabara de lhe dizer isso?

9. Segundo o folclore, apenas os que moram perto o bastante da igreja de St. Mary le Bow — em Cheapside, em East London — para ouvir os seus sinos (os "Bow Bells") têm o direito de se denominar *cockneys*. Os moradores dos bairros dessa área — que na era vitoriana era terrivelmente superpovoada — consideravam-se os "verdadeiros" londrinos, uma vez que tendiam a nascer e crescer na própria *City*.

Um *cockney* se distingue e até se define por seu sotaque, para bem ou para mal. E. Cobham Brewer, em seu monumental *Dictionary of Phrase and Fable*, descreve um *cockney* como "alguém que possui peculiaridades londrinas de fala etc.; alguém inteiramente ignorante de esportes praticados no campo, da vida rural, de animais de fazenda, plantas e assim por diante". Na peça teatral de George Bernard Shaw, *Pigmaleão* (1913), o autor faz uma corajosa tentativa de reproduzir o sotaque *cockney* de Eliza Doolittle, reconstituindo-o laboriosamente por apenas algumas linhas, antes de abandonar o esforço por completo.

> A FLORISTA: *Ow, eez ye-ooa san, i e? Wal, fewd dan y'de-ooty bawmz a mather should, eed now bettern to spawl a por gel's flahrzn than ran awy athaht pyin. Will ye-oo py me f'them?* [Aqui, com minhas desculpas, esta tentativa desesperada de representar o dialeto dela sem um alfabeto fonético deve ser abandonada como ininteligível fora de Londres.]

(Se Audrey Hepburn fez ou não justiça ao sotaque de Eliza no filme *My Fair Lady* é uma questão que é melhor deixar para os especialistas.)

A fala de Mr. Hall Pycroft, tal como descrita por Watson, não parece ter nenhum toque desse tipo de colorido. Se isso deve ser atribuído à incapacidade de Watson de recriar seu sotaque ou ao fato de que o rapaz, na condição de um "dinâmico jovem da *City*", tinha uma posição social consideravelmente mais elevada que a da florista permanece aberto a interpretação.

10. Esses regimentos eram parte de uma longa tradição britânica de serviço militar em meio expediente, formalmente organizado em 1863 para auxiliar a milícia maior, baseada em recrutamento, a repelir qualquer ameaça de invasão à Grã-Bretanha. (Unidades dos Voluntários haviam servido também anteriormente na Revolução Francesa e nas Guerras Napoleônicas.) Em 1890, os voluntários somavam um quarto de milhão. Com a criação da Força Territorial — mais tarde Exército Territorial — em 1907, contudo, combinando a milícia e os voluntários, os regimentos de voluntários tornaram-se obsoletos. Pouco após a deflagração da Primeira Guerra Mundial, Arthur Conan Doyle tomou a si a tarefa de ressuscitar o serviço voluntário, movimento que empreendeu quando sua tentativa de se alistar foi rejeitada (Doyle tinha 55 anos na época). Após a formação do regimento local do próprio Doyle, a Crowborough Company of the Sixth Royal Sussex Volunteer Regiment, a nova força cresceu rapidamente até reunir 200.000 homens.

11. Durante grande parte do século XIX, a Venezuela esteve envolvida em dificuldades financeiras e políticas decorrentes de uma infeliz combinação de guerras civis, má administração, dívidas e complicações ligadas à construção de ferrovias e outras obras públicas. Durante esse período, o principal produto de exportação do país (que se tornara independente em 1830) foi o café; quando os preços desabaram na década de 1840, seguiu-se uma série de lutas políticas e ditaduras militares voláteis. A mais duradoura destas, na segunda metade do século, foi a do ditador general Antonio Guzmán Blanco (1870-88), que restaurou a paz, mas, tendo enchido seus próprios cofres no processo, foi derrubado em 1888 e acabou sendo sucedido por seu aliado, general Joaquín Crespo (1892-97). Durante o convulsionado governo de Crespo, as relações do país com a Grã-Bretanha se deterioraram. De fato, a Venezuela havia rompido as relações diplomáticas com a Grã-Bretanha já em 1887, em razão de uma disputa territorial envolvendo terras reivindicadas ao mesmo tempo pela Venezuela e pela Guiana Britânica (hoje Guiana). Em 1899 os Estados Unidos intervieram, impondo termos em sua maior parte favoráveis à Grã-Bretanha.

Nos anos seguintes, a situação econômica na Venezuela agravou-se ainda mais. Empréstimos estrangeiros não pagos acumularam-se, alcançando um valor tão elevado que, em 1902, a Grã-Bretanha, a Alemanha e a Itália impuseram um bloqueio ao país até que suas dívidas, através da mediação dos Estados Unidos, foram saldadas em Caracas em 1903.

12. O distrito postal East Central abriga praticamente todas as empresas de corretagem de valores de Londres. Na lista de assinantes classificados por atividade publicada pela United Telephone Company em 1885, mais de 200 firmas estão arroladas sob "Brokers (Stock and Share)", todas no E.C.

13. Vern Goslin está pasmo com o gerente não nomeado da Mawson & Williams, que contratou um candidato desconhecido sem uma entrevista pessoal.

14. A Bolsa de Valores, familiarmente conhecida na *City* como "a casa", foi fundada em 1773 por um grupo de corretores que vinha negociando títulos informalmente na Jonathan's Coffee House em Change Alley. (A prática de realizar negócios em cafete-

126   AS MEMÓRIAS DE SHERLOCK HOLMES

rias não era incomum; proprietários de navios e seguradores de cargas costumavam se encontrar no Edward Lloyd's Coffee House, que mais tarde se tornou a Lloyd's of London.) Em 1801 um grupo de membros levantou dinheiro para a construção do prédio e no ano seguinte foram estabelecidas regras para a operação da bolsa; posteriormente as regras foram alteradas várias vezes. Em 1973 a bolsa se fundiu com várias bolsas regionais na Grã-Bretanha.

15. Pinner está testando Pycroft para ver se ele está a par dos preços atuais das ações, informação que se espera que os corretores saibam de cabeça. Na *Strand Magazine* e algumas edições americanas do Cânone, são dados os preços de compra e venda, como "Cento e seis e um quarto para cento e cinco e sete oitavos". Invariavelmente, os preços são cotados como de "compra" e "venda" (isto é, o valor pelo qual o corretor comprará as ações e o valor pelo qual as venderá), e variam portanto de menos para mais (isto é, o corretor espera obter lucro vendendo as ações por mais do que pagou por elas). Watson fez essa correção na primeira publicação inglesa em livro de "O corretor".

16. R.M. McLaren sugere que "Ayshires" refere-se provavelmente às ações da antiga Glasgow and South Western Railway. As outras duas companhias também saíram do mercado antes do fim do século XIX.

17. Após amplos exames dos prédios que subsistem em Birmingham, bem como de mapas e guias, Philip Weller identifica o local onde a companhia tinha seus escritórios como Corporation Street nº 2, um prédio de cinco andares no trecho em declive da Corporation Street.

18. O *Baedeker's Great Britain* lista um Day's Music Hall em Smallbrook Street em Birmingham. Os *music halls*, muito populares na época, originaram-se nos *pubs* de Londres, onde os fregueses eram estimulados a cantar junto com artistas locais. Esse tipo de entretenimento difundiu-se tanto que, em 1843, foi aprovada uma lei que permitia a *pubs* reservar salas específicas para uso teatral. Concentrados no East End de Londres e agradando sobretudo à classe média, os *music halls* geraram personalidades como Dan Leno — um cômico de imenso talento e *"pantomime dame"* (de xale, peruca e botinas de botões, representava um personagem chamado "Mamãe Gansa") — e Marie Lloyd, uma "menina de aparência esquisita, com dentes salientes e cabelo ralo", segundo A.N. Wilson, cuja história de miséria na infância e destemor lhe permitia "magnetizar uma audiência de bêbados cínicos a partir do instante em que se levantava e cantava 'The boy I love is up in the gallery'".

19. No texto do livro inglês, aparece o nome do meio "Henry". "Harry" é um diminutivo inglês comum para "Henry"; ver "O corcunda", onde Henry Wood se refere a si mesmo como "Harry Wood".

20. Nos textos americanos, Harry Pinner é descrito como "moreno", não "louro". Isso é condizente com a descrição que Pycroft fez anteriormente de Pinner, mas Pycroft já indicou que concluíra que o homem que descrevera como "de cabelo escuro" estava usando uma peruca. O cabelo "louro" podia ser o do próprio Pinner.

21. Esse método de restauração da respiração foi concebido pelo dr. Henry Robert Silvester (1829-1908), que o descreveu em 1858 num artigo do *British Medical Journal* intitulado "A new method of resuscitating still-born children, and for restoring people apparently drowned or dead". Silvester sugeriu que se levantassem os braços do paciente acima da cabeça para expandir a caixa torácica; ao se baixar os braços contra o peito forçava-se a expiração. O método foi adotado pela Humane Society e a National Life Boat Institution. Um artigo publicado no *Lancet* de 11 de agosto de 1877 descreveu um novo método defendido pelo médico americano dr. B. Howard, usando pressão sobre o peito a partir de cima (estando o paciente deitado de costas). No encontro da British Medical Association em Manchester em 1877, o dr. Howard demonstrou seu método. (Nenhum dos dois procedimentos prescreve água fria jogada no rosto.) O método Schafer (publicado em 1904), em que o paciente era deitado de bruços e se aplicava pressão às costas, superou essas técnicas, para ser por sua vez substituído pelo método Holger Nielsen (1932), que envolvia uma combinação de pressão nas costas e levantamento dos braços. A respiração boca a boca não se tornou padrão até a década de 1950, talvez em decorrência de um desconforto vitoriano com um método de ressuscitamento que exigia que os lábios de dois estranhos se tocassem.

22. Mr. Pinner só poderia ter uma das primeiras edições do jornal graças a um passe de mágica. "Se tudo tivesse corrido bem, mal teria sido possível conseguir alguns [exemplares] dessa [edição do *Evening Standard*] em Birmingham às sete da noite", escreve John Hyslop em "Sherlock Holmes and the Press". Mas, conclui Hyslop, essa só poderia ser uma edição *tardia* do jornal. Além disso, o *Evening Despatch* de Birmingham, com uma notícia muito mais completa, teria podido ser facilmente obtido àquela hora.

23. "Quando o novo corretor se apresentou para o trabalho", raciocina Vern Goslin, "sem dúvida o gerente deve ter ficado intrigado ao deparar não com 'um dinâmico jovem da *City*' na casa dos vinte anos, mas com um homem de meia-idade, com sinais de ser de origem estrangeira."

24. O cunhado de Arthur Conan Doyle, E.W. Hornung, fez grande sucesso com uma série de histórias, as primeiras das quais estão reunidas em *The Amateur Cracksman* (1899), protagonizado pelo "ladrão cavalheiro" A.J. Raffles e seu companheiro, Bunny.

25. O misterioso "Mr. Cornelius" ("O construtor de Norwood") também possuía esses certificados provisórios em sua carteira de títulos.

26. Vern Goslin é extremamente crítico do que qualifica de "tratamento inepto" dado por Holmes ao caso. O detetive teria perdido seu tempo ao se precipitar para Birmingham de manhã, quando só poderia se encontrar com Pinner no começo da noite. Em vez disso, poderia ter tratado de conversar com o gerente da Mawson's e de alertar a polícia. Assim, poderia ter capturado Beddington, poupado a vida do vigia e ainda ter chegado a Birmingham antes das sete da noite para se encontrar com Mr. Pinner.

27. Vários estudiosos assinalam as semelhanças entre a trama criminal de "O corretor" (que ocorreu provavelmente em 1889 ou antes), a "A Liga dos Cabeças Vermelhas"

(1890) e "Os três Garrideb" (1902). Robert E. Robinson, em "The Beddington Plot", explica que, embora "O corretor" não tivesse sido publicado na época dos acontecimentos registrados em "A Liga dos Cabeças Vermelhas", o criminoso John Clay poderia ter tomado conhecimento dos detalhes do plano de Beddington pelas notícias dos jornais; Killer Evans, o vilão de "Os três Garrideb", poderia ter lido o relato de Watson publicado em "O corretor" e se apropriado da ideia de Beddington. Holmes, evidentemente, também aprendeu com os acontecimentos. Embora em "O corretor" estivesse a quilômetros da cena do crime quando este ocorreu, na época de "A Liga dos Cabeças Vermelhas" e de "Os três Garrideb" ele reconheceu imediatamente a "trama de Beddington" e estava preparado para enfrentar os criminosos. Mas, observa Robinson, "enquanto Holmes se beneficiou de cada exposição à Trama de Beddington, Watson não aprendeu absolutamente nada. Apesar de sua participação no caso Pycroft, sua reação [aos eventos de 'A Liga dos Cabeças Vermelhas' e 'Os três Garrideb'] foi de total perplexidade".

A Tragédia do *Gloria Scott*[1]

Praticamente tudo que sabemos sobre Holmes antes de seu encontro decisivo com Watson em 1881 está contido em "A tragédia do Gloria Scott" e no caso que o segue, "O ritual Musgrave". O primeiro é uma rememoração de Holmes, em que ele conta a Watson seu primeiro caso, que lhe foi levado por Victor Trevor (uma das únicas três pessoas que o detetive algum dia admitiu serem seus amigos) quando cursavam a faculdade. O pai de Trevor, a cujo respeito Holmes faz algumas deduções assombrosas, põe Holmes na trilha rumo à sua carreira de detetive consultor. Ele ajuda Victor a descobrir a verdade sobre o pai quando este morre subitamente, mas as habilidades que demonstra não chegam a ser impressionantes: decifra um código simples e lê uma confissão. Como Watson não tem papel ativo no relato, devemos considerar este caso o primeiro exemplo da voz narrativa do próprio Holmes. Há muitas lacunas no relato que o detetive faz de sua juventude; um exemplo de questão especialmente intrigante: que faculdade ele frequentou? As pistas que esta história e várias outras fornecem estimularam gerações a especular.

"Tenho alguns papéis aqui", disse meu amigo Sherlock Holmes numa noite de inverno, cada um de nós sentado de um lado da lareira, "em que realmente me parece que valeria a pena você dar uma espiada, Watson. Estes são os documentos relativos ao extraordinário caso do *Gloria Scott*,[2] e esta, a mensagem cuja leitura matou de horror o juiz de paz Trevor."

Ele tirara de uma gaveta um pequeno cilindro embaçado e, destampando-o, entregou-me um curto bilhete rabiscado na metade de uma folha de papel cor de ardósia.

> A temporada de caça ainda não terminou. O guarda Hudson, nós acreditamos, contou os animais; tudo conferiu. Agora corra lá depressa e se puder salve as raposas; sua venda em vida é lucrativa.

Quando levantei os olhos, após ler esta enigmática mensagem, Holmes estava dando uma risadinha da cara que eu fazia.

"Você parece um pouquinho aturdido", disse.

"Não consigo entender como esta mensagem pôde inspirar horror. Parece-me mais absurda que qualquer outra coisa."

"É muito provável. Mas o fato é que o leitor, um velho robusto e sacudido, caiu morto quando a leu, como se tivesse levado uma coronhada."

"Você atiça minha curiosidade", disse eu. "Mas por que falou há pouco que havia razões muito particulares para que eu estudasse esse caso?"

"Porque foi o primeiro com que me envolvi."

Eu tentara muitas vezes arrancar de meu companheiro os primeiros estímulos que o haviam levado à investigação criminal, mas nunca o pegara antes num estado de ânimo comunicativo. Dessa vez ele se debruçou em sua poltrona e espalhou os documentos sobre os joelhos. Depois acendeu seu cachimbo e ficou algum tempo fumando e revirando-os.

"Nunca me ouviu falar de Victor Trevor?" perguntou. "Foi o único amigo que fiz durante os dois anos que passei na faculdade.[3] Nunca fui um sujeito muito sociável, Watson, sempre gostando muito de ficar sossegado nos meus aposentos, desenvolvendo meus próprios metodozinhos de pensamento, de modo que jamais convivi muito com meus colegas. Como, afora a esgrima e o boxe,[4] eu não era um grande apreciador de esportes e como minha linha de estudos era muito diferente da dos outros rapazes, não tinha nenhum ponto de contato com eles. Trevor foi o único com quem travei relações, e isso graças a um acidente: o *bull-terrier*[5] dele abocanhou-me o tornozelo uma manhã quando eu ia para a capela.

"Foi uma maneira prosaica de formar uma amizade, mas eficaz. Fiquei dez dias de molho e Trevor costumava aparecer e pedir notícias minhas. No início era só um minuto de conversa, mas logo suas visitas se alongaram, e antes do fim do período já éramos grandes amigos. Ele era um sujeito franco, vigoroso, cheio de entusiasmo e energia, o exato oposto de mim na maioria dos aspectos; mas tínhamos alguns interesses em comum e quando descobri que, como eu, não tinha amigos, isso nos uniu. Finalmente, ele me convidou para ir à casa do seu pai em Donnithorpe, em Norfolk, e aceitei sua hospitalidade durante um mês nas férias longas.

"O velho Trevor, claramente um homem de certa fortuna e consideração, era juiz de paz[6] e proprietário de terras. Donnithorpe é um vilarejo logo ao norte de Langmere,[7] no condado dos Broads[8]. A casa era uma constru-

A Tragédia do Gloria Scott

"Trevor costumava aparecer e pedir notícias minhas."
[Sidney Paget, *Strand Magazine*, 1893]

ção em estilo antigo, espalhada, com vigas de carvalho; uma bela alameda ladeada por limeiras conduzia à entrada. Os pântanos propiciavam uma excelente caça ao pato, havia ótimos locais para pescaria,[9] uma biblioteca pequena mas seleta, deixada, pelo que entendi, por um ex-morador, e um cozinheiro tolerável, de modo que só um homem muito rabugento não teria passado um mês agradavelmente ali.

"Trevor pai era viúvo, e meu amigo, seu único filho.

"Houvera uma filha, fiquei sabendo, mas morrera de difteria[10] durante uma visita a Birmingham. O pai me interessou ao extremo. Era um homem de pouca cultura, mas cheio de uma energia rude, tanto física quanto mentalmente. Não lera praticamente livro algum, mas viajara muito, vira muito do mundo e se lembrava de tudo que aprendera. Na aparência, era um homem atarracado e robusto, com basta cabeleira grisalha e um olhar intenso nas raias da ferocidade. Era conhecido, no entanto, pela bondade e caridade na região e destacava-se pela brandura das sentenças que emitia no tribunal.

"Uma noite, pouco após minha chegada, quando tomávamos um copo de porto[11] depois do jantar, o jovem Trevor começou a falar sobre aqueles hábitos de observação e inferência que eu já organizara num sistema, embora ainda não avaliasse o papel que desempenhariam na minha vida.

Evidentemente, o velho pensou que o filho estava exagerando em sua descrição de um ou dois de meus feitos triviais.

"'Vamos lá, Mr. Holmes', disse, rindo gostosamente, 'sou um excelente objeto de exame; veja se consegue deduzir alguma coisa a meu respeito.'

"'Não será muito, receio', respondi. 'Poderia sugerir que o senhor tem sentido medo de sofrer um ataque pessoal nos últimos doze meses.'

"O sorriso apagou-se nos seus lábios e ele me encarou muito surpreso.

"'Bem, é verdade', respondeu. 'Você sabe, Victor', virando-se para o filho, 'quando desbaratamos aquele bando de caçadores ilegais[12] eles juraram nos matar; e Sir Edward Hoby[13] de fato já sofreu uma agressão. Desde então sempre me precavi. Mas não faço ideia de como o senhor sabe disso.'

"'Tem uma bengala muito elegante', respondi. 'Pela inscrição, observei que não a possui há mais de um ano. Mas deu-se a algum trabalho para perfurar o castão e derramar chumbo derretido no orifício, transformando-a assim numa arma poderosa. Raciocinei que não tomaria uma precaução como essa a menos que tivesse algum perigo a temer.'

"'Mais alguma coisa?' perguntou ele, sorrindo.

"'Lutou muito boxe na juventude.'

"'Acertou mais uma vez. Como sabe disso? Será que fiquei com o nariz um pouco torto?'

"'Não', respondi. 'São suas orelhas. Têm o achatamento e o espessamento peculiares que distinguem o boxeador.'

"'Mais alguma coisa?'

"'Pelas suas calosidades, vejo que escavou muito.'[14]

"'Ganhei todo o meu dinheiro em minas de ouro.'

"'Esteve na Nova Zelândia.'

"'Certo de novo.'

"'Visitou o Japão.'

"'É verdade.'

"'E esteve estreitamente associado com alguém cujas iniciais eram J.A.; mais tarde, ansiou por esquecer essa pessoa completamente.'

"Mr. Trevor levantou-se devagar, fixou em mim seus grandes olhos azuis com uma expressão estranha, irritada, e ato contínuo tombou sobre a mesa, a cabeça em meio às cascas de nozes que se espalhavam sobre a toalha, inteiramente sem sentidos.

"Fixou em mim seus grandes olhos azuis com uma expressão estranha, irritada." [W.H. Hyde, *Harper's Weekly*, 1893]

"Você pode imaginar, Watson, como o filho dele e eu ficamos chocados. Mas o ataque não durou muito. Quando abrimos seu colarinho e borrifamos a água de uma das lavandas[15] no seu rosto, ele arfou uma ou duas vezes e se sentou.

"'Ah, rapazes!' disse, forçando um sorriso. 'Espero não os ter assustado. Embora pareça forte, há um ponto fraco em meu coração e não é preciso muita coisa para me derrubar. Não sei como consegue fazer isso, Mr. Holmes, mas tenho a impressão de que todos os detetives reais ou imaginários seriam crianças nas suas mãos. Essa é a sua vocação, senhor; acredite nas palavras de um homem que viu alguma coisa do mundo.'

"E essa recomendação, com a avaliação exagerada de minha capacidade que a prefaciou, foi, acredite ou não, Watson, a primeira coisa que me fez sentir que eu poderia transformar em profissão o que até aquele instante não passara do mais simples *hobby*. Naquele momento, contudo, eu estava preocupado demais com o súbito mal-estar de meu anfitrião para pensar em qualquer outra coisa.

"'Espero não ter dito nada que o magoasse', disse eu.

"'Bem, tocou-me sem dúvida num ponto bastante sensível. Posso lhe perguntar como sabe e quanto sabe?' Falava agora num tom de brincadeira, mas ainda tinha uma expressão de terror no fundo dos olhos.

"'Nada mais simples', respondi. 'Quando arregaçou a manga para puxar aquele peixe para o barco, vi as letras J.A. tatuadas na dobra do seu cotovelo. Ainda eram legíveis, mas estava perfeitamente claro por sua aparência borrada e pela pele manchada em volta que haviam sido feitos esforços para apagá-las. Ficou óbvio, portanto, que essas iniciais foram de alguém que outrora lhe foi muito próximo e que mais tarde quis esquecer.'

"'Que olho o senhor tem!' exclamou com um suspiro de alívio. 'Está absolutamente correto. Mas não vamos falar disso. De todos os fantasmas, os dos nossos antigos amores são os piores. Vamos fumar um charuto tranquilamente na sala de bilhar.'

"Desse dia em diante, em meio a toda a sua cordialidade, havia sempre uma ponta de desconfiança nas maneiras de Mr. Trevor em relação a mim. Até o filho dele notou. 'Você pregou um tal susto no meu pai', disseme, 'que ele nunca mais saberá ao certo o que sabe ou não.' O juiz não queria demonstrar isso, tenho certeza, mas era um sentimento tão forte que se revelava em cada gesto seu. Acabei ficando tão convencido de que o estava constrangendo que decidi encerrar minha visita. Na véspera mesmo de minha partida, contudo, ocorreu um incidente que viria a se provar importante.

"Estávamos os três sentados no gramado, em cadeiras de jardim, tomando um banho de sol e admirando a vista através dos Broads, quando a criada se aproximou para dizer que havia um homem à porta desejando falar com Mr. Trevor.

"'Como ele se chama?' perguntou meu anfitrião.

"'Não quis dizer.'

"'O que quer, então?'

"'Diz que o senhor o conhece e que deseja apenas lhe falar um instante.'

"'Traga-o aqui.' Um momento depois apareceu um sujeitinho mirrado, de andar trôpego e maneiras servis. Vestia um paletó aberto, manchado de alcatrão na manga, camisa xadrez vermelha e preta, calças de zuarte e botas pesadas muito gastas. No rosto fino e astuto, queimado de sol, estampava-se um sorriso permanente e tinha as mãos enrugadas semifechadas, de uma maneira peculiar aos marinheiros. Quando avançou pelo gramado, encurvado, Mr. Trevor deixou escapar uma espécie de soluço e, pulando da cadeira, correu para a casa. Num momento estava de volta, e senti um cheiro forte de conhaque quando passou por mim.

"'Posso fazer alguma coisa pelo senhor, meu velho?' perguntou.

"O marinheiro continuou fitando-o, os olhos franzidos e o mesmo sorriso arreganhado no rosto.

"'Não me conhece?' perguntou.

"'Ah! Ora vejam, é com certeza o Hudson!'[16] exclamou Mr. Trevor num tom de surpresa.

"'Ele mesmo, senhor', disse o marinheiro. 'Veja só, há mais de trinta anos que não o vejo. Cá está o senhor, na sua casa, e eu continuo comendo minha carne salgada tirada da barrica.'

"'Ora, verá que não esqueci os velhos tempos', exclamou Mr. Trevor, e, caminhando em direção ao marinheiro, disse-lhe alguma coisa em voz baixa. 'Vá até a cozinha', continuou em voz alta, 'e lhe darão alguma coisa para comer e beber. Não tenho dúvida de que vou lhe arranjar uma colocação.'

"'Muito obrigado, senhor', disse o marinheiro, levando a mão à testa. 'Acabo de servir dois anos num cargueiro de oito nós, sem rota fixa, e ainda

"'Ele mesmo, senhor', disse o marinheiro."
[Sidney Paget, *Strand Magazine*, 1893]

por cima com a tripulação desfalcada; agora quero um descanso. Pensei que poderia conseguir isso ou com Mr. Beddoes ou com o senhor.'

"'Ah!' exclamou Mr. Trevor. 'Sabe onde Mr. Beddoes está?'

"'Graças a Deus, senhor, sei onde estão todos os meus velhos amigos', disse o sujeito, com um sorriso sinistro, e foi para a cozinha atrás da criada. Mr. Trevor resmungou alguma coisa para nós sobre ter viajado no mesmo navio que o homem quando voltava para as minas; em seguida, deixando-nos no gramado, entrou na casa. Uma hora depois, quando entramos, nós o encontramos desacordado de tão bêbado no sofá da sala de jantar. Todo esse incidente deixou-me na mente uma impressão muito ruim e, no dia seguinte, não lamentei partir de Donnithorpe; sentia que minha presença devia estar sendo uma fonte de embaraço para meu amigo.

"Tudo isso ocorreu durante o primeiro mês das férias longas. Fui para meus aposentos em Londres,[17] onde passei sete semanas desenvolvendo alguns experimentos em química orgânica. Um dia, contudo, quando o outono já estava bem avançado e as férias perto de terminar, recebi um telegrama de meu amigo implorando-me que voltasse a Donnithorpe; dizia estar extremamente necessitado de meu conselho e auxílio. Claro que larguei tudo e segui para o norte[18] novamente.

"Ele foi me buscar na estação com o *dog-cart* e percebi num relance que os dois últimos meses lhe haviam sido muito penosos. Estava magro, parecia atormentado e perdera as maneiras ruidosas e alegres que antes o notabilizavam.

"'Meu pai está morrendo', foram suas primeiras palavras.

"'Impossível!' exclamei. 'Que aconteceu?'

"'Apoplexia.[19] Choque nervoso. A vida dele esteve por um fio ontem o dia todo. Não sei se o encontraremos vivo.'

"Como pode imaginar, Watson, fiquei horrorizado com essa notícia inesperada.

"'Qual foi a causa disso?'

"'Ah, essa é a questão. Suba, conversaremos no caminho. Lembra-se daquele sujeito que apareceu numa tarde, na véspera do dia em que você nos deixou?'

"'Perfeitamente.'

"'Sabe quem deixamos entrar em nossa casa naquele dia?'

A TRAGÉDIA DO GLORIA SCOTT 137

"'Não faço ideia.'

"'O Demônio, Holmes!' exclamou ele.

"Fitei-o, espantado.

"'Isso mesmo; era o Demônio em pessoa. Não tivemos uma hora de paz desde então — nem uma. Meu pai nunca mais ergueu a cabeça desde aquela tarde, e agora sua vida lhe está sendo arrancada, seu coração está destroçado, tudo por causa desse maldito Hudson.'

"'Mas que poder esse homem tem?'

"'Ah, isso é o que eu daria tudo para saber. O velho juiz, tão indulgente e caridoso! Como poderia ter caído nas garras de um facínora como aquele? Mas estou muito satisfeito por você ter vindo. Confio muito em seu julgamento e tirocínio, sei que você me dará os melhores conselhos.'

"Corríamos pela estrada rural branca e plana, com um longo trecho dos Broads cintilando à nossa frente à luz avermelhada do crepúsculo. Vimos um bosque à nossa esquerda e dali já pude divisar as chaminés altas e o mastro que marcavam a residência do fidalgo.

"'Meu pai fez do sujeito seu jardineiro', disse meu companheiro. 'Depois, não satisfeito, promoveu-o a mordomo. A casa parecia estar à mercê dele; metia-se em toda parte e fazia o que bem entendia. As criadas queixavam-se de suas bebedeiras e de seu linguajar torpe. Papai aumentou os salários de todos os outros para compensá-los pelo aborrecimento. O sujeito pegava o barco e a melhor espingarda de meu pai e se regalava com caçadas. Tudo isso com um ar tão zombeteiro, malicioso, insolente que eu o teria esmurrado vinte vezes se fosse um homem da minha idade. Vou lhe contar, Holmes, tive de exercer um enorme controle sobre mim mesmo durante todo esse tempo, e agora me pergunto se não teria sido melhor ter cedido um pouco mais a meus impulsos.

"'Bem, as coisas foram de mal a pior conosco, e esse animal, Hudson, foi ficando cada vez mais intrometido, até que um dia, por fim, quando deu uma resposta insolente a meu pai na minha presença, agarrei-o pelos ombros e o pus fora da sala. Ele se retirou furtivamente, com o rosto lívido e dois olhos malévolos em que se liam mais ameaças do que sua língua podia fazer. Não sei o que se passou entre meu pobre pai e ele depois disso, mas no dia seguinte papai foi até mim e me perguntou se eu poderia pedir desculpa a Hudson. Recusei-me, como você pode imaginar, e perguntei-lhe como podia tolerar que aquele miserável tomasse tantas liberdades com ele e com seus empregados.

"'«Ah, meu filho», respondeu meu pai, «falar é muito fácil, porém você não sabe a situação em que estou. Mas saberá, Victor; vou cuidar para que saiba, aconteça o que acontecer! Você não pensaria mal do seu próprio pai, não é?» Estava muito comovido e passou o dia todo fechado no gabinete, onde pude ver pela janela que estava muito ocupado, escrevendo.

"'Naquela noite aconteceu algo que para mim representou um grande alívio: Hudson declarou que iria nos deixar. Entrou na sala de jantar quando estávamos ali sentados depois do jantar e anunciou sua intenção na voz rouca de um homem semiembriagado.

"'«Estou farto de Norfolk», disse. «Vou para a casa de Mr. Beddoes, em Hampshire. Ele ficará tão satisfeito em me ver quanto os senhores ficaram, eu garanto.»

"'«Não está indo embora aborrecido, não é, Hudson?» perguntou meu pai com uma humildade que fez meu sangue ferver.

"'«Não me pediram desculpa», disse ele, emburrado, olhando-me de esguelha.

"'«Victor, você vai admitir que foi bastante grosseiro com nosso prezado amigo», disse papai, virando-se para mim.

"'«Ao contrário, acho que nós dois demonstramos extraordinária paciência com ele.»

"'«Ah, acha mesmo?» rosnou Hudson. «Muito bem, companheiro. Veremos!» Saiu da sala e, meia hora depois, da casa, deixando meu pai num estado de nervos deplorável. Noite após noite eu o vi andando para cá e para lá no seu quarto, e foi exatamente quando começava a recobrar a confiança que o golpe foi finalmente desferido.

"'Como?' perguntei, ansioso.

"'Não me pediram desculpa', disse ele, emburrado." [Sidney Paget, Strand Magazine, 1893]

"'De uma maneira absolutamente extraordinária. Ontem à tarde meu pai recebeu uma carta com o carimbo de Fordingbridge. Leu-a, levou as duas mãos à cabeça e pôs-se a correr pela sala em pequenos círculos, como um homem que tivesse perdido o juízo. Quando finalmente consegui fazê-lo sentar no sofá, tinha a boca e as pálpebras repuxadas de um lado e vi que sofrera um derrame. O dr. Fordham foi vê-lo imediatamente e o pusemos na cama; mas a paralisia espalhou-se e ele não deu nenhum sinal de recobrar a consciência; acho que dificilmente o encontraremos vivo.'

"'Você me horroriza, Trevor!' exclamei. 'Mas que poderia haver nessa carta, para provocar um efeito tão terrível?'

"'Nada. É aí que está o inexplicável. A mensagem era absurda e corriqueira. Ah, meu Deus, o que eu temia aconteceu!'

"Disse estas palavras quando fazíamos a curva da alameda e víamos, à luz declinante do dia, que todas as persianas da casa haviam sido baixadas. Quando corríamos para a porta, o semblante de meu amigo convulsionado pela dor, um cavalheiro vestido de preto saiu.

"'Quando aconteceu, doutor?' perguntou Trevor.

"'Quase imediatamente depois que saiu.'

"'Recobrou a consciência?'

"'Por um instante antes do fim.'

"'Alguma mensagem para mim?'

"'Apenas que os papéis estão na gaveta do fundo do armário japonês.'

"Meu amigo subiu com o médico até o quarto do morto, enquanto fiquei no gabinete, virando e revirando todo aquele caso na minha cabeça e sentindo-me mais deprimido que nunca em minha vida. Qual era o passado desse Trevor, pugilista, viajante, garimpeiro, e como ele se pusera nas mãos daquele marinheiro sarcástico? Por que, também, teria desmaiado diante de uma alusão às iniciais semiapagadas que tinha no braço e morrido de pavor ao receber uma carta de Fordingbridge? Lembrei-me então de que Fordingbridge fica em Hampshire e de que aquele Mr. Beddoes que o marinheiro fora visitar, e presumivelmente chantagear, também parecia morar nesse condado. A carta, portanto, poderia ter sido enviada por Hudson, o marinheiro, dizendo que revelara o segredo culposo que parecia existir, ou por Beddoes, avisando o antigo aliado de que essa revelação era iminente. Até aí as coisas pareciam bastante claras. Mas como podia essa carta ser banal e absurda como a descrevera o filho? Com certeza ele não a compreendera. Nesse caso, devia ser um daqueles códigos secretos engenhosos que querem dizer uma coisa embora pareçam dizer outra. Eu tinha de ver essa carta. Se houvesse nela um significado oculto, tinha certeza de que conseguiria extraí-lo. Fiquei ali durante uma hora, refletindo sobre o caso no escuro, até que por fim uma criada chorosa entrou com uma lâmpada. Logo depois entrou meu amigo Trevor, pálido, mas sereno; trazia na mão estes mesmos papéis[20] que tenho no colo. Sentou-se diante de mim, puxou a lâmpada para a beirada da mesa e entregou-me um curto bilhete escrito, como vê, numa única folha de papel cinzento. 'A temporada de caça ainda não terminou. O guarda Hudson, nós acreditamos, contou os animais; tudo conferiu. Agora corra lá depressa e se puder salve as raposas; sua venda em vida é lucrativa.'

"Acho que, quando li esta mensagem, minha fisionomia ficou tão perplexa quanto a sua agora há pouco. Em seguida eu a reli com toda a atenção. Evidentemente era como eu pensara: devia haver um segundo significado enterrado sob aquela estranha combinação de palavras. Ou, quem sabe, palavras como 'animais' ou 'raposas' tinham um sentido previamente combinado? Nesse caso esse seria um sentido arbitrário, e não seria possível deduzi-lo de maneira alguma. Entretanto, eu relutava em acreditar nessa possibilidade, e a presença da palavra 'Hudson' parecia mostrar que o assunto da mensagem era o que eu havia adivinhado e que o bilhete vinha de Beddoes, não do marinheiro. Tentei lê-lo de trás para a frente, mas a combinação 'lucrativa é vida' não era estimulante. Depois tentei palavras alternadas, mas nem 'A de ainda', nem 'temporada caça não' prometiam lançar alguma luz sobre aquilo.

"Um instante depois, porém, a chave do enigma estava em minhas mãos: vi que todas as terceiras palavras a começar da primeira dariam uma mensagem perfeitamente capaz de levar o velho Trevor ao desespero.[21]

"Era uma mensagem curta e lacônica, como li naquele momento para meu companheiro:

A caça terminou. Hudson contou tudo. Corra e salve sua vida.

"A chave do enigma estava em minhas mãos."
[Sidney Paget, *Strand Magazine*, 1893]

"Victor Trevor enterrou o rosto nas mãos trêmulas. 'Deve ser isso, suponho.' disse. 'Isso é pior que a morte, pois significa desonra também. Mas qual é o significado desses «animais» e dessas «raposas»?'

"'Não significa nada para a mensagem, mas poderia significar muito para nós se não tivéssemos nenhum outro meio de descobrir o remetente. Como vê, ele começou escrevendo "A ... caça ... terminou", e assim por diante. Em seguida, para satisfazer a chave de código pré-combinada, teve de inserir duas palavras quaisquer em cada espaço. Naturalmente, deve ter usado as primeiras que lhe vieram à cabeça, e, se houve tantas relacionadas a caça entre elas, pode-se ter razoável certeza de que é um caçador entusiasta ou interessado na preservação dos animais. Sabe alguma coisa sobre esse Beddoes?'

"'Sim, agora que você menciona isso', disse ele, 'lembro que meu pobre pai costumava receber um convite dele para caçar em suas reservas todos os outonos.'

"'Então ele é sem dúvida o autor deste bilhete!' exclamou meu amigo. 'Só nos resta descobrir qual era esse segredo que dava ao marinheiro Hudson tamanho poder sobre esses dois homens abastados e respeitados.'

"'Ah, Holmes! Temo que esse segredo envolva pecado e vergonha!' exclamou meu amigo. 'Mas não terei segredos para você. Aqui está a declaração que meu pai redigiu quando soube que Hudson representava um perigo iminente. Encontrei-a no armário japonês, como ele disse ao médico. Pegue-a e leia-a para mim, porque não tenho forças nem coragem para lê-la eu mesmo.' No envelope estava escrito, como vê: 'Alguns detalhes da viagem do brigue *Gloria Scott*,[22] desde sua partida de Falmouth no dia 8 de outubro de 1855 até sua destruição na Lat. N 15° 20'; Long. W 25° 14' em 6 de dezembro.' Tem forma de carta e diz o seguinte:

"'Meu querido filho, agora que a desonra iminente começa a obscurecer os últimos anos de minha vida, posso escrever com toda a verdade e sinceridade que não é o terror da lei, não é a perda de minha posição no condado, nem minha queda aos olhos de todos que me conheceram que me dilacera; é o pensamento de que você venha a se envergonhar de mim — você que me ama e raras vezes, espero, teve razão para sentir senão respeito por mim. Mas se o golpe que de há muito me ameaça for desferido, desejo que você leia isto, que possa saber diretamente de mim até que ponto fui culpado. Por outro lado, se tudo correr bem (que Deus Todo-Poderoso o permita!), se por acaso este papel não tiver sido destruído e vier a cair nas suas mãos, eu suplico por tudo quanto lhe é mais sagrado, pela memória de sua falecida mãe e pelo amor que existiu entre nós, que o jogue no fogo e nunca mais volte a pensar nele.

"'Portanto, se seus olhos passaram a ler esta linha, sei que já terei sido denunciado e arrastado de minha casa, ou, como é mais provável — pois você sabe que meu coração é fraco —, estarei com a língua selada para sempre pela morte. Em qualquer dos casos, não é mais tempo para o sigilo e cada palavra que lhe direi é a pura verdade; juro pela salvação de minh'alma.

"'Meu nome, querido filho, não é Trevor. Na juventude, fui James Armitage,[23] e agora você pode entender que choque foi para mim, algumas semanas atrás, ouvir de seu colega palavras que pareciam sugerir que ele surpreendera meu segredo. Foi como Armitage que ingressei numa casa bancária de Londres, e como Armitage fui condenado por violar as leis de meu país e sentenciado a deportação para uma colônia penal. Não me julgue com demasiada severidade, meu filho. Era uma dessas chamadas dívidas de honra que eu tinha de pagar, e usei um dinheiro que não me pertencia para fazê-lo, na certeza de poder restituí-lo antes que houvesse qualquer possibilidade de sua falta ser detectada. Mas fui vítima do mais pavoroso golpe de má sorte. Não recebi o dinheiro com que contava e um exame prematuro das contas expôs meu desfalque. O caso poderia ter sido tratado com leniência, mas as leis eram ministradas com mais severidade trinta anos atrás, e no dia mesmo em que completava vinte e três anos vi-me acorrentado como um criminoso, com outros trinta e sete sentenciados, nos porões do brigue *Gloria Scott*, com destino à Austrália.[24]

"'Era o ano de 1855, quando a Guerra da Crimeia[25] estava no auge[26] e os antigos navios destinados ao transporte de criminosos condenados vinham sendo muito usados para transportar tropas no mar Negro. O governo via-se obrigado, portanto, a lançar mão de embarcações menores e menos adequadas para despachar seus prisioneiros. O *Gloria Scott* fora usado no comércio do chá chinês, mas era uma embarcação antiquada, de proa pesada e muito larga que havia sido eliminada pelos novos clíperes.[27] Era um barco de quinhentas toneladas e, além de seus trinta e oito prisioneiros e de uma tripulação de vinte e seis pessoas, transportava dezoito soldados, um capitão, três imediatos, um médico, um capelão e quatro carcereiros. Ao todo, eram quase cem almas a bordo quando zarpamos de Falmouth.

"'Entre as celas, em vez das grossas divisórias de carvalho usuais em navios para o transporte de sentenciados, havia tabiques muito finos e frágeis. Meu vizinho do lado da popa era um homem que me chamara a atenção quando fomos levados para o cais. Jovem, tinha um rosto claro e glabro, um nariz comprido e fino e maxilares vigorosos. De porte altivo e andar arrogante, fazia-se notar sobretudo por sua altura extraordinária. Acho que a cabeça de nenhum de nós lhe chegava ao ombro e tenho certeza de que não devia medir menos de 1,98 metro. Era estranho ver um semblante cheio de energia e resolução entre tantos outros tristes e fatigados. Vê-lo foi para mim como uma fogueira numa nevasca. Assim, fiquei satisfeito ao constatar que era meu vizinho e mais satisfeito ainda quando, na calada da noite, ouvi um sussurro junto do meu ouvido e descobri que ele conseguira abrir um buraco na tábua que nos separava.

"'«Olá, companheiro!» disse. «Qual é o seu nome e por que está aqui?»

"'Respondi e perguntei por minha vez com quem estava falando.

"'«Sou Jack Prendergast»,[28] respondeu, «e, juro por Deus, logo você vai aprender a abençoar meu nome.»

"'Lembrei-me de que ouvira falar do caso dele, pois havia causado enorme sensação em todo o país algum tempo antes da minha própria prisão. Era um homem de boa família e grande capacidade, mas de hábitos incuravelmente viciosos, que, por meio de um engenhoso sistema de fraudes, conseguira arrancar imensas somas de dinheiro dos maiores comerciantes de Londres.

"'«Ah! Lembra-se do meu caso?» perguntou, orgulhoso.

"'«Lembro-me muito bem.»

"'«Nesse caso, talvez se recorde de algo estranho associado a ele?»

"'«O quê?»

"'«Eu tinha quase um quarto de milhão,[29] não é?»

"'«Foi o que me disseram.»

"'«Mas nada foi recuperado, não é?»

"'«Não.»

"'«Bem, onde supõe que esteja o saldo?»

"'«Não faço a menor ideia.»

"'«Exatamente entre meu polegar e meu indicador», ele exclamou. «Por Deus, tenho mais libras no meu nome que você tem cabelos na cabeça. E quando o sujeito tem dinheiro, meu filho, e sabe como usá-lo e distribuí-lo, pode fazer qualquer coisa. Ora, você não considera provável que um homem que poderia fazer qualquer coisa vá gastar as calças sentado no porão malcheiroso, infestado de ratos e insetos, deste velho caixão bolorento de um barco de cabotagem chinês, não é? Não, senhor, um homem como esse vai cuidar de si mesmo, e vai cuidar dos amigos. Pode apostar! Agarre-se a ele, e pode jurar que ele o carregará consigo.»

Jack Prendergast [Sidney Paget, Strand Magazine, 1893]

"'Assim era seu estilo de conversa, e de início pensei que era palavrório vazio; depois de certo tempo, porém, quando tinha me posto à prova e me feito jurar com toda a solenidade possível, fez-me compreender que realmente havia um plano para conquistar o comando do barco. Uma dúzia de prisioneiros havia tramado tudo antes de embarcar; Prendergast era o líder e seu dinheiro, a força motriz.

"«Tenho um sócio», explicou, «um homem excelente, de absoluta confiança. Ele está com o dinheiro, e onde você pensa que se encontra neste momento? Meu amigo, ele é nada menos que o capelão deste navio! Embarcou de paletó preto, os papéis em ordem, e dinheiro bastante em seu baú para comprar todo o mundo da quilha à gávea. A tripulação está com ele, corpo e alma. Conseguiu comprá-los no atacado com desconto à vista, e fez isso antes mesmo que fossem contratados. Ganhou dois carcereiros e Mereer, o segundo imediato, e conseguiria pôr no bolso o próprio capitão, se achasse que valia a pena.»

"«Que temos de fazer, então?» perguntei.

"«Que acha?» perguntou ele. «Vamos deixar os casacos de alguns desses soldados mais vermelhos do que ao sair da alfaiataria».[30]

"«Mas estão armados», objetei.

"«E nós também estaremos, meu rapaz. Há um par de pistolas para cada filho da mãe de nós, e se não quisermos dominar este navio, com a tripulação nos apoiando, deveríamos ser todos mandados para um internato de moças. Converse com seu companheiro da esquerda hoje à noite e veja se é de confiança.»

"Foi o que fiz, e descobri que meu outro vizinho era um rapaz em situação muito parecida com a minha, condenado por falsificação. Chamava-se Evans, mas posteriormente mudou de nome, como eu, e hoje é um homem próspero no sul da Inglaterra. Mostrou-se disposto a participar da conspiração, vendo nela o único meio que tínhamos para nos salvar. Assim, antes que tivéssemos cruzado a baía[31] somente dois prisioneiros ignoravam o segredo. Um era débil mental e não ousamos confiar nele, o outro estava sofrendo de icterícia e não poderia ter nenhuma utilidade para nós.

"Desde o início não havia realmente nada que nos impedisse de assumir o controle do navio. A tripulação era um punhado de malfeitores, escolhidos a dedo para o serviço. O falso capelão costumava ir às nossas celas nos exortar, levando uma maleta preta supostamente cheia de folhetos; visitava-nos com tanta frequência que no terceiro dia cada um de nós tinha escondido no pé da cama uma lima, um par de pistolas, meio quilo de pólvora e vinte balas. Dois dos carcereiros eram agentes de Prendergast e o segundo imediato era seu braço direito. Só tínhamos contra nós o capitão, dois imediatos, dois carcereiros, o tenente Martin com seus dezoito soldados e o médico. Por mais seguros que estivéssemos, porém, decidimos não negligenciar nenhuma precaução e promover nosso ataque de repente, à noite. Ele aconteceu, no entanto, mais depressa do que esperávamos, da seguinte maneira:

"'Uma noite, mais ou menos na nossa terceira semana de viagem, o médico desceu para ver um prisioneiro doente. Ao apoiar a mão no pé do beliche do homem, sentiu o relevo das pistolas. Se tivesse ficado quieto poderia ter frustrado todo o nosso plano; mas, sendo um sujeitinho nervoso, deu um grito de surpresa e ficou tão pálido que o doente percebeu o que se passara e o agarrou. Antes que pudesse dar o alarme, o médico foi amordaçado e amarrado ao leito. Ele deixara destrancada a porta que levava ao convés e saímos correndo por ela. As duas sentinelas foram abatidas a tiros, bem como um cabo que surgira correndo para ver o que acontecia. Havia outros dois soldados na porta do restaurante, mas seus mosquetes não deviam estar carregados, porque não deram um só tiro e foram abatidos quando tentavam calar suas baionetas. Em seguida corremos para o camarote do comandante, mas quando empurramos a porta ouvimos uma explosão lá dentro, e lá estava ele com a cabeça sobre a carta do Atlântico[32] alfinetada à mesa, enquanto o capelão segurava uma pistola fumegante. Os dois imediatos haviam sido ambos detidos pela tripulação e todo o assunto parecia estar resolvido.

"'O restaurante era a cabine seguinte. Corremos para lá e caímos nos sofás, todos falando ao mesmo tempo, enlouquecidos pela sensação de estarmos livres novamente. A cabine era forrada de armários e Wilson, o falso capelão, arrombou um deles e tirou uma dúzia de garrafas de xerez. Quebramos os gargalos das garrafas, entornamos a

"O capelão segurava uma pistola fumegante."
[Sidney Paget, *Strand Magazine*, 1893]

bebida em copos e mal demos um primeiro gole quando de repente, sem aviso, ouvimos tiros de mosquete e o salão ficou tão enfumaçado que não conseguíamos ver o outro lado da mesa. Quando a fumaça se dissipou, o lugar parecia um açougue. Wilson e mais oito contorciam-se uns sobre outros no chão; até hoje sinto náuseas quando me lembro do sangue misturado ao xerez naquela mesa. Ficamos tão intimidados por essa visão que acho que teríamos desistido de tudo, não tivesse sido Prendergast. Berrando como um touro, ele correu para a porta com todos os que tinham sobrado vivos no seu calcanhar. O tenente estava na popa com dez de seus homens. As claraboias sobre o salão tinham ficado entreabertas e eles haviam atirado em nós pelas frestas. Avançamos sobre eles antes que pudessem recarregar suas armas; resistiram bravamente, mas conseguimos levar a melhor e em cinco minutos tudo estava encerrado. Meu Deus! Teria havido algum matadouro como aquele navio? Prendergast, mais parecendo um demônio enfurecido, agarrava os soldados como se fossem crianças e os jogava borda fora, vivos ou mortos. Um sargento, embora horrivelmente ferido, conseguiu nadar por um tempo surpreendente, até que alguém lhe deu o tiro de misericórdia, estourando-lhe os miolos. Quando a luta terminou, não restava um só de nossos inimigos, exceto os carcereiros, os imediatos e o médico.

"'Foi por causa deles que a grande briga se armou. Muitos de nós estávamos satisfeitos em recobrar nossa liberdade e não tínhamos nenhum desejo de ter assassinatos pesando na consciência. Uma coisa era derrubar soldados com mosquetes na mão, outra assistir a homens indefesos serem mortos a sangue-frio. Oito de nós, cinco sentenciados e três marinheiros, dissemos que não queríamos saber daquilo. Mas não houve como demover Prendergast e os que estavam com ele. Só ficaríamos em segurança, afirmava ele, se fizéssemos um trabalho limpo, e dizia-se decidido a não deixar escapar ninguém capaz de dar com a língua nos dentes no banco das testemunhas. Por pouco partilhamos a sorte daqueles prisioneiros, mas finalmente Prendergast declarou que, se quiséssemos, poderíamos pegar um bote e partir. Agarramo-nos imediatamente à proposta, pois já estávamos nauseados com toda aquela carnificina e tínhamos visto que as coisas podiam ficar ainda piores. Cada um de nós recebeu um traje de marinheiro, um barril de água e duas barricas, uma de carne de vaca salgada e uma de biscoitos, e uma bússola. Prendergast jogou-nos um mapa, e, depois de nos dizer que éramos marinheiros náufragos de um navio que fora a pique na Lat. 15° e Long. 25° W,[33] cortou a amarra e nos deixou partir.

"'Chego agora à parte mais surpreendente de minha história, querido filho. Durante o levante os marinheiros haviam arriado a verga mais baixa do mastro de proa, mas agora ergueram-na de novo e, como soprava um vento leve do norte e do leste, o brigue começou a se afastar lentamente de nós. Nosso bote se erguia e descia ao sabor das ondas longas e suaves, e Evans e eu, que éramos os mais instruídos do grupo, sentamo-nos nas escotas para calcular nossa posição e planejar para que costa rumaríamos. Era um problema difícil, porque Cabo Verde estava cerca de quinhentas milhas ao norte de nós e a costa africana, cerca de setecentas milhas a leste.[34] No frigir dos ovos, como o vento soprava mais forte para o norte, pensamos que Serra Leoa[35] poderia ser melhor e tomamos aquela direção. A essa altura só as velas e o mastro do brigue eram visíveis a estibordo de nós. De repente, quando o observávamos, vimos uma densa nuvem negra de fumaça erguer-se e formar como que uma árvore monstruosa sobre ele na linha do horizonte. Segundos depois ouvimos um estrondo como o de um trovão, e quando a fumaça se dissipou não havia vestígio do *Gloria Scott*. Imediatamente invertemos a direção do bote e remamos de volta, com toda a energia, para o lugar onde a névoa, ainda pairando sobre a água, marcava o local da catástrofe.

"'Levamos uma hora para chegar lá, e de início tememos ter chegado tarde demais para salvar alguém. Um bote despedaçado e muitos caixotes e fragmentos de vergas subindo e descendo nas ondas nos mostravam onde a embarcação fora a pique, mas não havia sinal de vida. Já voltávamos, desesperançados, quando ouvimos um grito de socorro e vimos, a alguma distância, um homem deitado sobre um destroço. Tratamos de puxá-lo para o bote e descobrimos que se tratava de um jovem marinheiro chamado Hudson. O rapaz estava tão queimado e exausto que não conseguiu nos fazer nenhum relato do que acontecera até a manhã seguinte.

"'Ao que parecia, depois que deixamos o brigue, Prendergast e seu bando haviam começado a matar os cinco prisioneiros restantes; os dois carcereiros haviam sido fuzilados e jogados no mar e o terceiro imediato tivera a mesma sorte. Em seguida Prendergast descera ao porão e cortara

"Tratamos de puxá-lo para o bote."
[Sidney Paget, *Strand Magazine*, 1893]

o pescoço do infeliz médico com as próprias mãos. Só sobrara o primeiro imediato, homem de muita coragem e vigor. Quando viu o condenado aproximar-se dele com a faca ensanguentada na mão, desvencilhou-se das cordas que o amarravam, e que de algum modo conseguira afrouxar, correu pelo convés e se enfiou no porão.

'"Uma dúzia de sentenciados desceu atrás dele com suas pistolas e deu com ele sentado, uma caixa de fósforos na mão, em cima de um barril de pólvora aberto, um dos cem que o brigue transportava, jurando que mandaria tudo pelos ares se lhe encostassem um dedo. Um instante depois ocorreu a explosão, embora Hudson pensasse que fora causada pela bala maldirigida de um dos sentenciados, não pelo fósforo do imediato.[36] Mas, qualquer que tivesse sido a causa, aquele foi o fim do *Gloria Scott* e da escória que assumira seu comando.

'"Esta foi, em poucas palavras, meu querido filho, a terrível história em que me envolvi. No dia seguinte fomos recolhidos pelo brigue *Hotspur*, com destino à Austrália, cujo capitão não teve dificuldade em acreditar que éramos os sobreviventes de um navio de passageiros que naufragara.[37] O navio de transporte de sentenciados *Gloria Scott* foi dado como perdido no mar pelo Almirantado e nunca vazou uma só palavra sobre seu verdadeiro destino. Depois de uma excelente viagem o *Hotspur* nos desembarcou em Sidney, Evans e eu trocamos de nome e rumamos para as minas,[38] onde, entre as multidões de todas as nações ali reunidas, não tivemos nenhuma dificuldade em perder nossas identidades anteriores.

"'Não preciso contar o resto. Prosperamos, viajamos, voltamos para a Inglaterra como colonos ricos e compramos propriedades rurais. Por mais de vinte anos levamos vidas pacíficas e úteis, e esperávamos que nosso passado estivesse enterrado para sempre. Imagine então meus sentimentos quando, no marinheiro que apareceu em nossa casa, reconheci imediatamente o homem que fora salvo do naufrágio. Ele encontrara a nossa pista de alguma maneira e decidira viver à custa de nosso medo. Você compreenderá agora por que me esforcei para me manter em paz com ele, e se solidarizará em alguma medida com o medo que sinto, agora que ele se afastou de mim para ir à procura de sua outra vítima com ameaças na boca.'[39]

"Abaixo, estava escrito, numa letra tão tremida que mal era legível: 'Beddoes escreveu em código dizendo que H. contou tudo. Senhor, tende piedade de nós!'

"Esta foi a narrativa que li aquela noite[40] para o jovem Trevor, e penso, Watson, que, dadas as circunstâncias, ela foi dramática. O rapaz, inconsolável, foi plantar chá no Terai[41], onde, pelo que ouvi dizer, está prosperando. Quanto ao marinheiro e a Beddoes, não se teve mais qualquer notícia dos dois desde o dia em que o bilhete de advertência foi escrito. Ambos desapareceram completa e absolutamente. Como nenhuma queixa foi registrada na polícia, parece que Beddoes confundira uma ameaça com um fato. Hudson havia sido visto rondando pelas vizinhanças e a polícia se convenceu de que ele havia liquidado Beddoes e fugido. De minha parte, acredito que aconteceu exatamente o contrário. Parece-me muito provável que Beddoes, levado ao desespero, e acreditando já ter sido traído, tenha se vingado de Hudson e fugido do país com todo o dinheiro em que conseguiu pôr as mãos. Estes são os fatos do caso, doutor, e se forem de alguma valia para sua coleção, saiba que estão a seu inteiro dispor."[42]

A Tragédia do *Gloria Scott*   151

 **Notas**

1. "The *Gloria Scott*" foi publicado na *Strand Magazine* em abril de 1893 e em *Harper's Weekly* (Nova York) em 15 de abril de 1893.

2. Em "O vampiro de Sussex", Holmes examina atentamente o volume "V" de seu "bom e velho índice" e lê: "'Viagem do *Gloria Scott*.' Foi um caso grave. Tenho alguma lembrança de que você o registrou, Watson, embora não o possa cumprimentar pelo resultado." Por que o caso estava indexado sob "V" é uma questão que foge ao nosso escopo.

3. Segundo uma série desnorteante de argumentos eruditos, Sherlock Holmes teria estudado nessa ou naquela instituição de ensino. Os principais pontos considerados pelas dúzias de estudiosos são os seguintes:
• O *bull-terrier* que mordeu o tornozelo de Holmes e se a presença do cão na faculdade era permitida.
• O cenário de "Os três estudantes" e a familiaridade de Holmes com ele.
• O cenário de "O atleta desaparecido" e a *falta* de familiaridade de Holmes com ele.
• As origens nobres de Reginald Musgrave ("O ritual Musgrave") e a escolha da universidade que provavelmente cursaria.
• A escola frequentada pelo autor da teoria.
A maioria dos estudiosos concorda que Holmes cursou uma das grandes universidades, Oxford ou Cambridge, embora alguns sugiram que frequentou ambas e vários proponham um curso suplementar na Universidade de Londres. As complexidades dos argumentos, profundamente dependentes da cultura de cada uma das escolas, transcendem de muito o escopo deste trabalho. No entanto, apesar de sua parcialidade, Nicholas Utechin, por muito tempo editor do *Sherlock Holmes Journal*, publicado pela Sherlock Holmes Society of London, produziu uma excelente obra intitulada *Sherlock Holmes at Oxford*, que fornece um ótimo sumário dos argumentos.

4. Os que sustentam que a universidade de Holmes foi Oxford incluem entre os indícios o fato de que havia ali uma excelente escola de boxe, segundo E.B. Mitchell, a autoridade em pugilismo de *The Badminton Library* em 1889. Ver também "A face amarela", nota 4.

5. O *bull-terrier* de Trevor "foi um assunto mais discutido por estudiosos no mundo sherlockiano que qualquer outro — animal, vegetal ou mineral", escreve Nicholas Utechin, em *Sherlock Holmes at Oxford*. Ronald Knox declara terminantemente que um cachorro não teria podido transpor nem os portões de Oxford nem de Cambridge. Dorothy L. Sayers vai adiante para "provar" que Holmes frequentou Cambridge, porque Oxford não permitia que os estudantes morassem fora do *campus* em seus dois primeiros anos de faculdade. Mas, citando uma carta de Charles L. Dodgson, um ex-aluno do Christ Church College que alcançou fama literária como Lewis Carroll, Utechin demonstra conclusivamente que cachorros *eram* admitidos nas faculdades de Oxford, rebatendo o raciocínio de Sayers.

6. Na Inglaterra, magistrado inferior cuja função era manter a paz no condado para o qual era designado. Até a época vitoriana, o juiz de paz não recebia nenhuma compensação financeira. "Mas sendo escolhidos em meio à classe limitada dos fidalgos rurais nos condados", observa a *Encyclopaedia Britannica* (9ª ed.), "ficam por vezes expostos às desconfianças do público geral, particularmente quando devem administrar leis consideradas veículos de privilégios especiais à sua própria classe. Ademais, como geralmente não possuem um conhecimento profissional do direito, suas decisões são por vezes irrefletidas e errôneas." Em consequência, em Londres e outras áreas populosas, eram designados juízes remunerados, e os críticos defendiam a abolição do antigo sistema do "cidadão-juiz". O clamor público motivou também a designação de comerciantes, ministros não conformistas e trabalhadores para o cargo, de modo a retificar o aparente desequilíbrio das ideias políticas. Na Inglaterra de hoje, o juiz de paz tem responsabilidades pequenas e não pode, exceto em circunstâncias muito limitadas, impor sentenças de prisão de mais de seis meses.

7. Nem "Donnithorpe" nem "Langmere" podem ser encontrados no mapa, mas N.P. Metcalfe sugere (em "Oxford or Cambridge or Both?") que *Fordham*, mais tarde mencionado como o nome do médico, "é também o nome de uma aldeia perto de Downham Market na região pantanosa" e portanto pode ser útil na identificação do verdadeiro local da casa do *Squire* Trevor. David L. Hammer, em *The Game is Afoot*, identifica "Donnithorpe" como Coltishall, uma aldeia próxima a Norwich, e Heggatt Hall como a casa de Trevor. Mas Bernard Davies, em "Vacations and Stations" demonstra que a identificação de Hammer é impossível e, de uma só tacada, identifica Rollesby Hall, na vila de Rollesby, como a casa de Trevor, a data como 1874 e a universidade de Holmes como Oxford.

8. Em geral, na Inglaterra, *broads* são áreas de água doce, formadas pelo alargamento de um rio, ou um território pantanoso com muitos cursos d'água. Aqui, "Broads" é uma referência aos Norfolk Broads, área de vastos pântanos que se estende por 20km². Na época vitoriana, os Broads eram um destino muito apreciado para férias entre pessoas das classes média e alta interessadas em pescar e velejar; atualmente, além de um centro de recreação, é uma reserva de caça protegida.

9. O interesse de Holmes pela pesca volta a aparecer em "O velho solar de Shoscombe".

10. A difteria, infecção bacteriana extremamente contagiosa, aflige em geral crianças pequenas, criando uma membrana na garganta que pode provocar sufocação ou dano cardíaco relacionado. No final do século XIX, as epidemias eram frequentes, muitas vezes disseminadas por leite adulterado, e as taxas de mortalidade eram elevadas. Decisivos para a contenção da doença foram os esforços para regular a produção e a venda de leite e as pesquisas do médico alemão Emil von Behring, que ajudaram a desenvolver o uso de antitoxinas para o tratamento não só da difteria como do tétano (os experimentos sobre a difteria que ele realizou de 1893 a 1895 valeram-lhe o Prêmio Nobel de medicina em 1901); e da pediatra húngaro-americana Bela Schick, que em 1913 desenvolveu um teste cutâneo — apropriadamente chamado "teste Schick" — capaz de determinar se uma criança era suscetível à doença. Hoje a difteria pode ser tratada também com penicilina, só descoberta em 1928 pelo biólogo escocês Sir Alexander Fleming.

Esther Longfellow, em "The Distaff Side of Baker Street" conjectura que Holmes teve uma ligação com essa filha e que a morte prematura dela arruinou permanentemente suas relações com mulheres, mas nada prova essa afirmação.

11. O consumo de vinho do porto por Holmes é mencionado apenas três vezes no Cânone, as outras duas ocorrendo em "O homem que andava de quatro" (quando Holmes e Watson saboreiam uma garrafa na Estalagem Chequers) e em *O signo dos quatro* (quando Holmes, Watson e Athelney Jones se fortalecem com um copo cheio de porto antes da perseguição no rio). O porto, um vinho forte, foi muito apreciado na Inglaterra durante todo o século XIX e até a década de 1920. O vinho provou-se menos afetado pela praga *phylloxera* que destruiu tantos vinhedos na Europa, e já na safra de 1887, em homenagem ao Jubileu de Ouro da rainha Vitória, os grandes portos estavam recuperados. Os eventos de "A tragédia do *Gloria Scott*" são geralmente situados nos primeiros anos da década de 1870, e é possível que Trevor tenha servido uma garrafa da excelente safra de 1870, a último dos portos pré-*phylloxera*. Michael Broadbent experimentou um Warre de 1870 em março de 1985 e qualificou-o de "muito bom" (*The New Great Vintage Wine Book*).

12. Alusão a praticantes do *poaching*, legalmente definido como o ato de atirar, capturar com armadilha ou retirar caça ou peixe de propriedade privada ou de locais onde tais práticas são especialmente restritas ou proibidas. Até o século XX, essa transgressão costumava ser praticada por razões de subsistência — isto é, a caça ou o peixe eram retirados por camponeses pobres para reforçar uma dieta insuficiente. No século XVII, com a introdução dos guarda-caças e outras medidas de segurança o *poaching* tornou-se uma atividade mais especializada; durante os séculos XVIII e XIX, quadrilhas de invasores organizados envolviam-se frequentemente em batalhas ferozes com guarda-caças, e armadilhas eram armadas em meio à vegetação rasteira para apanhar invasores. Como juiz de paz, Trevor pai tinha o dever de coibir a prática em sua jurisdição.

13. Presumivelmente descendente de Sir Edward Hoby (1560-1617), uma personalidade da corte de Jaime I e mais tarde membro do Parlamento e juiz de paz. Teve um filho ilegítimo, Peregrine. Nas edições americanas o nome é "Holly".

14. Mais tarde Holmes escreveria "um curioso trabalhinho" (mencionado em *O signo dos quatro*) sobre a influência da profissão na forma da mão, com "litotipos das mãos de telhadores, marinheiros, cortadores de cortiça, tipógrafos, tecelões e polidores de diamantes". "Trata-se de uma matéria de grande interesse prático para o detetive científico — em especial em casos de corpos não reclamados ou na descoberta de antecedentes criminais", observou Holmes. Claramente, ele considerava esse tipo de observação uma de suas mais valiosas habilidades, tendo comentado em "As faias acobreadas": "Ora, meu caro amigo, que importância dá o público, que mal sabe identificar um tecelão pelo dente ou um tipógrafo pelo polegar, às nuances mais finas da análise e da dedução!" Archibal Hart sustenta que a monografia de Holmes foi fraudulentamente reproduzida por um tal de Gilbert Forbes sob o título "Some Observations on Occupational Markings" em 1946.

15. Pequenas taças com água morna com que se lavam os dedos à mesa.

16. O nome Hudson aparece repetidamente no Cânone. Há *Morse* Hudson de "Os seis napoleões", um *marchand* da Kennington Road, o "Hudson" mencionado em "As cinco sementes de laranja", que aparentemente estava nos Estados Unidos em março de 1869, e, é claro, *Mrs.* Hudson. Embora muitos tenham tentado estabelecer uma relação entre os Hudsons, não há indícios convincentes.

17. William S. Baring-Gould acredita que esses "aposentos em Londres" não são os de Montague Street que Holmes menciona em "O ritual Musgrave".

18. Holmes parece ter uma estranha percepção da geografia inglesa, talvez da mesma maneira que o nova-iorquino que percebe tudo que está fora dos limites da cidade como "no oeste". "Nenhum britânico normal se refere a Norfolk [a menos de 200km a nordeste de Londres] como "o Norte", escreve Paul H. Gore-Booth (Lord Gore-Booth), em "The Journeys of Sherlock Holmes". Compare-se com a descrição que Holmes faz, em "A Escola do Priorado", da passagem de trem do dr. Huxtable como "uma passagem de volta de Makleton [localizado no Derbyshire, cerca de 210km a noroeste de Londres], no *norte* da Inglaterra" (o grifo é nosso).

19. Um acidente vascular cerebral.

20. Por que teria Victor Trevor dado os documentos originais — sua última lembrança do "papai" — para Holmes, em vez de guardá-los para reler as mensagens de amor que contêm? Talvez Victor também tenha concluído que estavam cheios de mentiras e não mereciam ser relidos.

21. Holmes escreveria mais tarde "uma monografia trivial" sobre o assunto das escritas secretas, em que analisou 160 diferentes códigos ("Os dançarinos"). Esta mensagem, porém, com seu código infantil, provavelmente não teria lugar no seu tratado.

22. Richard W. Clarke, em "On the Nomenclature of Watson's Ships", teoriza que esse brigue particular não se chamava realmente *Gloria Scott* e que foi Watson quem lhe atribuiu esse nome ao escrever a história — de fato, diz ele, Gloria Scott, Norah Creina (um navio mencionado em "O paciente residente") e Sophy Anderson (o navio mencionado em "As cinco sementes de laranja") eram todas mulheres do passado de Watson, a quem o afetuoso médico prestou uma homenagem.

23. Nenhum parentesco manifesto com Percy Armitage de "A banda malhada".

24. No século XVII, mesmo sentenciados por delitos pequenos eram "transportados" para a América para cumprir sentenças de sete anos de trabalho para a Virginia Company, conta Robert Hughes em *The Fatal Shore*, mas depois que as colônias conquistaram sua independência isso se tornou impraticável. O território da Austrália começou a receber sentenciados em 1788, quando 11 navios transportaram para lá 700 prisioneiros homens e mulheres que foram desembarcados em Botany Bay para trabalhar para o governo e empregadores privados. Dali em diante, durante várias décadas, grande número de sentenciados chegou às colônias do leste da Austrália, como aquela situada na ilha de Van Diemen's Land (hoje Tasmânia). Em 1850, relata Hughes, quando esforços para abolir essa política começavam a dar fruto, "a colônia embrionária da Austrália Ocidental anunciou ... que gostaria de alguns sentenciados também". Ao todo, cerca de 150.000 sentenciados foram despachados para a Austrália Ocidental até que a prática foi abolida em 1868. (Ver também vol.1 "O mistério do vale Boscombe", nota 14.)

Segundo todos os relatos, as condições de trabalho para os sentenciados na Austrália não eram indevidamente severas. Os que se opunham a essa política, contudo, viam o fornecimento de mão de obra gratuita para cidadãos privados como equivalente à escravidão, e para o jovem James Armitage a perspectiva de ser exilado numa terra desconhecida, possivelmente para fazer um trabalho árduo, devia parecer de fato uma punição cruel.

25. A Guerra da Crimeia (1853-56) lançou a Rússia contra as forças aliadas da Grã-Bretanha, França, Sardenha e o Império Otomano (Turco). Entre as causas da guerra estava o desejo da Rússia de proteger cristãos eslavos que viviam sob o domínio turco, bem como uma disputa entre a Rússia e a França pelo direito de proteger os lugares santos da Palestina. As falhas de comando foram endêmicas de ambos os lados; um exemplo famoso pôde ser visto em Balaclava, onde, após vitórias aliadas iniciais contra as forças russas, um comandante britânico recebeu ordens confusas e conduziu sua brigada de cavalaria ligeira diretamente para um vale fortemente defendido. Dois terços de seus 673 homens foram mortos ou feridos, mas os membros da cavalaria condenada lutaram com encarniçada coragem, levando um oficial russo a se referir a eles, pasmo de admiração, como "malucos corajosos". Tennyson imortalizou o evento em seu poema de 1854 "The Charge of the Light Brigade". (Balaclava é famosa também por ter dado nome ao gorro de malha de lã apreciado por montanhistas, esquiadores e ladrões de banco.)

Entretanto, vitórias aliadas decisivas e a ameaça da Áustria de se aliar à Grã-Bretanha e à França forçaram a Rússia a abandonar sua fortaleza de Sebastopol e assinar o Tratado de Paris em 1856. A Guerra da Crimeia enfraqueceu muito a relação entre a Rússia e a Áustria, reduziu a influência russa na Europa e transformou em heroína Florence Nightingale, que organizou os hospitais militares na Turquia. (Os soldados eram tratados de um modo estarrecedor — houve mais baixas causadas por doenças, como disenteria e cólera, do que em combate.) Essa foi também uma guerra avidamente acompanhada pelo público britânico, que se viu de repente na posição sem precedentes de poder "testemunhar" ações militares através das mensagens do jornalista William Howard Russell, publicadas no *Times*. "Nunca antes", diz A.N. Wilson, "o público ouvira descrições tão francas ou tão imediatas da realidade da guerra, tanto as ações malfadadas quanto o heroísmo, tanto as horríveis mortes por doença quanto as consequências sangrentas das batalhas."

26. A datação de "A tragédia do *Gloria Scott*" é sob muitos aspectos um paradigma dos problemas dos cronologistas (ver Quadro cronológico). Se 1855 foi "30 anos atrás", o relato de Trevor foi feito em 1885. Mas segundo *Um estudo em vermelho*, Holmes e Watson só se conheceram alguns anos depois que Watson ingressou no exército, em 1878. Claramente Trevor, cuja história está sendo ouvida pelo aluno de graduação Sherlock Holmes, não poderia ter escrito seu relato anos depois que Holmes e Watson se conheceram. De duas, uma, ou a menção a "o ano de 1855, quando a Guerra da Crimeia estava no auge" está errada, ou a menção aos "30 anos". Considere-se:

1. O "há mais de 30 anos" desde que Hudson vira Trevor pela última vez coincide com a lembrança dos fatos do próprio Trevor, que os situa "30 anos atrás".

2. Trevor pai era "um velho robusto e sacudido" quando conhece Holmes; ele celebrou seus 23 anos a bordo do navio que zarpou de Falmouth. Isso corrobora a passagem de pelo menos 30 anos.

3. Se Holmes nasceu por volta de 1854 (de modo a ter "cerca de 60" em 1914, como registrado em "Seu último adeus") e Victor era seu contemporâneo, este deve ter nascido mais ou menos no mesmo ano. Trevor pai afirma que voltara para a Inglaterra "mais de 20 anos" antes, casara-se e tivera um filho. Como "A tragédia do *Gloria Scott*" tem de ser datado de antes de 1880 ou 1881 (a última data para *Um estudo em vermelho*), "mais de 20 anos atrás" situa a data do retorno em meados da década de 1850. Isso daria a Trevor filho mais ou menos a mesma idade que Holmes e reforça a veracidade do "mais de 20 anos atrás".

4. Mais tarde na história, Trevor menciona que fora para as "minas"; se estava se referindo às escavações em busca de ouro na Austrália, elas só começaram 1851, portanto ele não teria podido ter estado lá "30 anos atrás". Ver nota 38.

5. Embora vários cronologistas, tendo se deixado enganar pela falsa informação de que a deportação de sentenciados para a Austrália terminou em 1846, tentem mostrar que a viagem de Trevor não poderia ter ocorrido tão tardiamente quanto em 1855, a verdadeira história do sistema de deportação (ver nota 24) desmente esse esforço e não ajuda em nada a confirmar ou refutar a história do velho Trevor. Que fazer em face desses dados contraditórios? O problema parece insuperável.

27. O precursor desses veleiros foi o clíper *Baltimore*, uma leve e rápida escuna costeira usada pela Marinha dos EUA em bloqueios contra navios mercantes britânicos em 1812. Dele evoluiu o verdadeiro clíper (ou clíper *Yankee*), um veleiro longo, estreito e rápido com panos redondos em três mastros. Alguns dos mais rápidos clíperes foram construídos entre 1850 e 1856, período em que se realizaram regatas muito divulgadas, à medida que a busca por velocidade se tornava mais intensa. Para os Estados Unidos, tempos de viagem mais curtos foram fundamentais na Corrida do Ouro para a Califórnia (o *Flying Cloud*, lançado em 1851, quebrou recordes fazendo o percurso da cidade de Nova York a São Francisco em 89 dias); para a Grã-Bretanha, a feroz competição nos comércios do chá e do ópio chineses significava necessidade dos mais rápidos clíperes — em particular para transportar para casa o primeiro chá da estação. O mais famoso clíper da Grã-Bretanha, o *Cutty Sark*, notável pelo belo projeto, foi lançado em 1869, mas nessa altura os grandes aperfeiçoamentos nos navios a vapor significavam que os dias de glória dos clíperes estavam efetivamente encerrados.

28. Holmes auxiliou um major Prendergast em conexão com o escândalo do Clube Tankerville ("As cinco sementes de laranja"), mas não se sabe se ele tem algum parentesco com este criminoso.

29. Cerca de 1.250.000 dólares — uma soma fantástica para a época, quase 22 milhões em poder de compra hoje.

30. O uniforme do exército britânico teve, ao longo da história, o vermelho como cor dominante. Segundo *The Thin Red Line: Uniforms of the British Army between 1751 and 1914*, durante esse período os soldados usaram — além de paletós vermelhos —, bonés escuros presos sob o queixo e calças pretas com listras amarelas nas costuras externas. Na Guerra da Crimeia, muitos ornamentos tradicionais como plumas, dragonas e luvas foram temporariamente deixados de lado.

31. Ao navegar para a Austrália, o navio deve ter cruzado o canal da Mancha, passado por Brest (no extremo norte da baía de Biscaia) e contornado a Espanha, passando pela boca do mar Mediterrâneo e continuado contornando a África e o cabo Horn, ou ido sudoeste para o Rio, sudeste para a Cidade do Cabo e contornado o Cabo da Boa Esperança. Em geral, o percurso dos clíperes entre a Inglaterra e a Austrália ia de Liverpool a Melbourne. O *Marco Polo*, anunciado como "o navio mais rápido do mundo", geralmente fazia a viagem em cerca de 72 dias; a embarcação irmã, *Lightning*, foi cronometrada fazendo cerca de 500km por dia durante um período de sete dias. Um percurso reto de Falmouth à borda sul da baía de Biscaia (La Coruña, Espanha) tem cerca de 1.000km; podemos inferir portanto que a viagem já durava havia três ou quatro dias neste ponto do relato de Trevor.

32. No texto da edição americana lê-se: "Lá estava ele, com os miolos espalhados sobre a carta do Atlântico ..."

33. "Lat. 15° significa 15° norte, de acordo com o título da narrativa de Trevor; isso significaria que o navio naufragou praticamente no meio das Ilhas de Cabo Verde, ao largo da costa ocidental da África. Ver a nota 34.

34. A localização que Trevor dá aqui não corresponde nem remotamente à que deu para o navio que estaria naufragando, o que leva leitores a supor que esta é a declaração incorreta. Segundo cálculos de Ernst Bloomfield Zeisler, em seu *Baker Street Chronology*, admitindo-se que a posição do naufrágio é dada corretamente, Cabo Verde estaria a apenas cerca de 140 milhas ao norte dali e a costa africana cerca de 150 milhas a leste. Se, ao contrário, Trevor e seu grupo estavam realmente 500 milhas ao sul de Cabo Verde e 700 milhas a oeste da África, a localização do navio seria presumivelmente algo como 10°N, 24°W. Observe-se, porém, que Prendergast não diz que o *Gloria Scott* está realmente a 15°N, 25°W; diz apenas que os náufragos deveriam *afirmar* que o naufrágio ocorrera ali. Prendergast não pensou muito bem, porque uma simples olhada num mapa teria mostrado que se de fato o naufrágio tivesse acontecido ali, a tripulação teria encontrado facilmente um porto nas Ilhas de Cabo Verde.

35. Um destino razoável, dada a posição declarada de Trevor; Serra Leoa fica logo ao sul de Guiné na costa ocidental da África.

36. Por que Hudson tinha uma opinião? Será que, em vez de ser "um jovem marinheiro", ele pertencia àquela "dúzia de prisioneiros"? Parece improvável que quando Hudson e talvez alguns outros caíram na água estivessem discutindo exatamente o que acontecera.

37. H.W. Bell, que conclui que toda a história de Trevor não passava de ficção, considera inconcebível que o capitão do *Hotspur* não tivesse interrogado detalhadamente os nove náufragos. Se eles tivessem realmente contado a história sugerida por Prendergast para acobertar os fatos, tal interrogatório teria permitido a rápida descoberta e detenção dos amotinados. Que não o tenha feito é uma prova a mais da falsidade da história. Ver a nota 40.

38. Referência indubitável à mineração de ouro em Bathurst e circunvizinhanças e outros locais próximos na Austrália. (Ver "O mistério do vale Boscombe" para mais sobre a corrida do ouro de Bathurst.) Só se descobriu ouro na Austrália em fevereiro de 1851 e, em 1854, o *boom* estava praticamente encerrado, com Melbourne e outras cidades sofrendo severas depressões. É difícil conciliar estes fatos com as datas fornecidas por Trevor, a menos que a "prosperidade" que ele e Evans encontraram não proviesse do ouro mas de outras iniciativas. No entanto, a referência às "minas" torna sem sentido qualquer tentativa de situar Trevor na Austrália antes de 1851. Ver a nota 26.

39. Por que Hudson ameaçaria com denúncias quando era claramente tão culpado quanto os outros? ("A tripulação está com ele [Prendergast], corpo e alma. Conseguiu comprá-los ... antes mesmo que fossem contratados.") Teria tão pouco a perder que julgava valer a pena correr o risco da chantagem?

40. Embora Holmes possa ter engolido a história de Trevor, H.W. Bell, por exemplo, após examinar todas as incoerências de lugar e data, não consegue acreditar nela. Isto dito, ele afirma que a história inventada por Trevor, "um homem de pouca cultura", talvez estivesse muito próxima da verdade, pois por que outra razão um homem confessaria desfalque, deportação e motim, senão num esforço de ocultar crimes ainda mais hediondos? Bell propõe que Trevor, "Beddoes" e Hudson haviam atuado num caso envolvendo pirataria, assassinato da tripulação e fuga do *Gloria Scott*. Os dois primeiros abandonaram ou trapacearam Hudson e ficaram com o quinhão do saque que lhe cabia; a revelação de que Hudson, que supunham estar morto, "estava vivo e disposto a se vingar", argumenta Bell, "seria razão suficiente para que Trevor andasse temendo um ataque pessoal" (como o jovem Holmes observou argutamente em seu primeiro encontro com o pai do colega).

41. Região no norte da Índia e sul do Nepal que corre paralela às cadeias mais baixas do Himalaia. Em conformidade com seu nome, que significa "terra úmida", a área compreende planícies subtropicais — em acentuado contraste com o terreno montanhoso que predomina no resto do Nepal — cobertas por florestas e campos. A *Encyclopaedia*

Britannica (11ª ed.) proclamou: "É extremamente insalubre em toda parte e habitada apenas por tribos que parecem imunes à malária."

42. Vários escritores sugerem que as discrepâncias nas datas e a semelhança da história com a de "O mistério do vale Boscombe" corroboram a ideia de que os eventos de "A tragédia do *Gloria Scott*" nunca ocorreram, tendo sido simplesmente fabricados por Watson, talvez para se consolar após a "morte" de Holmes, ou visando ganhos financeiros.

O Ritual Musgrave[1]

"O Ritual Musgrave" é um dos mais famosos casos de "mapa do tesouro" de todos os tempos. T.S. Eliot, em sua magnífica peça teatral "Assassinato na catedral", fez empréstimos deliberados dele e a recitação do Ritual propriamente dito tornou-se um rito do jantar anual dos Baker Street Irregulars. Ocorrido, como "A tragédia do Gloria Scott", nos anos pré-Watson, trata-se de mais um caso levado a Holmes por um colega de classe. Como em "A tragédia do Gloria Scott", Holmes revela inconscientemente sua ingenuidade juvenil, pois parece improvável que seu veredicto de "morte acidental" possa se sustentar. A moldura da história, registrada pelo dr. Watson, também atiça nossa curiosidade com a menção de vários casos não publicados de Sherlock Holmes e revela Holmes, o decorador, quando ele desenha um grande "V.R." na parede do apartamento com tiros de pistola!

Uma anomalia que sempre me impressionou no caráter do meu amigo Sherlock Holmes era que, embora em seus métodos de pensamento fosse tão ordeiro e sistemático quanto um homem pode ser, e embora também gostasse de se vestir com discreta e meticulosa correção, era em seus hábitos pessoais um homem terrivelmente desmazelado, capaz de levar um companheiro de apartamento ao desespero. Não que eu mesmo seja convencional sob esse aspecto, em absoluto. A luta caótica no Afeganistão, vindo coroar uma disposição naturalmente boêmia, tornou-me mais relaxado do que convém a um médico. Mas no meu caso há um limite, e quando encontro um homem que guarda os charutos no balde de carvão, o tabaco na biqueira de um chinelo persa e sua correspondência não respondida transfixada com um canivete exatamente no centro do aparador da lareira, começo a me sentir a personificação da ordem. Sempre sustentei, também, que o tiro ao alvo era sem dúvida um passatempo para o ar livre; mas quando Holmes, num de seus estados de espírito esquisitos, aboletava-se numa poltrona com uma centena de cartuchos Boxer[2] e passava a adornar a parede oposta com um patriótico V.R.[3] desenhado a bala, eu tinha a forte impressão de que nem a atmosfera nem a aparência da sala eram muito favorecidas.

Nossos aposentos estavam sempre cheios de substâncias químicas e relíquias criminais, que sempre conseguiam se meter em cantos improváveis, vindo a aparecer na manteigueira ou em lugares ainda menos desejáveis. Mas meu grande tormento eram os papéis dele. Holmes tinha horror a destruir documentos, especialmente aqueles associados a seus casos pregressos, mas só uma vez em um ou dois anos reunia energia para indexá-los e organizá-los;[4] porque, como mencionei em algum ponto destas memórias desordenadas,[5] os arroubos de energia apaixonada com que ele levava a cabo os feitos notáveis a que seu nome está associado eram seguidos por reações de letargia, durante as quais ficava deitado com seu violino e seus livros, mal se mexendo, exceto do sofá para a mesa. Assim, mês após mês, seus papéis acumulavam-se, até que em todos os cantos da sala empilhavam-se montes de manuscritos que não deviam ser queimados de maneira alguma e não podiam ser removidos senão por seu dono. Numa noite de inverno, quando estávamos juntos ao pé do fogo, arrisquei-me a sugerir-lhe que, como acabara de colar recortes em seu álbum, poderia dedicar as duas horas seguintes a tornar nossa sala um pouco mais habitável. Não podendo negar que meu pedido era justo, ele se dirigiu com uma expressão muito pesarosa para o seu quarto, do qual logo retornou arrastando um grande baú de folha de flandres atrás de si. Colocou-o no centro da sala, sentou-se num tamborete diante de si e abriu a tampa. Pude ver que uma terça parte do baú já estava cheia de papéis atados com fita vermelha em diferentes maços.

"Há um bom número de casos aqui, Watson", disse ele, lançando-me um olhar malicioso. "Acho que, se você soubesse tudo que tenho nesta caixa, me pediria para tirar algumas coisas daqui, ao invés de guardar outras."

"Então esses são os registros de seus primeiros trabalhos?" perguntei. "Muitas vezes desejei ter anotações desses casos."

"Isso mesmo, meu rapaz; todos estes casos foram investigados prematuramente, antes que meu biógrafo aparecesse para me glorificar."[6] Ergueu maço após maço, de uma maneira terna, acariciante. "Nem todos foram bem-sucedidos, Watson", disse. "Mas há alguns probleminhas muito interessantes entre eles. Aqui está o registro do assassinato Tarleton, e o caso de Vamberry,[7] o negociante de vinhos, e a aventura da velha russa, e o singular caso da muleta de alumínio,[8] bem como o relato completo do caso de Ricoletti[9] do pé deformado e sua abominável mulher.[10] E aqui — vejam só! Há algo de realmente um pouco inusitado."

Enfiou o braço no fundo do baú e pescou uma caixinha de madeira, de tampa corrediça, como as usadas para guardar brinquedos de crianças. Tirou de dentro um pedaço de papel amassado, uma chave de bronze de modelo antiquado, uma cavilha de madeira com uma bola de cordão amarrada a ela e três discos de metal velhos e enferrujados.

"Bem, meu caro, que acha destas coisas?" perguntou, sorrindo da minha expressão.

"É uma coleção curiosa."

"Muito curiosa; e a história que a envolve vai lhe parecer ainda mais curiosa."

"Então essas relíquias têm uma história?"

"Não só têm história, são históricas."

Sherlock Holmes pegou-as uma a uma e pousou-as na borda da mesa. Depois se sentou novamente em sua cadeira e contemplou-as com um brilho de satisfação nos olhos.

"É uma coleção curiosa."
[Sidney Paget, *Strand Magazine*, 1893]

"Estas coisas", disse, "são tudo o que me restou para me recordar do episódio do Ritual Musgrave."

Eu o ouvira mencionar o caso mais de uma vez, embora nunca tivesse conseguido obter os detalhes. "Gostaria muito que me contasse essa história", disse eu.

"E deixasse esta desordem como está?" provocou-me. "Seu espírito de ordem não pode ser muito violentado, Watson. Mas gostaria que você acrescentasse este caso aos seus anais, pois ele tem alguns aspectos que o tornam absolutamente único nos registros criminais deste país, ou, acredito eu, de qualquer outro. Uma coletânea de meus feitos banais que não incluísse um relato deste singularíssimo caso seria certamente incompleta.

"Talvez você se lembre de como a história do *Gloria Scott* e minha conversa com o infeliz homem cuja sina lhe contei fizeram-me pensar pela primeira vez na profissão que vim a abraçar. Você me vê agora, quando meu nome se tornou conhecido em toda parte e quando todos em geral, tanto no público quanto na força oficial, me reconhecem como um supremo tribunal de apelação em casos duvidosos. Quando você me conheceu, na época do caso que imortalizou em *Um estudo em vermelho*, eu já granjeara uma clientela considerável, embora não muito lucrativa. Assim, dificilmente pode imaginar como as coisas foram árduas no começo[11] e quanto tempo tive de esperar antes de fazer algum progresso.

"Quando me mudei para Londres, tinha aposentos em Montague Street,[12] bem perto do Museu Britânico,[13] e ali eu esperava, preenchendo minhas horas vagas excessivamente abundantes com o estudo de todos aqueles ramos da ciência que poderiam me tornar mais eficiente.[14] Volta e meia me aparecia um caso, principalmente mediante a apresentação de ex-colegas, porque durante meus últimos anos na universidade se falara muito sobre mim e meus métodos. O terceiro[15] desses casos foi o do Ritual Musgrave, e é ao interesse despertado por essa singular cadeia de eventos e às importantes questões que se revelaram estar em jogo que atribuo meu primeiro passo decisivo rumo à posição que hoje ocupo.

"Reginald Musgrave cursara a mesma faculdade que eu[16] e mantínhamos relações superficiais. Ele não era em geral muito querido entre os estudantes, embora, a meu ver, o que se tomava por orgulho era na realidade uma tentativa de disfarçar uma excessiva timidez natural. Era um homem de aparência extremamente aristocrática; magro, de nariz adunco e olhos grandes, tinha maneiras lânguidas mas muito corteses. Na verdade, era o herdeiro de uma das mais antigas famílias do reino, embora pertencesse a um dos ramos mais moços, que se separara dos Musgrave do norte em algum momento do século XVI e se estabelecera no oeste de Sussex, onde a mansão senhorial de Hurlstone talvez seja a mais antiga construção habitada do condado.[17] Alguma coisa do lugar onde nascera parecia aderir ao homem, e nunca contemplei seu rosto pálido e vívido ou o aprumo de sua cabeça sem associá-lo às arcadas cinzentas e às janelas com mainel[18] e todas as veneráveis ruínas de um castelo feudal. De vez em quando entabulávamos uma conversa, e posso lembrar que ele expressou mais de uma vez intenso interesse em meus métodos de observação e inferência.

Reginald Musgrave
[Sidney Paget, *Strand Magazine*, 1893]

"Passei quatro anos sem vê-lo, até que, numa manhã, ele entrou em meu quarto em Montague Street. Mudara pouco, estava vestido como um rapaz elegante — sempre fora um pouquinho dândi — e conservava as mesmas maneiras serenas e suaves que o distinguiam no passado.

"'Como tem passado, Musgrave?' perguntei, depois de um cordial aperto de mãos.

"'Provavelmente soube da morte do meu pobre pai', respondeu. 'Faleceu há cerca de dois anos. Desde então, é claro, tive de administrar a propriedade de Hurlstone, e, como sou também representante do meu distrito,[19] tenho andado muito ocupado. Mas fui informado, Holmes, de que você está empregando para fins práticos aqueles poderes com que costumava nos assombrar.'

"'É verdade', respondi, 'tenho vivido de expedientes.'[20]

"'Estou encantado em ouvir isto, pois seu conselho me seria extremamente valioso no momento. Aconteceram algumas coisas muito estranhas em Hurlstone, e a polícia não conseguiu lançar nenhuma luz sobre o assunto. É realmente um caso dos mais extraordinários e inexplicáveis.'

"Pode imaginar com que impaciência eu o ouvia, Watson, pois a oportunidade pela qual estivera ansiando durante todos aqueles meses de inação parecia estar por fim ao meu alcance. No fundo do meu coração, eu acreditava que poderia ter sucesso onde outros fracassavam e agora tinha a chance de me pôr à prova.

"'Por favor, conte-me os detalhes', pedi.

"Reginald Musgrave sentou-se diante de mim e acendeu o cigarro que eu lhe estendera.

"'Precisa saber', disse, 'que, embora solteiro, tenho de manter uma criadagem considerável em Hurlstone, pois é uma casa antiga e espalhada que requer muito serviço. Tenho também uma reserva de caça, e nos meses do faisão[21] geralmente recebo um grupo de convidados, de modo que não posso ter poucos empregados. Ao todo são oito criadas, a cozinheira, o mordomo, dois lacaios e um mensageiro. O jardim e as cocheiras, é claro, têm um pessoal à parte.

"'Desses criados, o que estava há mais tempo a nosso serviço era Brunton, o mordomo.[22] Ele era um jovem mestre-escola desempregado quando meu pai o admitiu; homem de grande energia e caráter, logo se tornou indispensável na casa. Era bem-educado, elegante, com uma esplêndida fronte, e embora tenha passado vinte anos conosco ainda não pode ter mais de quarenta agora. Com suas qualidades pessoais e seus talentos extraordinários, pois fala várias línguas e toca praticamente todos os instrumentos musicais, é assombroso que tenha se contentado por tanto tempo com semelhante posição, mas suponho que a considerava confortável e não tinha energia para promover nenhuma mudança. O mordomo de Hurlstone é sempre lembrado por todos que nos visitam.

"'Mas esse paradigma tinha um defeito. É um bocadinho Don Juan, e você pode imaginar que esse não é um papel de desempenho muito difícil para um homem como ele num tranquilo distrito rural. Quando estava casado, tudo corria bem, mas desde que ficou viúvo tem nos causado um problema atrás do outro. Alguns meses atrás, acreditamos que logo voltaria a sossegar, pois ficou noivo de Rachel Howells, nossa segunda criada, mas depois rompeu com ela e tomou-se de amores por Janet Tregellis, filha do chefe dos guarda-caças. Rachel, que é uma ótima moça, mas de um inflamável temperamento galês, sofreu um ataque agudo de febre cerebral e anda pela casa agora — ou pelo menos andava até ontem — como uma sombra de si mesma. Esse foi o primeiro drama que enfrentamos em Hurlstone, mas logo nossa atenção foi desviada por um segundo, e este teve como preâmbulo a desonra e a demissão do mordomo Brunton.

"'Foi assim que tudo aconteceu. Eu disse que o homem era inteligente, e foi essa inteligência que causou sua ruína, pois parece lhe dar uma curiosidade insaciável acerca de coisas que não lhe dizem respeito em absoluto. Eu não tinha ideia de até onde isso o levaria até que o mais simples acidente abriu-me os olhos.

"'Disse que a casa é espalhada. Numa noite da semana passada — na noite de terça-feira, para ser mais exato —, vi que não conseguiria adormecer, tendo cometido a tolice de tomar uma xícara de café preto forte depois do jantar. Tentei conciliar o sono até duas da manhã, mas então senti que seria impossível adormecer; assim, levantei-me e acendi a vela com intenção de retomar a leitura de um romance. Mas, como havia deixado o livro na sala de bilhar, vesti meu roupão e saí para pegá-lo.

"'Para chegar à sala de bilhar, tive de descer um lance de escada e depois cruzar a ponta de um corredor que leva à biblioteca e à sala de armas. Pode imaginar minha surpresa quando olhei para esse corredor e vi um clarão que saía da porta aberta da biblioteca. Eu mesmo apagara a luz e fechara a porta antes de ir me deitar. Naturalmente, pensei logo em ladrões. Os corredores de Hurlstone sempre foram muito decorados com troféus e armas antigas; peguei uma machadinha de batalha de uma parede e, deixando minha vela para trás, avancei pelo corredor na ponta dos pés e espiei pela porta aberta.

"'Era Brunton, o mordomo, que estava na biblioteca. Vi-o sentado, inteiramente vestido, numa espreguiçadeira. Com uma tira de papel que lembrava um mapa sobre os joelhos e a fronte debruçada, apoiada na mão, parecia imerso em profundos pensamentos. Ali fiquei, mudo de espanto, contemplando-o da escuridão. Uma vela fina na beira da mesa espalhava uma luz débil, mas suficiente para me mostrar que ele estava inteiramente vestido. De repente, ele se levantou e, indo até uma secretária num canto, destrancou-a e puxou uma das gavetas. Dali tirou um papel e, retornan-

"Começou a estudá-lo com minuciosa atenção." [W.H. Hyde, *Harper's Weekly*, 1893]

"Ele pulou em pé."
[Sidney Paget, *Strand Magazine*, 1893]

do ao seu assento, abriu-o junto da vela, na borda da mesa, e começou a estudá-lo com minuciosa atenção. Fui tomado de tal indignação diante desse calmo exame de nossos documentos de família que dei um passo adiante, e Brunton, levantando os olhos, deu comigo no vão da porta. Pulou em pé, o rosto lívido de medo, e enfiou no peito o papel semelhante a um mapa que estudava quando cheguei.

"'«Muito bem!» exclamei. «É assim que retribui a confiança que depositamos em você! Deixará meu serviço amanhã.»

"'Ele se inclinou, parecendo um homem completamente arrasado, e passou furtivamente por mim sem uma palavra. A vela continuava sobre a mesa, e à sua luz olhei para ver que papel era aquele que Brunton tirara da secretária. Para minha surpresa, ele não tinha nenhuma importância, não passando de uma cópia das perguntas e respostas do velho e singular costume chamado Ritual Musgrave. Trata-se de uma espécie de cerimônia peculiar a nossa família, pela qual todos os Musgrave passam há séculos ao chegar à maioridade — algo de interesse privado e talvez de alguma importância para o arqueólogo, como nossos brasões e escudos de armas, mas sem absolutamente nenhuma utilidade prática.'[23]

"'Seria melhor retornarmos a esse papel mais tarde', atalhei.

"'Se considerar realmente necessário', respondeu ele com alguma hesitação. 'Mas retomo minha narrativa; tranquei de novo a secretária, usando a chave que Brunton deixara, e virara-me para sair quando, para meu espanto, vi que ele voltara e estava diante de mim.

"'«Mr. Musgrave», exclamou numa voz rouca de emoção, «não posso suportar a desonra. Sempre me orgulhei de estar acima da posição que ocupava, e a desonra me mataria. Meu sangue cairá sobre sua cabeça, senhor — sim, cairá —, se me levar ao desespero. Se não pode me manter depois do que se passou, então, pelo amor de Deus, permita que eu lhe dê um aviso prévio e saia dentro de um mês, como se fosse por minha livre vontade. Isso eu poderia suportar, Mr. Musgrave, mas não ser expulso diante de todas as pessoas que conheço tão bem.»

"'«Você não merece muita consideração, Brunton», respondi. «Sua conduta foi infame. No entanto, como passou muito tempo com a família, não tenho nenhum desejo de desonrá-lo publicamente. Um mês talvez seja demais. Fique mais uma semana, e apresente a razão que desejar para sua saída.»

"'«Só uma semana, senhor?» exclamou, desesperado. «Quinze dias — por favor, ao menos quinze dias!»

"'«Uma semana», repeti, «e dê-se por tratado com muita complacência.»

"'Ele se esgueirou, o rosto enfiado no peito, como um homem destruído, enquanto eu apagava a vela e voltava ao meu quarto.

"'Durante os dois dias seguintes, Brunton cuidou de seus afazeres com grande desvelo. Não fiz nenhuma alusão ao que se passara, e esperei com alguma curiosidade para ver como encobriria sua desonra. Na terceira manhã, porém, ele não se apresentou após o desjejum, como era seu costume, para receber minhas instruções para o dia. Ao sair da sala de jantar, dei com Rachel Howells, a criada. Como lhe contei, ela se recuperara havia pouco de uma doença e estava parecendo tão deploravelmente pálida e abatida que a repreendi por estar trabalhando.

"'«Deveria estar na cama», disse-lhe. «Retome suas obrigações quando estiver mais forte.»

"'Ela me olhou com uma expressão tão estranha que comecei a desconfiar que seu cérebro fora afetado.

"'«Já estou forte o bastante, Mr. Musgrave», disse ela.

O Ritual Musgrave 169

"«Veremos o que diz o médico», respondi. «Trate de parar de trabalhar agora, e quando subir, diga a Brunton que quero vê-lo.»

"«O mordomo desapareceu», disse ela.

"«Desapareceu? Mas como?»

"«Desapareceu. Ninguém sabe dele. Não está no quarto. Ah, é isso, ele desapareceu — desapareceu!» Caiu de costas contra a parede soltando risadas estridentes, enquanto eu, horrorizado com aquele súbito ataque histérico, corria para a campainha para pedir ajuda. A moça foi levada para o seu quarto, ainda gritando e soluçando, enquanto eu indagava por Brunton. Não havia dúvida de que desaparecera. Sua cama não fora desfeita, ninguém o vira desde que fora para seu quarto na noite anterior; no entanto, era difícil entender como tinha podido sair da casa, pois tanto as janelas quanto as portas haviam sido encontradas trancadas de manhã. Suas roupas, seu relógio e até seu dinheiro estavam no seu quarto, mas o terno preto que costumava usar desaparecera. Seus chinelos também haviam desaparecido, mas as botas tinham ficado. Para onde, então, teria o mordomo Brunton podido ir no meio da noite, e onde poderia estar naquele momento?

"Procuramos, é claro, na casa e em suas dependências,[24] mas não havia vestígio dele. Como disse, a velha casa é um labirinto, especialmente a ala original, hoje praticamente desabitada; mas vasculhamos cada cômodo e porão sem descobrir o menor sinal do desaparecido. Parecia-me inacreditável que ele tivesse podido ir embora abandonando todos os seus pertences, mas onde poderia estar? Chamei a polícia local, mas de nada adiantou. Chovera na noite anterior, e foi em vão que examinamos o gramado e as trilhas em volta de toda a casa. As coisas estavam nesse pé quando um novo acontecimento desviou nossa atenção do mistério original.

"Rachel estava tão doente havia dois dias, ora delirante, ora histérica, que uma enfermeira fora chamada para cuidar dela durante a noite. Na terceira noite depois do desaparecimento de Brunton, a enfermeira, achando que sua paciente estava num sono tranquilo, caiu num cochilo na poltrona; ao despertar, de madrugada, encontrou a cama vazia, a janela aberta e nenhum sinal da doente. Não foi difícil descobrir que rumo ela tomara pois, começando sob a sua janela, pudemos seguir facilmente suas pegadas pelo gramado até a borda de um lago, onde desapareciam, perto do caminho de cascalho que leva para fora da propriedade. Nesse local o lago tem dois metros e meio de profundidade e você pode imaginar o que sentimos ao ver que a trilha da pobre demente terminava na borda dele.

"'Mandamos buscar dragas de imediato, é claro, na tentativa de recuperar os restos; mas não conseguimos encontrar nem sinal do corpo. Por outro lado, trouxemos à tona um objeto dos mais inesperados: um saco de linho contendo uma massa de metal velho, enferrujado e descolorido e vários seixos ou pedras de vidro fosco. Esse estranho achado foi tudo que pudemos obter do lago, e embora tenhamos feito todas as buscas e indagações possíveis ontem, continuamos sem saber nada da sorte de Rachel Howells ou de Richard Brunton. A polícia do condado não sabe o que fazer e vim procurá-lo como um último recurso.'

"Você pode imaginar, Watson, com que ansiedade eu ouvira essa extraordinária sequência de eventos e tentara decifrá-los, encontrando algum fio comum a que todos pudessem estar ligados. O mordomo sumira. A criada sumira. A criada amava o mordomo, mas depois passara a odiá-lo. Tinha sangue galês, era impetuosa e passional.[25] Ficara fora de si imediatamente após o desaparecimento dele. Havia jogado no lago um saco com um estranho conteúdo. Esses eram todos fatores a considerar, e no entanto nenhum deles atingia propriamente o coração da matéria. Qual era o ponto de partida daquela cadeia de eventos? Ali residia a ponta dessa linha emaranhada.

"'Preciso ver aquele papel, Musgrave', disse eu. 'O papel que seu mordomo achou que valia a pena examinar, mesmo correndo o risco de perder o emprego.'

"'É uma coisa bastante absurda, esse nosso ritual', ele respondeu. 'Mas tem pelo menos o encanto da antiguidade para justificá-lo. Tenho aqui uma cópia das perguntas e respostas, se quiser dar uma olhada.'

"Entregou-me exatamente este papel aqui, Watson. Este é o estranho catecismo a que todo Musgrave devia se submeter ao chegar à maioridade. Vou ler para você as perguntas e respostas, como estão aqui:

"'De quem era?

"'Daquele que se foi.

"'Quem a terá?

"'Aquele que virá.
"'Qual era o mês?[26]
"'O sexto a partir do primeiro.
"'Onde estava o sol?
"'Sobre o carvalho.
"'Onde estava a sombra?
"'Sob o olmo.
"'Como se contavam os passos?
"'Norte por dez e por dez, leste por cinco e por cinco, sul por dois e por dois, oeste por um e por um, e então debaixo.
"'Que devemos dar por ela?
"'Tudo que temos.
"'Por que devemos dar?
"'Em razão da confiança.[27]
"'O original não tem data, mas está na grafia de meados do século XVII', observou Musgrave. 'Temo, contudo, que isso não o ajude muito na solução desse mistério.'

"'Pelo menos', disse eu, 'nos proporciona um outro mistério, e me parece que este é ainda mais interessante que o primeiro. Pode ser que a solução de um se prove a solução do outro. Você vai me desculpar, Musgrave, se eu lhe disser que, a meu ver, seu mordomo era homem muito inteligente, com mais argúcia do que dez gerações de seus senhores.'

"'Não estou conseguindo acompanhá-lo', disse Musgrave. 'O papel não me parece ter nenhuma importância prática.'

"'Mas a mim parece imensamente prático, e imagino que Brunton era da mesma opinião. Provavelmente ele já o vira antes daquela noite em que você o surpreendeu.'

"'É muito possível. Não fazemos nenhum esforço para escondê-lo.'

"'Ele desejava apenas, imagino, refrescar a memória depois dessa última ocasião. Pelo que entendi, estava com algum tipo de mapa ou carta, que comparava com o manuscrito, e que enfiou no bolso quando você apareceu.'

"'É verdade. Mas que podia ele ter a ver com esse nosso velho costume de família, e que significa esse palavreado?'

 As Memórias de Sherlock Holmes

"'Não me parece que teremos muita dificuldade em descobrir', respondi; 'com sua permissão, tomarei o primeiro trem para Sussex e me aprofundarei um pouco mais na matéria *in loco*.'

"Na mesma tarde estávamos ambos em Hurlstone. Como você já deve ter visto retratos ou lido descrições desse famoso solar antigo, vou me limitar a dizer que tem a forma de um L, o braço longo sendo a parte mais moderna e o mais curto o núcleo antigo, a partir do qual o outro se desenvolveu. Sobre a porta baixa, com uma pesada padieira, que fica no centro dessa parte antiga, está cinzelada a data, 1607, mas os especialistas estão de acordo em considerar que as traves e a alvenaria são muito mais antigas. No século passado, as paredes muito grossas e as janelas minúsculas dessa parte haviam levado a família a construir a nova ala, e a antiga era usada agora quando muito como depósito e adega. Um parque esplêndido, com belas árvores antigas, cercava a casa, e o lago a que meu cliente se referira ficava próximo da alameda, a cerca de duzentos metros da casa.

"Eu já estava convencido, Watson, de que não havia três mistérios diferentes ali, mas apenas um, e que se eu fosse capaz de interpretar corretamente o Ritual Musgrave teria nas mãos a pista que me levaria à verdade com relação ao mordomo Brunton e também à criada Howells. Foi para ele, portanto, que canalizei todas as minhas energias. Por que estava aquele empregado tão ansioso por dominar aquela velha fórmula? Evidentemente porque via nela alguma coisa que escapara a todas aquelas gerações de fidalgos rurais e da qual esperava obter alguma vantagem pessoal. Que era aquilo, portanto, e como afetava seu destino?

"Ficara perfeitamente óbvio para mim, ao ler o ritual, que aquelas medidas deviam se referir a algum ponto a que o resto do documento aludia, e que se pudéssemos descobrir que ponto era esse teríamos meio caminho andado na decifração do segredo que os antigos Musgrave haviam considerado necessário proteger de maneira tão curiosa. Para começar, dois guias nos haviam sido dados, um carvalho e um olmo. Quanto ao carvalho, não podia haver dúvida alguma. Bem em frente à casa, no lado esquerdo do caminho, erguia-se um patriarca entre os carvalhos, uma das árvores mais magníficas que já vi.

"'Essa árvore estava ali quando seu ritual foi redigido?' perguntei quando do passamos por ela.

"'Muito provavelmente já estava aí na época da Conquista Normanda', respondeu ele. 'Tem sete metros de circunferência.'

"Aquele era com certeza um de meus pontos fixos.

"'Têm algum olmo antigo?'

"'Havia um muito velho ali adiante, mas foi atingido por um raio dez dias atrás e cortamos o toco.'

"Ela tem sete metros de circunferência."
[Sidney Paget, *Strand Magazine*, 1893]

"'Pode encontrar o lugar em que ficava?'

"'Ah, claro que sim.'

"'Não há outros olmos?'

"'Nenhum, mas muitas faias.'

"'Gostaria de ver o lugar onde ele crescia.'

"Tínhamos ido até lá num *dog-cart*, e meu cliente levou-me imediatamente, antes mesmo de entrarmos na casa, à cicatriz no gramado onde o olmo crescera. Ficava quase a meio caminho entre o carvalho e a casa. Minha investigação parecia estar progredindo.

"'Suponho que seja impossível saber que altura tinha o olmo, não?'

"'Posso dá-la a você agora mesmo. Tinha dezenove metros e meio.'

"'Como ficou sabendo disso?' perguntei.

"'Quando meu antigo preceptor me ensinava trigonometria, sempre me passava exercícios que envolviam a medida de alturas. Quando garoto, calculei a altura de cada árvore e de cada construção na propriedade.'

"Era um golpe de sorte inesperado. Meus dados estavam chegando mais rapidamente do que eu teria podido esperar.

"'Diga-me', perguntei, 'seu mordomo já lhe fez essa pergunta alguma vez?'

"Reginald Musgrave olhou-me assombrado. 'Você me faz lembrar', respondeu, 'de fato, Brunton perguntou-me sobre a altura da árvore alguns meses atrás, em conexão com alguma pequena discussão com o cavalariço.'

"Era uma notícia excelente, Watson, pois me mostrava que eu estava no caminho certo. Olhei para o sol. Estava baixo no céu, e calculei que em menos de uma hora ele estaria exatamente acima dos galhos mais altos do velho carvalho. Uma condição mencionada no ritual estaria então preenchida. A sombra do olmo devia significar a extremidade da sombra, de outro modo o tronco teria sido escolhido como guia. Eu tinha, portanto, de descobrir onde a ponta da sombra cairia quando o sol estivesse exatamente sobre o carvalho."[28]

"Deve ter sido difícil, Holmes, já que o olmo não estava mais lá."

"Bem, pelo menos eu sabia que se Brunton conseguira, eu conseguiria também. Além disso, não havia nenhuma dificuldade real. Fui com Musgrave a seu gabinete e entalhei para mim esta cavilha, a que amarrei este comprido barbante, com um nó a cada metro. Depois peguei duas extensões de vara de pescar que perfaziam exatamente 1,80 metro e voltei com meu cliente para o lugar onde o olmo estivera. O sol acabara de roçar o topo do carvalho. Finquei a vara na vertical, marquei a direção da sombra e medi-a. Tinha 2,70 metros de comprimento.

"O cálculo agora, é claro, era simples. Se uma vara de 1,80 metro projetava uma sombra de 2,70 metros, então uma árvore de 19,5 metros projetaria uma de 29,25 metros, e o traço de uma seria, é claro, o da outra. Medi a distância, o que me levou quase à parede da casa, e cravei uma cavilha nesse ponto. Pode imaginar meu contentamento, Watson, quando, a menos de cinco centímetros de minha cavilha, vi uma depressão cônica no chão. Sabia que era a marca feita por Brunton em suas mensurações, e que continuava na pista dele.

"A partir desse ponto, comecei a contar passos, tendo antes verificado os pontos cardeais com minha bússola de bolso. Dez passos para o norte com cada pé me levaram para a frente em paralelo à casa, e novamente marquei meu ponto com uma cavilha. Depois contei cuidadosamente cinco passos para leste e dois para o sul. Isso me levou exatamente à soleira da velha porta. Dois passos para oeste agora significaram que eu tinha de avançar dois passos pelo corredor com piso de pedra — esse era o lugar indicado pelo ritual.

"Nunca me senti tão desapontado, Watson. Por um momento tive a impressão de que devia haver algum erro radical no meu cálculo. O sol poente batia de cheio no piso do corredor, e eu podia ver que as velhas e

"Esse era o lugar indicado."
[Sidney Paget, *Strand Magazine*, 1893]

gastas lajes cinzentas de que ele era revestido estavam muito bem cimentadas umas às outras e certamente não haviam sido movidas fazia muitos e muitos anos. Brunton não andara trabalhando ali. Dei batidas no piso, mas ele produzia o mesmo som em todo lugar e não havia nenhum sinal de rachadura ou fenda. Felizmente Musgrave, que começava a entender o sentido de meus procedimentos e agora estava tão entusiasmado quanto eu, pegou seu manuscrito para conferir meus cálculos.

"'«E então debaixo!» exclamou. 'Você omitiu o «debaixo».'

"Eu havia pensado que isso significava que deveríamos cavar, mas de repente percebi que estava errado. 'Então há um porão aqui debaixo?' exclamei.

"'Há, e tão velho quanto a casa. Vamos descer por esta porta.'

"Descemos uma escada de pedra em caracol e meu companheiro, riscando um fósforo, acendeu um lampião pousando num barril no canto. Num instante ficou óbvio que finalmente chegáramos ao lugar certo, e que não éramos as únicas pessoas a visitá-lo nos últimos tempos.

"O porão fora usado como depósito de madeira, mas a lenha, que evidentemente estivera espalhada pelo chão, encontrava-se agora empilhada dos lados, de modo a deixar um espaço limpo no meio. Nesse espaço havia uma laje grande e pesada com uma argola de ferro enferrujada no centro; a ela estava preso um grosso cachecol xadrez.[29]

"'Meus Deus!' gritou meu cliente, 'é o cachecol de Brunton. Sou capaz de jurar que o vi com ele. Que andou o patife fazendo aqui?'

"Por sugestão minha, foi solicitada a presença de dois policiais do condado, e em seguida tentei erguer a pedra puxando-a pelo cachecol. Só consegui movê-la ligeiramente, e foi com a ajuda de um dos policiais que finalmente fui capaz de deslocá-la para um lado. Em seu lugar, escancarou-se um buraco negro que todos nós examinamos, enquanto Musgrave, ajoelhado na borda, baixava o lampião.

"Uma pequena câmara, de cerca de 2,10 metros por 1,20 abria-se diante de nós. De um lado dela havia uma arca baixa de madeira presa com tiras de latão, cuja tampa estava levantada, com esta chave de feitio curiosamente antiquado projetando-se da fechadura. Por fora, estava envolta em grossa camada de poeira; a umidade e os vermes haviam carcomido a madeira e uma colônia de fungos lívidos vicejava no interior. Vários discos de metal — aparentemente moedas antigas — como estes que tenho na mão espalhavam-se pelo fundo da arca; não havia mais nada dentro dela.

"Naquele momento, contudo, não nos interessamos pela velha arca, porque tínhamos os olhos fixos no que se amontoava ao lado dela. Era um homem de terno preto, agachado, a testa caída sobre a borda da arca e os braços estendidos dos dois lados dela. A postura levara todo o sangue estagnado para o rosto e ninguém teria podido reconhecer aquela face disforme, cor de fígado; mas a altura, a roupa e o cabelo foram suficientes para mostrar ao meu cliente, quando levantamos o corpo, que se tratava de fato de seu mordomo desaparecido. Fazia alguns dias que estava morto, mas não exibia nenhum ferimento ou contusão que indicasse como encontrara seu horrível fim. Depois que seu corpo foi levado do porão, continuamos nos confrontando com um problema quase tão espinhoso quanto aquele com que começáramos.

"Era um homem." [Sidney Paget, *Strand Magazine*, 1893]

"Confesso que até aquela altura, Watson, eu estava decepcionado com minha investigação. Ao encontrar o lugar a que o ritual se referia, acreditei que resolveria o problema; mas agora estava lá, e aparentemente tão longe quanto sempre de saber o que a família havia ocultado com tão rebuscadas precauções. É verdade que eu havia lançado luz sobre o destino de Brunton, mas agora tinha de descobrir como ele encontrara esse destino e que papel a

"Tratava-se de fato do mordomo desaparecido."
[Artistas da equipe "Cargs" e E.S. Morris, *Post-Intelligencer*,
Seattle, 28 de janeiro de 1912]

mulher desaparecida havia desempenhado no caso. Sentei-me num barrilete a um canto e refleti cuidadosamente sobre toda a questão.

"Você conhece meus métodos nesses casos, Watson. Ponho-me no lugar do homem, e, depois de ter estimado sua inteligência, tento imaginar como eu mesmo teria procedido nas mesmas circunstâncias. Nesse caso a questão foi simplificada pelo fato de Brunton ter uma inteligência realmente de primeira ordem, de modo que não precisei fazer nenhuma concessão para a equação pessoal, como dizem os astrônomos. Ele sabia que alguma coisa valiosa estava escondida. Havia determinado o local. Descobriu que a pedra que o cobria era simplesmente pesada demais para que um homem a removesse sem ajuda. Que faria em seguida? Não podia obter ajuda de fora, mesmo que tivesse alguém em quem pudesse confiar, sem destrancar portas e com isso correr considerável risco de ser descoberto. O melhor seria, se pudesse, encontrar auxílio dentro de casa. Mas quem poderia chamar? A moça fora devotada a ele. É sempre difícil para um homem compreender que pode finalmente ter perdido o amor de uma mulher, por mais que a tenha tratado mal. Tentaria fazer as pazes com a moça Howells, mediante algumas atenções, e depois a envolveria como sua cúmplice. Iriam juntos ao porão durante a noite, e suas forças unidas bastariam para levantar a pedra. Até aí eu podia acompanhar as ações dos dois como se as tivesse realmente visto.

"Mas para duas pessoas, sendo uma delas mulher, deve ter sido difícil levantar aquela pedra. Um corpulento policial de Sussex e eu não tínhamos achado o trabalho fácil. Que teriam feito para facilitá-lo? Provavelmente o que eu mesmo teria feito. Levantei-me e examinei atentamente as diferentes achas de madeira espalhadas pelo chão. Quase imediatamente topei com o que esperava. Um pedaço de cerca de noventa centímetros de comprimento tinha uma endentação muito acentuada numa ponta, enquanto vários estavam achatados dos lados, como se tivessem sido comprimidos por um peso considerável. Evidentemente, enquanto erguiam a laje, iam enfiando achas de madeira na fresta, até que finalmente, quando a abertura estava grande o bastante para lhes dar passagem, quiseram mantê-la assim com uma tora colocada de comprido, que podia sem dúvida ter ficado endentada na parte de baixo, já que todo o peso da laje a pressionaria contra a borda da outra pedra. Até aí, eu continuava em terreno firme.

"E agora, como proceder para reconstituir aquele drama da meia-noite? Claramente, só um deles teria podido introduzir-se no buraco, e foi Brunton. A moça deve ter esperado em cima. Brunton destrancou então a arca, entregou a ela o conteúdo — presumivelmente, já que não foi possível encontrá-lo — e em seguida — que aconteceu em seguida?

"Que vingança adormecida teria subitamente explodido em chamas na alma dessa celta apaixonada, quando viu o homem que a enganara — a enganara, talvez, muito mais do que suspeitamos — em seu poder? Fora por acaso que a madeira escorregara e a pedra fechara Brunton no que se tornara seu sepulcro? Teria a única culpa dela sido o silêncio quanto ao que lhe ocorrera? Ou teria um golpe repentino de sua mão removido o suporte, fazendo a laje cair no seu lugar? Fosse como fosse, eu tinha a impressão de ver a figura dessa mulher ainda se agarrando a seu tesouro, correndo desabalada escada acima, talvez com os gritos abafados atrás de si ressoando em seus ouvidos, junto com as batidas de mãos frenéticas contra a laje de pedra que mataria sufocado seu amante infiel.

"Esse era o segredo de seu rosto lívido, seus nervos abalados, seus acessos de riso histérico na manhã seguinte. Mas que havia na arca? Que fizera ela com isso? É claro que esse conteúdo devia ser o metal velho e os seixos que meu cliente dragara do lago. Ela os jogara lá na primeira oportunidade, para eliminar o último vestígio de seu crime.

"Ainda se agarrando a seu tesouro."
[W.H. Hyde, *Harper's Weekly*, 1893]

"Passei vinte minutos imóvel ali, pensando sobre a questão. Musgrave continuava com um semblante muito pálido, balançando seu lampião e perscrutando o buraco.

"'Isto aqui são moedas de Carlos I',[30] disse ele, segurando o punhado tirado de dentro da arca. 'Como vê, estávamos certos ao fixar a data do nosso ritual.'

"'Talvez encontremos mais uma coisa de Carlos I', exclamei, quando, de repente, ocorreu-me o sentido provável das duas primeiras perguntas do ritual. 'Deixe-me examinar o conteúdo do saco que você pescou do lago.'

"Subimos ao seu gabinete e ele pôs o entulho diante de mim. Podia compreender que ele atribuísse pouca importância àquelas coisas ao olhar para elas, pois o metal estava quase preto e as pedras sem brilho e foscas. Quando esfreguei uma delas na minha manga, porém, começou a cintilar no côncavo escuro de minha mão. O metal tinha a forma de um anel duplo, mas fora encurvado e torcido, perdendo a forma original.

"'Você deve ter em mente', disse eu, 'que o partido realista conseguiu resistir na Inglaterra mesmo depois da morte do rei, e que quando seus membros finalmente fugiram, é provável que tenham deixado muitos de seus bens mais valiosos enterrados atrás de si, com a intenção de voltar para buscá-los em tempos mais pacíficos.'

"'Meu ancestral, Sir Ralph Musgrave, foi um proeminente Cavalier[31] e o braço direito de Carlos II em suas perambulações', disse meu amigo.

"'Ah, não me diga!' respondi. 'Bem, penso que isso realmente nos dá o último elo que nos faltava. Devo congratulá-lo por entrar na posse, ainda que de maneira bastante trágica, de uma relíquia de grande valor intrínseco, mas de maior importância ainda como curiosidade histórica.'

"'Mas do que se trata?' perguntou ele, espantado.

"'Trata-se de nada menos que a antiga coroa dos reis da Inglaterra.'

"'A coroa!'[32]

"'Precisamente. Considere o que o ritual diz. Quais são as palavras? "De quem era? Daquele que se foi" Isso foi depois da execução de Carlos. Em seguida, "Quem a terá? Aquele que virá", isto é, Carlos II,[33] cujo advento já era previsto. A meu ver, não pode haver dúvida de que este diadema estragado e disforme cingiu um dia a fronte dos Stuart reais.'

"'E como foi parar no lago?'

"'Ah, esta é uma pergunta que vamos levar algum tempo para responder.' Em seguida delineei para ele toda a longa cadeia de suposições e provas que havia construído. Quando terminei minha narrativa, o crepúsculo se encerrara e a lua brilhava no céu.

"'Mas por que então a coroa não foi entregue a Carlos quando ele retornou?' perguntou Musgrave, enfiando a relíquia de volta em seu saco de linho.

"'Ah, você está pondo o dedo no único ponto que talvez nunca consigamos elucidar. É provável que o Musgrave que guardava o segredo tenha morrido nesse intervalo, e que, por um descuido, tenha deixado este guia para seu descendente sem lhe explicar seu significado. Desde aquele dia até hoje ele passou de pai para filho, até que finalmente chegou ao alcance de um homem que desvendou seu segredo e perdeu a vida na aventura.'[34]

"Esta é a história do Ritual Musgrave, Watson. Eles guardam a coroa lá em Hurlstone — embora tenham tido de enfrentar alguns embaraços legais e de pagar considerável soma antes de obterem permissão para conservá-la.[35] Tenho certeza de que, se mencionar meu nome, ficarão felizes em mostrá-la a você. Da mulher, nunca mais se teve notícia; é de todo provável que tenha fugido da Inglaterra, levando a memória de seu crime para alguma terra além-mar."[36]

ANEXO O Ritual dos Musgrave

A interpretação do ritual talvez não seja tão simples quanto o relato de Holmes sugere.

"Qual era o mês? O sexto a partir do primeiro."

A primeira questão problemática é que mês está indicado. Com base nas sombras, H.W. Bell situa os eventos narrados por Holmes no equinócio de outono. O ano legal inglês começa em março; portanto, conclui H.W. Bell, se seis meses forem acrescentados a março, o mês outonal de setembro é o indicado. Mas John Hall, em "What Was the Month?", argumenta que, por uma questão de senso comum, deve ser usado o calendário gregoriano comum, e que julho — o sexto mês a partir de janeiro — seria a escolha apropriada. Como prova dessa interpretação, salienta que Brunton suplicou uma quinzena adicional no solar; os eventos narrados ocorreram em meados de junho e ele queria continuar empregado até julho.

Fatos históricos também corroboram a teoria de Hall: o ritual deve ter sido elaborado pouco após a derrota de Carlos I em Naseby em 14 de junho de 1645. Onze dias foram "perdidos" quando o calendário gregoriano foi adotado em 1752, e portanto, se Sir Ralph Musgrave esperou algumas semanas depois da batalha de Naseby para criar o Ritual, ele teria sido composto, em datas modernas, em meados de julho.

"Como se contavam os passos? Norte por dez e por dez, leste por cinco e por cinco, sul por dois e por dois, oeste por um e por um, e então debaixo."

Para estudar o "percurso", como Edward Merrill o chama em *"For the Sake of the Trust" Sherlock Holmes and the Musgrave Ritual*, devemos fazer suposições acerca da forma da casa à cuja volta Holmes (e Brunton) andaram (e em particular da localização da "porta antiga") e da situação da casa na propriedade (isto é, para que direção estava "voltada").

Tem a forma de um L, o braço longo sendo a parte mais moderna e o mais curto o núcleo antigo, a partir do qual o outro se desenvolveu.

Primeiro, estudiosos sugeriram várias alternativas para a forma da casa, interpretando de maneira ampla "a forma de um L".

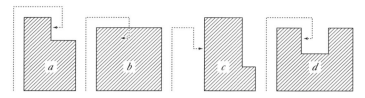

Possíveis formas de Hurlstone

Três das formas propostas permitem que os passos tenham sido contados da maneira descrita, enquanto a quarta requer reconhecidamente uma visão "revisionista":

1. A figura A mostra a visão "tradicional", que requer a presença de uma janela na parede oeste para satisfazer a descrição de Holmes.
2. Na figura B os últimos passos são contados dentro da casa, a que dificilmente se pode atribuir a forma de um L.
3. A figura C, uma teoria "revisionista", corrige "oeste" para "leste" com base na caligrafia de Watson.
4. Finalmente, a figura D mostra a sugestão de Edward Merrill, que explica nitidamente a descrição "centro dessa parte antiga", mas novamente dá uma interpretação muito livre à expressão "forma de um L".

Em última análise, todas as quatro propostas põem Holmes num corredor com piso de pedra com uma abertura para o oeste e uma escada de pedra descendo para um porão. "Que importa", diz Merryl, "se, para chegarmos lá, devemos (1) admitir uma ala comprida e estreita como uma forma razoável para uma mansão senhorial [figura a], (2) transformar uma preposição de "para" em "sobre" [figura b], (3) admitir que um intervalo de vinte e cinco a trinta pés significa "quase à parede" [figura c], ou (4) adotar uma interpretação ampla da expressão "centro dessa parte antiga" [figura d]?"

Depois que a forma da casa é estabelecida, há oito posições (rotações) possíveis para ela:

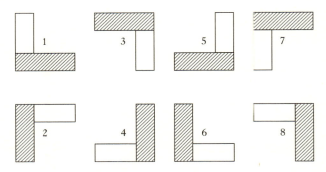

Possíveis configurações de Hurlstone

Em todos os casos, a porção sombreada é o núcleo antigo. Nicholas Utechin, em "Hurlstone and the Ritual", examina cada plano com cuidado, à luz das instruções do ritual e das observações de Holmes. Descarta rapidamente os Planos 3, 5 e 7 com base nos comprimentos de parede exigidos para se contar os passos conforme as instruções; o Plano 8 não se sustenta porque o carvalho não estaria "bem em frente à casa". O Plano 1 não leva em conta as instruções "esquerda, direita, direita". Quanto ao plano 2, ele o considera "esteticamente ... desagradável". Entre os planos 4 e 6, Utechin prefere o Plano 6, ao passo que Edward Merrill opta pelo Plano 4, por uma questão de preferência pessoal. Ambos admitem, no entanto, que "penetramos naqueles reinos da conjectura, onde a mais lógica das mentes pode se enganar" ("A casa vazia").

 Notas

1. "The Musgrave Ritual" foi publicado na *Strand Magazine* em maio de 1893 e em *Harper's Weekly* (Nova York) em 13 de maio de 1893.

2. O nome "Boxer" era usado na Inglaterra como designação genérica para qualquer cartucho de fogo central, em memória do coronel Boxer, do exército regular, em 1867. Entusiastas de armas de fogo debatem longamente se esses cartuchos eram disponíveis para pistolas e se eram produzidos em calibre suficientemente pequeno para produzir a decoração "manuscrita" na parede — ou se teriam, em vez disso, rebentado a parede inteira!

3. De *Victoria Regina*, ou rainha Vitória.

4. Ver "A tragédia do *Gloria Scott*", nota 2, para uma discussão sobre esse índice.

5. Em *Um estudo em vermelho*, cap.2, Watson escreve: "Nada poderia exceder a energia [de Holmes] quando lhe dava na veneta trabalhar; mas volta e meia uma reação se apoderava dele, e passava dias a fio deitado no sofá da sala, mal pronunciando uma palavra ou movendo um músculo da manhã até a noite."

6. Os cronologistas em geral tendem a ignorar a questão de quando foi que Holmes decidiu contar a Watson sobre "O Ritual Musgrave". À luz desta observação e do comentário que Holmes faz mais tarde —, "Você me vê agora, quando meu nome se tornou conhecido em toda parte" —, esta cena claramente não ocorre antes de 1887, data em que os primeiros esforços de Watson foram publicados (D. Martin situa sua estimativa no inverno de 1888). Embora a lógica possa sugerir que Holmes falou em alguma data posterior a 1891, quando as *Aventuras* foram publicadas, o detetive estivera de fato ausente de 1891 a 1894 ("A casa vazia"), ao passo que "O Ritual Musgrave" foi publicado pela primeira vez em 1893. Portanto, esta conversa entre Holmes e Watson deve ter ocorrido antes de 1891, quando somente *Um estudo em vermelho* e *O signo dos quatro* haviam sido publicados.

7. Vamberry é identificado por vários estudiosos com Arminius, ou Armin, Vambery (Hermann Vamberger, 1832-1913), um professor húngaro de línguas orientais na Universidade de Budapeste e renomado colecionador de vinhos. Entre os vinte e os trinta anos, ele viajou por toda a Armênia e a Pérsia durante vários meses, disfarçado com roupas nativas, escrevendo sobre suas experiências em livros como *Sketches of Central Asia* (1868), *The Life and Adventures of Arminius Vambery* (1884) e *The Story of Mr. Struggler* (1904). Segundo David Pelger, Vambery viajou em 1885 para Londres, onde passou três semanas advertindo o público sobre a ameaça russa na Ásia Central. Ele e Holmes podem ter se conhecido nessa ocasião. Há quem diga que o personagem do professor Van Helsing na obra *Drácula* foi calcado em Vambery, a quem Bram Stoker pode ter consultado por seus conhecimentos sobre a Romênia e o vampirismo.

8. Certamente não se fabricavam muletas de alumínio com aparelhos médicos no tempo de "O Ritual Musgrave". Em 1886, a produção mundial de alumínio foi de apenas 15 toneladas, e a técnica moderna para a produção do metal só seria inventada em 1886. Antes do desenvolvimento do "Processo Bayer" para fundição comercial em 1888, alumínio era muito mais precioso que ouro ou prata. Em 1900, a produção mundial se elevara para 8.000 toneladas e o alumínio tornou-se um metal industrial comum.

9. D. Martin Dakin salienta que o nome nativo do Abominável Homem das Neves é "yeti" e sugere que, na verdade, Holmes aludiu ao "yeti do pé deformado e sua abominável *vida*" [*life*, e não *wife*, mulher. (N.T.)].

10. Vários outros casos podem ser atribuídos a esse período "pré-Watson": a questão de Mortimer Maberley ("As três empenas"), o caso Farintosh ("A banda malhada") e o caso da falsificação (*Um estudo em vermelho* — levado a Holmes por Lestrade). Ao acenar para Watson com "referências sedutoras" a outros casos ainda, sugere Vincent Starrett em seu monumental *The Private Life of Sherlock Holmes*, o detetive podia certamente estar brincando um pouco ao sugerir a seu "Boswell" quanta coisa ele ainda ignorava.

11. Como Sherlock Holmes passou seus primeiros anos, entre o tempo na "universidade" e o momento em que se mudou para seus alojamentos na Montague Street é tema de muita especulação. Muitos estudiosos presumem uma visita aos Estados Unidos durante o período, explicando a familiaridade de Holmes com assuntos americanos e sua amizade com Wilson Hargreave de Nova York ("Os dançarinos"). Outros tomam ao pé da letra a observação de Watson em "Escândalo na Boêmia" ("O palco perdeu um excelente ator, assim como a ciência perdeu um cérebro afiado, quando ele se tornou um especialista em crimes") e atribuem a Holmes uma breve carreira de ator. Dorothy L. Sayers pensa que Holmes estudou algum tempo numa universidade alemã, passando férias na França e na Itália (aperfeiçoando seu evidente talento para línguas), embora vários escritores acreditem que tenha trabalhado brevemente como jornalista (o que é evidenciado por suas múltiplas publicações) e cocheiro de fiacre (explicando seu profundo conhecimento das ruas de Londres).

12. Michael Harrison, em *The London of Sherlock Holmes*, situa a primeira residência de Holmes em Londres em Montague Street nº 26, na Russell Square, um prédio de quatro andares que foi incorporado pelo Lonsdale Hotel em algum momento por volta de 1900. Chega a essa conclusão com base no fato de que o nº 24 da mesma rua, a casa ao lado, foi alugado por certa "Mrs. Holmes" em 1875. "Seria levar a coincidência longe demais supor que Mrs. Holmes não tinha algum parentesco com o jovem Mr. Holmes, e podemos supor que essa senhora alugou a casa em Montague Street para poder oferecer um lar para Sherlock quando ele chegasse da universidade e começasse sua vida profissional em Londres."

13. O núcleo do acervo original do Museu Britânico consistia da vasta coleção — um museu por si só — de Sir Hans Sloane, que a vendeu à nação por muito menos que seu valor real ao morrer em 1753. (Ver "As três empenas", nota 20, para mais sobre Sloane.) A coleção de Sloane, compreendendo valiosas estampas, desenhos e manuscritos, bem como fósseis, pedras preciosas, plantas secas e esqueletos humanos e animais, foi abrigada juntamente com a biblioteca Harleiana (uma coleção de documentos legais compilada por Robert Harley, o primeiro conde de Oxford) e a biblioteca de manuscritos gregos, hebraicos e anglo-saxões numa casa outrora pertencente aos duques de Montague. O museu foi aberto ao público em 1759. Em seus primeiros anos, o Museu Britânico era, nas palavras do historiador Roy Porter, "mal-administrado e inacessível"; de fato, a sétima edição da *Encyclopaedia Britannica* registra que os campos atrás do museu eram outrora "tão solitários que costumavam ser escolhidos como lugar para a decisão dos chamados casos de honra". Ao longo de todo o século XIX, contudo, o museu passou por várias expansões decisivas e fez muitas aquisições importantes, entre as quais a Pedra de Rosetta, esculturas do Partenon e os livros da biblioteca de Jorge III. Em 1883, as exposições de história natural foram deslocadas para outro local, em South Kensington, que em 1963 tornou-se por fim uma instituição independente, o

Museu de História Natural; a Biblioteca Britânica dissociou-se do museu e tornou-se uma organização distinta em 1973.

14. Embora ele não o diga, imagina-se que Holmes se instalava comodamente na "Sala de Leitura" do Museu Britânico, que abriu em 1857 e originalmente só era acessível a visitantes munidos de um "cartão de leitor". (Foi aberta ao público em geral em 2000.) Todo leitor podia dispor de uma cadeira, uma escrivaninha dobrável, uma pequena prateleira articulada para livros, penas, tinta, um mata-borrão e um gancho para seu chapéu. Numa visita à Sala de Leitura em meados da década de 1970, este editor obteve uma brochura em que estavam arrolados leitores famosos, entre os quais Karl Marx, mas *não* Sherlock Holmes. Quando um guarda que parecia muito antigo foi indagado a respeito dessa omissão, respondeu laconicamente: "Nunca vi Holmes aqui."

15. Lamentavelmente, os dois primeiros são desconhecidos. Observe-se que "A tragédia do *Gloria Scott*" precedeu ao período de que Holmes está falando.

16. Esta observação e a ascendência aristocrática de Musgrave levaram muitos estudiosos a concluir que Holmes frequentou Oxford. Ver "A tragédia do *Gloria Scott*", nota 3.

17. David L. Hammer, em *For the Sake of the Game*, identifica "Hurlstone" como "Danny", localizada em West Sussex, residência da família Campion. Segundo o Kelly's Directory, William John Campion e o rev. John Goring (ver nota 31) eram os dois maiores proprietários de terras em West Sussex em 1867.

18. Isto é, janelas cujo vão é dividido por uma barra vertical.

19. Provavelmente queria dizer que era um dos dois membros do Parlamento eleitos para representar a divisão parlamentar do oeste de Sussex em geral.

20. Holmes e Musgrave nunca haviam mantido mais que "relações superficiais"; assim, é possível que o jovem e esforçado detetive tenha visto não uma visita social mas uma oportunidade de trabalho quando Musgrave bateu à sua porta. June Thomson conjectura que Holmes pode ter cobrado honorários de Musgrave por seus serviços, apontando sua observação de que estava vivendo "de expedientes" como "possivelmente uma indicação de que se profissionalizara e esperava ser remunerado".

21. De outubro a janeiro, durante os quais a caça ao faisão é legal na Grã-Bretanha.

22. A ideia de que "o culpado foi o mordomo" é um conhecido estratagema literário dos romances policiais, decorrente em grande parte de questões de classe. Na Inglaterra vitoriana, em particular, a dependência em que as classes média e alta se viam da criadagem (especialmente em solares rurais como o de Musgrave) era tão absoluta e a fé na lealdade dos criados tão necessária, que muitos empregadores alimentavam privadamente temores de traição e até de uma revolta da classe. Essa ansiedade era capitalizada pelas histórias policiais em que o mordomo, dada sua posição de autoridade sobre a criadagem, sua obsequiosidade serena e a carta branca para se mover facilmente pela casa toda, parece muitas vezes o "culpado ideal", como observado em *The Oxford Companion of Crime and Mystery Writing*. "O Ritual Musgrave" é citado ali como o primeiro exemplo de história em que o mordomo pode ter se envolvido numa patifaria. Entretanto, em muitas dessas histórias, o truque do mordomo como suspeito é em geral usado como uma pista falsa, destinada a caçoar dos leitores e manipular a trama. "De fato", afirma o *Oxford Companion*, "há um número surpreendentemente pequeno de romances de detetive em que o mordomo é realmente culpado de um crime." No encantador ensaio de Dilys Winn, "The Butler", o mordomo aposentado Mr. John Mills explica a fácil presunção do público de que "o culpado foi o mordomo": "Oh, suponho que é porque somos sempre nós os responsáveis por tudo."

23. Se era assim que Musgrave encarava a importância do ritual, por que o levara consigo para Montague Street? E por que teria Brunton lido o Ritual à noite, arriscando-se a ser descoberto, em vez de fazê-lo durante o dia quando o patrão estava fora?

24. Na *Strand Magazine* e edições americanas, a expressão "e em suas dependências" é substituída por "do porão ao sótão". Talvez Watson tenha percebido mais tarde que a busca de Musgrave não havia sido assim tão completa.

25. A ideia que Holmes tem do temperamento galês pode ter nascido da história um tanto conturbada do País de Gales, uma terra acidentada e individualista que parecia estar constantemente sitiada: pelos romanos, pelos ingleses (o País de Gales tornou-se parte da Inglaterra em 1536) e por imposições culturais britânicas como língua, leis, puritanismo e industrialização. A nação dedicada à criação de ovelhas não aderiu com muito ímpeto à Revolução Industrial e seu impulso para a mineração de carvão; os motins Rebeca de 1843, em que agricultores pobres, vestidos com roupas de mulheres, destruíram cabines de pedágio para protestar contra a cobrança de tarifa nas estradas, foram apenas uma manifestação desse conflito. (O nome "Rebeca" foi tomado da Bíblia: "E eles abençoaram Rebeca e disseram: que tua estirpe possua os portões daqueles que te odeiam.")

A tensão religiosa foi uma outra constante, pois muitos galeses se ressentiam de ter de pagar o dízimo à Igreja Anglicana quando haviam fundado sua própria denominação, a Igreja Metodista Calvinista. O descontentamento britânico com a obstinação do inconformismo galês foi em parte responsável pelas mordazes acusações do Relatório dos Membros da Comissão para a Educação de 1847, que não só desancou o sistema educacional galês como descreveu os galeses (em particular as mulheres) como desmazelados, moralmente corruptos, ignorantes e promíscuos. Em vista de tudo isso, é provável que a descrição que Holmes faz de Rachel Howells como "impetuosa e passional" não pretendesse ser muito elogiosa.

26. Edgar W. Smith destaca que quando "O Ritual Musgrave" foi publicado pela primeira vez na *Strand Magazine*, em maio de 1893, esta parelha de versos ("Qual era o mês?...) não estava presente; ela apareceu primeiro no texto do livro inglês, enquanto as edições americanas, por razões desconhecidas, seguiram o texto da *Strand*.

27. T.S. Eliot parafraseia o Ritual Musgrave em *Assassinato na catedral*:

 As Memórias de Sherlock Holmes

Thomas: Quem a terá?
Tempter: Aquele que virá.
Thomas: Qual será o mês?
Tempter: O último a contar do primeiro.
Thomas: Que daremos por ela?
Tempter: Simulacro de poder sacerdotal.
Thomas: Por que deveríamos dá-lo?
Tempter: Pelo poder e a glória.

Após muita controvérsia literária, Eliot declarou numa carta a Nathan L. Bengis: "Meu uso do Ritual Musgrave foi deliberado e inteiramente consciente."

28. O que as instruções não deixam claro é a questão do lugar em que o observador deveria estar postado, pondera Jay Finley Christ em "Musgrave Mathematics". Holmes opta por se postar no local em que antes crescera o olmo, mas o compilador do Ritual não poderia ter feito o mesmo quando a árvore vivia. Além disso, por que Holmes se refere à sombra *do olmo*, quando o Ritual menciona a sombra *sob o olmo*? "Como pôde Holmes, ou o mordomo que o precedeu", pergunta Christ, intrigado, "saber de que sombra se tratava?"

29. Musgrave afirmou antes que a casa fora inteiramente vasculhada, do porão ao sótão, e claramente conhecia esse lugar. Por que ele não fora revistado?

30. Carlos I (1600-49) foi rei da Inglaterra, Escócia e Irlanda (1625-49); seu governo autoritário e disputas com o Parlamento provocaram uma guerra civil que levaram à sua decapitação. Muitas das inscrições latinas nas moedas emitidas no reinado de Carlos refletem suas relações conturbadas com seus súditos e sua crença no direito divino da monarquia: NEMO ME IMPUNE LACESSIT (Ninguém me provoca impunemente); CHRISTO AUSPICE REGNO (Reino sob os auspícios de Cristo); MOR POPULI PRAESIDIUM REGIS (O amor do povo é a proteção do rei). Uma inscrição que aparece sob várias formas em muitas moedas de Carlos I, RELIG PRO LEG ANG LIBER PAR, é uma espécie de abreviatura de "a religião dos protestantes, as leis da Inglaterra e a liberdade do Parlamento", ou uma síntese da "Declaração" que o Parlamento obrigou Carlos a assinar.

31. Nas Guerras Civis inglesas (1642-51), esse título foi adotado pelos partidários de Carlos I que chamavam desdenhosamente os puritanos de Oliver Cromwell de *"Roundheads"*, ou "Cabeças Redondas", por causa de seus cabelos cortados curtos. (Os Cavaliers usavam perucas compridas e elegantes.) Na Restauração de Carlos II, em 1660, o partido da corte conservou o nome *"Cavalier"*; a designação sobreviveu até que o termo "tory" passou a significar apoio à causa realista.

David L. Hammer identifica Sir Ralph Musgrave como o general George Goring (1608-57), figura maquinadora que tramou contra o Parlamento a favor de Carlos I, traiu os conspiradores revelando seus planos ao Parlamento e depois, mudando novamente de ideia, declarou seu apoio definitivo ao rei. Os parentes de Goring continuaram sendo grandes proprietários de terra em West Sussex. Ver nota 17.

32. A identificação do artefato resgatado por Holmes é objeto de certa controvérsia. A ideia mais amplamente aceita é a de Nathan Bengis, expressa em "Whose Was It?", que afirma que se tratava da Coroa de São Eduardo. Ela foi destruída por ordem do Parlamento em 1649 e uma nova "Coroa de São Eduardo" foi feita para a coroação de Carlos II em 1661, e todos os reis e rainhas que reinaram desde então (exceto a rainha Vitória) foram coroados com ela. A coroa descoberta em Hurlstone, alega Bengis, seria a original, que teria sido salva da destruição por um ancestral de Musgrave. Esta ideia é bem acolhida por uma grande autoridade, ninguém menos que o major-general H.D.W. Sitwell, guardião da Casa de Joias de Sua Majestade, na Torre de Londres.

33. Carlos II (1630-85), filho de Carlos I, ocupou o trono por um breve período depois da execução do pai, mas foi obrigado a fugir da Inglaterra em 1651, após ser derrotado em Worcester pelas forças parlamentares de Oliver Cromwell. Foi obrigado a viver na pobreza durantes vários anos, exilado na França, na Alemanha e nos Países Baixos espanhóis, e é nesse período que podemos supor que foi escrito o Ritual Musgrave. Em 1660 Carlos II foi restaurado como rei da Inglaterra, após o curto e malsucedido governo de Ricardo, filho de Cromwell.

34. Dado o esconderijo não tão secreto da coroa — um porão que ainda era usado como depósito de lenha —, parece curioso que ela não tenha sido descoberta muito antes que Brunton (e Holmes) aparecesse para decifrar o ritual. Como D. Martin Dakin observa, com certeza alguém no curso de dois séculos havia percebido a inusitada ornamentação do porão: "Lá, no meio do piso, havia uma laje com uma argola, implorando para ser levantada."

35. "A característica mais assombrosa de toda a história", escreve Nathan Bengis, "não é que essa relíquia tenha sobrevivido, mas que Reginald Musgrave tenha obtido permissão do governo britânico para conservá-la." Como um bem público e uma relíquia histórica singular, seria de se esperar que a coroa tivesse sido rapidamente acrescentada aos tesouros da nação na Torre.

36. Como talvez não seja de surpreender, muitos concordam com a avaliação inicial que Watson faz de "O Ritual Musgrave" como um caso em que Holmes errou (ver "A face amarela"). Embora pelo menos um revisionista suponha benevolamente que Holmes inventou a história toda, alguns críticos acreditam que o próprio Reginald Musgrave assassinou Brunton, seja para fazer cessar sua chantagem ou por ciúme e cobiça. Um outro sugere que Rachel Howells matou Brunton com láudano (em seu quarto) e Musgrave a ajudou a transportar o corpo.

Os Fidalgos de Reigate[1]

Holmes está sofrendo os efeitos do excesso de trabalho, depois de levar a um desfecho feliz o caso da "Companhia Países Baixos-Sumatra", sobre o qual não sabemos praticamente nada. Watson o obriga a tirar férias em Surrey, na casa de um ex-colega de exército (o coronel Hayster, talvez o único coronel honesto em todo o Cânone). De repente o repouso do detetive se encerra, quando o impelem para "Os fidalgos de Reigate", uma investigação de roubo e homicídio. Seus clientes, pai e filho, relutam estranhamente em admitir sua interferência, e ele parece não estar atuando com sua plena capacidade. Embora sua afirmação de que fizera vinte e três deduções a partir do bilhete manuscrito central para o caso pareça absurdo, a análise grafológica era altamente considerada nos tempos vitorianos, e muitas informações válidas podem ser inferidas do bilhete, mesmo sem sua ajuda. Nenhum estudioso, entretanto, conseguiu desvendar o mistério da identidade de Annie Morrison.

Foi algum tempo antes que a saúde de meu amigo, Mr. Sherlock Holmes, se recobrasse do esgotamento causado por sua exaustiva atividade na primavera de 1887. Toda a questão da Companhia Países Baixos-Sumatra e das intrigas colossais do barão Maupertuis está muito fresca na mente do público e é associada demais à política e às finanças para ser assunto apropriado para esta série de histórias. Ela levou no entanto, de maneira indireta, a um problema singular e complexo, que deu ao meu amigo oportunidade de demonstrar o valor de uma nova arma entre as muitas com que move sua batalha da vida inteira contra o crime.

Consultando minhas anotações, vejo que foi no dia 14 de abril que recebi um telegrama de Lyon informando-me que Holmes estava doente e encontrava-se acamado no Hotel Dulong[2]. Em menos de vinte e quatro horas eu estava à sua cabeceira, aliviado por constatar que nada havia de temível em seus sintomas. Até sua constituição de ferro, contudo, ficara abalada sob a pressão de uma investigação que se estendera por dois meses, período durante o qual nunca trabalhara menos de quinze horas por dia e, mais de uma vez, como me assegurou, virara cinco noites seguidas. O resultado triunfante de sua labuta não pôde poupá-lo de uma reação após esforços tão insanos, e isso num momento em que toda a Europa aclamava seu nome e seu quarto estava literalmente forrado até a altura dos tornozelos de telegramas de congratulações.[3] Encontrei-o nas garras da mais negra depressão. Nem o conhecimento de que triunfara onde a polícia de três países fracassara, e de que levara a melhor, em tudo e por tudo, sobre o maior trapaceiro da Europa era suficiente para arrancá-lo de sua prostração nervosa.

Três dias depois estávamos de volta a Baker Street, mas ficou evidente que meu amigo se beneficiaria enormemente de uma mudança de ares, e a ideia de uma semana no campo durante a primavera exercia grande atração sobre mim também. Meu velho amigo coronel Hayter, que estivera sob meus cuidados médicos no Afeganistão, alugara uma casa perto de Reigate, em Surrey, e me convidara várias vezes para lhe fazer uma visita. Na última ocasião, observara que se meu amigo quisesse ir comigo ficaria muito satisfeito em lhe estender sua hospitalidade. Precisei de um pouco de diplomacia, mas quando Holmes compreendeu que se tratava da casa de um homem solteiro e que poderia gozar da mais plena liberdade, concordou com meu plano, e uma semana depois de nossa volta a Londres estávamos sob o teto do coronel. Hayter era um velho e excelente soldado, que vira muito do mundo e logo, como eu esperara, descobriu que ele e Holmes tinham muito em comum.

Na noite de nossa chegada, estávamos sentados na sala das armas do coronel depois do jantar, Holmes estendido no sofá, enquanto Hayter e eu examinávamos seu pequeno arsenal de armas de fogo.[4]

"A propósito", disse Hayter de repente, "vou levar uma dessas pistolas comigo para cima, para o caso de termos um alarme."

"Um alarme!" exclamei.

"Sim, tivemos um sobressalto nesta região ultimamente. O velho Acton, um dos magnatas do nosso condado, teve sua casa invadida segunda-feira passada. Não houve grande prejuízo, mas os sujeitos ainda estão soltos."

"Nenhuma pista?" perguntou Holmes, com um olhar malicioso para o coronel.

"Por enquanto, nenhuma. Mas é um caso insignificante, um de nossos delitos rurais sem importância, que devem parecer pequenos demais para a sua atenção, Mr. Holmes, depois desse grande caso internacional."

Holmes rechaçou o cumprimento com um gesto, embora seu sorriso lhe mostrasse que ele o agradara.

"Houve alguma característica de interesse?"

"Creio que não. Os ladrões saquearam a biblioteca, mas não conseguiram grande coisa.

"A sala toda foi virada de cabeça para baixo, gavetas arrombadas e armários vasculhados, e o resultado foi que não desapareceu nada além de um volume desirmanado do Homero de Pope,[5] dois castiçais prateados, um peso para cartas de marfim, um pequeno barômetro de carvalho e um rolo de barbante."

"Que sortimento extraordinário!" exclamei.

"Oh, os sujeitos evidentemente passaram a mão em tudo que conseguiram."

Holmes resmungou do sofá.

"A polícia do condado deveria levar isso a sério", disse. "Ora, sem dúvida é óbvio que..."

Mas levantei um dedo, em sinal de advertência.

"Levantei um dedo, em sinal de advertência."
[Sidney Paget, *Strand Magazine*, 1893]

"Está aqui para descansar, meu caro amigo. Pelo amor de Deus, não comece a se envolver num novo problema quando seus nervos estão em frangalhos."

Holmes sacudiu os ombros, lançando um olhar de cômica resignação para o coronel, e a conversa desviou-se para canais menos perigosos.

Quis o destino, porém, que toda a minha prudência profissional fosse inútil, pois na manhã seguinte o problema se impôs a nós de tal maneira que foi impossível ignorá-lo, e nossa visita ao campo tomou um rumo que nenhum de nós teria podido prever. Tomávamos o nosso desjejum quando o mordomo do coronel entrou correndo, sem sombra de sua habitual compostura.

"Soube da novidade, senhor?" perguntou, ofegante. "Na casa dos Cunningham, senhor!"

"Roubo?" exclamou o coronel, sua xícara de café no ar.

"Assassinato!"

O coronel assobiou. "Meu Deus! Mas quem foi morto? O juiz de paz ou o filho?"

"Nenhum dos dois, senhor. Foi William, o cocheiro. Um tiro no coração, senhor, e nunca mais disse uma palavra."

"Mas quem atirou nele?"

"O ladrão, senhor. Saiu correndo como uma bala e desapareceu. Tinha acabado de entrar pela janela da copa quando William deu com ele e perdeu a vida defendendo a propriedade do patrão."

"A que horas?"

"Foi ontem à noite, senhor, mais ou menos à meia-noite."

"Ah, nesse caso daremos um pulo lá daqui a pouco", disse o coronel, retornando serenamente a seu desjejum. "É um caso desagradável", acrescentou, depois que o mordomo saiu; "o velho Cunningham é o fidalgo[6] mais importante destas redondezas e também um sujeito muito decente. Vai ficar desolado com isso, pois o homem estava a serviço dele há anos e era um bom empregado. Evidentemente são os mesmos canalhas que invadiram a casa de Acton."

"E roubaram aquela singularíssima coleção", disse Holmes, pensativo.

"Precisamente."

"Hum! Este talvez se revele o caso mais simples do mundo; mesmo assim, à primeira vista é um pouco intrigante, não é? Seria de esperar que uma

As Memórias de Sherlock Holmes

quadrilha de ladrões que atua na zona rural variasse o cenário de suas operações e não arrombasse duas casas no mesmo distrito em poucos dias. Quando falou ontem à noite em tomar precauções, lembro que passou vagamente pela minha cabeça que esta era provavelmente a última paróquia na Inglaterra para a qual ladrão ou ladrões tenderiam a voltar sua atenção; o que mostra que tenho muito a aprender."

"Suponho que seja alguém daqui mesmo", disse o coronel. "Nesse caso, é claro, as casas de Acton e Cunningham seriam as melhores para roubar, pois são de longe as maiores por estas bandas."

"E as mais ricas?"

"Bem, deveriam ser; mas há anos as duas vêm enfrentando um processo legal que sugou o sangue de ambas, calculo. O velho Acton reivindica a posse da metade da propriedade de Cunningham, e os advogados gastam prodigamente com o caso."

"Se for um patife local, não deveria haver muita dificuldade em capturá-lo", disse Holmes com um bocejo. "Tudo bem, Watson, não pretendo me intrometer."

"O inspetor Forrester, senhor", anunciou o mordomo, abrindo a porta.

O oficial, um rapaz vigoroso, de expressão viva, entrou na sala. "Bom dia, coronel", disse. "Não quero invadir sua casa, mas ouvi falar que Mr. Holmes, de Baker Street, está aqui."

O coronel mostrou meu amigo com um gesto e o inspetor fez uma vênia.

"Pensamos que talvez o senhor pudesse dar uma olhada no caso, Mr. Holmes."

Inspetor Forrester
[Sidney Paget, *Strand Magazine*, 1893]

"O destino está contra você, Watson", disse ele, rindo. "Estávamos conversando sobre o assunto quando o senhor chegou, inspetor. Talvez possa nos dar alguns detalhes." Quando ele se recostou em sua cadeira com a atitude que eu conhecia tão bem, vi que o caso era sem salvação.

"Não tínhamos nenhuma pista no roubo da casa de Acton. Mas desta vez temos muitas para seguir, e não há dúvida de que foi o mesmo bando nos dois casos. Viram o homem."

"Ah!"

"Sim, senhor. Mas ele fugiu como um raio depois que aquele tiro que matou o pobre William Kirwan foi disparado. Mr. Cunningham o viu da janela de seu quarto, e Mr. Alec Cunningham o viu do corredor dos fundos. Faltava um quarto para meia-noite quando o alarme foi dado. Mr. Cunningham acabara de se deitar, e Mister Alec fumava um cachimbo em seu quarto de vestir. Ambos ouviram William, o cocheiro, gritar por socorro, e Mister Alec desceu correndo para ver o que estava acontecendo. A porta dos fundos estava aberta, e ao chegar ao pé da escada ele viu dois homens se engalfinhando do lado de fora. Um deles deu um tiro, o outro caiu, e o assassino atravessou o jardim correndo e pulou a cerca viva. Mr. Cunningham, olhando pela janela de seu quarto, viu o sujeito chegar à rua, mas o perdeu de vista imediatamente. Mister Alec parou para ver se podia ajudar o homem agonizante, e assim o patife pôde escapar. Além do fato de que tinha uma estatura mediana e vestia uma roupa escura, não temos nenhuma pista pessoal, mas estamos investigando energicamente e se for um estranho logo o encontraremos."

"Que estava esse William fazendo lá? Ele disse alguma coisa antes de morrer?"

"Nem uma palavra. Morava no pavilhão com a mãe, e como era um sujeito muito leal, acreditamos que foi até a casa para ver se estava tudo em ordem por lá. Esse caso Acton, é claro, deixou todo o mundo alerta. O ladrão devia ter acabado de arrombar a porta — a fechadura foi forçada — quando William investiu contra ele."

"Dissera alguma coisa para a mãe antes de sair?"

"É uma senhora muito idosa e surda; não é possível obter nenhuma informação dela. O choque a deixou apalermada, mas tenho a impressão de que nunca foi muito esperta. Mas há um pormenor muito importante. Dê uma espiada nisto!"

Tirou de uma agenda um pedacinho de papel rasgado e o abriu sobre o joelho.

"Isto foi encontrado entre o dedo indicador e o polegar do morto. Parece ser um fragmento rasgado de uma folha maior. Observe que a hora mencionada em cima é exatamente a hora que o próprio sujeito morreu. Como vê, o assassino pode ter arrancado dele o resto da folha ou ele pode ter arrancado esse fragmento do assassino. Dá a impressão de que o bilhete marcava um encontro."

Holmes pegou o pedaço de papel, cujo fac-símile está reproduzido aqui.

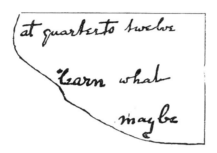

"Supondo que um encontro foi marcado", continuou o inspetor; "passa a ser concebível, é claro, a teoria de que esse William Kirwan, por mais que tivesse a reputação de ser um homem honesto, talvez estivesse em conluio com o ladrão. Pode ter ido ao encontro dele, talvez até o tenha ajudado a arrombar a porta, e depois podem ter se desentendido."

"Esta escrita é de extraordinário interesse", disse Holmes, que estivera examinando o bilhete com intensa concentração. "São águas muito mais profundas do que eu pensava." Enterrou a cabeça nas mãos, enquanto o inspetor sorria ao ver o impacto de seu caso sobre o famoso especialista de Londres.

"Sua última observação", disse Holmes um pouco depois, "quanto à possibilidade de ter havido um entendimento entre o ladrão e o empregado, e de este ter sido um bilhete que um enviou ao outro para marcar um encontro, é uma suposição engenhosa e não de todo impossível. Mas esta caligrafia sugere…" Enterrou de novo a cabeça nas mãos e permaneceu alguns minutos na mais profunda reflexão. Quando levantou o rosto, fiquei surpreso ao ver que estava corado, e os olhos tão brilhantes quanto antes da doença. Pulou de pé com toda a sua antiga energia.

"Sabem do que mais? Gostaria de dar uma olhada com calma nos detalhes deste caso. Há algo nele que me fascina extremamente. Se me permitir, coronel, deixarei meu amigo Watson e o senhor, e darei uma volta com o inspetor para pôr à prova ou uma ou duas ideiazinhas que me ocorrem. Estarei de volta em meia hora."

Uma hora e meia havia se passado quando o inspetor voltou sozinho.

"Mr. Holmes está andando para cima e para baixo no campo lá fora", disse. "Quer que nós quatro vamos até a casa juntos."

"À casa de Mr. Cunningham?"

"Sim, senhor."

"Para quê?"

O inspetor encolheu os ombros. "Não sei bem. Cá entre nós, tenho a impressão de que Mr. Holmes ainda não se recuperou inteiramente de sua doença. Está se comportando de uma maneira muito esquisita, e mostra-se muito nervoso."

"Acho que não precisa se alarmar", respondi. "Em geral, constato que há método em sua loucura."[7]

"Seria também possível dizer que há loucura em seu método", murmurou o inspetor. "Mas como ele está aflito para começar, coronel, o melhor é irmos já, se o senhor estiver pronto."

Encontramos Holmes andando para cima e para baixo no campo, o queixo abaixado sobre o peito e as mãos enfiadas nos bolsos das calças.

"O caso fica cada vez mais interessante", disse. "Sua viagem ao campo foi sem dúvida um sucesso, Watson. Passei uma manhã encantadora."

"Esteve na cena do crime, suponho?"

"Estive; o inspetor e eu fizemos um pequeno reconhecimento juntos."

"Descobriram alguma coisa?"

"Bem, vimos algumas coisas muito interessantes. Vou lhes contar o que fizemos enquanto caminhamos. Em primeiro lugar, vimos o corpo daquele infeliz. Certamente morreu de um ferimento a bala, como foi relatado."

"Tinha dúvidas quanto a isso?"

"Oh, é bom pôr tudo à prova. Nossa inspeção não foi inútil. Em seguida tivemos uma conversa com Mr. Cunningham e seu filho, que souberam indicar exatamente o lugar em que o assassino passara pela cerca viva do jardim em sua fuga. Isso foi de grande interesse."

"Naturalmente."

 As Memórias de Sherlock Holmes

"Depois demos uma olhada na mãe do pobre sujeito. Mas não conseguimos obter nenhuma informação dela, pois está muito velha e combalida."

"E qual foi o resultado de suas investigações?"

"A convicção de que esse foi um crime muito peculiar. Talvez nossa visita agora possa contribuir para torná-lo menos obscuro. Penso que ambos concordamos, inspetor, que o fragmento de papel na mão do morto, em que a própria hora de sua morte está escrita, é de extrema importância."

"Ele deveria nos dar uma pista, Mr. Holmes."

"Ele efetivamente nos *dá* uma pista. Quem quer que tenha escrito aquele bilhete foi o homem que tirou William Kirwan da cama àquela hora. Mas onde está o resto daquela folha de papel?"

"Examinei o chão com muito cuidado na esperança de encontrá-lo", disse o inspetor.

"Foi rasgado da mão do morto. Por que estaria uma pessoa tão ansiosa por se apoderar dele? Porque isso a incriminava. E que faria com ele? Muito provavelmente o enfiaria no bolso, sem notar que uma ponta dele fora agarrada pelo cadáver. Se pudéssemos encontrar o resto daquela folha, é óbvio que teríamos feito um grande progresso na solução do mistério."

"Sim, mas como encontrar o bolso do criminoso antes de agarrar o criminoso?"

"Bem, bem, valeu a pena pensar sobre isso. Depois há mais um ponto óbvio. O bilhete foi enviado para William. O homem que o escreveu não foi o mesmo que o levou, do contrário, é claro, poderia ter dado seu próprio recado verbalmente. Nesse caso, quem levou o bilhete? Ou ele teria chegado pelo correio?"

"Fiz indagações", disse o inspetor. "William recebeu uma carta ontem pelo correio da tarde. O envelope foi destruído por ele."

"Excelente!" exclamou Holmes, dando uma batida nas costas do inspetor. "Conversou com o carteiro. É um prazer trabalhar com o senhor. Bem, cá está o pavilhão, e se quiser subir, coronel, eu lhe mostrarei a cena do crime."

Passamos pelo bonito chalé onde o homem assassinado morava e subimos por uma alameda ladeada por carvalhos até a bela casa antiga, em estilo Rainha Ana, com a data de Malplaquet[8] gravada na padieira da porta. Seguindo Holmes e o inspetor, contornamos a casa até chegar ao portão lateral, separado por um jardim da cerca viva que acompanhava a estrada. Havia um guarda postado na porta da cozinha.

"Abra a porta", pediu Holmes. "Vejam, foi naqueles degraus ali que o jovem Mr. Cunningham ficou e viu os dois homens lutando exatamente neste lugar onde estamos. Mr. Cunningham pai estava àquela janela — a segunda à esquerda — e viu o sujeito escapar precisamente à esquerda daquele arbusto. O filho também viu. Ambos têm absoluta certeza por causa do arbusto. Em seguida Mister Alec saiu correndo da casa e ajoelhou-se junto do ferido. O solo é muito duro, como veem, e não há nenhuma marca para nos guiar." Enquanto ele falava, dois homens se aproximaram pela trilha do jardim, tendo dobrado o ângulo da casa. Um era um homem idoso, com um rosto forte, rugas marcadas e olhos fundos; o outro, um rapaz bonitão, cuja expressão inteligente e risonha e roupas vistosas contrastavam estranhamente com o assunto que nos levara ali.

"Dois homens se aproximaram pela trilha do jardim." [W.H. Hyde, Harper's Weekly, 1893]

"Então ainda está por aí?" perguntou ele a Holmes. "Pensei que vocês, londrinos, nunca falhassem. Afinal, não parecem ser tão rápidos assim."

"Ah! Tem de nos dar um tempinho", respondeu Holmes, de bom humor.

"Vai mesmo precisar disso", disse o jovem Alec Cunningham. "Pelo que vejo, não temos absolutamente nenhuma pista."

"Há somente uma", respondeu o inspetor. "Pensamos que se conseguíssemos ao menos encontrar... Céus! Que está acontecendo, Mr. Holmes?"

O rosto de meu pobre amigo assumira de repente a mais aflitiva expressão. Os olhos rolaram para cima, os traços retorceram-se em agonia e, com um gemido contido, ele caiu de bruços no chão. Horrorizados diante desse ataque tão súbito e grave, nós o carregamos para a cozinha, onde ficou deitado numa grande cadeira e respirou pesadamente por alguns minutos. Finalmente, muito envergonhado, pedindo desculpas por sua fraqueza, levantou-se.

"Watson pode lhes dizer que acabo de me recobrar de uma doença grave", explicou. "Estou sujeito a esses ataques nervosos repentinos."

"Devemos mandá-lo para casa em minha carruagem?" perguntou Cunningham pai.

"Bem, já que estou aqui, há um ponto de que gostaria de me assegurar. Podemos verificá-lo muito facilmente."

"Que é?"

"Bem, parece-me que é possível que esse pobre William tenha chegado não antes, mas depois que o ladrão entrou na casa. Os senhores parecem dar como certo que, embora a porta estivesse arrombada, o ladrão não chegou a entrar."

"Parece-me que isso é perfeitamente óbvio", disse Mr. Cunningham, gravemente. "Ora, meu filho Alec ainda não fora se deitar e teria certamente ouvido alguém se movendo pela casa."

"Onde ele estava?"

"Eu estava fumando em meu quarto de vestir."

"Qual é a janela de lá?"

"A última à esquerda, ao lado da de meu pai."

"As lâmpadas dos dois estavam ambas acesas, não é?"

"Sem dúvida."

"Há alguns pontos muito singulares aqui", disse Holmes, sorrindo. "Não é extraordinário que um ladrão — e um ladrão que teve alguma experiência anterior — invadisse deliberadamente uma casa num momento em que podia ver pelas lâmpadas que duas pessoas da família ainda estavam de pé?"

"Céus! Que está acontecendo?"
[Sidney Paget, *Strand Magazine*, 1893]

"Ele devia ter muito sangue-frio."

"Bem, é claro que se o caso não fosse estranho não teríamos sido impelidos a lhe pedir uma explicação", disse o jovem Mister Alec. "Mas quanto à sua ideia de que o homem havia roubado a casa antes de William se atracar com ele, ela me parece um completo absurdo. Não teríamos encontrado o lugar em desordem e sentido falta das coisas que ele teria levado?"

"Depende do que fosse", disse Holmes. "Deve se lembrar de que estamos lidando com um ladrão muito peculiar, que parece trabalhar de uma maneira muito própria. Veja, por exemplo, que coisas estranhas ele pegou na casa de Acton — que foi mesmo? Um rolo de barbante, um peso de cartas e não sei que outras bugigangas."

"Bem, estamos inteiramente nas suas mãos, Mr. Holmes", disse o velho Cunningham. "Tudo que o senhor ou o inspetor sugira será certamente feito."

"Em primeiro lugar", disse Holmes, "gostaria de oferecer uma recompensa — vinda do senhor, porque a polícia levaria algum tempo antes de chegar a um acordo quanto ao valor, e essas coisas não podem ser feitas com demasiada rapidez. Fiz um modelo aqui, se não se incomoda de assiná-lo. Cinquenta libras é mais do que o bastante, acho eu."

"Eu daria quinhentas de bom grado", disse o juiz de paz, pegando a tira de papel e o lápis que Holmes lhe estendia. "Mas isto não está correto", acrescentou, passando os olhos no documento.

"Escrevi muito apressado."

"Veja, começa dizendo: 'Tendo em vista que, por volta de um quarto para a uma na madrugada de terça-feira, foi feita uma tentativa', e assim por diante. Na verdade, era um quarto para meia-noite."

Esse erro deixou-me com pena de Holmes, porque sabia como se aborrecia com um deslize desse tipo. Sua especialidade era a precisão com relação aos fatos, mas sua doença recente o abalara e esse pequeno acidente, por si só, era o bastante para me mostrar que ele ainda estava longe de uma plena recuperação. Ele ficou obviamente embaraçado por um instante, enquanto o inspetor erguia as sobrancelhas e Alec Cunnningham caía na risada. Mas o velho cavalheiro corrigiu o erro e devolveu o papel a Holmes.

"Mande imprimi-lo o mais rápido possível", disse. "Sua ideia me parece excelente."

Holmes guardou o papel cuidadosamente na carteira.

"E agora", disse, "seria ótimo que revistássemos a casa juntos para verificar se realmente, afinal de contas, esse ladrão excêntrico não levou alguma coisa."

Antes de entrar, Holmes examinou a porta que fora forçada. Era evidente que um formão ou faca forte havia sido enfiado, e a fechadura forçada para trás com o instrumento. Podíamos ver as marcas na madeira onde ele fora empurrado.

"Então não usam barras?" perguntou.

"Nunca nos pareceu necessário."

"Não têm um cachorro?"

"Temos, mas está preso do outro lado da casa."

"A que horas os empregados se deitam?"

"Por volta das dez."

"Pelo que entendi, William também costumava estar na cama a essa hora?"

"Sim."

"É singular que nessa noite particular estivesse de pé. Agora, ficaríamos muito agradecidos se tivesse a bondade de nos mostrar toda a casa, Mr. Cunningham."

Um corredor com piso de pedra, do qual saíam as cozinhas, levava por uma escada de madeira diretamente ao segundo pavimento da casa. Dava num patamar em frente a uma segunda escada, mais ornamental, que subia do vestíbulo fronteiro. Esse patamar dava acesso à sala de estar e a vários quartos de dormir, inclusive os de Mr. Cunningham e do filho. Holmes caminhava devagar, observando atentamente a arquitetura da casa. Por sua expressão, eu sabia que estava numa pista quente, mas não tinha a menor ideia da direção a que suas inferências o levavam.

"Meu caro senhor", disse Mr. Cunningham com certa impaciência, "isto é com certeza desnecessário. Ali está o meu quarto na ponta da escada e depois dele o do meu filho. Julgue por si mesmo se o ladrão teria podido subir aqui sem nos perturbar."

"Acho que deve recomeçar e descobrir uma nova pista", disse o filho com um sorriso bastante malicioso.

"Ainda assim, devo lhes pedir que tenham um pouco mais de paciência comigo. Gostaria, por exemplo, de ver até que ponto as janelas dos quartos dão vista para a frente. Este é o do seu filho, acho eu" — abriu a porta — "e aquele, presumo, é o quarto de vestir em que ele fumava quando foi dado o alarme. Para onde dá a janela de lá?" Atravessou o quarto, empurrou a porta de comunicação e deu uma espiada no outro cômodo.

"Espero que esteja satisfeito agora", disse Mr. Cunningham com aspereza.

"Muito obrigado; penso que vi tudo que desejava."

"Então, se for realmente necessário, podemos entrar no meu quarto."

"Se não for muito incômodo."

O juiz de paz deu de ombros e nos conduziu a seu quarto, um cômodo mobiliado com simplicidade e banal. Quando o atravessávamos em direção à janela, Holmes recuou até que ele e eu fôssemos os últimos do grupo. Perto do pé da cama, havia uma mesinha quadrada sobre a qual se viam um prato com laranjas e uma garrafa d'água. Quando passamos por ela, Holmes, para meu indizível espanto, inclinou-se na minha frente e derrubou tudo de propósito.

O vidro se partiu em mil pedaços e as frutas rolaram para todos os cantos do quarto.

"Veja o que você fez, Watson", disse ele, friamente. "Molhou todo o tapete."

"Derrubou tudo de propósito."
[Sidney Paget, *Strand Magazine*, 1893]

Abaixei-me, um tanto confuso, e comecei a catar as frutas, compreendendo que por alguma razão meu companheiro desejava que eu assumisse a culpa. Os outros fizeram o mesmo e puseram a mesa de pé novamente.

"Como?" gritou o inspetor. "Onde é que ele se meteu?"

Holmes desaparecera.

"Esperem aqui um instante", disse o jovem Alec Cunningham. "O sujeito é maluco, na minha opinião. Venha comigo, pai, vamos ver para onde ele foi!"

Saíram a toda a pressa do quarto, deixando o inspetor, o coronel e eu olhando uns para os outros.

"Palavra, estou inclinado a concordar com o senhor Alec", disse o oficial. "Pode ser o efeito dessa doença, mas tenho a impressão de que…"

Suas palavras foram interrompidas por um grito repentino: "Socorro! Socorro! Assassino!" Com um arrepio, reconheci a voz do meu amigo. Corri desabaladamente do quarto para o patamar. Os gritos, que haviam se reduzido a sons roucos, desarticulados, vinham do primeiro quarto que havíamos visitado. Entrei como um raio e passei ao quarto de vestir contíguo. Os dois Cunningham estavam debruçados sobre o corpo prostrado de Sherlock Holmes, o mais jovem apertava-lhe o pescoço com as duas mãos, enquanto o mais velho parecia estar torcendo um de seus pulsos. Num instante nós três os havíamos arrancado dele, e Holmes levantou-se cambaleando, muito pálido e evidentemente exausto.

"Prenda estes homens, inspetor", arquejou.

"Sob que acusação?"

"A de assassinar o cocheiro deles, William Kirwan."

O inspetor fitou-o, perplexo. "Ora vamos, Mr. Holmes", disse por fim. "Tenho certeza que não quer dizer realmente que…"

"Ora, homem, olhe para as caras deles!" Holmes se limitou a gritar.

Nunca, certamente, eu vira uma confissão de culpa mais clara em semblantes humanos. O homem mais velho parecia entorpecido e atordoado, com uma expressão carregada, soturna em seu rosto fortemente marcado. O filho, por outro lado, perdera todo aquele jeito lampeiro e desenvolto que o caracterizara e a ferocidade de um animal selvagem brilhava nos seus olhos escuros, distorcendo seus bonitos traços. Sem dizer nada, o inspetor foi até a porta e tocou seu apito. Dois de seus guardas atenderam ao chamado.

"Não tenho alternativa, Mr. Cunningham", disse. "Acredito que tudo isto se provará um erro absurdo, mas o senhor pode ver que… Ah, largue isso!" Deu um golpe com a mão, e o revólver que o homem mais jovem estava no ato de engatilhar caiu com estrépito no chão.

"Debruçados sobre o corpo prostrado de Sherlock Holmes." [Sidney Paget, *Strand Magazine*, 1893]

"Guarde isso", disse Holmes, pondo rapidamente o pé sobre a arma. "Vai lhe ser útil no julgamento. Mas era isto aqui que realmente queríamos." Levantou um pedaço de papel amassado.

"O resto da folha!" exclamou o inspetor.

"Precisamente."

"Onde estava isso?"

"Onde eu tinha certeza de que estaria. Vou lhe explicar tudo daqui a pouco. Penso, coronel, que o senhor e Watson podem voltar agora; estarei com os dois dentro de, no máximo, uma hora. O inspetor e eu precisamos ter uma conversinha com os prisioneiros, mas certamente me terão de volta para o almoço."

Sherlock Holmes cumpriu a palavra e por volta de uma hora juntou-se a nós na sala de fumar do coronel. Estava acompanhado por um cavalheiro, um homenzinho idoso que me foi apresentado como Mr. Acton, aquele cuja casa fora o cenário do primeiro roubo.

"Quis que Mr. Acton estivesse presente enquanto demonstro este pequeno caso para os senhores", disse Holmes, "pois é natural que ele tenha grande interesse pelos detalhes. Parece-me, meu caro coronel, que vai se arrepender da hora em que recebeu em sua casa um andorinhão-das-tormentas[9] como eu."

"Ao contrário", respondeu o coronel, cordialmente. "Considero um grande privilégio ter a oportunidade de estudar seus métodos de trabalho. Confesso que ultrapassam em muito minhas expectativas e que me sinto inteiramente incapaz de entender como chegou às suas conclusões. Até agora não vi o vestígio de uma pista."

"Temo que minha explicação o decepcione, mas sempre tive o hábito de não esconder nenhum de meus métodos, seja de meu amigo Watson ou de qualquer pessoa que manifeste um interesse inteligente por eles. Antes, porém, como fiquei bastante abalado com a agressão que recebi no quarto de vestir, acho que vou me servir de um gole do seu conhaque, coronel. Minhas forças foram muito exigidas ultimamente."

"Tenho certeza de que não sofreu mais nenhum daqueles ataques nervosos."

Sherlock Holmes deu uma boa gargalhada. "Chegaremos a isso na hora certa", disse. "Vou lhes apresentar uma explicação do caso na devida ordem, mostrando-lhes os vários pontos que me nortearam em minha decisão. Por favor, interrompam-me se alguma inferência não estiver perfeitamente clara para os senhores.

"É da mais alta importância na arte da detecção ser capaz de identificar, numa série de fatos, quais são incidentais e quais são vitais. De outro modo, podemos dissipar nossa energia e atenção em vez de concentrá-las. Ora, neste caso não houve em minha mente a mais ligeira dúvida, desde o início, de que a chave de toda a questão devia ser procurada no pedaço de papel encontrado na mão do morto.

"Antes de falar sobre isto, quero chamar a atenção para o fato de que, se o relato de Alec Cunningham estivesse correto e se o assaltante, depois de atirar em William Kirwan, tivesse fugido *instantaneamente*, é óbvio que não podia ter sido ele que arrancara o papel da mão do morto. Mas se não fora o assaltante, só podia ter sido o próprio Alec Cunningham, pois no momento em que o velho desceu já havia vários empregados na cena. É um ponto simples, mas o inspetor o deixara escapar porque tinha começado com a suposição de que aqueles fidalgos rurais nada tinham a ver com o assunto. Ora, faço questão de nunca ter nenhuma ideia pré-formada e de seguir docilmente os fatos, aonde quer que me levem. Assim, já no primeiro estágio da investigação, vi-me olhando um pouco de esguelha para o papel desempenhado por Mr. Alec Cunningham.

"É um ponto simples."
[Sidney Paget, *Strand Magazine*, 1893]

"Fiz então um exame muito cuidadoso do pedaço de papel que o inspetor nos apresentara. Ficou claro para mim de imediato que ele fazia parte de um documento dos mais extraordinários. Aqui está ele. Podem observar agora algo de muito notável nele?"

"Tem um aspecto muito irregular", disse o coronel.

"Meu caro senhor", exclamou Holmes, "não pode haver a menor dúvida de que isso foi escrito por duas pessoas, alternando-se a cada palavra. Se eu chamar sua atenção para os *t* vigorosos do "*at*" e "*to*" e lhes pedir que os comparem com os *t* hesitantes de "*quarter*" e "*twelve*",[10] reconhecerão

"Não pode haver a menor dúvida de que isso foi escrito por duas pessoas."
[W.H. Hyde, *Harper's Weekly*, 1893]

o fato imediatamente. Uma análise muito breve deve lhes permitir distinguir com toda confiança as palavras escritas pela mão mais firme daquelas traçadas pela mais fraca.[11]

"Meus Deus, é claro como o dia!" exclamou o coronel. "Por que diabos dois homens escreveriam uma carta dessa maneira?"

"Obviamente tratava-se de algum negócio ilícito, e um dos homens, que desconfiava do outro, fez questão de que os dois participassem igualmente de tudo que fosse feito. E, entre os dois homens, está claro que aquele que escreveu o "*at*" e o "*to*" era o cabeça."

"Como chegou a isso?"

"Poderíamos deduzir isso do mero caráter de uma letra comparada com a outra. Mas temos razões mais seguras para fazer essa suposição. Se examinarem este fragmento com atenção, chegarão à conclusão de que o homem de mão mais firme escreveu todas as suas palavras primeiro, deixando espaços para o outro preencher. Esses espaços nem sempre foram suficientes, e podem ver que o segundo homem teve de espremer seu "*quarter*" para inseri-lo entre o "*at*" e o "*to*", o que mostra que estas últimas já estavam escritas. O homem que escreveu todas as suas palavras primeiro foi sem dúvida aquele que planejou esse negócio."

"Excelente!" exclamou Mr. Acton.

"Mas muito superficial", disse Holmes. "Chegamos agora, contudo, a um detalhe de importância. Talvez ignorem que a dedução da idade de um homem a partir de sua caligrafia é uma arte que foi levada a considerável precisão por especialistas. Em casos normais, é possível situar um homem em sua verdadeira década com tolerável certeza. Digo casos normais, porque doença e fraqueza física reproduzem os sinais da velhice, mesmo quando o sujeito é jovem. Neste caso, vendo a letra segura, firme de um e a aparência bastante débil da outra, que ainda conserva sua legibilidade, embora os *t* tenham começado a perder seu traço, podemos dizer que um era um rapaz e o outro um homem de idade avançada sem ser positivamente decrépito."

"Excelente!" exclamou Mr. Acton novamente.

"Há um outro aspecto, no entanto, mais sutil e de maior interesse. Há algo em comum entre estas letras. Elas pertencem a parentes consanguíneos. Isso pode ficar mais patente para os senhores nos *e* gregos, mas para mim há muitos pequenos detalhes que indicam a mesma coisa. Não tenho dúvida alguma de que é possível descobrir um maneirismo de família nestas duas amostras de caligrafia. Só estou lhes dando agora, é claro, os principais resultados de meu exame do papel. Há vinte e três outras deduções que seriam de maior interesse para especialistas[12] que para os senhores. Todas elas tendem a aprofundar, em minha mente, a impressão de que os Cunningham, pai e filho, foram os autores desta carta.

"Tendo chegado a isso, meu passo seguinte foi, é claro, examinar os detalhes do crime e ver até que ponto poderiam nos ajudar. Fui até a casa com o inspetor e vi tudo que havia para ser visto. O ferimento a bala do morto fora, como fui capaz de determinar com absoluta certeza, causado por um revólver à distância de um pouco mais de quatro metros. Não havia mancha de pólvora nas roupas.

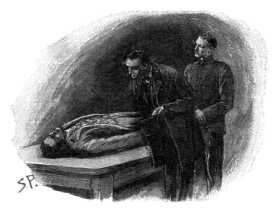

"Não havia mancha de pólvora nas roupas."
[Sidney Paget, *Strand Magazine*, 1893]

Os Fidalgos de Reigate 209

Evidentemente, portanto, Alec Cunningham mentira ao dizer que os dois homens estavam lutando quando o tiro foi disparado. Mais uma vez, pai e filho concordavam quanto ao lugar onde o homem escapara para a estrada. Acontece que naquele ponto há uma vala bastante larga, úmida no fundo. Como não havia vestígio de pegada nessa vala, tive certeza absoluta de que os Cunningham haviam mentido de novo e de que não houvera absolutamente nenhum homem desconhecido na cena.

"Em seguida tive de considerar o motivo desse crime singular. Para chegar a isso tentei, antes de mais nada, descobrir a razão do primeiro roubo na casa de Mr. Acton. Captei, por alguma coisa que o coronel nos contou, que havia um processo em andamento entre Mr. Acton aqui e os Cunningham. É claro que me ocorreu de imediato que haviam invadido sua biblioteca, Mr. Acton, com a intenção de se apossar de algum documento que podia ser de importância no caso."

"Exatamente", disse Mr. Acton, "não pode haver dúvida quanto às intenções deles. Tenho o mais líquido e certo direito à metade da propriedade atual deles, e se tivessem encontrado um único papel — que, felizmente, estava no cofre de meus advogados —, teriam sem dúvida invalidado nossa demanda."

"Aí está!" disse Holmes, sorrindo. "Foi uma tentativa perigosa, imprudente, em que tenho a impressão de perceber a influência do jovem Alec. Não tendo encontrado nada, tentaram desviar as suspeitas fazendo com que parecesse se tratar de um assalto comum, e assim levaram tudo em que puderam pôr as mãos. Tudo isso está bastante claro, mas ainda havia muita coisa obscura. O que eu queria, acima de tudo, era obter a parte desaparecida do bilhete. Tinha certeza de que Alec a arrancara da mão do morto, e quase certeza de que a enfiara no bolso do roupão. Onde mais poderia ter posto aquilo? A única questão era se continuava lá. Valia a pena fazer um esforço para descobrir, e foi com esse objetivo que entramos na casa.

"Os Cunningham se reuniram a nós, como certamente se lembram, junto da porta da cozinha. Era da máxima importância, é claro, que não fossem lembrados da existência desse papel, ou o destruiriam de imediato. O inspetor estava prestes a lhes revelar a importância que atribuíamos a ele quando, graças ao mais feliz dos acasos, fui derrubado por uma espécie de ataque e assim mudei o rumo da conversa."

"Céus!" exclamou o coronel, rindo. "Está querendo dizer que toda nossa piedade foi desperdiçada e seu ataque uma impostura?"

"Falando como profissional, foi admiravelmente bem-feito", exclamei, olhando espantado para esse homem que estava sempre me desconcertando com algum novo aspecto de sua astúcia.

"É uma arte de grande utilidade",[13] disse ele. "Quando me recobrei, consegui, mediante um estratagema que talvez não tenha deixado de ser engenhoso, fazer o velho Cunningham escrever a palavra *twelve* de modo a poder compará-la com o *twelve* escrito no papel."

"Ah, como fui idiota!" exclamei.

"Percebi que você se apiedou de mim em razão de minha fraqueza", disse Holmes, rindo. "Lamento ter lhe causado a comiseração que sei que sentiu. Em seguida subimos juntos para o segundo andar, e depois de entrar no quarto e ver o roupão pendurado atrás da porta, usei o estratagema de derrubar a mesa para ocupar a atenção deles por um instante e voltei para examinar os bolsos. Mas eu mal tinha pegado o papel, que estava num deles, como eu esperara, quando os dois Cunningham me agarraram, e acredito realmente que teriam me assassinado no ato, não tivesse sido o pronto socorro dos senhores. Até agora sinto o aperto das mãos do rapaz no pescoço, e o pai torceu-me o punho na tentativa de arrancar-me o papel da mão. Perceberam que eu devia saber tudo sobre ele, e a súbita transição da absoluta segurança para a completa perdição os deixou inteiramente desatinados.

"Tive uma conversinha com o velho Cunningham depois sobre o motivo do crime. Mostrou-se bastante afável, embora o filho parecesse um perfeito demônio, pronto a estourar os próprios miolos ou os de qualquer outra pessoa se pudesse passar a mão no seu revólver. Quando Cunningham viu que a acusação contra ele era tão forte, perdeu toda a coragem e confessou tudo. Parece que William havia seguido secretamente os patrões na noite em que invadiram a casa de Mr. Acton e, tendo ganhado assim poder sobre os dois, passara a chantageá-los sob ameaças de denúncia. Mas jogar esse tipo de jogo com um homem como Mr. Alec era perigoso. Foi sem dúvida um golpe de gênio da parte dele ver no temor de ladrões que convulsionava a região uma oportunidade de se ver livre, de uma maneira plausível, do homem que o ameaçava. William foi atraído e morto; e se eles tivessem se apoderado do bilhete inteiro e prestado um pouco mais de atenção aos detalhes das versões que contaram, é muito possível que nenhuma suspeita tivesse jamais sido levantada."

"E o bilhete?" perguntei.

Sherlock Holmes pôs diante de nós o papel abaixo.[14]

> If you will only come round at quarter to twelve to the east gate you will learn what will very much surprise you and maybe be of the greatest service to you and also to Annie Morrison. But say nothing to anyone upon the matter

"É muito parecido com o que eu esperava", disse ele. "Ainda não sabemos, é claro, quais podem ter sido as relações entre Alec Cunningham, William Kirwan e Annie Morrison.[15] O resultado mostra que a armadilha foi habilmente armada. Tenho certeza de que os senhores se deliciarão com os sinais de hereditariedade que aparecem nos *p* e nas voltas dos *g*. A ausência de pingos nos *i* da letra do velho é também extremamente característica. Penso, Watson, que nosso tranquilo repouso no campo foi um indubitável sucesso, e voltarei sem dúvida muito revigorado para Baker Street amanhã."

Notas

1. "The Reigate Squires" foi publicado na *Strand Magazine* em junho de 1893 como *The Reigate Squire* (singular); em *Memoirs of Sherlock Holmes* foi mudado para *The Reigate Squires*; em *Harper's Weekly* (17 de junho de 1893), o título foi alterado para *The Reigate Puzzle* [O enigma de Reigate].

2. Havia um Hotel *Dubost* na Place Camot nº 19, mas isso é insatisfatório.

3. Carol P. Woods calcula que, para encher um quarto médio de hotel francês "até a altura dos tornozelos", seriam necessários 10.741 telegramas amassados; ela imagina que a doença de Holmes não se devia inteiramente aos esforços despendidos no caso Países Baixos-Sumatra, mas também à própria atividade associada ao recebimento dos telegramas — ele teria sido obrigado a passar um pouco mais que 179 horas abrindo-os, lendo-os, amassando-os e jogando-os de lado.

4. Nas edições americanas, esse se transforma curiosamente numa coleção de "armas orientais". Quem sabe havia entre elas um rifle Jezail, como o que disparou acidentalmente e feriu Watson?

5. Alexander Pope (1688-1744), poeta e satirista britânico. Suas obras mais conhecidas são *An Essay on Criticism, The Rape of the Lock* e *An Essay on Man*. Sua elogiada tradução de Homero, que lhe valeu inesperada fortuna, foi escrita em dísticos heroicos (versos rimados de pentâmeros iâmbicos) e compreendeu 11 volumes: seis para a *Iliad* (1715-20) e cinco para a *Odissey* (1725-26). Talvez o ladrão tenha levado o volume da *Odisseia* que continha o verso: "Estes tesouros são possuídos, mas não desfrutados!"

6. Um preconceito americano contra títulos honoríficos continua evidente: nos textos americanos, a palavra *"man"* substitui *"squire"* aqui.

7. Para não ficar atrás de Holmes em seu hábito de citar Shakespeare, Watson está parafraseando Polônio: "É loucura, mas tem lá seu método" (*Hamlet*, Ato 2, Cena 2).

8. Seria o ano de 1709, quando 100.000 soldados britânicos, austríacos e holandeses entraram em choque com 90.000 franceses na última grande batalha campal da Guerra da Sucessão Espanhola. O embate, que teve lugar perto da aldeia de Malplaquet, 16km ao sul de Mons, obrigou os franceses a recuar, mas as muitas baixas sofridas pelos aliados os impediram de avançar até Paris.

9. Pequena ave marinha associada a tempestades. Em "O tratado naval", Holmes refere-se jovialmente a Watson como "o andorinhão-das-tempestades" do crime.

10. Notavelmente, a caligrafia do bilhete (reproduzido na página 212) é idêntica à que aparece no manuscrito de "O corcunda", observa L.S. Hostein em "The Puzzle of Reigate". Holstein conclui que Watson deve ter escrito os dois textos e foi um instrumento inocente da quadrilha Cunningham/Kirwan. Holmes, que reconheceu a letra de Watson imediatamente, inventou grande parte de sua explicação para acobertar seu bom amigo.

11. Ao fazer um estudo tão detalhado da letra de Cunningham, Holmes — aqui investigando em 1887 — estava tanto no seu tempo quanto à frente dele, pois na época a análise da caligrafia estava se desenvolvendo em outros lugares da Europa, mas ainda continuava amplamente desconhecida na Grã-Bretanha. O interesse pela caligrafia como uma janela para o caráter de uma pessoa remonta no mínimo à Grécia antiga. Aristóteles observou certa vez: "Assim como os homens não produzem todos os mesmos sons ao falar, assim também não têm a mesma escrita." Muitos estudiosos dedicaram-se ao estudo da escrita manuscrita na primeira parte do século XIX, mas o interesse público floresceu depois que Jean Hippolyte Michon, um padre francês, cunhou o termo "grafologia" na década de 1870 e publicou dois livros de muito sucesso sobre o assunto. A metodologia de Michon era rígida pelos padrões atuais, atribuindo traços de personalidade específicos a distintos elementos da escrita (e supondo a ausência de tais traços na ausência desses elementos). É ao discípulo de Michon, Jules Crepieux-Jamin, que adaptou uma abordagem interpretativa mais holística aos achados dele, que se atribui a fundação da escola francesa de grafologia.

A grande obra de Crepieux-Jamin, *L'Ecriture et le caractère*, só foi publicada em 1888, um ano depois dos eventos narrados em "Os fidalgos de Reigate". As teorias foram postas à prova na década de 1890 pelo filósofo alemão Ludwig Klages e o psicólogo Alfred Binet (pai do teste de inteligência moderno), que procuraram associar mais estreitamente a escrita ao campo da psicologia. Entretanto, com a evidente exceção de Holmes, o conhecimento britânico sobre o assunto era quase inexistente. Somente após a Segunda Guerra Mundial, quando grafólogos alemães procuraram asilo na Inglaterra, o interesse foi despertado ali pela publicação de vários novos livros. Holmes tinha claro interesse pelo uso criminológico da grafologia, como demonstrado por suas observações sobre caligrafia em "O homem da boca torta", "A caixa de papelão", "A segunda mancha", "A Granja da Abadia", "A tragédia do *Gloria Scott*" e "O construtor de Norwood". Winifred Christie, em "Sherlock Holmes and Graphology", conjectura que ele pode ter consultado Michon e Crepieux-Jamin numa visita à França na década de 1880.

12. O aclamado escritor de romances policiais John Ball Jr demonstra que Holmes não estava exagerando: em seu ensaio "The Twenty-Three Deductions" ele fornece uma lista completa das tais 23 inferências que ele pode ter extraído do bilhete dos Cunningham. Seus itens vão desde os mais ou menos óbvios (qualidade do papel, qualidade da tinta, origem do papel, se os autores do bilhete eram canhotos ou destros) até os mais obscuros (se ambos os autores haviam usado a mesma tinta; a presença ou ausência de cheiro; marcas de unhas ou manchas; alguma indicação de que o bilhete fora sujeito a "fricções no bolso"). "Os fidalgos de Reigate" é o único caso, no entanto, em que Holmes demonstra seus conhecimentos especializados e, como observa David James Trapp, ele poderia ter poupado Violet Hunter de muitas aflições se tivesse submetido a carta que ela recebera de Jephro Rucastle em "As Faias Acobreadas" a uma análise grafológica.

13. De fato, a arte de se fingir de doente ou de vítima de um ferimento ou acidente provou-se extremamente útil a Holmes em "O detetive agonizante", onde ele declara: "A simulação de doença é um tema sobre o qual pensei por vezes em escrever uma monografia."

14. Se for a um quarto para meia-noite ao portão leste, saberá de uma coisa que o surpreenderá muito e pode ser da maior utilidade para você e também para Annie Morrison. Mas não diga nada a ninguém sobre o assunto. [N.T.]

15. O parentesco de Annie Morrison com Miss Morrison de "O corcunda", ou com Morrison, Morrison & Dodd de "O vampiro de Sussex", se é que há algum, é desconhecido.

O Corcunda[1]

O conhecimento da Bíblia ajuda Holmes a desvendar o enigma da sala trancada que Watson chama de "O corcunda". O caso tem raízes nos males do Motim Indiano, o levante de tropas nativas contra o domínio britânico na Índia. Embora o serviço militar de Watson e seu círculo de amigos sejam as razões usuais para as frequentes conexões militares no Cânone, este caso é levado a Watson pelo próprio Holmes. A história começa altas horas da noite, quando a mulher do médico está dormindo no segundo andar. Essa tranquila cena doméstica é rapidamente contrastada com a descrição que Watson faz de outra casa, em que reside o coronel James Barclay com sua mulher, Nancy. O coronel jaz morto em seu lar, com a porta trancada por dentro, tendo a seu lado sua insensível mulher. As cuidadosas observações de Holmes revelam a presença de dois outros misteriosos visitantes no aposento e ele recorre aos Baker Street Irregulars para encontrar a pista deles. Embora o conto termine com uma confissão, alguns sugerem que Holmes pode ter sido induzido a erro pela história quase bíblica que ouve.

Numa noite de verão, alguns meses após meu casamento,[2] eu estava sentado ao pé da minha lareira, fumando um último cachimbo e cabeceando sobre um romance, pois tivera um dia de trabalho exaustivo. Minha mulher já subira, e o ruído da tranca da porta do vestíbulo, algum tempo antes, me dissera que os empregados também já haviam se recolhido. Eu me levantara da poltrona e batia as cinzas do meu cachimbo quando ouvi de repente o toque da campainha.

Olhei o relógio. Faltava um quarto para meia-noite. Não podia ser uma visita em hora tão tardia. Um paciente, é claro, e talvez um que passaria a noite toda no meu consultório. Com uma careta, fui ao vestíbulo e abri a porta. Para meu espanto, dei com Sherlock Holmes no patamar.

"Ah, Watson", disse ele, "estava com a esperança de que não seria tarde demais para pegá-lo acordado."

"Meu caro amigo, entre, por favor."

"Parece surpreso, e não é de admirar! Aliviado, também, suponho! Hum! Então ainda fuma a mistura Arcadia dos seus tempos de solteiro? Essa cinza fofa no seu paletó é inconfundível. É fácil perceber que você teve o costume de usar uma farda, Watson; nunca passará por um civil puro-sangue enquanto conservar o hábito de manter seu lenço na manga. Pode me hospedar por esta noite?"

"Com prazer."

"Você me disse que tinha aposentos de solteiro para um, e vejo que não está recebendo a visita de nenhum cavalheiro no momento. Pelo menos é o que diz sua chapeleira."

"Vou me sentir encantado se ficar."

"Muito obrigado. Então vou ocupar um gancho vazio. Lamento ver que você teve um operário britânico em casa. Nenhum entupimento, espero?"

"Não, o gás."

"Ah! Ele deixou duas marcas de tachas das suas botas no seu linóleo, exatamente onde a luz bate. Não, obrigado, comi alguma coisa em Waterloo, mas fumarei um cachimbo com você com prazer."

Passei-lhe minha tabaqueira, ele se sentou em frente a mim e fumou durante algum tempo em silêncio. Sabendo que só um assunto de importância o teria levado a me procurar àquela hora, esperei pacientemente até que se decidisse a abordá-lo.

"Vejo que, profissionalmente, você tem andado bastante ocupado", disse, lançando-me um olhar arguto.

"Então vou ocupar um gancho vazio."
[Sidney Paget, *Strand Magazine*, 1893]

"É verdade, tive um dia agitado", respondi. "Posso parecer muito tolo a seus olhos", acrescentei, "mas realmente não sei como deduziu isso."

Holmes deu uma risadinha consigo mesmo.

"Tenho a vantagem de conhecer seus hábitos, meu caro Watson", disse. "Quando sua ronda é curta você vai a pé, e quando é longa, usa um *hansom*. Como noto que suas botas, embora usadas, não estão de maneira alguma sujas, não posso duvidar de que você anda agora ocupado o suficiente para justificar o *hansom*."

"Excelente!" exclamei.

"Elementar", disse ele. "É um desses casos em que a pessoa que raciocina pode produzir um efeito que parece notável aos olhos do vizinho porque este deixou de perceber o pequeno detalhe que foi a base da dedução. O mesmo pode ser dito, meu caro amigo, do efeito de algumas dessas suas pequenas narrativas, que é inteiramente falso, uma vez que depende do fato de você nunca revelar ao leitor alguns fatores do problema. Mas no momento estou na posição desses leitores,[3] pois detenho nesta mão vários fios de um dos mais estranhos casos que alguma vez desnortearam o cérebro de um homem; no entanto, faltam-me mais um ou dois, indispensáveis para que minha teoria se complete. Mas eu os terei, Watson, eu os terei!" Seus olhos se iluminaram e um leve rubor brotou em suas faces magras. Por um instante suspendera-se o véu que encobria sua natureza ardente, intensa; mas só por um instante. Quando o olhei novamente, seu rosto reassumira a impassibilidade de um pele-vermelha, que levava tantos a considerá-lo uma máquina e não um ser humano.

"O problema apresenta características de interesse", disse ele; "posso até dizer características de excepcional interesse. Já examinei a matéria e creio que já avisto a solução. Se pudesse me acompanhar nesse último passo, poderia me prestar um serviço considerável."

"Seria um prazer."

"Poderia ir a Aldershot amanhã?"

"Não tenho dúvida de que Jackson[4] atenderia meus clientes."

"Ótimo. Quero tomar o trem que sai às 11h10 de Waterloo."

"Isso me daria tempo."

"Nesse caso, se não está com muito sono, vou lhe fazer um esboço do que aconteceu e do que nos resta fazer."

"Estava sonolento quando você chegou, mas agora estou completamente desperto."

"Vou resumir a história até onde é possível fazê-lo sem omitir nenhum elemento vital. É possível mesmo que você já tenha lido algum relato da matéria. É o suposto assassinato do coronel Barclay, do Royal Mallows,[5] em Aldershot que estou investigando."

"Não soube de nada sobre o assunto."

"Por enquanto não despertou muita atenção, exceto localmente. Os fatos se passaram há apenas dois dias. Em síntese, são os seguintes:

"O Royal Mallows é, como você sabe, um dos mais famosos regimentos irlandeses do Exército Britânico. Fez maravilhas tanto na Crimeia quanto no Motim[6], e desde essa época se distinguiu em todas as ocasiões possíveis. Até segunda-feira à noite era comandado por James Barclay, um destemido veterano que começou como soldado raso, foi promovido a oficial por sua bravura na época do Motim e chegou ao comando do regimento em que outrora carregou um mosquete.

"O coronel Barclay havia se casado quando era sargento, e sua mulher, cujo nome de solteira era Miss Nancy Devoy, era filha de um sargento reformado do mesmo corpo. Houve portanto, como se pode imaginar, um pequeno atrito social quando o jovem casal (pois ainda eram jovens) se viu em seu novo ambiente. Ao que parece, contudo, eles se adaptaram rapidamente e, pelo que soube, Mrs. Barclay foi sempre muito querida entre as senhoras do regimento, assim como o marido entre seus colegas oficiais. Posso acrescentar que ela era uma mulher de grande beleza, e que até hoje, mais de trinta anos após seu casamento, conserva uma aparência admirável.[7]

"A vida em família do coronel Barclay parece ter sido muito feliz. O major Murphy, a quem devo a maior parte das informações que obtive, assegura-me que nunca ouviu falar de nenhum desentendimento entre o casal. Ele pensa que, em geral, Barclay era mais devotado à mulher que esta a ele. O coronel ficava profundamente incomodado quando tinha de se afastar dela por um dia. Ela, por outro lado, embora amorosa e leal, era menos impetuosa. Mas eles eram vistos no regimento como o próprio modelo de um casal de meia-idade. Absolutamente nada em suas relações predispunha as pessoas para a tragédia que se seguiria.

"Quanto ao coronel Barclay, parecia ter alguns traços de caráter singulares. De ordinário, era um velho soldado bem-disposto e jovial, mas em certas ocasiões mostrava-se vingativo e capaz de considerável violência. Esse aspecto de sua natureza, contudo, parece nunca ter se voltado contra a mulher. Outro fato que impressionara o major Murphy e três de cada cinco dos outros oficiais com quem conversei era a espécie singular de depressão que se apossava dele de vez em quando. Como o expressou o major, o sorriso muitas vezes desaparecia de seus lábios, como arrancado por mão invisível, quando ele participava da algazarra e das brincadeiras no rancho. Por dias a fio, permanecia mergulhado na mais profunda depressão. Isso e uma ligeira superstição eram os únicos traços inusitados de seu caráter observados por seus colegas oficiais. A última peculiaridade assumia a forma de uma intolerância a ser deixado a sós, principalmente depois que a noite caía. Esse traço pueril numa natureza de notável virilidade dera margem muitas vezes a comentários e conjecturas.

"O primeiro batalhão do Royal Mallows (que é o antigo 117º) está estacionado em Aldershot há alguns anos. Os oficiais casados moram fora do quartel e o coronel residiu durante todo esse tempo numa casa chamada 'Lachine', a uns oitocentos metros do Acampamento Norte. A casa é cercada por um grande terreno, mas do lado oeste fica a não mais que trinta metros da estrada principal. Um cocheiro e duas criadas compõem a criadagem. Eram estes, com o dono e a dona da casa, os únicos moradores de Lachine, pois os Barclay não tinham filhos nem costumavam receber hóspedes.

"Passo agora ao que ocorreu em Lachine entre nove e dez horas da noite da segunda-feira passada.

"Mrs. Barclay, que era membro da Igreja Católica Romana, desenvolvera grande interesse na criação da Guilda de São Jorge, formada em conexão com a capela de Watt Street com o objetivo de fornecer roupas usadas aos pobres. Naquela noite, às oito horas, realizara-se um encontro dessa guilda, e Mrs. Barclay jantara depressa para poder comparecer. Ao sair de casa, o cocheiro a ouviu fazer algum comentário banal para o marido e garantir-lhe que logo estaria de volta. Foi então chamar Miss Morrison, uma jovem senhora que mora na casa ao lado, e as duas partiram juntas para a sua reunião. Esta durou quarenta minutos e às nove e quinze Mrs. Barclay voltou para casa, depois de deixar Miss Morrison em sua porta ao passar.

"Há em Lachine um aposento usado como sala de estar durante o dia. Tem uma grande porta de vidro de dois batentes que se abre para um gramado de uns trinta metros de largura; este é separado da estrada principal apenas por uma mureta encimada por uma grade de ferro. Foi para essa sala que Mrs. Barclay se dirigiu ao chegar. As persianas não estavam baixadas, porque a sala raramente era usada à noite, mas a própria Mrs. Barclay acendeu a lâmpada e em seguida tocou a campainha, pedindo a Jane Stewart, a copeira, que lhe levasse uma xícara de chá, o que estava em total desacordo com seus hábitos usuais. O coronel estava na sala de jantar, mas, percebendo que a mulher voltara, foi se juntar a ela na sala de estar. O cocheiro viu-o cruzar o vestíbulo para entrar nela. Nunca mais voltou a ser visto com vida.

"O chá que fora pedido foi levado ao fim de dez minutos; mas a criada, ao se aproximar da porta, ficou surpresa por ouvir as vozes dos patrões em furiosa altercação. Bateu, sem receber nenhuma resposta, e até girou a maçaneta, mas constatou que a porta estava trancada por dentro. Muito naturalmente, correu para contar à cozinheira, e as duas mulheres, com o cocheiro, foram até o vestíbulo e ficaram ouvindo a discussão, que continuava. Todos concordaram que se ouviam duas vozes, a do coronel Barclay e a da sua mulher. As palavras de Barclay eram controladas e abruptas e os ouvintes nada conseguiam discernir. As da senhora, por outro lado, eram extremamente rancorosas, e quando ela elevava a voz, podiam

"As duas mulheres, com o cocheiro, ficaram ouvindo a discussão, que continuava." [W.H. Hyde, *Harper's Weekly*, 1893]

ser claramente ouvidas. 'Covarde!' repetia ela volta e meia. 'Que fazer agora? Que fazer agora? Devolva-me a vida. Nunca haverei de respirar o mesmo ar que você de novo! Covarde! Covarde!' Esses foram fragmentos da conversa, que terminou num grito súbito e pavoroso do homem, com um ruído de algo que se quebra e um berro estridente da mulher. Convencido de que alguma tragédia ocorrera, o cocheiro jogou-se contra a porta e tentou forçá-la, enquanto um grito se sucedia a outro do lado de dentro. Porém ele não conseguiu arrombar a porta e as criadas estavam perturbadas demais para pensar em ajudá-lo. Mas de repente ele teve uma ideia, e saiu correndo pela porta do vestíbulo e, contornando a casa, foi para o gramado para o qual se abria a ampla janela à francesa. Como um lado da janela estava aberto, o que, pelo que entendi, era bastante usual durante o verão, ele entrou sem dificuldade na sala. A dona da casa havia parado de gritar e estava estendida num sofá, desacordada, enquanto, os pés suspensos sobre o braço de uma poltrona e a cabeça no chão perto de um canto do guarda-fogo,[8] o infeliz soldado jazia morto numa poça do próprio sangue.[9]

"O cocheiro jogou-se contra a porta."
[Sidney Paget, *Strand Magazine*]

"Naturalmente, o primeiro pensamento do cocheiro, ao constatar que nada podia fazer pelo seu patrão, foi abrir a porta. Mas deparou então com uma dificuldade inesperada e singular. A chave não estava no lado de dentro da porta, nem foi possível encontrá-la em lugar algum na sala. Assim, ele saiu novamente pela janela e, depois de ter obtido a ajuda de um policial e de um médico, retornou. A senhora, contra quem pesavam naturalmente as maiores suspeitas, foi removida para seu quarto, ainda desacordada. O corpo do coronel foi então posto sobre o sofá e o cenário da tragédia foi submetido a um cuidadoso exame.

"Descobriu-se que o ferimento que vitimara o desventurado veterano era um corte denteado de cerca de cinco centímetros na parte de trás da cabeça, causado evidentemente por um violento golpe com uma arma rombuda. Também não foi difícil adivinhar qual teria sido a arma. No chão, perto do corpo, havia um singular bastão de madeira entalhada com um cabo de osso. O coronel possuía uma variada coleção de armas, trazidas dos diferentes países onde lutara e, segundo as conjecturas da polícia, esse bastão estava entre seus troféus. Os criados negaram tê-lo visto antes, mas entre as numerosas curiosidades da casa é possível que essa tivesse passado despercebida. Nada mais de importância foi descoberto na sala pela polícia, exceto o fato inexplicável de que a chave não pôde ser encontrada nem na posse de Mrs. Barclay, nem na pessoa da vítima ou em qualquer lugar. A porta acabou tendo de ser aberta por um serralheiro de Aldershot.

"Esse era o estado das coisas, Watson, quando, na terça-feira de manhã, a pedido do major Murphy, fui a Aldershot para suplementar os esforços da polícia. Penso que você reconhecerá que o problema já se afigurava de interesse, mas minhas observações logo me fizeram compreender que ele era na verdade muito mais extraordinário do que parecia à primeira vista.

"Antes de examinar a sala, interroguei os criados, mas só consegui trazer à tona os fatos que já narrei. Um outro detalhe de interesse foi lembrado por Jane Stewart, a criada. Você deve se lembrar de que ao ouvir o som da altercação ela desceu e voltou com os outros criados. Ela diz que nessa primeira ocasião, quando estava sozinha, o amo e a ama falavam tão baixo que ela mal podia ouvir alguma coisa, e julgou pelo tom de suas vozes, mais do que por suas palavras, que haviam se desentendido. Quando a pressionei, porém, ela se lembrou de que ouviu a senhora pronunciar duas vezes a palavra 'Davi'. Este detalhe é da maior importância para nos guiar rumo à razão da briga repentina. O coronel, como você se lembra, chama-se James.

"Havia algo no caso que causara a mais profunda impressão tanto sobre os criados quanto sobre a polícia. Era a contorção do rosto do coronel. Estampava-se nele, segundo o relato de todos, a mais terrível expressão de horror que um semblante humano é capaz de assumir. Mais de uma pessoa desmaiou à simples vista dele, tão pavoroso era o efeito. Não havia dúvida de que ele previra seu destino, e que isso lhe causara o mais profundo horror. Isso, é claro, encaixava-se bastante bem com a teoria da polícia, segundo a qual o coronel poderia ter visto sua mulher desfechando-lhe um ataque assassino. O fato de o ferimento estar na parte de trás da cabeça não era uma objeção fatal a isso, pois ele poderia ter se virado para evitar o golpe. Não era possível obter nenhuma informação da própria senhora, que estava temporariamente insana por força de um ataque agudo de febre cerebral.

"Pela polícia, fiquei sabendo que Miss Morrison, que, você se lembra, saiu naquela noite com Mrs. Barclay, negava qualquer conhecimento do que causara o mau humor com que sua companheira voltara.

"Tendo coligido estes fatos, Watson, fumei vários cachimbos enquanto os remoía, tentando separar os decisivos de outros, meramente incidentais. Não podia haver dúvida de que o ponto mais característico e sugestivo no caso era o singular desaparecimento da chave da porta. Uma busca extremamente cuidadosa fora incapaz de descobri-la na sala. Portanto, devia ter sido retirada de lá. Mas nem o coronel nem a mulher a poderiam ter levado para fora. Isso era perfeitamente claro. Portanto, uma terceira pessoa devia ter entrado na sala. E essa terceira pessoa só poderia ter entrado pela janela. Pareceu-me que um exame cuidadoso da sala e do gramado poderiam revelar alguns vestígios desse indivíduo misterioso. Você conhece meus métodos, Watson. Não deixei de aplicar um só deles à investigação. E acabei descobrindo vestígios, mas muito diferentes dos que havia esperado. Um homem estivera na sala, e ele cruzara o gramado, vindo da estrada. Consegui obter cinco pegadas muito claras dele: uma na própria pista de rolamento, no ponto em que subira na mureta, duas no gramado, e duas muito apagadas nas tábuas sujas perto da janela por onde entrou. Ao que parece ele atravessara o gramado correndo, porque as marcas dos dedos eram muito mais profundas que as dos calcanhares. Mas não foi o homem que me surpreendeu. Foi seu companheiro."

"Seu companheiro!"

Holmes tirou do bolso uma grande folha de papel de seda e desdobrou-a cuidadosamente sobre os joelhos.

"O que você deduz disto?"

O papel estava coberto com os sinais das pegadas de um animal pequeno. Tinha cinco dedos bem definidos e indícios de unhas longas, e a marca toda era talvez do tamanho de uma colher de sobremesa.

"O que você deduz disto?" [Sidney Paget, *Strand Magazine*, 1893]

"É um cachorro", disse eu.

"Você já viu um cachorro subindo por uma cortina acima? Encontrei indícios claros de que esse animal fez isso."

"Um macaco, então?"

"Mas esta não é a pegada de um macaco."

"Que pode ser isso, então?"

"Nem cachorro, nem macaco, nem nenhum animal que nos seja familiar. Tentei reconstruí-lo a partir das medidas. Aqui estão quatro pegadas deixadas pelo animal de pé, parado. Como vê, não há menos de quarenta centímetros das patas dianteiras às traseiras. Acrescente a isso o comprimento do pescoço e da cabeça, e terá um animal com não muito menos que sessenta centímetros — provavelmente mais, se houver uma cauda. Mas agora observe esta outra medida. O animal se moveu, e temos as medidas de suas passadas. Em todos os casos, é de apenas cerca de oito centímetros. Temos aqui uma indicação, como vê, de um corpo comprido e patas muito curtas presas a ele. Ele não foi atencioso o bastante para deixar um fio de seu pêlo atrás de si. Mas sua forma geral deve ser a que indiquei; além disso, é capaz de trepar numa cortina e é carnívoro."

"Como deduz isso?"

"Porque trepou na cortina. Havia uma gaiola de canário pendurada na janela, e seu objetivo parece ter sido agarrar a ave."

"Mas então que animal era esse?"

"Ah, se eu pudesse lhe dar um nome teria um bom caminho andado na solução do caso. Pelo aspecto geral, parece ser um animal da família da doninha ou do arminho — mesmo assim, é maior do que qualquer um desses bichos que eu já tenha visto."

"Mas que teve ele a ver com o crime?"

"Isso também ainda está obscuro. Mas já aprendemos bastante, percebe? Sabemos que um homem postou-se na rua observando a briga entre os Barclay — as persianas estavam erguidas e a sala iluminada. Sabemos também que ele atravessou o gramado correndo, entrou na sala, acompanhado por um animal estranho, e que ou golpeou o coronel ou, o que é igualmente possível, o coronel caiu de puro pavor à vista dele e cortou a cabeça na quina do guarda-fogo. Finalmente, temos o fato curioso de que o intruso, ao partir, levou consigo a chave da sala."

"Suas descobertas parecem ter deixado o caso mais misterioso do que era antes", observei.

"Sem dúvida. Elas mostraram que o assunto era muito mais profundo do que se conjecturou de início. Refleti sobre o problema e cheguei à conclusão de que devo abordar o caso a partir de um outro aspecto. Mas realmente, Watson, eu o estou mantendo acordado quando poderia muito bem lhe contar tudo isso quando estivermos a caminho de Aldershot amanhã."

"Muito obrigado, você foi longe demais para parar."

"É certo que, ao deixar sua casa às sete e meia, Mrs. Barclay estava em bons termos com o marido. Ela nunca era muito efusiva, como acho que já disse, mas o cocheiro a ouviu conversar com o coronel de maneira amistosa. Ora, é igualmente certo que, ao voltar, ela fora de imediato para a sala onde tinha menor probabilidade de encontrar o marido, pedira um chá no mesmo instante, como faria uma mulher agitada, e, por fim, quando ele foi a seu encontro, lançara-se em violentas recriminações. Portanto, entre sete e meia e nove horas acontecera alguma coisa que alterara por completo seus sentimentos em relação ao marido. Mas Miss Morrison estivera com ela durante toda essa hora e meia. Portanto, embora o negasse, era absolutamente certo que essa senhora devia saber de alguma coisa sobre o assunto.

"Minha primeira conjectura foi que possivelmente houvera alguns episódios entre essa jovem dama e o velho soldado, que ela havia agora confessado à esposa. Isso explicaria o retorno zangado e também a negação pela jovem de que alguma coisa acontecera. Isso tampouco seria incompatível com a maioria das palavras ouvidas através da porta. Contra ela, porém, havia a referência a Davi, e havia a conhecida afeição do coronel por sua mulher, para não mencionar a trágica interferência desse outro homem, que podia, é claro, não ter nenhuma relação com o que se passara antes. Não era fácil escolher uma direção, mas, no fim das contas, fiquei inclinado a descartar a ideia de que houvera alguma coisa entre o coronel e Miss Morrison, porém mais convencido do que nunca de que essa jovem detinha a pista do que despertara raiva do marido em Mrs. Barclay. Assim, tomei o caminho óbvio de visitar Miss M., explicar-lhe que estava plenamente convencido de que ela estava de posse dos fatos e assegurar-lhe que sua amiga Mrs. Barclay poderia se ver no banco dos réus, acusada de um crime capital, a menos que o assunto fosse elucidado.

"Miss Morrison é uma jovem esguia e diáfana, com olhos tímidos e cabelo louro, mas não me pareceu em absoluto carecer de sagacidade e bom senso. Pensou por algum tempo depois que falei, e em seguida, virando-se para mim com um ar decidido, fez uma declaração extraordinária, que resumirei para você.

"'Prometi a minha amiga que nada diria sobre o assunto, e promessa é dívida', disse; 'mas se posso realmente ajudá-la quando uma acusação tão grave pesa contra ela, e quando ela mesma, a minha querida, está impedida de falar pela doença, penso que estou dispensada de minha promessa. Vou lhe contar exatamente o que aconteceu segunda-feira à noite.

"'Voltávamos da Missão de Watt Street, por volta de um quarto para as nove. Nosso caminho passava pela Hudson Street, uma rua muito sossegada. Nela há apenas um lampião, do lado esquerdo, e quando nos aproximávamos dele vi um homem vindo na nossa direção com as costas muito encurvadas e uma espécie de caixa a tiracolo. Parecia deformado, porque andava com a cabeça baixa e os joelhos dobrados. Quando passávamos por ele, o homem levantou a cabeça para olhar para nós no círculo de luz projetado pelo lampião e, ao fazê-lo, parou e gritou numa voz pavorosa: «Meu Deus, é Nancy!» Mrs. Barclay ficou branca como a morte e teria caído se a medonha criatura não a tivesse segurado. Eu ia chamar a polícia, mas ela, para minha surpresa, falou muito cortesmente com o sujeito.

'"«Pensava que estivesse morto há trinta anos, Henry», disse com uma voz trêmula.

'"«E estava mesmo», disse ele, num tom horripilante. Tinha um semblante muito carrancudo, assustador, e um brilho nos olhos que me reaparece em sonhos. Tinha o cabelo e as costeletas grisalhos e o rosto era todo amarfanhado e enrugado como uma maçã murcha.

"É Nancy!"
[Sidney Paget, *Strand Magazine*, 1893]

'"«Vá andando um pouco na frente, minha cara», disse Mrs. Barclay. «Quero trocar uma palavra com este homem. Não há nada para se temer.» Tentava falar com segurança, mas continuava extremamente pálida e seus lábios tremiam tanto que mal conseguia articular as palavras.

Fiz o que ela pedia e eles conversaram por alguns minutos. Depois ela desceu a rua com os olhos chamejando, e vi o infeliz aleijado parado junto ao lampião e sacudindo seus punhos fechados no ar, como se estivesse louco de raiva. Ela não disse uma palavra até que chegamos à minha porta, quando me segurou pela mão e suplicou que não contasse a ninguém o que se passara. «É um velho conhecido meu que perdeu sua posição social», disse. Quando lhe prometi que nada diria, ela me beijou, e desde então nunca mais a vi. Agora lhe contei toda a verdade, e se não a revelei à polícia foi por não compreender o perigo que minha querida amiga corria. Sei que ela só poderá ser beneficiada se tudo for conhecido.'

"Esta foi sua declaração, Watson, e para mim, como pode imaginar, teve o efeito de uma luz numa noite escura. Tudo que parecia incoerente antes começou de repente a assumir o devido lugar, e tive um vago pressentimento de toda a sequência dos fatos. Meu passo seguinte, obviamente, era encontrar o homem que produzira tão marcante impressão em Mrs.

Barclay. Se ele ainda estivesse em Aldershot, isso não seria muito difícil. Não há um número assim tão grande de civis, e um homem deformado certamente teria chamado atenção. Passei um dia procurando e à noite — esta mesma noite, Watson — já o encontrara. O homem se chama Henry Wood e mora na mesma rua em que as damas o encontraram. Faz apenas cinco dias que está no lugar. Disfarçado de agente de registro,[10] tive uma conversa extremamente interessante com a senhoria dele. O homem é mágico e ator por profissão, e depois que anoitece percorre as cantinas militares, fazendo uma pequena encenação em cada uma. Carrega consigo naquela caixa um animal, que parece deixar a senhoria consideravelmente apreensivo, pois nunca vira um bicho como aquele. Informou-me que ele o usa em algumas de suas mágicas. Isso foi o que a mulher pôde me dizer, e também que era espantoso que o homem pudesse viver, vendo-se como era contorcido, e que nas duas últimas noites ela o ouvira gemer e chorar em seu quarto. No que dizia respeito a dinheiro, ele parecia não ter problemas, mas, em seu depósito, dera-lhe o que parecia ser um florim falso. Ela me mostrou a moeda, Watson, e era uma rupia indiana.

"Assim, meu caro companheiro, agora você sabe exatamente a quantas estamos e por que quero sua ajuda. Está perfeitamente claro que, depois que as damas se afastaram dele, esse homem as seguiu a distância, viu a discussão entre marido e mulher pela janela, precipitou-se para dentro da casa e o animal que carregava em sua caixa se soltou. Tudo isto é indubitável. Mas ele é a única pessoa neste mundo que pode nos contar exatamente o que aconteceu naquela sala."

"E pretende lhe perguntar?"

"Sem dúvida... mas na presença de uma testemunha."

"E sou eu a testemunha?"

"Se quiser me fazer esse favor. Se ele puder elucidar a questão, muito bem. Caso se recuse, não temos alternativa senão pedir um mandado de prisão."

"Mas como sabe que ele estará lá quando voltarmos?"

"Pode ficar certo de que tomei algumas precauções. Tenho um dos meus garotos de Baker Street[11] montando guarda; vai se manter grudado nele como carrapicho, aonde quer que vá. Nós o encontraremos em Hudson Street amanhã, Watson; e nesse ínterim eu mesmo seria um criminoso se o mantivesse fora da cama por mais tempo."

Era meio-dia quando nos encontramos no cenário da tragédia, e, com Holmes como guia, seguimos imediatamente para Hudson Street. Apesar de sua capacidade de ocultar as emoções, eu podia ver facilmente que meu amigo se encontrava num estado de nervosismo contido, enquanto eu mesmo vibrava com aquele prazer semiesportivo, semi-intelectual que experimento invariavelmente quando me associo a ele em suas investigações.

"A rua é esta", disse, quando entramos numa ruazinha de casas simples de tijolos, de dois andares. "Ah, aí vem Simpson para fazer seu relatório."

"Tudo bem com ele, Mr. Holmes", exclamou um moleque, correndo ao nosso encontro.

"Ótimo, Simpson!" disse Holmes, fazendo-lhe um afago na cabeça. "Vamos, Watson. A casa é esta." Mandou seu cartão de visita, com a mensagem de que ali estava para tratar de um assunto importante, e um instante depois estávamos face a face com o homem que fôramos ver. Apesar do calor, ele estava encurvado sobre uma lareira e o quarto parecia um forno. O homem estava todo torcido e encolhido, de uma maneira que dava uma indescritível impressão de deformidade; mas o rosto que virou para nós, embora maltratado e sombrio, devia ter sido outrora de extraordinária beleza. Olhou desconfiado para nós com seus olhos biliosos injetados de amarelo e, sem falar ou se levantar, apontou-nos duas cadeiras.

"Estava encurvado sobre uma lareira e o quarto parecia um forno."
[W.H. Hyde, *Harper's Weekly*, 1893]

"Mr. Henry Wood, recém-chegado da Índia, acredito?" disse Holmes afavelmente. "Venho a propósito desse pequeno incidente da morte do coronel Barclay."

"Que deveria eu saber sobre isso?"

"É o que quero averiguar. O senhor sabe, eu suponho, que a menos que a questão seja elucidada, Mrs. Barclay, que é uma velha amiga sua, será com toda probabilidade julgada por homi-

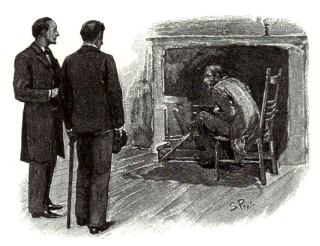

"Mr. Henry Wood, acredito?" [Sidney Paget, *Strand Magazine*, 1893]

O homem teve um sobressalto violento.

"Não sei quem é o senhor", exclamou, "nem como veio a saber o que sabe; mas pode me jurar que está dizendo a verdade?"

"Ora, estão apenas esperando que ela volte a si para prendê-la."

"Meu Deus! O senhor também é da polícia?"

"Não."

"Que tem a ver com esse caso, então?"

"Interessa a todo homem que a justiça seja feita."

"Eu lhe juro que ela é inocente."

"Então o senhor é culpado."

"Não, não sou."

"Então quem matou o coronel James Barclay?"

"Foi uma justa Providência que o matou. Mas ouça, se eu lhe tivesse rebentado os miolos, como desejava fazer, ele teria recebido exatamente o que merecia de minhas mãos. Se a consciência pesada dele próprio não o tivesse derrubado, é muito provável que eu tivesse seu sangue pesando sobre a minha. Quer que eu lhes conte a história? Bem, não vejo por que não, pois nada há nela de que eu possa me envergonhar.

"Foi assim, senhor. Está me vendo agora com as costas de um camelo e as costelas todas retorcidas, mas houve um tempo em que o cabo Henry

Wood era o homem mais garboso do 117º de Infantaria. Estávamos na Índia nessa época, em acantonamentos[12], num lugar que chamaremos de Bhurtee.[13] Barclay, que morreu outro dia, era sargento na mesma companhia que eu, e a estrela do regimento — ah, a mais linda moça que jamais existiu — era Nancy Devoy, a filha do *colour-sergeant*[14]. Havia dois homens que a amavam, e um que ela amava; e o senhor sorrirá quando olhar para este pobre traste encolhido diante do fogo e me ouvir dizer que era por minha bela aparência que ela me amava.

"Bem, mas embora eu tivesse o coração de Nancy, o pai dela estava decidido a casá-la com Barclay. Eu era um rapaz irresponsável, imprudente, e ele tivera instrução e estava predestinado ao oficialato. Mas a moça mantinha-se fiel a mim, e parecia que eu a teria, quando o Motim irrompeu e a região virou um inferno.

"Ficamos cercados em Bhurtee, o nosso regimento, com metade de uma bateria[15] de artilharia, uma companhia de siques[16] e um grupo de civis e mulheres. Havia dez mil rebeldes à nossa volta, ávidos como um bando de *terriers* em torno de uma ratoeira. Mais ou menos na segunda semana de cerco nossa água acabou, e não sabíamos se conseguiríamos nos comunicar com a coluna do general Neill,[17] que se deslocava para o norte do país. Era nossa única chance, pois não podíamos ter esperança de escapar dali com todas aquelas mulheres e crianças, por isso me ofereci para ir advertir o general Neill do perigo que corríamos. Meu oferecimento foi aceito e discuti o assunto com o sargento Barclay; ele, que era tido como o homem que melhor conhecia o terreno, traçou uma rota pela qual eu poderia transpor as linhas rebeldes. Iniciei minha viagem às dez horas da mesma noite. Havia mil vidas a salvar, mas era apenas em uma que eu pensava quando saltei a muralha aquela noite.

"Meu caminho seguia por um curso d'água seco que, segundo esperávamos, me esconderia das sentinelas do inimigo, mas quando fiz uma curva, rastejando, topei direto com seis delas, agachadas ali no escuro à minha espera. No mesmo instante um golpe me fez perder os sentidos e tive as mãos e os pés amarrados. Mas o verdadeiro golpe eu sofri no coração, não na cabeça, pois quando voltei a mim tentei entender o que podia da conversa deles, e ouvi o bastante para ficar sabendo que meu camarada, o próprio homem que indicara o caminho que eu devia seguir, havia me traído por meio

"Topei direto com seis delas."
[Sidney Paget, *Strand Magazine*, 1893]

de um criado nativo, entregando-me nas mãos do inimigo.[18]

"Bem, não preciso me deter muito nesta parte da história. Já sabem do que James Barclay era capaz. Bhurtee foi resgatado por Neill no dia seguinte, mas os rebeldes me levaram consigo em sua retirada, e muitos anos se passaram antes que eu visse um rosto branco novamente. Fui torturado e tentei fugir, fui capturado e torturado de novo. Os senhores podem ver com seus próprios olhos a que estado fui reduzido. Alguns deles fugiram para o Nepal[19] e me levaram consigo, e posteriormente fomos além de Darjeeling.[20] Ali os montanheses mataram os rebeldes que me mantinham prisioneiro e tornei-me escravo deles durante algum tempo, até que fugi, mas em vez de rumar para o sul, tive de seguir para o norte, e finalmente me encontrei entre os afegãos. Vaguei ali por muitos anos, e por fim voltei ao Punjab, onde vivi sobretudo entre os nativos, conseguindo subsistir graças a truques de mágica que havia aprendido. De que me adiantaria, um mísero aleijado, voltar à Inglaterra ou me apresentar a meus antigos camaradas? Nem meu desejo de vingança me impeliria a fazer isso. Eu preferia que Nancy e meus velhos companheiros pensassem que Harry Wood morrera com as costas retas a que o vissem vivo e rastejando com uma bengala como um chimpanzé. Eles nunca duvidaram de que eu estava morto, e eu queria que nunca viessem a fazê-lo. Fiquei sabendo que Barclay se casara com Nancy, e que ascendia rapidamente no regimento, mas nem isso me fez falar.

"Mas quando envelhecemos temos saudade da nossa terra. Sonhei durante anos com os campos verdejantes e as sebes da Inglaterra. Por fim decidi vê-los antes de morrer. Economizei o suficiente para a viagem, e então vim para cá onde vivem os soldados, pois conheço a maneira de ser deles e sei como diverti-los e assim ganhar o bastante para me manter."

"Sua narrativa é extremamente interessante", disse Sherlock Holmes. "Já tive conhecimento do seu encontro com Mrs. Barclay e de seu mútuo reconhecimento. Depois, pelo que entendi, o senhor a seguiu até em casa e viu pela janela uma altercação entre ela e o marido, na qual ela sem dúvida lançou-lhe na cara sua conduta para com o senhor. Vencido por seus próprios sentimentos, o senhor atravessou correndo o gramado e irrompeu entre eles."

"De fato, senhor, e ao me ver ele me olhou como nunca vi um homem olhar antes, e caiu, batendo a cabeça no guarda-fogo. Mas já estava morto antes de cair. Li a morte no seu rosto tão claramente quanto posso ler aquele texto sobre a lareira. Minha simples aparição foi como um tiro em seu coração culpado."

"E depois?"

"Depois Nancy desmaiou, e eu tirei a chave da porta de sua mão, pretendendo destrancá-la e ir em busca de socorro. Mas quando ia fazê-lo pareceu-me melhor deixar aquilo como estava e fugir, pois a coisa poderia ficar feia para o meu lado e de todo modo meu segredo seria revelado se eu fosse preso. Na pressa, enfiei a chave no bolso e deixei cair meu bastão enquanto tentava apanhar Teddy, que escapara e subira pela cortina. Quando consegui metê-lo de novo em sua caixa, fugi o mais depressa que pude."[21]

"Quem é Teddy?" perguntou Holmes.

Inclinando-se, o homem levantou a frente de uma espécie de gaiola que estava num canto. No mesmo instante escapuliu um belo animal de um castanho-avermelhado, esguio e ágil, com as pernas de um arminho, um focinho fino e comprido, e um par dos mais bonitos olhos vermelhos que eu já vira na cabeça de um animal.

"É um mangusto!" exclamei.

"Bem, alguns lhe dão esse nome, outros o chamam de icnêumone", disse o homem. "Pega-cobras, é como eu o chamo, e Teddy é de uma rapidez espantosa com najas. Tenho uma aqui, sem as presas, e Teddy a pega toda noite para divertir o pessoal na cantina."

"Algum outro ponto, senhor?"

"Bem, talvez tenhamos de recorrer ao senhor novamente, se Mrs. Barclay vier a se encontrar em séria dificuldade."

"Nesse caso, é claro, eu me apresentaria."

"Se isso não ocorrer, porém, não faz sentido trazer à tona esse escândalo contra um homem morto, por mais indecente que tenha sido a conduta dele. O senhor tem pelo menos a satisfação de saber que durante trinta anos a consciência dele o censurou amargamente por sua perversidade. Ah, lá vai o major Murphy do outro lado da rua. Até logo, Wood; quero saber se aconteceu alguma coisa de ontem para cá."

Conseguimos alcançar o major antes que ele chegasse à esquina.

"Ah, Holmes", disse ele, "suponho que ouviu falar que todo esse rebuliço deu em nada?"

"Que quer dizer?"

"O inquérito acaba de ser encerrado. Os dados médicos mostraram conclusivamente que a morte deveu-se a uma apoplexia. Como vê, foi um caso muito simples, afinal de contas."[22]

"Oh, notavelmente superficial", disse Holmes, sorrindo. "Vamos, Watson, tenho a impressão de que não precisarão mais de nós em Aldershot."

"Só não entendo uma coisa", disse eu, quando caminhávamos para a estação; "se o nome do marido era James e o do outro era Henry, que conversa foi aquela sobre Davi?"

"Essa palavra, meu caro Watson, deveria ter sido suficiente para me revelar toda a história, se eu fosse o pensador lógico ideal que você tanto gosta de retratar. Tratava-se evidentemente de uma expressão de censura."

"De censura?"

"Sim, Davi saía da linha de vez em quando, você sabe, e certa vez o fez na mesma direção que o sargento James Barclay. Lembra-se do pequeno incidente entre Urias e Bate-Seba? Receio que meu conhecimento bíblico esteja um bocadinho enferrujado, mas você encontrará a história no primeiro ou no segundo livro de Samuel."[23]

"Foi um caso muito simples, afinal de contas." [Sidney Paget, *Strand Magazine*, 1893]

ANEXO
O Motim Indiano

O Motim Indiano de 1857-58, também conhecido como a Revolta dos Cipaios ("cipaio", "*sepoy*" era o termo que designava os soldados nativos), foi a revolta, por fim fracassada, que teve origem no crescente ressentimento indiano com a ocidentalização britânica. A violência foi desencadeada no início de 1857 quando os novos rifles Enfield foram distribuídos entre cipaios do exército de Bengala. Correu o rumor de que os cartuchos desses rifles, que só podiam ser carregados cortando-se uma de suas extremidades com os dentes, eram untados com sebo de carne de vaca e gordura de porco. Semelhante situação teria representado grave insulto religioso aos hindus e muçulmanos do exército, e muitos começaram a suspeitar que o governo tentava convertê-los ao cristianismo.

Essa era apenas a mais recente numa lista de queixas contra um governo britânico que, sob a liderança do governador-geral Lord Dalhousie, havia reduzido os soldos dos soldados, tomado terras de proprietários indianos e falado de inverter o sistema de castas recrutando soldados "mais baratos", de casta inferior, para substituir os brâmanes e rajputs que então serviam. Quando a Companhia das Índias Orientais, que governava o país, encomendou cartuchos untados com uma substância mais benigna, era tarde demais para um apaziguamento. Em 9 de maio de 1857, 85 cipaios em Meerut recusaram-se a usar os rifles e foram destituídos de seus uniformes, algemados e condenados a dez anos de prisão. No dia seguinte, cipaios de três unidades diferentes tomaram a cadeia de assalto para libertar os soldados presos. Na refrega que se seguiu, cerca de 50 homens, mulheres e crianças britânicos foram mortos.

De lá os amotinados rumaram para Délhi. Simon Schama, no terceiro volume de sua magistral *História da Grã-Bretanha*, descreve como, nos momentos antes da violência, Harriet Tytler, mulher do capitão do 38º Nativo de Infantaria, "pôde ver que alguma coisa estava muito errada. Criados correndo de um lado para outro de maneira desordenada, tiros na rua principal. ... Que podia tudo aquilo significar?" Sua criada francesa, Marie, respondeu: "Madame, isto é uma revolução." Muitas mulheres e crianças europeias conseguiram escapar de Délhi com a ajuda de cipaios solidários, mas outras tiveram menos sorte. Um número maior de oficiais e suas famílias foram massacrados, ao que parece indiscriminadamente.

Atrocidades terríveis foram cometidas de ambos os lados. Em Kanpur um governante local chamado Nana Sahib — talvez procurando se vingar do imposto de renda que lhe fora cobrado — prometeu uma descida segura pelo Ganges para um grande grupo de mulheres e crianças europeias. Uma vez a bordo, a maioria foi fuzilada, e vários dos 40 barcos foram incendiados; 200 sobreviventes foram levados de volta para a antiga residência de um oficial em Kanpur, onde também foram mortos. O desejo de vingança dos britânicos contra aqueles a quem se referiam como "negros" transformou-se num frenesi. Como escreve A.N. Wilson, "desde o primeiro momento, os britânicos decidiram responder à crueldade com crueldade redobrada, terror com terror, sangue com sangue". Houve relatos, narra Wilson, de muçulmanos untados com gordura de porco antes de serem mortos; indianos amarrados a bocas de canhão e despedaçados com metralha; mulheres e crianças estupradas e depois queimadas vivas; um cipaio trespassado por uma baioneta sendo assado sobre uma fogueira. Centenas de indianos foram executados com tiros de canhão.

No final, após um prolongado cerco de Lucknow, tropas britânicas conseguiram retomar a cidade e finalmente puseram fim às hostilidades. A paz foi declarada em 8 de julho de 1858. Um resultado imediato do Motim foi a eliminação da Companhia das Índias Orientais, bem como a compreensão de que para governar efetivamente a Índia seria necessária alguma consulta aos indianos. Nos 90 anos seguintes, a Índia esteve sob domínio britânico direto, um período conhecido como "o Raj".

Menos de três décadas após a violência, a nona edição da *Encyclopaedia Britannica* (1875-89) considerou os motivos da rebelião, refletindo: "A verdade parece ser que a opinião nativa em toda a Índia estava em fermentação, predispondo os homens a acreditar nas histórias mais extravagantes e a agir precipitadamente com base em seus medos. ... Anexações repetidas, a difusão da educação, o surgimento da máquina a vapor e do telégrafo, tudo isso revelava uma resoluta determinação de substituir a civilização indiana por uma civilização inglesa. Os cipaios de Bengala, em especial, pensavam que podiam ver mais longe no futuro que o resto de seus compatriotas. ... Eles tinham tudo a ganhar, nada a perder, com uma revolução."

 # Notas

1. "The Crooked Man" foi publicado na *Strand Magazine* em julho de 1893, em *Harper's Weekly* (Nova York) em 8 de julho de 1893 e na *Strand Magazine* (Nova York) em agosto de 1893.

2. Este caso é geralmente datado em 1888 ou 1889 pelos cronologistas (ver Quadro cronológico), com base nas poucas frases que Watson pronuncia aqui sobre seu casamento com Mary Morstan, que ocorreu pouco após *O signo dos quatro*, geralmente datado de 1888.

3. Holmes sugere que Watson tinha leitores nessa época, indicando que o caso ocorreu após a publicação de *Um estudo em vermelho*, em dezembro de 1887.

4. O obsequioso médico vizinho é chamado Anstruther em "O mistério do vale Boscombe" e não tem nome em "O corretor" e "O problema final".

5. Em edições americanas, os Royal *Munsters*.

6. Ver "O Motim Indiano", à página 235, para uma breve história.

7. Os editores americanos, que resistiram à palavra "fidalgo" [*squire*] em "Os fidalgos de Reigate", acrescentam aqui "e de rainha" à descrição de Nancy Barclay.

8. Placa de metal posta diante de uma lareira aberta.

9. "O corcunda" apresenta todos os elementos clássicos de uma obra policial da "sala trancada" ou do "crime impossível" — uma sala trancada em que o assassino não teria tido como entrar. Edgar Allan Poe foi o primeiro escritor moderno a usar essa forma de narrativa policial em "Os assassinatos da rua Morgue" (1841). Em 1852, Wilkie Collins utilizou o estratagema com grande sucesso em "A Terribly Strange Bed". Em romance, ele foi usado pela primeira vez por Israel Zangwill em *The Big Bow Mystery* (1892).

Segundo *The Oxford Companion to Crime and Mystery Writing*, "A banda malhada" teria sido o primeiro caso de Holmes em que uma morte ocorre num quarto trancado, mas na verdade ele lidou várias vezes com casos desse tipo. Em *O signo dos quatro* (1889), o corpo de Bartholomew Sholto é encontrado num quarto trancado, mas o mistério da entrada do assassino é rapidamente resolvido quando, depois que se arromba a porta, descobre-se um buraco escancarado no teto. Em "A casa vazia", Holmes tem de resolver o homicídio de Ronald Adair, encontrado atrás de uma porta trancada.

O gênero "porta trancada" conservou sua popularidade através de muitas mudanças na ficção policial. Gaston Leroux, G.K. Chesterton, Melville Davisson Post e S.S. Van Dine, todos eles empregaram o truque em uma ou mais histórias. Na década de 1930, John Dickson Carr (mais tarde biógrafo de Arthur Conan Doyle) adotou a forma, e em seu romance de 1935, *The Hollow Man* (nos EUA, *The Three Coffins*), o detetive dr. Gideon Fell interrompe a ação do livro para dedicar um capítulo inteiro a uma preleção sobre as variedades de ficção policial do "quarto trancado".

10. Funcionário que ajudava na elaboração de listas de eleitores qualificados.

11. Apesar de seu status quase mítico, os "garotos de Baker Street" ["Baker Street boys" ou "Baker Street Irregulars"] são mencionados apenas em *Um estudo em vermelho*, *O signo dos quatro* e "O corcunda". (Cartwright, que auxiliou Holmes em *O cão dos Baskerville*, tinha um emprego real, remunerado, como mensageiro distrital.) Os que são nomeados são Wiggins (*Um estudo em vermelho*) e Simpson ("O corcunda"). É tentador identificar este último com *Baldy* Simpson, mencionado em "O rosto lívido" como tendo morrido em batalha na África do Sul em algum momento por volta de 1900, juntamente com Godfrey Emsworth.

12. Em geral, alojamentos temporários para soldados; na Índia, porém, o termo se refere a bases militares permanentes.

13. Ian McQueen identifica Bhurtee como Allahabad, que foi resgatado pelo então coronel Neill em junho de 1857, em seu avanço para Kanpur (ver nota 17). No entanto, Evan M. Wilson, em "Sherlock Holmes and the Indian Mutiny: Or, Where and What Was Bhurtee? — An Identification", sustenta que "Bhurtee" é evidentemente Agra (o foco de *O signo dos quatro*), com base em pontos similares, como um forte sob cerco e um curso d'água seco. Agra foi realmente um refúgio para europeus durante o Motim, mas Neill não "resgatou" Agra exceto por sua presença nas vizinhanças, e teria havido uma longa distância entre Agra e a rota da coluna de Neill, seja a caminho de Benares (sua primeira missão) ou de Allahabad.

14. Sargento que tinha o dever (e a honra) de cuidar das cores regimentais no campo de batalha.

15. Tipicamente, oito canhões e seu pessoal.

16. A religião indiana do siquismo, que combina elementos do sufismo islâmico e do hinduísmo bhakti, foi fundada no final do século XV pelo guru Nanak, que, depois de ter uma visão de Deus, emergiu da reclusão para declarar: "Não há hindu, não há muçulmano." Para seus seguidores, pregou o monoteísmo e a meditação, ao mesmo tempo em que rejeitava a idolatria, o sacerdócio organizado e o sistema de castas. Muitas das tradições siques mais rigorosas — turbantes, cabelos e barbas não cortados, o porte de adagas — remontam à ordem dominante de Khalsa, originalmente uma fraternidade militar fundada em 1699 pelo décimo (e último) guru do siquismo.

No início do século XIX, o marajá Rajit Singh fundou um reino sique no Punjab (no noroeste da Índia), mas a violenta agitação militar que se seguiu à sua morte precipitou as Guerras Siques contra os britânicos, que conseguiram anexar o Punjab em 1849. A civilidade retornou à região sob a administração britânica, e soldados siques compuseram posteriormente uma porção substancial do exército britânico no Motim Indiano (como o fariam na Primeira Guerra Mundial). Os britânicos os recompensaram por sua participação com lucrativas doações de terras.

17. O general George Neill (1810-57) comandou a ala direita do exército britânico no avanço de Kanpur para Lucknow. A.N. Wilson o destaca como um exemplo do oficial britânico cuja convicção religiosa se manifestava em comportamento perverso para com seus adversários, em grande parte em vingança pelo horrível massacre de mulheres e crianças britânicas em Kanpur. Neill não só promoveu execuções em massa de indianos suspeitos de conspirar com rebeldes como também, segundo Wilson, obrigou seus cativos em Kanpur a lamber sangue do chão enquanto eram chicoteados por soldados. Um dos majores de Neill escreveu sobre enfiar carne de porco e de vaca pela goela de um prisioneiro para "violar sua casta" antes de enforcá-lo. Neill liderou depois um furioso ataque a Lucknow, onde foi morto a bala quando seus homens entraram na cidade. Após a morte, foi homenageado com a dignidade de cavaleiro e vários monumentos.

18. A traição de Barclay parece extremamente mal-concebida, considerando-se que Wood estava empenhado em trazer uma ajuda desesperadamente necessária para um grupo que incluía o próprio Barclay e, presumivelmente, Nancy Devoy. Talvez o ciúme tenha perturbado o julgamento de Barclay, pois, como D. Martin Dakin observa: "De nada lhe adiantaria ter se livrado do rival, se ele e Nancy tivessem sido ambos mortos pelos amotinados."

19. Muitos amotinados e rebeldes, entre os quais o famigerado Nana Sahib (que dirigiu o massacre em Kanpur — ver página 236), fugiram para o norte após a luta para se refugiar nas florestas e pântanos do Terai nepalês. Embora fosse um reino independente, o Nepal só conseguia manter relações civis com a Grã-Bretanha mediante certas concessões, que incluíam a aceitação de um enviado britânico em Catmandu e o envio de tropas ghurka para auxiliar as forças britânicas no Motim. Só no final de 1859 os refugiados foram finalmente varridos do país e obrigados a cruzar a fronteira com o Tibete por uma força conjunta de tropas britânicas comandadas por Sir Colin Campbell (mais tarde Lord Clyde) e um numeroso exército de ghurkas encabeçado por Sir Jang Dahádur do Nepal.

20. A cidade de Darjeeling havia sido adquirida em 1835 do reino de Sikkim, depois que um oficial da Companhia Britânica da Índia Oriental a encontrou por acaso, deserta, aninhada no Himalaia, a 2.130m de altitude. Estrategicamente bem-localizada (próxima das fronteiras do Nepal, do Sikkim e do Butão) e de clima muito mais temperado que as planícies sufocantes abaixo, foi desenvolvida como uma estação para a convalescença de soldados britânicos. Cinco anos após a aquisição, o primeiro superintendente de Darjeeling começou a fazer experiências com sementes de chá chinês e do Assam em seu quintal, o que acabou levando ao cultivo do chá pelo qual a região se tornou famosa. Se Wood havia sido arrastado da Índia para o Nepal e o Tibete, não é improvável que se encontrasse exatamente na área ao norte de Darjeeling.

O CORCUNDA

21. "Como é possível", pergunta Bruce Harris, "que o cocheiro do coronel Barclay não tivesse visto Henry Wood?"

22. Bruce Harris sustenta que Nancy matou o marido com o bastão dele próprio, desmaiando depois de golpeá-lo. Henry Wood, ainda apaixonado por Nancy, teria ficado feliz em acobertar o crime dela. Mas Holmes não se deixou enganar, acredita Harris. "O interesse de Holmes era assegurar que a justiça fosse feita. O coronel Barclay recebeu a punição que merecia."

23. Em 2 Samuel, 11-13, Davi, o rei de Israel, vislumbra a bela mulher de Urias, Bate-Seba, e manda buscá-la enquanto o marido está ausente, lutando numa guerra. Bate-Seba fica grávida de Davi, e o rei chama Urias para casa. Após dar-lhe comida e vinho, incentiva-o a passar a noite com sua mulher, na esperança de jogar sobre ele a responsabilidade pela criança. Mas quando o leal Urias se recusa a sair do lado de seu rei, Davi manda-o novamente para a guerra, com estas instruções secretas: "Ponha Urias na linha de frente e deixe-o onde o combate estiver mais violento, para que seja ferido e morra." Urias de fato morre em batalha, e Bate-Seba torna-se esposa de Davi. Barclay, no entanto, menos disposto que Davi a confiar na sorte, providenciou a captura de Wood.

Na Bíblia, diferentemente de Mrs. Barclay, Bate-Seba nunca é mostrada reagindo ao papel do novo marido na morte do primeiro – de fato, em nenhum lugar é dito que ela ficou sabendo a verdade. Somos tentados a conjecturar se Holmes ou Watson enfeitaram a história de Barclay e Wood enxertando as referências a "Davi". Com isso, além de acrescentar uma dimensão ao caráter da mulher que se vê entre dois rivais, teriam conferido a essa história de ciúme e traição uma escala mais grandiosa, mítica. Embora o rei Davi fosse um tema muito popular nos tempos vitorianos (de fato, a "estrela de davi" só passou a ser um símbolo oficialmente relacionado ao judaísmo após ser adotada pelo movimento sionista em 1897), não parece provável que a história de Urias ocorresse à mente de Nancy Barclay no mesmo instante em que tomou conhecimento da perfídia do marido.

O Paciente Residente[1]

O texto de "O paciente residente" ficou gravemente desfigurado quando os editores da primeira edição das Memórias eliminaram "A caixa de papelão" e deslocaram sua cena de abertura para o relato que Watson faz deste caso. Aqui ele é restaurado à sua versão original tomada da Strand Magazine. Quando chamado pelo jovem dr. Percy Trevelyan para desvendar o mistério de seu "paciente residente" (isto é, um paciente que mora na mesma residência que seu médico, prática que o próprio Conan Doyle adotou certa vez), Holmes descobre águas muito mais profundas que as imaginadas por Trevelyan. Ele faz poucas "deduções" neste caso, valendo-se sobretudo de seu imenso conhecimento da literatura sensacionalista da época e de sua lembrança de crimes não solucionados. Como o caso reflete também os percalços de um jovem médico ainda formando uma clientela — assunto que não pode deixar de suscitar as simpatias dos drs. John Watson e Arthur Conan Doyle —, podemos compreender por que foi incluído nestas Memórias.

Passando os olhos na série um tanto incoerente de casos com que procurei ilustrar algumas das peculiaridades mentais de meu amigo Sherlock Holmes, impressionou-me a dificuldade que tive em escolher exemplos que atendessem a meu propósito sob todos os aspectos. Pois naqueles casos em que Holmes realizou algum *tour de force* de raciocínio analítico e demonstrou o valor de seus métodos peculiares de investigação, os próprios fatos foram muitas vezes tão insignificantes ou banais que não pude me sentir justificado em expô-los perante o público. Por outro lado, aconteceu muitas vezes de ele ter se envolvido em alguma investigação em que os fatos foram do mais extraordinário e dramático caráter, mas sua própria participação na determinação de suas causas foi menos marcante do que eu, como seu biógrafo, poderia desejar. O pequeno problema que narrei sob o título *Um estudo em vermelho*[2] e aquele posterior relacionado à perda do *Gloria Scott* podem servir de exemplos desse Cila e Caribdes[3] que ameaçam incessantemente seu historiador. Pode ser que, no caso sobre o qual estou agora prestes a escrever, o papel desempenhado por meu amigo não seja suficientemente considerável; apesar disso, todo o encadeamento das circunstâncias é tão extraordinário que não posso me forçar a omiti-lo desta série.[4]

Não posso ter certeza da data precisa, pois algumas de minhas anotações sobre o assunto se perderam, mas deve ter sido perto do final do primeiro ano em que Holmes e eu partilhamos aposentos em Baker Street. Fazia um tempo tempestuoso de outubro e nós dois havíamos passado o dia todo em casa. Eu porque temia expor minha saúde combalida ao vento cortante do outono, ao passo que ele estava mergulhado em alguma daquelas abstrusas investigações químicas que o absorviam por completo enquanto se dedicava a elas. Quando caía a noite, porém, a quebra de um tubo de ensaio encerrou prematuramente sua pesquisa e ele saltou de sua cadeira com uma exclamação de impaciência e a fronte anuviada.

"O trabalho de um dia inteiro arruinado, Watson", disse, indo até a janela. "Ah! O céu está estrelado e o vento amainou. Que tal dar uma volta por Londres?"

Enfadado de nossa pequena sala de estar, concordei com prazer e agasalhei-me até a altura do nariz contra o ar penetrante da noite. Durante três horas perambulamos juntos, observando o caleidoscópio sempre cambiante da vida em seus fluxos e refluxos por Fleet Street e o Strand. Holmes se livrara de seu mau humor temporário, e sua conversa característica, com sua arguta observação de detalhes e a sutil capacidade de inferência, manteve-me distraído e encantado. Às dez horas já estávamos de volta a Baker Street. Um *brougham* esperava à nossa porta.

"Perambulamos juntos."
[Sidney Paget, *Strand Magazine*, 1893]

"Hum! De médico... de um clínico geral, pelo que vejo", disse Holmes. "Não faz muito tempo que está clinicando, mas tem bastante trabalho. Veio nos consultar, imagino! Que sorte termos voltado!"

Eu estava suficientemente familiarizado com os métodos de Holmes para ser capaz de acompanhar seu raciocínio[5] e ver que a natureza e o estado dos vários instrumentos médicos na cesta de vime que pendia da lanterna no interior do *brougham* lhe haviam fornecido os dados para essa rápida dedução. A luz em nossa janela lá em cima mostrava que essa visita tardia era de fato para nós. Com alguma curiosidade quanto ao que nos poderia ter enviado um colega médico a uma hora daquela, segui Holmes rumo ao nosso santuário.

Um homem pálido, de rosto fino e costeletas ruivas, levantou-se de uma cadeira junto ao fogo quando entramos. Não devia ter mais de trinta e três ou trinta e quatro anos, mas sua expressão abatida e cor enfermiça falavam de uma vida que lhe havia minado a força e roubado a juventude. Suas maneiras eram nervosas e tímidas, como as de um cavalheiro sensível, e a mão magra e branca que pousou no consolo da lareira ao se levantar era a de um artista, não a de um cirurgião. Seus trajes eram discretos e escuros, uma sobrecasaca preta, calça escura e um toque de cor na gravata.

"Boa noite, doutor", disse Holmes, alegremente. "Estou satisfeito por ver que só esperou uns poucos minutos."

"Falou com meu cocheiro, então?"

"Não, foi a vela na mesinha que me informou. Por favor, sente-se novamente e deixe-me saber em que lhe posso ser útil."

"Meu nome é dr. Percy Trevelyan", disse nosso visitante, "e moro em Brook Street número 403."

"Não é o autor de uma monografia sobre lesões nervosas obscuras?"[6] perguntei.

Suas faces pálidas ruborizaram-se de prazer ao ouvir que eu conhecia a sua obra.

"Ouço falar desse trabalho tão raramente que pensei que estava inteiramente esquecido", disse ele. "Meus editores me dão notícias das mais desalentadoras sobre sua venda. O senhor é médico, presumo?"

"Um médico do exército aposentado."

"Meu *hobby* sempre foram as doenças nervosas. Teria desejado fazer delas minha especialidade absoluta, mas, é claro, temos de nos contentar com o que se oferece, para começar. Mas isso não vem ao caso, Mr. Sherlock Holmes, e sei perfeitamente o quanto seu tempo é precioso. O fato é que uma sequência de eventos muito singulares ocorreu recentemente em minha casa, em Brook Street, e esta noite eles chegaram a tal ponto que me pareceu impossível esperar mais uma hora antes de pedir seu conselho e assistência."

Sherlock Holmes sentou-se e acendeu o cachimbo. "Estou às suas ordens", disse. "Por favor, faça-me um relato detalhado das circunstâncias que o perturbaram."

"Uma ou duas delas são tão triviais", disse o dr. Trevelyan, "que realmente quase me envergonho de mencioná-las. Mas o caso é tão inexplicável, e o rumo que tomou recentemente é tão intricado, que vou expô-lo todo e o senhor julgará o que é essencial e o que não é.

"Sou obrigado, para começar, a dizer alguma coisa sobre minha própria carreira universitária. Formei-me pela Universidade de Londres,[7] e tenho certeza de que não pensarão que estou me gabando indevidamente se disser que minha carreira estudantil foi considerada muito promissora pelos meus mestres. Depois de me formar continuei a me dedicar à pesquisa, ocupando um cargo pouco importante no King's College Hospital, e tive a sorte de despertar considerável interesse com minha pesquisa sobre a patologia da catalepsia,[8] e por fim de ganhar o prêmio e a medalha Bruce Pinkerton pela monografia sobre lesões nervosas a que seu amigo acaba de aludir. Não estaria exagerando se dissesse que havia na época uma impressão geral de que eu tinha uma carreira ilustre pela frente.

"O único grande obstáculo consistia em minha falta de capital. Como o senhor compreenderá prontamente, um especialista com ambições elevadas é obrigado a começar numa de uma dúzia de ruas na área de Cavendish Square,[9] que envolvem todas enormes aluguéis e despesas com equipamento. Além dessa despesa inicial, deve estar preparado para se manter durante alguns anos e alugar uma carruagem e um cavalo apresentáveis. Isso estava muito além de minhas possibilidades e tudo que eu podia esperar era, economizando, conseguir amealhar em dez anos o bastante para me permitir abrir meu consultório. De repente, no entanto, um incidente inesperado abriu uma perspectiva inteiramente nova para mim.

"Foi a visita de um cavalheiro chamado Blessington, que me era um completo estranho. Ele foi ao meu quarto um dia e passou imediatamente a tratar de negócios.

"'O senhor é o mesmo Percy Trevelyan que teve uma carreira tão eminente e foi agraciado com um grande prêmio recentemente?'

"Assenti.

"'Responda-me francamente, pois verá que isso é do seu interesse. O senhor tem toda a inteligência que faz um homem de sucesso. Tem também o tato?'

"Não pude deixar de sorrir diante da intempestividade da pergunta.

"'Acredito ter uma boa dose.'

"'Nenhum mau hábito? Não é chegado a um copo, hã?'

"'Francamente, senhor!'

"'Tem razão! Está certo! Mas eu tinha de perguntar. Com todas essas qualidades, por que não está clinicando?

"Sacudi os ombros.

"'Vamos, vamos!' disse ele, à sua maneira estabanada. 'É a velha história. Tem mais nos miolos do que no bolso, não é? Que diria se eu o instalasse em Brook Street?'

"Encarei-o, espantadíssimo."

"'Oh, faria isso no meu próprio interesse, não no seu', exclamou ele. 'Vou ser inteiramente franco com o senhor, e se isso lhe convier, me convirá muito bem. Tenho alguns milhares para investir, entende, e acho que vou aplicá-los no senhor.'

"'Mas a troco de quê?' perguntei, ofegante.

"'Bem, é uma especulação como outra qualquer, e mais segura que a maioria.'

"'E eu, que devo fazer?'

"'Eu lhe direi. Vou alugar a casa, mobiliá-la, pagar as criadas e administrar tudo. O senhor terá apenas de usar a cadeira do consultório. Vou lhe dar dinheiro para suas pequenas despesas e tudo de que precisar. Depois o senhor me entregará três quartos do que ganhar e ficará com o outro quarto.'

"Encarei-o, espantadíssimo."
[Sidney Paget, *Strand Magazine*, 1893]

"Essa foi a estranha proposta, Mr. Holmes, com que esse Blessington se aproximou de mim. Não vou aborrecê-lo com o relato da negociação. O resultado foi que me mudei para a casa no Lady Day.[10] e comecei a clinicar nas condições que ele havia sugerido. Ele tinha um coração fraco, ao que parecia, e precisava de supervisão médica constante. Transformou os dois melhores aposentos do segundo andar em uma sala de estar e um quarto de dormir para si mesmo. Era um homem de hábitos singulares, evitando companhia e saindo muito raramente. Sua vida era irregular, mas sob certo aspecto ele era a própria regularidade. Toda noite à mesma hora entrava no consultório, examinava os livros, separava cinco xelins e três *pence* de cada guinéu[11] que eu tinha ganhado, e levava o resto para o cofre que tinha em seu quarto.

"Posso dizer com certeza que ele nunca teve motivo para se arrepender de sua especulação. Foi um sucesso desde o início. Alguns casos bons e a reputação que eu granjeara no hospital projetaram-me rapidamente e nestes dois últimos anos fiz dele um homem rico.

"É o que tinha a lhe dizer, Mr. Holmes, sobre minha história passada e minhas relações com Mr. Blessington. Agora me resta apenas lhe contar o que ocorreu para me trazer aqui esta noite.

"Algumas semanas atrás Mr. Blessington veio falar comigo no que me pareceu um estado de considerável agitação. Falou de um roubo que teria acontecido, pelo que disse, no West End, e pareceu, lembro-me bem, muito desnecessariamente alvoroçado por causa disso, declarando que naquele dia mesmo mandaríamos instalar ferrolhos mais fortes em nossas janelas e portas. Durante uma semana ele continuou num peculiar estado de inquietação; estava sempre vigiando pelas janelas e deixou de fazer a rápida caminhada que costumava ser o prelúdio de seu jantar. Suas maneiras deram-me a impressão de que ele estava mortalmente apavorado com alguma coisa ou alguém, mas quando o interroguei a respeito mostrou-se tão agressivo que fui obrigado a desistir. Pouco a pouco, com o passar do tempo, seus medos pareceram desvanecer, e ele retomara seus antigos hábitos, quando um novo fato o reduziu ao deplorável estado de prostração em que se encontra agora.

"O que aconteceu foi o seguinte. Dois dias atrás eu recebi a carta que lerei agora para o senhor. Não tem endereço nem data.

Um nobre russo que reside atualmente na Inglaterra gostaria de recorrer à assistência profissional do dr. Percy Trevelyan. Tem sido vítima há alguns anos de ataques catalépticos, mal no qual o dr. Trevelyan é uma autoridade reconhecida. Pretende visitá-lo amanhã por volta das cinco e quinze da tarde, se for da conveniência do dr. Trevelyan estar em casa.

"Esta carta interessou-me profundamente porque a principal dificuldade no estudo da catalepsia reside na raridade da doença. Não tenha dúvida, portanto, de que eu estava em meu consultório quando, na hora combinada, o mensageiro introduziu o paciente.

"Era um homem idoso, magro, sério e comum — em nada correspondendo à ideia que se tem de um nobre russo. Fiquei muito mais impressionado com a aparência de seu companheiro. Este era um rapaz alto, surpreendentemente bonito, o rosto sombrio, carrancudo e os membros e o peito de um Hércules.[12] Tinha a mão sob o braço do outro quando entraram, e ajudou-o a se sentar com uma delicadeza que dificilmente se teria esperado de alguém com sua aparência.

"Ajudou-o a se sentar." [Sidney Paget, *Strand Magazine*, 1893]

"'O senhor vai me desculpar por ter vindo, doutor', disse-me ele, falando inglês com um ligeiro ceceio. 'Este é meu pai, e a saúde dele é um assunto da máxima importância para mim.'

"Fiquei tocado por seu zelo filial. 'Talvez o senhor deseje assistir à consulta', disse eu.

"'Por nada neste mundo', exclamou com um gesto de horror. 'Isso é mais penoso para mim do que posso expressar. Se tivesse de ver meu pai num desses aflitivos ataques, estou convencido de que não sobreviveria. Meu próprio sistema nervoso é excepcionalmente sensível. Com sua permissão, ficarei na sala de espera enquanto o senhor examina o caso de meu pai.'

"Concordei, é claro, e o rapaz se retirou. O paciente e eu mergulhamos então numa discussão sobre o caso, da qual tomei notas exaustivas. Ele não se distinguia pela inteligência, e suas respostas eram muitas vezes obscuras, o que atribuí a seu conhecimento limitado de nossa língua. De repente, porém, enquanto eu escrevia, deixou de dar qualquer resposta às minhas perguntas, e, quando me voltei para ele, fiquei chocado ao ver que estava sentado teso na sua cadeira, fitando-me com um rosto absolutamente inexpressivo e rígido. Estava mais uma vez nas garras de sua misteriosa doença.

"Fiquei chocado ao ver que me fitava com um rosto absolutamente inexpressivo e rígido." [W.H. Hyde, *Harper's Weekly*, 1893]

"Meu primeiro sentimento, como acabo de dizer, foi de piedade e horror. Mas o segundo, confesso, foi de satisfação profissional. Anotei a pulsação e a temperatura de meu paciente, testei a rigidez de seus músculos e examinei seus reflexos. Não havia nada de acentuadamente anormal em nenhuma dessas condições, o que harmonizava com minhas experiências anteriores. Eu havia obtido bons resultados, em casos semelhantes, com a inalação de nitrito de amila,[13] e aquela me pareceu excelente oportunidade para pôr as virtudes da substância à prova.

Como a garrafa estava em meu laboratório, no térreo, deixei meu paciente sentado em sua cadeira e corri para buscá-la. Demorei um pouco para encontrá-la — cinco minutos, digamos — e voltei. Imagine meu espanto ao encontrar a sala vazia. O paciente fora embora!

"Meu primeiro gesto, naturalmente, foi correr à sala de espera. O filho fora embora também. A porta do vestíbulo fora fechada, mas não trancada. Meu mensageiro, que recebe os pacientes, está comigo há pouco tempo e nada tem de rápido. Ele espera lá embaixo e corre para levar os pacientes à porta quando toco a campainha no consultório. Não tinha ouvido nada e o incidente continuou um completo mistério. Pouco depois Mr. Blessington voltou de sua caminhada, mas eu não lhe disse nada sobre o assunto, pois, para falar a verdade, ultimamente vinha me comunicando com ele tão pouco quanto possível.

"Bem, pensei que nunca mais poria os olhos no russo e no filho, e o senhor pode imaginar meu pasmo quando, precisamente na mesma hora, esta tarde, vi os dois entrando pelo meu consultório, exatamente como tinham feito na véspera.

"'Sinto que lhe devo muitas desculpas por minha saída abrupta ontem, doutor', disse meu paciente.

"'Confesso que fiquei muito surpreso.'

"'Bem, o fato é que quando eu me recobro desses ataques minha mente está sempre muito confusa com relação a tudo que se passou antes. Despertei no que me pareceu uma sala estranha e me dirigi para a rua em meu atordoamento enquanto o senhor estava ausente.'

"'E eu', disse o filho, 'vendo meu pai sair pela porta da sala de espera, pensei naturalmente que a consulta terminara. Foi só quando chegamos em casa que comecei a compreender o que realmente se passara.'

"'Bem', disse eu, rindo, 'não houve consequências graves, exceto terem me deixado terrivelmente perplexo; portanto, se o senhor fizer a gentileza de passar à sala de espera, ficarei feliz em continuar nossa consulta, tão abruptamente interrompida.'

"Durante cerca de meia hora discuti com o velho cavalheiro sobre seus sintomas e em seguida, após lhe fazer uma prescrição, vi-o partir no braço do filho.

"Como lhe disse, Mr. Blessington geralmente preferia essa hora do dia para fazer seu exercício. Ele chegou pouco depois e subiu para o segundo andar. Passado um instante, eu o ouvi descer correndo, e logo irrompeu no meu consultório como um homem enlouquecido de pânico.

"'Quem entrou em meu quarto?' gritou.

"'Ninguém', respondi.

"'É mentira!' berrou ele. 'Suba e veja!'

"Fechei os olhos à grosseria de sua linguagem, pois ele parecia fora de si de tanto medo. Quando subimos, apontou várias pegadas sobre o tapete claro.

"'Vai querer dizer que são minhas?' exclamou.

"Eram com certeza muito maiores que quaisquer pegadas que ele poderia ter deixado e, evidentemente, muito recentes. Choveu forte esta tarde, como sabe, e os dois pacientes haviam sido as únicas pessoas que eu recebera. Provavelmente, portanto, o homem que ficara na sala de espera havia, por alguma razão desconhecida, subido ao quarto de meu paciente residente enquanto eu estava ocupado na outra sala. Nada fora tocado ou levado, mas ali estavam as pegadas para provar que a invasão era um fato indubitável.

"Irrompeu no meu consultório." [Sidney Paget, *Strand Magazine*, 1893]

"Mr. Blessington pareceu mais nervoso com aquilo do que eu teria julgado possível, embora semelhante ocorrência fosse o bastante, é claro, para perturbar a paz de espírito de qualquer um. Na verdade, ele desabou chorando numa poltrona, e só a custo consegui fazê-lo falar coisa com coisa. Foi sugestão dele que eu viesse procurar o senhor, e naturalmente vi de imediato a conveniência disso, pois sem dúvida é um incidente muito singular, embora ele pareça superestimar enormemente sua importância. Se o senhor pudesse voltar comigo em meu *brougham*, seria pelo menos capaz de acalmá-lo, embora eu não tenha muita esperança de que será capaz de explicar essa inusitada ocorrência."

Sherlock Holmes ouvira esta longa narrativa com uma atenção que me mostrou que seu interesse estava vivamente despertado. Seu rosto estava impassível como sempre, mas suas pálpebras haviam descaído mais pesadamente sobre seus olhos e seu cachimbo soltara espirais de fumaça mais espessas para enfatizar cada episódio da história do médico. Quando nosso visitante concluiu, Holmes levantou-se sem uma palavra, entregou-me o meu chapéu, pegou o seu na mesa e seguiu o dr. Trevelyan em direção à porta. Dentro de um quarto de hora havíamos saltado à porta da residência do médico em Brook Street, uma daquelas casas sombrias e sem graça, que costumamos associar a um consultório do West End. Um pequeno mensageiro nos recebeu e começamos de imediato a subir uma escada larga, bem-atapetada.

Mas uma singular interrupção nos deteve. A luz lá no alto foi subitamente apagada e da escuridão veio uma voz esganiçada, trêmula.

"Estou com uma pistola", gritou ela. "Palavra que atiro se chegarem mais perto."

"Isto realmente chega a ser afrontoso, Mr. Blessington", exclamou o dr. Trevelyan.

"Ah, então é o senhor, doutor?" disse a voz com um grande arquejo de alívio. "Mas esses outros cavalheiros, são mesmo quem dizem ser?"

Sentimos que estávamos sofrendo um longo escrutínio lá da escuridão.

"Sim, sim, está tudo certo", disse finalmente a voz. "Podem subir, e lamento se minhas precauções os aborreceram."

Enquanto falava, acendeu de novo a lâmpada a gás da escada e vimos diante de nós um homem estranho, cuja aparência, bem como a voz, revelavam nervos em mísero estado. Era muito gordo mas em alguma época devia ter sido muito mais gordo ainda, pois a pele se pendurava em seu rosto em bolsas frouxas, como as bochechas de um sabujo. Tinha uma cor doentia, e o cabelo ruivo e ralo parecia arrepiado com a intensidade de sua emoção. Empunhava uma pistola, mas enfiou-a no bolso quando avançamos.

"Boa noite, Mr. Holmes", disse; "com certeza lhe estou muito agradecido por ter vindo. Ninguém nunca precisou mais de seu conselho que eu. Suponho que o dr. Trevelyan lhe falou dessa invasão absolutamente imperdoável de meus aposentos?"

"Perfeitamente", respondeu Holmes. "Quem são esses dois homens, Mr. Blessington, e por que desejam molestá-lo?"

"Bem, bem", disse o paciente residente, com nervosismo, "claro que é difícil dizer. O senhor não pode esperar que eu responda a isso, Mr. Holmes."

"Está querendo dizer que não sabe?"

"Entre aqui, por favor. Faça apenas a gentileza de pisar aqui."

Conduziu-nos a seu quarto de dormir, que era grande e confortavelmente mobiliado.

"Empunhava uma pistola." [Sidney Paget, *Strand Magazine*, 1893]

"Como pode ver", disse, apontando uma grande arca preta ao pé da sua cama. "Nunca fui um homem muito rico, Mr. Holmes — fiz um único investimento em minha vida, como o dr. Trevelyan deve ter lhe contado. Mas não acredito em banqueiros. Nunca confiaria num banqueiro, Mr. Holmes. Cá entre nós, todo o pouco que tenho está nesta arca, então o senhor pode entender o que significa para mim ter meu quarto invadido por desconhecidos."

Holmes olhou para Blessington de sua maneira indagativa e sacudiu a cabeça.

"Não tenho como aconselhá-lo se tenta me enganar."

"Mas eu lhe contei tudo."

Holmes deu meia-volta com um gesto de repulsa. "Boa noite, dr. Trevelyan", disse.

"E nenhum conselho para mim?" exclamou Blessington numa voz rouca.

"O conselho que lhe dou, senhor, é que fale a verdade."

Um minuto depois estávamos na rua, caminhando para casa. Havíamos cruzado Oxford Street e percorrêramos a metade de Harley Street antes que eu conseguisse arrancar uma palavra de meu companheiro.

"Lamento tê-lo levado para uma missão tão despropositada, Watson", disse ele por fim. "No fundo, é um caso interessante."

"Não consigo entender grande coisa", confessei.

"Bem, é evidente que há dois homens — mais, talvez, mas pelo menos dois — determinados por alguma razão a pôr as mãos nesse sujeito, o Blessington. Não tenho dúvida de que tanto na primeira quanto na segunda ocasião aquele rapaz entrou no quarto, enquanto seu comparsa, por um engenhoso estratagema, impedia o médico de interferir."

"E a catalepsia?"

"Uma imitação fraudulenta, Watson, embora seja difícil para mim sugerir isso ao nosso especialista. É um estado muito fácil de imitar. Eu mesmo já o fiz."[14]

"E depois?"

"Por puro acaso, Blessington estava fora nas duas ocasiões. A razão da escolha de hora tão inusitada para uma consulta fora obviamente assegurar que não haveria nenhum outro paciente na sala de espera. Calhou, porém, que essa hora coincidiu com o exercício de Blessington, o que parece mostrar que eles não estavam muito a par da rotina diária dele. É claro que, se estivessem meramente interessados em pilhar, teriam feito ao menos alguma tentativa de se inteirar dela. Além disso, posso ler nos olhos de um homem quando é pela própria pele que teme. É inconcebível que esse sujeito tenha feito dois inimigos tão vingativos, como esses parecem ser, sem ter conhecimento disso. Considero portanto indubitável que ele sabe quem são esses homens, e tem lá suas razões para ocultar isso. É bem possível que amanhã o encontremos num estado de espírito mais comunicativo."

"Não haveria uma alternativa", sugeri eu, "absurdamente improvável, sem dúvida, mas ainda assim concebível? Não poderia toda a história do russo cataléptico e seu filho ser uma invenção do dr. Trevelyan, que teria estado, para seus próprios fins, nos aposentos de Blessington?"

Vi à luz do lampião o sorriso divertido de Holmes diante dessa minha brilhante especulação.

"Meu caro companheiro", respondeu, "essa foi uma das primeiras soluções que me ocorreram, mas logo pude confirmar a história contada pelo médico. Esse rapaz deixou pegadas no tapete da escada que tornam inteiramente supérfluo para mim pedir para ver as que deixou no quarto. Se eu lhe disser que seus sapatos tinham bico quadrado, em vez de serem pontudos como os de Blessington, e eram mais de três centímetros maiores que os do médico, você há de convir que não pode haver dúvida quanto à sua individualidade. Mas podemos deixar o problema de lado por enquanto, pois ficarei surpreso se não tivermos mais notícias de Brook Street pela manhã."

A profecia de Sherlock Holmes logo se cumpriu, e de maneira dramática. Às sete e meia da manhã seguinte, ao primeiro pálido despontar da aurora, dei com ele de pé junto à minha cama vestido com seu roupão.

"Há um *brougham* à nossa espera, Watson", disse ele.

"Do que se trata?"

"Do caso de Brook Street."

"Alguma notícia nova?"

"Trágica, mas ambígua", disse ele, suspendendo a persiana. "Veja isto — uma folha de agenda com 'Pelo amor de Deus venha imediatamente. — P.T.' rabiscado a lápis. Nosso amigo, o médico, estava em apuros quando escreveu isto. Vamos, meu caro companheiro, porque é um chamado urgente."

Mais ou menos em um quarto de hora estávamos de volta à casa do médico. Ele veio correndo ao nosso encontro com um semblante de horror.

"Oh, que transtorno!" exclamou, as mãos nas têmporas.

"Mas que foi?"

"Blessington cometeu suicídio!"

Holmes deu um assobio.

"Isso mesmo, enforcou-se durante a noite."

Entramos, e o médico nos conduziu para o que era evidentemente sua sala de espera.

"Realmente mal sei o que estou fazendo", exclamou. "A polícia já está lá em cima. Isso me abalou da maneira mais terrível."

"Quando ficou sabendo?"

"Ele gosta que lhe levem uma xícara de chá de manhã muito cedo. Quando a criada entrou por volta das sete horas, lá estava o pobre coitado pendurado no meio do quarto. Ele havia amarrado sua corda no gancho de que pendia o pesado lustre, e havia pulado de cima daquela mesma arca que nos mostrara ontem."

Holmes permaneceu um momento imerso em profunda reflexão.

"Com sua permissão", disse por fim, "gostaria de subir e examinar as coisas." Subimos os dois, seguidos pelo médico.

A cena que vimos ao entrar no quarto foi pavorosa. Falei da impressão de flacidez que esse Blessington transmitia. Quando ele pendia do gancho, ela era exagerada e intensificada a tal ponto que sua figura mal parecia humana. O pescoço estava esticado como o de uma galinha depenada, o que fazia o resto dele parecer ainda mais obeso e antinatural pelo contraste. Vestia apenas sua comprida camisola, sob a qual se projetavam, rígidos,

"A cena que vimos ao entrar no quarto foi pavorosa." [*Oregonian* dominical, Portland, 3 de setembro de 1911]

os tornozelos inchados e os pés desajeitados. A seu lado estava um inspetor de polícia de fisionomia astuta, tomando notas numa caderneta.

"Ah, Mr. Holmes", disse ele cordialmente quando meu amigo entrou, "estou encantado em vê-lo."

"Bom dia, Lanner",[15] respondeu Holmes, "não me verá como um intrometido, tenho certeza. Soube dos acontecimentos que levaram a esse desfecho?"

"Sim, soube alguma coisa sobre eles."

"E formou uma opinião?"

"Pelo que posso ver, o homem perdeu a cabeça de tanto pavor. Chegou a dormir na cama, como vê. A marca do seu corpo é bastante profunda. É por volta das cinco da manhã que os suicídios são mais comuns, o senhor sabe. Deve ter sido mais ou menos nessa hora que ele se enforcou. Parece ter sido um gesto muito deliberado."

"Holmes abriu-a e cheirou o único charuto que continha."
[Sidney Paget, *Strand Magazine*, 1893]

"Eu diria que está morto há cerca de três horas, a julgar pela rigidez dos músculos", disse eu.

"Notou alguma coisa de peculiar no quarto?" perguntou Holmes.

"Encontrei uma chave de parafuso e alguns parafusos na bancada da pia. Além disso, ele parece ter fumado muito durante a noite. Aqui estão quatro pontas de charuto que catei na lareira."

"Hum!" disse Holmes. "Encontrou a piteira dele?"

"Não, não vi nenhuma."

"Sua caixa de charutos, então?"

"Encontrei, estava no bolso de seu paletó."

Holmes abriu-a e cheirou o único charuto que continha.

"Oh, este é um Havana e esses outros são do tipo peculiar que os holandeses importam de suas colônias nas Índias

Orientais. Eles costumam ser enrolados em palha, sabe, e são mais finos para seu comprimento que os de qualquer outra marca." Pegou as quatro pontas e examinou-as com sua lente de bolso.

"Dois destes foram fumados com piteira e dois sem", disse. "Dois foram cortados com uma faca não muito afiada, e dois tiveram as pontas mordidas por dentes excelentes. Isto não foi nenhum suicídio, Mr. Lanner. Trata-se de um homicídio muito frio e cuidadosamente planejado."

"Impossível!" exclamou o inspetor.

"Por quê?"

"Por que haveria alguém de assassinar um homem de maneira tão desajeitada, enforcando-o?"

"Isso é o que temos de descobrir."

"Como conseguiram entrar?"

"Pela porta da frente."

"Estava trancada de manhã."

"Então foi trancada depois que entraram."

"Como sabe?"

"Vi os rastros deles. Dê-me licença por um momento e talvez eu possa lhe dar outras informações a esse respeito."

Foi até a porta e, girando a fechadura, examinou-a de sua maneira metódica. Depois tirou a chave, que estava do lado de dentro, e a inspecionou também. A cama, o tapete, as cadeiras, o aparador da lareira, o corpo morto foram todos examinados, um de cada vez, até que por fim Holmes se declarou satisfeito e, com minha ajuda e a do inspetor, cortou a corda de que pendia o mísero cadáver, deitou-o reverentemente e o cobriu com um lençol.

"E essa corda?" perguntou.

"Foi cortada desta", disse o dr. Trevelyan, puxando um grande rolo de debaixo da cama. "Ele tinha um medo mórbido de incêndios, e sempre mantinha isso perto de si para poder escapar pela janela caso as escadas estivessem em chamas."

"Isso lhes deve ter poupado um bom trabalho", disse Holmes, pensativo. "Sim, os fatos em si mesmos estão muito claros e ficarei surpreso se até hoje à tarde não puder lhes dar também a razão deles. Levarei esta fotografia de Blessington que vejo sobre o aparador, pois ela pode me ajudar em minhas investigações."

"Mas o senhor não nos disse nada!" exclamou o médico.

"Oh, não pode haver nenhuma dúvida quanto à sequência dos acontecimentos", disse Holmes. "Houve três homens envolvidos na história: o rapaz, o velho e um terceiro, de cuja identidade não tenho nenhuma pista. Nem preciso dizer que os dois primeiros são os mesmos que se fizeram passar pelo conde russo e seu filho, de modo que podemos dar uma descrição completa deles. Se posso lhe dar um conselho, inspetor, seria o de prender esse mensageiro, que, pelo que entendo, doutor, está a seu serviço há muito pouco tempo."

"Não se consegue encontrar o diabinho", disse o dr. Trevelyan; "a criada e a cozinheira estiveram procurando por ele agora mesmo."

Holmes deu de ombros.

"Ele desempenhou um papel considerável neste drama. Os três homens subiram a escada na ponta dos pés, o velho na frente, o mais jovem em seguida e o homem desconhecido atrás…"

"Meu caro Holmes!" exclamei.

"Ah, não pode haver nenhuma dúvida quanto à superposição das pegadas. Eu tinha a vantagem de ter ficado sabendo quais eram quais na noite passada. Eles subiram, portanto, ao quarto de Mr. Blessington, cuja porta encontraram trancada. Com a ajuda de um arame, no entanto, conseguiram girar a chave. Mesmo sem as lentes os senhores perceberão, pelos arranhões nestas guardas de fechadura,[16] onde a pressão foi aplicada.

"Ao entrar no quarto, a primeira coisa que fizeram deve ter sido amordaçar Mr. Blessington. Talvez ele estivesse dormindo, ou talvez tenha ficado tão paralisado pelo terror que foi incapaz de gritar. Essas paredes são grossas, e é possível que seu grito, caso tenha tido tempo de soltar um, não tenha sido ouvido.

"Depois que o amarraram, é evidente para mim que alguma espécie de conciliábulo teve lugar. Provavelmente tratou-se de algo da natureza de um julgamento. Deve ter durado algum tempo, pois foi então que os charutos foram fumados. O homem mais velho sentou-se naquela cadeira de vime; foi ele quem usou a piteira. O mais jovem sentou-se ali adiante; ele bateu sua cinza contra a cômoda. O terceiro sujeito andou de um lado para outro.

Blessington, acho eu, ficou sentado na cama, mas disso eu não posso ter absoluta certeza.

"Bem, ao fim desse conselho eles agarraram Blessington e o enforcaram. Tudo havia sido tão bem preparado de antemão que acredito que eles trouxeram consigo algum tipo de cepo ou polia que poderia servir de forca. Aquela chave de parafuso e aqueles parafusos destinavam-se, segundo acredito, a fixá-lo. Mas ao ver o gancho, eles naturalmente se pouparam do trabalho. Tendo terminado seu trabalho retiraram-se e a porta da rua foi trancada atrás deles por seu cúmplice."

Todos nós tínhamos ouvido com o mais profundo interesse essa síntese dos acontecimentos da noite, que Holmes deduzira de sinais tão sutis e diminutos que, mesmo depois que ele os mostrava para nós, dificilmente podíamos acompanhá-lo em seus raciocínios. O inspetor partiu imediatamente a toda pressa para fazer investigações sobre o mensageiro, enquanto Holmes e eu voltamos a Baker Street para o desjejum.

"Estarei de volta às três horas", disse ele quando terminamos a refeição. "O inspetor e o médico virão me encontrar aqui a essa hora e, a essa altura, espero ter elucidado todas as pequenas obscuridades que o caso ainda apresenta."

"Blessington, acho eu, ficou sentado na cama."
[W.H. Hyde, *Harper's Weekly*, 1893]

Nossos visitantes chegaram na hora marcada, mas já eram quinze para as quatro quando meu amigo apareceu. Mas, por sua expressão ao entrar, pude ver que tudo correra bem para ele.

"Alguma novidade, inspetor?"

"Descobri o garoto, senhor."

"Excelente, e eu descobri os homens."

"Descobriu os homens!" exclamamos, todos os três.

"Bem, pelo menos descobri a identidade deles. Esse chamado Blessington é, como eu esperava, muito conhecido na central de polícia, assim como seus agressores. Eles se chamam Biddle, Hayward e Moffat."

"A quadrilha que assaltou o banco Worthingdon!" exclamou o inspetor.

"Precisamente", respondeu Holmes.

"Ora, isso deixa tudo claro como cristal", disse o inspetor. Mas Trevelyan e eu olhamos um para o outro, perplexos.

"Os senhores certamente se lembram do rumoroso caso do banco Worthingdon", disse Holmes; "cinco homens participaram — estes quatro e um quinto chamado Cartwright. Tobin, o guarda, foi assassinado e os ladrões escaparam com sete mil libras. Isso foi em 1875. Todos os cinco foram presos, mas as provas contra eles estavam longe de ser conclusivas. Esse Blessington ou Sutton, que era o pior da quadrilha, tornou-se informante. Com seu testemunho, Cartwright foi enforcado e os outros três pegaram quinze anos de prisão cada um. Quando saíram, recentemente, alguns anos antes de completarem a pena,[17] decidiram caçar o traidor e vingar a morte de seu companheiro. Tentaram duas vezes pôr as mãos nele e fracassaram; de uma terceira vez, como veem, conseguiram. Há mais alguma coisa que eu poderia explicar, dr. Trevelyan?"

"'Descobriu os homens!' exclamamos."
[Sidney Paget, *Strand Magazine*, 1893]

"Penso que o senhor deixou tudo extraordinariamente claro", disse o médico. "Sem dúvida o dia em que ele se mostrou tão perturbado foi aquele em que havia lido nos jornais sobre a libertação deles."

"Certamente. E sua conversa sobre roubo era o mais puro disfarce."

"Mas por que ele não pôde lhe dizer isso?"

"Bem, meu caro senhor, conhecendo o caráter vingativo de seus ex-associados, ele estava tentando esconder a própria identidade de todo o mundo, enquanto pudesse. Seu segredo era vergonhoso, e ele não podia se forçar a divulgá-lo. No entanto, por mais desgraçado que se sentisse, ainda estava vivendo sob a proteção da lei britânica, e não tenho dúvida, inspetor, de que, embora esse escudo possa deixar de proteger, a espada da justiça continua pronta para vingar."

Estas foram as singulares circunstâncias associadas ao Paciente Residente e ao Médico de Brook Street. Dessa noite em diante a polícia não teve notícia alguma dos três assassinos e supõe-se na Scotland Yard que estavam entre os passageiros do desditoso *Norah Creina*, um barco a vapor que se perdeu alguns anos atrás com todos os marinheiros na costa portuguesa, algumas léguas ao norte da cidade do Porto. O processo contra o mensageiro foi suspenso por falta de provas, e o Mistério de Brook Street, como veio a ser chamado, nunca foi plenamente relatado em nenhum órgão de imprensa.

ANEXO O texto de "O paciente residente"

O segundo e o terceiro parágrafos de "O paciente residente", tal como lidos acima, constituem o texto original como publicado na *Strand Magazine* em 1893. Quando a história apareceu reunida a outras em forma de livro nas *Memoirs*, publicadas por George Newnes, Limited, em 1894, estes parágrafos foram substituídos pelo que se segue:

"Fora um dia abafado e chuvoso de outubro. Nossas persianas estavam semicerradas, e Holmes, enroscado no sofá, lia e relia uma carta que recebera pelo correio da manhã. De minha parte, o tempo que servira na Índia me ensinara a tolerar melhor o calor que o frio, e um termômetro marcando trinta e dois graus não representava nenhum sofrimento. Mas o jornal da manhã estava insosso. O Parlamento fora suspenso. Todo o mundo estava fora da cidade e eu ansiava pelas clareiras da New Forest ou as praias de seixos de Southsea. Uma conta bancária depauperada levara-me a adiar minhas férias, e quanto a meu companheiro, nem o campo nem o mar exerciam a menor atração sobre ele. Gostava de estar no meio de cinco milhões de pessoas, com seus filamentos esticados e correndo entre elas, reagindo prontamente a cada rumor ou suspeita de crime sem solução. Não havia entre seus muitos talentos nenhum lugar para a apreciação da natureza, e a única mudança que fazia era desviar a mente do malfeitor da cidade para seguir o da zona rural.

Achando que Holmes estava absorto demais para conversar, eu havia jogado de lado o estéril jornal e, reclinando-me em minha poltrona, caí numa vaga melancolia. De repente a voz de meu companheiro penetrou meus pensamentos.

"'Você tem razão, Watson. Parece realmente uma maneira absurda de resolver uma desavença.'

"'Extremamente absurda!'" exclamei, e então, percebendo de repente que ele havia feito eco ao meu mais recôndito pensamento, empertiguei-me em minha poltrona e encarei-o, atônito.

"'Que é isso, Holmes?' exclamei. 'Isso está acima de qualquer coisa que eu teria podido imaginar.'

As Memórias de Sherlock Holmes

Ele deu uma boa risada de minha perplexidade.

"'Lembra-se', perguntou, 'de que pouco tempo atrás, quando li para você a passagem de um conto de Poe em que um pensador rigoroso acompanha os pensamentos não formulados do companheiro, você se inclinou a ver aquilo como um mero *tour de force* do autor? Quando comentei que eu costumava fazer o mesmo constantemente, você expressou incredulidade.'

"'Oh, não!'

"'Talvez não com a língua, meu caro Watson, mas certamente com suas sobrancelhas. Assim, quando o vi jogar seu jornal no chão e entrar numa cadeia de pensamentos, fiquei muito feliz por ter a oportunidade de lê-la, e finalmente de penetrar nela, como prova de que estivera em ligação com você.'

"Mas eu ainda não estava nem de longe satisfeito. 'Na amostra que você leu para mim', contestei, 'o pensador lógico extraiu sua conclusão das ações do homem que observava. Se me lembro bem, ele tropeçou num monte de pedras, olhou para as estrelas e assim por diante. Mas eu estava sentado aqui, sossegado, na minha poltrona. Que pistas lhe posso ter dado?'

"'Você comete uma injustiça consigo mesmo. Os traços fisionômicos são dados a um homem como meios de expressão de suas emoções, e os seus são servos fiéis.'

"'Está querendo dizer que leu minha cadeia de pensamento a partir de meus traços?'

"'Seus traços, e especialmente seus olhos. Talvez você mesmo não se lembre como seu devaneio começou, não é?'

"'Não, não me lembro.'

"'Então vou lhe dizer. Depois de jogar seu jornal no chão, e esse foi o gesto que chamou minha atenção, você passou um minuto e meio com uma expressão aérea. Depois seus olhos se fixaram no seu retrato recém-emoldurado do general Gordon, e vi pela alteração do seu semblante que uma cadeia de pensamentos começara. Mas ela não foi muito longe. Seus olhos relancearam o retrato sem moldura de Henry Ward Beecher que está em cima de seus livros. Depois você deu uma olhada para a parede, e seu pensamento ficou óbvio, claro. Você estava pensando que, se estivesse emoldurado, o retrato cobriria exatamente aquele espaço nu, correspondente ao do retrato de Gordon do outro lado.'

"'Você me acompanhou maravilhosamente!'

"'Até essa altura eu dificilmente poderia ter me perdido. Mas nesse momento seus pensamentos voltaram para Beecher, e você olhou-o atentamente, como se estivesse analisando o caráter do homem pelos traços dele. Depois seus olhos pararam de se franzir, mas você continuou olhando para o outro lado, e seu rosto estava pensativo. Você estava se lembrando dos episódios da carreira de Beecher. Eu sabia muito bem que não podia fazer isso sem pensar na missão que ele empreendeu a favor do Norte no tempo da Guerra Civil, pois me lembro de vê-lo expressar apaixonada indignação diante da maneira como ele foi recebido por nossos compatriotas mais turbulentos. Aquilo o revoltava tanto que eu sabia que você não podia pensar em Beecher sem pensar nisso também. Quando, um instante depois, vi seus olhos se desviarem do retrato, suspeitei que sua mente tivesse se voltado para a Guerra Civil, e quando observei que seus lábios se fecharam, seus olhos brilharam e suas mãos se cerraram, tive certeza de que estava realmente pensando na bravura exibida por ambos os lados naquele conflito desesperado. Mas depois, novamente, seu rosto ficou mais triste; você sacudiu a cabeça. Estava refletindo sobre a tristeza, o horror e o desperdício inútil de vidas. Sua mão se deslocou para o seu velho ferimento e um sorriso se esboçou em seus lábios, mostrando-me que lhe ocorrera o lado absurdo desse método de resolver questões internacionais. Nesse ponto, concordei com você que era absurdo, e fiquei satisfeito ao constatar que todas as minhas deduções haviam sido corretas.'

"'Absolutamente!' disse eu. 'E agora que você explicou, confesso que estou tão espantado quanto antes.'

"'Foi algo muito superficial, meu caro Watson, eu lhe asseguro. Eu não teria chamado sua atenção para isso se você não tivesse mostrado certa incredulidade outro dia. Mas o entardecer trouxe uma brisa consigo. Que diria de um passeio por Londres?'"

O leitor astuto reconhecerá as passagens como pura e simplesmente roubadas de "A caixa de papelão". Notem-se as incongruências: É um "dia abafado e chuvoso de outubro". "O Parlamento fora suspenso". "Todo o mundo estava fora da cidade". Havia um "termômetro marcando trinta e dois graus". Parece que o editor na edição Newnes não pôde se dar ao trabalho de fazer uma "colagem" bem-feita quando "A caixa de papelão" foi suprimida. Quando "O paciente residente" foi reimpresso em 1928 na edição de John Murray, *Sherlock Holmes: The Complete Short Stories*, as passagens tomadas de "A caixa de papelão" foram omitidas e os dois parágrafos combinados no seguinte:

"Fora um dia abafado, chuvoso em outubro. 'Tempo insalubre, Watson', disse meu amigo. 'Mas o entardecer trouxe uma brisa consigo. Que diria de um passeio por Londres?'"

 **Notas**

1. "The Resident Patient" foi publicado na *Strand Magazine* em agosto de 1893 e em *Harper's Weekly* (Nova York) em 12 de agosto de 1893.

2. Talvez Watson pretenda aqui apontar *Um estudo em vermelho* como um caso em que, embora "os fatos [tenham sido] do mais extraordinário e dramático caráter", a participação de Holmes foi pequena. Embora seja verdade que ele fez uma imediata e brilhante identificação do assassino, o caso só foi realmente "resolvido" graças à reação suicida de Hope ao anúncio de Holmes e posterior confissão completa. Watson pode ter sentido que talvez tenha exagerado o mérito de Holmes em concluir essa investigação.

3. Segundo a mitologia grega, Cila e Caribdes eram monstros marinhos que guardavam o estreito de Messina. Uma vez uma linda donzela, Cila, foi transformada (seja por uma Circe ciumenta ou por uma Anfitrite ciumenta) num monstro marinho com seis cabeças, doze pés e lombos de cães ululantes; morava numa caverna, agarrando marinheiros de navios que passavam e devorando-os. Na *Odisseia* de Homero, ela comeu seis dos companheiros de Ulisses. Em frente a Cila morava Caribdes, uma filha de Posêidon que fora transformada por Zeus num monstro semelhante a um remoinho por roubar o gado de Hércules. Ver-se preso entre Cila e Caribdes significa em geral só conseguir evitar um problema para esbarrar em outro ou, numa expressão mais popular, estar "entre a cruz e a caldeirinha". Watson usa a expressão aqui num sentido um pouco mais benigno, para indicar sua divisão entre seus impulsos como escritor e sua lealdade para com o amigo.

4. O segundo e o terceiro parágrafos de "O paciente residente" como aparecem em seguida constituem o texto original tal como figurou na publicação na *Strand Magazine* em 1893. Ver página 262 para uma discussão de variações textuais.

5. A percepção popular, consideravelmente estimulada pelo trabalho de Nigel Bruce em várias representações de Watson em filmes, é que o próprio médico tem pouca ou nenhuma capacidade de raciocínio dedutivo e que atua meramente como uma caixa de ressonância para Holmes. Aqui, Watson se entrega a um típico movimento de autodepreciação e sugere que não pode fazer nada melhor que tentar imitar as habilidades superiores do próprio Holmes. Mas essa subestimação das capacidades de Watson é desmentida por vários casos de acuidade que ocorrem através do Cânone. Compare-se, por exemplo, as ótimas inferências que Watson faz aqui com aquelas de "Escândalo na Boêmia", onde faz várias deduções a partir do papel da carta enviada pelo "conde von Kramm" antes que Holmes verbalize as suas; "As cinco sementes de laranja", em que deduz rapidamente o envolvimento de um homem do mar com base nos carimbos postais nas ameaças; *O signo dos quatro*, onde é capaz de deduzir, com apenas uma pequena ajuda de Holmes, que o assassino entrou pelo telhado; *O cão dos Baskerville*, onde suas conclusões acerca do dr. James Mortimer a partir de sua bengala são próximas das do próprio Holmes; "O mistério do vale Boscombe", onde avalia corretamente os ferimentos fatais de MacCarthy; "Vila Glicínia", onde faz uma série de inferências certeiras sobre Scott Eccles. Veja-se em especial *O cão dos Baskerville*, onde cartas de Watson a Holmes estão cheias de observações e deduções argutas e onde Holmes cumprimenta Watson, dizendo: "Nossas investigações têm evidentemente corrido em linhas paralelas."

6. Uma "lesão" é uma alteração anormal da estrutura de um órgão ou parte do corpo em decorrência de ferimento ou doença. O assunto das "lesões nervosas" — isto é, da relação dos nervos com a doença — era pouco compreendido pela medicina vitoriana, e, nesse contexto (e no artigo do dr. Trevelyan), "obscuro" provavelmente significa "não facilmente compreensível".

7. Watson também frequentou a Universidade de Londres, onde obteve seu diploma de médico em 1878 (*Um estudo em vermelho*).

8. Uma pessoa acometida de catalepsia experimentaria um súbito enrijecimento dos músculos, de tal modo que seus membros permaneceriam fixados em qualquer posição em que fossem postos. A catalepsia tende a ser um sintoma de vários distúrbios clínicos como a epilepsia e a esquizofrenia.

No século XIX, muitos escritores usaram os efeitos impressionantes da catalepsia em sua ficção (talvez, como sugerido num *Journal of the History of the Neurosciences* de 2000, como um substituto da epilepsia) em busca de um efeito dramático. No poema escrito por Alfred Tennyson em 1847, "The Princess", o narrador, com diagnóstico de catalepsia, confessa ter "estranhos ataques" em que "tenho a impressão de me mover em meio a um mundo de fantasmas/ E sinto-me à sombra de um sonho". O narrador cataléptico em "The Premature Burial" (1850) de Edgar Allan Poe entra muitas vezes num estado "sem dor, sem capacidade de me mover ou, estritamente falando, de pensar, mas com uma nebulosa e letárgica consciência da vida". Aterrorizado pela ideia de ser enterrado vivo durante um de seus ataques, o narrador de Poe alerta os amigos para que só o enterrem quando tiver começado a se decompor; providencia para que o túmulo da família seja abastecido com comida e água em abundância e tenha uma porta que possa ser aberta por dentro; e projeta para si mesmo um caixão "morna e maciamente acolchoado" com uma tampa acionada por molas. Apesar de todas essas precauções, o narrador, quando afastado de casa numa viagem, acaba sendo enterrado vivo, tal como a igualmente cataléptica Madeline de Poe em *The Fall of the House of Usher* (1839). E o amargo e sem amigos personagem epônimo de *Silas Marner* (1861) de George Eliot, parado na soleira de sua casa, perde um tempo de duração indeterminada quando foi tocado "pela invisível vara de condão da catalepsia, e permaneceu como um ídolo, os olhos abertos mas incapazes de enxergar, segurando sua porta aberta, impotente para resistir seja ao bom ou ao mau que nela pudessem entrar".

9. A Cavendish Square e a área circundante, em especial Harley e Wimpole Streets, eram conhecidas por abrigar os consultórios de alguns dos mais exclusivos médicos de Londres. Na obra de Robert Louis Stevenson, *O estranho caso do Dr. Jekyll e Mr. Hide* (1886), o dr. Lanyon, um amigo e colega do dr. Jekyll, morava e atendia pacientes na "Cavendish Square, aquela cidadela da medicina". Florence Nightingale trabalhou como superintendente do Institute of Sick Governesses após a transferência deste para Harley Street em 1853; a Royal Society of Medicine tem sede em Wimpole Street, 1, desde 1912. Arthur Conan Doyle teve consultório em Upper Wimpole Street, 3, de março a maio de 1891, quando tentou formar uma clientela como oftalmologista.

10. Isto é, no dia 25 de março, na Festa da Anunciação; ou a celebração do anúncio feito a Maria pelo anjo Gabriel de que ela daria à luz o filho de Deus.

11. Como um guinéu vale 21 xelins e um xelim vale 12 pence, "cinco xelins e três pence" é exatamente um quarto de um guinéu.

12. Comparação partilhada pelo rei da Boêmia em "Escândalo na Boêmia".

13. O tratamento que o dr. Trevelyan dispensa a seu paciente cataléptico certamente não era a abordagem aceita, mas tampouco era completamente infundado. Nitrito de amila, um líquido geralmente inalado na forma de vapor, de fato não tem nenhum efeito relatado sobre a catalepsia, tendo sido usado sobretudo no tratamento de cardiopatias.

Em 1867, o médico escocês Sir Thomas Lauder Brunton (1844-1916), que desempenhou importante papel no estabelecimento da farmacologia como ciência, descobriu que o nitrito de amila — ao dilatar os vasos sanguíneos e acelerar o ritmo cardíaco — podia aliviar a dor da angina do peito causada por falta de oxigênio para o coração. É para isso que a droga foi tradicionalmente prescrita. No entanto, um artigo intitulado "On Catalepsy, with Cases, Treatment with High Temperature and Galvanism to the Head", publicado em 1887 pelo dr. Alex Robertson no *Journal of Mental Science*, observou que a constrição dos vasos sanguíneos era também uma característica da catalepsia. Howard Brody sustenta que o dr. Trevelyan aplicou o nitrito de amila ou por ter lido esse artigo ou com base em suas próprias investigações independentes. (Os contemporâneos do dr. Trevelyan, relata a nona edição da *Encyclopaedia Britannica*, tentavam tratar a catalepsia não com remédios, mas "obtendo comando sobre a vontade do paciente", evitando de alguma maneira, pela pura força da persuasão mental, que ele entrasse no estado cataléptico.)

Atualmente, o nitrito de amila — também conhecido popularmente como *"popper"* — tende a ser usado não para fins médicos, mas como uma droga recreativa muito apreciada por frequentadores de boates por induzir um breve e súbito aumento da energia. Atualmente o nitrato de amila é proibido nos Estados Unidos e só disponível no Reino Unido mediante prescrição médica.

14. Em "Os fidalgos de Reigate", Holmes engana os vilões bem como o coronel Hayter com um simples "ataque". Em "O detetive agonizante", exibe seu gênio teatral ao simular "febre de Tapanuli" e quase morte com sintomas rebuscados.

15. Nunca mais se volta a ouvir falar do inspetor Lanner no Cânone.

16. Parte de segurança instalada no interior de fechaduras.

17. O Ato Penal Inglês de 1877 permitia que o prazo da sentença fosse estabelecido pelo juiz. A sentença estava sujeita a uma remissão de até um quarto de sua duração (exclusive o tempo passado em confinamento solitário, em geral os primeiros nove meses). Essa remissão era obtida por empenho no trabalho, aferido por pontos ganhos cada dia. Para uma sentença de cinco anos, a remissão máxima era de um ano e 23 dias; de sete anos, um ano e 273 dias; de 14 anos, três anos e 181 dias; de 20 anos, quatro anos e 86 dias. Condenados a prisão perpétua não podiam reivindicar nenhuma remissão, mas seus casos eram revistos ao fim de 20 anos.

"O paciente residente" é geralmente datado de 1887, embora haja pouca concordância entre os cronologistas (ver Quadro cronológico). Se os membros da quadrilha obtiveram sentenças de 15 anos, não é possível que o roubo tenha ocorrido em 1875, como diz Holmes, porque a remissão máxima permitida por lei seria de três anos e 271 dias. Isso situaria a condenação da quadrilha em 1872 e o roubo em 1871. É mais provável que ele tenha se enganado sobre o tempo de prisão do que sobre a data do roubo, uma vez que o inspetor não contradiz a data mencionada. Em 1875 Holmes mal tinha 21 anos, ainda não iniciara sua carreira de detetive profissional e talvez tenha ficado extremamente impressionado com as manchetes dedicadas ao roubo.

O Intérprete Grego[1]

"O intérprete grego" não é um dos mais admiráveis desempenhos de Holmes, pois ele quase perde o cliente e não consegue evitar o assassinato de um inocente. No entanto, como um de apenas dois casos em que seu irmão mais velho, Mycroft, desempenha um papel ativo (o outro é "Os planos do Bruce-Partington"), é leitura indispensável para um sherlockiano. Sete anos mais velho que Sherlock, Mycroft é o irmão mais inteligente e menos ativo, que não se dá ao trabalho de deixar sua poltrona para tratar de um problema. Descrito como "maior e mais robusto" que Sherlock, "adiposo", com mãos gordas, parecendo nadadeiras, Mycroft Holmes seria auditor de alguns departamentos do governo britânico. Em "Os planos do Bruce-Partington", no entanto, quando se torna mais seguro da discrição de Watson, Sherlock Holmes lhe revela que Mycroft "ocasionalmente ... é o governo britânico". Alguns gostam de ver Mycroft como um agente secreto vitoriano, o chefe de uma "Agência Central de Informação" britânica. As ações do irmão de Sherlock neste caso, no entanto, não são todas lógicas, e alguns estudiosos conjecturam que ele talvez tenha tido seu próprio intuito nefando no caso.

Durante meu longo e íntimo relacionamento com Mr. Sherlock Holmes eu nunca o ouvira fazer menção a seus parentes e quase nunca a sua infância. Essa reticência de sua parte fazia-me vê-lo ainda mais como uma criatura um tanto desumana, até que passei a encará-lo como um fenômeno isolado, um cérebro sem coração, tão deficiente em comiseração humana quanto bem-dotado de inteligência. Sua aversão às mulheres e indisposição para fazer novas amizades eram ambas típicas de seu temperamento fleumático, mas a completa omissão de qualquer referência à sua própria família era um sinal igualmente revelador. Eu me convencera de que ele era órfão, sem parentes vivos; mas um dia, para minha enorme surpresa, ele começou a me falar sobre o irmão.

Foi depois do chá, numa tarde de verão, e a conversa, que vagara de maneira desconexa, espasmódica, de tacos de golfe[2] à mudança na obliquidade da eclíptica[3], chegou por fim à questão do atavismo[4] e das aptidões hereditárias. O tópico em discussão era até que ponto um talento singular de um indivíduo é devido à sua ancestralidade e até que ponto à educação recebida na infância.

"Em seu próprio caso", disse eu, "a partir de tudo que me contou, parece óbvio que sua capacidade de observação e sua facilidade particular para a dedução são devidas à sua instrução sistemática."

"Em certa medida", respondeu ele, pensativo. "Meus ancestrais eram fidalgos rurais, que parecem ter levado basicamente a vida natural para a gente de sua classe.[5] No entanto, essas minhas inclinações estão em minhas veias, e talvez tenham vindo de minha avó, que era irmã de Vernet[6], o artista francês. A arte no sangue está sujeita a assumir as mais estranhas formas."

"Mas como sabe que são hereditárias?"

"Porque meu irmão Mycroft as possui em grau maior que eu."

Foi de fato uma completa novidade para mim.[7] Se havia um outro homem com capacidades tão singulares na Inglaterra, como se explicava que nem o público nem a polícia tivessem ouvido falar dele? Fiz a pergunta, com uma insinuação de que era a modéstia de meu companheiro que o levava a considerar o irmão como seu superior. Holmes riu de minha sugestão.

"Meu caro Watson", disse, "não posso concordar com aqueles que incluem a modéstia entre as virtudes. Para o homem lógico, todas as coisas deveriam ser exatamente como são, e subestimar a si mesmo é trair a verdade tanto quanto exagerar os próprios méritos. Portanto, quando digo que Mycroft tem mais capacidade de observação que eu, fique certo de que estou dizendo a verdade exata e literal."

"Ele é mais moço que você?"

Mycroft Holmes
[Sidney Paget, *Strand Magazine*, 1893]

"Sete anos mais velho."

"Como se explica que seja desconhecido?"

"Oh, é muito conhecido em seu próprio círculo."

"Onde, então?"

"Bem, no Diogenes Club, por exemplo."

Eu nunca ouvira falar dessa agremiação, e minha fisionomia deve ter proclamado isso, pois Sherlock Holmes tirou o relógio da algibeira.

"O Diogenes Club é o mais estranho clube de Londres, e Mycroft um dos mais estranhos[8] de seus sócios. Ele está sempre lá de quinze para as cinco até vinte para as nove. São seis horas agora, portanto, se lhe agradar a ideia de um pequeno passeio nesta bonita tarde, ficarei muito feliz em apresentá-lo a duas curiosidades."

Cinco minutos depois estávamos na rua, caminhando rumo ao Regent's Circus[9].

"Você está admirado", disse meu companheiro, "por Mycroft não usar seus poderes para o trabalho de detetive. Ele é incapaz disso."

"Mas pensei que você tinha dito..."

"Disse que ele é superior a mim em observação e dedução. Se a arte do detetive começasse e terminasse no raciocínio realizado numa poltrona, meu irmão seria o maior agente criminal que jamais existiu. Mas ele não tem nenhuma ambição e nenhuma energia. Não se daria ao trabalho de ir verificar suas próprias soluções, e preferiria que o julgassem errado a tomar o trabalho de provar que está certo. Inúmeras vezes levei um problema para ele e recebi uma explicação que mais tarde se provou correta. No entanto, ele seria absolutamente incapaz de resolver as questões práticas que devem ser examinadas antes que um caso possa ser apresentado a um juiz ou a um júri."

"HOLMES PULLED OUT HIS WATCH."

"Holmes tirou o relógio da algibeira."
[Sidney Paget, *Strand Magazine*, 1893]

"Então essa não é a profissão dele?"

"De maneira alguma. O que para mim é um meio de vida para ele não passa do mero *hobby* de um diletante. Ele tem uma excelente cabeça para números, e audita os livros de alguns departamentos do governo.[10] Mycroft mora em Pall Mall, toda manhã desce a rua, dobra a esquina para ir a Whitehall[11] e volta toda tarde. Entra ano, sai ano, não pratica nenhum outro exercício e não é visto em nenhum outro lugar, exceto o Diogenes Club, que fica exatamente em frente a seu apartamento."[12]

"Não consigo me lembrar desse nome."

"Muito provavelmente não. Sabe, há muitos homens em Londres que, alguns por timidez, outros por misantropia, não sentem nenhum desejo da companhia de seus semelhantes. Não são avessos, porém, a poltronas confortáveis e aos últimos periódicos. É para a conveniência deles que o Diogenes Club foi fundado, e hoje congrega os homens mais insociáveis e menos gregários da cidade. Nenhum membro está autorizado a prestar a menor atenção em outro. Exceto na Sala dos Visitantes,[13] nenhuma conversa é permitida, em nenhuma circunstância, e três infrações a essa regra, se levadas ao conhecimento do comitê, deixam o palrador sujeito a expulsão. Meu irmão foi um dos fundadores, e eu mesmo considero a atmosfera do clube extremamente tranquilizante."

Enquanto falávamos, havíamos chegado a Pall Mall e a estávamos percorrendo a partir da ponta de St. James's. Holmes parou diante de uma porta a pouca distância do Carlton[14], e, advertindo-me para não falar, conduziu-me ao vestíbulo. Pelos painéis de vidro pude vislumbrar uma grande e luxuosa sala, em que havia muitos homens sentados, lendo jornais, cada qual em seu canto. Holmes levou-me a uma saleta que dava para Pall Mall e em seguida, deixando-me por um minuto, voltou com um companheiro que eu sabia só poder ser o seu irmão.

Mycroft Holmes era um homem muito maior e mais robusto que Sherlock. Seu corpo era inquestionavelmente adiposo, mas o rosto, embora grande, havia preservado algo da agudeza de expressão que era tão notável no de seu irmão.[15] Seus olhos, que eram de um cinza aguado peculiarmente claro, pareciam conservar sempre aquele olhar distante, introspectivo que eu só observava em Sherlock quando ele exercia seus plenos poderes.

"É um prazer conhecê-lo, senhor", disse ele, estendendo uma mão larga e gorda, como a nadadeira de uma foca. "Ouço falar de meu irmão em toda parte desde que o senhor se tornou seu cronista. A propósito, Sherlock, esperei vê-lo por aqui semana passada para me consultar sobre aquele caso de Manor House. Pensei que ele escaparia um pouco a seu alcance."

"Não, eu o resolvi", disse meu amigo, sorrindo.

"Foi Adams, é claro."

"Isso mesmo, foi Adams."

"Eu tinha certeza disso desde o início." Os dois sentaram-se juntos na janela projetada do clube. "Para qualquer pessoa que deseje estudar a raça humana, este é o lugar", disse Mycroft. "Veja que tipos magníficos! Olhe esses dois que vêm vindo na nossa direção, por exemplo."

"O marcador de bilhar[16] e o outro?"

"Precisamente. Que deduz sobre o outro?"

Os dois homens pararam bem em frente à janela. Algumas marcas de giz no bolso do colete eram os únicos sinais de bilhar que eu podia discernir num deles. O outro era um sujeito bem baixinho, moreno, com o chapéu empurrado para trás e vários pacotes debaixo do braço.

"Percebo que é um veterano", disse Sherlock.

"Que deu baixa muito recentemente", observou o irmão.

"Serviu na Índia, pelo que vejo."

"Oficial subalterno."

"Artilharia Real, imagino."

"E viúvo."

"Mas com filho."

"Filhos, meu caro rapaz, filhos."

"Convenhamos", disse eu, rindo, "isto é um pouco demais."

"Certamente não é difícil", respondeu Holmes, "dizer que um homem com aquele porte, expressão de autoridade e pele queimada de sol é um soldado, que é mais do que um soldado raso e que veio da Índia há não muito tempo."

"Que não faz muito que deixou o serviço é demonstrado pelo fato de ainda estar usando as botas de munição[17], como são chamadas", observou Mycroft.

"Não tem a maneira de andar do cavalariano, mas usa o chapéu de lado, como o mostra a pele mais clara daquele lado da testa. Pelo peso, dificilmente seria um batedor[18]. Ele é da artilharia."

"Além disso, é claro, seu luto fechado mostra que perdeu alguém muito querido. O fato de estar fazendo as próprias compras dá a impressão de que se tratou de sua mulher. Andou comprando coisas para crianças, não vê? Ali está um chocalho, que mostra que uma delas é muito nova. A mulher provavelmente morreu de parto. O fato de levar um livro de figuras sob o braço mostra que tem um outro filho em quem pensar."[19]

Comecei a compreender o que meu amigo tinha em mente quando dissera que o irmão era ainda mais arguto que ele próprio. Ele me olhou de esguelha e sorriu. Mycroft serviu-se de rapé de uma caixinha de tartaruga e sacudiu os grãos que haviam aderido a seu paletó com um grande lenço vermelho de seda.

"A propósito, Sherlock", disse ele, "um desses problemas de que você gosta — um caso singularíssimo — foi submetido ao meu julgamento. Realmente não tive energia para acompanhá-lo senão de maneira muito incompleta, mas ele me deu base para algumas especulações muito agradáveis. Se quiser ouvir os fatos..."

"Meu caro Mycroft, eu ficaria encantado."

O irmão rabiscou um bilhete numa folha de sua agenda, e, tocando a sineta, entregou-a ao garçom.

"Pedi a Mr. Melas para dar um pulo aqui. Ele mora no pavimento acima do meu e temos uma relação superficial, o que o impeliu a recorrer a mim em sua perplexidade. Mr. Melas é de origem grega, pelo que entendo, e é um linguista extraordinário. Ganha a vida em parte como intérprete nos tribunais e em parte servindo de guia para orientais abastados que eventualmente se hospedem nos hotéis da Northumberland Avenue. Penso que vou deixar que ele conte sua estranhíssima experiência à sua própria maneira."

Alguns minutos mais tarde, juntou-se a nós um homem baixo e robusto, cujo rosto azeitonado e cabelo preto como carvão proclamavam sua origem sulista, embora sua fala fosse a de um inglês culto. Sacudiu vigorosamente a mão de Sherlock Holmes e seus olhos escuros faiscaram de prazer quando compreendeu que o especialista estava ansioso por ouvir sua história.

"Não creio que a polícia me dê crédito — palavra que não", disse numa voz chorosa. "Só porque nunca ouviram falar disso antes, pensam que uma coisa assim não pode acontecer. Mas sei que nunca terei paz de espírito enquanto não souber o que foi feito do meu pobre homem com o esparadrapo no rosto."

"Sou todo ouvidos", disse Sherlock Holmes.

"Estamos na noite de quarta-feira", disse Mr. Melas. "Bem, foi na noite de segunda-feira — apenas dois dias atrás, entende — que tudo aconteceu. Sou um intérprete, como talvez meu vizinho tenha lhe contado. Interpreto todas as línguas — ou quase todas —, mas como sou grego de nascimento e tenho um nome grego, é com essa língua em particular que sou principalmente associado. Durante muitos anos fui o principal intérprete de grego em Londres e meu nome é muito conhecido nos hotéis.

"Não é raro que estrangeiros em dificuldade, ou viajantes que chegam tarde e precisam de meus serviços, mandem me buscar em horas estranhas. Assim, não fiquei surpreso quando um tal Mr. Latimer, um rapaz vestido com muita elegância, foi ao meu apartamento e pediu-me que o acompanhasse num carro de aluguel que aguardava à porta. Um amigo grego fora vê-lo para tratar de negócios, disse, e como não falava nada além de sua própria língua os serviços de um intérprete eram indispensáveis. Deu-me a entender que sua casa era um pouco distante, em Kensington, e pareceu estar com muita pressa, enfiando-me rapidamente no carro de aluguel quando chegamos à rua.

"Eu disse carro de aluguel, mas logo comecei a duvidar se não estava numa carruagem. Era certamente um veículo mais espaçoso que os carros de quatro rodas que envergonham Londres, e os estofados, embora puídos, eram luxuosos. Mr. Latimer sentou-se em frente a mim e tomamos a Charing Cross e subimos a Shaftesbury Avenue. Tínhamos ido dar na Oxford Street e eu havia me arriscado a observar que aquele era um caminho muito tortuoso para Kensington, quando a conduta extraordinária de meu companheiro me fez calar.

"Ele começou por tirar do bolso um porrete carregado com chumbo da mais temível aparência e brandi-lo para a frente e para trás diversas vezes, como se quisesse testar seu peso e força. Depois, sem uma palavra, colocou-o no assento a seu lado. Tendo feito isso, subiu as janelas dos dois lados, e descobri para meu assombro que estavam revestidas de papel, de modo a impedir que eu visse através delas.

"'Lamento tirar-lhe a vista, Mr. Melas", disse o homem. 'O fato é que não tenho nenhuma intenção de deixá-lo ver para onde o estamos conduzindo. Poderia ser inconveniente para mim que o senhor conseguisse reencontrar o caminho para lá.'

"Como pode imaginar, essas palavras me deixaram inteiramente pasmo. Meu companheiro era um rapaz forte, de ombros largos e, afora a arma, eu não teria a mais ligeira chance numa luta com ele.

"'Essa é uma conduta muito estranha, Mr. Latimer', gaguejei. 'Deve saber que o que está fazendo é inteiramente ilegal.'

"Ele subiu as janelas."
[Sidney Paget, *Strand Magazine*, 1893]

"'É uma certa liberdade, sem dúvida', disse ele, 'mas nós o recompensaremos. Devo adverti-lo, no entanto, Mr. Melas, de que se em algum momento esta noite o senhor tentar dar um alarme ou fazer o que quer que seja contra meu interesse, as consequências serão muito graves. Peço-lhe que se lembre de que ninguém sabe onde o senhor está, e que, quer esteja nesta carruagem ou em minha casa, está igualmente em meu poder.'

"Suas palavras eram serenas, mas ele tinha uma maneira áspera de dizê-las, que era muito ameaçadora. Fiquei em silêncio, refletindo que diabo de razão poderia ele ter para me sequestrar de maneira tão estranha. Fosse ela qual fosse, estava perfeitamente claro que de nada adiantaria eu resistir e que só me restava esperar para ver o que poderia acontecer.

"Rodamos durante quase duas horas sem que eu tivesse a menor pista de para onde íamos. Por vezes o estrépito das rodas me falava de uma estrada calçada de pedras, outras nosso curso fácil e silencioso sugeria asfalto; mas, salvo por essa variação no som, absolutamente nada podia me ajudar da maneira mais remota a formar uma ideia de onde estávamos. O papel nas duas janelas era impenetrável à luz e uma cortina estava puxada sobre a vidraça da frente. Eram sete e quinze quando saímos de Pall Mall, e meu relógio me mostrava que eram nove e dez quando finalmente paramos. Meu companheiro baixou a janela e vislumbrei uma porta baixa e arqueada sobre a qual ardia uma lâmpada. Quando me tiraram às pressas da carruagem, essa porta se abriu e me encontrei dentro da casa, com a vaga impressão de ter visto um gramado e árvores de um lado e de outro ao entrar. Se era um jardim ou se estávamos de fato no campo, é mais do que eu poderia me arriscar a dizer.

"Dentro havia uma luminária a gás colorida com a chama tão baixa que eu não podia ver quase nada, a não ser que o vestíbulo era bastante vasto e havia quadros pendurados nas paredes. À luz tênue, pude perceber que a pessoa que abrira a porta era um homenzinho de meia-idade, de aparência insignificante e ombros caídos. Quando se virou para nós, um reflexo mostrou-me que usava óculos.

"'Este é Mr. Melas, Harold?' perguntou.

"'Ele mesmo.'

"'Muito bem, muito bem! Espero que não nos leve a mal, Mr. Melas, mas não poderíamos dispensar sua ajuda. Se jogar limpo conosco, não se arrependerá, mas se tentar algum truque, que Deus o ajude!' Falava nervosamente, aos arrancos e por entre risadinhas, mas de alguma maneira me provocou mais medo que o outro.

"'Que querem de mim?' perguntei.

"'Apenas fazer algumas perguntas a um cavalheiro grego que está nos visitando, e que nos traduza as respostas. Mas não diga mais do que lhe for ordenado, ou' — nova risadinha nervosa — 'se arrependerá do dia em que nasceu.'

"Enquanto falava, abriu uma porta e indicou-me o caminho para um aposento que pareceu luxuosamente mobiliado, mas novamente toda a luz era fornecida por uma única lâmpada semiabaixada. O aposento era certamente grande e percebi sua riqueza pelo modo como meus pés afundaram no tapete quando andei. Vislumbrei poltronas de veludo, um alto aparador de lareira de mármore branco e o que parecia ser uma armadura japonesa a um lado dele. Havia uma cadeira bem debaixo da lâmpada, e, com um gesto, o homem idoso mandou-me sentar ali. O mais jovem nos deixara, mas voltou subitamente por uma outra porta, trazendo consigo um cavalheiro, vestido com uma espécie de roupão frouxo, que se aproximou lentamente de nós. Quando passou pelo débil círculo de luz, o que me permitiu vê-lo mais claramente, fiquei arrepiado de horror com sua aparência. Era mortalmente pálido e muito emaciado, e tinha os olhos saltados e brilhantes de um homem cujo espírito era maior do que suas forças. Mas o que me chocou, mais que qualquer sinal de fraqueza física, foi que ele tinha uma grotesca cruz de esparadrapo sobre o rosto, com uma tira larga tapando-lhe a boca.

"'Trouxe a lousa, Harold?' perguntou o homem mais velho, quando essa estranha criatura mais caiu do que se sentou numa cadeira. 'As mãos dele estão soltas? Bem, então dê-lhe o lápis. Fará as perguntas, Mr. Melas, e ele escreverá as respostas. Pergunte-lhe em primeiro lugar se está disposto a assinar os documentos.'"

"Fiquei arrepiado de horror."
[Sidney Paget, *Strand Magazine*, 1893]

"Os olhos do homem faiscaram, furiosos.

"'Nunca!' escreveu ele em grego na lousa.

"'Sob nenhuma condição?'

"'Só se ela for casada na minha presença por um padre grego que eu conheça.'

"O homem soltou uma de suas risadinhas malévolas.

"'Sabe o que o espera, então?'

"'Não me preocupo com o que possa me acontecer.'

"Estas são amostras das perguntas e respostas que compuseram nossa estranha conversa, metade falada, metade escrita. Tive de lhe perguntar inúmeras vezes se cederia e assinaria os documentos. Inúmeras vezes recebi a mesma resposta indignada. Mas logo me ocorreu uma boa ideia, e, a cada pergunta, comecei a acrescentar pequenas frases minhas. No início eram inocentes, para testar se algum de nossos companheiros dava mostras de perceber alguma coisa, e depois, como não mostravam nenhum sinal disso, passei a arriscar-me mais. Nossa conversa passou a ser mais ou menos assim:

"'Não conseguirá nada com essa obstinação. Quem é o senhor?'

"'Não me importo. Sou um estrangeiro em Londres.'

"'Seu destino está em suas mãos. Há quanto tempo está aqui?'

"'Que seja. Três semanas.'

"'A propriedade nunca poderá ser sua. Qual é o problema com o senhor?'

"'Ela não cairá nas mãos de canalhas. Estão me matando de fome.'

"'Ficará livre se assinar. De quem é esta casa?'

"'Nunca assinarei. Não sei.'

"'Não está ajudando em nada. Qual é seu nome?"

"'Quero ouvir isso dela. Kratides.'

"'Poderá vê-la, se assinar. De onde vem?'

"'Então nunca a verei. Atenas.'

"Mais cinco minutos, Mr. Holmes, e eu teria descoberto a história toda bem no nariz deles. A própria pergunta que eu faria em seguida poderia ter esclarecido tudo, mas nesse instante a porta se abriu e uma mulher entrou na sala. Naquela semiobscuridade, pude ver apenas que era alta e graciosa, tinha cabelo preto e usava uma espécie de camisola branca solta.

"O homem, num esforço convulsivo, arrancou o esparadrapo dos lábios."
[W.H. Hyde, *Harper's Weekly*, 1893]

"'Harold, não pude esperar mais', disse ela num inglês rudimentar. 'Sinto-me tão sozinha lá em cima só com... Oh, meu Deus, é Paul!'

"Estas últimas palavras foram ditas em grego, e no mesmo instante o homem, num esforço convulsivo, arrancou o esparadrapo dos lábios e correu para os braços da mulher gritando 'Sophy! Sophy!'. Mas seu abraço só durou um segundo, porque o homem mais moço agarrou a mulher e a empurrou para fora da sala, enquanto o mais velho dominou facilmente sua vítima emaciada e o arrastou pela outra porta. Por um momento fiquei sozinho na sala, e levantei-me, com a vaga ideia de que poderia de algum modo obter uma pista de que casa era aquela em que me encontrava. Felizmente, contudo, não cheguei a dar nenhum passo, pois ao levantar os olhos vi que o homem mais velho estava parado à porta com os olhos fixos em mim.

"'Foi o bastante, Mr. Melas', disse. 'Como vê, confiamos no senhor com relação a um negócio extremamente privado. Sentimos tê-lo perturbado, mas nosso amigo que fala grego e que começou as negociações foi obrigado a voltar para o Leste. Fomos obrigados a encontrar alguém para substituí-lo, e por sorte ouvimos falar nos seus talentos.'

"Fiz uma vênia.

"'Aqui estão cinco soberanos', disse ele, aproximando-se de mim, 'que serão, espero, uma remuneração suficiente. Mas lembre-se', acrescentou, dando-me um tapinha de leve no peito e soltando uma risadinha, 'se falar com alguém sobre isto — seja quem for, entende? —, bem, que Deus tenha misericórdia de sua alma!'

"Não posso lhe descrever a repulsa e o horror que esse homem de aparência insignificante me inspirou. Eu podia vê-lo melhor agora que a luz da lâmpada incidia sobre ele. Tinha um aspecto doentio e amarelado e sua barbinha pontuda era rala e mirrada. Empurrava o rosto para a frente enquanto fala-

"Sophy! Sophy!"
[Sidney Paget, *Strand Magazine*, 1893]

va e seus lábios e pálpebras contraíam-se continuamente, como se sofresse de coreia. Não pude deixar de pensar que sua risadinha estranha, intermitente, era também um sintoma de alguma doença nervosa. Mas o terror de seu rosto estava nos seus olhos cor de aço, que cintilavam friamente com uma expressão de maligna e inexorável crueldade.

"'Ficaremos sabendo se falar sobre isto', disse ele. 'Temos nossos próprios meios de informação. Agora encontrará a carruagem à sua espera; meu amigo o acompanhará.'

'Fui conduzido a toda pressa pelo vestíbulo e enfiado no veículo, e pude novamente entrever árvores e um jardim. Mr. Latimer saiu rente a mim e instalou-se na minha frente sem abrir a boca. Novamente, percorremos em silêncio uma distância interminável com as janelas erguidas, até que finalmente, pouco depois da meia-noite, a carruagem parou.

"'Descerá aqui, Mr. Melas,' disse meu companheiro. 'Lamento deixá-lo tão longe de sua casa, mas não há alternativa. Qualquer tentativa da sua parte de seguir a carruagem só poderá terminar em prejuízo para o senhor.'

"Enquanto falava, ele abriu a porta e mal tive tempo de saltar quando o cocheiro chicoteou o cavalo e a carruagem partiu. Olhei à minha volta, espantado. Eu estava num vasto terreno coberto por um mato baixo, com moitas escuras de tojo. À distância estendia-se uma fi-

"Vi alguém vindo na minha direção."
[Sidney Paget, *Strand Magazine*, 1893]

leira de casas, com uma luz aqui e outra acolá nas janelas do segundo andar. Do outro lado vi as sinaleiras vermelhas de uma estrada de ferro.

"A carruagem que me trouxera já desaparecera. Fiquei olhando à minha volta, tentando descobrir onde poderia estar, quando vi alguém vindo na minha direção no escuro. Quando se aproximou, percebi que era um carregador da estação.

"'Pode me dizer que lugar é este?' perguntei.

"'Wandsworth Common',[20] respondeu ele.

"'Posso pegar um trem para a cidade?'

"'Se andar cerca de uma milha, chegará ao Entroncamento de Clapham a tempo de pegar o último trem para Victoria.'

"Esse foi o fim da minha aventura, Mr. Holmes. Não sei onde estive, nem com quem falei, nem coisa alguma além do que lhe contei. Mas sei que há uma patifaria acontecendo, e, se puder, quero ajudar aquele infeliz. Contei a história toda a Mr. Mycroft na manhã seguinte[21] e mais tarde à polícia."

Depois de ouvir esta extraordinária narrativa, permanecemos todos em silêncio por um breve tempo. Em seguida Sherlock olhou para o irmão.

"Tomou alguma medida?" perguntou.

Mycroft pegou o *Daily News* que estava numa mesinha.

Quem fornecer alguma informação sobre o paradeiro de um cavalheiro grego chamado Paul Kratides, de Atenas, que não fala inglês, será recompensado. Uma recompensa semelhante será paga a quem informar sobre uma senhora grega cujo primeiro nome é Sophy. X 2473

"Isso saiu em todos os jornais diários.[22] Nenhuma resposta."

"Que dizem na legação da Grécia?"

"Perguntei. Não sabem de nada."

"Um telegrama para o chefe da polícia de Atenas, então?"

"Sherlock tem toda a energia da família", disse Mycroft, virando-se para mim. "Bem, é claro que você assumirá o caso; conte-me se conseguir descobrir alguma coisa."

"Certamente", respondeu meu amigo, levantando-se. "Eu lhe direi, e a Mr. Melas também. Nesse ínterim, Mr. Melas, no seu lugar eu ficaria alerta, porque evidentemente eles devem ter visto por esses anúncios que o senhor os traiu."

Quando caminhávamos juntos para casa, Holmes parou num telégrafo e enviou vários telegramas.

"Você vê, Watson", ele observou, "nossa noite não foi de modo algum desperdiçada. Alguns de meus casos mais interessantes vieram assim, por meio de Mycroft. O problema que acabamos de ouvir, embora só possa admitir uma explicação, tem ainda assim algumas características singulares."

"Tem esperança de resolvê-lo?"

"Bem, sabendo tanto quanto sabemos, seria realmente estranho que não conseguíssemos descobrir o resto. Você mesmo deve ter formado alguma teoria que explique os fatos que ouvimos."

"De uma maneira vaga, sim."

"Qual é a sua ideia, então?"

"Pareceu-me óbvio que essa moça grega havia sido sequestrada pelo rapaz inglês chamado Harold Latimer."

"Sequestrada de onde?"

"De Atenas, talvez."

Sherlock Holmes sacudiu a cabeça. "Esse rapaz não sabia falar uma palavra de grego. A senhora falava um inglês razoavelmente bom. Inferência: ela está na Inglaterra há algum tempo, mas ele não esteve na Grécia."

"Bem, nesse caso vamos presumir que ela tenha vindo uma vez numa visita à Inglaterra e que esse Harold a tenha convencido a fugir com ele."

"Isso é mais provável."

"Depois o irmão — porque deve ser esta, imagino, a relação — vem da Grécia para interferir. Imprudentemente, ele se põe nas mãos do rapaz e de seu associado mais velho. Eles o capturam e usam de violência contra ele para fazê-lo assinar alguns papéis que transferem a fortuna da moça — da qual ele talvez seja o curador — para eles. Ele se recusa a isso. Para negociar com ele precisam de um intérprete, e se lançam sobre esse Mr. Melas, depois de terem usado um outro antes. A moça não é informada da chegada do irmão e descobre que ele está lá por mero acidente."

"Excelente, Watson!" exclamou Holmes. "Penso realmente que não está longe da verdade. Como vê, temos todas as cartas nas mãos e só precisamos temer algum ato de violência repentino da parte deles."

"Mas como descobrir onde fica essa casa?"

"Bem, se nossa conjectura estiver correta, e o nome da moça é ou foi Sophy Katrides, provavelmente não teremos dificuldade em encontrá-la. Essa deve ser nossa maior esperança, porque o irmão, naturalmente, é um completo estranho. Está claro que algum tempo se passou desde que Harold estabeleceu essas relações com a moça — algumas semanas, pelo menos —, já que o irmão na Grécia teve tempo de saber delas e vir para cá. Se moraram nesse mesmo lugar durante esse intervalo, é provável que tenhamos alguma resposta para o anúncio de Mycroft."

"'Entre', disse ele afavelmente."
[Sidney Paget, *Strand Magazine*, 1893]

Enquanto conversávamos, havíamos chegado à nossa casa em Baker Street. Holmes subiu a escada na minha frente, e quando abriu a porta teve um sobressalto de surpresa. Olhando sobre seu ombro, fiquei igualmente espantado. Lá estava seu irmão Mycroft, sentado na poltrona, fumando.

"Entre, Sherlock! Entre, senhor", disse ele afavelmente, sorrindo de nossos semblantes surpresos. "Não esperava tamanha energia de mim, não é Sherlock? Mas de alguma maneira esse caso me atrai."

"Como chegou aqui?"

"Passei por vocês num *hansom*."

"Houve algum fato novo?"

"Recebi uma resposta para meu anúncio."

"Ah!"

"Sim, chegou minutos depois que vocês saíram."

"E diz o quê?"

Mycroft Holmes pegou uma folha de papel.

"Aqui está", disse, "escrito com uma pena J[23] em papel creme real por um homem de meia-idade de constituição fraca.

Senhor,

Em resposta a seu anúncio de hoje, venho informar-lhe que conheço muito bem a jovem senhora em questão. Se vier visitar-me, poderei fornecer-lhe alguns detalhes de sua penosa história. Ela reside neste momento em The Myrtles, em Beckenham.

Atenciosamente,
J. Davenport

"Ele escreve de Lower Brixton", disse Mycroft Holmes. "Não acha que poderíamos ir até lá agora, Sherlock, e apurar esses detalhes?"

"Meu caro Mycroft, a vida do irmão é mais valiosa do que a história da irmã. Penso que deveríamos procurar o inspetor Gregson na Scotland Yard e seguir direto para Beckenham. Sabemos que um homem está correndo risco de vida, e cada hora pode ser decisiva."

"Melhor pegar Mr. Melas a caminho", sugeri. "Podemos precisar de um intérprete."

"Excelente", disse Sherlock Holmes. "Mande o garoto chamar um *four-wheeler* e partiremos imediatamente." Enquanto falava abriu a gaveta da mesa e vi que enfiava seu revólver no bolso. "Sim", disse, em resposta a meu olhar, "pelo que ouvimos, eu diria que estamos lidando com uma quadrilha particularmente perigosa."

Já estava quase escuro quando nos vimos em Pall Mall, no apartamento de Mr. Melas. Um cavalheiro acabara de passar à sua procura, e ele saíra.

"Pode me dizer aonde foi?" perguntou Mycroft Holmes.

"Não sei, senhor", respondeu a mulher que abrira a porta; "só sei que ele partiu com o cavalheiro numa carruagem."

"O cavalheiro deu um nome?"

"Não, senhor."

"Não era um rapaz alto e moreno, muito bem-apessoado?"

"Oh, não, senhor. Era um cavalheiro pequeno, de óculos, rosto fino, mas de maneiras muito agradáveis, pois ria o tempo todo enquanto falava."

"Vamos embora!" exclamou Sherlock Holmes abruptamente. "Isto está ficando sério", ele observou, quando seguíamos para a Scotland Yard.

O Intérprete Grego 285

"Esses homens pegaram Melas de novo.²⁴ Ele é um homem sem nenhuma coragem física, como sabem muito bem pela experiência da outra noite. Esse bandido conseguiu aterrorizá-lo com sua simples presença. Sem dúvida querem seus serviços profissionais, mas, depois de usá-lo, podem estar inclinados a puni-lo pelo que verão como sua traição."

Nossa esperança era que, tomando o trem, pudéssemos chegar a Beckenham ao mesmo tempo ou mais cedo que a carruagem. Ao chegar à Scotland Yard, contudo, levamos mais de uma hora para conseguir a companhia do inspetor Gregson e satisfazer as formalidades legais que nos permitiriam entrar na casa. Passava de um quarto para as dez quando chegamos a London Bridge e de dez e meia quando nós quatro saltamos na plataforma de Beckenham. Meia hora de carro nos levou a The Myrtles — uma casa grande e escura, afastada da estrada, num vasto terreno. Ali dispensamos nosso carro de aluguel e fomos andando juntos pela entrada para veículos.

"As janelas estão todas escuras", comentou o inspetor. "A casa parece deserta."

"Nossas aves bateram asas e o ninho está vazio", disse Holmes.

"Por que diz isso?"

"Uma carruagem com bagagem muito pesada passou por aqui durante a última hora."

O inspetor sorriu. "Vi as marcas de rodas à luz da lâmpada do portão, mas como a bagagem entra na história?"

"Talvez tenha observado as mesmas marcas de roda indo na direção oposta. Mas as que saíram foram muito mais profundas — tanto que podemos dizer com certeza que havia um peso muito considerável na carruagem."

"Nessa o senhor me pegou", disse o inspetor, dando de ombros. "Essa não será uma porta fácil de arrombar, mas vamos tentar se não conseguirmos que alguém nos ouça."

Bateu ruidosamente a aldrava e tocou a campainha, mas sem nenhum sucesso. Holmes havia se afastado, mas voltou minutos depois.

"Abri uma janela", disse ele.

"É uma bênção que esteja do lado da polícia, e não contra ela, Mr. Holmes", observou o inspetor quando notou a maneira engenhosa como meu amigo havia forçado o trinco. "Bem, penso que nestas circunstâncias podemos entrar sem convite."

Um após o outro, penetramos num amplo aposento, que era evidentemente aquele em que Mr. Melas se encontrara. O inspetor acendeu uma lanterna e à sua luz pudemos ver as duas portas, a cortina, a lâmpada e a cota de malha japonesa, como ele as descrevera. Sobre a mesa havia dois copos, uma garrafa de conhaque vazia e os restos de uma refeição.

"Que é isto?" perguntou Holmes de repente.

Ficamos todos imóveis e ouvimos. Um débil gemido vinha de algum lugar sobre nossas cabeças. Holmes correu para a porta e entrou no vestíbulo. O lúgubre ruído vinha do pavimento superior. Ele subiu correndo, o inspetor e eu nos seus calcanhares, enquanto seu irmão Mycroft nos acompanhava o mais depressa que sua corpulência permitia.

Vimo-nos diante de três portas no segundo andar, e era da central que aqueles sons sinistros estavam saindo, reduzindo-se por vezes a um murmúrio surdo e elevando-se de novo num queixume agudo. Estava trancada, mas a chave fora deixada do lado de fora. Holmes abriu-a e entrou correndo, mas saiu de novo num instante, a mão na garganta.

"É carvão!" gritou. "Esperemos um pouco. Vai se dissipar."[25]

Olhando lá dentro, podíamos ver que a única luz no cômodo vinha de uma chama fosca que bruxuleava sobre um pequeno tripé de latão no centro. Ela projetava um círculo lívido e lúgubre no piso, enquanto nas sombras adiante vimos dois vultos indistintos agachados contra a parede. Pela porta aberta escapava uma horrível exalação venenosa que nos fazia arfar e tossir. Holmes correu ao topo da escada para inspirar ar fresco; em seguida, entrou correndo no quarto, escancarou a janela e arremessou o tripé de latão no jardim.

"'É carvão!' gritou."
[Sidney Paget, *Strand Magazine*, 1893]

"Dentro de um minuto poderemos entrar", disse, arfante, ao sair correndo do quarto. "Onde há uma vela? Duvido que possamos riscar um fósforo nessa atmosfera. Segure a lanterna junto à porta, Mycroft, e nós os tiraremos. Agora!"

Agarramos correndo os homens envenenados e os arrastamos para o vestíbulo bem iluminado. Ambos estavam desacordados, com lábios roxos, faces inchadas e congestionadas e olhos esbugalhados. De fato, seus traços estavam tão distorcidos que, exceto pela barba preta e a corpulência, poderíamos não ter reconhecido um deles como o intérprete grego que se afastara de nós apenas poucas horas antes no Diogenes Club. Ele tinha as mãos e os pés firmemente amarrados juntos e exibia sobre um olho as marcas de um golpe violento. O outro, amarrado de maneira semelhante, era um homem alto no mais extremo grau de emagrecimento, com várias tiras de esparadrapo pregadas no rosto de maneira grotesca. Havia cessado de gemer quando o depositamos no chão, e um rápido olhar mostrou-me que, pelo menos para ele, nossa ajuda havia chegado tarde demais. Mr. Melas, no entanto, ainda vivia, e em menos de uma hora, com o auxílio de amoníaco e conhaque, tive a satisfação de vê-lo abrir os olhos e saber que minha mão o trouxera de volta daquele escuro vale em que todos os caminhos se encontram.[26]

Era simples a história que ele tinha para contar, e apenas confirmou nossas deduções. Seu visitante, ao entrar em seu apartamento, havia sacado o porrete de ponta chumbada da manga e ele tivera tanto medo da morte imediata e inevitável que se deixara sequestrar pela segunda vez. De fato, o efeito que aquele bandido sorridente havia produzido sobre o infeliz linguista era quase hipnótico, pois só de falar dele ficava com as mãos trêmulas e as faces lívidas. Havia sido levado rapidamente para Beckenham e atuara como intérprete numa segunda entrevista, mais dramática ainda que a primeira, em que os dois ingleses haviam ameaçado seu prisioneiro de morte imediata se não acedesse a suas exigências. Finalmente, vendo que o homem resistia a todas as ameaças, haviam-no lançado de volta em sua prisão, e depois de censurar Melas por sua traição, que se revelara pelo anúncio nos jornais, haviam lhe dado uma porretada que o fizera perder os sentidos, e ele não se lembrava de mais nada antes de nos ver debruçados sobre si.

Esse foi o singular caso do Intérprete Grego, cuja explicação encontra-se até hoje envolvida em certo mistério. Conseguimos descobrir, entrando em contato com o cavalheiro que havia respondido ao anúncio, que a infeliz jovem, que pertencia a uma abastada família grega, estivera visitando alguns amigos na Inglaterra. Nesse período, conhecera um rapaz chamado Harold Latimer, que adquirira grande ascendência sobre ela e finalmente a convencera a fugir em sua companhia. Os amigos da jovem, chocados com o fato, haviam se contentado em informar o irmão dela em Atenas e depois lavaram as mãos. O irmão, ao chegar à Inglaterra, pusera-se imprudentemente no poder de Latimer e seu cúmplice, cujo nome era Wilson Kemp — homem com os piores antecedentes. Esses dois, ao constatar que, em razão de sua ignorância da língua, o homem estava indefeso em suas mãos, o haviam mantido prisioneiro e haviam tentado, submetendo-o a crueldades e à fome, obrigá-lo a assinar papéis transmitindo-lhes seus próprios bens e os da irmã. Mantinham-no na casa sem o conhecimento da moça, e o esparadrapo no rosto tinha a finalidade de dificultar sua identificação caso ela chegasse a entrevê-lo. Mas sua percepção feminina o reconhecera imediatamente através do disfarce quando, por ocasião da visita do intérprete, ela o vira pela primeira vez. A pobre moça, no entanto, estava ela mesma prisioneira, pois não havia ninguém na casa a não ser o homem que trabalhava como cocheiro e sua mulher, ambos instrumentos dos conspiradores. Ao ver que seu segredo fora revelado, e que seu prisioneiro não se deixaria coagir, os dois patifes haviam fugido poucas horas depois, levando a moça, da casa mobiliada que tinham alugado, tendo primeiro, conforme pensavam, se vingado do homem que os desafiara e daquele que os traíra.

Meses mais tarde, chegou-nos um curioso recorte de jornal vindo de Budapeste.[27] Contava o trágico fim encontrado por dois ingleses que viajavam com uma mulher. Ambos haviam sido apunhalados, ao que parecia, e a polícia húngara era da opinião de que tinham brigado e se infligido ferimentos mortais um ao outro. Acho, contudo, que Holmes tem um modo de pensar diferente; até hoje ele sustenta que, se a moça grega fosse encontrada, seria possível saber como os agravos sofridos por ela própria e pelo irmão vieram a ser vingados.

ANEXO Mycroft Holmes

Mycroft Holmes é mencionado em apenas três contos no Cânone, "O intérprete grego", "A casa vazia" e "Os planos do *Bruce-Partington*", e pouco se sabe acerca de sua vida. No entanto, os intrigantes vislumbres fornecidos nessas histórias conduzem a desenfreada especulação sobre ele. "Tem um cérebro mais arrumado e bem-ordenado, com mais capacidade para armazenar fatos que qualquer outro ser humano", diz Sherlock sobre o irmão mais velho nesta última história. "Todos os outros homens são especialistas, mas a especialidade dele é a onisciência."

Vários estudiosos levam esta descrição ao extremo, concluindo que Mycroft era ou um computador antropomórfico, ou o primeiro operador de um computador governamental, ou um acrônimo para uma "máquina Babbage" desenvolvida para o governo. No excelente romance de ficção científica de Robert A. Heinlein, *The Moon is a Harsh Mistress*, o computador do governo que supervisiona a base lunar é chamado de Mycroft.

Mais razoavelmente, J.S. Callaway sugere que Mycroft Holmes era o chefe do Serviço Secreto do governo britânico, que ocultava cuidadosamente sua identidade. O filme de Billy Wilder, *A vida íntima de Sherlock Holmes* (1970), faz a mesma identificação (com Christopher Lee, que representou Sherlock no filme alemão *The Deadly Necklace*, de 1962, no papel de Mycroft), e a referência que Ian Fleming faz ao chefe de James Bond como "M" pode refletir um título hereditário aplicado aos sucessores de Mycroft. No romance magistralmente bem-urdido *League of Extraordinary Gentlemen*, hoje um filme estrelado por Richard Roxburgh (que recentemente interpretou Sherlock em *The Hound of the Baskervilles* da BBC, de 2003) no papel, Mycroft ("M") é o chefe da agência britânica de informação; e o próprio Diogenes Club é caracterizado como o conselho ultrassecreto no excelente romance de Kim Newman, *Anno Dracula* (1992).

Alguns escritores sugerem que Mycroft não era na verdade irmão de Sherlock, mas outra figura histórica. Segundo um deles, seria Albert Edward, o príncipe de Gales; outro tende para Oscar Wilde. Dois outros propõem que Mycroft era realmente irmão de Sherlock, mas que a avaliação que este faz dele em "O intérprete grego" como "absolutamente incapaz" de levar a cabo as atividades que ele próprio, Sherlock, empreende normalmente no curso de um caso é errada — Mycroft, afirmam eles, de fato exerca a profissão de detetive consultor, sob o pseudônimo de "Martin Hewitt", cujas aventuras são relatadas na *Strand Magazine* por Arthur Morrison. Mas, embora Hewitt seja descrito como corpulento, suas aventuras foram ilustradas na revista por Sidney Paget, e parece improvável que Paget pudesse ter desenhado, equivocadamente, duas pessoas diferentes se "Martin Hewitt" e "Mycroft Holmes" fossem o mesmíssimo sujeito.

 Notas

1. "The Greek Interpreter" foi publicado pela primeira vez na edição de setembro de 1893 da *Strand Magazine* e na *Harper's Weekly* (Nova York) em 16 de setembro de 1893. Portanto, o "longo e íntimo relacionamento" de Watson, mencionado nas primeiras frases, provavelmente contava menos de 12 meses.

2. Era Holmes um jogador de golfe? Webster Evans observa que em "Vila Glicínia" Watson registra o fato de que Holmes "passava seus dias em caminhadas longas e muitas vezes solitárias" no campo. "Holmes murmurou alguma desculpa, comentando como era agradável ver 'os primeiros brotos verdes nas sebes e os amentos nas aveleiras'. Mas a palavra verdes [*green*] — pergunto-me se ele estava realmente apenas caminhando." Evans, assim como Bob Jones em *Sherlock Holmes, The Golfer* e *Sherlock Holmes Saved Golf*, conclui que Holmes era um ávido golfista. Nesse caso, seu jogo era certamente influenciado pelo manual de instrução clássico de Sir Walter Simpson, *The Art of Golf*, publicado em 1887 e o primeiro livro a incluir fotografias de golfistas brandindo o taco. Holmes, cuja paixão pela ciência da detecção o levou a fincar um arpão na carcaça de um porco para avaliar o efeito ("Pedro Negro"), teria compartilhado da visão rapsódica de Simpson de que "o golfe recusa-se a ser conservado como carne morta em latas. É vivo, humano e livre, pronto para escapar à menor tentativa de apreendê-lo e enjaulá-lo".

3. A eclíptica consiste no círculo imediato em que o plano da órbita da Terra em torno do Sol encontra a esfera celeste (a esfera infinita, imaginária que tem a Terra em seu centro). Por causa do movimento orbital da Terra, diz-se que o Sol "segue" a trajetória da eclíptica através das estrelas do firmamento todo ano. A inclusão deste tópico na "conversa" — supondo que Holmes participou — torna sem sentido a afirmação feita por Watson (em *Um estudo em vermelho*) de que Holmes "nada" sabia de astronomia.

4. O atavismo diz respeito à recorrência de uma característica ancestral, em particular após longo período de ausência. Era também um termo criminológico difundido pelo criminologista e médico italiano Cesare Lombroso (1835-1909), que sustentava que indivíduos que se envolviam em atos criminosos faziam-no não por escolha, mas por atavismo, nunca tendo evoluído além da natureza incivilizada de nossos antepassados primitivos.

A nona edição da *Encyclopaedia Britannica* refere-se a esses indivíduos como homens "que vivem em meio à nossa civilização como meros selvagens... O sistema legal existente é praticamente incapaz de distingui-los dos criminosos. Moralistas atribuem ao atavismo grande número de delitos que os advogados atribuem a disposições culposas." Mas o editor da *Britannica* parece cético em relação a essa ideia: "Não é em razão do atavismo, contudo, mas da mera persistência de uma velha ordem de coisas, que tantos de nossas classes mal-educadas, pastores, agricultores e até operários de fábrica são tão pouco desenvolvidos, vivendo uma vida tão pouco intelectual quanto selvagens. Latente em nossas pequenas aldeias e grandes cidades, há mais selvageria do que percebem muitos reformadores, e uma pequena experiência é suficiente para revelar algo da antiga barbárie escondendo-se ainda nas mentes e nos corações sob um tênue véu de civilização."

Em seu *L'uomo delinquente* (1876), Lombroso indicou certas anormalidades físicas e mentais desses "criminosos natos", como o tamanho do crânio e assimetrias da face e de outras partes do corpo. De lá para cá sua ideia caiu em descrédito, mas o papel que desempenhou ao levar a ciência a estudar o comportamento criminoso é considerado essencial.

Presumivelmente, Holmes (cujo conhecimento de italiano é evidente a partir de "O círculo vermelho" e de sua leitura do poeta italiano Petrarca, mencionada em "O mistério do vale Boscombe") tinha alguma familiaridade com a obra de Lombroso, pois expressa ideias semelhantes sobre "retrocessos genéticos" em "O problema final", quando diz que o professor Moriarty tinha "tendências hereditárias da mais diabólica espécie" e que uma "tendência criminosa corria em suas veias". Aqui, no entanto, a conversa de Holmes com Watson pode ter começado com o tópico do atavismo, mas derivado rapidamente para o tema mais geral dos traços herdados.

5. Significativamente, Sherlock não menciona seus pais, observa Michael Harrison em seu *In the Footsteps of Sherlock Holmes*; o autor passa então a considerar se Sherlock e o irmão teriam sido órfãos criados por diferentes famílias, "possivelmente por parentes zelosos e em certa medida afetuosos — possivelmente não". De maneira semelhante, June Thomson acredita que Sherlock teve uma infância infeliz. Ela conclui que Mycroft pode ter também experimentado essa situação, observando que ambos os irmãos eram solteirões sem amigos e claramente insociáveis.

6. Três gerações de eminentes pintores franceses tiveram esse nome. Claude Joseph Vernet (1714-89) foi um pintor de paisagens e da célebre série "Portos da França", encomendada por Luís XV; seu filho, Antoine-Charles-Horace Vernet (1758-1835), conhecido como Carle, notabilizou-se por suas pinturas de cavalos e cenas de batalha, entre as quais *A Batalha de Marengo* e *Manhã de Austerlitz*, bem como cenas de caça e litografias. O mais provável é que o filho de Carle, Émile-Jean-Horace Vernet (1789-1863), um dos mais talentosos pintores militares da França — cujas pinturas decoram a Galeria das Batalhas em Versalhes — tenha sido o parente em questão.

7. Ronald A. Knox, considerado o pai da crítica sherlockiana, pondera, em "The Mystery of Mycroft", por que Sherlock não mencionou anteriormente o irmão, quando admite que se comunicava com ele regularmente. "É incrível que Holmes não tivesse feito nenhuma menção a um membro sobrevivente de sua família, que morava tão perto, se não tivesse havido nenhuma razão por trás de seu silêncio." Knox afirma que Mycroft estava em conluio com o professor Moriarty, com quem Sherlock luta em "O problema final", e seus argumentos são considerados em detalhe nas notas abaixo.

8. [No original, *queer*] Embora Watson use a palavra *"queer"* em muitos contextos não sexuais em todo o Cânone, segundo Graham Robb, em seu *Strangers: Homosexual Love in the Nineteenth Century*, a palavra *"queer"* havia assumido suas implicações de homossexualidade por volta de 1894, quando o marquês de Queensberry — pai do ex-amante de Oscar Wilde — referiu-se ao ministro das Relações Exteriores (mais tarde primeiro-ministro) Lord Rosebery, amplamente suspeito de estar envolvido com o filho mais velho de Queensberry, como um *"Snob Queer"*. Robb, de fato, compara maliciosamente Holmes com Wilde como "a outra pessoa espirituosa e esteta de proa do decadente século XIX", observando o amor do detetive à "introspectiva" música alemã, seu pendor para a limpeza e sua orgulhosa declaração de que "a arte no sangue está sujeita a assumir as mais estranhas formas". Lembre-se também de que Watson refere-se antes à "aversão às mulheres" de Holmes. A sexualidade de Sherlock Holmes é debatida com frequência por estudiosos, cujas opiniões vão do tradicional (Holmes amava Irene Adler) ao extravagante (Holmes era uma mulher). O leitor *voyeur* encontrará em *The Sexual Adventures of Sherlock Holmes* (1971), de Larry Townsend, um romance inteiro sobre a possibilidade de a preferência sexual de Sherlock (assim como de Mycroft e Watson!) ser por outros homens.

9. Possivelmente Oxford Circus, ou Piccadilly Circus. O *Baedeker* refere-se a "Regent Circus, Piccadilly, ... conhecido como Piccadilly Circus, ... e Regent Circus, Oxford Street, ou simplesmente Oxford Circus".

10. Em "Os planos do *Bruce-Partington*", de maneira semelhante, Watson descreve o empregador de Mycroft como "algum pequeno departamento do Governo Britânico". Mas isso está longe de ser toda a verdade; Holmes revela a Watson ali que a posição de Mycroft é tão importante que "ocasionalmente ele é o Governo Britânico". Por que Sherlock Holmes, nesta primeira menção ao irmão, não conta a Watson a realidade de sua situação? Ronald Knox rejeita a explicação pouco convincente que Holmes dá em "Os planos do *Bruce-Partington*" ("Eu não o conhecia tão bem naquela época", ele racionaliza), e ataca: "Podemos realmente acreditar que Holmes sentia, quando se conheciam havia tanto tempo, alguma dificuldade em desvendar o caráter do amigo?" Adivinhando que apenas uma extrema discrição poderia ter levado Holmes a manter seu amigo na ignorância, Knox conclui: "Ele disse a Watson tão pouco quanto possível sobre Mycroft ... porque havia na vida deste um segredo que devia ser silenciado a todo custo."

11. Whitehall é uma rua em Westminster "dobrando a esquina", logo ao sul de Pall Mall. Por extensão, o nome designa também as ruas e praças em torno de Whitehall, dominadas por prédios governamentais. (De fato, "Whitehall" pode também ser usado para designar o próprio governo britânico.) A descrição negligente que Holmes faz do percurso de Mycroft até seu local de trabalho é um pouquinho problemática, porém, porque o Exchequer and Audit Office, onde se suporia que Mycroft trabalhava, localizava-se em Somerset House, no Strand — onde Mycroft chegaria não dobrando a esquina ao sul rumo a Whitehall, mas sim seguindo em Pall Mall por vários quarteirões na direção leste, desviando-se por completo de Whitehall. Holmes pode ter falado de "Whitehall" e "dobrando a esquina", portanto, num sentido figurado, pois a distância entre Somerset House e Pall Mall é pequena. Além disso, é mais provável que um auditor de "vários departamentos governamentais" passasse seu tempo junto ao centro do poder, em Whitehall, que num departamento especializado no Strand.

12. O *Baedeker* arrola 12 clubes com endereços em Pall Mall em 1896; o *Almanak* de 1889 arrola 14. Para concluir qual deles pode ter sido o Diogenes Club pode-se usar um simples processo de eliminação. Parece improvável que um funcionário público fosse se associar a um clube político, como os clubes conservadores Carlton, Junior Carlton ou National Conservative, o Reform Club, de tendências liberais, ou o Unionist, de linha unionista; também não parece que Mycroft tivesse algum serviço militar que o qualificasse para qualquer dos cinco clubes militares da rua. O Traveller's Club limitava seus membros a quem houvesse se afastado pelo menos 800km de Londres. Com isso restam o Athenaeum, o New Athenaeum, o Marlborough, o Oxford and Cambridge University e o Royal Water Colour Club.

O Royal Water Colour Club era dedicado a "art conversazioni, & c." segundo o Whitaker, e pode ser descartado. Quanto ao Oxford e Cambridge University Club, não há razão para supor que Mycroft tenha frequentado qualquer dessas universidades e é inconcebível que os egressos de ambas pudessem ser considerados "os homens mais insociáveis e menos gregários da cidade". A fama de distinção do Athenaeum, observa a *Encyclopaedia Britannica* (9ª ed.), significava que a admissão ao clube era um árduo processo, "tedioso tanto em relação ao tempo que um candidato deve esperar antes de ser votado, e difícil quando ele é submetido a esse teste crucial". O Athenaeum Club parece portanto uma agremiação improvável para Mycroft Holmes, um mero funcionário público, que tinha nessa época apenas 41 anos (ver Quadro cronológico) e que aparentemente era membro de seu clube havia algum tempo.

Assim temos somente o Marlborough e o New Athenaeum como candidatos prováveis. O New Athenaeum é listado em Pall Mall W. (sem número) e o Marlborough em Pall Mall nº 52 (o Carlton sendo no nº 94, a leste). Watson narra logo depois que ele e Holmes entraram em Pall Mall "da ponta de St. James's" e terminaram "a pouca distância do Carlton". Um trajeto como esse teria de fato levado Holmes e Watson para oeste do Carlton; o New Athenaeum e o Traveller's, por outro lado, ficavam a leste do Carlton e dificilmente seriam descritos como "a pouca distância do Carlton". Na verdade, o Traveller's ficava duas portas a leste do Carlton, e o New Athenaeum a três. O Diogenes Club não pode, portanto, ser identificado com base na descrição de Watson da caminhada que fez com Holmes (a qual, é bem verdade, ele não tinha nenhuma razão para recordar com especial precisão).

Naturalmente, a observação de Holmes de que o clube "fica exatamente em frente [ao] apartamento [de Mycroft]" pode não ser uma descrição literal de sua localização, e seu endereço pode ser numa rua vizinha, onde muitos outros clubes se localizavam.

Num *tour de force* intitulado "Sherlock Holmes — Was He a Playboy?", John C. Hogan demonstra (talvez não surpreendentemente na revista dos membros do Playboy's Club, *V.I.P.*) que Mycroft foi um cofundador do Playboy Club de Londres, que funcionava então sob o nome disfarçado de "Diogenes" Club.

13. Por mais esquisitas que as práticas do Diogenes Club possam parecer, atitudes como essa eram praxe na maioria dos clubes de Londres, onde homens solteiros ou casados podiam ao mesmo tempo relaxar e cultivar uma atmosfera de exclusividade e alta condição social. Roy Porter descreve os clubes vitorianos como "sólidos, sóbrios, até formalistas ... [Eles] abarcavam as esferas pública e privada, ao mesmo tempo em que preservavam a exclusividade de classe e de gênero." (Mulheres, é claro, não eram admitidas.) Eram também tradicionalmente hostis a estrangeiros. Em *London Clubs: Their History and Treasures*, Ralph Nevill registra que visitantes desses enclaves sagrados tendiam a ser tratados "como os cães dos membros — podiam ser deixados no vestíbulo sob restrições apropriadas, mas o acesso a qualquer outra parte da casa, exceto, talvez, algum aposento sombrio mantido como sala de jantar para visitantes, era proibido". A existência no Diogenes de um cômodo chamado Sala dos Visitantes lembra a política do Athenaeum de relegar os amigos de seus membros a uma sala acanhada perto da entrada do clube.

14. O Carlton Club foi fundado em 1832 para combater os defensores do projeto de lei da Reforma e servir de local de reunião para os *tories* após a derrota esmagadora que sofreram nas eleições. Sir James Demery, de "O cliente ilustre", era membro do Carlton.

15. O filme *A Study in Terror* (1965) apresenta o esplêndido Robert Morley como Mycroft, contracenando com John Neville como Sherlock. Morley tem fantástica semelhança com a ilustração que Sidney Paget fez de Mycroft reproduzida na página 270.

16. Empregado de um salão de bilhar, que auxilia os jogadores e registra os escores do jogo. O bilhar estava imensamente em voga nessa época, especialmente como passatempo da elite: a rainha Vitória mandou instalar mesas no castelo de Windsor e o papa Pio IX tinha uma no Vaticano. Watson aparentemente era um entusiasta do jogo (ver "Os dançarinos", em que Holmes observa o giz na mão do médico). A forma dominante do jogo era o bilhar inglês, jogado com três bolas e seis caçapas. Lamentavelmente, a popularidade desse divertimento particular significava que, segundo o historiador do bilhar Robert Byrne, 12.000 elefantes eram mortos todo ano para se extrair o marfim necessário para a produção das bolas — até 1868, quando o químico John Hyatt começou a fabricá-las com celuloide (que mais tarde levou à invenção do plástico).

17. Botas oficiais do exército fornecidas ao pessoal subalterno.

18. Soldado raso dos Royal Engineers.

19. Arthur Conan Doyle, em sua autobiografia *Memoirs and Adventures*, relata um diagnóstico semelhante feito por seu mentor, dr. Joseph Bell, que uma vez bateu os olhos num paciente e declarou: "Bem, meu caro, você serviu no exército." "Sim, senhor." "Não faz tempo que deu baixa?" "Não, senhor." "De um regimento Highland?" "Sim, senhor." "Oficial subalterno?" "Sim, senhor." "Estacionado em Barbados?" "Sim, senhor." Em seguida Bell explicou a seus atônitos alunos como havia chegado àquelas conclusões, observando que "o homem era respeitoso, mas não havia tirado o chapéu. Eles não tiram, no exército, mas se ele tivesse dado baixa há muito tempo teria aprendido os costumes civis. Tinha um ar de autoridade e era obviamente escocês. Quanto a Barbados, sua queixa era elefantíase, doença do oeste da Índia e não britânica, e os residentes escoceses estavam naquele momento precisamente nessa ilha."

20. A vila de Wandsworth, na margem sul do Tâmisa, contém grande número de fábricas e cervejarias. Quando Mr. Melas foi deixado em Wandsworth Common, o amplo terreno verde devia ser orlado por confortáveis casas de dois ou três andares, de tijolos amarelos e vermelhos. Entre os notáveis ex-residentes de Wandsworth estão Voltaire, Edward Gibbon, William Makepeace Thackeray e Oscar Wilde, que em 1895 cumpriu parte de sua pena na Wandsworth Prison após ser condenado por homossexualidade.

21. Por que Mycroft não contou a Sherlock imediatamente? Ronald Knox sugere algum motivo oculto, talvez sinistro, e explica: "O caso era claramente urgente; envolvia um homem morrendo de fome; Mycroft, apesar de toda a sua indolência, teria chamado o irmão se não estivesse acumpliciado com os bandidos."

22. Knox ressalta que, antes mesmo de consultar Sherlock, Mycroft publicou um anúncio nos jornais pedindo informação — um passo que parece insensato e até perigoso, pois teria alertado imediatamente os culpados para a falta de discrição de Mr. Melas quanto ao que testemunhara. Knox vê isso como mais uma prova de que Mycroft, muito esperto para cometer erro tão ingênuo, estava em conluio com os bandidos. "Na verdade, ele estava enviando um sinal para seus cúmplices em Beckenham, para dizer: 'Seu segredo foi revelado e a polícia já está na pista de vocês. Carvão para dois.'"

23. Pena de ponta grossa. A letra "J" provavelmente referia-se ao tamanho da ponta. O catálogo da Harrod's de 1895, por exemplo, oferecia penas "J", "G" e "R" de vários fabricantes. Alguns teorizam, contudo, que a letra se referia à forma da ponta, e, acrescentando maior mistério, a maioria das penas J tem essa letra estampada ou gravada na haste.

24. Empenhado em provar sua teoria de que Mycroft estava por trás de todo este caso, Ronald Knox analisa as ações do Holmes mais velho antes da descoberta do segundo sequestro de Melas. Por que, ele indaga, Mycroft escolhera esse dia para visitar Sherlock pela primeira vez em sua vida? E por que não pegara Melas no caminho?

Devia ter conhecimento anterior de que outra tentativa de sequestro era iminente e compreendeu que sua presença nas proximidades do Diogenes Club poderia parecer suspeita. "Um álibi era indicado", acusa Knox, "e que álibi melhor do que tomar um carro de aluguel e ir ao encontro do irmão em Baker Street?"

25. Knox conclui sua argumentação sugerindo que Mycroft defendeu de início a ideia de uma visita a J. Davenport em Lower Brixton ("Não acha que poderíamos ir até lá agora, Sherlock...") para perder tempo, de modo que as emanações do carvão pudessem ter liquidado Melas antes que a ajuda chegasse. Teria Sherlock se deixado enganar pela conduta de Mycroft? Knox acredita que não. Embora Sherlock não diga nada, "é provável", afirma Knox, "que Sherlock soubesse bastante sobre as associações perversas do irmão e tivesse dificuldade em ocultar esse conhecimento". As asserções de Knox sobre a vilania de Mycroft são mais extensamente consideradas nas notas a "O problema final".

26. A escolha dos bandidos por emanações de carvão — com seu efeito estranho, quase cinematográfico (além de ineficiente) — parece intrigante, especialmente à luz do fato de que eles já haviam desferido em Melas um "golpe violento". No entanto, a insensatez deles nada tem de rara, como observa D. Martin Dakin, admirado: "É estranho o grande número de patifes com que Holmes tinha de lidar que pareciam incapazes de resistir à tentação de eliminar suas vítimas por algum processo complicado e prolongado, que lhes dava uma oportunidade de escapar. ..." Muito depois que as aventuras de Holmes cessaram de aparecer na *Strand Magazine*, é claro, inúmeros criminosos descritos em letra de forma e em filmes continuaram a cometer o mesmo erro.

27. Com relação à questão de quem enviou o recorte, D. Martin Dakin considera as possibilidades: a própria Sophy nada sabia sobre Holmes ou seu envolvimento, e não há nenhuma conexão conhecida entre "J. Davenport", que respondeu ao anúncio de Mycroft, e a Hungria. Contudo, talvez o recorte tenha vindo não da cidade de Budapeste, mas meramente de um jornal de Budapeste, enviado a Holmes pelo correio por uma fonte mais próxima. Dakin é mais um que vê a mão astuta do Holmes mais velho em toda parte: "Mycroft, que por causa de seus deveres (nessa época ainda ignorados por Watson) tinha de ficar de olho na imprensa estrangeira, [deve ter visto] a notícia e mandado o recorte para Sherlock."

O Tratado Naval[1]

O mais longo de todos os contos escritos por Watson, "O tratado naval" é um caso que lhe foi levado por um colega de classe do tempo da escola preparatória. Percy "Tadpole" Phelps galgou um alto posto no Ministério das Relações Exteriores e um tratado foi roubado de seu escritório. Embora sofrendo da eufemística "febre cerebral", Phelps suplica a Watson que leve Holmes até ele. Quando este recupera o tratado, baseado fundamentalmente em suas cuidadosas observações dos dois lugares-chave envolvidos, não consegue se impedir de revelar seu sucesso de maneira sensacional, mas cruel. Contudo, embora o tratado seja inquestionavelmente recuperado, estudiosos conjecturam que Holmes talvez tenha deixado escapar o verdadeiro "cérebro" por trás do crime. Se a descrição que Watson faz do físico dos personagens é precisa, há razão para se suspeitar de que Holmes deixou-se enganar e que o verdadeiro bandido ficou impune.

Três casos de grande interesse, em que tive o privilégio de estar associado a Sherlock Holmes e de estudar seus métodos, tornaram memorável o mês de julho que se seguiu imediatamente ao meu casamento. Encontro-os registrados em minhas anotações sob os títulos "A segunda mancha", "O tratado naval" e "O capitão cansado". O primeiro deles, contudo, lida com interesses de tamanha importância e envolve tantas das famílias mais importantes do reino que por muitos anos será impossível torná-lo público. Nenhum caso em que Holmes esteve envolvido, porém, ilustrou o valor de seus métodos analíticos tão claramente, ou impressionou de maneira tão profunda os que estiveram associados a ele. Ainda conservo um relato quase *ipsis litteris* da entrevista em que ele demonstrou os verdadeiros fatos para Monsieur Dubuque da polícia de Paris e Fritz von Waldbaum, o famoso especialista[2] de Dantzig, que desperdiçaram ambos suas energias no que se provaram ser questões secundárias. O novo século terá chegado, porém, antes que essa história possa ser contada com segurança.[3] Enquanto isso, passo à segunda de minha lista, que também prometeu em certa época ser de importância nacional e foi marcada por vários incidentes que lhe conferem um caráter singular.

No meu tempo de escola[4] eu tivera uma relação muito estreita com um rapaz chamado Percy Phelps, que tinha praticamente a mesma idade que eu, embora estivesse duas séries à minha frente. Era um menino muito brilhante e arrebatava todos os prêmios que a escola tinha para oferecer, e concluiu suas proezas ganhando uma bolsa de estudos que lhe permitiu continuar sua brilhante carreira em Cambridge. Ele era, eu me lembro, extremamente bem-relacionado, e mesmo quando éramos todos meninos pequenos sabíamos que sua mãe era irmã do notável político conservador[5] Lord Holdhurst[6]. Esse brilhante parentesco de pouco lhe adiantava na escola.[7] Ao contrário, parecia-nos algo bastante malicioso persegui-lo pelo pátio e atingi-lo nas canelas com uma baliza.[8] Mas as coisas mudaram muito quando ele ingressou na sociedade. Ouvi falar vagamente que sua capacidade e influência lhe haviam valido uma boa posição no Ministério das Relações Exteriores, depois ele saiu por completo de minha mente até que a seguinte carta me fez lembrar sua existência:

Briarbrae, Woking

Meu caro Watson,

Não tenho dúvida de que se lembra de "Tadpole" Phelps, que estava na quinta série quando você estava na terceira. É possível até que tenha sabido que, através da influência de meu tio, obtive um bom cargo no Ministério das Relações Exteriores e ocupei uma posição de responsabilidade e honra até que um terrível infortúnio veio subitamente arruinar minha carreira.

É inútil descrever aqui os detalhes do horrível acontecimento. Caso atenda ao meu pedido é provável que eu tenha de narrá-los para você. Acabo de me recobrar de nove semanas de febre cerebral e ainda estou extremamente fraco. Pensa que poderia trazer seu amigo Mr. Holmes para me ver? Eu gostaria de ter a opinião dele sobre o caso, embora as autoridades me assegurem que nada mais pode ser feito. Tente trazê-lo o mais depressa possível. Cada minuto parece uma hora enquanto vivo neste estado de pavoroso suspense. Assevere-lhe que, se não pedi seu conselho mais cedo, não foi por não apreciar seus talentos, mas porque estive fora de mim desde que o golpe me atingiu. Agora estou lúcido novamente, embora não ouse confiar muito nisto por medo de uma recaída. Ainda estou tão combalido que tenho de escrever, como vê, ditando. Por favor, tente trazê-lo,

Seu velho colega de escola,

PERCY PHELPS

Alguma coisa me tocou quando li essa carta, havia algo de patético nos apelos reiterados para levar-lhe Holmes. Fiquei tão comovido que, mesmo que isso fosse difícil, teria tentado, mas naturalmente sabia que Holmes amava sua arte, estando portanto sempre pronto a levar sua ajuda a qualquer cliente que dela precisasse. Minha mulher concordou comigo que eu não deveria perder um minuto antes de lhe expor a questão, e assim menos de uma hora após meu desjejum vi-me mais uma vez de volta aos antigos aposentos de Baker Street.

Encontrei Holmes sentado a uma mesa, vestindo seu roupão e trabalhando com afinco numa investigação química. Uma grande retorta[9] curva fervia furiosamente à chama azulada de um bico de Bunsen[10], e as gotas destiladas condensavam-se numa medida de dois litros. Meu amigo mal olhou para mim quando entrei, e eu, vendo que sua investigação devia ser importante, sentei-me numa poltrona e esperei. Ele mergulhava uma pipeta de vidro nesta ou naquela garrafa, extraindo algumas gotas de cada uma, e finalmente levou para a mesa um tubo de ensaio contendo uma solução. Na mão direita segurava uma tira de papel de tornassol.

"Holmes estava trabalhando com afinco numa investigação química."
[Sidney Paget, *Strand Magazine*, 1893]

"Você chegou num momento crítico, Watson", disse ele. "Se este papel ficar azul, está tudo bem. Se ficar vermelho, isso significa a vida de um homem." Mergulhou-o no tubo de ensaio e ele corou imediatamente, ficando de um rubro fosco, sujo. "Hum! É o que pensei!" exclamou. "Estarei às suas ordens num instante, Watson. Encontrará tabaco no chinelo persa[11]." Voltou-se para sua escrivaninha e escreveu às pressas vários telegramas, que foram entregues ao mensageiro. Em seguida jogou-se na poltrona em frente e puxou os joelhos até seus dedos cingirem suas canelas compridas e finas.

"Um pequeno assassinato dos mais banais.[12] Você tem coisa melhor, imagino. Você é o andorinhão-das-tormentas do crime,[13] Watson. Qual é desta vez?"

Entreguei-lhe a carta, que ele leu com a mais concentrada atenção.

"Não nos diz muita coisa, não é?" observou ao devolvê-la.

"Praticamente nada."

"Apesar disso, a letra é interessante."

"Mas a letra não é dele."

"Precisamente. É de uma mulher."

"De um homem, com certeza", exclamei.

"Não, é de uma mulher, e uma mulher de caráter raro. Veja, no início de uma investigação já é alguma coisa saber que seu cliente está em estreito contato com alguém que, para bem ou para mal, tem uma natureza excepcional. Meu interesse pelo caso já está despertado. Se você estiver pronto, partiremos imediatamente para Woking[14] e veremos esse diplomata que está em tamanho apuro e a dama a quem dita suas cartas."

Tivemos a sorte de pegar logo um trem em Waterloo e em pouco menos de uma hora encontramo-nos em meio às matas de abetos e urzes de Woking. Briarbrae revelou-se uma casa grande, isolada num vasto terreno, a alguns minutos de caminhada da estação. Após enviar nossos cartões, fomos introduzidos numa sala de visitas elegantemente mobiliada, onde, passados alguns minutos, veio ao nosso encontro um homem bastante gordo que nos recebeu com muita hospitalidade. Devia estar mais perto dos quarenta que dos trinta anos, mas as faces eram tão coradas e os olhos tão joviais que ainda dava a impressão de um garoto gorducho e travesso.

"Estou tão feliz por terem vindo", disse, sacudindo nossas mãos com efusão. "Percy passou a manhã toda perguntando pelos senhores. Ah, o pobre rapaz, ele se agarra a qualquer esperança! Os pais dele me pediram para recebê-los, porque a mera menção do assunto lhes é muito penosa."

"Ainda não temos nenhum detalhe", observou Holmes. "Pelo que entendo, o senhor mesmo não é um membro da família."

Nosso interlocutor pareceu surpreso e em seguida, olhando para baixo, começou a rir.

"Claro, o senhor viu o monograma J.H. em meu medalhão", disse ele. "Por um momento pensei que tinha feito algo de sagaz. Joseph Harrison é meu nome, e, como Percy deverá se casar com minha irmã Annie, serei pelo menos um parente por afinidade. Encontrarão minha irmã no quarto dele, pois ela tem cuidado incansavelmente do rapaz nestes últimos dois meses. Talvez o melhor seja avançarmos já, pois sei como ele é impaciente."

O aposento para o qual fomos levados ficava no mesmo piso que a sala de visitas. Estava mobiliado em parte como sala de estar e em parte como quarto de dormir, com flores caprichosamente arranjadas em todos os cantos. Vimos um rapaz muito pálido e abatido deitado num sofá perto da janela aberta, pela qual entrava o perfume insinuante do jardim e o ar balsâmico do verão. Junto dele sentava-se uma mulher, que se levantou quando entramos.

"Devo sair, Percy?" perguntou ela.

Ele lhe agarrou a mão para detê-la. "Como vai, Watson?" perguntou cordialmente. "Eu nunca o teria reconhecido com esse bigode[15], e aposto que você não poria a mão no fogo por minha identidade. Este, presumo, é seu célebre amigo, Mr. Sherlock Holmes?"

Apresentei-o em poucas palavras, e ambos nos sentamos. O homem corpulento nos deixara, mas sua irmã ficou, com a mão na do doente. Era uma mulher de aparência impressionante; um pouco baixa e cheia, não exibia belas proporções, mas tinha uma bonita pele azeitonada, grandes e escuros olhos italianos e basta cabeleira negra. Em contraste com seu colorido intenso, a face branca do seu companheiro parecia ainda mais abatida e pálida.

"Não o farei perder tempo", disse ele, soerguendo-se no sofá. "Irei direto ao assunto sem mais preâmbulos. Eu era um homem feliz e bem-sucedido, Mr. Holmes, e estava às vésperas do meu casamento, quando um súbito e pavoroso infortúnio arruinou todas as minhas perspectivas na vida.

"Eu trabalhava, como Watson deve ter lhe contado, no Ministério das Relações Exteriores, e graças à influência de meu tio, Lord Holdhurst,

"'Não o farei perder tempo', disse ele."
[Sidney Paget, *Strand Magazine*, 1893]

ascendi rapidamente a uma posição de responsabilidade. Quando meu tio se tornou ministro das Relações Exteriores nesta administração, deu-me várias missões de confiança, e como sempre as levei a bom termo ele passou por fim a depositar a maior confiança em minha capacidade e tato.

"Quase dez semanas atrás — para ser mais preciso, no dia 23 de maio — ele me chamou a seu gabinete privado e, após me cumprimentar pelo bom trabalho que fizera, me informou de que tinha uma nova incumbência de confiança para me dar.

"'Este', disse, pegando um rolo de papel cinza de sua escrivaninha, 'é o original daquele tratado secreto entre a Inglaterra e a Itália[16] acerca do qual, lamento dizer, alguns rumores já chegaram à imprensa pública. É de capital importância que nada mais vaze. A embaixada da França ou a da Rússia pagaria uma soma imensa para saber do conteúdo destes papéis. Eles não deveriam deixar meu gabinete, não fosse absolutamente necessário copiá-los. Tem uma escrivaninha em seu escritório?'

"'Tenho, senhor.'

"'Então leve o tratado e tranque-o nela. Darei ordens para que lhe seja permitido permanecer hoje no Ministério depois da saída dos outros, de modo que possa fazer a cópia tranquilamente,[17] sem medo de ser visto.

Quando tiver terminado, volte a trancar tanto o original quanto a cópia na escrivaninha para devolvê-los a mim pessoalmente amanhã cedo.'

"Peguei os papéis e...

"Desculpe-me um instante", disse Holmes. "Os senhores estavam a sós durante essa conversa?"

"Sem dúvida nenhuma."

"Numa sala grande?"

"Nove por nove metros."

"No centro?"

"Sim, aproximadamente."

"E falando baixo?"

"A voz de meu tio é sempre notavelmente baixa. Eu mal disse alguma coisa."

"Muito obrigado", disse Holmes, fechando os olhos; "por favor, continue."

"Fiz exatamente o que ele mandou e esperei que os demais funcionários saíssem. Como um dos que trabalham na minha sala, Charles Gorot, tinha um serviço atrasado para terminar, deixei-o lá e saí para jantar. Quando voltei, ele já saíra. Eu estava ansioso para apressar o meu trabalho, pois sabia que Joseph — Mr. Harrison, que os senhores acabaram de conhecer — estava na cidade e pegaria o trem das onze para Woking, e eu esperava poder alcançá-lo.

"Então leve o tratado."
[Sidney Paget, *Strand Magazine*, 1893]

"Quando pude examinar o tratado, vi de imediato que era de tal importância que meu tio não fora culpado de nenhum exagero em suas palavras. Sem entrar em detalhes, posso dizer que ele definia a posição da Grã-Bretanha em relação à Tríplice Aliança[18] e prenunciava a política que este país adotaria caso a frota francesa dominasse por completo a da Itália no Mediterrâneo. As questões tratadas nele eram puramente navais. No final, viam-se as assinaturas dos altos dignitários que o haviam pactuado. Passei uma vista-d'olhos no texto e instalei-me para fazer a minha cópia.

"Era um documento longo, escrito em francês,[19] com vinte e seis diferentes artigos. Copiei-os tão depressa quanto pude, mas às nove horas só terminara nove artigos e, pelo que parecia, não me restava nenhuma esperança de pegar meu trem. Estava me sentindo sonolento e lerdo, em parte por causa do meu jantar e também em consequência de um longo dia de trabalho. Uma xícara de café desanuviaria a minha mente. Um contínuo passa a noite toda num cubículo ao pé da escada e costuma fazer café em sua espiriteira para os funcionários que venham a fazer serão. Assim, toquei a campainha para chamá-lo.

"Para minha surpresa, foi uma mulher que atendeu ao chamado, uma mulher idosa, grande, de traços grosseiros, usando avental. Ela explicou que era a mulher do contínuo, que fazia a faxina, e eu lhe pedi o café.

"Copiei mais dois artigos e depois, sentindo-me mais sonolento que nunca, levantei-me e pus-me a caminhar de um lado para outro da sala para esticar as pernas. Meu café ainda não chegara, e perguntei a mim mesmo qual poderia ser a causa daquela demora. Abrindo a porta, saí pelo corredor para descobrir. Havia um corredor reto, mal-iluminado, que era a única saída da sala em que eu estivera trabalhando. Ele terminava numa escada curva, com o cubículo do contínuo no corredor do térreo. Na metade dessa escada havia um pequeno patamar, com outro corredor dando para ela em ângulo reto. Este segundo corredor levava, por meio de uma segunda escadinha, a uma porta lateral, usada pelos serventes, e também, como um atalho, pelos funcionários que vinham de Charles Street. Aqui está um mapa rudimentar do lugar."

"Muito obrigado. Acho que o entendo perfeitamente", disse Sherlock Holmes.

"É da máxima importância que o senhor registre este detalhe. Quando desci a escada e cheguei ao vestíbulo, dei com o contínuo dormindo profundamente em seu cubículo, com a chaleira fervendo a todo vapor sobre a espiriteira. Peguei a chaleira e apaguei a lamparina, porque a água estava

O TRATADO NAVAL   305

jorrando no chão. Em seguida estendi a mão e estava prestes a sacudir o homem, que continuava num sono pesado, quando uma sineta sobre a cabeça dele soou fortemente e ele acordou, sobressaltado.

"'Mr. Phelps!' disse, olhando-me atônito.

"'Desci para ver se meu café estava pronto.'

"'Estava fervendo a água quando caí no sono, senhor.' Olhou para mim e depois levantou os olhos para a sineta que ainda oscilava, com uma expressão cada vez mais espantada.

"'Se o senhor está aqui, então quem tocou a campainha?' perguntou.

"'A campainha!' exclamei. 'Que sineta é essa?'

"'É a sineta da sala em que o senhor estava trabalhando.'

"Senti uma mão gelada apertando-me o coração. Havia alguém naquela sala, portanto, com meu precioso tratado aberto sobre a mesa. Voei escada acima e ao longo do corredor. Não havia ninguém no caminho, Mr. Holmes. Não havia ninguém na sala. Tudo estava exatamente como eu deixara, salvo que os papéis que me haviam sido confiados já não estavam sobre a escrivaninha onde eu os deixara. A cópia estava lá, mas o original desaparecera."

"Dormindo profundamente em seu cubículo."
[Sidney Paget, *Strand Magazine*, 1893]

Holmes sentou-se em sua cadeira e esfregou as mãos. Pude ver que estava fascinado pelo problema. "Diga-me, que fez então?" murmurou.

"Reconheci num átimo que o ladrão devia ter chegado à escada pela porta lateral. Se tivesse tomado algum outro caminho eu o teria encontrado."

"Tem certeza de que ele não poderia ter estado escondido na sua sala o tempo todo, ou no corredor, que acaba de descrever como mal-iluminado?"

"É absolutamente impossível. Um rato não teria podido se esconder nem na sala, nem no corredor. Não há nada atrás do que se ocultar."

"Obrigado. Por favor, prossiga."

"O contínuo, vendo pelo meu rosto lívido que havia alguma coisa a temer, acompanhara-me até em cima. Nesse momento, nós dois saímos desabalados pelo corredor e descemos os íngremes degraus da escada que levava a Charles Street. A porta lá embaixo estava fechada, mas destrancada. Nós a abrimos e saímos correndo. Posso me lembrar nitidamente de que ao sairmos ouviram-se três repiques dos sinos de uma igreja vizinha.[20] Era um quarto para as dez."

"Isso é de enorme importância",[21] disse Holmes, tomando nota no punho da camisa.[22]

"A noite estava muito escura e caía uma chuva fina e morna. Não havia vivalma em Charles Street, mas, como sempre, um tráfego intenso fluía em Whitehall, na extremidade. Corremos pela calçada, sem chapéu, e na esquina mais distante encontramos um guarda.

"'Um roubo foi cometido', disse eu, ofegante. 'Um documento de imenso valor foi furtado do Ministério das Relações Exteriores. Alguém passou por aqui?'

"'Estou parado aqui há um quarto de hora, senhor', respondeu ele, 'uma única pessoa passou durante esse tempo — uma mulher, alta e idosa, com um xale de *paisley*.'

"'Ah, foi apenas a minha mulher', exclamou o contínuo; 'não passou mais ninguém?'

"'Ninguém.'

"'Então o ladrão deve ter tomado a direção contrária', exclamou o sujeito, puxando minha manga.

"Mas eu não estava inteiramente convencido, e as tentativas que ele fez de me arrastar aumentaram minhas desconfianças.

"'Que caminho a mulher tomou?' perguntei.

"'Não sei, senhor. Vi-a passar, mas não tinha motivo especial para observá-la. Parecia estar com pressa.'

"'Há quanto tempo foi isso?'

"'Oh, não faz muitos minutos.'

"'Menos de cinco?'

"'Bem, não poderia ter sido mais de cinco.'

"'Está só perdendo tempo, senhor, e cada minuto agora é importante', exclamou o contínuo; 'acredite em mim, minha velha mulher nada tem a ver com isso,[23] vamos para a outra ponta da rua. Bem, se o senhor não for, eu vou.' E com essas palavras saiu às pressas na outra direção.

"Mas num instante saí atrás dele e agarrei-o pela manga.

"'Onde mora?' perguntei.

"'Em Ivy Lane nº 15, Brixton', respondeu. 'Mas não se deixe levar por uma pista falsa, Mr. Phelps. Vamos à outra ponta da rua e vejamos se é possível descobrir alguma coisa.'

"Não se perderia nada seguindo seu conselho. Lá fomos os dois, acompanhados pelo guarda, mas o que vimos foi uma rua movimentada, com muita gente indo e vindo, todas ansiosas por chegar a um abrigo numa noite tão chuvosa. Não havia nenhum ocioso parado por ali para nos dizer quem havia passado.

"Voltamos então ao escritório e revistamos a escada e o corredor sem nenhum resultado. O corredor que leva à sala é forrado com um tipo de linóleo creme que fica marcado muito facilmente. Nós o examinamos com todo o cuidado, mas não encontramos nenhuma pegada."

"Estivera chovendo a noite toda?"

"Desde as sete horas, aproximadamente."

"Como se explica, então, que a mulher que entrou na sala por volta das nove não tenha deixado nenhum vestígio com suas botas enlameadas?"

"Alegra-me que tenha levantado esse ponto. Ocorreu-me na ocasião. As faxineiras têm o costume de tirar as botas no cubículo do contínuo e calçar pantufas."

"Isso está muito claro. Portanto não havia marcas, embora a noite fosse chuvosa? A cadeia de eventos é certamente de extraordinário interesse. Que fez em seguida?"

"Examinamos a sala também. Não há nenhuma possibilidade de haver uma porta secreta e as janelas ficam a bons nove metros do piso. Ambas estavam trancadas por dentro. O tapete elimina qualquer possibilidade de um alçapão e o teto é do tipo comum, caiado. Juro pela minha vida que a pessoa que roubou meus papéis só pode ter passado pela porta."

"Que diz da lareira?"

"Não há nenhuma, e sim uma estufa. A corda da campainha pende do fio exatamente à direita de minha escrivaninha. Quem a tocou deve ter chegado bem rente a ela. Mas por que um criminoso desejaria tocar a campainha? É um mistério absolutamente insolúvel."

"Sem dúvida é um incidente inusitado. Quais foram suas medidas seguintes? Examinou a sala, presumo, para ver se o invasor havia deixado algum traço — alguma ponta de charuto, luva caída, grampo de cabelo ou outra bagatela?"

"Não havia nada dessa espécie."

"Nenhum cheiro?"

"Bem, isso nunca nos ocorreu."

"Ah, um odor de tabaco teria sido de grande valor para nós numa investigação como essa."

"Como eu mesmo nunca fumo, acho que teria notado se houvesse algum cheiro de tabaco. Não havia absolutamente nenhum indício de nenhum tipo. O único fato tangível era que a mulher do contínuo — Mrs. Tangey, é o nome dela — havia saído às pressas do lugar. Ele não pôde dar nenhuma explicação, a não ser que era sua hora habitual de ir para casa. O guarda e eu concordamos que o melhor plano seria pegar a mulher antes que ela pudesse se livrar dos papéis, presumindo estivessem com ela.

"A essa altura o alarme chegara à Scotland Yard, e Mr. Forbes, o detetive, foi até lá imediatamente e assumiu o caso com muita energia. Alugou um *hansom* e em meia hora estávamos no endereço que nos fora dado. A porta foi aberta por uma jovem que vinha a ser a filha mais velha de Mrs. Tangey. Sua mãe ainda não chegara e ela nos levou à sala da frente para esperar.

"Cerca de dez minutos depois ouvimos uma batida à porta, e ali cometemos o único erro sério, pelo qual me culpo. Em vez de abrir a porta nós mesmos, deixamos que a moça o fizesse. Ouvimos suas palavras: 'Mãe, há dois homens aqui à sua espera', e, um instante depois, passos apressados pelo corredor. Forbes abriu a porta, e corremos ambos para o cômodo dos fundos ou cozinha, mas a mulher chegara lá antes de nós. Encarou-nos com olhos desafiadores e depois, reconhecendo-me subitamente, assumiu uma expressão de espanto absoluto.

"'Meu Deus, não é Mr. Phelps, do escritório?' exclamou.

"'Ora, ora, quem pensou que éramos quando correu de nós?' perguntou meu companheiro.

O Tratado Naval   309

"'Meu Deus, não é Mr. Phelps?"
[Sidney Paget, *Strand Magazine*, 1893]

"'Pensei que eram os cobradores, tivemos alguns problemas com um comerciante.'

"'Essa explicação não é lá muito convincente', respondeu Forbes. 'Temos razão para acreditar que a senhora tirou um papel importante do Ministério das Relações Exteriores e correu para cá para se desfazer dele. Deve voltar conosco para a Scotland Yard para ser revistada.'

"Foi em vão que ela protestou e resistiu. Um *four-wheeler* foi levado e nós três voltamos nele. Antes havíamos dado uma busca na cozinha, especialmente no fogão, para ver se ela poderia ter se desvencilhado dos papéis no instante em que ficou sozinha. Mas não havia quaisquer sinais de cinzas ou pedaços de papel. Quando chegamos à Scotland Yard ela foi imediatamente confiada à policial encarregada das revistas. Esperei em aflitivo suspense até que ela voltou com o relatório. Não havia nenhum sinal dos papéis.

"Foi então que, pela primeira vez, dei-me conta do horror de minha situação em toda a sua plenitude. Até então estivera agindo, e a ação entorpecera o pensamento. Estivera tão confiante de que logo recuperaria o tratado que não ousara pensar nas consequências caso isso não ocorresse. Mas agora não havia mais nada a fazer, e tive tempo para compreender minha posição. Ela era horrível. Watson pode lhe contar que, na escola, eu era um menino sensível, nervoso. É minha natureza. Pensei em meu tio e em seus colegas no Gabinete, na vergonha que lançaria sobre ele, sobre mim, sobre todas as pessoas ligadas a mim. Que importava que eu fosse a vítima de um acidente extraordinário? Quando há interesses diplomáticos em jogo, não se admitem acidentes. Eu estava arruinado, vergonhosa, irremediavelmente arruinado. Não sei o que fiz. Devo ter feito uma cena. Tenho uma vaga lembrança de um grupo de oficiais à minha volta, tentando me acalmar. Um deles tomou um carro comigo até Waterloo e me pôs no trem para Woking.[24] Acredito que teria feito toda a viagem comigo se o dr. Ferrier,[25] que mora perto de mim, não fosse tomar aquele mesmo trem. Muito bondosamente, o médico encarregou-se de mim e isso foi uma sorte, porque tive um ataque na estação e antes que chegássemos em casa tornara-me praticamente um maníaco frenético.

"Pode imaginar o alvoroço das pessoas aqui quando foram tiradas da cama pelos toques de campainha do médico e me encontraram nesse estado. A pobre Annie e minha mãe ficaram desoladas. O dr. Ferrier ouvira o bastante do detetive na estação para ser capaz de dar uma ideia do que acontecera, e sua história não melhorou a situação. Era evidente para todos que eu sofreria uma longa doença, de modo que Joseph foi despejado deste alegre quarto, que foi transformado num quarto de enfermo para mim. Aqui passei nove semanas, Mr. Holmes, inconsciente e delirante com febre cerebral. Não tivessem sido Miss Harrison aqui e os cuidados do médico, não estaria conversando com o senhor agora. Ela cuidava de mim durante o dia e uma enfermeira contratada o fazia durante a noite, pois em meus acessos de loucura eu era capaz de qualquer coisa. Lentamente fui recobrando a razão, mas foi apenas nestes últimos três dias que recuperei por completo a memória. Teria sido melhor, talvez, que isso nunca tivesse acontecido. A primeira coisa que fiz foi telegrafar para Mr. Forbes, em cujas mãos estava o caso. Ele veio aqui e assegurou-me que, embora tudo tivesse sido feito, nenhuma pista fora descoberta. O contínuo e sua mulher haviam sido examinados de todas as maneiras sem que luz alguma fosse lançada sobre o assunto. As suspeitas da polícia transferiram-se então para o jovem Gorot, que, como talvez se lembre, ficou até mais tarde no escritório naquela noite. O fato de ele ter permanecido mais tempo na sala e seu nome francês eram de fato os dois únicos pontos que podiam dar margem a suspeita; na verdade, porém, eu só comecei a trabalhar depois que ele foi embora, e sua família é de origem huguenote[26], mas tão inglesa em lealdade e tradição quanto o senhor e eu. Não se encontrou nada que pudesse incriminá-lo de maneira alguma, e o caso ficou parado aí. Recorro aos seus préstimos, Mr. Holmes, como absolutamente minha última esperança. Se o senhor me falhar, tanto minha honra quanto minha posição estarão perdidas para sempre."

O doente recostou-se nas almofadas, exaurido por sua longa narração, enquanto a enfermeira lhe servia um medicamento estimulante num copo. Holmes permaneceu em silêncio, a cabeça jogada para trás e os olhos fechados, numa atitude que poderia parecer indiferente para um estranho, mas que eu sabia indicar a mais intensa concentração.

"Seu relato foi tão explícito", disse ele por fim, "que me restaram realmente muito poucas perguntas a fazer. Há uma, no entanto, da máxima importância. Contou a alguém que tinha uma missão especial a realizar?"

"Ninguém."

"Nem para Miss Harrison aqui, por exemplo?"

"Não. Eu não voltara a Woking entre o momento em que recebi a ordem e aquele em que comecei a cumpri-la."

"E ninguém da sua família apareceu por acaso para visitá-lo?"

"Ninguém."

"Algum parente seu conhecia a localização do escritório?"

"Oh, sim, eu mostrara o lugar para todos eles."

"De todo modo, é claro, se o senhor não disse nada a ninguém sobre o tratado, estas indagações são irrelevantes."

"Não disse nada."

"Sabe alguma coisa sobre o contínuo?"

"Nada, exceto que é um antigo soldado."

"Que regimento?"

"Ah, ouvi falar — Coldstream Guards[27]."

"Obrigado. Não tenho dúvida de que poderei obter detalhes de Forbes. As autoridades são excelentes em acumular dados, embora nem sempre os usem de maneira proveitosa. Que coisa encantadora é uma rosa!"

Passou pelo sofá em direção à janela aberta e segurou a haste curva de uma rosa-musgosa[28], olhando a mescla caprichosa de rubro e verde. Era uma nova faceta de sua personalidade para mim, pois nunca o vira demonstrar maior interesse em objetos naturais.

 As Memórias de Sherlock Holmes

"Não há nada em que a dedução seja tão necessária quanto na religião", disse ele, recostando-se na folha da janela. "Ela pode ser desenvolvida como uma ciência exata pelo homem lógico. Nossa suprema garantia da bondade da Providência parece-me residir nas flores. Todas as outras coisas, nossos poderes, nossos desejos, nosso alimento, todas elas são basicamente necessárias à nossa existência. Mas uma rosa é supérflua. Seu aroma e sua cor são um ornamento da vida, não uma condição dela. Somente a bondade fornece supérfluos,[29] e por isso repito que temos muito a esperar das flores."

Percy Phelps e sua enfermeira fitaram Holmes durante essa demonstração com surpresa e uma boa dose de decepção estampadas em suas faces. Ele caíra num devaneio, com a rosa-musgosa entre os dedos. Aquilo durava havia alguns minutos quando a jovem o interrompeu.

"Vê alguma possibilidade de resolver esse mistério, Mr. Holmes?" perguntou, com um toque de aspereza na voz.

"Que coisa encantadora é uma rosa!"
[Sidney Paget, *Strand Magazine*, 1893]

"Oh, o mistério!" respondeu ele, retornando com um sobressalto às realidades da vida. "Bem, seria absurdo negar que se trata de um caso abstruso e complicado, mas posso lhe prometer que investigarei o assunto e lhe comunicarei todos os pontos que venham a me chamar a atenção."

"Vê alguma pista?"

"Os senhores me forneceram sete[30], mas é claro que devo testá-las antes de poder me pronunciar sobre seu valor."

"Suspeita de alguém?"

"De mim mesmo."

"Como?"

"De chegar a conclusões rapidamente demais."

O Tratado Naval   313

"Então vá para Londres e teste suas conclusões."

"Seu conselho é excelente, Miss Harrison", disse Holmes, levantando-se. "Penso, Watson, que não temos coisa melhor a fazer. Não se permita acalentar falsas esperanças, Mr. Phelps, este é um caso muito emaranhado."

"Estarei aflito até vê-lo novamente", exclamou o diplomata.

"Bem, virei amanhã pelo mesmo trem, embora seja mais do que provável que terei relatório negativo a fazer."

"Deus o abençoe por prometer vir", disse nosso cliente. "Ganho vida nova ao saber que alguma coisa está sendo feita. A propósito, recebi uma carta de Lord Holdhurst."

"Ah! Que diz ele?"

"Foi frio, mas não ríspido; graças à minha doença grave, acredito. Repetiu que o assunto era da máxima importância e acrescentou que nenhuma medida seria tomada com relação a meu futuro — querendo se referir, é claro, à minha demissão — até que minha saúde estivesse restabelecida e eu tivesse uma oportunidade de reparar meu infortúnio."

"Bem, mostrou sensatez e consideração", disse Holmes. "Vamos, Watson, pois temos um dia inteiro de trabalho à nossa espera na cidade."

Mr. Joseph Harrison conduziu-nos à estação, e logo avançávamos velozmente num trem de Portsmouth. Holmes mergulhou em profundos pensamentos e mal abriu a boca até que passamos o Entroncamento de Clapham.

"Uma coisa que me alegra muito quando chego a Londres por qualquer destas linhas elevadas é poder ver as casas lá embaixo, assim."

Pensei que ele estava brincando, porque a vista era das mais sórdidas, mas ele logo se explicou.

"Veja aqueles aglomerados grandes e isolados de prédios erguendo-se acima das telhas de ardósia, como ilhas de tijolos num mar cor de chumbo."

"As escolas do conselho."[31]

"Faróis, meu rapaz! Sinaleiras do futuro! Cápsulas com centenas de sementinhas luminosas, das quais brotará a Inglaterra mais sábia e melhor do futuro. Parece que esse homem, o Phelps, não bebe, não é?"

"Acredito que não."

"Eu também, mas temos de levar em conta todas as possibilidades. O pobre coitado sem dúvida se meteu em grave enrascada, e resta saber se algum dia seremos capazes de tirá-lo desta. Que pensa de Miss Harrison?"

 As Memórias de Sherlock Holmes

"A vista era das mais sórdidas."
[Sidney Paget, *Strand Magazine*, 1893]

"Uma moça de forte personalidade."

"Sim, mas, ou muito me engano, ou tem bom caráter. Ela e o irmão são os dois únicos filhos do dono de uma fundição em algum lugar de Northumberland[32]. Ele ficou noivo dela quando viajava no inverno passado, e ela veio para cá para ser apresentada à família dele com o irmão como acompanhante. Então aconteceu o desastre, e ela ficou para cuidar do noivo, enquanto o irmão Joseph, achando-se muito confortavelmente instalado, ficou também. Andei fazendo algumas investigações independentes, sabe. Mas hoje deverá ser um dia de pesquisas."

"Minha clientela...", comecei.

"Oh, se acha seus casos mais interessantes que os meus...", atalhou Holmes com certa aspereza.

"Ia dizer que meus clientes podem muito bem passar um ou dois dias sem mim, pois esta é a época menos movimentada do ano."

"Excelente", disse ele, recobrando o bom humor. "Então examinaremos essa questão juntos. Penso que deveríamos começar visitando Forbes. Provavelmente ele pode nos contar todos os detalhes de que precisamos para decidir de que ângulo este caso deve ser abordado."

"Você disse que tinha uma pista, não?"

"Bem, temos várias, mas só podemos testar seu valor com maior investigação. O crime mais difícil de desvendar é aquele sem finalidade. Mas este tem um fim. Quem é favorecido por ele? O embaixador francês, ou o russo, ou alguém que pudesse vendê-lo a um ou a outro. Ou Lord Holdhurst."

"Lord Holdhurst?"

"Bem, não é impossível que um estadista se veja numa posição em que não lamentaria ver um documento como esse acidentalmente destruído."

"Não um estadista com o honroso histórico de Lord Holdhurst!"

"É uma possibilidade, e não podemos nos dar ao luxo de negligenciá-la. Visitaremos o nobre senhor hoje mesmo e veremos se pode nos contar alguma coisa. Nesse meio-tempo, já tenho algumas investigações em andamento."

"Já?"

"Sim. Enviei telegramas da estação de Woking para todos os jornais vespertinos de Londres. Este anúncio aparecerá em cada um."

Passou-me uma folha rasgada de uma agenda. Nela estava escrito a lápis:

Prêmio de 10£. O número do carro de aluguel que deixou um passageiro na porta do Ministério das Relações Exteriores, ou em suas proximidades, em Charles Street, a um quarto para as nove na noite de 23 de maio. Apresentar-se em Baker Street, 221B.

"Tem certeza de que o ladrão veio num carro de aluguel?"

"Se não, nada temos a perder. Mas como Mr. Phelps tem razão ao afirmar que não há nenhum esconderijo nem na sala nem nos corredores, a pessoa só pode ter vindo de fora. Se veio de fora numa noite tão chuvosa, e apesar disso não deixou nenhum traço de umidade no linóleo, que foi examinado minutos após sua passagem, torna-se extremamente provável que tenha vindo num carro de aluguel. Sim, penso que podemos deduzir com segurança um carro."

"Soa plausível."

"Essa é uma das pistas de que falei. Ela pode nos levar a alguma coisa. Depois, é claro, há a campainha — o elemento mais característico do

As Memórias de Sherlock Holmes

caso. Por que a campainha teria soado? Foi o ladrão que a tocou, por bravata? Ou foi alguém que estava com o ladrão, com a intenção de impedir o crime? Ou foi um acidente? Ou foi...?" Voltou a mergulhar no estado de intensa e silenciosa reflexão de que emergira; mas tive a impressão, acostumado como estava com todos os seus estados de espírito, de que entrevira subitamente uma nova possibilidade.

Eram três e vinte quando chegamos à nossa estação terminal, e após um almoço apressado no bufê partimos imediatamente para a Scotland Yard. Holmes já havia enviado um telegrama para Forbes, e o encontramos à nossa espera — um homenzinho com cara de raposa, parecendo esperto mas sem sombra de amabilidade. Foi claramente frio em suas maneiras para conosco, em especial quando soube do assunto de que fôramos tratar.

"Já ouvi falar dos seus métodos, Mr. Holmes", disse com azedume. "O senhor não hesita em usar toda a informação que a polícia pode pôr à sua disposição, e depois tenta encerrar o caso o senhor mesmo e lançar descrédito sobre nós."

"Ao contrário", disse Holmes, "nos meus últimos cinquenta e três casos meu nome só apareceu em quatro, e a polícia recebeu todo o mérito em quarenta e nove. Não o censuro por não saber disto, porque é jovem e inexperiente, mas se desejar progredir em suas novas funções, trabalhará comigo e não contra mim."

"Aceitaria com prazer uma ou duas sugestões", disse o detetive, mudando de tom. "Certamente até agora o caso não me valeu nenhum crédito."

"Que medidas tomou?"

"Tangey, o contínuo, foi seguido de perto. Deixou o Guards com boa reputação e não pudemos encontrar nada contra ele. Mas sua mulher não é flor que se cheire. Acredito que ela sabe mais sobre isso do que parece."

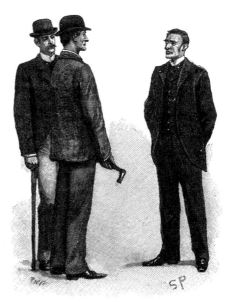

"Já ouvi falar dos seus métodos, Mr. Holmes."
[Sidney Paget, *Strand Magazine*, 1893]

"Mandou segui-la?"

"Pusemos uma de nossas mulheres no seu rastro. Mrs. Tangey bebe, e a policial conversou com ela duas vezes quando estava bêbada, mas não conseguiu lhe arrancar nada."

"Parece que tiveram cobradores na casa?"

"Sim, mas liquidaram a dívida."

"De onde veio o dinheiro?"

"Nada de errado. Ele deve ter recebido a aposentadoria. Não deram nenhum sinal de estar com dinheiro sobrando."

"Que explicação ela deu para ter atendido à campainha quando Mr. Phelps tocou para pedir café?"

"Disse que o marido estava muito cansado e quis poupá-lo."

"Bem, certamente isso é compatível com o fato de ele ter sido encontrado um pouco mais tarde dormindo em sua cadeira. Então não há nada contra eles, exceto o caráter da mulher. Perguntou-lhe por que saiu tão afobada aquela noite? Sua pressa chamou a atenção do guarda."

"Já passara da sua hora usual de sair e queria chegar em casa."

"Comentou com ela que, tendo saído com Mr. Phelps pelo menos vinte minutos depois, chegou à sua casa antes dela?"

"Ela explica isso pela diferença entre um ônibus[33] e um *hansom*."

"Conseguiu explicar por que, ao chegar em casa, correu para a cozinha?"

"Disse que lá estava o dinheiro com que pagar aos oficiais de justiça."

"Ela parece ter ao menos uma resposta para tudo. Perguntou-lhe se, ao sair, encontrou ou viu alguém flanando por Charles Street?"

"Não viu ninguém além do guarda."

"Bem, parece tê-la submetido a um interrogatório em regra. Que fez além disso?"

"O funcionário Gorot foi seguido durante todas estas nove semanas, mas sem resultado. Nada podemos alegar contra ele."

"Mais alguma coisa?"

"Não temos mais nada por onde começar — nenhum indício de qualquer tipo."

"Formou alguma teoria sobre como aquela campainha tocou?"

"Bem, devo confessar que isso me deixa perplexo. Quem quer que tenha sido, foi muito peito dar o alarme daquela maneira."

As Memórias de Sherlock Holmes

"De fato, foi uma coisa esquisita. Sou-lhe muito agradecido por tudo que me contou. Se eu conseguir pôr o homem nas suas mãos, terá notícias minhas. Vamos embora, Watson."

"Para onde vamos agora?" perguntei quando saímos da Scotland Yard.

"Agora vamos entrevistar Lord Holdhurst, o ministro do Gabinete e futuro premiê da Inglaterra."

Para nossa sorte, constatamos que Lord Holdhurst ainda estava em seu gabinete em Downing Street, e depois que Holmes enviou seu cartão fomos introduzidos imediatamente. O estadista recebeu-nos com aquela cortesia à moda antiga pela qual se distingue e nos fez sentar nas duas confortáveis poltronas dos dois lados da lareira. De pé no tapete entre nós, com sua silhueta delgada e alta, seus traços bem marcados, semblante reflexivo e cabelo anelado prematuramente grisalho, parecia representar um tipo nada comum — um nobre verdadeiramente nobre.

"Seu nome me é muito conhecido, Mr. Holmes", disse, sorrindo. "E é claro que não posso fingir ignorar o objetivo de sua visita. Houve apenas uma ocorrência neste Ministério que poderia requerer sua atenção. Posso lhe perguntar no interesse de quem está agindo?"

"No de Mr. Percy Phelps", respondeu Holmes.

"De pé no tapete entre nós." [W.H. Hyde, *Harper's Weekly*, 1893]

"Ah, meu infeliz sobrinho! Pode compreender que nosso parentesco torna-me ainda mais impossível acobertá-lo de algum modo. Temo que o incidente tenha um efeito muito prejudicial sobre sua carreira."

"Mas e se o documento for encontrado?"

"Ah, nesse caso, é claro, seria diferente."

"Gostaria de lhe fazer uma ou duas perguntas, Lord Holdhurst."

"Ficarei feliz em lhe dar qualquer informação que possua."

"Um nobre"
[Sidney Paget, *Strand Magazine*, 1893]

"Foi nesta sala que o senhor lhe deu suas instruções acerca da cópia do documento?"

"Foi."

"Então dificilmente alguém os tenha escutado?"

"Isso está fora de cogitação."

"Alguma vez mencionou para alguém que era sua intenção mandar que o tratado fosse copiado?"

"Nunca."

"Tem certeza."

"Absoluta."

"Bem, como o senhor nunca falou disso, Mr. Phelps nunca falou disso, e ninguém mais sabia coisa alguma sobre o assunto, a presença do ladrão na sala foi puramente acidental. Ele viu uma chance e aproveitou-a."

O estadista sorriu. "Isso já está fora da minha alçada", disse.

Holmes refletiu por um momento. "Há um outro ponto muito importante que desejo discutir com o senhor", disse. "Pelo que entendi, o senhor temeu consequências muito graves caso os detalhes desse tratado se tornassem conhecidos."

Uma sombra perpassou pelo rosto expressivo do estadista. "Realmente, consequências muito graves."

"E elas se produziram?"

"Ainda não."

"Se o tratado tivesse chegado, digamos, ao Ministério das Relações Exteriores da França ou da Rússia, acredita que teria ficado sabendo?"

"Teria", disse Lord Holdhurst com uma careta.

"Portanto, como quase dez semanas se passaram e nada se ouviu falar, não é insensato supor que, por alguma razão, o tratado não chegou a eles."

Lord Holdhurst deu de ombros.

"É difícil admitir, Mr. Holmes, que o ladrão se apossou do tratado para emoldurá-lo e pendurá-lo na parede."

"Talvez esteja esperando por um preço melhor."

"Se esperar um pouco mais, não conseguirá preço nenhum. O tratado deixará de ser secreto dentro de alguns meses."

"Isso é de extrema importância", disse Holmes. "É possível supor, é claro, que o ladrão teve uma doença repentina..."

"Um ataque de febre cerebral, por exemplo?" perguntou o estadista, lançando-lhe uma rápida olhadela.

"Não disse isso", contestou Holmes, imperturbável. "Agora, Lord Holdhurst, já tomamos demais do seu precioso tempo e vamos lhe desejar um bom dia."

"Desejo-lhe muito sucesso em sua investigação, seja quem for o criminoso", respondeu o nobre, despedindo-se com uma vênia junto à porta.

"Ele é um sujeito excelente", disse Holmes quando desembocamos em Whitehall. "Mas tem de lutar para manter sua posição. Está longe de ser um homem rico e recebe muitos convites. Você reparou, é claro, que suas botas levaram meia-sola. Agora, Watson, não vou mais roubá-lo de seu legítimo trabalho. Não farei mais nada hoje, a menos que receba uma resposta a meu anúncio sobre o carro de aluguel. Mas eu lhe ficaria extremamente grato se pudesse ir comigo a Woking amanhã pelo mesmo trem que tomamos hoje."[34]

Assim, encontrei-me com ele na manhã seguinte e viajamos juntos para Woking. Ele me disse que não recebera nenhuma resposta a seu anúncio e nenhuma nova luz fora lançada sobre o caso. Holmes possuía, quando assim o desejava, a absoluta imobilidade fisionômica de um pele-vermelha,[35] e não pude inferir da sua aparência se estava satisfeito ou não com o andamento do caso. Sua conversa, eu me lembro, girou sobre o sistema de medidas Bertillon,[36] tendo ele expressado sua entusiástica admiração pelo cientista francês.

Encontramos nosso cliente ainda sob os cuidados de sua devotada enfermeira, mas parecendo consideravelmente melhor que antes. Levantou-se do sofá e nos cumprimentou sem dificuldade quando entramos.

"Alguma notícia?" perguntou, ansioso.

"Meu relatório, como eu esperava, é negativo", disse Holmes. "Estive com Forbes, conversei com seu tio e iniciei uma ou duas linhas de investigação que talvez levem a alguma coisa."

"Então não perdeu o ânimo?"

"De maneira alguma."

"Deus o abençoe por dizer isto!" exclamou Miss Harrison. "Se mantivermos nossa coragem e nossa paciência, a verdade virá à luz."

"Temos mais para lhe contar do que o senhor a nós", disse Phelps, voltando a se sentar no sofá.

"Eu tinha esperança de que tivesse alguma coisa."

"Sim, tivemos uma aventura durante a noite, que aliás poderia ter sido bastante séria." Falou com uma expressão muito grave e algo semelhante a medo brotou em seus olhos. "Sabe", continuou, "começo a acreditar que, à minha revelia, sou o centro de uma conspiração monstruosa e que minha vida está ameaçada, tanto quanto a minha honra."

"Ah!" exclamou Holmes.

"Isso me parece incrível, pois, até onde sei, não tenho um inimigo no mundo. No entanto, pela experiência da última noite, não posso chegar a nenhuma outra conclusão."

"'Alguma notícia?' perguntou." [Sidney Paget, *Strand Magazine*, 1893]

"Por favor, conte-me o que houve."

"Preciso lhe dizer que a noite passada foi a primeira que dormi sem uma enfermeira no quarto. Estava tão melhor que pensei que podia dispensá-la. Mas mantive uma lamparina acesa. Bem, por volta de duas da manhã eu caíra num sono leve quando fui subitamente despertado por um ligeiro ruído. Parecia o som de um camundongo roendo uma tábua; fiquei escutando aquilo por algum tempo, com a impressão de que essa era a causa. Depois ele ficou mais alto, e de repente entrou pela janela um nítido som metálico. Sentei-me, espantado. Não podia mais haver dúvida de que sons eram aqueles. Os primeiros haviam sido causados por alguém tentando inserir um instrumento entre os caixilhos, e o segundo pelo trinco sendo forçado.

"Em seguida houve uma pausa de uns dez minutos, como se a pessoa estivesse esperando para ver se o barulho me despertara. Então ouvi um leve rangido enquanto a janela era lentamente aberta. Não pude mais suportar aquilo, pois meus nervos já não são os de antes. Pulei da cama e abri a persiana. Havia um homem agachado na janela. Mal pude vê-lo, porque fugiu como um raio. Estava enrolado numa espécie de capa que lhe cobria a parte inferior do rosto. Só estou certo de uma coisa — ele tinha uma arma na mão. Tive a impressão de que era uma faca comprida. Vi nitidamente seu lampejo quando ele se virou para sair correndo."

"Isso é extremamente interessante", disse Holmes. "Por favor, que fez o senhor em seguida?"

"Teria saltado a janela para persegui-lo, se estivesse mais forte. Mas não pude fazer mais que tocar a campainha e acordar a casa inteira. Demorou um pouquinho, porque a campainha toca na cozinha e todos os criados dormem no andar de cima. Mas eu gritei, e isso fez Joseph descer e ele acordou os outros. Joseph e o cavalariço encontraram pegadas no canteiro junto à janela, mas o tempo tem andado tão seco ultimamente que lhes pareceu inútil tentar seguir a trilha pelo gramado. Pelo que me dizem, há um lugar, na cerca de madeira que margeia a estrada, que mostra sinais, como se alguém a tivesse quebrado ao saltá-la. Ainda não comuniquei nada à polícia local, pois me pareceu melhor ouvir primeiro a sua opinião."

Essa narrativa de nosso cliente pareceu ter um efeito extraordinário sobre Sherlock Holmes. Levantando-se, pôs-se a andar pelo quarto em incontrolável nervosismo.

"Desgraças nunca vêm desacompanhadas", disse Phelps, sorrindo, embora fosse evidente que sua aventura o tinha abalado.

"O senhor certamente teve a sua cota", disse Holmes. "Acha que poderia andar em volta da casa comigo?"

"Ah, sim. Será bom tomar um pouco de sol. Joseph irá conosco."

"E eu também", disse Miss Harrison.

"Lamento, mas não será possível", disse Holmes, sacudindo a cabeça. "Devo lhe pedir que permaneça exatamente onde está."

A jovem retornou à sua cadeira com uma expressão de desagrado. Seu irmão, contudo, havia se juntado a nós e saímos os quatro. Contornamos o gramado até chegar junto da janela do jovem diplomata. Havia, como ele dissera, marcas no canteiro, mas eram lamentavelmente apagadas e indistintas demais. Holmes inclinou-se sobre elas por um instante e ergueu-se sacudindo os ombros.

"Não me parece que se possa deduzir muita coisa disto", disse. "Vamos rodear a casa e ver por que este quarto particular foi escolhido pelo ladrão. Eu teria pensado que aquelas janelas maiores do salão e da sala de jantar lhe pareceriam mais atraentes."

"Elas são mais visíveis da estrada", sugeriu Mr. Joseph Harrison.

"Ah, sim, é claro. Há uma porta ali que ele poderia ter tentado. Para que serve?"

"É a entrada lateral para entregadores. Fica trancada à noite, naturalmente."

"Já passaram por algum susto como este antes?"

"Nunca", disse nosso cliente.

"Têm prataria na casa, ou alguma coisa que possa atrair ladrões?"

"Nada de valor."

Holmes passeou em volta da casa com as mãos nos bolsos e um ar negligente bastante inusitado nele.

"A propósito", disse ele para Joseph Harrison, "pelo que entendi, o senhor achou um lugar em que o sujeito teria escalado a cerca. Vamos dar uma olhada nisso!"

O jovem gorducho levou-nos ao ponto onde o topo de uma das estacas de madeira estava quebrado. Um pequeno fragmento da madeira estava pendurado. Holmes arrancou-o e examinou-o meticulosamente.

"Pensa que isto foi feito a noite passada? Parece bastante antigo, não?"

"Bem, é possível."

"Não há nenhuma marca de alguém pulando no chão do outro lado. Não, acredito que não encontraremos nada que nos ajude aqui. Vamos voltar para o quarto e discutir o problema."

Percy Phelps estava andando muito devagar, apoiando-se no braço do futuro cunhado. Holmes cruzou rapidamente o gramado e chegamos junto à janela aberta do quarto muito antes dos outros.

"Miss Harrison", disse Holmes, falando com grande ênfase, "a senhora deve permanecer onde está o dia inteiro. Que nada a impeça de ficar onde está o dia inteiro. Isso é da mais extrema importância."

"Certamente, se assim deseja, Mr. Holmes", disse a moça, espantadíssima.

"Quando for se deitar, tranque a porta desse quarto por fora e fique com a chave. Prometa que fará isso."

"Mas, e Percy?"

"Ele irá para Londres conosco."

"E eu devo ficar aqui?"

"É pelo bem dele. A senhora lhe fará um benefício. Depressa! Prometa!"

"Holmes examinou-o meticulosamente."
[Sidney Paget, *Strand Magazine*, 1893]

Ela assentiu com um rápido movimento de cabeça, exatamente no instante em que os outros dois chegaram.

"Por que está sentada aí nesse desânimo, Annie?" exclamou seu irmão. "Venha para o sol!"

"Não, obrigada, Joseph. Estou com uma leve dor de cabeça e este quarto está deliciosamente fresco e tranquilo."

"Que propõe agora, Mr. Holmes?" perguntou nosso cliente.

"Bem, ao tentar desvendar este caso insignificante não devemos perder de vista nossa investigação principal. Seria de grande ajuda para mim se o senhor pudesse ir para Londres conosco."

"Agora mesmo?"

"Bem, tão logo puder. Digamos em uma hora."

"Já me sinto bastante forte, se realmente posso ser de alguma ajuda."

"A maior possível."

"Talvez queira que eu passe esta noite lá?"

"Ia propor exatamente isso."

"Nesse caso, se meu amigo da noite repetir a visita, encontrará o ninho vazio. Estamos todos em suas mãos, Mr. Holmes, e o senhor deve nos dizer exatamente o que gostaria que seja feito. Talvez prefira que Joseph vá conosco para cuidar de mim?"

"Oh, não, meu amigo Watson é médico e cuidará do senhor. Almoçaremos aqui, se nos permitir, e em seguida partiremos os três para a cidade."

Tudo foi feito como Holmes sugeriu, e Miss Harrison, segundo ele lhe recomendara, desculpou-se por não poder deixar o quarto. Eu não conseguia imaginar qual era o objetivo das manobras de meu amigo, a menos que fosse manter a jovem afastada de Phelps, que, feliz por estar recobrando a saúde e pela perspectiva de ação, almoçou conosco na sala de jantar. Mas Holmes nos reservava uma surpresa ainda maior, pois, após nos acompanhar à estação e nos instalar em nosso vagão, anunciou calmamente que não tinha intenção de deixar Woking.

"Há um ou dois detalhes que eu gostaria de elucidar antes de partir", disse. "Sua ausência, Mr. Phelps, de certo modo me ajudará. Watson, quando chegarem a Londres queira por favor seguir de imediato para Baker Street com nosso amigo aqui, e permanecer com ele até a minha volta. É uma sorte que sejam ex-colegas de escola, tendo portanto muito que conversar.[37] Mr. Phelps pode ficar no quarto de hóspedes[38] esta noite, e eu estarei em casa antes do desjejum, pois há um trem que me levará a Waterloo às oito."

"Mas e quanto à nossa investigação em Londres?" perguntou Phelps, pesaroso.

"Podemos fazer isso amanhã. Creio que no momento posso ser mais útil aqui."

"Por favor, diga-lhes em Briarbrae que espero estar de volta amanhã à noite", exclamou Phelps, quando o trem começou a se afastar da plataforma.

"Não pretendo voltar para Briarbrae", respondeu Holmes, e acenou alegremente para nós enquanto nos precipitávamos para fora da estação.

Phelps e eu conversamos sobre isso durante a viagem, mas nenhum dos dois conseguiu conceber uma explicação satisfatória para esse novo desdobramento.

"Suponho que ele quer encontrar pistas do roubo de ontem a noite, se é que foi um ladrão. De minha parte, não acredito que era um gatuno comum."

"Qual é sua ideia, então?"

"Palavra, você pode atribuir isso aos meus nervos abalados, mas acredito que há uma intriga política complexa se desenrolando em torno de mim, e que por algum motivo que está acima de meu entendimento os conspiradores querem me matar. Isso soa excessivamente trágico e absurdo, mas considere os fatos! Por que haveria um ladrão de tentar forçar a janela de um quarto em que não havia nada para roubar, e por que haveria de vir com uma faca na mão?"

"Não pretendo voltar para Briarbrae."
[Sidney Paget, Strand Magazine, 1893]

"Tem certeza de que não era um pé de cabra?"

"Oh, não, era uma faca. Vi o brilho da lâmina muito nitidamente."

"Mas por que diabo você seria perseguido com tanta animosidade?"

"Ah, essa é a questão."

"Bem, se Holmes for da mesma opinião, isso explicaria o comportamento dele, não? Presumindo que sua teoria está correta, se ele puder pôr as mãos no homem que o ameaçou na noite passada, terá dado passos decisivos para a recuperação do tratado naval. É absurdo supor que você tem dois inimigos, um que o rouba e outro que lhe ameaça a vida."

"Mas Holmes disse que não iria a Briarbrae."

"Conheço-o há algum tempo", disse eu, "e até hoje nunca o vi fazer nada sem uma excelente razão", e com isso nossa conversa derivou para outros tópicos.

Mas foi um dia cansativo para mim. Phelps ainda estava fraco após sua longa enfermidade, e seus infortúnios o tornavam irritadiço e nervoso. Tentei em vão interessá-lo pelo Afeganistão, pela Índia, por questões sociais, por alguma coisa que pudesse distraí-lo. Ele retornava sempre a seu tratado perdido, remoendo, imaginando, conjecturando sobre o que Holmes estaria fazendo, que medidas Lord Holdhurst estaria tomando, que novidades teríamos na manhã seguinte. Com o avançar da noite seu nervosismo tornou-se muito penoso.

"Tem confiança inabalável em Holmes?" perguntou.

"Já o vi fazer algumas coisas notáveis."

"Mas alguma vez ele elucidou um caso tão obscuro como este?"

"Ah, sim. Já o vi resolver questões que apresentavam menos pistas que a sua."

"Mas não casos em que havia interesses tão grandes em jogo, não é?"

"Não posso dizer isso. Ao que eu saiba, ele atuou no interesse de três casas reinantes da Europa[39] em assuntos dos mais vitais."

"Mas você o conhece bem, Watson. Ele é um sujeito tão impenetrável que nunca sei muito bem como interpretá-lo. Pensa que ele tem esperança? Que espera se sair bem desta?"

"Ele não disse nada."

"Isso é um mau sinal."

"Ao contrário. Noto que quando ele está desorientado, geralmente o confessa. É quando está numa pista e ainda não tem certeza de que é a certa que se mostra mais taciturno. Agora, meu caro, como nosso nervosismo não resolve nada, deixe-me implorar-lhe que vá se deitar; espero que acorde bem-disposto para tudo que pode estar à nossa espera amanhã."

Por fim consegui convencer meu companheiro a seguir meu conselho, embora soubesse, por suas maneiras alvoroçadas, que era pouco provável que dormisse. De fato, seu estado de espírito era contagiante, porque eu mesmo passei metade da noite virando-me na cama, ruminando aquele estranho problema e inventando uma centena de teorias, cada qual mais impossível que a outra. Por que Holmes ficara em Woking? Por que pedira a Miss Harrison que permanecesse o dia todo no quarto do doente? Por que tomara tanto cuidado em não informar às pessoas em Briarbrae que pretendia continuar nas proximidades? Até adormecer, dei tratos à bola na tentativa de encontrar alguma explicação que desse conta de todos esses fatos.

Eram sete horas quando acordei; fui imediatamente ao quarto de Phelps e encontrei-o abatido e exausto após uma noite insone. Sua primeira pergunta foi se Holmes já havia chegado.

"Estará aqui quando prometeu", respondi. "Nem um instante mais cedo nem mais tarde."

Minhas palavras se confirmaram, pois pouco depois das oito um *hansom* estacou diante da porta e nosso amigo saltou. De pé junto à janela, vimos que ele tinha a mão esquerda enrolada por uma bandagem e o rosto fechado e pálido. Entrou na casa, mas demorou algum tempo a subir a escada.

"Parece um homem derrotado", exclamou Phelps.

Fui forçado a confessar que ele estava certo. "Afinal", disse eu, "a pista do caso provavelmente está aqui na cidade."

Phelps soltou um gemido.

"Não sei por quê", disse ele, "mas esperava tanto de seu retorno. Com certeza não tinha a mão enfaixada assim ontem. Que terá acontecido?"

"Você está ferido, Holmes?" perguntei quando meu amigo entrou na sala.

"Nada, é só um arranhão, fruto de minha própria falta de jeito", respondeu, dando-nos bom-dia com a cabeça. "Esse seu caso, Mr. Phelps, é sem dúvida um dos mais obscuros que já investiguei."

"Temia que estivesse além de sua capacidade."

"Foi uma experiência das mais extraordinárias."

"Essa bandagem nos fala de aventuras", disse eu. "Não vai nos contar o que aconteceu?"

"Depois do desjejum, meu caro Watson. Lembre-se que respirei cinquenta quilômetros do ar de Surrey esta manhã. Suponho que não houve nenhuma resposta do meu anúncio para os cocheiros? Bem, bem, não se pode esperar acertar sempre."

A mesa estava posta, e no instante em que eu ia tocar a campainha Mrs. Hudson entrou com o chá e o café. Minutos depois ela trouxe três travessas cobertas e todos nos aproximamos da mesa. Holmes faminto, eu curioso, e Phelps no mais sombrio estado de depressão.

"Mrs. Hudson mostrou-se à altura da ocasião", disse Holmes, destampando um prato de galinha ao *curry*. A culinária dela é um pouco limitada, mas, como escocesa, tem uma boa ideia de desjejum. Que tem você aí, Watson?"

"Ovos com presunto", respondi.

"Bom! Que deseja, Mr. Phelps — galinha ao *curry* ou ovos, ou prefere se servir?"

"Obrigado. Não posso comer nada", respondeu Phelps.

"Oh, vamos! Experimente o prato que está na sua frente."

"Obrigado, realmente prefiro não comer."

"Bem, nesse caso", disse Holmes com uma piscadela maliciosa, "suponho que não faz objeção a servir-me?"

Phelps ergueu a tampa e, instantaneamente, deu um grito e ficou ali sentado, com o rosto tão branco como a travessa que fitava. No meio dela estava um pequeno cilindro de papel cinza-azulado. Pegou-o, devorou-o com os olhos e pôs-se a dançar pela sala como um louco, apertando-o no peito e soltando gritos de alegria. Depois caiu numa poltrona, tão bambo

"Phelps ergueu a tampa." [Sidney Paget, *Strand Magazine*, 1893]

e exausto com suas próprias emoções que tivemos de lhe derramar conhaque pela garganta abaixo para impedir que desmaiasse.

"Pronto! Pronto!" disse Holmes, dando-lhe palmadinhas no ombro para acalmá-lo. "Foi maldade fazê-lo aparecer assim diante do senhor, mas Watson pode lhe contar que nunca consigo resistir a um toque de dramaticidade."

Phelps agarrou-lhe a mão e beijou-a. "Que Deus o abençoe!" exclamou. "O senhor salvou minha honra."

"Bem, a minha própria estava em jogo, o senhor sabe", disse Holmes. "Eu lhe asseguro que é tão odioso para mim falhar num caso quanto para o senhor cometer um erro numa missão."

Phelps guardou o precioso documento no bolso mais interno do paletó.

"Não ouso continuar interrompendo seu desjejum, mas estou morrendo de curiosidade para saber como o conseguiu e onde estava."

Sherlock Holmes tomou uma xícara de café e voltou sua atenção para os ovos com presunto. Em seguida levantou-se, acendeu o cachimbo e instalou-se em sua poltrona.

"Primeiro vou lhe contar o que fiz; depois conto como vim a fazê-lo", disse. "Depois de deixá-los na estação, fui dar uma encantadora caminhada por um admirável cenário de Surrey até uma linda aldeiazinha chamada Ripley, onde tomei meu chá numa estalagem e tive a precaução de encher meu frasco e pôr no bolso uns sanduíches embrulhados em papel. Fiquei ali até o entardecer, quando parti novamente para Woking. Pouco depois do pôr do sol encontrei-me na estrada principal junto de Briarbrae.

"Bem, esperei até que a estrada ficasse vazia — ela nunca é movimentada em momento algum, acredito — e escalei a cerca para entrar no terreno."

"Certamente o portão estava aberto!" exclamou Phelps.

"Sim, mas tenho um gosto peculiar nessas matérias. Escolhi o lugar onde crescem os três abetos e, protegido por eles, atravessei sem que houvesse a menor chance de alguém na casa me ver. Agachei-me entre os arbustos do outro lado e rastejei de um para outro — prova disso é o estado deplorável dos joelhos da minha calça — até chegar à moita de rododendros bem em frente à janela do seu quarto. Agachado ali, aguardei os acontecimentos.

O TRATADO NAVAL

"A persiana do seu quarto não estava abaixada, e pude ver Miss Harrison sentada lá, lendo junto à mesa. Eram dez e quinze quando ela fechou seu livro, cerrou a persiana e se retirou. Ouvi-a trancando a porta e tive certeza de que girara a chave na fechadura."

"A chave!" exclamou Phelps.

"Sim, eu dera a Miss Harrison instruções para trancar a porta por fora e levar a chave consigo quando fosse se deitar. Ela cumpriu todas as minhas ordens ao pé da letra e certamente sem sua cooperação o senhor não teria esse papel no bolso do paletó. Ela saiu, as luzes se apagaram e eu lá fiquei, agachado na moita de rododendros.

"Era uma bela noite, mesmo assim a vigília foi muito cansativa. Havia, é claro, o tipo de ansiedade que o caçador sente quando fica à beira do curso d'água à espera da caça graúda. Mas foi uma noite longa — quase tão longa, Watson, quanto aquela em que você e eu esperamos naquele quarto mortífero quando investigávamos o probleminha da Banda Malhada. Um relógio de igreja em Woking batia os quartos de hora, e mais de uma vez pensei que ele tivesse parado. Por fim, por volta das duas da manhã, ouvi de repente o som suave de um ferrolho sendo empurrado e o rangido de uma chave. Um instante depois a porta de serviço foi aberta e Mr. Joseph Harrison saiu ao luar.

"Joseph!" exclamou Phelps.

"Estava sem chapéu, mas tinha uma capa preta jogada sobre os ombros, de modo a poder esconder o rosto num instante se houvesse algum alarme. Caminhou na ponta dos pés à sombra da parede, e quando chegou à janela enfiou uma faca de lâmina comprida entre os caixilhos e empurrou o trinco. Escancarou a janela e, enfiando a faca nas fissuras da persiana, ergueu a tranca e abriu-a.

"Joseph Harrison saiu."
[Sidney Paget, *Strand Magazine*, 1893]

"De onde estava, tive uma visão perfeita do interior do quarto e de cada um de seus movimentos. Ele acendeu as duas velas que se encontravam sobre o aparador da lareira e em seguida passou a levantar o canto do tapete nas proximidades da porta. Logo se inclinou e retirou um quadrado de tábua, como os que costumam ser deixados para dar aos bombeiros acesso às juntas dos canos de gás. Este cobria, de fato, a junta em T de que sai o cano que abastece a cozinha, situada embaixo. Desse esconderijo[40] ele retirou aquele pequeno cilindro de papel, empurrou a tábua para o lugar, arrumou de novo o tapete, apagou as velas e caminhou diretamente para os meus braços, pois eu estava à sua espera junto da janela.

"Bem, o homem é muito mais perverso do que eu imaginava. Avançou sobre mim com sua faca e tive de derrubá-lo[41] duas vezes, e levei um corte nos nós dos dedos, antes de conseguir dominá-lo. Quando terminamos, ele me lançava olhares assassinos com o único olho com que podia enxergar, mas ouviu a voz da razão e entregou-me os papéis. De posse deles, deixei o sujeito escapar, mas telegrafei para Forbes esta manhã dando-lhe todos os detalhes. Se ele for rápido o bastante para agarrar a sua presa, muito bem. Mas se, como desconfio profundamente, encontrar o ninho vazio quando chegar lá, tanto melhor para o governo. Imagino que tanto Lord Holdhurst quanto Mr. Phelps ficariam muito mais satisfeitos se este caso nunca chegasse a um tribunal."

"Meu Deus!" disse nosso cliente, num arquejo. "Está me dizendo que durante estas longas dez semanas de agonia os papéis roubados estavam, o tempo todo, dentro daquele mesmo quarto comigo?"

"Exatamente."

"E Joseph! Joseph é um bandido, um ladrão!"

"Hum! Suspeito que o caráter de Joseph seja profundo e perigoso demais para que o julguemos pelas aparências. Pelo que fiquei sabendo esta manhã, entendi que ele perdeu muito especulando com ações, e está disposto a fazer qualquer coisa para melhorar sua situação. Sendo um homem absolutamente egoísta, quando uma oportunidade se apresentou não permitiu que a felicidade da irmã ou a reputação do senhor lhe detivessem a mão."

Percy Phelps afundou-se em sua poltrona.

"Minha cabeça está rodando", disse. "Suas palavras me deixaram zonzo."

"A principal dificuldade no seu caso", observou Holmes em sua maneira didática, "residia no fato de haver indícios demais. Os dados vitais estavam encobertos e escondidos pelos irrelevantes. Entre todos os fatos que se apresentavam a nós, era preciso selecionar os que considerávamos essenciais e depois reuni-los na devida ordem, de modo a reconstruir essa tão extraordinária cadeia de eventos. Eu já começara a desconfiar de Joseph quando o senhor me disse que pretendera viajar com ele aquela noite. Era portanto muito provável que, em seu caminho, ele passasse em seu escritório para pegá-lo, já que conhecia bem o Ministério.[42] Quando soube que alguém estivera tão aflito para entrar no seu quarto, em que ninguém além de Joseph teria podido esconder alguma coisa — o senhor nos contou em sua narrativa como o desalojara ao chegar com o médico —, todas as minhas desconfianças se transformaram em certezas, em especial porque a tentativa foi feita na primeira noite em que a enfermeira estava ausente, mostrando que o invasor estava bem a par do que se passava na casa."

"Como fui cego!"[43]

"Os fatos do caso, até onde pude deduzi-los, são os seguintes: esse Joseph Harrison entrou no Ministério pela porta de Charles Street, e, conhecendo o caminho, foi direto ao seu escritório assim que o senhor saiu. Não encontrando ninguém, prontamente tocou a campainha, e no instante em que o fez seus olhos deram com o papel sobre a mesa. Uma vista-d'olhos mostrou-lhe que o acaso pusera em seu caminho um documento de Estado de imenso valor, e num piscar de olhos ele o enfiou no bolso e partiu. Passaram-se alguns minutos, como o senhor se lembra, antes que o sonolento contínuo lhe chamasse a atenção para a campainha — foi tempo bastante para o ladrão escapar.

"Ele partiu para Woking no primeiro trem e, tendo examinado seu butim e se convencido de que tinha realmente imenso valor, escondeu-o no que julgou ser um lugar muito seguro, com a intenção de retirá-lo dali dentro de um ou dois dias e levá-lo para a embaixada francesa, ou para onde quer que lhe parecesse que obteria um bom preço. Sobreveio então seu súbito retorno. Quando menos esperava, foi despejado de seu quarto e, desse momento em diante, houve sempre pelo menos duas pessoas lá para impedi-lo de recuperar seu tesouro. A situação para ele deve ter sido de enlouquecer. Mas finalmente ele pensou ter encontrado sua chance. Tentou introduzir-se no seu quarto, mas o senhor estava acordado e frustrou-o. Talvez se lembre de que não tomou seu remédio usual aquela noite."

"Lembro-me."

"Imagino que ele havia tomado providências para tornar o medicamento eficaz e estava bastante seguro de encontrá-lo inconsciente. Compreendi, é claro, que repetiria a tentativa assim que pudesse fazê-lo com segurança. Deixando o quarto, o senhor lhe deu a oportunidade que queria. Mantive Miss Harrison lá o dia inteiro para que ele não pudesse se antecipar a nós. Depois, tendo lhe dado a ideia de que o terreno estava livre, montei guarda como descrevi. Já sabia que os papéis deviam estar no quarto, mas não tinha nenhum desejo de rebentar todo o assoalho e os rodapés à procura deles. Assim, deixei que ele os retirasse do esconderijo, poupando-me uma infinidade de trabalho. Há algum outro ponto que eu possa esclarecer?"

"Por que ele tentou a janela na primeira ocasião", perguntei, "quando poderia ter entrado pela porta?"

"Para chegar à porta ele teria de passar por sete quartos. Por outro lado, podia chegar facilmente ao gramado. Mais alguma coisa?"

"Não lhe parece", perguntou Phelps, "que ele não tinha nenhuma intenção homicida? A faca foi usada apenas como uma ferramenta."

"Há algum outro ponto que eu possa esclarecer?"
[Sidney Paget", *Strand Magazine*, 1893]

"É possível", respondeu Holmes, dando de ombros. "Só posso dizer com certeza que Mr. Joseph Harrison é um cavalheiro em cuja misericórdia eu relutaria extremamente em confiar."

 **Notas**

1. "The Naval Treaty" foi publicado em duas partes na *Strand Magazine* em outubro e novembro de 1893 e em *Harper's Weekly* (Nova York) em 14 e 21 de outubro de 1893.

2. Se por "especialista" deve-se entender detetive particular, Von Waldbaum ingressa no grupo de elite de apenas três outros "concorrentes" mencionados pelo nome no Cânone: Barker ("Mr. Josias Amberley"), Le Brun ("O cliente ilustre") e François Le Villard (*O Signo dos quatro*). Esses homens são todos, é claro, inferiores a Holmes: Barker (seu "odiado rival no litoral de Surrey") faz "apenas o que [Holmes] lhe ensinou" no caso que resolvem juntos; tudo que se sabe de Le Brun é que o barão Gruner ("O cliente ilustre") derrotou-o por completo; e Villard é descrito como "deficiente" mas venera Holmes.

3. Uma história intitulada "The adventure of the Second Stain" ["A segunda mancha"] foi registrada por Watson e publicada na *Strand Magazine* (dezembro de 1904) e *Collier's Weekly* (28 de janeiro de 1905). Podemos examiná-la em vão em busca de alguma menção a Fritz von Waldbaum ou a Monsieur Dubuque, ou do "envolvimento" de "tantas" das "famílias mais importantes do reino" (isto é, além da de Trelawney Hope). Para confundir ainda mais a questão, em "A face amarela" (publicada em fevereiro de 1893), Watson refere-se a uma "história da segunda mancha".

De maneira um tanto inconvincente, Anatole Chujoy afirma que a versão publicada de "A segunda mancha" foi editada por Holmes para eliminar a caçada de espiões que a seguiu. "Watson, é claro, não esperara que Holmes censurasse 'A segunda mancha'; ele nunca fizera isso antes. Por isso a aparente discrepância entre as referências à história em 'O tratado naval' e ela própria." Mas Chujoy não explica por que o conto que foi publicado teve lugar no outono (não em julho, como Watson declara aqui) e nele figura um Watson solteiro, morando em Baker Street. William S. Baring-Gould demole ainda mais a argumentação de Chujoy, observando que Watson foi inusitadamente específico com relação à data dessa "Segunda mancha", um esforço que parece supérfluo se estivesse tentando obscurecer os fatos reais. Parece portanto que, por mais improvável que isto soe, Holmes tratou de dois casos que envolviam a importância de uma segunda mancha.

4. David R. McCallister defende a ideia de que a "escola" era a British Public School of St. Mary's, em Winchester, comumente conhecida como Winchester College. Uma das "Clarendon's Schools" da elite, Winchester é a que mais bem corresponde às pistas dadas no Cânone, por sua localização, a ausência do *rugby* e a utilização do sistema de "Divisão" (que permitia que rapazes da mesma idade fossem separados em classes, como Phelps e Watson pareciam ser). McCallister reúne uma profusão de dados, inclusive a matrícula de vários Phelpses e Watsons ao longo dos anos, mas certamente o ponto mais interessante é sua sugestão de que Holmes se absteve de envolvimento público com o caso de "Jack o Estripador" por lealdade a Watson: o principal candidato da Scotland Yard para o papel do assassino foi Montague John Druitt, formado em Winchester. William S. Baring-Gould, em *Sherlock Holmes of Baker Street*, aponta o Wellington College, sem análise, ao passo que Ian McQueen sugere Winchester.

5. Nessa época, o Partido Conservador reinava supremo sobre a hierarquia política da Inglaterra, resultado de uma complicada história de ideologias, lealdades e até nomes. Os mais importantes partidos políticos britânicos, os *whigs* e os *tories*, desenvolveram-se no final do século XVII, durante a tentativa de excluir o duque de York (mais tarde Jaime II), um católico romano, da linha de sucessão. Os *whigs* presbiterianos opuseram-se ao duque e mais tarde defenderam um papel maior para o Parlamento; os *tories* apoiavam Jaime e acreditavam na monarquia por direito divino. À medida que o poder da monarquia diminuiu, os *whigs* passaram a representar os interesses dos proprietários de terras e comerciantes ricos; os *tories*, a pequena nobreza fundiária, a Igreja da Inglaterra e o isolacionismo britânico.

Os *tories* transformaram-se no Partido Conservador após 1830, quando John Wilson Croker qualificou a facção com essa expressão na *Quarterly Review*. (Os conservadores ainda podem ser chamados de *tories*, mas os *whigs* foram incorporados pelo Partido Liberal emergente — que finalmente se desintegrou e deu origem ao Partido Trabalhista no início do século XX.) Em desfavor numa época de anti-imperialismo, os conservadores suportaram um período de três décadas na obscuridade antes de serem trazidos de volta triunfantemente à proeminência pelo primeiro-ministro Benjamin Disraeli (1868, 1874-80), que viu a necessidade de o partido atingir uma população mais ampla e estimular a reforma social. Ele conseguiu isso em grande parte lutando pela aprovação do surpreendente (para os *tories* elitistas) Ato de Reforma de 1867, que mais do que dobrou o eleitorado, quando anteriormente apenas um em cada seis homens adultos estava apto a votar. O golpe de mestre de Disraeli — cortejar as classes média e trabalhadora — foi profusamente recompensado. Como relata A.N. Wilson, "o conservadorismo, de certo modo, foi o credo político dominante da segunda parte do reinado de Vitória".

6. O.F. Grazebrook, em seus *Studies in Sherlock Holmes, II: Politics and Premiers*, identifica Lord Holdhurst com o conservador Lord Salisbury, que era primeiro-ministro em 1888, quando os eventos de "O tratado naval" se passaram. (Ao todo, Salisbury serviu três mandatos de 1885 a 1902, e foi também ministro das Relações Exteriores quatro vezes.) Grazebrook reúne provas circunstanciais para provar sua tese, entre as quais a notoriedade de Salisbury por botas desmazeladas! A maioria dos estudiosos conclui que o "Lord Bellinger" disfarçado de "A segunda mancha" e "Lord Holdhurst" devem ser a mesma pessoa e optam por Salisbury para ambos. No entanto, Jon Lellenberg, citando documentos oficiais de governo, identifica conclusivamente Lord Bellinger como William Ewart Gladsdone, o liberal que foi primeiro-ministro quatro vezes. É difícil encaixar essa identificação com a descrição de Lord Holdhurst como um conservador. F.E. Morgan também discorda com a identificação de Lord Salisbury, argumentando que, em vez do Ministério das Relações Exteriores, o órgão envolvido foi na realidade o Almirantado, e "Salisbury" era Lord George Hamilton, First Lord do Almirantado.

7. Não é de admirar, pois o ambiente das "escolas públicas" inglesas — aquele bastião da classe alta e da boa educação — era notório por submeter seus pupilos a toda sorte de torturas da infância, e mais. Lutas e intimidações grassavam, e predominava uma atmosfera de autoritarismo que fomentava crueldades hierárquicas como chicotadas, bengaladas e molestamentos sexuais. Açoitando seus alunos, escreve o historiador Peter Gay, alguns diretores de escola estavam talvez "somente satisfazendo suas necessidades sexuais reprimidas sob o disfarce de castigar distração, maus hábitos de estudo, a falta a uma aula, um olhar insubordinado — ou pegavam a vara sem absolutamente nenhuma razão discernível". Diretores cujas indiscrições sexuais os dominavam com frequência eram silenciosamente solicitados a se "aposentar"; e muitas vezes parecia que as "escolas públicas" estavam menos empenhadas em educar seus alunos que em reprimir sua individualidade. A.N. Wilson observa, espantado: "Um dos mistérios da vida inglesa, desde a década de 1820 até os nossos dias, é por que pais sob outros aspectos bondosos se dispunham a confiar seus amados filhos aos rigores da educação dos internatos." Mas a literatura ganhou com o tormento do aluno dessas escolas. Wilson chega a escrever que a "história da escola" (*Tom Brown's Schooldays*, *Jane Eyre*, *Nicholas Nickleby* e outras) foi uma grande contribuição para as letras vitorianas, observando: "Não há tragédias elisabetanas ou jacobianas sobre a escola."

8. Lord Donegall traduz para pesquisadores "de além-mar": "O que isso significa é que seus amiguinhos perseguiam o jovem 'Tadpole' Phelps pelo pátio e o golpeavam com estacas de críquete — o que torna mais digno de nota que Percy tenha recorrido a John H. para seus percalços subsequentes!" (Para os que ainda estão confusos, uma baliza — no jogo de críquete — consiste em três estacas de madeira, cada uma com cerca de 60cm de altura e 2,5cm de largura. Dois pedaços de madeira menores, chamados ripas, são postos sobre as estacas. O jogador arremessa a bola em direção à baliza, tentando atingi-la de tal modo que as ripas caiam; o batedor defende a baliza brandindo seu bastão. Presumivelmente, o jovem Watson e seus amigos não usavam a baliza inteira, mas, como Donegall supõe, apenas as estacas, que, nas mãos de um aluno traquinas, poderiam parecer feitas sob medida para infligir danos.)

9. Vaso em que substâncias são destiladas ou decompostas por calor.

10. Nomeado em homenagem a Robert Bunsen, químico alemão que o introduziu (mas não o inventou) em 1855, o bico de Bunsen combina um tubo de metal oco com uma válvula na base que regula a entrada de ar. Gás inflamável e ar misturados são forçados a subir pelo tubo e então acesos para produzir uma chama quente. Os princípios sob o bico de Bunsen abriram caminho para a invenção do fogão e do forno a gás.

11. Um chinelo mole com biqueira pontuda, muitas vezes bordado e com sola de couro, proveniente da Pérsia (hoje Irã) ou da Turquia. Embora legendário, o uso que Holmes fazia do chinelo persa para guardar tabaco é mencionado apenas em "A casa vazia", "O cliente ilustre", "O Ritual Musgrave" e "O tratado naval".

12. Howard Brody sugere que esse "pequeno assassinato dos mais banais" é o envenenamento por ácido carbólico de Mary Sutherland, a infeliz datilógrafa de "Um caso de identidade", cuja história os cronologistas datam em algum momento pouco antes dos eventos de "O tratado naval".

13. Assim Holmes chamou a si mesmo em "Os fidalgos de Reigate".

14. Durante sua visita a Woking, um subúrbio residencial em Surrey, Holmes e Watson poderiam não só ter passado pelo primeiro crematório da Inglaterra (oficialmente inaugurado em 1885) como encontrado a construção de uma mesquita de futuro renome. O prédio foi erguido em 1889 para ser um instituto de cultura oriental, mas quando esses planos se frustraram, foi convertido numa mesquita em 1913, passando a atrair para Woking muçulmanos de toda a Grã-Bretanha.

15. O bigode de Watson volta a ser mencionado em "Charles Augustus Milverton" e "O círculo vermelho". Paget geralmente desenha um grosso bigode, ligeiramente afunilado nas pontas, um estilo adotado por David Burke e Edward Hardwicke nas produções do Cânone pela Granada Television. Nigel Bruce, em parelha com Basil Rathbone numa longa série da Fox and Universal Films nas décadas de 1930 e 1940, usou um bigode muito parecido.

16. Fletcher Pratt observa que um tratado secreto entre a Inglaterra e a Itália foi firmado em 1887.

17. É surpreendente que o Ministério das Relações Exteriores britânico não tivesse copiadoras. Embora o processo fotostático ainda não tivesse sido inventado, uma variedade de prensas copiadoras de letras, copiadoras de cilindro e banhos copiadores de letras haviam proliferado desde a patenteação de uma prensa copiadora por James Watt em 1780. Em *Les employés* (c.1830), uma história ambientada em Paris em 1823, Balzac escreveu sobre um funcionário público que levava um memorando manuscrito "a uma tipografia autográfica, onde obteve duas cópias impressas" e sobre um outro empregado de escritório que estava "pensando se não seria possível usar essas prensas autográficas para fazer o trabalho dos escreventes".

18. Em 1879, a Alemanha e a Áustria-Hungria criaram uma aliança secreta como tática defensiva contra a Rússia. A Itália juntou-se às duas em maio de 1882, movida pela ira contra a França por esta ter invadido a Tunísia, e assim nasceu a Tríplice Aliança. Nessa delicada coalizão (que veio por fim a incluir a Sérvia e a Romênia), a Itália foi sempre uma espécie de intrusa ambivalente, dada a sua rivalidade com a Áustria-Hungria em razão dos Bálcãs. Apesar disso, o tratado foi periodicamente renovado até

1914, quando a Itália, contrariando os termos da aliança, declarou neutralidade na Primeira Guerra Mundial e finalmente uniu-se aos aliados para se opor a seus antigos parceiros.

19. Embora o francês fosse a língua tradicional da diplomacia, é curioso que um tratado entre a Grã-Bretanha e a Itália fosse escrito em francês.

20. Nas edições americanas do Cânone, aparece a palavra "relógio" em vez de "igreja".

21. Havia dois relógios com carrilhão nas vizinhanças de Charles Street, explica Michael Harrison em *In the Footsteps of Sherlock Holmes* — o relógio da igreja de St. Margaret e o da abadia de Westminster. A poucos metros desses relógios, contudo, fica o Big Ben, cujos carrilhões abafam os vizinhos. "É extraordinário", observa Harrison, "não só que Phelps tenha mencionado o repique de 'uma igreja vizinha' quando tinha o Big Ben praticamente em cima de sua cabeça, mas que Holmes não tenha comentado isso."

22. O punho duro comum na época vitoriana. Não é que Holmes não tivesse uma caderneta (ver *O signo dos quatro*). Watson observa que o dr. Mortimer usou seu punho de maneira semelhante em *O cão dos Baskerville*, mas o contexto sugere que esse gesto lhe parecia um sinal de desmazelo e desleixo.

23. Seja como for, as atividades da mulher do contínuo, que andou correndo para lá e para cá pela rua, permanecem suspeitas. D. Martin Dakin dá tratos à bola sobre a questão e conclui que "seus movimentos estão inteiramente envoltos em mistério. Que fazia ela entre o momento em que fora à sala de Percy e aquele em que deixou o prédio? Obviamente não estava fazendo o café."

24. Esse não poderia ter sido o trem das 11 horas que Phelps pretendera pegar anteriormente. O roubo ocorreu pouco antes de um quarto para as 10 (Phelps nota os repiques), e depois disso Phelps e o contínuo revistaram o prédio — processo que deve ter levado de 15 minutos a meia hora: "A essa altura o alarme chegara à Scotland Yard." Depois do aparecimento do detetive Forbes, Phelps tomou com ele um *hansom* para a residência de Tangey, lá chegando "em meia hora". "Cerca de dez minutos depois" a faxineira apareceu. O exame da residência e o retorno à Scotland Yard devem ter tomado ao todo 45 minutos e a revista da própria Mrs. Tangey, mais 10 minutos. Em seguida Phelps foi escoltado a Waterloo. Portanto, na melhor das hipóteses, ele só poderia ter pegado um trem que partisse no mínimo uma hora e 15 minutos após os repiques, isto é, por volta das 11 e meia.

25. Surpreendentemente, ninguém sugeriu nenhum parentesco com os Ferrier de *Um estudo em vermelho*.

26. Os huguenotes eram protestantes franceses que sofreram constante perseguição ao longo dos séculos XVI e XVII. Um exemplo eloquente foi o massacre do Dia de São Bartolomeu, em que a tentativa de assassinato do líder huguenote Gaspard de

Coligny (ordenada por Catarina de Médicis, a mãe de Carlos IX) levou a uma conspiração real para matar todos os líderes huguenotes. O massacre saiu de controle e, de agosto a outubro de 1572, mais de 3.000 protestantes foram mortos só em Paris. (Segundo algumas estimativas, em toda a França foram mortos 70.000.) Em 1598, o Edito de Nantes de Henrique IV deu aos huguenotes certo grau de liberdade religiosa e política, mas quando Luís XIV o revogou, em 1685, mais de 400.000 huguenotes abandonaram a França e se refugiaram na Grã-Bretanha, na Prússia, nos Países Baixos e na América do Norte.

27. Os Coldstreams, também conhecidos como "Coalies", marcharam com o general George Monck sobre Londres em 2 de fevereiro de 1660 para ajudar a restaurar a monarquia depois que o governo de Richard Cromwell desmoronou. Segundo Mrs. Crighton Sellars em seu "Dr. Watson and the British Army", o Coldstream Guards foi "um dos mais famosos regimentos em todo o exército britânico. ... Seu serviço foi longo e sempre meritório." De fato, Sellars conjectura se Watson não teria inventado a associação do contínuo com esse regimento para caracterizá-lo como um homem acima de qualquer suspeita.

28. A rosa-musgosa [*moss rose*], intensamente fragrante, com flores grandes e muitas pétalas, é assim chamada porque as sépalas da flor e a haste parecem cobertas por um musgo verde ou avermelhado. Uma mutação da rosa-damascena e da *rosa centifolia* ou rosa-marroquina, a rosa-musgosa era particularmente apreciada na época vitoriana, seja em jardins, buquês ou arte decorativa.

29. Vernon Rendell observa que Holmes "ignora o fato elementar, para estudantes de história natural, de que a cor e o perfume não são 'supérfluos' nas flores. Eles têm o objetivo de atrair os insetos que as fertilizam e assim ajudam a produzir a semente."

30. Coincidência ou não, Holmes parece ter uma predileção por este número, fornecendo sete diferentes explicações dos fatos por trás de "As faias acobreadas" e sete diferentes planos para se dar uma olhadela no telegrama de Godfrey Staunton ("O atleta desaparecido").

31. [No original, *board-schools*.] Essas escolas eram prédios de tijolos vermelhos de três pavimentos situados no meio de pátios asfaltados e murados. Foram as primeiras escolas financiadas pelos contribuintes na Inglaterra (não confundir com as chamadas "escolas públicas", instituições privadas da elite como Eton, Harrow e Winchester, que, fundadas outrora para educar os pobres, haviam se transformado em santuários dos ricos, que faziam grandes esforços para excluir os pobres). Até a criação de um School Board, ou Conselho Escolar, para Londres, em 1870, as únicas organizações dedicadas a fornecer instrução às classes pobres de Londres eram a British and Foreign School Society, fundada em 1808, e a National Society, fundada em 1811, filiadas, respectivamente, às igrejas Anglicana e Não Conformista. Embora se empenhassem (com várias outras denominações religiosas) em dar instrução a crianças pobres — muitas vezes através das escolas dominicais, que não retiravam as crianças dos locais de trabalho —, as exigências de uma população em rápido crescimento mostraram-se acima de suas capacidades. Em 1871, somente 262.259 crianças, ou 39% da população em idade escolar estimada, podiam ser absorvidas pelas escolas públicas e das sociedades religiosas. Em outubro de 1881, o School Board para Londres havia incorporado mais 200.000 crianças, o que dava um número total de vagas suficiente para cerca de 500.000 crianças. Foi apenas em 1899, com a fundação do National Board of Education e a abolição do pagamento de mensalidades pelos pais, que a educação tornou-se compulsória e disponível para todas as crianças da Inglaterra. A eleição do School Board em 1870 foi revolucionária sob outros aspectos: mulheres que tivessem propriedades não só obtiveram direito ao voto como puderam se candidatar a membros do conselho. A dra. Elizabeth Garret, primeira médica na Inglaterra, foi eleita para o conselho com mais votos do que qualquer outro candidato.

32. O condado mais ao norte da Inglaterra era um território agreste, frio e distante, e sua população foi descrita na nona edição da *Encyclopaedia Britannica* como tipicamente "vigorosa e robusta, e raramente corpulenta. A maioria das pessoas tem olhos cinza, cabelo castanho e boa tez." Nenhum dos Harrison exibia as características físicas do nativo típico da Nortúmbria. Quem sabe eram espiões enviados para raptar o tratado?

33. Naquela época, o ônibus que levou Mrs. Tangey para casa devia ser uma carruagem fechada puxada por dois cavalos, com assentos para passageiros tanto no interior quanto sobre o teto. Embora um ônibus para oito passageiros com um motor de um só cilindro tenha sido construído na Alemanha em 1895, veículos motorizados só passaram a ser utilizados com esse fim numa escala considerável no início do século XX.

34. Nas edições americanas do Cânone, lê-se aqui "ontem" e não "hoje".

35. Watson talvez esteja comparando Holmes aqui com o "índio da tabacaria", ou a tradicional figura de madeira, em tamanho natural, que ficava do lado de fora das tabacarias. A prática de entalhar e exibir essas estátuas começou de fato na Inglaterra nos séculos XVIII e XIX, estando os indígenas americanos — que haviam introduzido o fumo aos exploradores e colonos ingleses — romântica e historicamente vinculados, na mente britânica, ao cultivo e ao gozo do fumo. Evidentemente, Watson podia ter visto "peles-vermelhas" genuínos, pois o Buffalo Bill's Wild West Show, em que figuravam dúzias e dúzias de nativos americanos, fazia frequentes temporadas em Londres.

36. Antes da impressão digital, havia o *Bertillonage*, ou sistema Bertillon, que tinha por finalidade classificar criminosos através de medidas físicas. O sistema foi criado por Alphonse Bertillon (1853-1914), que ingressou na polícia de Paris em 1879 e se tornou chefe de seu setor de identificação criminal. Inspirado pelo pai, que era antropólogo, Bertillon raciocinou que, embora um criminoso pudesse alterar sua aparência usando uma peruca, ou esconder sua identidade usando um pseudônimo, suas dimensões físicas eram praticamente inalteráveis. Sob o sistema Bertillon, os oficiais tiravam duas fotografias de cada suspeito, uma de frente e outra de perfil (muitas vezes se atribuem a Bertillon a popularização da fotografia do rosto do suspeito e a da cena do crime) e depois anotavam cuidadosamente numa ficha as dimensões precisas da cabeça do suspeito, de seus vários membros e prolongamentos, qualquer característica definidora do corpo, e, em particular, o formato da orelha. Ao todo eram tomadas 11 medidas. O sistema Bertillon foi oficialmente adotado na França em 1888, e seu uso espalhou-se rapidamente pelos departamentos de polícia de todo o mundo. Mas suas imperfeições foram demonstradas em 1903, quando se descobriu que dois suspeitos, um Will West e um William West — embora supostamente não tivessem nenhum parentesco —, possuíam medidas quase idênticas e, em consequência, haviam sido classificados como a mesma pessoa. Os dois West, no entanto, tinham impressões digitais diferentes. (Embora haja alguma discussão sobre o tema, parece provável que fossem de fato gêmeos idênticos.) Com relutância, Bertillon passou a incluir a impressão digital como um suplemento a seu sistema, prática que acabou substituindo a *Bertillonage* por completo. Ver também "Sherlock Holmes e a impressão digital", anexo a "O construtor de Norwood" (vol.3).

37. S.C. Roberts, incansável defensor da ideia de que Holmes estudou na Universidade de Oxford, salienta que ele teve várias conversas íntimas com Phelps (que fizera uma "brilhante carreira" em Cambridge), sem que fosse feita qualquer referência à faculdade. "Se Holmes tivesse realmente estudado em Cambridge, é quase inconcebível que nem ele nem Phelps tivessem mencionado a universidade que tinham em comum." Portanto, conclui Roberts, Holmes e Phelps devem ter frequentado universidades diferentes.

38. Presumivelmente, o antigo quarto de Watson, pois ele não morava mais em Baker Street.

39. Há referências canônicas aos esforços de Holmes em favor dos soberanos da Boêmia ("Escândalo na Boêmia"), Holanda ("Escândalo na Boêmia"), e Escandinávia ("O nobre solteirão" e "O problema final").

40. Como Joseph Harrison sabia do alçapão? Embora estivesse instalado no "alegre quarto", devia ser um sujeito muito esquisito para ter revistado o quarto ou deslocado o tapete sem objetivo.

41. James Holroyd sugere que Holmes pode ter derrubado Harrison *duas vezes* por razões outras que sua resistência. Sugere que, de fato, Holmes se irritara com o cumprimento que Harrison lhe fizera antes, ao dizer: "Percy passou a manhã toda perguntando pelos senhores. Ah, o pobre rapaz, ele se agarra a qualquer esperança!" A isto se pode acrescentar a resposta indelicada de Harrison à observação de Holmes sobre seu monograma: "Por um momento pensei que tinha feito algo de sagaz." Não espanta que o orgulhoso Holmes pudesse se sentir compelido a humilhar Harrison mais de uma vez e em mais de um sentido.

42. Harrison, é claro, teve tempo mais que suficiente para pegar o trem das 11 se cometeu o roubo a um quarto para as 10. Deve ter dito que esperou por Percy na estação e, quando ele não apareceu, supôs que estava trabalhando até mais tarde. Quando Phelps chegou em casa, todos tiveram de ser "tirados da cama" de modo que a expli-

O TRATADO NAVAL

cação de Harrison de que ele tivera de fazer um serão no trabalho aparentemente não havia causado nenhum alarme.

43. Este editor, numa especulação intitulada "From Prussia with Love: Contemplating 'The Naval Treaty'", salienta que se Phelps fosse mais observador poderia ter notado que Joseph e Annie não só tinham pouca semelhança com os verdadeiros nativos da Nortúmbria (seus supostos antepassados), como tinham menos semelhança ainda um com o outro. Holmes talvez tenha perdido a oportunidade de desmascarar os dois Harrison como agentes do governo imperial alemão, enviados precisamente para obter o precioso tratado. Posteriormente, Joseph Harrison tentou invadir o quarto de Phelps para *recolocar* o tratado no mesmo lugar, não para roubá-lo, de modo que o governo britânico não percebesse sua revelação.

O Problema Final[1]

Parafraseando Watson, foi consternados que os leitores da Strand Magazine começaram a ler o relato intitulado "O problema final", que pretendia incluir as "últimas palavras" do médico sobre Sherlock Holmes. A história deixou o público britânico atordoado, custou vinte mil assinantes à revista e levou a uma profusão de braçadeiras pretas. Watson manteve seu silêncio até 1901, oito anos após a publicação de "O problema final", quando publicou O cão dos Baskerville, mais uma reminiscência de Holmes. O leitor de hoje sabe que Holmes não havia morrido, como Watson evidentemente acreditava, ao final de sua narrativa, tendo de fato retornado a Londres em 1894. Por razões obscuras, Holmes negou-se a permitir a Watson revelar essa informação a seus leitores até 1903, quando o autorizou a contar o verdadeiro desfecho dos eventos de "O problema final" em conexão com seu relato de "A casa vazia", o primeiro caso do volume intitulado A volta de Sherlock Holmes. Mas "O problema final" é em si mesmo um drama excelente, com confrontações tensas e arrebatadoras entre Holmes e o professor Moriarty (reproduzidas com grande sucesso por William Gillette em sua peça teatral Sherlock Holmes e imitadas depois num sem-número de filmes). Como Moriarty, que alcançou um status quase legendário como a principal nêmesis de Holmes, aparece somente em "O problema final", "A casa vazia" e O Vale do Medo, as informações sobre ele contidas nesta história foram cuidadosamente garimpadas pelos estudiosos.

É consternado que pego da pena para escrever estas últimas palavras com que registrarei os singulares talentos pelos quais meu amigo Mr. Sherlock Holmes se distinguia.[2] De maneira desordenada e, sinto-o profundamente, de todo imprópria, esforcei-me por relatar de algum modo as estranhas experiências que tive em sua companhia, desde o acaso que nos uniu no período de *Um estudo em vermelho* até o momento de sua interferência na questão do "Tratado naval" — interferência que teve o efeito inquestionável de evitar grave complicação internacional. Era minha intenção parar ali e nada dizer do evento que gerou em minha vida um vazio que o transcurso de dois anos pouco fez para preencher. Minha mão foi forçada, no entanto, pelas cartas recentes em que o coronel James Moriarty defende a memória do irmão,³ e não tenho escolha senão expor os fatos diante do público exatamente como aconteceram. Somente eu conheço a verdade absoluta no assunto e estou convencido de que silenciá-la não servirá mais a nenhum bom propósito. Que eu saiba, só houve três relatos na imprensa: aquele publicado no *Journal de Genève* em 6 de maio de 1891, o comunicado da Reuter's⁴ nos jornais ingleses em 7 de maio e, por fim, as cartas recentes a que aludi. O primeiro e o segundo foram extremamente condensados,⁵ ao passo que as últimas são, como mostrarei agora, uma perversão absoluta dos fatos. Cabe a mim contar pela primeira vez o que realmente aconteceu entre o professor Moriarty e Mr. Sherlock Holmes.

Talvez o leitor se lembre de que após meu casamento e meu subsequente início na clínica privada, as relações muito íntimas que existiam entre mim e Holmes foram em certa medida modificadas. Ele ainda recorria a mim vez por outra, quando desejava uma companhia em suas investigações, mas essas ocasiões foram se tornando cada vez mais raras, de tal modo que constato que, no ano de 1890, só houve três casos de que conservo algum registro.⁶ Durante o inverno daquele ano e o início da primavera de 1891, li nos jornais que ele fora contratado pelo governo francês em razão de um assunto de suma importância, e recebi dois bilhetes seus enviados de Narbonne e Nîmes que me deram a entender que sua estada na França seria longa. Foi com alguma surpresa, portanto, que o vi adentrar meu consultório na tarde de 24 de abril. Tive a impressão de que estava mais pálido e magro que de costume.

"É verdade, tenho me esfalfado além da conta", ele observou em resposta a meu olhar e não às minhas palavras; "estive um pouco pressionado ultimamente. Tem alguma objeção a que eu feche a persiana?"

A única luz na sala vinha da lâmpada sobre a mesa a que eu estivera lendo. Holmes avançou grudado à parede e, após cerrar a persiana, aferrolhou-a firmemente.

"Está com medo de alguma coisa?" perguntei.

"Bem, estou."

"Do quê?"

"De pistolas de ar comprimido."⁷

"Meu caro Holmes, que quer dizer?"

"Acho que você me conhece bastante bem, Watson, para compreender que não sou de maneira alguma um homem nervoso. Ao mesmo tempo, é tolice, e não coragem, recusar-se a reconhecer o perigo quando ele está ao nosso lado. Poderia me ceder um fósforo?" Tragou a fumaça do cigarro como se a influência calmante lhe fosse agradável.

"Devo lhe pedir desculpas por vir tão tarde", disse ele, "e além disso lhe peço para quebrar as convenções a ponto de me deixar sair de sua casa daqui a pouco pulando o muro do seu quintal."[8]

"Mas que significa tudo isso?"

Ele estendeu a mão e vi à luz da lâmpada que tinha os nós de dois dedos escoriados e sangrando.

"Como vê, não é uma etérea ilusão", disse, sorrindo. "Ao contrário, é algo sólido o bastante para arrebentar a mão de um homem. Mrs. Watson está em casa?"

"Está fora, fazendo uma visita."

"É mesmo? Está sozinho?"

"Inteiramente."

"Isso torna mais fácil para mim propor-lhe que vá passar uma semana no Continente comigo."

"Onde?"

"Oh, em qualquer lugar. Para mim, dá no mesmo."

"Tinha os nós de dois dedos escoriados e sangrando."
[Sidney Paget, *Strand Magazine*, 1893]

Havia algo de muito estranho naquilo tudo. Não era da natureza de Holmes tirar férias sem quê nem pra quê, e alguma coisa no seu semblante pálido, abatido, me dizia que seus nervos estavam no mais alto grau de tensão. Ele leu a pergunta em meus olhos e, unindo as pontas dos dedos, os cotovelos nos joelhos, explicou a situação.

"Provavelmente nunca ouviu falar do professor Moriarty, não é?" perguntou.

"Nunca."[9]

"Veja só! Aí está a genialidade e o prodígio da coisa!" exclamou ele. "O homem permeia Londres e ninguém jamais ouviu falar dele. É isso que o põe num pináculo nos anais do crime. Eu lhe digo com toda a seriedade, Watson, que, se pudesse derrotar esse homem, se pudesse livrar a sociedade dele, a meus próprios olhos minha carreira teria atingido seu apogeu e eu me disporia a adotar um sistema de vida mais plácido. Cá entre nós, os casos recentes em que pude ser de algum auxílio à família real da Escandinávia e à república francesa deixaram-me em condições tais que eu poderia continuar vivendo da maneira sossegada que me é mais agradável[10] e concentrar a atenção nas minhas pesquisas químicas.[11] Mas não conseguiria descansar, Watson, não seria capaz de ficar sentado tranquilamente na minha cadeira, sabendo que um homem como o professor Moriarty anda impunemente pelas ruas de Londres."

"Mas que fez ele?"

"Sua carreira foi extraordinária. É um homem bem-nascido e de excelente formação intelectual, dotado pela natureza com fenomenal talento matemático. Aos vinte e um anos escreveu um tratado sobre o Teorema Binomial[12] que fez furor na Europa. Graças a ele, ganhou a cátedra de matemática em uma de nossas universidades menores, e, ao que tudo indicava, tinha uma carreira das mais brilhantes diante de si. Mas o homem apresentava tendências hereditárias da espécie mais diabólica. Corria-lhe no sangue uma tara criminal que, em vez de ser modificada, foi aumentada e tornada infinitamente mais perigosa por sua capacidade mental. Rumores soturnos passaram a circular em torno dele na cidade universitária, e ele acabou sendo compelido a renunciar à sua cátedra e a vir para Londres, onde se estabeleceu como professor particular para os exames de ingresso no corpo de oficiais do Exército. Até aí, sua história é bem conhecida, mas o que vou lhe contar agora é o que eu mesmo descobri.

"Como você sabe, Watson, não há quem conheça os círculos criminosos mais elevados de Londres tão bem como eu. Durante anos a fio percebi constantemente um poder por trás do malfeitor, uma grande capacidade organizadora que se interpõe sempre no caminho da lei e acoberta o bandido. Vezes sem conta, em casos dos mais variados tipos — falsificação, roubos, homicídios —, senti a presença dessa força e deduzi sua ação em muitos daqueles crimes não desvendados em que não fui pessoalmente consultado. Durante anos tentei romper o véu que a encobria, e por fim chegou o momento em que descobri o fio da meada e o segui, até que ele me levou, após mil voltas ardilosas, ao ex-professor Moriarty, o célebre matemático.

"Ele é o Napoleão do crime, Watson. É o organizador de metade do que se faz de errado e de quase tudo que passa despercebido nesta grande cidade. É um gênio, um pensador abstrato. Tem um cérebro de primeira ordem. Permanece estático, como uma aranha no centro de sua rede, mas essa rede tem mil radiações, e ele conhece cada palpitação de cada uma delas. Ele mesmo não faz muita coisa. Apenas planeja. Mas seus agentes são numerosos e esplendidamente organizados. Se há um crime a ser cometido, um documento a ser subtraído, digamos, uma casa a ser roubada, um homem a ser sequestrado — a informação é levada ao professor, o assunto é organizado e levado a cabo. O agente pode ser apanhado. Nesse caso encontra-se dinheiro para sua fiança ou sua defesa. Mas o poder central que usa o agente nunca é apanhado — nunca é sequer suspeitado. Essa foi a organização que eu deduzi, Watson, e a cujo desmascaramento e dissolução dediquei toda a minha energia.

"Mas o professor estava protegido por salvaguardas tão ardilosamente concebidas que, não importa o que eu fizesse, parecia impossível reunir provas capazes de condená-lo num tribunal. Você conhece meus poderes, Watson, e a despeito deles, ao cabo de três meses fui obrigado a confessar que encontrara por fim um antagonista que era, intelectualmente, meu igual. Meu horror diante de seus crimes empalideceu diante de minha admiração por sua perícia. Mas finalmente ele cometeu um erro — um errinho de nada, mas foi mais do que teria podido ousar quando eu estava tão próximo de agarrá-lo. Tive minha chance e, a partir desse ponto, teci minha rede em torno dele até que agora ela está prestes a se fechar. Em

O Problema Final

três dias — isto é, na próxima segunda-feira — as coisas estarão maduras, e o professor, como todos os principais membros de sua quadrilha, estará nas mãos da polícia. Depois virá o maior julgamento criminal do século, a elucidação de mais de quarenta mistérios e a forca para todos eles; mas se fizermos um movimento que seja prematuramente, você compreende, eles podem escapulir de nossas mãos até no último instante.

"Agora, se eu pudesse ter feito isso sem o conhecimento do professor Moriarty, não teria havido problema. Mas ele era astuto demais para isso. Viu cada passo que dei para cercá-lo. Inúmeras vezes tentou escapulir, mas eu sempre antecipava suas ações. Eu lhe digo, meu amigo, que se um relato detalhado dessa luta silenciosa fosse escrito, granjearia seu lugar como o mais brilhante duelo na história da detecção. Nunca fui tão competente, e nunca fui tão duramente pressionado por um adversário. Seus golpes foram mortais, mas consegui revidá-los. Esta manhã foram dados os últimos passos, e somente três dias seriam necessários para que o assunto fosse encerrado. Eu estava em minha sala refletindo sobre a questão quando a porta se abriu e vi o professor Moriarty diante de mim.

"Tenho nervos bastante resistentes, Watson, mas devo confessar que estremeci ao ver o homem que tanto ocupara meus pensamentos ali de pé, em pessoa, na soleira de minha sala. Sua aparência me era bastante familiar. Ele é extremamente alto e magro, a testa branca é protuberante e os olhos são profundamente encravados na cabeça. Escanhoado, pálido e de aparência ascética, conserva alguma coisa do professor em seus traços. Os ombros são descaídos por força de muito estudo e o rosto, projetado para a frente, não para de oscilar lentamente de um lado para outro de uma maneira curiosa, lembran-

"Vi o professor Moriarty diante de mim."
[Sidney Paget, *Strand Magazine*, 1893]

do um réptil. Examinou-me com grande curiosidade em seus olhos franzidos.

"'Tem menos desenvolvimento frontal[13] do que eu teria esperado', ele disse por fim. 'É um hábito perigoso manusear armas de fogo carregadas no bolso do roupão.'

"O fato é que, à sua entrada, eu reconhecera instantaneamente a situação de extremo perigo em que me encontrava. A única escapatória concebível para ele consistia em me silenciar. Num instante eu transferira o revólver da gaveta para o meu bolso e apontava para ele através do tecido.[14] Diante de sua observação, tirei a arma do bolso e depositei-a engatilhada sobre a mesa. Ele continuou a sorrir e a piscar, mas alguma coisa em seus olhos me deixou feliz por ter a arma ali.

"'O senhor evidentemente não me conhece', disse ele.

"'Pelo contrário', respondi, 'julgo ser bastante evidente que conheço. Por favor, queira se sentar. Posso ceder-lhe cinco minutos, se tem algo a dizer.'

"'Tudo que tenho a dizer já lhe cruzou a mente', disse ele.

"'Nesse caso, minha resposta já cruzou a sua', respondi.

"'Não vai ceder?'

"'Em absoluto.'

Ele enfiou a mão no bolso e eu peguei a pistola na mesa. Mas ele apenas tirou uma agenda em que escrevera algumas datas.

"'O senhor cruzou meu caminho no dia 4 de janeiro", disse. "No dia 23 incomodou-me; em meados de fevereiro fui seriamente importunado pelo senhor; no fim de março fui completamente estorvado em meus planos; e agora, no final de abril, sua constante perseguição me põe sob o risco real de perder minha liberdade. A situação está se tornando insustentável.'

"'Tem alguma sugestão a fazer?'

"'O senhor deve desistir, Mr. Holmes', disse ele, balançando a cabeça. 'Realmente deve, o senhor sabe.'

"'Depois de segunda-feira',[15] disse eu.

"'Ora, ora! Tenho certeza de que um homem com a sua inteligência verá que este negócio só pode ter um desfecho. O senhor tem de recuar. Tem agido de tal maneira que só me resta um recurso. Foi um prazer intelectual para mim ver o modo como enfrentou esta questão, e digo-lhe sinceramente que lamentaria ser forçado a tomar uma medida extrema. O senhor sorri, mas lhe asseguro de que realmente o faria.'

"'O perigo é parte do meu ofício', observei.

"'Isso não é perigo', respondeu ele. 'É destruição inevitável. O senhor está atrapalhando não apenas um indivíduo, mas uma organização poderosa, cuja plena magnitude, apesar de toda a sua esperteza, não foi capaz de compreender. Deve sair do caminho, Mr. Holmes, ou será pisoteado.'

"'Receio', disse eu, levantando-me, 'que no prazer desta conversa eu esteja negligenciando um negócio importante que me espera em outro lugar.'

"Ele também se levantou e contemplou-me em silêncio, sacudindo a cabeça tristemente.

"'Bem, bem', disse por fim. 'Parece uma pena, mas fiz o que podia. Conheço cada movimento de seu jogo. O senhor nada pode fazer antes de segunda-feira. Espera me levar ao banco dos réus. Garanto-lhe que nunca me sentarei ali. Espera me derrotar. Garanto-lhe que nunca me derrotará. Se for esperto o bastante para me destruir, fique certo de que retribuirei na mesma moeda.'

"'Fez-me vários elogios, Mr. Moriarty', respondi. 'Deixe-me fazer-lhe um em retribuição, dizendo-lhe que se tivesse certeza de destruí-lo, aceitaria alegremente ser destruído em benefício público.'

"'Posso lhe prometer uma coisa, mas não a outra', rosnou ele, e com essas palavras deu-me as costas encurvadas e saiu da sala, apertando os olhos e piscando.

"Essa foi a minha singular entrevista com o professor Moriarty. Confesso que ela causou efeito desagradável sobre mim. Sua maneira de falar suave e precisa dá uma impressão de sinceridade que um mero valentão não conseguiria produzir. Você dirá, é claro: 'Por que não tomar precauções policiais con-

"Deu-me as costas encurvadas."
[Sidney Paget, *Strand Magazine*, 1893]

tra ele?' A razão é que estou inteiramente convencido de que o golpe seria desferido por seus agentes. Tive a melhor das provas de que seria assim."

"Já foi atacado?"

"Meu caro Watson, o professor Moriarty não é homem de procrastinar. Saí por volta do meio-dia para tratar de alguns negócios em Oxford Street. Quando passei pela esquina de Bentinck Street com Welbeck Street, um carroção com dois cavalos desembestados passou zunindo por mim. Saltei para o passeio e me salvei por uma fração de segundo. O carroção tomou Marylebone Lane e desapareceu num instante. Depois disso, mantive-me na calçada, Watson, mas quando descia Vere Street um tijolo caiu do telhado de uma casa e se estilhaçou a meus pés. Chamei a polícia e o lugar foi examinado. Havia lajes e tijolos empilhados no telhado para reparos que seriam feitos, e quiseram me convencer de que o vento derrubara um deles. Claro que não acreditei, mas não pude provar nada. Depois disso tomei um carro de aluguel até o apartamento do meu irmão em Pall Mall, onde passei o dia. Agora vim vê-lo, e no caminho fui atacado por um sujeito com um cacete. Derrubei-o e a polícia o deteve; mas posso lhe afirmar com a mais absoluta certeza que nenhuma conexão jamais será encontrada entre o cavalheiro em cujos dentes da frente esfolei os nós dos meus dedos e o professor de matemática aposentado, que, aposto, está resolvendo problemas num quadro-negro a quinze quilômetros daqui. Você não se espantará, Watson, de que meu primeiro ato ao entrar em sua casa tenha sido fechar a persiana, e de que eu tenha sido obrigado a lhe pedir permissão para deixar sua casa por uma saída um pouco mais discreta que a porta da frente."

Muitas vezes admirei a coragem de meu amigo, mas nunca mais que naquele momento, quando ele desfiou tranquilamente uma série de incidentes que deviam ter se combinado para compor um dia de horror.

"Desfiou tranquilamente uma série de incidentes." [Harry C. Edwards, *McClure's Magazine*, 1893]

"Passará a noite aqui?" perguntei.

"Não, meu amigo, você poderia me julgar um hóspede perigoso. Tenho meus planos, e tudo correrá bem. As coisas foram tão longe que podem se mover sem a minha ajuda no que diz respeito à prisão dele, embora minha presença vá ser necessária para uma condenação. É óbvio, portanto, que o melhor que tenho a fazer é me ausentar pelos dias que restam antes que a polícia esteja livre para agir. Assim, seria um grande prazer para mim se você pudesse ir para o Continente comigo."

"A clínica está calma", respondi, "e tenho um vizinho prestativo. Gostaria de ir."

"E partir amanhã de manhã?"

"Se necessário."

"Oh, sim, é extremamente necessário. Portanto estas são as suas instruções e eu lhe peço, meu caro Watson, que as obedeça literalmente, pois agora você está jogando em parceria comigo contra o mais esperto trapaceiro e a mais poderosa associação criminosa da Europa. Agora ouça! Você despachará para Victoria toda a bagagem que pretenda levar, por um mensageiro de confiança, sem endereço. De manhã mandará chamar um *hansom*, mas instruirá seu criado a não tomar nem o primeiro nem o segundo que se apresentem. Saltará nesse *hansom* e seguirá para a extremidade de Lowther Arcade[16] contígua ao Strand, entregando o endereço ao cocheiro numa tira de papel, com um pedido de que ele não a jogue fora. Tenha pronto o dinheiro para pagar a corrida, e no instante em que seu carro parar, saia correndo pela Arcade, regulando o tempo de modo a chegar do outro lado às nove e um quarto. Encontrará um pequeno *brougham* esperando junto ao meio-fio, dirigido por um sujeito com uma grossa capa preta com um debrum vermelho na gola. Entre nele e chegará a Victoria a tempo de tomar o Expresso Continental."

"Onde o encontrarei?"

"Na estação. O segundo vagão de primeira classe a partir da frente estará reservado para nós."

"Então nós nos encontraremos no vagão?"

"Isso mesmo."

Foi em vão que pedi a Holmes que pernoitasse em minha casa. Ficou evidente para mim que ele pensava que poderia atrair problemas para o teto que o abrigasse, e que esse foi o motivo que o impeliu a partir. Com algumas palavras apressadas relativas aos nossos planos para o dia seguinte, ele se levantou e saiu comigo para o quintal. Pulou o muro que dá para Mortimer Street[17] e assobiou imediatamente para um *hansom* em que o ouvi se afastar.

De manhã, obedeci às injuções de Holmes ao pé da letra. Um *hansom* foi chamado com as precauções que impediriam que parecesse estar nos esperando, e segui logo após o desjejum para Lowther Arcade, que atravessei correndo tão depressa quanto pude. Um *brougham* esperava com um cocheiro corpulento enrolado numa capa escura; assim que embarquei, chicoteou o cavalo e disparou a toda para a estação Victoria. Quando lá apeei ele virou a carruagem e partiu de novo sem sequer olhar na minha direção.

Até aí tudo havia caminhado admiravelmente. Minha bagagem esperava por mim e não tive dificuldade em encontrar o vagão que Holmes indicara, tanto mais que era o único no trem com a tabuleta "Reservado". Minha única fonte de ansiedade foi o não aparecimento de Holmes. Segundo o

"Um *brougham* esperava com um cocheiro corpulento enrolado numa capa escura." [Harry C. Edwards, *McClure's Magazine*, 1893]

relógio da estação, faltavam apenas sete minutos para partirmos. Procurei em vão a figura esguia do meu amigo entre os grupos de viajantes e os que faziam seu bota-fora. Não havia sinal dele. Passei alguns minutos observando um venerável padre italiano que tentava fazer um carregador entender, com seu inglês estropiado, que sua bagagem devia ser despachada para Paris. Depois, tendo dado mais uma olhada à minha volta, retornei ao meu vagão, onde vi que o carregador, apesar da indicação, dera-me meu decrépito amigo italiano como companheiro de viagem. Como era inútil explicar-lhe que sua presença era uma invasão, porque meu italiano era ainda mais limitado que o inglês dele, dei de ombros resignadamente e continuei a olhar para fora com ansiedade, à procura do meu amigo. Fui tomado por um calafrio à ideia de que a ausência dele podia significar que sofrera algum golpe durante a noite. As portas já haviam sido fechadas e o apito soara quando…

"Meu decrépito amigo italiano"
[Sidney Paget, *Strand Magazine*, 1893]

"Meu caro Watson", disse uma voz, "você não se dignou sequer a me dar bom-dia."

Virei-me em incontrolável espanto. O idoso eclesiástico voltara o rosto para mim. Num instante as rugas alisaram-se, o nariz afastou-se do queixo, o lábio inferior deixou de pender e a boca de resmungar, os olhos opacos recobraram seu fogo, a figura encurvada se expandiu. Um segundo depois toda a armação desabou de novo, e Holmes desapareceu tão rapidamente como surgira.

"Deus do céu!" exclamei. "Que susto você me deu!"

"Todas as precauções continuam sendo necessárias", sussurrou ele. "Tenho razões para pensar que estão na nossa pista. Ah, lá vem o próprio Moriarty."

O trem já começara a se mover. Olhando para trás, vi um homem alto tentando abrir caminho furiosamente em meio à multidão e acenando a mão, como se desejasse fazer o trem parar. Mas era tarde demais, pois estávamos ganhando ímpeto rapidamente e, um instante depois, deixamos a estação para trás.[18]

"Com todas as nossas precauções, você vê que escapamos por um triz", disse Holmes, rindo. Levantou-se e, tirando a batina preta[19] e o chapéu que haviam composto seu disfarce, guardou-os numa maleta de mão.

"Viu o jornal da manhã, Watson?"

"Não."

"Então não soube do que houve em Baker Street?"

"Baker Street?"

"Puseram fogo no nosso apartamento a noite passada. Não houve grandes prejuízos."

"Céus, Holmes, isso é intolerável!"

"Devem ter perdido minha pista por completo depois que o homem do cacete foi preso. De outro modo, não poderiam ter imaginado que eu voltara para os meus aposentos. Evidentemente tomaram a precaução de vigiá-lo, e foi isso que trouxe Moriarty a Victoria. Você não teria cometido algum deslize na vinda?"

"Ah, lá vem o próprio Moriarty." [Harry C. Edwards, McClure's Magazine, 1893]

"Fiz exatamente o que você aconselhou."

"Encontrou seu *brougham*?"

"Encontrei, estava à espera."

"Não reconheceu seu cocheiro?"

"Não."

"Era meu irmão Mycroft.[20] Num caso como este, é uma vantagem movimentar-se sem precisar confiar num mercenário. Mas agora precisamos planejar o que faremos com Moriarty."

"Como este é um trem expresso e o barco viaja em conexão com ele, eu diria que nos livramos dele de maneira muito eficaz."

"Meu caro Watson, é evidente que você não compreendeu quando eu disse que esse homem pode ser situado no mesmo plano intelectual que eu. Fosse eu o perseguidor, você imagina que iria me deixar desconcertar por obstáculo tão insignificante? Por que, então, o depreciaria tanto?"

"Que fará ele?"

"O que eu faria."

"E o que você faria?"

"Usaria um especial."[21]

"Mas ele chegará atrasado."

"De maneira alguma. Este trem para em Canterbury; e o barco sempre sai com pelo menos um quarto de hora de atraso. Ele nos alcançará lá."

"Parece que nós é que somos os criminosos. Providenciemos para que seja preso ao chegar."

"Seria estragar o trabalho de três meses. Pegaríamos o peixe grande, mas os menores escapariam da rede por todos os lados. Na segunda-feira, prenderíamos todos eles. Não, uma detenção é inadmissível."

"Que fazer então?"

"Desceremos em Canterbury."

"E depois?"

"Bem, faremos uma viagem através do país até Newhaven e de lá seguiremos para Dieppe.[22] Mais uma vez, Moriarty fará o que eu faria. Ele irá para Paris,[23] localizará nossa bagagem e esperará por nós durante dois dias na estação.[24] Nesse meio-tempo nós nos presentearemos com um par de maletas de mão, estimularemos a indústria dos países por onde viajarmos e seguiremos tranquilamente para a Suíça, passando por Luxemburgo e Basileia."

Sou um viajante muito calejado para me permitir ficar seriamente incomodado pela perda de minha bagagem, mas confesso que fiquei aborrecido à ideia de ser obrigado a me esquivar e me esconder de um homem cuja ficha registrava infâmias indizíveis. Era patente, contudo, que Holmes compreendia a situação com mais clareza que eu.[25] Assim, descemos em Canterbury, para descobrir que teríamos de esperar uma hora antes de poder pegar um trem para Newhaven.

Eu ainda olhava, cheio de pesar, para o vagão bagageiro que desaparecia rapidamente levando meu guarda-roupa, quando Holmes puxou-me pela manga e apontou para os trilhos.

"Como vê, já está por aqui."

À distância, entre as matas de Kent subia uma nuvenzinha de fumaça. Um minuto depois um vagão com locomotiva pôde ser visto voando pela curva aberta que leva à estação. Mal tivemos tempo de tomar nosso lugar atrás de uma pilha de bagagem quando ele passou com estrépito e um rugido, jogando-nos um jato de ar quente no rosto.

"Lá vai ele", disse Holmes, enquanto víamos o vagão sacudir sobre os trilhos. "Como vê, há limites para a inteligência dele. Teria sido um *coup-de-maître*[26] se ele tivesse deduzido o que eu deduziria e agido de acordo."[27]

"Que teria ele feito se nos alcançasse?"

"Não pode haver a menor dúvida de que me faria um ataque homicida. Este é, no entanto, um jogo para dois. A questão agora é se devemos almoçar antes da hora aqui ou correr o risco de passar fome até chegarmos ao bufê de Newhaven."

Conseguimos chegar a Bruxelas aquela noite e passamos dois dias lá, viajando no terceiro para Estrasburgo.[28] Na segunda-feira de manhã Holmes telegrafou para a polícia de Londres e à noite encontramos uma resposta à nossa espera no hotel. Holmes rasgou o envelope e, soltando uma praga, jogou-o na lareira.

"Eu devia ter adivinhado!" gemeu. "Ele fugiu!"

"Moriarty?"

"Detiveram a quadrilha inteira com exceção dele.[29] Ele lhes escapou. É claro que, tendo eu deixado o país, não havia ninguém para enfrentá-lo. Mas achei que havia posto o jogo nas mãos deles. Penso que seria melhor você voltar para a Inglaterra, Watson."

"Ele passou com estrépito e um rugido."
[Sidney Paget, *Strand Magazine*, 1893]

"Por quê?"

"Porque passarei a ser uma companhia perigosa. Esse homem não tem mais ocupação. Se voltar a Londres, está perdido. Se conheço bem o caráter dele, dedicará todas as suas energias a se vingar de mim. Disse isso em nossa breve entrevista e acho que falava sério. Eu certamente lhe recomendaria voltar para a sua clientela."

Esse apelo tinha poucas chances de sucesso junto a um velho companheiro, além de velho amigo. Passamos meia hora na *salle-à-manger*[30] de Estrasburgo discutindo a questão, mas na mesma noite recomeçáramos nossa viagem e estávamos a caminho de Genebra.[31]

Durante uma semana encantadora perambulamos pelo vale do Ródano e depois, desviando-nos em Leuk, transpusemos o passo Gemmi,[32] ainda coberto por espessa camada de neve, e assim, passando por Interlaken, chegamos a Meiringen. Foi uma viagem agradabilíssima,[33] o delicioso verde da primavera embaixo, a neve virginal do inverno no alto; mas estava claro para mim que nunca, nem por um instante, Holmes esquecia a sombra que pairava sobre ele. Nas singelas aldeias alpinas ou nos desfiladeiros solitários das montanhas, eu sabia pela rapidez dos seus olhares e seu atento escrutínio de cada rosto que passava por nós que ele estava plenamente convencido de que, aonde quer que fôssemos, não podíamos nos livrar do perigo que nos perseguia.

Uma vez, eu me lembro, quando passávamos pelo Gemmi e caminhávamos pela margem do melancólico Daubensee, uma grande pedra que se deslocara do penhasco à nossa direita caiu com estrondo e rolou para o lago atrás de nós. Num instante Holmes escalou correndo o penhasco e, de pé sobre um pináculo elevado, virou o pescoço em todas as direções. Foi em vão que nosso guia lhe assegurou que a queda de pedras era um fato corriqueiro naquele ponto durante a primavera. Ele nada disse, mas sorriu para mim com a expressão de um homem que vê se cumprirem todas as suas expectativas.

Apesar de sua vigilância, contudo, ele nunca se mostrava deprimido. Ao contrário. Não me lembro de tê-lo visto em tão exuberante bom humor. Reiterou inúmeras vezes que, se pudesse ter certeza de que a sociedade ficaria livre do professor Moriarty, poria fim à sua própria carreira alegremente.

"Parece-me, Watson, que posso mesmo dizer que não vivi inteiramente em vão", comentou. "Se minha folha de serviço fosse encerrada esta noite, eu ainda poderia examiná-la com equanimidade. O ar de Londres ficou mais puro graças à minha presença. Em mais de mil casos tenho

"Uma grande pedra caiu com estrondo e rolou para o lago atrás de nós." [Harry C. Edwards, *McClure's Magazine*, 1893]

consciência de que jamais usei meus talentos do lado errado. Ultimamente venho me sentindo tentado a considerar os problemas fornecidos pela natureza, em vez daqueles mais superficiais pelos quais nossa sociedade artificial é responsável. Suas memórias serão concluídas, Watson, no dia em que eu coroar minha carreira com a captura ou a eliminação do mais perigoso e capaz criminoso da Europa."

Serei breve, mas ainda assim exato, no pouco que ainda tenho para contar. Não é um assunto em que me alongaria de bom grado, mas tenho consciência de estar no dever de não omitir nenhum detalhe.

Foi no dia 3 de maio que chegamos ao vilarejo de Meiringen, onde nos instalamos no Englischer Hof,[34] então dirigido por Peter Steiler, o velho. Nosso anfitrião era um homem inteligente e falava um excelente inglês, tendo trabalhado por três anos como garçom no Grosvenor Hotel[35] em Londres. A conselho dele, na tarde do dia 4 partimos juntos com a intenção de cruzar os morros e passar a noite na aldeola de Rosenlaui. Recebemos injunções estritas, contudo, para não passar de maneira alguma pela catarata de Reichenbach, que fica a meio caminho sobre os morros, sem fazer um pequeno desvio para vê-la.[36]

Na verdade, é um lugar assustador. A torrente, engrossada pela neve derretida, arremete num abismo tremendo, do qual o borrifo se eleva enroscando-se, como a fumaça de uma casa em chamas. O poço em que o rio se lança é uma cavidade imensa, cercada por pedras cintilantes, negras como carvão, que se estreitam num buraco espumante, fervente, de profundidade incalculável, que transborda e projeta a torrente por sobre seus lábios dentados. O bramido do longo e perene jorro de água verde e o silvo da trêmula e espessa cortina de borrifo que se levanta deixam um homem zonzo com seu constante turbilhão e clamor. Postamo-nos perto da borda, contemplando a cintilação da água que desabava, muito abaixo de nós, contra as pedras negras, e ouvindo o grito semi-humano que subia do abismo com o borrifo.

"Um garoto suíço com uma carta na mão" [Harry C. Edwards, McClure's Magazine, 1893]

Uma trilha contorna a catarata até a metade, para permitir uma vista completa,[37] mas termina abruptamente e o viajante tem de voltar por onde veio. Havíamos nos virado para fazê-lo, quando vimos um garoto suíço chegar correndo por ela com uma carta na mão. Ela tinha o timbre do hotel que acabáramos de deixar e era endereçada a mim pelo hoteleiro. Dizia que, minutos após a nossa partida, chegara uma senhora inglesa nos últimos estágios da consumpção.[38] Ela passara o inverno em Davos Platz e agora viajava para se encontrar com amigos em Lucerna quando uma súbita hemorragia a surpreendera. Pensava-se que dificilmente viveria mais do que algumas horas, mas seria um grande consolo para ela ver um médico inglês, e se eu tivesse a bondade de retornar etc. O bom Steiler me garantia num pós-escrito que ele mesmo veria minha aquiescência como um grande favor, pois a dama se recusava terminantemente a ser atendida por um médico suíço e ele se sentia sob grande responsabilidade.

Um apelo como aquele não podia ser desprezado. Era impossível não atender ao chamado de uma compatriota que morria numa terra estrangeira.

Tive escrúpulos, porém, quanto a deixar Holmes. Finalmente concordamos, no entanto, que ele conservaria o mensageiro suíço a seu lado como guia e companheiro enquanto eu retornava a Meiringen. Meu amigo ficaria por mais um tempinho na catarata, disse ele, e depois transporia devagar o morro até Rosenlaui, onde eu me encontraria com ele à tarde. Virando-me, vi Holmes encostado numa pedra, os braços cruzados, contemplando o ímpeto das águas. Era a última visão que eu teria dele neste mundo.

"Vi Holmes contemplando o ímpeto das águas."
[Sidney Paget, *Strand Magazine*, 1893]

Quando me encontrava quase no fim da descida, olhei para trás. Era impossível, daquela posição, ver a catarata, mas divisei a estradinha sinuosa que contorna os ombros do morro e leva até ela. Nela, eu me lembro, avistei um homem andando muito depressa.

Pude ver sua figura negra claramente delineada contra o verde atrás dele. Notei-o, e a energia com que andava, mas na pressa de chegar tirei-o da cabeça.

Devia passar um pouco de uma hora quando cheguei a Meiringen. O velho Steiler estava na varanda de seu hotel.

"Bem", disse eu, chegando afobado, "espero que ela não tenha piorado."

Um olhar de surpresa perpassou seu rosto, e ao primeiro estremecimento de suas sobrancelhas meu coração virou chumbo em meu peito.

"Não escreveu isto?" perguntei, puxando a carta do bolso. "Não há nenhuma inglesa doente no hotel?"

"É claro que não!" exclamou ele. "Mas o papel tem nosso timbre! Ah, isso deve ter sido escrito por aquele inglês alto que esteve aqui depois que os senhores partiram. Ele disse…"

Mas não esperei nenhuma explicação do hoteleiro. Apavorado, já corria pela rua do vilarejo e tomava o caminho que trilhara havia tão pouco tempo. Eu levara uma hora para descer. Apesar de todos os meus esforços, mais duas se passaram antes que eu me visse de novo na catarata de Reichenbach.[39] Lá estava o bastão de alpinista de Holmes, ainda apoiado contra a rocha junto à qual eu o deixara. Mas não havia sinal dele e foi em vão que gritei. A única resposta que obtive foi minha própria voz reverberando num eco ribombante dos penhascos à minha volta.

Foi a visão daquele bastão que me deixou gélido e nauseado. Então ele não fora para Resenlaui. Permanecera naquela trilha de noventa centímetros de largura, com uma rocha a prumo de um lado e o abismo a prumo de outro, até ser alcançando pelo inimigo. O jovem suíço também desaparecera. Provavelmente fora pago por Moriarty e deixara os dois homens juntos. Mas o que teria acontecido depois? Quem poderia nos dizer o que acontecera depois?

Fiquei tão aturdido com o horror daquilo que demorei um ou dois minutos para me controlar. Em seguida comecei a pensar nos métodos do próprio Holmes e a tentar aplicá-los na interpretação de sua tragédia. Mas, ai de mim, isso foi fácil demais! Durante nossa conversa não havíamos ido até o fim da trilha, e o bastão marcava o ponto em que ficáramos parados. A terra negra está sempre mole graças aos borrifos incessantes, até um passarinho deixaria seus passos sobre ela. Duas linhas de pegadas estavam claramente delineadas ao longo da extremidade final da trilha, ambas afastando-se de mim. A poucos metros do fim, o solo estava todo pisoteado num trecho de lama, e as sarças e samambaias que margeavam o abismo, quebradas e enlameadas. Deitei-me de bruços, tentando espreitar por entre os borrifos que me envolviam. Escurecera desde que eu saíra e agora eu só conseguia perceber aqui e ali a cintilação da umidade nas pedras negras, e lá embaixo, no fim do poço, o brilho da água agitada. Gritei; mas só aquele mesmo grito semi-humano da catarata me chegou de volta aos ouvidos.

Quis o destino, porém, que eu recebesse, afinal de contas, uma última palavra de saudação de meu amigo e camarada. Eu disse que seu bastão de alpinista fora deixado contra um rochedo que se projetava na trilha. Do alto desse penedo o lampejo de alguma coisa atraiu-me os olhos, e levantando a mão descobri que ele vinha da cigarreira de prata que Holmes costumava levar consigo. Quando a peguei, um quadradinho de papel sobre o qual estivera pousada voou até o chão. Desdobrando-o, constatei que consistia de três folhas arrancadas de sua caderneta e dirigidas a mim. Era típico do homem que o endereço fosse tão preciso, e a letra tão firme e clara, como se tivessem sido escritos em seu gabinete.

"Um quadradinho de papel voou até o chão." [Sidney Paget, *Strand Magazine*, 1893]

Meu caro Watson,
Escrevo-lhe estas poucas linhas graças à cortesia de Mr. Moriarty, que espera que eu esteja pronto para a discussão final das questões que se interpõem entre nós. Ele acaba de me dar um resumo dos métodos pelos quais evitou a polícia inglesa e se manteve a par de nossos movimentos. Eles sem dúvida confirmam a elevada opinião que eu formara de suas capacidades. É um prazer pensar que serei capaz de livrar a sociedade de quaisquer efeitos ulteriores de sua presença, embora tema que isso vá custar o sofrimento de meus amigos,[40] especialmente o seu, meu caro Watson. Já lhe expliquei, contudo, que minha carreira atingiu de todo modo um ponto crítico, e nenhuma conclusão possível para ela me poderia ser mais agradável que esta. Na verdade, para ser inteiramente franco com você, eu tinha certeza de que a carta de Meiringen era um embuste, e permiti que partisse convencido de que algum desdobramento deste tipo se seguiria. Diga ao inspetor Patterson[41] que os papéis de que ele precisa para condenar a quadrilha estão no escaninho M., num envelope azul em que se lê "Moriarty". Dispus de todos os meus bens[42]

A morte de Sherlock Holmes
[Sidney Paget, *Strand Magazine*, 1893]

em testamento antes de deixar a Inglaterra e entreguei-o a meu irmão Mycroft. Por favor apresente meus cumprimentos a Mrs. Watson e creia-me, meu caro companheiro,

sinceramente seu,
SHERLOCK HOLMES

Algumas palavras talvez bastem para contar o pouco que resta. Um exame levado a cabo por peritos deixa pouca dúvida de que uma luta física entre os dois homens terminou, como era praticamente inevitável naquela situação, na queda de ambos, agarrados um ao outro. Qualquer tentativa de encontrar os corpos seria absolutamente inútil,[43] e lá, no fundo daquele medonho caldeirão de água em torvelinho e espuma fervilhante, haverão de jazer para sempre o mais perigoso criminoso e o mais eminente defensor da lei em sua geração. O rapaz suíço nunca mais foi encontrado e não pode haver dúvida de que era um dos numerosos agentes que Moriarty mantinha a seu serviço. Quanto à quadrilha, o público certamente se lembra de como as provas que Holmes acumulara desmascararam por completo sua organização e de com que intensidade a mão do morto pesou sobre eles.[44] Sobre seu terrível chefe, poucos detalhes emergiram ao longo do processo, e, se fui compelido agora a fazer um claro balanço de sua carreira, isso se deveu àqueles defensores imprudentes que tentaram limpar sua memória lançando ataques sobre quem sempre verei como o melhor e o mais sábio homem que conheci.[45]

"Uma luta física entre os dois homens terminou na queda de ambos, agarrados um ao outro." [Harry C. Edwards, *McClure's Magazine*, 1893]

ANEXO
Revisões de "O problema final"

"O problema final", observa Nicholas Utechin em "The Importance of 'The Final Problem'", "provavelmente deu origem a mais discussões entre os holmesianos que qualquer outro conto no Cânone." Como seria de esperar, muitas teorias radicais são propostas para explicar as incoerências e os eventos ilógicos do conto:

Moriarty é imaginário. Primeiro, há a escola "Moriarty é imaginário": Benjamin S. Clark, em "The Final Problem", propõe que Holmes encenou todo o caso com o objetivo de obter uma pausa de três anos para se tratar de seu vício das drogas. O ensaio de Irving L. Jaffee, "The Final Problem", em seu livro *Elementary My Dear Watson*, afirma que Holmes imaginou Moriarty e viajou até a catarata com a intenção de se suicidar. A.G. MacDonnell, em "Mr. Moriarty", conclui que Moriarty foi inventado por Holmes para explicar seu insucesso num crescente número de casos; como seu ego não lhe permitia admitir que criminosos comuns lhe haviam passado a perna, Holmes inventou um mestre do crime. T.S. Blakeney refuta com certa minúcia a hipótese proposta por um "eminente escritor cujo nome não pode ser divulgado", segundo a qual Holmes e Moriarty eram a mesma pessoa.

Bruce Kennedy tem duas diferentes teorias: em "Problems with 'The Final Problem'", sugere que Holmes inventou toda a história para tirar três anos de férias; em "A Tribute, Though Not Necessarily Glowing, to the Napoleon of Crime", sustenta que Watson criou o caso todo, a pedido do coronel James Moriarty, para imortalizar seu irmão, que morrera salvando a vida de Holmes!

Jerry Neal Williamson conclui que o professor James "Moriarty" era de fato o professor James Holmes, um irmão mais velho de Sherlock, nascido entre ele e Mycroft ("There Was Something Very Strange"). "A fuga da Inglaterra deve ter sido executada para dar a James uma chance de escapar com vida … . Atuando como um chamariz, Sherlock Holmes 'fugiu', desapareceu, e passou a viver do dinheiro do irmão honesto [Mycroft] até que a quadrilha foi desbaratada e James tornou-se um homem livre, mas arrasado. Assim como encontrou compaixão para com James Ryder, o detetive encontrou compaixão para com seu irmão criminoso."

Talvez de maneira mais plausível, em "Geopolitics and Reichenbach Falls", Frederick J. Crosson sugere que Holmes inventou a história de Moriarty para encobrir uma missão diplomática secreta que precisava empreender. Que o professor é imaginário é também a conclusão de T.F. Foss em "The Man They Called 'Ho', Plus the Butcher Also", que conclui que os irmãos Holmes e Watson inventaram a história para dar realce a Holmes.

Moriarty é inocente. A escola "Moriarty é inocente" é talvez aparentada com a concepção "Moriarty é imaginário". Em "The Peculiar Persecution of Professor Moriarty", Daniel Moriarty (!) sugere que Holmes perseguiu Moriarty por vingança, porque este o proibira de cortejar sua filha. Nicholas Meyer, em *The Seven Per-Cent Solution*, talvez o mais famoso pastiche holmesiano, imagina Moriarty como o tutor de Holmes em sua infância, o sedutor de sua mãe, sobre quem ele projeta uma fantasia de criminalidade. Mary Jaffee, em "Yes, Dear Little Medea, There Was and Is a Professor Moriarty", sustenta que Moriarty era um circunstante inteiramente inocente, morto por Holmes na catarata de Reichenbach enquanto o detetive estava doido de cocaína; ainda segundo ele, a reputação de Moriarty foi espalhada para preservar a vida de Holmes.

Moriarty está vivo. Em seguida há a escola "Moriarty está vivo". Em "The Holmes-Moriarty Duel", Eustace Portugal faz uma cuidadosa demonstração de que Holmes morreu na catarata e Moriarty tomou seu lugar. Kenneth Clark Reeler, em "Well Then, About That Chasm...", sugere que Moriarty nunca esteve na catarata, tendo vivido para se confrontar com Holmes mais tarde em *O Vale do Medo*, que Reeler data de depois do hiato. Em "A Game at Which Two Can Play: A Reichenbach Rumination", Auberon Redfearn conclui que Moriarty escapou da morte porque sua capa preta (Watson percebe apenas uma "figura negra", mas uma capa ou manto preto é o traje padrão dos vilões) funcionou como um paraquedas até ele se agarrar num galho, permitindo a Moran salvá-lo. Roger Mortimore, em "Lying Detective", propõe que Holmes matou o homem errado na catarata de Reichenbach e que Moriarty assumiu uma nova identidade — coronel Sebastian Moran. Jason Rouby revela, em "A Confidential Communication", que Holmes deixou Moriarty escapar e este mais tarde conseguiu se reabilitar moralmente e, adotando o nome J. Edgar Hoover, fez carreira na imposição da lei nos Estados Unidos. C. Arnold Johnson, em "An East

Wind", conclui que Moriarty retornou a Londres como Fu Manchu, ao passo que William Leonard ("Re: Vampires") sugere que Moriarty era na verdade o conde Drácula, tendo assim sobrevivido à queda. Robert Pasley, em "The Return of Moriarty", e o rev. Wayne Wall ("The Satanic Motif in Moriarty") afirmam que Moriarty era o Demônio encarnado e por isso não podia ser morto.

Holmes é culpado. Segundo uma escola muito difundida, "Holmes planejou tudo". A ideia foi primeiro sugerida por Walter P. Armstrong Jr. ("The Truth About Sherlock Holmes"), que propõe que nem Holmes nem Watson se deixaram enganar pelo bilhete de Moriarty e que Holmes, tendo previsto uma confrontação, contava se valer de seu conhecimento de *baritsu**. Uma visão semelhante é expressa por W.S. Bristoew em "The Truth About Moriarty" e por Gordon R. Speck em "Holmes, Heroics, Hiatus: A Man to Match Swiss Mountains".

Albert e Myrna Silverstein, em "Concerning the Extraordinary Events at the Reichenbach Falls", expressam a ideia mais sombria de que, sobretudo por não ter conseguido obter provas suficientes para condenar Moriarty, Holmes instigou-o a segui-lo até a catarata com a intenção expressa de matá-lo. Em "The Supreme Struggle", Nicholas Utechin escreve: "O ex-professor de 56 anos, ex-instrutor para exames militares e arquicriminoso arruinado provavelmente sequer chegou a ver seu atacante [Sherlock Holmes] antes de ser lançado rodopiando para uma morte instantânea desfiladeiro abaixo."

Holmes matou o homem errado. Em "The Unknown Moriarty", Larry Waggoner afirma que foi apenas um parente, primo ou irmão, de Moriarty que foi arremessado no caldeirão. Marvin Grasse, em "Who Killed Holmes?", sugere que Watson e Mycroft jogaram o próprio Holmes na catarata, ao passo que Tony Medawar sustenta, em "The Final Solution", que Watson tratou de fazer isso, sozinho, depois que Moriarty fracassou. Page Heldenbrand, no herético "The Duplicity of Sherlock Holmes", conclui que o detetive tinha um encontro marcado com Irene Adler na catarata e que ela caiu no abismo, talvez se suicidando.

---

* Segundo a Wikipedia, talvez a mais famosa arte marcial fictícia. (N.T.)

A fé dos fundamentalistas. Finalmente, há a escola fundamentalista, que aceita que Holmes realmente morreu na catarata. Anthony Boucher, em "Was the Later Holmes an Imposter?" sugere que, depois da morte de Holmes, Mycroft o substituiu pelo seu sobrinho "Sherrinford". Na que foi talvez a primeira teoria publicada, monsenhor Ronald A. Knox, em seu seminal "Studies in the Literature of Sherlock Holmes", sustenta que todo o Cânone pós-Reichenbach foi inventado por Watson para suplementar seus rendimentos.

Notas

1. "The Final Problem" foi publicado na *Strand Magazine* em dezembro de 1893, na *Strand Magazine* (Nova York) no número de Natal de 1893, e em vários jornais americanos no final de novembro e início de dezembro de 1893.

2. Christopher Morley, em *Sherlock Holmes and Dr. Watson: a Textbook of Friendship*, primeira coletânea de histórias anotadas de Sherlock Holmes, escreve: "Leitores devotados raramente levaram tamanho choque como com as palavras de abertura desta história quando publicada pela primeira vez..."

3. Observe-se que o nome de batismo de Moriarty nunca é mencionado em "O problema final", embora em "A casa vazia" Holmes fale do professor James Moriarty, curiosamente o mesmo prenome de seu irmão. Ver "A casa vazia" (vol.3).

4. A Reuter's Telegram Company foi fundada em Londres em outubro de 1851 por um jovem funcionário de banco alemão chamado Paul Julius Reuters. Dois anos antes, Reuters havia usado tanto a telegrafia quanto pombos-correios para transmitir cotações da bolsa de valores entre Bruxelas e Aachen, na Alemanha. Seu mais novo empreendimento abandonou os pombos-correios, tirando partido do cabo Londres-Calais para comunicar preços de ações entre Londres e Paris. Logo a Reuter's Telegram Company, que se tornou conhecida como Reuters, expandira-se espetacularmente, transmitindo notícias através da Inglaterra e de toda a Europa. Em 1865, a Reuters tinha tal reputação e competência que foi a primeira organização noticiosa da Europa a transmitir a notícia do assassinato do presidente Lincoln. Não admira que tenha sido dos poucos órgãos a informar sobre Holmes e Moriarty.

5. Como salienta Bert Coules, roteirista-chefe da mais recente série de rádio da BBC sobre Sherlock Holmes, por mais "extremamente condensados" que fossem os relatos, a notícia da morte de uma figura tão famosa quanto Holmes devia ter suscitado um enorme clamor popular. No entanto, até hoje não se registrou nenhum, levando-nos a nos perguntar se esses outros relatos não concluíam também, de algum modo, que Holmes ainda vivia. Coules especula que Watson talvez tenha orquestrado algum tipo de cobertura da mídia com relação à morte de Holmes; afinal, "o tom da abertura e da conclusão da peça está certamente de acordo com a primeira revelação de uma notícia devastadora, e não com a amplificação de fatos já conhecidos".

6. Não está claro quais são os três casos que Watson tem em mente. Ver Quadro cronológico.

7. O primeiro exemplo conhecido de arma que usava ar comprimido para propelir balas foi um modelo de um só tiro feito por Güter de Nuremberg por volta de 1530. Consideravelmente mais limpas e menos ruidosas que as que usam pólvora, as armas de ar comprimido foram usadas primeiro para caça. Os cavalheiros da classe alta na sociedade vitoriana costumavam também portar armas de ar comprimido de calibre 40 a 50, ocultando-as em bengalas especialmente projetadas. Podemos imaginar Moriarty usando uma arma desse tipo, mas não só Holmes não revela que tipo de arma de ar comprimido temia, como nunca volta a mencioná-las. "Se Holmes teme pistolas de ar comprimido, como diz a Watson", pergunta Bert Coules, intrigado, "por que esse tipo de arma não aparece em absoluto no resto da história?" A omissão permanece inexplicada até "A casa vazia", quando ficamos sabendo que o principal lugar-tenente do professor Moriarty portava uma.

8. "Sem dúvida isso põe Watson ainda mais em perigo", comenta Dante M. Torrese em "Some Musings on 'The Final Problem'", "dando aos homens de Moriarty a impressão de que Holmes fica realmente para passar a noite."

9. O professor Moriarty aparece também em *O Vale do Medo*, que narra uma história geralmente considerada anterior à de "O problema final" (ver Quadro cronológico). Se essa datação para *O Vale do Medo* for aceita, as observações de Watson aqui podem ser vistas como uma afetação, ou, na visão de John Dardess, "mera licença literária, necessária para a apresentação apropriadamente dramática de Moriarty ao público…".

10. Ian McQueen observa que "em menos de dez anos, desde que se uniu a Watson, Holmes prosperou tanto que, de um homem que precisava dividir alojamento para reduzir despesas, passou a dispor de meios suficientes para viver como bem lhe agradasse, sem precisar se preocupar em absoluto com dinheiro". Ver o apêndice a "Silver Blaze", "Posso ganhar um pouco neste próximo páreo…", para uma explicação possível.

11. Quando escreveu o prefácio a *O último adeus de Sherlock Holmes* em 1917, o dr. Watson relatou que Holmes dividia seu tempo entre a filosofia e a agricultura. É possível, sem dúvida, que a pesquisa química e as atividades agrícolas de Holmes tenham se sobreposto ou que Watson usasse o termo "filosofia" no seu sentido mais antigo de "estudo dos fenômenos naturais".

12. Em matemática, o teorema concebido por Sir Isaac Newton em 1676 (e provado por Jakob Bernoulli numa publicação póstuma de 1713) que expressa, entre outras coisas, a expansão de um binômio — por exemplo, $(a + b)$ elevado a qualquer potência, como $(a + b)^n$. Onde n = 2, $(a + b)^n = a^2 + 2ab + b^2$.

13. A referência de Moriarty à ciência vitoriana da frenologia tem o intuito de insultar Holmes. "Os frenologistas estavam sempre pesando os cérebros de assassinos e loucos mortos", escreve Thomas M. McDade, "e comparando-os em tamanho com os de estadistas e escritores, em geral favoravelmente a estes últimos."

Franz Joseph Gall, o "pai" da frenologia, e seus sucessores acreditavam não apenas que o tamanho do cérebro ditava a capacidade mental (ver "O Carbúnculo Azul", nota 12), mas que traços de personalidade como autoestima, sagacidade e talento para música ou matemática eram determinados por 35 "órgãos", entre os quais o cérebro. Assim, era possível discernir as características de uma pessoa observando que partes de seu crânio pareciam relativamente grandes ou pequenas. A frenologia poderia ter continuado a ser apenas um campo de debate científico e intelectual, não tivesse sido pelos irmãos americanos Lorenzo e Orson Fowler, que fundaram o *American Phrenological Journal* em 1838 e começaram a realizar "leituras de cabeças" e a promover conferências e cursos em Nova York e na Inglaterra (em 1863 Lorenzo fundou o Fowler Institute em Londres). Frenologistas mais velhos viam os confessadamente práticos Fowler como mascates, mas o público tomou-se de entusiasmo por essa nova "ciência" — com resultados confusos. A estimada jornalista britânica e abolicionista Harriet Martineau, em sua *Autobiography* de 1877, expressou suas reservas diante da nova disciplina contando como, depois de ler a cabeça de um tal Mr. Smith, e proclamá-lo um naturalista nato, um frenologista ouviu o homem declarar, muito espantado: "Não distingo um peixe de uma ave"; e também como a leitura de sua própria cabeça indicava que ela "nunca seria capaz de realizar coisa alguma, em razão [de sua] extraordinária deficiência de coragem tanto física quanto moral". Ambrose Bierce, em seu satírico *The Devil's Dictionary* (1911; publicado primeiro como *The Cynic's Word Book* em 1906), resumiu seu próprio ceticismo definindo a frenologia, em parte, como "a ciência de bater a carteira através do escalpo". Em *The Game's a Head*, Madeleine Stern sugere que o próprio Holmes talvez tivesse estudado com Lorenzo Fowler em Londres e aponta muitos interesses comuns dos dois estudiosos. Talvez por insistência de Holmes, Arthur Conan Doyle submeteu-se a uma análise frenológica no Instituto em 1896.

Que Moriarty chame atenção para a falta de "desenvolvimento frontal" de Holmes é uma ofensa calculada, pois se dizia que os dois órgãos frontais principais representavam o "comparismo" (pensamento abstrato) e a "causalidade" (a capacidade de determinar causa e efeito). O insulto torna-se ainda mais contundente depois que se consulta o influente livro de George Combe, *A System of Phrenology* (5ª ed., 1853), que descrevia o órgão da "causalidade" declarando: "Há muito é matéria de observação geral que homens dotados de um intelecto profundo e abrangente, como Sócrates, Bacon e Galileu, têm a parte superior da testa muito desenvolvida."

14. David Merrell faz a surpreendente sugestão de que Holmes de fato puxou o gatilho, matando imediatamente Moriarty, e que o resto da história é um "disfarce" inventado por seu irmão Mycroft com o objetivo de preservar sua reputação.

15. Para Holmes, entregar o próprio jogo de maneira tão patente parece uma tolice pouco característica, ou, nas palavras de D. Martin Dakin, "um incrível ato de insensatez ... simplesmente um convite a [Moriarty] para fugir e provavelmente alertar todos os seus associados também". O mais provável, acredita Dakin, é que Holmes tenha dito algo como "Depois de sua prisão", e que Watson tenha posto o dia em suas anotações, mais tarde.

16. Um bazar de Londres, situado no Strand.

17. É estranho, porque Mortimer Street, que é paralela a Oxford Street, não fica nas proximidades de nenhum dos consultórios conhecidos de Watson, em Kensington e no distrito de Paddington.

18. Eustace Portugal afirma que Moriarty perdeu o trem de propósito, no intuito de dar a Holmes uma falsa sensação de segurança.

19. Espécie de bata ajustada, de mangas compridas, indo até os tornozelos, que era usada pelo clero católico e anglicano no dia a dia, ou sob vestimentas litúrgicas (atualmente, conserva-se em geral apenas este segundo uso). A batina preta de Holmes era usual para padres comuns, ao passo que a dos cardeais era vermelha (e ocasionalmente roxa) e a do papa, branca. Qualquer das duas últimas escolhas teria sido, é claro, um pouco chamativa como disfarce.

20. Embora a ajuda de Mycroft a Holmes aqui pareça puramente altruística, Ronald A. Knox acredita que ele era um agente duplo, trabalhando para Moriarty enquanto fornecia informações ao irmão. É claro, afirma Knox, que alguém vazou informação do lado de Holmes para o professor, e ele acusa Mycroft de ter dado o serviço. Essa informação poderia ter incluído tanto uma descrição de Holmes — cuja aparência física não era, nessa época, conhecida nem pelo público nem por Moriarty (lembre-se que, ao encontrar Holmes, este "examinou[-o] com grande curiosidade"; a quadrilha de Moriarty, no entanto, reconhecia Holmes suficientemente bem para ser capaz de atacá-lo) — quanto a hora precisa da partida do detetive para a estação Victoria (o que explica que Moriarty tenha podido segui-lo tão de perto). Além disso, Knox identifica Mycroft como agente de Moriarty em "O intérprete grego" e como Porlock, o *nom de plume* de um informante no lado de Moriarty em *O Vale do Medo*. A seu ver, contudo, Mycroft encontra-se numa posição difícil como "um homem que desempenha um papel delicado num duelo irreconciliável entre seu irmão, por um lado, e um supercriminoso por outro". Sherlock Holmes sabia das trapaças do irmão e arriscou-se corajosamente a confiar nele, ocultando de Watson o papel equívoco de Mycroft.

21. Holmes quer dizer com isto que Moriarty, sendo um homem de recursos, teria condições de alugar um trem menor, exclusivo, para levá-lo sozinho para onde desejasse. "Embora especiais ainda funcionem para grupos, o trem para um só homem foi substituído pelo carro alugado e não sobreviveu à Primeira Guerra Mundial", escreve Bernard Davies em "Canonical Connexions". "Com uma bolsa recheada o bastante para o preço condizentemente alto — em geral cinco xelins por milha — podia-se obter um vagão de primeira classe, uma locomotiva leve e uma linha livre de tráfego mais lento."

22. A questão de que trem, e que rota, a dupla tomou de Londres para a França é acaloradamente debatida por estudiosos americanos, ingleses e franceses. Christopher Morley, autor da primeira coletânea anotada de contos de Holmes, observa que vapores regulares cruzavam o Canal de Dover para Calais, de Folkestone para Boulogne e de Newhaven para Dieppe. O plano original de Holmes talvez envolvesse tomar o barco Dover-Calais, que era a mais curta das três travessias, com 22 milhas. Havia outros trens possíveis também, que iam de Londres para Dover ou Folkestone (mas não paravam em Canterbury). Em meio a essa confusão, os estudiosos discordam quanto a qual era o "Expresso Continental" que Holmes e Watson tomaram em Londres, e a que horas ele poderia ter deixado a estação Victoria, ter chegado a Canterbury e então a Dover.

Depois que Holmes resolveu fazer a travessia em Newhaven (muito mais longa, com 67 milhas), ele e Watson teriam tido de fazer uma viagem de trem bastante longa de Canterbury a Newhaven. Esta, segundo Morley, era "bastante enfadonha, envolvendo provavelmente duas baldeações em Ashford e Lewes, mas atravessando o belo condado do South Downs, para onde Holmes finalmente se retirou". Naturalmente, o trem de Canterbury para Newhaven é também matéria de veemente discussão. Uma análise mais detalhada está além do escopo deste volume, mas pode ser encontrada nos artigos "Railways of Sherlock Holmes", de B.D. Walsh, "The Final Problem: A Study in Railways", de Bernard Prunet, e "Canonical Connections", de Bernard Davies.

23. June Thomson sugere que Holmes subestimou Moriarty, que teria concluído que ele e Watson não seguiriam a bagagem para Paris. Em vez disso, Moriarty considerou Bruxelas o possível destino deles. Telegrafando para um agente lá, ele aguardou informação em Denver. Como Holmes e Watson não estavam viajando incógnitos, não teria sido difícil localizá-los.

24. D. Martin Dakin ressalta que todo este cenário imaginado significava que a captura de Moriarty pela polícia de Londres na segunda-feira seguinte — que Holmes supostamente preparara — não poderia ocorrer, a menos que por alguma razão Moriarty voltasse correndo para casa, a tempo de ser detido. Fica evidente pelos eventos posteriores que Holmes nunca esperou que a polícia prendesse "o peixão", sabendo que teria de ajustar as contas pessoalmente com ele.

25. As duas frases anteriores só aparecem na edição inglesa em livro de "O problema final".

26. Francês: um golpe de mestre.

27. Bernard Prunet surpreende-se por Moriarty dar-se ao trabalho de fretar um "especial" se acreditava que Holmes e Watson seguiriam para Dover, pois o Expresso Continental regular das 11 horas o teria levado a Dover em tempo de pegar o mesmo barco para Calais. Prunet argumenta também que Holmes poderia ter decidido deixar o trem em Calais antes mesmo de embarcar. Holmes nunca disse explicitamente que pretendia ir com Watson para Paris — apenas disse ao carregador que sua bagagem devia ser despachada para lá.

28. O caso começou sem dúvida na sexta-feira, 24 de abril de 1891. Holmes e Watson viajaram de Londres para Bruxelas no dia seguinte (sábado, 25, embora Michael Kaser sugira que chegaram de manhã cedo no dia 26). Presumivelmente passaram o domingo, 26 de abril, em Bruxelas, viajando para Estrasburgo na segunda-feira, 27 de abril, "o terceiro dia".

29. Em "A casa vazia", Holmes revela que isso não foi verdade: o coronel Sebastian Moran, o segundo homem mais perigoso de Londres, estava em plena liberdade, assim como Parker, o estrangulador. Quanto ao fato de o coronel ter escapado à prisão, Holmes disse: "O coronel estava tão habilmente encoberto que, mesmo quando a quadrilha de Moriarty foi desbaratada, não conseguimos incriminá-lo." Não se sabe como Parker escapou da prisão, a não ser que Holmes disse a seu respeito: "Ele é um sujeito bastante inofensivo"; por isso, talvez não tenha sido detido.

30. A sala de jantar do hotel.

31. Portanto, Holmes e Watson partiram para Genebra na tarde da segunda-feira, dia 27 (embora Michael Kaser, após consultar o horário das Swiss Federal Railways para o inverno de 1890-91, conclua que eles haviam realmente partido de madrugada (3h55), chegando às 3h18 da tarde seguinte). Se o horário de Kaser está correto (embora suas datas tenham sempre um dia de atraso), a dupla teria chegado em Genebra na tarde da quarta-feira, 29 de abril de 1891.

32. O passo Gemmi cruza os Alpes berneses (uma seção dos Alpes centrais) para ligar Berna e os cantões do Valais no sudoeste da Suíça. Para chegar ao passo Gemmi, Holmes e Watson deveriam ter caminhado através das montanhas, margeando o Daubansee, alimentado pelas geleiras, e escalado o cume, com sua vista do vale do Ródano e dos Alpes. O *Baedeker* descreve o trajeto assim: "A trilha serpeante é habilmente escavada na rocha, muitas vezes lembrando uma escada em espiral, cujas partes superiores realmente se projetam em alguns lugares sobre as inferiores. As partes mais íngremes e os ângulos mais inesperados são protegidos por parapeitos. Vozes distantes reverberando nessa garganta dão por vezes a impressão de estarem brotando de seus próprios recessos." Segundo o guia a descida tomava cerca de duas horas e meia.

33. Michael Kaser conclui equivocadamente que Holmes e Watson deixaram Estrasburgo na madrugada do dia 29 de abril, que chama erroneamente de "o terceiro dia", e os situa em Genebra na quinta-feira, 30 de abril. Vendo como Watson revela logo adiante que ele e Holmes haviam chegado em Meiringen em 3 de maio, Kaser calcula que — dada a velocidade do trem de Genebra para Meiringen — os dois não podiam ter passado mais de um dia viajando pela zona rural (especificamente, 1º de maio). "Quando Watson diz que 'durante uma semana … perambulamos pelo vale'", conclui Kaser, "esta é obviamente uma referência sarcástica ao ritmo lerdo do trem, pois embora a partir de Genebra o trem mais lento da época levasse oito horas e três quartos, mesmo o mais rápido levava seis horas para chegar a Leuk; hoje a viagem dura menos de três horas." Um cálculo correto, no entanto, põe a dupla em Genebra na quarta-feira, 29 de abril. Nada prova que passaram uma noite na cidade e, se partiram imediatamente, uma chegada a Meiringen no domingo, 3 de maio, dá um intervalo de quatro dias, que, embora não chegue a ser uma "semana", é tempo suficiente para ser "encantador".

Gordon Speck sugere que a viagem calma foi deliberadamente planejada por Holmes, que pretendia enfrentar Moriarty e depois fugir por terra: "Primeiro, Holmes devia dar a Moriarty tempo para descobrir mais ou menos onde estava e para onde pretendia viajar, de modo que os três chegassem na área de Meiringen aproximadamente ao mesmo tempo. Segundo, tinha de aclimatar seus músculos e pulmões às condições alpinas, em parte para se preparar para a luta com Moriarty, em parte para ajustar seu plano pós-fuga. Terceiro, precisava aprender as exigências da viagem nas montanhas suíças e interrogar os nativos sobre atalhos e caminhos pouco frequentados para vários pontos através do país."

34. Muitos comentadores identificaram o "Englischer Hof" (que significa literalmente um hotel onde se fala inglês) com o Hôtel du Sauvage, que tinha uma capela inglesa.

35. Situado na estação Victoria e inaugurado em 1861, o Grosvenor pertencia a London, Chatham, and Dover Railway. Mr. Steiler devia manter uma mesa elegante em seu novo estabelecimento, se seu opulento ex-patrão podia servir de indicação; Michael Harrison, em *The London of Sherlock Holmes*, escreve que ele, entre outras coisas, "estabeleceu novos padrões de luxo e abriu caminho para os padrões ultraluxuosos dos hotéis do final do século, que alcançaram um pico jamais atingido antes ou desde então".

36. Segundo o *Baedeker*, para chegar à catarata de Reichenbach — uma das mais altas quedas-d'água dos Alpes — deve-se tomar uma trilha a partir da estalagem Zur Zwirgi, a uma hora de Rosenlaui, até "uma estreita garganta do ruidoso Reichenbach, transposto por uma ponte de madeira". Um caminho diferente, a cinco minutos de distância, desce até abaixo da própria catarata.

37. Bryce Crawford Jr. e R.C. Moore declaram que em 1891 nenhuma trilha subia pelo lado direito do morro (isto é verdade ainda hoje), mas que havia (e ainda há) um caminho pelo lado esquerdo. "[Um residente da área] não só confirmou que houvera uma saliência do lado esquerdo da catarata aonde a trilha devia chegar", relatam eles, "mas revelou também que em março de 1944 houve uma erosão substancial da rocha no segmento intermediário."

38. Até o início do século XX, a "peste branca" era a principal causa de morte no mundo ocidental, e continua epidêmica até hoje em muitas nações em desenvolvimento. Extremamente contagiosa, a consumpção, ou tuberculose dos pulmões, tinha consequências devastadoras nos bairros superpopulosos das cidades da sociedade eduardiana e vitoriana, em que a higiene e o saneamento precários criados pela pobreza incontrolada deixavam as pessoas particularmente suscetíveis a infecção. Os sintomas incluíam febre, perda de energia e de peso, e uma tosse persistente, muitas vezes sangrenta; se não tratada, a tuberculose podia devastar o corpo, destruindo os pulmões e outros órgãos. Um teste para a doença foi desenvolvido após a identificação do bacilo da tuberculose pelo médico alemão Robert Koch, que ganhou o Prêmio Nobel de medicina por seu trabalho (o mesmo médico isolou os micro-organismos que causam o antraz, em 1876, a conjuntivite, em 1883, e o cólera, em 1876). Uma vacina para a tuberculose foi desenvolvida na França em 1908, mas um tratamento medicamentoso verdadeiramente eficaz só ficou disponível na década de 1950. Sugestivamente, Arthur Conan Doyle registra em suas memórias que sua mulher Louise foi diagnosticada com tuberculose durante uma visita à catarata de Reichenbach em 1892.

Ebbe Curtis Hoff vê mais que uma casualidade no fato de ser dito que a "senhora inglesa" sofria de consumpção. Embora as circunstâncias da morte de Mary, mulher de Watson, nunca tenham sido reveladas, Hoff conclui que ela própria morreu de consumpção em algum momento do inverno de 1893 e que o luto ainda recente de Watson o tornou particularmente solidário com essa estranha atingida pelo mesmo mal. "O gênio de Moriarty revela-se", afirma Hoff, com admiração, "nessa sua escolha do artifício mais seguro para afastar Watson de Holmes, sabendo por seu dossiê sobre Watson que Mrs. Watson era ela própria uma tuberculosa em estágio avançado."

39. O *Baedeker* declara que do Hotel Reichenbach, em Meiringen, é apenas uma caminhada de um quarto de hora até as quedas-d'água mais baixas e de três quartos de hora até as de cima. Watson pode ter se perdido em sua volta sem guia e ter tido acanhamento de confessá-lo.

40. Que amigos? Em "As cinco sementes de laranja" Holmes diz a Watson: "Exceto você, não tenho amigos."

41. O que dizer desse inspetor Patterson, que deixou Moriarty, o coronel Moran e dois outros membros da quadrilha fugirem e informou Holmes incorretamente que a "quadrilha inteira com exceção [de Moriarty]" havia sido presa? June Thomson supõe que provavelmente ele era subornado por Moriarty, explicando: "Policiais corruptos infelizmente não são desconhecidos, e essa teoria explicaria por que Moriarty sabia de todos os movimentos de Holmes e como ele, com outros membros da quadrilha, conseguiram escapar à detenção. Poderia explicar também o comportamento de outra maneira inexplicável de Holmes de manter documentos tão importantes em sua escrivaninha." É claro, conclui Thomson no final, que Holmes não teve escolha senão entregar os documentos a Patterson, como o oficial encarregado do caso.

42. Na *London Mystery Magazine* de junho de 1955, é reproduzido um documento que pretende ser o testamento de Sherlock Holmes com uma nota prefacial, não assinada, que atribui a descoberta do documento a Nathan L. Bengis, um proeminente sherlockiano. Watson é contemplado com a soma de 5.000 libras e os livros ou papéis de Holmes que desejar (com exceção do envelope azul no escaninho M.).

43. O corpo de Holmes, ficamos sabendo em "A casa vazia", não estava na água pelo simples fato de não ter caído nela. A. Carson Simpson indaga a si mesmo por que o corpo de Moriarty nunca foi encontrado. Embora a catarata de Reichenbach em si mesma seja turbulenta, abaixo dela a água fica muito calma à medida que forma o lago Brienz. "O cadáver de Moriarty deveria ter sido encontrado flutuando no lago ou em uma das torrentes, mas não foi. Isso não pode ter ocorrido por falta de buscas, já que, por ocasião do acidente, se acreditava que havia dois corpos a procurar — não só o do professor, como o de Holmes." Simpson conclui, como outros, que Moriarty não pereceu no episódio de Reichenbach. Ver o anexo, à página 367.

44. Em outubro de 1891, o vilarejo de Meiringen foi em grande parte destruído por um incêndio. Philip Hench conta que o incêndio resultou de um fogo de cozinha descontrolado, mas que "em Meiringen houve quem declarasse na época — de fato, alguns ainda o sussurram até hoje — que aquela primeira violência [na catarata] gerou a violência subsequente, que o *auto de fé* de Meiringen foi de fato a vingança flamejante audaciosamente decretada pela testemunha ocular que sobreviveu ao confronto de 4 de maio — o cúmplice fugitivo do professor, coronel Sebastian Moran —, sutilmente executada por aquele mercenário anônimo, o jovem "mensageiro suíço", ou levada a cabo com a ajuda dele.

45. As últimas palavras de Watson formam um fecho extremamente adequado, fazendo eco à relação de uma outra dupla histórica famosa. Em *Fédon*, relato das últimas horas da vida de Sócrates, Platão descreve o falecido mentor e amigo — um homem cujos ensinamentos são conhecidos em grande parte pela narrativa que deles fez Platão — como "o melhor, o mais sábio e o mais justo dos homens".

QUADRO CRONOLÓGICO

VIDA E ÉPOCA DE
SHERLOCK HOLMES[1]

Ano	Vida de Sherlock Holmes	Vida de John H. Watson	Vida de Arthur Conan Doyle	Eventos na Inglaterra	Eventos no Continente	Eventos no Mundo
1844	Casamento de Siger Holmes e Violet Sherrinford.			Nasce Richard D'Oyly Carte.	Morre Carlos XIV, rei da Suécia e da Noruega; Oscar I o sucede. Nascem Friedrich Nietzsche e Sarah Bernhardt.	
1845	Nasce Sherrinford Holmes.			Fome da batata irlandesa; começam Guerras Siques contra os britânicos.	Engels publica *Condições da classe trabalhadora na Inglaterra.*	Poe publica "O corvo". Texas e Flórida tornam-se estados.
1846	Nasce James Moriarty.			Revogadas as Leis do Trigo (Corn Laws). Descoberto o planeta Netuno.	Tropas austríacas e russas invadem a Cracóvia; Áustria anexa a Cracóvia.	Colonização de Oregon situa a fronteira dos EUA no paralelo 49. Mórmons começam a se deslocar para Utah.
1847	Nasce Mycroft Holmes.			Lei das Dez Horas (Ten Hours' Act).	Guerra do Sonderbund na Suíça.	Nasce o inventor Thomas Alva Edison.
1848				Nasce W.G. Grace.	Segunda República francesa. Nasce o pintor Paul Gauguin.	Publicado o *Manifesto comunista*, de Marx e Engels.
1851				Inaugurado o Palácio de Cristal.	Foucault demonstra rotação da Terra com enorme pêndulo.	Primeira descoberta de ouro na Austrália. Lançado o *New York Times.*

Ano	Vida de Sherlock Holmes	Vida de John H. Watson	Vida de Arthur Conan Doyle	Eventos na Inglaterra	Eventos no Continente	Eventos no Mundo
1852		Nasce John Hamish Watson.		Primeiro governo Derby-Disraeli.	Luís Napoleão proclama-se Napoleão III; começa Segundo Império francês.	Poligamia instituída em Utah.
1853				Nascem Lillie Langtry e Cecil Rhodes.	Nasce o tenor Edouard de Reszke.	Sistema de telegrafia implantado na Índia.
1854	Nasce William Sherlock Holmes.	Família muda-se para Austrália (data aprox.).		Começa Guerra da Crimeia. Nasce Oscar Wilde.	Casamento de Francisco José I, imperador da Áustria, com princesa bávara Elizabeth.	Lei do Kansas-Nebraska. Sacramento torna-se capital do estado da Califórnia.
1855	Família Holmes viaja de navio para Bordeaux.			Lord Palmerston torna-se primeiro-ministro. Lançado o *Daily Telegraph*.	Feira Mundial de Paris.	Morre o czar Nicolau I da Rússia.
1856				Tratado de Paris encerra Guerra da Crimeia. Fundição do Big Ben.	Nasce George Bernard Shaw.	Nasce Sigmund Freud.

Ano						
1857				Nasce Joseph Conrad.	Flaubert publica *Madame Bovary*.	Começa o lançamento do cabo transatlântico.
1858	Família Holmes viaja para Montpellier.			Segundo governo Derby-Disraeli.		
1859			Nasce Arthur Conan Doyle em 22 de maio em Edimburgo, segundo filho de Charles Doyle e Mary Foley.	Segunda administração de Palmerston; publicado *Origem das espécies*, de Darwin.	Morre o rei Oscar I da Suécia; sucedido por Carlos XV; nasce o imperador alemão Guilherme II.	Charles Blondin atravessa as cataratas do Niágara sobre uma corda esticada.
1860	Família Holmes volta à Inglaterra. Pai de Violet morre; família Holmes viaja de navio para Rotterdã, instala-se em Colônia.			Nasce J.M. Barrie; Wilkie Collins publica *A dama branca*.	Lenoir constrói o primeiro motor de combustão interna.	Abraham Lincoln eleito presidente.
1861	Família Holmes inicia circuito continental.	Nasce Mary Morstan.		Mrs. Beeton publica *Book of Household Management*.	Alexandre II emancipa os servos russos.	Deflagrada a Guerra Civil Americana.

ANO	VIDA DE SHERLOCK HOLMES	VIDA DE JOHN H. WATSON	VIDA DE ARTHUR CONAN DOYLE	EVENTOS NA INGLATERRA	EVENTOS NO CONTINENTE	EVENTOS NO MUNDO
1862				Albert Memorial projetado.	Sarah Bernhardt estreia em Paris; Bismarck torna-se primeiro-ministro da Prússia.	Morre Henry David Thoreau.
1863				Metropolitan Railway (metrô) inaugurado em Londres.	Deflagrada a Guerra Civil no Afeganistão.	Batalha de Gettysburg. Nasce Henry Ford.
1864	Família Holmes volta à Inglaterra, aluga casa em Kennington. Matriculado em internato com Mycroft, Sherrinford enviado para Oxford.				Prússia e Áustria-Hungria derrotam Bismark; início da expansão prussiana.	Alexandre II emancipa servos.
1865	Gravemente doente.	Retorna à Inglaterra, frequenta Wellington College, Hampshire.		Nascem o rei Jorge V e Rudyard Kipling.	Deflagrada guerra entre bôeres de Orange Free State e bassutos.	Assassinato de Abraham Lincoln. Fundação da Ku Klux Klan.

1866	Levado para Yorkshire, ingressa como externo em escola secundária perto de Mycroft.		Nasce Herbert George Wells. Terceiro Governo Derby-Disraeli formado.	Guerra entre Prússia e Império Austro-Húngaro.	Alfred Nobel inventa a dinamite.
1867			Ampliação do sufrágio entre trabalhadores do sexo masculino.	Karl Marx publica vol.I de *O capital*.	Nasce o Canadá através do British North America Act. Organização da Ku Klux Klan.
1868	Viaja de navio com os pais para St. Malo, viaja a Pau; inscrito em academia de esgrima.	Enviado para Hodder, escola preparatória para Stonyhurst ("escola pública" dirigida por jesuítas em Lancashire).	Gladstone (Partido Liberal) assume cargo de primeiro-ministro. Wilkie Collins publica *A pedra da lua*. Lançado o *Whitaker's Almanak*.		*Impeachment* do presidente dos EUA Andrew Johnson.
1869			Nasce Neville Chamberlain.	Primeira montagem de *O ouro do Reno*, de Wagner.	Concluído o Canal de Suez. Nasce Mahatma Ghandi.

Ano	Vida de Sherlock Holmes	Vida de John H. Watson	Vida de Arthur Conan Doyle	Eventos na Inglaterra	Eventos no Continente	Eventos no Mundo
1870			Ingressa no Colégio Stonyhurst, onde estuda por cinco anos; brilha no críquete e manifesta talento literário.	Morre Charles Dickens. Reforma agrária irlandesa.	Guerra Franco-Prussiana. Tropas italianas tomam Roma.	Nascimento de Bernard Baruch.
1871	Família Holmes volta para a Inglaterra.			Gilbert e Sullivan formam parceria. Publicado *A descendência do homem*, de Darwin. "Feriados bancários" introduzidos.	Comuna de Paris; Império Alemão proclamado em Versalhes.	EUA aprovam Lei da Ku Klux Klan, proibindo suas atividades.
1872	Aluno do professor particular James Moriarty. Ingressa em Christ Church, Oxford.	Matricula-se na Universidade de Londres; estágio em cirurgia no St. Bartholomew's Hospital.		Discurso do "Palácio de Cristal" de Disraeli.	Guerra Civil na Espanha.	Grant reeleito presidente dos EUA apesar de escândalos; Lei da Anistia Geral nos EUA perdoa maioria dos ex-confederados.

Ano		Sherlock Holmes	Grã-Bretanha		Mundo
1873		"A tragédia do *Gloria Scott*"*; ingressa no Caius College, Cambridge.		Unidas as cidades de Buda e Peste.	Firma Gunsmith de E. Remington & Sons começa a fabricar máquinas datilográficas.
1874		Visita Londres, hospeda-se com o tio Richard Doyle, vê Henry Irving em *Hamlet*.	Disraeli (Partido Conservador) torna-se primeiro-ministro. Nasce Winston Churchill.	Nascem Harry Houdini (Ehrich Weiss) e Marconi. Primeira exposição impressionista.	Nasce Herbert Hoover.
1875		Aprovado com honras em exame de ingresso, passa ano na escola jesuíta em Feldkirch, Áustria.	Disraeli adquire o Canal de Suez. Principal sistema de esgotos de Londres. Primeira opereta de Gilbert e Sullivan encenada.	Nascimento de Albert Schweitzer.	Insurreições na Bósnia e Herzegovina contra domínio turco.
1876		Decide estudar medicina e matricula-se na Universidade de Edimburgo. Conhece o dr. Joseph Bell e o professor Rutherford.	Disraeli torna-se conde de Beaconsfield.	*O anel*, de Wagner, encenado pela primeira vez.	Alexander Graham Bell demonstra telefone. Sérvia e Montenegro declaram guerra à Turquia.

Ano	Vida de Sherlock Holmes	Vida de John H. Watson	Vida de Arthur Conan Doyle	Eventos na Inglaterra	Eventos no Continente	Eventos no Mundo
1877	Aluga aposentos em Montague St. "Meses de inação."			Vitória torna-se imperatriz da Índia.	Início da publicação da obra completa de Mozart. Schiaparelli observa canais em Marte.	Morre Brigham Young, líder dos mórmons. Edison patenteia o fonógrafo. Alan Pinkerton publica *Molly Maguires and the Detective.*
1878		Recebe grau de doutor em medicina. Faz curso para médico do exército em Netley. Embarca para a Índia.	Emprega-se como médico em meio expediente.	Começa a Segunda Guerra Afegã. Primeira apresentação de HMS *Pinafore*. Fundada a nova Scotland Yard.	Congresso de Berlim; aliança austro-alemã.	Nasce Carl Sandburg.
1879	"O Ritual Musgrave"; aparece no palco em *Hamlet* em Londres. Embarca para os EUA com a Sasanoff Shakespeare Co.		Charles Doyle internado em asilo. Primeiras histórias publicadas anonimamente.	Começa Guerra Zulu.	Nasce Albert Einstein.	Thomas Edison patenteia lâmpada incandescente. Nasce fotógrafo Edward Steichen.

1880	Retorna dos EUA para a Inglaterra.	Ferido na Batalha de Maywand; foge para linhas britânicas. Sofre febre entérica em Peshawar. Volta a Londres no *Orontes*. Hospeda-se em hotel no Strand.	Contratado como médico de bordo em baleeiro ártico; viagem de sete meses. Interesse inicial por espiritismo e paranormali-dade.	Gladstone reassume como primeiro-ministro. Swan e Edison projetam primeiras lâmpadas elétricas práticas.		Nasce Douglas MacArthur.
1881	Conhece John H. Watson. Aluga aposentos em Baker Street. *Um estudo em vermelho*.	Conhece Sherlock Holmes. Muda-se para Baker Street.	Bacharel em medicina. Contratado como médico de bordo em vapor africano-ocidental. Quase morre de febre.	Morrem Benjamin Disraeli e Thomas Carlyle. Irish Land Act. Açoite abolido no exército e na marinha.	Nasce o pintor Pablo Picasso.	Assassinados o czar Alexandre II e James Garfield.

Ano	Vida de Sherlock Holmes	Vida de John H. Watson	Vida de Arthur Conan Doyle	Eventos na Inglaterra	Eventos no Continente	Eventos no Mundo
1882			Abandona a fé católica. Abre consultório em Plymouth com George Budd, colega da escola de medicina. Preocupa-se com ética de Budd e instala seu próprio consultório em Southsea, Portsmouth.	Morre Charles Darwin.	Tríplice Aliança entre Alemanha, Áustria e Itália.	Nasce Franklin Delano Roosevelt.
1883	"A banda malhada".		Publica primeiro conto.		Morrem Karl Marx e Richard Wagner.	Franceses avançam na Indochina. Nasce John Maynard Keynes. Mark Twain escreve primeiro livro a máquina.

1884	Viaja para os EUA, corteja Lucy Ferrier em São Francisco.[2]	Começa o primeiro romance.	Primeira linha profunda do metrô; o general Gordon chega a Cartum.	Alemães ocupam sudoeste da África.	Nasce Harry Truman.
1885		Casa-se com Louise Hawkins.	Lord Salisbury (conservador) torna-se primeiro-ministro. O general Charles George Gordon morre em Cartum.	Alemanha anexa Tanganica e Zanzibar.	Formado Congresso Nacional Indiano.
1886	"O Diadema de Berilos".	Retorna à Inglaterra. Casa-se com Lucy Ferrier, compra clínica em Kensington.	Gladstone e Salisbury servem como primeiros-ministros. Projeto de lei do *Home Rule* irlandês.	Famílias Bonaparte e Orléans banidas da França.	Nasce o pintor Diego Rivera.

Ano	Vida de Sherlock Holmes	Vida de John H. Watson	Vida de Arthur Conan Doyle	Eventos na Inglaterra	Eventos no Continente	Eventos no Mundo
1887	"O paciente residente", "Os fidalgos de Reigate".	Publica *Um estudo em vermelho*. A primeira esposa morre em dezembro.	Publica *Um estudo em vermelho*.	Vitória celebra jubileu de ouro de seu reinado. Nasce o marechal de campo Marshal Montgomery.	Nasce o pintor Marc Chagall.	Morrem Henry Ward Beecher e Jenny Lind. Nasce a pintora Georgia O'Keeffe.
1888	*O Vale do Medo*, "O nobre solteirão", "A face amarela"*, "O intérprete grego", *O signo dos quatro*, "Silver Blaze", "A caixa de papelão".	O irmão Henry morre. Conhece e desposa Marry Morstan. Compra clínica em Paddington.		Começam os homicídios de Jack o Estripador. Nasce T.E. Lawrence.	Kaiser Guilherme II assume trono.	Hertz descobre ondas de rádio. Nasce Jim Thorpe.

1889	"Escândalo na Boêmia", "O homem da boca torta", "Um caso de identidade", "O Carbúnculo Azul", "As cinco sementes de laranja", "O mistério do vale Boscombe", "O corretor", "O tratado naval", "O polegar do engenheiro", *O cão dos Baskerville**, "O corcunda".	Publica *O signo dos quatro* na *Lippincott's Magazine*.	Nasce a filha Mary Louise. Publica *Micah Clarke*, *O signo dos quatro*.	British South Africa Company, de Cecil Rhodes, obtém concessão régia; Barnum & Bailey's Circus apresenta-se em Londres.	Nasce Adolf Hitler. Exposição de Paris e inauguração da Torre Eiffel.	Segunda Internacional; aliança franco-russa. Strower pede a patente do telefone de discagem direta.
1890	"A Liga dos Cabeças Vermelhas", "As Faias Acobreadas", "O detetive moribundo".*	Publica edição em livro de *O signo dos quatro*.	Publica *White Company*.	Oscar Wilde publica *O retrato de Dorian Gray*.	Suicídio de Vincent van Gogh.	Nasce Dwight D. Eisenhower. Legislação de Utah proíbe poligamia. Epidemia global de *influenza*.

Ano	Vida de Sherlock Holmes	Vida de John H. Watson	Vida de Arthur Conan Doyle	Eventos na Inglaterra	Eventos no Continente	Eventos no Mundo
1891	"O problema final"; viaja como "Sigerson".	Vende clínica de Paddington, retorna a Kensington. Providencia publicação de "Escândalo na Boêmia", "A Liga dos Cabeças Vermelhas", "Um caso de identidade", "O mistério do vale Boscombe", "As cinco sementes de laranja", "O homem da boca torta" na *Strand*. Mary Morstan morre possivelmente no início de 1892.	Abandona clínica de Southsea, escreve *Doings of Raffles Haw*. Retorna a Londres e abre consultório em Devonshire Place. Logo decide abandonar a medicina. Primeiros contos de *As aventuras de Sherlock Holmes* começam a aparecer na *Strand Magazine*.	Thomas Hardy publica *Tess of the d'Urbervilles*.	Tríplice Aliança (Alemanha-Itália-Áustria) renovada. Morre Parnell, líder do *Home Rule* irlandês.	Inventado o zíper. Fome generalizada na Rússia. Terremoto no Japão mata quase 10.000 pessoas.

1892	Continua viajando.	"O Carbúnculo Azul", "A banda malhada", "O polegar do engenheiro", "O nobre solteirão", "O Diadema de Berilos","As Faias Acobrea-das", "Silver Bla-ze" publicados na *Strand*.	Dedica-se à esquiação. Nasce o filho Kingsley.	Gladstone novamente primeiro-ministro. Morre Alfred, Lord Tennyson.	Invenção do motor a diesel por Rudolf Diesel.	Nasce John Paul Getty. Legislação de Utah proíbe a poligamia.
1893	Instala-se em Montpellier para dirigir pesquisa sobre derivados do coltar.	"A caixa de papelão","A face amarela", "O corretor", "A tra-gédia do *Gloria Scott*", "O Ritual Musgrave", "Os fidalgos de Reigate", "O corcunda", "O paciente residente", "O intérprete grego", "O tratado naval" e "O problema final" publicados na *Strand*.	Morre Charles Doyle. Louise diagnosticada com tuberculose. Demais contos de *As aventuras de Sherlock Holmes* e *Memórias de Sherlock Holmes* publicados na *Strand*.	Estreia *Under the Clock*, espetáculo teatral em um ato estrelado por Charles H.E. Brookefield como Sherlock Holmes.		Feira Mundial de Chicago (Columbian Exposition). Assinada a segunda aliança internacional franco-russa.

Ano	Vida de Sherlock Holmes	Vida de John H. Watson	Vida de Arthur Conan Doyle	Eventos na Inglaterra	Eventos no Continente	Eventos no Mundo
1894	Volta a Londres. "A casa vazia", "A segunda mancha"3, "O pincenê de ouro", "O construtor de Norwood".	Vende clínica, retorna a Baker Street.	Bem-sucedida turnê de conferências nos EUA. Peça *Waterloo* encenada.	Lord Rosebery torna-se primeiro-ministro.	Começa o caso Dreyfus na França.	Primeiro arranha-céu com estrutura de aço construído em Chicago. Nicolau II torna-se czar. Começa a Guerra Sino-Japonesa.
1895	"Vila Glicínia", "Os três estudantes", "O ciclista solitário", "Pedro Negro", "Os planos do *Bruce-Partington*".		Compra terra em Hindhead para ali residir; viaja ao Egito. Publica *Stark Munro Letters*.	Salisbury reconquista cargo de primeiro-ministro. Morre Lord Randolph Churchill. H.G. Wells publica *A máquina do tempo*.	Irmãos Lumière fazem exibições públicas de filmes em Paris.	Röntgen descobre os raios X. Gillette inventa o barbeador de segurança. Guerra sino-japonesa. Nascem Babe Ruth e Jack Dempsey.
1896		"A inquilina de rosto coberto", "O vampiro de Sussex", "O atleta desaparecido".	Viaja Nilo acima. Serve como correspondente de guerra na luta entre britânicos e daroeses. Publica *Brigadier Gerard* e *Rodney Stone*.	Czar Nicolau II visita Londres.	Novas provas no caso Dreyfus suprimidas. Morre Alfred Nobel, criados os prêmios Nobel.	Primeiras Olimpíadas modernas realizadas em Atenas. Cracker Jacks, Tootsie Rolls e S&H Green Stamps introduzidos.

Ano	Histórias	Vida de Arthur Conan Doyle			
1897	"A Granja da Abadia", "O pé do diabo".	Conhece Jean Leckie e se apaixona. Publica *Uncle Bernac*.	Jubileu de Diamante da rainha Vitória. Bram Stoker publica *Drácula*.	Primeiro Congresso Sionista Mundial.	Começa corrida do ouro de Klondike.
1898	"Os dançarinos".		Morre Lewis Carroll. H.G. Wells publica *A guerra dos mundos*. Lord Kitchener derrota os dervixes em Omdurman.	Corrida naval entre Alemanha e Inglaterra. Morrem Otto von Bismarck e Gladastone.	Crise de Fashoda, Guerra Hispano-Americana.
1899	"Mr. Josias Amberley", "Charles Augustus Milverton".	Rejeitado como voluntário para o exército. Publica *A Duet*.	Começa Segunda Guerra Bôer. Winston Churchill vai para a África do Sul como correspondente de guerra. Imperador Guilherme II visita a Inglaterra. Kipling escreve sobre o "fardo do homem branco."	Primeiro registro magnético do som.	William Gillette produz e estrela *Sherlock Holmes* em Syracuse, NY.
1900	"Os seis napoleões".	Serve em hospital na África do Sul. Escreve *The Great Boer War*; *The War in South Africa: Its Causes and Conduct*. Apresenta-se como candidato unionista em Edimburgo. Perde.	Morrem Sir Arthur Sullivan e Oscar Wilde.	Inaugurado metrô de Paris. Morre Friedrich Nietzsche. Freud publica *A interpretação dos sonhos*.	Inaugurada a Copa Davis de tênis. Lançado primeiro filme de Sherlock Holmes, *Sherlock Holmes Baffled*.

Ano	Vida de Sherlock Holmes	Vida de John H. Watson	Vida de Arthur Conan Doyle	Eventos na Inglaterra	Eventos no Continente	Eventos no Mundo
1901	"A escola do priorado", "O desaparecimento de Lady Frances Carfax"*, "A ponte Thor".	Publica O cão dos Baskerville na Strand.	Publica O cão dos Baskerville.	Morre a rainha Vitória. Eduardo VII ("Bertie") ascende ao trono. Lançado primeiro submarino britânico. Boxe reconhecido como esporte legal.	Negociações para aliança anglo-alemã terminam sem acordo.	Assassinato de William McKinley; Theodor Roosevelt torna-se presidente dos EUA. Criada a Commonwealth Australiana. Nasce Walt Disney.
1902	"O velho solar de Shoscombe", "Os três Garrideb"*, "O cliente ilustre", "O círculo vermelho"*.	Muda-se para aposentos em Queen Anne Street. Casa-se de novo, volta a clinicar.	É feito cavaleiro.	Lord Salisbury aposenta-se como primeiro-ministro; Arthur Balfour assume cargo. Inglaterra assina tratado de paz com bôeres.	Tríplice Aliança renovada por seis anos.	Aliança anglo-japonesa. Primeira gravação de Enrico Caruso. Morre Levi-Strauss.
1903	"O rosto lívido", "A pedra Mazarin", "O homem que andava de quatro"*; Holmes se aposenta.	Publica "A casa vazia", "O construtor de Norwood", "Os dançarinos", "O ciclista solitário".	Primeiras histórias de A volta de Sherlock Holmes publicadas na Strand. Publica Adventures of Gerard.	Primeiros táxis a motor aparecem em Londres.	Primeira Volta da França (corrida de bicicleta).	Henry Ford funda a Ford Motor Co.

1904	Publica "A escola do priorado", "Pedro Negro", "Charles Augustus Milverton", "Os seis napoleões", "Os três estudantes", "O pincenê de ouro", "O atleta desaparecido", "A Granja da Abadia".		Primeiro concerto da Orquestra Sinfônica de Londres.	*Entente* anglo-francesa. Conferência de Paris sobre tráfico de escravos brancos.	Guerra Russo-Japonesa. Iniciado o Canal do Panamá.
1905	Publica "A segunda mancha".		Sir Henry Campbell-Bannerman torna-se primeiro-ministro. Morre o ator Henry Irving.	Crise de Tânger precipitada por visita do Kaiser.	Einstein publica teoria da relatividade.
1906		Novamente candidato unionista, perde. Caso George Edalji. Envolve-se no Movimento da Reforma da Lei do Divórcio. Louise Doyle morre. Publica *Sir Nigel*.	Lloyd George propõe o seguro social e a reforma parlamentar.	Franco torna-se primeiro-ministro da Espanha.	Proibição internacional do trabalho feminino em turnos noturnos.

VIDA E ÉPOCA DE SHERLOCK HOLMES 399

Ano	Vida de Sherlock Holmes	Vida de John H. Watson	Vida de Arthur Conan Doyle	Eventos na Inglaterra	Eventos no Continente	Eventos no Mundo
1907	"A juba de leão".		Casa-se com Jean Leckie. George Edalji libertado. Publica *Through the Magic Door*.	Baden-Powell funda escotismo.	Tríplice *Entente*. Primeira exposição cubista em Paris. Morre Oscar II, rei da Suécia.	Imigração para os EUA restrita por lei.
1908		Publica "Vila Glicínia", "Os planos do *Bruce-Partington*".		Herbert H. Asquith torna-se primeiro-ministro como liberal. *A Strand Magazine* publica *My African Journey*, de Winston Churchill.	Crise da Bósnia.	Jack Johnson torna-se primeiro campeão mundial negro de boxe peso-pesado do mundo.
1909			Escreve *Crime of the Congo*. Nasce o filho Denis.	Criada a organização das bandeirantes.	Primeiro voo de avião através do Canal da Mancha.	Almirante Peary chega ao Polo Norte.
1910		Publica "O pé do diabo".	Interessa-se pelo caso de Oscar Slater. Nasce o filho Adrian. Peça *A banda malhada* produzida pela primeira vez em Londres.	Morre o rei Eduardo VII ("Bertie"), Jorge V assume o trono.	Revolução em Portugal.	Morrem Mark Twain e Florence Nightingale. Formada a União da África do Sul.

1911		Publica "O círculo vermelho", "O desaparecimento de Lady Frances Carfax".		Morre Sir William Gilbert.	Inauguração do correio aéreo.	Revolução Chinesa.
1912	Deixa os EUA para se infiltrar em sociedade secreta irlandesa; viaja para Chicago.		Publica *Case of Oscar Slater, Lost World*. Nasce a filha Lean Jean.	Criado o Royal Flying Corps.	Crise dos Bálcãs.	Naufrágio do *Titanic*.
1913		Publica "O detetive moribundo".	Publica *Poison Belt*.	Manifestação das *souffragettes*.	Termina Guerra dos Bálcãs.	Inventado o sutiã moderno.
1914	Retorna à Inglaterra.	Auxilia Holmes em "Seu último adeus".	Forma força voluntária. Escreve *To Arms!*.	Crise de Ulster; começa a Primeira Guerra Mundial.	Assassinato do arquiduque Ferdinando. Começa a Primeira Guerra Mundial.	Começa a Primeira Guerra Mundial.
1915		Publica *O vale do medo*.	Inicia história em 6 vols. da *British Campaign in France and Flanders*. Publica *O Vale do Medo*.	Herbert Asquith continua primeiro-ministro para a Coalizão.	Primeiro uso de gás venenoso numa guerra.	Ford vende o milionésimo carro. Começa campanha de Gallipoli.

Ano	Vida de Sherlock Holmes	Vida de John H. Watson	Vida de Arthur Conan Doyle	Eventos na Inglaterra	Eventos no Continente	Eventos no Mundo
1916			Visita frentes de batalha. Anuncia conversão ao espiritismo.	Batalha de Jutlândia; insurreições irlandesas. David Lloyd George (Coalizão) torna-se primeiro-ministro.	Batalhas sangrentas em Verdun e no Somme.	Assassinato de Rasputin.
1917		Publica *O último adeus de Sherlock Holmes*.	Publica *O último adeus de Sherlock Holmes*.	Mata Hari executada como espiã.	EUA entram na Grande Guerra. Primeiro uso de tanques em grande escala.	Revolução Russa. Nasce John Fitzgerald Kennedy. Morre "Buffalo Bill" Cody.
1918			Filho Kingsley morre de pneumonia. Publica *New Revelation*.	Mulheres com mais de 30 anos obtém direito de votar.	Armistício. Kaiser Guilherme abdica.	Knute Rockne torna-se técnico na Universidade de Notre Dame.
1919			Morre o irmão Innes. Publica *Vital Message*.	Lei de Governo da Índia.	República de Weimar estabelecida na Alemanha. Morre Pierre-Auguste Renoir.	Paz de Versalhes. Morre Andrew Carnegie.
1920			Vai promover o espiritismo na Austrália.	Publicado primeiro romance policial de Agatha Christie.	Clemenceau renuncia; Millerand assume como premiê da França.	EUA adotam sufrágio feminino.
1921		Publica "A pedra Mazarin".	Morre a mãe. Publica *Wonderings of a Spiritualist*.		Einstein ganha Prêmio Nobel.	Primeiro Parlamento indiano se reúne.

Ano	Obras de Sherlock Holmes	Outras publicações e atividades de Conan Doyle	Política britânica	Europa	Mundo
1922	Publica "A ponte Thor".	Turnê de conferências nos EUA. Anuncia crença em fadas, publica *Coming of the Fairies*.	Lloyd George renuncia. Bonar Law torna-se primeiro-ministro, o primeiro proveniente de possessão ultramarina. Estado Irlandês Livre. Fundada a BBC.	Mussolini torna-se primeiro-ministro da Itália.	Conferência de desarmamento de Washington.
1923	Publica "O homem que andava de quatro".	Volta aos EUA e ao Canadá. Publica *Our American Adventure*.	Stanley Baldwin torna-se primeiro-ministro.	"Putsch da Cervejaria" de Hitler fracassa.	Paavo Nurmi corre uma milha em pouco mais de quatro minutos.
1924	Publica "O vampiro de Sussex", "Os três Garrideb".	Publica *Our Second American Adventure*; *Memories and Adventures*.	J. Ramsay MacDonald torna-se primeiro-ministro, chefia primeiro governo trabalhista; sucedido por Baldwin.	Hitler preso.	Leopold e Loeb condenados por sequestrar e matar Bobby Franks. J. Edgar Hoover torna-se diretor do FBI.
1925	Publica "O cliente ilustre".	Preside Congresso Espírita Internacional em Paris.	Austen Chamberlain ganha Prêmio Nobel da Paz.	Hitler reorganiza Partido Nazista, publica primeiro volume de *Mein Kampf*.	Harold Vanderbilt inventa *contract bridge*.
1926	Publica "O rosto lívido", "A juba de leão". Publica "As três empenas", "Mr. Josias Amberley".	Publica *History of Spiritualism*; *A terra da bruma*.	Nasce rainha Elisabete.	Alemanha admitida na Liga das Nações.	Morre Harry Houdini.

Ano	Vida de Sherlock Holmes	Vida de John H. Watson	Vida de Arthur Conan Doyle	Eventos na Inglaterra	Eventos no Continente	Eventos no Mundo
1927		Publica "A inquilina de rosto coberto", "O velho solar de Shoscombe".	Oscar Slater libertado. Publicados *The Case-Book of Sherlock Holmes* e *Pheneas Speaks*.	Parlamento é aberto em Canberra, Austrália.	Primeira transmissão de televisão. "Sexta-feira negra" na Alemanha, economia desmorona.	Lançado *The Jazz Singer* (primeiro filme falado). Início do Academy Award (Oscar); jogador de beisebol Babe Ruth consegue fazer 60 *home runs*. Lindbergh voa de Nova York a Paris no *Spirit of St. Louis*.
1928			Viaja à África do Sul.	Morrem H.H. Asquith e a atriz Ellen Terry.	Pacto de Kellog-Briand, declara a guerra ilegal, assinado em Paris por 65 Estados.	Alexander Fleming descobre a penicilina.
1929		Morre em circunstâncias desconhecidas.	Visita Escandinávia e Holanda, retorna exausto, tem ataque cardíaco. Publica *Maracot Deep, Our African Winter*.	MacDonald torna-se novamente primeiro-ministro. Morre Lillie Langtry.	Iugoslávia criada como ditadura.	Ernest Hemingway publica *Adeus às armas*. "Sexta-feira negra" em Nova York, começa crise econômica mundial.
1930			Publica *Edge of the Unknown*; morre em 7 de julho.	Grã-Bretanha, EUA, Japão e Itália assinam tratado de desarmamento naval.	Últimas tropas aliadas deixam o Saara.	Primeiro programa de rádio dedicado a Sherlock Holmes nos EUA estrelado por William Gillette.

Notas

1. O quadro inclui especulações sobre as vidas de Sherlock Holmes e do dr. John H. Watson, extraídas da obra de William S. Baring-Gould, *Sherlock Holmes of Baker Street: A Life of the World's First Consulting Detective*, que não têm apoio no texto do Cânone. As datas fornecidas para os casos canônicos representam um "consenso" dos principais cronologistas compilado em *"The Date Being —?": A Compendium of Chronological Data*, de Andrew Jay Peck e Leslie S. Klinger. (Em alguns casos, o "consenso" é a escolha da maioria dos 15 cronologistas; em outros, a escolha de uma pluralidade dos principais cronologistas.) Aqueles casos para os quais não há consenso estão marcados com "*" e a data fornecida é a escolha deste editor.

2. De fato, Baring-Gould propôs que Watson se casou com uma certa Constance Adams, com base na então escassa informação sobre a peça de teatro inédita de Arthur Conan Doyle, *Angels of the Darkness*, que havia sido suprimida pela família de Sir Arthur. Posteriormente a peça foi publicada, e a mulher a quem Watson faz a corte nela é na verdade Lucy Ferrier, ex-mulher de Jefferson Hope (de *Um estudo em vermelho*). A tese de Baring-Gould foi portanto corrigida para se referir à mulher realmente nomeada na peça. Hoje poucos estudiosos consideram *Angels of the Darkness* uma fonte confiável de dados acerca do dr. Watson.

3. Alguns cronologistas situam esse caso antes de 1892.

 A marca FSC é a garantia de que a madeira utilizada na fabricação do papel deste livro provém de florestas de origem controlada e que foram gerenciadas de maneira ambientalmente correta, socialmente justa e economicamente viável.

Este livro foi composto em Futura e Fairfield 11/15 e impresso em papel pólen soft 80g/m² e cartão supremo 250g/m² por Geográfica Editora em janeiro de 2015.